KB056050

시/몸의 향연

ARCADE 0004 CRITICISM 시/몸의 향연

1판 1쇄 펴낸날 2019년 1월 12일
지은이 이찬
펴낸이 채상우
디자인 최선영
펴낸곳 (주)함께하는출판그룹파란
등록번호 제2015-000068호
등록일자 2015년 9월 15일
주소 (10387) 경기도 고양시 일산서구 중앙로 1455 대우시티프라자 B1 202호
전화 031-919-4288
팩스 031-919-4287
모바일팩스 0504-441-3439
이메일 bookparan2015@hanmail.net

ISBN 979-11-87756-34-7 03810

값 22,000원

*이 책의 국립중앙도서관 출판시도서목록(CIP)은 서지정보유통지원시스템 홈페이지(http://seoji.nl.go.kr)와 국가자료공동목록시스템(http://www.nl.go.kr/kolisnet)에서 이용하실 수 있습니다.(CIP 제어번호: 2019000476)

시/몸의 향연

이찬

살의 존재론과 사랑의 윤리학

‘시/몸의 향연’, 다소 이상한 이 책의 표제어는 사랑받고 존경받아야 마땅할 나의 친구인 한 시인의 제안에서 비롯된 것이다. 현상학이 서구 지성사의 저 뿌리 깊은 주객 이원론을 근본적인 차원에서 혁파하면서 양자의 분리 불가능성을 정초하는 자리에서 제 문제 설정의 중핵을 마련했던 것처럼, 이 책이 세상에 흩뿌리려는 마음결의 움직임 역시 시는 몸이며, 시의 향연이란 곧 몸의 향연일 수밖에 없다는 고대 디오니소스 예술가들의 아주 오래된 직관들에서 움튼 것이라 하겠다. 따라서 이 책의 겉면에 돋아난 ‘시/몸’이란 시와 몸이 따로 구분되거나 서로 분리될 수 있다는 것을 뜻하지 않는다. 오히려 양자는 동시에 존재할 수밖에 없을 뿐더러 서로를 마주 보면서 함께 울려 나는, 이른바 ‘공실존(co-existence)’의 무대에서 더불어 뛰놀 수밖에 없음을 나타내는 일종의 도상(icon)에 가깝다.

“나는 많은 화가들이 증언하듯 사물들이 나를 바라보고 있는 듯한 느낌을 받는다. 결과적으로 나의 능동성은 똑같이 수동적인 것이다”, “결국 눈이 더듬는 행위는 촉각적인 쓰다듬음의 특출한 한 변양이다"(모리스 메를로-퐁티, 『보이는 것과 보이지 않는 것』)라는 말처럼, 이 책의 도드라진 문양인 '시/몸'이란 주관과 객관, 자아와 세계, 의식과 사물 등이 직접 맞닿는 촉각적인 세계나 실제적인 행위의 차원으로 국한되지 않는다. 도리어 세계 또는 사물과의 물리적인 거리에서 형성되는 것으로 간주되는 시각성마저도 촉각적 지각으로 수렴된다고 보는 입장을 취한다. 이는 또한 '시/몸'을 구성하는 풍경과 마음이 서로를 쓰다듬고 치대고 어루만질 수 있는 하나의 공통된 '살'로 이루어져 있음을 전제하는 것이기도 하다.

이렇듯 시각적인 것조차 촉각적인 것으로 느끼고 사유한다고 할 때, '시/몸'은 우리가 통상적으로 알고 말해 왔던 그것의 공준 체계를 가로질러 전혀 다른 의미의 선을 창출한다. 그것은 '음악적 또는 감각적 관념들(idées musicales ou sensibles)' 혹은 '살(la chair)'이라는 메를로-퐁티의 새로운 개념에 이미 깃들어 있던 것처럼, 보이고 만져지고 들리는 것 등등의 감각적 질료들이 감각하는 자에게 불러일으키는 마음결의 얼룩, 흔적, 울림 같은 것들을 포함하기 때문이다. 아니, 보이지 않는 감각들에서 태어나는 저 무수한 동사적 사건으로서의 '되기'를 포괄하기 때문이리라. 결국 '살'이란 우리들 각자의 몸이 세계의 무수한 몸들과 뒤섞이면서 다른 것으로 이행해 가는 과정 자체일 뿐만 아니라, 거기서 생겨나는 그 모든 '신체적/주관적' 상황들을 포괄한다. 저 무수한 몸들 전체가 서로 만나고 이어질 수 있는 단일한 속성의 연속체를 뜻한다고 하겠다.

따라서 '살'의 존재란 우리가 나날의 삶에서 마주치는 갖가지 사물들의 감각적이고 질료적인 신체성의 총합을 뜻하지 않는다. 차라리 무수한 사물들과 존재들이 특정한 '신체적 도식(Schéma corporeal)'에 따라 배치되고 정향되면서 우리들 각자와 만나게 되는 그 관계

맺음의 사건들 전체를 가리킨다. 달리 말해, 보이는 사물들의 세계와 보이지 않는 감각들의 세계를 동시에 아우르면서, 서로를 전혀 다른 것으로 변이시키는 그 역동성의 장 전체를 일컫는다. 이는 결국 '살'이 우리들의 몸과 사물들의 몸이 함께 뒤섞이고 다르게 변용되면서 음악처럼 새로운 소리들과 울림들과 잔상들이 빵처럼 부풀어 오르는 공간, 즉 관계 맺음의 사건들이 무한히 일어나는 공간임을 뜻한다. 우리 안쪽인 동시에 바깥쪽인 뫼비우스의 띠 같은 공간이자 관계 그 자체의 공간임을 암시한다.

우리들 각자는 제 몸을 통해서만 세계의 몸과 만날 수 있다. 이 만남에서 빚어지는 그 모든 체험의 빛깔과 음영이야말로 우리 몸의 세계와 세계의 몸이 동일한 질료로 이루어져 있음을 곧장 직감토록 이끄는 것인지도 모른다. 이것이 바로 '살'이다. "살이란 보는 몸 위에 보이는 것이 휘감기는 것이요, 만지는 몸 위에 만져지는 것이 휘감기는 것이다"(『보이는 것과 보이지 않는 것』)라는 문장은 '살'이 주관과 객관, 마음과 풍경, 인간과 세계 등등을 빠짐없이 감싸고 있는 근원적인 바탕일 수밖에 없다는 사실을 탁월하게 집약한다. 또한 저 '살'의 존재야말로 '시/몸'이 태어나고 자라나고 사그라지는 가장 원초적인 터전일 수밖에 없다는 것을 넌지시 일러 준다.

옥상에 벌렁 누웠다
구름 한 점 없다
아니, 하늘 전체가 구름이다
잿빛 뿌연 하늘이지만
잿빛 뿌연 하늘이지만
나 혼자 독차지

좋아라!

하늘과 나뿐이다

옥상 바닥에 쫘악 등짝을 펴고 누우니

아무 걱정 없다

오직 하늘뿐

살랑살랑 바람이 불어오고

머리카락에도 불어오고

발바닥에도 불어오고

옆구리에도 불어온다

내 몸은 둥실 떠오른다

아, 좋다!

둥실, 두둥실

—황인숙, 「걱정 많은 날」 전문

"걱정 많은 날"이라는 제목과는 정반대로, 시인은 "옥상"이라는 세계의 몸을 통해 제 몸과 마음을 온통 음울하게 물들이고 있었던 "걱정 많은 날"의 그 경험적 지평을 초탈하고자 한다. 그리하여 "옥상"이라는 사물-공간에 이미 정향되어 있었을 도구적 실용성의 관습과 사회적 통념의 맥락을 초월하여, 그 누구도 쉽사리 느껴 보거나 시도해 보지 못했을 전혀 다른 사건의 세계로 나아가고자 한다. 이 시편이 선사하는 싱싱하고 흥겨운 매력은 "걱정 많은 날" 우리들이 습관적으로 행하는 한숨과 푸념과 넋두리와 술타령을 멀찌감치 벗어난 자리에서 휘날려 오는 것인지도 모른다. 아니, 그 누구도 감히 떠올려 보지 못했을 전혀 다른 사건의 현현, 즉 나날의 삶의 타성에선 결코 존재하지 않았을 초험적(transcendental) 사건을 발명하고 실천하는 자리에서 뿜어져 나오는 것이 분명하다.

따라서 시인은 "옥상에 벌렁" 눕는 행위를 통해 제 몸과 마음과 풍경 전체를 짓누르고 있었을 "걱정 많은 날"의 느낌과 분위기, 그 '살'의 존재를 한가롭고 심미적인 즐김의 공간으로 이행시켰던 셈이다. 이는 또한 시인이 그 모든 상투적인 통념과 관행, 작위적인 시스템과 규범 체계를 벗어나 "잿빛 뿌연 하늘이지만/나 혼자 독차지/좋아라!/하늘과 나뿐이다"는 심미적 순간으로 젖어 들 수 있는 새로운 탈주선을 창안함으로써, 제 몸의 세계와 세계의 몸이 더불어 만나는 '살'의 존재를 해방과 기쁨의 차원으로 변용시켰다는 것을 뜻하는 것이기도 하다.

이 시편의 끄트머리에 새겨진 "살랑살랑 바람이 불어오고/머리카락에도 불어오고/발바닥에도 불어오고/옆구리에도 불어온다/내 몸은 둥실 떠오른다/아, 좋다!/둥실, 두둥실"이 생생하게 일러 주는 것처럼, 시인은 우주적 생명력의 한 흐름일 수밖에 없을 "바람"의 몸에 "내 몸"을 고스란히 내맡김으로써, "아, 좋다!/둥실, 두둥실"로 표현되는 또 다른 변용(affection)의 상황을 만들어 낸 것인지도 모른다. 바로 이 자리에서 "걱정 많은 날"의 그 느낌과 분위기는 휘발되어 사라지고, "바람"이 흩뿌려 놓는 생명의 기운을 제 온몸으로 감수하는 자의 기쁨과 즐김과 충만의 리듬감, 그 황홀경의 순간이 번뜩이며 도래하기 때문이리라.

더 나아가, 들뢰즈가 "체험된 육체로부터, 자각된 세계로부터, 여전히 경험에 지나치게 얽매여 있는 상호 간의 지향성으로부터 동시에 자유로워지게 될 살" 또는 "살은 우리에게 감각의 존재를 부여하며, 경험판단과는 다른 원초적 견해를 가져다준다"(『철학이란 무엇인가』)라고 메를로-퐁티의 '살'을 부연했던 것과 똑같은 맥락에서, 시인 황인숙은 제 경험의 침전물들과 이미 구획되어 있는 일상의 지향성들에서 훌쩍 날아오른 원초적 세계로서의 "내 몸"과 "바람"의 몸, 그리고 이들이 함께 이루는 '살'의 존재를 직관적 필치로 소묘하고 있는 셈이다.

치대고 매만지고 꽉꽉 힘줘 주무르고
매만지고 주무르고 치대고
마시지를 받는 건 빵 반죽인데
머리가 시원해진다
치대고 매만지고 손끝이 바르르 떨리도록
하염없이 주무르고
무념무상

속속들이 하양
반드르르 매끄러운 반죽 덩어리
튕겨 보고 눌러 보고
손바닥으로 문질러도 보고
찰진 반죽 덩어리
두근두근, 이것은 실제의 감촉
아, 살의 감촉!

—황인숙, 「반죽의 탄생」 부분

"미학적 형상들은 감각들, 다시 말해 지각들과 정서들, 풍경들과 표정들, 비전들과 생성들이다", "감각적 생성은 무언가 혹은 누군가가, 끊임없이 다른 무엇으로 생성되어 가는 행위이다"(『철학이란 무엇인가』)라는 말이 명징하게 표상하듯, '살'은 '시/몸'이 태어나는 원초적 터전일 뿐더러 그것을 누군가에게 끊임없이 감염시키려는 '정동(affect)'과 '되기'의 바탕을 이룬다. 또한 "하나의 기념비는 일어났던 무언가를 함께 기억하고 기념하는 것이 아니라, 사건, 늘 새로워지기만 하는 인간들의 고통, 재창조되는 그들의 항거, 줄기차게 다시 시도되는 그들의 투쟁을 구현하는 확고부동한 감각들을 미래의 청자에게 위탁하는 것이다"(『철학이란 무엇인가』)라는 문장이 지금-여기, 우리들 가슴에 튕겨 대는 정념의 불꽃처럼, '시/몸'의 벡터는 이미 화석화된 과거의 박물관을 향하지 않는다. 도리어 매 순간마다 새롭게 열리는 현재의 '살' 또는 비인칭적 사건으로서의 미래의 잠재력을 따라간다.

따라서 '시/몸'은 우리 모두를 뒤흔드는 현재적 감응의 상황인 동시에 장차 그 누군가가 실행하게 될 익명적 미래의 잠재력을 품는다. 그것은 비록 '기념비'에 필적할 불멸의 감염력과 비인칭적 특이성을 담지하지 않은 경우라 하더라도, 매 순간마다 다르게 주어질 저 '살'의 존재에 의해 그 느낌과 분위기를 다시 새롭게 마련할 것이 틀림없다. "두근두근, 이것은 실제의 감촉/아, 살의 감촉!"이란 황인숙의 시구처럼, '시/몸의 향연'은 그 어떤 익명성의 주체에 의해 다시 새롭게 태어날 "살의 감촉"을 미리 예기하는 것이자, 이를 무한히 반복할 니체의 영원회귀를 동시에 겨냥하기 때문이다. 아니, 저 "살의 감촉"이란 언제나 늘 현실에 잠재되어 있는 것이기에, 언젠가 그 누군가에 의해 실현되고야 말 '전미래 시제의 역설(le paradoxe du future antérieur)'을 마치 주름처럼 껴안을 수밖에 없기 때문이리라.

결국 '시/몸의 향연'이 '전미래 시제'로 나타날 수밖에 없는 것은 미래 시제 가운데 기입될 수밖에 없을 과거의 사건, 그리고 그것의 현현 순간에 이미 휘감겨 있었을 감염력(les affects intensifs)의 영원회귀에서 온다. 적어도 참된 시인과 예술가들이란 특정한 사건들을 있는 그대로 재현하려는 모사가가 아니라, 그것에 깃든 감염력을 매번 다시 새롭게 창출해 내려는 영원회귀의 주체이자 그 촉매이기 때문이리라. 어쩌면 그들은 앞으로 이루어져 있을 것의 규칙을 세우기 위해서만 자신들의 작업을 시작할 수 있는 낯선 시간의 창조자인지도 모른다. 아니, '전미래 시제'에 자신의 현재를 내던질 수밖에 없을 아나크로니즘(anachronism)의 수행자일 것이 분명하다.

김수영의 "배반을 배반하는 배반자" "무한히 배반하는 배반자"(「시인의 정신은 미지」)라는 비범한 반복 어구처럼, 시인과 예술가의 운명선이란 매번 주어지는 창작의 순간들마다 "아무도 하지 못한 말을—그것을" 지속적으로 창안해 내는 것일 뿐만 아니라, 표상 불가능하고 식별 불가능한 "자유의 과잉을, 혼돈을 시작하는 것"(「시여, 침을 뱉어라」)으로 귀결될 수밖에 없으리라. 그들에게 현재를 움직이는 가치의 규준은 미래에 있으며, 그들의 과거 또는 현재가 완료되는 시점 역시 미래의 시간에서일 수밖에 없기에.

> 나는 전생을 믿지 않고
> 다시 태어나고 싶다고 생각하지 않을 만큼
> 철두철미한 현실주의자이지만
> 코끝 벌름거리게 하는 간지러운 봄바람에 날려
> 막 암술에 도착한 꽃가루 같은 생을 생각하니
> 삶이란 늘 의미에 목말랐던 것이다.
>
> 미래를 잃어버린 사람들이란 속류 쾌락주의자이며

진정한 미래주의자는 비관주의자의 얼굴을 하고 있지만,
우리에게 꽃가루만큼이라도 의미가 필요하다면
처세의 철학보다는 파산이나 암 선고가 빠를 것이다.

암술에 도착한 꽃가루란 하나의 기적이다.
다시 해 볼 것도 없이

—이현승, 「은유로서의 질병」 부분

이현승의 고해성사처럼, 지금-여기 한국의 2010년대를 살아가는 우리들에게 "다시 태어나고 싶다고 생각"해 본 적은 없다는 말은 자연스런 발생 경로를 품는다. 이는 우리 시대의 나날의 삶과 생활 세계 전체를 꼴 짓는 우리들의 몸과 마음의 상태가 그만큼 헐벗고 고달프고 병들어 있다는 것을 암시한다. 그렇다. "미래를 잃어버린 사람들이란 속류 쾌락주의자이며/진정한 미래주의자는 비관주의자의 얼굴을 하고 있지만"이란 절망의 형상이 그 뒷면에서 암시하듯, 시인은 제 자신을 포함한 우리 시대 만인들의 몸에서 마치 전염병처럼 자라나고 있을 "속류 쾌락주의자"의 얼굴들, 동물적인 생존 본능과 물질적인 탐욕에 갇혀 호승심과 인정투쟁으로 얼룩덜룩해진 '인간-동물(animal humain)'의 몸들, 그 황폐한 실존의 진면목을 읽어 내고 있는지도 모른다.

마치 동물의 왕국에라도 들어선 양 나날의 삶을 그야말로 '만인에 대한 만인의 투쟁(bellum omnium contra omnes)'의 무대처럼 살아가고 있을 우리 모두에게, 시인은 "은유로서의 질병"이라는 전율스런 이미지를 선사한다. "처세의 철학보다는 파산이나 암 선고가 빠를 것이다"라는 잠언체의 문장이 후려갈기듯 찔러 오는 것처럼, "은유로서의 질병"이라는 저 계고(戒告)의 이미지는 세상에 이미 주어진 물질적이고 제도적인 삶을 어떻게 영리하고 명민하게 살아갈 것인지에 골몰하는 "처세의 철학"을 소환하지 않는다.

오히려 "죽음을 향한 존재를 앞질러 달려가 보는 결단성이 본래적인 실존에로 데려온다"(마르틴 하이데거, 『존재와 시간』)라는 말처럼, 우리 모두에게 '본래적 실존(eigentliche Existenz)'이 무엇인지를 지속적으로 묻고 탐색하려는 '존재 물음(Seinsfrage)'을 가져다줄 것이 자명하다. "삶이란 늘 의미에 목말랐던 것이다"라는 이현승의 직관적 통찰이 오랫동안 묵중하게 드리우듯, 죽음이라는 절대적 타자성 앞에서 우리 모두가 마주치게 되는 것은 '본래적 실존'의 의미를 묻고 탐색하는 '존재 물음'일 수밖에 없기 때문이다. 따라서 시인이 말하는 "철두철미한 현실주의자"란 세속적 이해관계에 휘둘려 물질적 탐욕과 사회적 명성과 제도적 인정투쟁을 게걸스럽게 뒤쫓는 자를 뜻하지 않는다. 도리어 "전생"으로 표상되는 윤회의 세계란 결코 존재하지 않는 것이기에, 단 한 번 뿐인 지금-여기의 생을 "의미"로 충만한 것으로 만들기 위해, 즉 아름답고 존귀한 삶을 살아가기 위해 고민하고 실천하는 윤리적 주체를 은유한다.

이현승의 다른 시편들에서 빚어진 "최선을 다해 제자리로 오는 사람은/깜빡 졸다가 하차할 역을 놓친 승객이고/가지고 있는 것을 놓쳤던 사람"(「자서전엔 있지만 일상엔 없는 인생」)이나 "糊口가 虎口를 낳는 마흔은 중과부적이었다"(「마흔 살」) "천국은 가난한 사람들에게 양보해도 좋겠다"(「부자는 천국에 들어가기 어려워」) 같은 이미지들 역시, 궁핍과 피로와 싸움에 찌들어 황폐해진 우리들 몸의 세계를 섬뜩한 형상으로 소묘한다. 실상 이들은 「은유로서의 질병」에 나타난 "진정한 미래주의자는 비관주의자의 얼굴을 하고 있지만"이란 구절과 닮은

꼴의 거울을 두 겹으로 마주 세운다. "진정한 미래주의자"란 "철두철미한 현실주의자"일 수밖에 없기 때문이다. 이들이 다같이 "비관주의자의 얼굴"을 할 수밖에 없는 것은 나날의 삶의 근간을 이루는 몸의 세계와 세계의 몸이 자본주의 세계 체제의 시장구조와 노동 체계에 의해 특정한 방식으로 조건화되면서, 이미 주어진 어떤 고정된 틀에 의해 지배되고 통제되고 있기 때문일 것이다. 아니, 우리 모두의 몸과 세계의 몸은 이미 다 함께 전 지구적 자본주의 경제체제에 복속되어, 특정한 방식으로 조직되고 구획된 노동의 구조나 경험의 지평을 반복할 따름이며, 그 자리에서 훌쩍 날아오를 수 있는 삶이란 사실상 불가능하기 때문이리라.

그럼에도 불구하고, '시/몸의 향연'은 "암술에 도착한 꽃가루란 하나의 기적이다./다시 해 볼 것도 없이" 같은 형상들이 은은하게 환기시키는 저 이상한 "기적"처럼, 시와 예술이란 이미 있는 세계가 아니라 있어야 할 세계를 현시하고 실천하는 자리에서만, 제가 품은 잠재력의 최대치와 순도 높은 존재론적 광휘를 뿜어낼 것이라고 믿는다. 따라서 그것은 우리들 각자의 몸과 세계의 몸이 만나는 '살'의 존재에서 "체험된 지각 작용들과 감정들을 초월하는" 또는 "지각적이고 정서적인 질료적 선험성"(『철학이란 무엇인가』)으로 존재하는 세잔의 '본유 감각들(les sensations innées)'이나 메를로-퐁티의 '원초적 견해(une opinion originaire)'만을 발견하지 않는다. 또한 이들에서 유래하는 심미적인 향유나 미학적인 체험, 그리고 예술 현상학만을 찾아 나서지 않는다.

도리어 이미 주어진 지각 작용이나 구태의연한 감수성의 구조를 초탈한 심미적 향유의 순간이나 미학적 비의의 사건이 도래할 수 있다는 것을 전적으로 수긍하면서도, 나날의 삶의 방향과 물질적 생활의 조건들을 틀 짓고 우리 모두의 몸을 특정한 방식으로 규율하고 훈육시키는 자본주의적 일상성에 대한 비판적 분석과 더불어 몸의 정치경제학을 동시에 포괄하고자 한다. '시/몸의 향연'은 몸의 세계와 세계의 몸, 그리고 이들이 만나 더불어 생성하는 '삶'의 존재가 심미적 향유나 미학적 비의가 현현할 수 있는 예술 현상학의 공간일 뿐만 아니라, '죽은 노동(tote Arbeit)'인 자본에 앞서 진정한 부의 물질적 원천이며 노동하는 인간의 인격적 존엄성의 기초인 마르크스의 '살아 있는 노동(lebendige Arbeit)', 그것의 가장 근원적인 바탕을 이룬다고 보기 때문이다.

몸의 세계와 세계의 몸, 이들이 함께 이루는 '삶'의 존재는 심미적 향유나 미학적 체험의 차원에서도 필수 불가결한 전제일 것이다. 그러나 또한 '살아 있는 노동'이란 개념을 통해 노동하는 인간의 몸과 그것에 깃들일 수밖에 없을 인격적 존엄성을 정초하고자 했던 마르크스 정치경제학에서도 다시 새롭게 탐구되어야 할 중요한 주제일 것이 틀림없다. '시/몸의 향연'이 겨냥하는 자리는 바로 이 두 차원이 교차하는 교집합의 영역이다. 달리 말해, 이 책은 저 미학과 정치경제학을 빠짐없이 가로지르는 자리에서만 우리들 몸의 세계와 세계의 몸이 자유롭게 해방되는 혁명의 시간이 도래할 것임을 믿는다. 또한 그럴 때에만이 모든 인간이 평등하고 풍요롭고 존엄하게 살아갈 수 있을 해방의 미래가, 그야말로 메시아의 시간을 꿈꾸며 방법으로서의 유토피아를 실천하려는 그 말의 참된 의미에서의 윤리학이 탄생할 수 있을 것이다.

따라서 이 윤리학은 육체적 실존이 절규하는 그 모든 실존적 감각의 장에서 만나게 되는 소수자들과 민중들을 껴안으면서, 그들의 고통과 투쟁과 해방을 동시에 드러내고 북돋으려는 '사랑의 윤리학'으로 명명될 수밖에 없을 것이다. 그리고 그것은 한 시인의 탁월한 통찰처럼, 현실에 이미 있는 것이 아니라 매 순간마다 새롭게 탄생해야 할 그 무엇에 가까울 것이다. 그것은 우리의 간절한 소망이나 의지와는 상관없이, 그 누구도 예측할 수 없는 자리에서 탄생하는 '진리/사건' 같은 것일 수밖에 없기에.

사람은 절망하라

사람은 탄생하라
사랑은 탄생하라

우리의 심장을 풀어 다시
우리의 심장
모두 다른 박동이 모여
하나의 심장
모두의 숨으로 만드는
단 하나의 심장
우리의 심장을 풀면
심장뿐인 새

—이원, 「사람은 탄생하라」 부분

*

『시/몸의 향연』은 2012년 『헤르메스 문장들』을 출간한 지 일곱 해만에 세상에 내놓는 두 번째 비평집이다. 그 시간 동안 사유나 감각의 차원에서 큰 변화를 겪은 것은 없다고 말해야 좋을 듯하지만, 이른바 운명이라 일컬어지는 차원에선 그야말로 결정적 사건을 마주치게 된 것인지도 모른다. 내 인생에서 가장 중요한 분을 여의게 된 이 사건을 앞뒤에 두고 치러 낼 수밖에 없었던 저 숱한 윤리적 불면의 밤이야말로, 나 스스로를 그야말로 어른이라고 부를 수 있는 자리로 이끈 것인지도 모르겠다. 그리고 이제야 비로소, 기성과는 전혀 다른 창조의 모멘트를 부여하고 새로운 정념의 불꽃들이 솟구치도록 강제하는 일만큼이나, 내 몸이 직접 마주하고 있는 무수한 타인들에 대한 책임과 응답의 윤리를 다하려는 것이 얼마나 어려운 일인지를 절감하게 되었는지도 모른다. 그리하여, '계속하시오'라는 알랭 바디우의 실천 명제가 일러 주듯, 이 모두를 충실하게 이행해 나가는 것만이 "철두철미한 현실주의자"로 살아갈 수 있는 유일한 길임을 확신한다. 그것이 내 삶에서 이루어질 수만 있다면, 하늘에 계신 아버지께서도 흐뭇한 미소로 화답하실 것이라 믿는다.

이 책을 발간하면서 반드시 기억해야 할 두 분의 스승께 감사 인사를 올리고자 한다. 내가 이루고 싶은 삶과 문학의 휘황한 정수를 몸소 마련하여 보여 주신 김인환 선생님, 그리고 참된 비평의 존재론과 비평가의 윤리학을 늘 문학의 현장에서 실천하여 보여 주신 황현산 선생님께 다시 머리 숙여 존경의 마음을 올린다. 내가 가진 모든 힘과 정성을 다해 시인들의 실존의 감각을 사랑하고, 그들이 마주친 세계의 상처와 고통과 아름다움으로 주저 없이 젖어 들어 이를 내 몸처럼 느끼고 사랑하는 것만이 지속적으로 실천해야 할 비평의 책무이자 업(業)으로 주어진 문학의 운명임을 믿는다. 그리고 저 '사랑의 윤리학'만이 우리 모두를 '인간-동물'의 세계로부터 정지시켜 해방과 연대의 기쁨을 꿈꾸게 하는 '메시아의 시간'을 도래할 수 있게 할 것이 틀림없다.

2018년 8월

쏟아지는 태양의 고독을 짊어진 서창리에서

이 찬

차례

제1부

제2부

제3부

제4부

제1부

그로테스크와 카니발
—김민정의 시

사건들: 그로테스크의 첨단점들

2005년 여름이 시작될 무렵, 한국시의 역사에서 하나의 사건으로 기록되어야 마땅할 시집 한 권이 우리들에게 날아들었다. 『날으는 고슴도치 아가씨』. 이 시집은 이전의 한국시에선 엄두조차 내보지 못했을 욕설과 육두문자와 음담패설과 끔찍하고 불경스런 장면들을 제 거죽 위로 당당하게 이끌어 올렸다. 그야말로 총천연색의 그로테스크 다발들을 거느리고서 우리들 앞에 나타났던 셈이다. 이 그로테스크 앞에서 가족과 학교와 어른이란 말에 휘감긴 사회적 정상성과 도덕적 통념과 평준화된 공통감각은 해체되고 휘발되어 사그라질 수밖에 없었다. 나아가 시의 오래된 장르적 관습의 테두리로 에둘러져 있었던 서정이란 낱말의 외연과 내포를 전혀 다른 것으로 사유하고 상상하도록 강제했다. 이는 또한 『날으는 고슴도치 아가씨』가 서정이란 말로 표상되어 온 시에 관한 기성의 장르적 통념과 언어와 지식으로는 이해되지 않거나 납득할 수 없는 사건의 의미소를 머금고 있었다는 것을 뜻하는 것이기도 했다.

몇 대목을 상기해 보자. 가령 "은총의 고문으로 얼룩진 겹겹의 거울 속 빌어먹을 나야"(「내가 그린 기린 그림 기림」), "거북아 내 거북아 그러니까 구지가도 안 불렀는데 거북이들이 졸라 빠르게 기어 오고 있어" "오오, 예수의 잠자리에 사지가 찢긴 채 매달린 저 미친 말을 내 거북은 미친 듯이 사랑했다지 난생처음 사 랑 이라고 발음하면서 내 거북은 얼마나 울었을까"(「거북 속의 내 거북이」), "대머리 물미역 장수가 물미역이 둘둘 감긴 제 성기로 내 치마 속을 쑤시고 들어온다" "나는 호주머니에서 연필을 꺼내 대머리 물미역 장수의 성기를 꾸욱 하고 찍어 버린다 구멍 난 성기를 면도칼로 짤라 신주머니에 넣으며 매일매일 나는 학교에 갔다"(「엄마, 학교 다녀오겠습니다」), "이 고얀 년아, 육실헐 년아, 벼락 맞아 뒈질 년아, 이년아, 네가 날 살려야지// (텅, 텅, 텅)//下官은 이제 끝났어요. 아버지 그만 아가리 닥치고 잠이나 퍼 자요"(「마지막 舌戰」), "죽은 아빠가 엄마의 입술과 내 잠지를 한번 더 꿰매 버리겠다고 링거 바늘을 찾고 있습니다 엄마와 내가 갈던 회칼로 잇속을 쑤시고 있습니다 죽은 아빠가 삽날 같은 고드름 수염이 난 음경을 뚝 떼서 엄마와 내게 맡기고 있습니다"(「매일매일 놀러 오는 우리 죽은 아빠」) 같은 이미지들을 보라. 저 무시무시하면서도 익살스런 이미지들의 낯선 현현으로 축약될 수 있을 『날으는 고슴도치 아가씨』의 몇몇 특이점들은 우리들에게 그로테스크의 첨단점과 그 한계치를 새롭게 체험케 했다.

어쩌면 김민정의 질펵하면서도 살아 꿈틀거리는 저 상스러운 말들의 리듬감은 위선과 허례허식, 그럴싸하게 윤색되고 공교롭게 치장된 낯빛과 말솜씨를 견뎌 낼 수 없는 그녀의 타고난 체질에서 오는 것인지도 모른다. 또한 한국시의 오랜 전통적 기율로 완강하게 들어박혀 있었던 서정의 내성적 나르시시즘을 돌파하려는 그녀의 용맹 정진의 기획력과 근본주의자의 실험 정신에서 비롯하는 것인지도 모른다. 김민정의 시 세계를 단 한마디로 축약할 수 있는 것이 그로테스크일 수 있다면, 그것은 리듬과 언어 감각이라는 미시적인 차원으로부터 주제 의식과 세계관이라는 거시적인 차원에 이르기까지 수미일관한 사유의 지력선을 타고 흐르는 듯 보인다.

먼저 "은총의 고문"이란 말에 깃든 엄청난 불균형의 조합과 폭력적 결합 관계를 되짚어 보라. 특히 이 구절이 『날으는 고슴도치 아가씨』의 맨 앞머리의 작품에서 등장한다는 사실은 상식적 차원에서 구분되는 신성하고 고상하고 경건한 것과 세속적이고 저열하고 불경스런 것의 대립이라는 고정된 범주와 가치 체계를 해체시키려는 이 시집의 기획을 직감할 수 있게 한다. 이는 「거북 속의 내 거북이」에 등장하는 "예수의 잠자리에 사지가 찢긴 채 매달린 저 미친 말"이라는 표현에서 볼 수 있듯, 보다 근본주의적이고 적나라한 차원을 향해 거침없이 증폭되는 면모를 띤다.

「엄마, 학교 다녀오겠습니다」와 「매일매일 놀러 오는 우리 죽은 아빠」에 나타난 "성기" "잠지" "음경" 같은 시어들이 선명하게 일러 주듯, 이 시집은 유교적 도덕관념이 매우 강력한 지배 이데올로기로 작동하면서 성애와 관련된 그 모든 것들을 금기시하고 배제해 왔던 한국 사회의 문화적 정상성에 대한 희화적 비판과 그 가치 체계 일반에 대한 전복을 시도하고 있는 셈이다. 바로 이 지점이 『날으는 고슴도치 아가씨』의 뒷면에서 움터 오르는 '사건의 자리(le site événement)'라고 하겠다. 「마지막 舌戰」이나 「매일매일 놀러 오는 우리 죽은 아빠」 같은 시편에 도드라진 필법으로 드러나 있듯, 이 시집의 마디마디를 이루는 시편들의 표면에선 "아빠"와 "엄마"라는 기표가 뿜어내는 육친들에 대한 즉각적 차원의 연민이나 심려, 그들에 대한 처연한 마음결이나 도덕적 의무감이 결코 드러나지 않는다. 오히려 "이 고얀 년아, 육실헐 년아, 벼락 맞아 뒈질 년아, 이년아, 네가 날 살려야지"라는 게걸스런 욕설과 "죽은 아빠가 엄마의 입술과 내 잠지를 한번 더 꿰매 버리겠다고 링거 바늘을 찾고 있습니다"라는 잔혹한 신체 훼손의 장면이나 은밀하고 수치스런 신체 부위가 선명한 필치로 묘사된다.

"엄마, 학교 다녀오겠습니다"라는 표제어에 다시 주목해 보면, 이 시집의 거의 모든 화자들이 "사춘기" 무렵의 아이들이거나 미성년의 가면(persona)을 뒤집어쓰고 있다는 것을 그리 어렵지 않게 유추해 낼 수 있다. 이는 시인이 "학교"로 상징되는 공적 교육의 메커니즘, 나아가 그것의 배면을 이루는 사회의 상징적 질서와 훈육 체계를 조롱하고 풍자하는 자리에서 자신의 시혼(poesie)을 단련해 왔다는 것을 암시하는 징표인지도 모른다. 아니, "학교"와 어른들의 세계가 품은 온갖 허위와 위선과 부조리들을 속속들이 까발리면서 그 자리로 진입할 수 없는 절박한 몸의 리듬감, 그 반(反)성장의 몸부림을 적나라하게 소묘하는 자리에서 김민정의 고유한 시학이 발아한 것이 틀림없다.

리듬: 설화적 구연의 박진감과 희화화의 아이러니

『날으는 고슴도치 아가씨』에 수록된 시편의 표제어들을 다시 눈여겨보라. 가령 "내가 그린 기린 그림 기림" "들개 브라보 들깨" "자…살…자" "陰毛 한 터럭 속에 세상 모든 陰謀가 다 숨어 있듯이" 같은 표제어들은 언뜻 시인이 말놀이를 즐기는 것 같은 인상을 풍긴다. 그러나 이들은 언어유희의 단순한 쾌감이나 지적 자만심을 충족하기 위한 목적에서 유사한 시니피앙들을 반복하거나 변주한 것처럼 보이지 않는다. 오히려 경쾌한 말놀이를 통해 우리들을 짓누르고 있는 한국 사회의 상징적 질서와 그 억압 체계들을 조롱하고 희화화하려는 좀 더 근본적인 풍자 정신으로 나아간다. 이 시편들의 내부를 구성하는 이미지들은 한결같이 선과 악, 성과 속, 진실과 허위, 무거움과 가벼움, 경건함과 불경함이라는 가치들의 상투적인 구분법이나 위계화를 벗어나, 이미지 그 자체가 이루어 내는 현란한 자기 증식을 보여 주는 동시에 저 완강한 가치론적 위계화의 한복판에 도사리고 있는 허무와 무의미, 그 공백으로서의 진리를 암시적 뉘앙스로 도래시키기 때문이다.

> 그때 내 소꿉친구는 다발성 근종으로 자궁이 팅팅 불어 입으로 머리 잘린 아기를 막 뱉어 놓은 직후였기 때문에 우유를 데워 배불리 먹여 줄 사람이 아무도 없다고 했어요 근데 나는 동네에서 소문난 목장집 딸이었던걸요 크흐흐 웃으며 아저씨가 상으로 슈가 우유를 핥게 해 주었어요 나는 고양이들이 제 새끼들을 데려올까 카펫 깊숙이 박힌 얼룩까지 꼼꼼히 핥았어요 맛없었어요 하지만 핥다 멈춤 맞았어요 고막에 깜빡 하고 불 나간 것처럼 순식간에 맞았어요 엄마가 알면 내 소꿉친구를 프라이드치킨처럼 튀겨 버린다고 했어요 엄마는 동네에서 소문난 치킨 요리 선수였던걸요 그러다가 아저씨가 뒈졌대요 엄마가 뿌지직 뿌지직 뒈진 아저씨의 관 뚜껑을 열고 앉아 설사를 싸 댔어요 나도 따라 뿌지직 뿌지직 뒈진 아저씨의 관 뚜껑을 열고 앉아 설사를 싸 댔어요 아저씨는 두 번 다시 내게 노래시키러 오지 못할 거라고 했어요 이제 나는 슈가 우유에 밥 말아먹는 일 따위는 절대 하지 않아요
>
> —「죽어도 절대 안 죽는 내 소꿉친구의 아버지는

이제 영원히 노래할 수 없어요」 부분

「죽어도 절대 안 죽는 내 소꿉친구의 아버지는 이제 영원히 노래할 수 없어요」는 그 제목부터가 엉뚱하고 기이하다. 먼저 죽음이란 말에 휘감긴 것이 두렵고 통절하고 전율스런 감정의 등고선임을 감안하면, 그것이 두 겹의 아이러니로 둘러싸여 있다는 것을 쉽게 간파할 수 있을 듯하다. 하나는 “죽어도 절대 안 죽는”이란 수식어구와 “내 소꿉친구의 아버지”라는 주어가 제 뒷면에 드리우는 유령의 존재론 또는 동화적 판타지의 질감에서 온다. 다른 하나는 “이제 영원히 노래할 수 없어요”가 풍겨 내는 아스라한 느낌의 회감과 현실 부재의 비애감에 주름져 있다. 따라서 이 시편의 제목은 실상 전혀 다른 느낌과 분위기와 정서적 질감을 거느리고 있는 상이한 어사들을 조합하고 있을 뿐더러, 이를 통해 죽음이 불러일으키는 궁극적 생의 의미와 절대적 타자성이라는 비장하고 둔중한 감각들을 가볍고 경쾌하게 휘발시켜 새로운 웃음과 상상력의 지대로 진입시키고 있는 셈이다.

이와 같은 김민정의 언어 운용법과 이미지 조각술은 첫 시집 『날으는 고슴도치 아가씨』로부터 최근 출간된 『아름답고 쓸모없기를』에 이르기까지 지속적으로 이어질 뿐더러, 낱낱의 시편들의 미시적 짜임 관계인 리듬의 영역에서 가장 먼저 솟구쳐 오른다. 먼저 「죽어도 절대 안 죽는 내 소꿉친구의 아버지는 이제 영원히 노래할 수 없어요」가 흩뿌려 놓는 생동하는 리듬감을 당신의 살갗에서 돋아나는 소름처럼 느껴 보라. 나아가 시인이 활용하는 의성어와 의태어를 유심히 살펴보라. “크흐흐” “뿌지직 뿌지직” 같은 어사들은 이 시편이 형상화하는 끔찍하면서도 우스꽝스런 장면들을 실감 어린 현장감으로 북돋으면서, 독자들로 하여금 지금 여기서 같이 목도하고 있는 것만 같은 생동감을 부여한다. 이들은 비록 빈번하게 반복되는 것은 아닐지라도, "관"으로 상징되는 "아저씨"의 죽음을 무겁고 비극적인 사실성의 세계가 아니라 가볍고 희화화된 판타지의 세계로 뒤바꿔 놓는다. 결국 이들은 망자의 "관"으로 표상되는 공포와 전율과 귀기로 둘러싸인 사건을 경쾌한 희극성의 세계로 전환시킨다. 또한 이질적인 것들의 폭력적 병치와 부조리한 것들의 무질서한 조합에서 생겨나는 그로테스크의 충격과 잔혹성을 희화화의 리듬감으로 탈바꿈시키는 미시적 단위의 미학적 장치로 기능한다.

실상 이 시편의 생동하는 리듬감은 명사나 동사로 이루어진 체언이나 어간의 반복에서 오지 않는다. 곧 "엄마" "아저씨" 같은 명사의 반복이나 '핥-(다)' '뒈지-(다)' 등의 동사 어간의 반복에서 살아 꿈틀거리는 것만 같은 현장감이 발생하지 않는다는 것이다. 그것은 오히려 그 자체로는 별다른 의미를 품지 않는 것처럼 보이는 선어말어미와 어말어미의 반복과 변주에서 온다. 곧 저 동일한 어사들의 반복과 변주가 이루어 내는 장단과 강약과 완급의 동선, 이들이 교차하면서 곧추세우는 길항 관계의 연속선이 희화화의 박진감을 틔워 올린다는 것이다. 곧 '-었어요'와 '-았어요'라는 선어말어미나 어말어미의 교차 반복이나 그 변형들이 이 시편을 잔혹한 그로테스크의 차원에서 희극적 판타지의 세계로 전환시킨다는 것이다. 이들이 만들어 내는 희화화의 리듬을 우리 눈앞으로 다시 소환해 보자.

이 글을 읽고 있는 당신의 시선에 "핥게 해 주었어요" "핥았어요" "맛없었어요" "핥다 멈춤 맛았어요" "맞았어요" "튀겨 버린다고 했어요" "선수였던걸요" "뒈졌대요" "설사를 쏴 댔어요" "못할 거라고 했어요" "절대 하지 않아요" 같은 어사들이 확대 인화된 것처럼 포착된다면, 당신은 이미 김민정이 마련한 말놀이의 폭죽을 같이 쏘아 올리고 있는 자일 테다. 언뜻 보기에, 저 어사들 가운데서 반복적 규칙성을 지니고 있는 것은 '핥다' '맞다' '뒈지다' 같은 동사들 같지만, 그것은 겨우 두세 번 정도밖엔 반복되지 않는다. 오히려 지속적으로 끈덕지게 반복되는 것은 '-었어요'와 '-았어요' 같은 (선)어말어미들이며, 이들의 집요한 반복과 '-였던걸요' '-졌대요' '-댔어요' '-않아요' 같은 변형된 어사들의 등장은 이 시편의 여러 장면들이 마치 구전설화의 생생한 구연 현장에서 튀어나온 것 같은 느낌을 자아낸다. 따라서 이들은 이 시편의 무수한 에피소드들에 깃든 그로테스크의 잔혹성을 상쇄하고 중화시킬 뿐만 아니라, 그것을 희극적인 유희와 익살과 웃음으로 뒤바꿔 놓는 촉매로 기능한다. 결국 시인은 '-었어요' '-았어요'라는 (선)어말어미의 반복과 변주를 통해 새로운 설화적 구연의 박진감과 희화화의 리듬을 창안했던 셈이며, 그로테스크의 잔혹성과 설화적 판타지의 희극성이 공존하는 새로운 예술 무대를 상연했던 셈이다.

풍크툼: 카니발과 그로테스크 리얼리즘의 공명

'공식적인 축제와는 대조적으로 카니발은, 마치 지배적인 진리들과 현존하는 제도로부터 일시적으로 해방된 것처럼, 모든 계층 질서적 관계, 특권, 규범, 금지의 일시적 파기를 축하하는 것이다. 이것은 진정한 시간성의 축제이며, 생성과 변화와 갱생의 축제인 것이다. 카니발은 모든 종류의 영구화, 완성, 그리고 완결성과도 적대적이다. 카니발은 아직 완성되지 않은 미래를 응시하고 있기 때문이다'(미하일 바흐친, 『프랑수아 라블레의 작품과 중세 및 르네상스의 민중 문화』, 아카넷, 2001)라는 말처럼, 카니발은 계층이나 연령을 전혀 구분하지 않을 뿐더러 남녀노소 누구나가 자유롭고 주체적으로 참여하는 통합의 공간을 새롭게 창출한다. 달리 말해, 카니발은 민중의 제2의 삶일 뿐만 아니라, 종교적이거나 사회정치적인 또는 심미적인 영역을 포함한 그 모든 공식적인 제도나 인습과 권위에서 완전히 벗어나 새로운 삶을 이루어 내는 창조적 벡터이다. 곧 기성의 억압적인 질서를 무너뜨리고 세계의 지배적인 모든 가치들을 뒤집어 버리면서 사회의 상징적 질서를 재편하는 핵심 계기로 규정되었다고 하겠다.

바흐친은 카니발의 감각과 세계를 친밀성(familiarization), 기이(excentricity), 이질성의 조합(mesalliance), 비속화(profanation) 등의 범주로 분류했다(Renate Lachmann, "Bakhtin and Carnival: Culture as Counter-culture", *Cultural Critique* 11(Winter, 1988-1989), pp.115-152). 여기서 '친밀성'이란 사회적으로 완고한 위계질서를 깨뜨리고 서로가 평등한 자리에서 자유롭게 어우러지는 것을 뜻한다. 곧 타인들과 아무런 거리낌 없이 유쾌한 장난과 놀이와 유희를 행할 수 있는 관계의 밀도를 일컫는다. '이것은 꾸밈없고, 자의적이며, 의사소통하고 있는 사람들 사이에서 어떠한 거리감도 느낄 수 없는 것일 뿐만 아니라 에티켓과 예의범절의 일상적인 규범에서도 자유로운 것이다'(미하일 바흐친, 『도스또예프스키 시학』, 정음사, 1988)라는 말처럼, 카니발의 세계에서 친밀성이란 각각의 개인들이 기성의 형식적 위계나 계층적 구분에서 해방되어 타인들과 동등한 위치에서 놀이와 유희를 자유롭게 행할 수 있는 관계의 밀접함과 더불어 그것을 가능케 하는 공동체적 조건을 가리킨다고 하겠다.

카니발의 두 번째 범주를 구성하는 '기이'는 모든 것이 허용되고 수락되는 해방의 터전인 카니발의 세계에서 기성의 지배 구조 아래 억압되고 은폐된 것들을 표면 위로 노출시킴으로써, 각각의 개인들이 제 영역을 넘어서 하나의 공동체 내부로 진입하는 것을 가리킨다. 세 번째 범주인 '이질성의 조합'이란 성과 속, 고상함과 저열함, 진중함과 경박함 등등의 상반된 가치와 현상들이 상호 침투하면서 새로운 통합의 국면이 만들어지는 것을 뜻한다. 곧 그 모든 위계질서와 형식적 의례와 규범 등이 무너져 버린 카니발의 세계에서 상호 대립적이고 이질적인 요소들이 서로 결속되고 융합되는 상보적인 관계를 이루면서 새로운 가치를 창출하게 된다는 것이다.

카니발의 마지막 범주에 해당되는 '비속화'는 신성 모독적인 이미지들이나 패러디 같은 표현 양식에서 나타나는 희화적이고 음란한 것을 포함할 뿐만 아니라, 우스꽝스런 말과 몸짓을 통해 기존의 고상하고 신성한 것들을 격하시키는 기능을 수행한다. 곧 기성의 억압적인 지배 질서에 얽매여 있던 개인들은 유희적이고 희화화된 놀이를 통해 고형화된 위계적 가치 체계를 조롱하고 풍자할 수 있는 계기들을 마련하게 되는데, 비속화는 바로 이 국면에서 발생하는 특질이라 하겠다. 따라서 그것은 기존의 계급적 차별의 사회구조나 여타의 불평등한 조건들을 희화화를 통해 거부하고 조롱하면서 평등의 정신을 구현하는 것으로 요약될 수 있다.

카니발의 한 축을 구성하는 비속화는 그로테스크 리얼리즘으로 번져 나갈 수밖에 없는 필연성을 품는다. 특히 '그로테스크 리얼리즘의 나머지 모든 형식들도 격하되고 저속화되며, 육화된다. 바로 이 점이 그로테스크 리얼리즘이 중세 문학과 예술의 모든 숭고한 형식들과 구별되는 근본적인 특성인 것이다. 그로테스크 리얼리즘의 모든 형식들을 구성하는 민중의 웃음은 예로부터 물질·육체적 하부와 결합되고 있었다. 웃음은 격하시키고 물질화하는 것이다'(『프랑수아 라블레의 작품과 중세 및 르네상스의 민중 문화』)라는 바흐친의 언급은 카니발의 비속화와 그로테스크 리얼리즘이 상호 접맥될 수밖에 없는 그 친연성의 맥락을 좀 더 명징하게 예시한다.

설화적 구연의 박진감 넘치는 어조를 비롯한 김민정의 다양한 시적 리듬의 창안은『날으는 고슴도치 아가씨』의 곳곳에서 빈번하게 나타나는 현상이다. 이는 비록 그 빈도수가 적어지긴 했을지라도, 후속 시집들에서도 고스란히 이어지는 그녀만의 고유한 특장이라 하겠다. 단 몇 편을 예시하는 것만으로도 충분히 납득될 수 있을 만큼, 김민정의 시적 리듬은 타의 추종을 불허하는 탁월성을 지닌다. 아니, 몇몇 시편들의 표제어에서부터 저 낭중지추(囊中之錐)의 리듬감은 일종의 징후처럼 번뜩인다. "화두냐 화투냐" "고비라는 이름의 고비" "陰毛라는 이름의 陰謀" "결국, 에는 愛" "아내라는 이름의 아, 네" "오빠라는 이름의 오바" "젖이라는 이름의 좆" "페니스라는 이름의 페이스" "남편이라는 이름의 남의 편" "언니라는 이름의 언짢음" 등은 시인의 새로운 시적 리듬의 창안에 깃든 희극성과 카니발 감각의 동시적 현현을 축약한다. 이들 가운데서 특히「고비라는 이름의 고비」가 흩뿌려 놓는 활달한 리듬감이 어떤 경로에서 발생하며, 그 마디마디들의 동선이 무엇을 겨냥하는지를 직접 파헤쳐 보자.

고비에 다녀와 시인 C는 시집 한 권을 썼다 했다 고비에 다녀와 시인 K는 산문집 한 권을 썼다 했다 고비에 안 다녀와 뭣 하나 못 읽는 엄마는 곱이곱이 고비나물이나 더 볶게 더

뜯자나 하시고 고비에 안 다녀와 뭣 하나 못 쓰는 나는 곱이곱이 자린고비나 떠올리다 시방 굴비나 사러 가는 길이다 난데없는 고비라니 너나없이 고비라니, 너나없이 고비는 잘 알겠는데 난데없는 고비는 내 알 바 아니어서 나는 밥숟갈 위에 고비나물이나 둘둘 말아 얹어 드리

는데 왜 꼭 게서만 그렇게 젓가락질이실까 자정 넘어 변기 속에 얼굴을 묻은 엄마가 까만 제 똥을 헤쳐 까무잡잡한 고비나물을 건져 올리더니 아나 이거 아나 내 입 딱 벌어지게 할 때 목에 걸린 가시는 잠도 없나 빚을 보자 빗이 되는 부지런함으로 엄마의 흰 머리칼은 해도 해도 너무 자라 반 가르마로 땋아 내린 두 갈래 길이라는데 어디로 가야 하나 조금만, 조금만 더 필요한 위로는 정녕 위로 가야만 받을 수 있는 거라니 그렇다고 낙타를 타라는 건 상투의 극치. 모래바람은 안 불어 주는 게 덜 식상하고 끝도 없는 사막은 안일의 끝장이니 해서 나는 이른 새벽부터 고래고래 노래나 따라 부르는 까닭이다 한 구절 한 고비, 엄마가 밤낮없이 송대관을 고집하는 이유인 즉슨이다

—「고비라는 이름의 고비」(『그녀가 처음, 느끼기 시작했다』) 전문

「고비라는 이름의 고비」는 시인의 말놀이가 비단 즉물적 차원의 언어유희나 관습화된 언어 감각의 해체에만 머무르지 않을 뿐더러, 그것을 둘러싸고 있는 상투적인 인식 구조에 대한 풍자적 희화화와 더불어 그 가치 체계의 전복을 시도하고 있다는 것을 비교적 선명하게 일러 준다. 또한 미시적인 차원에서 생성되고 발산되는 시의 리듬에 대한 그녀의 빼어난 직관력의 촉수가 제 몸에 진득하게 들러붙어 있다는 것을 살뜰하게 보여 준다. 어쩌면 시 작품의 높낮이를 결정하는 가장 중요한 인자는 내면적 정념의 치열성이나 사상의 깊이나 세계관의 크기 같은 주제-내용의 측면에서 비롯하는 것이 아닌지도 모른다. 오히려 그것은 언어의 작고 미세한 결들이 이어지고 부딪치고 길항하면서 이루어 내는 긴장과 이완의 운동, 곧 말들이 서로를 마주 보면서 드리우는 장단과 고저와 완급의 낙폭, 그 등락(登落)의 리듬에서 온다. 동일한 주제와 모티프를 가진 시편이라 하

더라도 저 등락의 움직임인 리듬을 어떻게 짜고 닦고 마름질하는가에 따라 전혀 다른 수준의 작품이 탄생하기 때문이리라.

「고비라는 이름의 고비」에서 "고비"라는 시어는 그것에서 파생·변형된 "곱이곱이" "고비나물" "자린고비"를 포함하여 총 15번 등장한다. 따라서 이 시편의 묘미는 우선 "고비"라는 기표가 종횡무진으로 움직이면서 전혀 다른 사물들이나 사건들로 자유롭게 번져 나가는 상상력의 활달한 추동력에서 온다. 또한 기표의 리드미컬한 움직임이 불러일으키는 카니발의 해방감에서 온다. 이는 "고비"라는 말의 음성적 자질을 구부려 빚어낸 "곱이곱이" "고비나물" "자린고비" 같은 시어들이 제 의미의 하중을 작품의 마디마디에 흩뿌리면서, "고비"가 움켜쥐고 있는 관습적이고 상투화된 감수성과 더불어 그 구태의연하고 단선적인 의미 구조를 조롱하고 희화화한다는 것을 뜻한다. 결국 이러한 조롱과 희화화를 통해, "고비"는 존재론적 본질의 성찰이나 생명감의 고양 따위로 요약되는 뻔하디뻔한 스투디움(studium)의 재생산 구조에서 빠져나와 "밥순갈"과 "똥"과 "노래"로 표현된 먹고 싸고 노는 실생활의 무대로 이동하기 때문이다. 아니, "고비"의 의미 구조와 가치론적 맥락을 전혀 다른 것으로 변전시키는 풍크툼(punctum)의 효과를 새롭게 창출하기 때문이다.

따라서 "곱이곱이" "고비나물" "자린고비" "한 구절 한 고비" 같은 시어들은 "고비"에 이미 포함된 의례적인 감수성과 상투적인 나르시시즘과 그 의미 구조의 제국을 교란하고 해체시키는 사유의 유격전으로서의 카니발의 세계관을 포함한다. 또한 "고비"에 깃들인 단 하나의 의미 구조인 스투디움의 구심력을 흩날리게 강제함으로써, 상이한 감각과 가치들이 서로 공존하고 대립하고 경쟁하는 새로운 예술 무대를 연다. 이른바 대화적 상상력과 다성성의 발화로 요약되는, 전혀 다른 민중 연희의 무대가 열리게 되는 것이다. 이는 저 "고비"라는 상투어가 "곱이곱이" "고비나물" "자린고비" "한 구절 한 고비" 등의 시어들로 변주되는 과정에서 풍크툼의 원심력과 카니발의 해방감이 새롭게 솟구쳐 오른다는 것을 뜻하는 것이기도 하다. 결국 시인은 "고비"라는 말을 전혀 다른 희화화의 리듬으로 탈바꿈시킴으로써, 그것을 새로운 예술 무대로 전환시키고 있을 뿐더러 제 시론이자 예술적 사유로서의 카니발을 암묵적으로 공표하고 있는 셈이다.

> 아나, 아다라시? 무슨 스끼다시 같은 건가요? 일본어 잘 몰라서요. 왜 그래 아마추어같이. 그들은 웃었고 그들은 소주잔에 젓가락을 찍어 숯이니 숫이니 히로키에게 써 보였고 얌전한 히로키는 빨개진 얼굴이더니 고개를 푹 숙여 버리는 일로 그들과의 대화에서 조용히 빠져나갔다. 동경대에서 교환학생으로 와 공부를 했다는 동갑내기 히로키와는 가끔 만나 커피 마시며 시 얘기를 하는 사이인데 그는 윤동주의 시를 나보다 더 많이 외우고 나보다 더 많이 베껴 본 터라 내가 모르는 윤동주의 시를 토론의 주제로 삼곤 하여서 내게 반강제적으로 송우혜 선생의『윤동주 평전』을 사게도 하였는데 그런 그가 한국에 와 처음 배운 단어는 밤도 아니고 별도 아니고 바람도 아니고 자지라 했다. 자라고 할 때는 자지, 보라고 할 때는 보지. 그렇지. 그건 맞지. 그래서 우리말 번역이 어렵다는 얘기지. 누가 저 문장을 히로키에게 가르쳤는지는 모르겠으나 웃음기 없이 술자리도 아닌 데서 듣는 아랫도리 사정이다 보니 참으로 거시기하여 거시기하구나 하는데 그 거시기가 뭐냐 물으니 그러니까 나는 합치면 자보자라 하여 권유형의 자보지가 된다며 뻴쭘하니 한술 더 뜨고 앉아 있을 수밖에 없던 것이었다.
>
> ―「그럼 쓰나」(『아름답고 쓸모없기를』) 전문

「그럼 쓰나」는 지금까지 우리들이 말해 온 김민정의 새로운 시적 리듬의 창안에 담긴 카니발 감각과 그로테스크의 상호 촉발이 어떤 방식으로 구현되는지를 명징하게 적시한다. 이 시편에선 앞서 살핀 두 작품들처럼 지속적인 리듬감을 만들어 내는 낱말이나 음소나 형태소는 그리 많이 등장하지 않는다. 그러나 맨 첫머리에 등장하는 "아나" "아다라시" "쓰끼다시" 같은 시어들의 순차적 조합을 보라. 이들은 모음 '아'와 '이'를 잇달아 늘어놓음으로써, 이 시편이 실생활에 밀착된 입말과 음담패설을 함께 아우르면서 그 생동하면서도 비루한 일상의 감각과 풍경들을 확대 인화하는 자리로 뻗어 나갈 것임을 예고한다. 또한 "일본어"와 "히로키"라는 시어는 이 작품이 "번역"의 낙차에서 김민정의 고유한 특장인 희화화의 리듬을 마련할 것임을 암시한다.

그렇다. 이 시편에서 실소를 거듭하게 하면서도 겸연쩍은 희화화의 무대로 이끄는 것은, "히로키"가 "한국에 와 처음 배운 단어는 밤도 아니고 별도 아니고 바람도 아니고 자지라 했다"는 사실에 있다. 나아가 저 "자지"라는 시어는 "보지" "맞지" "애기지" 같은 끝자리의 동일한 음성 '지'를 활용한 새로운 낱말들로 이어짐으로써 발랄하면서도 얄궂은 희극성의 리듬감을 불러온다. 특히 "자라고 할 때는 자지, 보라고 할 때는 보지"라는 구절이나, "그러니까 나는 합치면 자보자라 하여 권유형의 자보지가 된다며 뻘쭘하니 한술 더 뜨고 앉아 있을 수밖에 없던 것이었다" 같은 문장은 저 시어들의 음성이 품은 의미의 이중성을 극대화시킨다. 또한 성기 혹은 성애와 관련된 갖가지 장면들을 경쾌하면서도 엉뚱한 희극적 아이러니로 둔갑시켜 놓는다.

여기서 나타난 "자지" "보지" "자보자" "자보지" 같은 시어들은 모두 인간의 성기나 성애 행위를 가리키는 수치스럽고 음란한 것임에도 불구하고, "일본어" "히로키" "번역"으로 축약되는 언어의 화용론적 맥락과 연결됨으로써 기이한 희화화의 리듬과 미감을 뿜어낸다. 특히 저 시어들이 한국시의 전통적 맥락이나 그 규범적 조건에선 결코 시적 오브제로 자리할 수 없었던 것임을 감안하면, 이 시편이 희화화의 리듬을 통한 카니발 감각의 현현 뒷면에 그로테스크 미학을 감춰 두고 있다는 사실을 직감할 수 있다. 결국 그로테스크란 '희화적인 과장'을 포함할 뿐만 아니라, 인간의 시각장과 그 인식 체계의 배면에서 작동하는 사회적 정상성의 질서와 밀접하게 연동되어 있기 때문이다. 아니, 모든 예술 작품의 표면에서 일어나는 시각적 충격이나 감각적 전율은 당대 사회의 지배 체제와 이데올로기에 대한 비판과 저항과 가치 전복의 요소들을 포함할 수밖에 없기 때문이다.

몸: 똥과 오줌과 성교의 유물론

김민정의 무수한 시편들에서 빈번하게 등장하는 "똥" "오줌" "자지" "보지" "똥꼬" "섹스" 같은 시어들을 보라. 이들은 시인이 인간의 몸을 형이상학적이거나 존재론적인 사유의 대상으로 간주하는 것이 아니라, 카니발의 비속화 차원에서 응시하려 한다는 것을 적시한다. 또한 시인 제 자신의 몸을 비롯한 우리들의 몸을 먹고 마시고 배설하는 것이자 성행위를 치르는 지극히 물질적이고 육체적인 기관들로 형상화하려 한다는 사실을 암시한다. 이렇듯 김민정의 시가 인간의 몸을 '비속화'의 차원에서 형상화할 수밖에 없는 것은 그 미학적 뿌리와 이미지 조각술의 바탕이 그로테스크 리얼리즘의 대지에서 솟아오르기 때문이리라.

가령 『그녀가 처음, 느끼기 시작했다』에 들어박힌 "똥을 밀어 올리고 오줌을 끌어 내리는 수축과 팽창의 피스톤 놀이 속에 별의 안부는 산란기였습니다"(「별의 별」), **"여성 희소식, 당신도 아름다워질 수 있다! 여성 무모증 빈모증 수술하지 않고 완전 해결! 02-969-6688** 마르크스도 이런 불평등은 미처 예상치 못했을 거다"(「陰毛라는 이름의 陰謀」), "빨강 팬티에다 나는 날개형 화이트를 대고 있었고/화장실 변기 위에 나는 오래 저린 엉덩이였다/미안해, 생리 중이야!"(「빨강에 고하다」), "섹스를 나눈 뒤/등을 맞대고 잠든 우리/저마다의 심장을 향해 도넛처럼,/완전 도-우-넛처럼 잔뜩 오그라들 때/저기 침대 위에 큼지막하게 던져진/두 짝의 가슴이,/두 쪽의 불알이"(「젖이라는 이름의 좆」), "사랑해라고 고백하기에 그 자리에서 오줌을 싸 버렸다 이보다 더 화끈한 대답이 또 어디 있을까 너무 좋아 뒤로 자빠지라는 얘기였는데 그는 나 보기가 역겨워 가신다면서 그 흔한 줄행랑에 바쁘셨다 내 탓이냐 네 탓이냐 서로 손가락질하는 기쁨이었다지만 우리 사랑에 시비를 가릴 수 없는 건 결국 시 때문이다 줘도 못 먹은 건 그러니까 내 잘못이 아니란 말이다"(「시, 시, 비, 비」) 같은 지극히 비루하면서도 우스꽝스런 이미지들의 폭발적 질주를 보라. 또한 이들에서 나타나는 카니발의 돋을새김과 그 곁에서 함께 울려 나는 그로테스크 리얼리즘의 미감을 동시에 느껴 보라.

이들은 우리들의 실생활을 이루는 먹고 자고 싸고 성교하는 장면들을 밀착인화의 기법으로 적나라하게 드러냄으로써, 우리들의 몸과 인간적인 것의 범주 자체를 비속화의 차원으로 끌어내린다. 또한 김민정의 시가 그로테스크 리얼리즘으로 나아갈 수밖에 없는 그 필연성의 맥락을 명료하게 고지한다. 더 나아가 시를 재도지기(載道之器)로 표상되는 형이상학적 이념이나 인간의 고상한 심성을 구현할 수 있는 탁월한 글쓰기 양식으로 규정해 온 한국 전통문화의 규범적 맥락이나 그 지식 체계에 구멍을 뚫어 버리는 낯설고 불편한 심리 기제들을 곤두세운다. 결국 김민정은 시라는 글쓰기 양식이 더 이상 선비와 양반으로 대변되는 귀족들의 고상하고 품격 있는 교양물이 아니라, 카니발의 광장에서 그 누구나 자유롭게 즐길 수 있는 상스럽고 혐오스러우면서도 발랄하고 경쾌한 놀이이자, 기성의 가치 체계와 지배 이데올로기에 포함된 위선과 부조리를 조롱하고 풍자할 수 있는 민중의 언어이자 평등 정신의 담지체로 그 맥락을 전도시키려 했던 것이 틀림없다.

이는 어느 해 여름 "하지"의 "오후 2시께", "횡단보도 앞에 나란히 선" "두 대의 택시" 사이에서 오간 대화를 포착하여 그 날것의 형상들을 직설 화법으로 드러낸 아래의 작품을 인용하는 것만으로도 충분히 요해될 수 있을 듯하다. 저렇듯 살아 펄펄뛰는 비루한 날것들의 감각과 그로테스크 리얼리즘의 박진감 앞에서 우리들 모두는 그저 무장해제의 너털웃음을 지을 수밖에 없기 때문이다. 이 웃음이야말로 민중적 삶의 실제를 구성하는 물질·육체적 하부와 결합되어 있는 것이기 때문이다. 아니, 「오늘 하지」라는 작품 자체가 사회의 상징적 질서로 완강하게 구축되어 있는 고상한 의식 절차나 겉치레의 규범들을 민중적 삶의 세계인 물질·육체적 차원으로 끌어내리려는 그로테스크 리얼리즘의 격하·저속화의 원리로 에둘러져 있기에.

> 두 대의 택시가 횡단보도 앞에 나란히 선다
> 오후 2시께
> 꽃무늬 양산 그늘 몇이 퍽도 느리게 길을 간다
> 그 늙음과 느림을 견디기 위하여 아저씨들은

있다
수컷은 그때 그 순간에 잘도 자라기 위해 뭔가
아껴 두는 모자람이 늘 있는 모양이다

어째서 그런지 내가 용케도 알아 버린 건
운전석 유리창을 동시에 내리는 아저씨들이
있다 있어서였다
수컷은 그때 그 순간에 잘도 싸기 위해 뭔가
참아 주는 의뭉함이 늘 있는 모양이다

—어디가냐
—집에 간다
—대낮부터 마누라 너무 조지지 말고
—해수탕 가고 없다 내 마누라
—그럼 디비 자라 딸딸이 졸라 쳐 대지 말고
—손님 카드 긁을 힘도 없다 이 씹새끼야

—「오늘 하지」(『아름답고 쓸모없기를』) 부분

사랑: 타인에의 배려와 윤리적 몸부림

김민정의 거의 모든 시편들은 한국시의 전통적 개념이나 그 문화사적 맥락 속에 유구하게 깃들어 있었던 지고성과 신성성의 가치들을 비속화할 뿐만 아니라, 예술의 고상하고 숭고한 형식들을 격하·저속화·육화하는 그로테스크 리얼리즘의 형식적 특질을 공유한다. 적어도 알랭 바디우의 진리-사건의 사유를 따른다면, 바로 이 지점이 그녀의 첫 시집이 불러일으킨 '사건의 자리'에 해당될 것이다. 그것은 당대 한국시를 둘러싸고 있었던 기존의 언어와 지식과 통념으로는 해명할 수 없고 식별될 수 없는 낯설고 기괴한 이미지들과 더불어 새로운 리듬과 화법을 출현시켰기 때문이다. 또한 유교적 도덕 관념 아래 은폐되고 가려질 수밖에 없었던 우리들 몸의 적나라한 진실, 곧 먹고 자고 싸고 성교하는 물질·육체적 삶의 광희적(狂喜的) 원리를 노골적으로 까발리면서도, 그것을 또한 매우 긍정적인 시선에서 형상화했기 때문이다. 이는 곧 김민정이 빚어낸 저 무수한 몸의 형상들이 결국 그로테스크 리얼리즘에서 기원한다는 것을 명시적으로 예증한다. 바흐친의 말처럼, '그로테스크 리얼리즘의 주도적인 특성은 격하시키는 것, 즉 고상하고 정신적이며 이상적이고 추상적인 모든 것을 물질·육체적 차원으로, 불가분의 통일체인 대지와 육체의 차원으로 이행시키는 것'(『프랑수아 라블레의 작품과 중세 및 르네상스의 민중 문화』)에 있기 때문이다.

그러나 김민정의 카니발 감각과 그로테스크 리얼리즘의 뒷면에 깊숙이 숨겨진 시인의 진중한 자기 성찰과 타인의 고통을 함께 앓는 윤리학적 몸부림을 읽어 내지 못한다면, 그녀의 시는 우리들에게 제 진면목을 보여 주지 않을 것이 틀림없다. 이는 제 부모의 실명을 거론하면서 그들을 향한 사랑의 감정을 우회적으로 표현했던 첫 시집의 「시집을 펴내며」에 적힌 "내가 맘껏 뜯어먹을 수 있게 나를 구워준//나의 오븐이자 빵이며 우물거리는 입인//김연희 아빠, 양은숙 엄마,//당신들 덕분에 이리 배부른 나입니다" 같은 문장들에서 어렴풋하게 드러난다. 또한 "서른네 해째/나라는 콩깍지를 뒤집어쓰고 있는/부모님아,/사랑도 다정도 병이라니깐요.//눈물겨운 두 분께/두 번째 시집을 바칩니다"라는 두 번째 시집의 「시인의 말」은 그녀의 "사랑"의 감정을 보다 분명하게 유추할 수 있는 단서를 제공한다.

첫 시집『날으는 고슴도치 아가씨』을 준비하고 출간했던 2000년대 초반의 그 시절, 시인 김민정은 그로테스크를 극단까지 밀어붙이는 지극한 실험 정신을 추구했을 뿐만 아니라, 그것을 하나의 예술적 사건으로 만들어 내려는 방법론적 탐구에 골몰했던 것 같다. 여기서는 시인 제 자신의 실존의 속살이 거의 드러나지 않기 때문이다. 그러나 매우 드물긴 하지만, 두 번째 시집의 몇몇 시편들에서 어렴풋이 드러나는 자기 성찰과 사랑의 이미지들은 김민정 시의 벡터가 제 실존의 감각들이나 사건들을 형상화하는 방향으로 선회할 것임을 예기하는 징후였는지도 모른다.

가령 "정차한 역에서 한 흑인 남자와 백인 소녀 커플이 합류했을 때 어깨동무를 한 그들의 입에는 츄파춥스가 물려 있었고 연신 오물거렸는데 그 사탕 껍질을 디자인한 사람이 다름 아닌 달리라는 걸 알고는 있었을까 신문지를 깔았으나 궁둥이에 스며드는 오줌에도 끝끝내 열차 바닥에 앉아 어깨동무를 풀지 않는 백인 소녀의 가느다란 팔뚝에 지워져 가는 멍처럼 흐릿하게 남아 있던 글자, 누가 새겨 주었나 저 푸른 愛"(「결국, 에는 愛」), "닭살을 긁은 뒤 울긋불긋 솟은/살진 여드름을 짜기에 더없이 좋았으므로/나는 내 안의 작디작은 죽음을 잊었다//그렇게 흔들흔들/안녕 새로운 나여"(「피날레」), "플랫폼 위에서 한 노숙자가 발톱을 깎고 있었다/해진 군용 점퍼 그 아래로는 팬티 바람이었다/가랑이 새로 굽슬 삐져나온 털이 더럽게도 까맸다/아가씨, 나 삼백 원만 너무 추워서 그래/육백 원짜리 네스카페를 뽑아 그 앞에 놓았다/서울행 열차가 10분 더 연착될 예정이라는 문구가/전광판 속에서 빠르게 흘러갔다 **천안두리인력파출소/안내시스템 여성부 대표전화 041-566-1989**/순간 다급하게 펜을 찾는 손이 있어/코트 주머니를 뒤적거리는데/게서 따뜻한 커피 캔이 만져졌다" 같은 문양들을 보라. 이들에선 "愛"와 "새로운 나"와 "노숙자" 같은 시어들로 축약되는, 시인의 가슴팍 깊은 곳에 간직되어 있을 사랑과 자기 성찰과 심려의 마음결이 고스란히 느껴지기 때문이다.

『아름답고 쓸모없기를』의 맨 앞뒷면에 나란히 배치된 아래의 시편들은 그야말로 타인과 세계를 사랑하며 살아갈 수밖에 없을 그녀의 태생적 체질과 이를 향한 간절한 소망을 동시에 암시하는 가장 유력한 징표일 것이다. "돌의 쓰임을 두고 머리를 맞대던 순간"이나 "메마르고 매도될 수밖에 없는", 그리하여 "멀리 있어 슬픈 그것"을 "사랑"이라고 외쳐 대는, 저토록 격렬한 침묵으로 응집된 이미지들의 웅숭깊은 주름들처럼.

먹빛이었다가 흰빛이었다가
밤이었다가 낮이었다가
사과 쪼개듯 시간을 반 토막 낼 줄 아는
유일한 칼날이 실은 돌이었다
필요할 땐 주먹처럼 쥐라던 돌이었다
네게 던져진 적은 없으나
네게 물려 본 적은 있는 돌이었다
제모로 면도가 불필요해진 턱주가리처럼
밋밋한 남성성을 오래 쓰다듬게 해서
물이 나오게도 하는 돌이었다

한창때의 우리들이라면
없을 수 없는 물이잖아, 안 그래?

물은 죽은 사람이 하고 있는 얼굴을 몰라서
해도 해도 영 개운해질 수가 없는 게 세수라며
돌 위에 세숫비누를 올려 둔 건 너였다
김을 담은 플라스틱 밀폐 용기 뚜껑 위에
김이 나갈까 돌을 얹어 둔 건 나였다
돌의 쓰임을 두고 머리를 맞대던 순간이
그러고 보면 사랑이었다

—「아름답고 쓸모없기를」 부분

양망이라 쓰고 망양으로 읽기까지

메마르고 매도될 수밖에 없는 그것

사랑이라

오월의 바람이 있어 사랑은

사랑이 멀리 있어 슬픈 그것

—「근데 그녀는 했다」 전문

주름, 몸의 정치경제학
—이현승의 시집

현상학적 시선과 공백으로서의 진실

지난 두 권의 시집에서 우리 몸 밑바닥을 가로지르는 야생적 충동과 문명의 외피를 입은 인간적 세련성의 형식이 서로를 맞겨누면서 습합되는 그 날것의 장면들을 유려하면서도 완미한 균제의 이미지들로 소묘했던 이현승의 필법은 『생활이라는 생각』에서도 고스란히 살아 있다. 형형색색의 다양한 벡터들로 살아 꿈틀거리는 몸의 세계, 세계의 몸의 원초적 야생성과 그것을 규율하고 통어하는 문화적 예의 규범의 길항 관계를 그려 내는 자리에서 그의 예술적 재능과 정념은 최고 순도의 광휘를 뿜어낸다. "콧수염에 묻은 우유를 닦아 내면서/짐짓 경건하게 예절에 대해 말할 때/당신은 비로소 육식동물처럼 근엄합니다"(「식탁의 영혼」, 『아이스크림과 늑대』), "공중화장실 변기 위에서 누군가의 온기를 느낄 때/엉덩이를 의식하면서 우리는 진심으로 혼자 있고 싶다./문화 시민의 격조로 격언과 낙서들을 바라보면서/불편한 친절은 친절한 불편이라 중얼거린다"(「영하의 인사」,

『친애하는 사물들』) 같은 구절들에 또렷한 형세로 나타난 것처럼, 시인은 "문화 시민의 격조"의 뒷면을 타고 흐르는 "육식동물"의 원초적 세계를 골똘한 시선으로 되새기려 한다.

이현승은 세계의 원초적 터전을 이루는 날것으로서의 육체성을 투명하면서도 집요한 현상학적 시선, 곧 판단중지의 태도를 충실하게 이행하면서 그 불확정 상태의 곤혹을 끈덕진 몸의 리듬으로 견인해 내려는 시인이다. 이는 시작(詩作) 초기부터 지금에 이르기까지 시인의 몸 한가운데 진득하게 들러붙어 있을, 그리하여 생래적 체질이라고밖엔 달리 말할 도리가 없는 그의 고유한 삶의 태도이자 이미지 조각술의 중핵을 이룬다. 이런 체질에서 기원하는 시인의 독특한 예술적 사유와 문양은 "밤사이에 늘어난 환자의 전문 지식이/주치의의 처방을 바꾸지는 못할 것이다"(「시인의 말」, 『아이스크림과 늑대』), "진짜 같은,의 핵심은 같은인데/진짜 같은 공포와 피로가/살갗에 제 발자국을 마구 찍는데/진짜는 없고 발자국만 있다"(「시인의 말」, 『친애하는 사물들』) 같은 묵직한 실존적 육성에 이미 주름져 있었다고 보아도 좋다. 그것에는 "주치의의 처방"과 "진짜 같은 공포와 피로"라는 통념적 지식과 그럴싸하게 윤색된 이미지들의 지배 한가운데 들어박힌 외상적 중핵이자 의미들 속의 무의미일 수밖에 없을 실재와 공백으로서의 진실을 되찾아오려는 윤리학적 투쟁이 충실하게 깃들어 있기 때문이다.

모나드, 우연, 아이러니

한 주에 세 번 문상을 하고 나서
죽음이 얼마나 가까운지 깨닫는 일은 공교롭고 새삼스럽다.

죽음은 너무나 당연해서 생략 가능한 문장 같지만
생략된 것을 더듬을 때마다 가슴이 눌린다.

—「부끄러움을 찾아서 2」 부분

아이들은 그냥 사라지지 않았을 것이다.
불행은 보살피던 자의 주의를 빼앗고 발을 묶은 뒤
결정적으로 아이를 가로채며 스스로를 완성했을 것이다.
변변한 사진 한 장 없다는 사실이 미아들을 웅변한다.

—「사라진 얼굴들」 부분

하루 각자의 시간을 보내고 다시 만나기로 한 날
나는 약속 시간에 늦게 되었다. 어쩌면
모든 것이 정해진 궤도 위를 움직이는 우주에서
기다림에 등 떠밀려 그가 다시 우주로 향하는 사이
나는 약속 시간에 늦기 위해 헐레벌떡 뛰어오고 있었던 것이다.

—「먼지는 외롭다」 부분

"죽음은 너무나 당연해서 생략 가능한 문장 같지만/생략된 것을 더듬을 때마다 가슴이 눌린다"는 구절이 표상하는 것처럼, 시인은 "너무나 당연해서 생략 가능한" 모든 것들을 그대로 받아들이지 않는다. 도리어 "생략된 것"의 뒷면에 켜켜이 잠겨 있을 다른 진실들을 찾아내어 함께 앓고자 한다. 특히 "가슴이 눌린다"는 이미지는 저 진실들이 황폐하고 참혹할 수밖에 없을 것이라는 둔중한 깨달음을 제 뒷면에서 풍겨 낸다. 그런가 하면 "불행은 보살피던 자의 주의를 빼앗고 발을 묶은 뒤/결정적으로 아이를 가로채며 스스로를 완성했을 것이다"라는 구절은 세계에서 일어나는 무수한 사건들을 향한 시인의 애달픈 숨결과 안타까운 마음씨를 넌지시 일러 준다.

시인은 자신에게 이렇게 묻는 셈이다. 과연 저 "불행"은 "미아들" 각각의 모나드(monad)에 이미 휘감겨 있었던 어떤 술어들인가? 그리고 그것은 어느 누구도 어찌할 수 없는 운명선에서 휘날려 오는가? "스스로를 완성했을 것이다"라는 작은 무늬는 거스를 수 없는 숙명의 덫이자 필연의 사슬처럼 느끼고 있을 것이라는 사실을 웅변해 주는 것만 같다. 「먼지는 외롭다」는 현대 세계의 나날의 일과표 가운데 한 부면을 이루는 "약속 시간", 그 사소하고 빈번한 사건을 마치 우주론적 필연성을 품은 장면처럼 과장되게 묘사하여 우리들에게 잔잔한 유머의 쾌감을 선사한다. 그러나 저 유머의 한복판에는 격렬한 침묵으로 응집된 비장한 운명론이 감춰져 있다. 특히 "모든 것이 정해진 궤도 위를 움직이는 우주에서"라는 구절에 스민 예정설의 감각은 모나드의 필연성의 왕국만을 신봉하는 운명론자의 징표처럼 보인다.

> 결과의 자리에 가서 보면 모든 것이 너무나 분명하다.
> 올챙이는 개구리가, 애벌레는 나비가,
> 씨앗은 나무가 될 수밖에 없었던 것이다.
> 우리는 의심범이 아니라 확신범이 되고 싶다.
>
> 우리는 갑자기 발생한다.
> 뭐였더라 뭐였더라
> 잘 기억나지 않는 단어처럼 희박하다가
> 강물로 섞여 드는 빗물처럼 희미하다가

—「자기공명조영술」 부분

도로와 함께 내려앉은 차량의 탑승자도
별일 없이 이 구덩이를 통과할 생각이었을 것이다.
응 지금 거의 도착했어 어쩌면 휴대전화로
오 분 뒤의 도착을 알리는 중이었을지도 모른다.
지갑을 놓고 와 되돌아가는 짜증스러운 오 분 탓에
누군가는 덧없이 덫을 피해 갔는지도.

—「씽크홀」 부분

시인에게 운명론자의 체취와 흔적은 지극히 당연한 것처럼 보인다. “결과의 자리에 가서 보면 모든 것이 너무나 분명하다./올챙이는 개구리가, 애벌레는 나비가,/씨앗은 나무가 될 수밖에 없었던 것이다” 같은 이미지는 그의 사유가 모나드의 필연성을 수긍하는 자리에서 움튼다는 것을 더욱 명징한 윤곽으로 보여 준다. 그러나 또한, “우리는 갑자기 발생한다”는 그가 저 필연성의 왕국에 자신의 운명을 내맡기지 않을 뿐더러 수동적 허무주의자의 체념이나 무기력에서도 멀찌감치 물러나 있다는 것을 우회적으로 표상한다. “뭐였더라 뭐였더라/잘 기억나지 않는 단어처럼 희박하다가/강물로 섞여 드는 빗물처럼 희미하다가”라는 구절 역시 그가 우리 의식 바깥에 놓인 숱한 진실들을 바닥까지 들춰 보려 할 뿐만 아니라, 그것에 의해 “갑자기 발생”하는 우발성의 세계를 늘 염두에 두고 있다는 사실을 암시한다. “지갑을 놓고 와 되돌아가는 짜증스러운 오 분 탓에/누군가는 덧없이 덫을 피해 갔는지도”라는 문양 또한 인간의 유한한 시선과 지혜로는 결코 알아챌 수 없을 세계의 무한정한 신비와 변화무쌍한 사건의 계열들을 표현한다.

그렇다면 이현승의 운명론적 사유가 『생활이라는 생각』의 마디마디 모서리들을 가로지르면서 이미지들의 성좌를 짜고 엮는 예술적 방법론의 중핵으로 들어박힐 수밖에 없었던 것은 어떤 이유에서일까? 아니, 다시 이렇게 물어야만 한다. 그가 시의 거죽을 운명론적 지력선과 필연성의 편린들로 날인하면서도 그 뒷면에서 자유의지와 우연성의 뉘앙스가 은은하게 배어나도록 빚어낸 것은 어떤 까닭에서일까? 이에 대한 답변을 찾아내는 과정은 이현승 시의 비밀을 풀어내는 것과 같은 맥락을 이루겠지만, 그의 대부분의 시편들이 저렇듯 겉과 속이 어긋난 이미지들을 빚어낼 수밖에 없는 것은, 그의 태생적 체질일 수밖에 없을 현상학적 시선이나 아이러니의 감각과 깊은 연관을 맺고 있는 것처럼 보인다.

> 내일은 내가 웃고 네가 기도하더라도 달라지는 것은 없겠지만
> 울다 잠든 아이가 웃으며 잠꼬대를 할 때,
> 배 속은 텅 빈 냉장고 불빛처럼 허기지고
> 우리는 아플 때 더 분명하게 존재하는 경향이 있다.
> 아프게 구부러지는 기도처럼, 빛이 휜다.
>
> —「빗방울의 입장에서 생각하기」 부분

> 우리를 쓰러뜨린 것은 우리 자신이 아니었는가.
> 누구든 다 이해받을 수 없다는 것을 이해하자.
>
> 다만 우리는 조금씩 비껴 서 있고
> 부분적으로만 연루되어 있으며

시작하기엔 이미 늦었지만
아직 포기하기엔 이르다.

—「에고이스트」 부분

한글 공부를 시작했다.
삼인 가족인 할머니네는 인생의 대부분을 따로 있고
게다가 모두 만학도에 독방 차지다.
하지만 깨칠 때까지 배우는 것이 삶이다.
아들과 남편에게 편지를 쓸 계획이다.

나이 육십에 그런 건 배워 뭐에 쓰려고 그러느냐고 묻자
꿈조차 없다면 너무 가난한 것 같다고
지그시 웃는다. 할머니의 그 말을
절망조차 없다면 삶이 너무 초라한 것 같다로 듣는다.

—「이것도 없으면 너무 가난하다는 말」 부분

시집 곳곳에서 추려 낸 위의 이미지들은 시인이 품은 아이러니의 감각과 세계의 복잡 미묘한 중층구조들을 빠짐없이 응시하려는 시인의 실존적 기투를 비교적 상세하게 보여 준다. 시인은 급변하는 일상사의 여러 국면들이 운명처럼 주어진 제 생활의 구조를 바꾸지 못하리라는 것을 너무나도 잘 안다. "내일은 내가 웃고 네가 기도하더라도 달라지는 것은 없겠지만"에 깃든 깊고 깊은 절망의 그림자가 그러하다. 그럼에도 시인은 "울다 잠든 아이가 웃으며 잠꼬대를" 하는 장면에서 슬픔과 기쁨, 궁핍과 희망, "허기"와 "기도"를 동시에 느낀다. 이러한 양가감정 상태는 비단 의식과 무의식의 상호 교차에

서 발생하는 것으로 설명되는, 어떤 심리 현상만을 뜻하지 않는다. 오히려 "우리는 아플 때 더 분명하게 존재하는 경향이 있다./아프게 구부러지는 기도처럼, 빛이 휜다"는 탁월한 이미지처럼, 제 힘겨운 생활상과 눅진한 절망감에도 지극한 성심으로 구원의 "빛"을 찾아내려는 투지를 불태우고 있다는 것을 소리 없이 일러 준다. 나아가 시인이 제 스스로를 신성한 "빛"으로 드높이려는 윤리학적 모험을 감행하고 있다는 사실을 반증한다. 이와 같은 투지와 모험은 시인의 고유한 음색으로 에둘러진 잠언체의 문장들을 낳는다. 예컨대 "다만 우리는 조금씩 비껴 서 있고/부분적으로만 연루되어 있으며/시작하기엔 이미 늦었지만/아직 포기하기엔 이르다" 같은 문장이 그러하다. 이 문장은 여러 차원의 아이러니가 교차하는 그 절망의 겹주름을 뚫고 나와, 더 나은 삶을 향한 투지를 감성적으로 북돋울 뿐더러 시인의 윤리학적 특이성을 축약하는 도상학적 이미지를 완성한다.

「이것도 없으면 너무 가난하다는 말」은 시인이 오랫동안 품어 왔을 실천적 태도와 윤리학적 비전을 돋을새김의 필치로 그려 낸다. "깨칠 때까지 배우는 것이 삶이다" "꿈조차 없다면 너무 가난한 것 같다고/지그시 웃는다" "절망조차 없다면 삶이 너무 초라한 것 같다" 같은 이미지들은 이 시편에 깃든 아이러니의 윤리학을 응축하는 의미론적 매듭으로 기능한다. 그것은 또한 롤랑 바르뜨가 말했던 풍크툼(punctum)의 화살촉으로 벼려져 우리의 가슴팍을 꿰뚫고 들어와 실용과 경쟁에 찌든 우리들의 심장을 뒤흔들어 놓는다. 물론 시인에게 "꿈"이란 곧 "절망"의 다른 이름에 불과할 뿐이다. 저 비극적 허무감에 시인이 흠씬 젖어 들어 있을 것은 지극히 당연한 일이겠지만, 그가 더 나은 삶을 향한 사람들의 원초적 충동에서 알 수 없는 기쁨과 즐거움을 느낀다는 것 또한 부정할 수 없는 사실일 것이다. 그것이 비록 실패와 고통과 절망만을 안겨 준다 하더라도, "이것도 없으면 너무 가난하다는 말"을 바보처럼 믿고 있을 것이 틀림없기에.

몸의 정치경제학, 해부학적 사유의 리듬

우리가 지금까지 이야기해 온 현상학적 판단중지에 입각한 시인의 완강한 사실적 시선과 윤리학적 비전은 『생활이라는 생각』에서 조금 다른 문제틀로 진화한다. 그것은 바로 사회의 정치경제학적 압력과 배치와 관계망에 의해 규율되고 통어되는 우리 시대 한국인들의 육체성, 또는 시인 제 자신의 몸의 정치경제학을 섬세한 필치로 탐사하는 것이다. 그것은 지난 시집들에서도 간간이 다루어진 바이기는 하지만, 이 시집에서는 탁월한 자기 고유성을 축조하는 예술적 사유의 중핵으로 자리 잡는다. 이는 결국 시인이 자신의 현재적 삶의 터전을 이루는 무수한 몸의 진실들을 사랑하고 싸우고 노래하려 한다는 것을 적시한다. 또한 『생활이라는 생각』이 불러일으킬 수밖에 없을 변곡점의 정수이자 그 축도를 표상한다. 시인의 집중력이 최고도의 광휘를 뿜어내면서 "생활"이라는 이미지로 집약된 저 몸의 진실들이 눈물겹게 현현하는 장면을 보라.

참으로 이기지 못할 것은 생활이라는 생각이다.
그럭저럭 살아지고 그럭저럭 살아가면서
우리는 도피 중이고, 유배 중이고, 망명 중이다.
그럼에도 불구하고 더 뭘 해야 한다면

(중략)

고독이 수면 유도제밖에 안 되는 이 삶에서
정말 필요한 건 잠이겠지만
술도 안 마셨는데 해장국이 필요한 아침처럼 다들
그래서 버스에서 전철에서 방에서 의자에서 자고 있지만
참으로 모자란 것은 생활이다.

—「생활이라는 생각」 부분

이현승의 『생활이라는 생각』은 "당신을 위한, 당신에 의한, 바로 당신의 것이었던 모든 열정"(「칸나는 붉다」)이라는 말처럼, 몸을 위한, 몸에 의한, 몸의 것일 수밖에 없을 나날의 삶의 육체성이 어떻게 조직되고 통제되는가를 바닥까지 들여다보려는 몸의 헌정서이다. 그것은 일상의 먹거리를 "맥도날드" 같은 패스트푸드점의 창가에서 "쪼그라든 엉덩이를 스탠드의자 깊숙이 박아 넣고 앉아" 해결할 수밖에 없는, 그리하여 "새벽 네 시의 피로한 거리"를 보면서 "쫓아도 쫓아도 파리 떼처럼 엉겨 붙는 졸음들"에 둘러싸여 계속적으로 망가져 갈 몸에 지나지 않는다. 이렇듯 불구 혹은 장애 상태로까지 내몰린 몸 이미지는 "악업도 선업도 졸음 상태가 되면 뭉개지는 새벽의 얼굴들"(「웰컴 투 맥도날드」)이라는 말로 표상되는, 인간적인 것 너머에서만 가능할 육체의 극단적인 한계 체험을 일컫는다. 그렇다. "악업도 선업도 졸음 상태가 되면 뭉개지는 새벽의 얼굴들"이라는 전율스러운 이미지처럼, "질병"에 가까워진 몸의 기운 앞에서는 "악업도 선업도 졸음 상태"일 수밖에 없다. 저 "뭉개지는 새벽의 얼굴들" 앞에서는, 나아가 "일제히 휘몰아치는 화염이 온몸을 휘젓는" 상태인 "질병을 생각할 때 느낄 수 있는 강렬한 에로스"(「칸나는 붉다」) 앞에서는 "악업"과 "선업"을 판별하려는 몸짓이란 한날 관념의 유희에 지나지 않는다.

처형을 기다리는 자의 눈빛으로 본다.
저기 분노와 절망과 포기와 공포와 열망과 미망과
격정과 순종과 저항과 욕정으로 뜨거워진 불꽃,
교수대 위 목 꺾인 사람이 지린 오줌 같은
어쩔 수 없는 육체.

—「덩어리」 부분

그는 조심성이 너무 많은 나머지
대부분의 순간들을 깨지기 직전으로 감각한다.
그의 얼굴은 모든 주의를 미간으로 붙든 채
코를 중심으로 금 가는 중이다.
호흡은 간신히 코끝에 매달려 있다.

부주의를 질타당한 표정으로
그는 표지판 옆에서 표지판처럼 서 있다.
깨지기 쉬운 물건을 든 사람처럼,
급기야는 깨지기 쉬운 물건을 깬 사람처럼 군는다.

막 ㅇ 자 한 개를 잃어버린 자의사,
ㄱ 자를 잃어버린 철학난.
깨지기 쉬운 것들은 만세 자세로 서 있다.

—「투항」 부분

어느 날 "불 꺼진 골목길"을 걷다가 마주친 푸줏간에 걸린 "덩어리"는 시인에게 제 처참한 몰골을 돌이켜 보도록 강요하는 결정적 장면의 한 컷으로 들어박힌다. 그는 일용할 양식일 "정육들"의 "덩어리"를 마치 제 몸뚱이처럼 느낀다. "교수대 위 목 꺾인 사람이 지린 오줌 같은/어쩔 수 없는 육체"라는 단말마의 비명과도 같은 강렬한 이미지가 이를 선명하게 예증한다. 또한 "처형을 기다리는 자의 눈빛으로 본다"는 외마디의 편린은 바로 그 상황이 시인에게 불러일으켰을 실존적 감각의 파동과 절망의 리듬감을 생생하고 또렷하게 울려 낸다. 어쩌면 "늘 각성과 졸음이 동시에 육박해" 오는 "절박한 삶"을 살아가는 우리 시대 "봉급생활자"(「봉급생활자」) 대부분은, "저기 분노와 절망과 포기와 공포와 열망과 미망과/격정과 순종과 저항과 욕정으로 뜨거워진 불꽃"의 이미지처럼 짐승에 가까운 육체로 길들여지고 있는지도 모른다. "그의 얼굴은 모든 주의를 미간으로 붙든 채/코를 중심으로 금 가는 중이다./호흡은 간신히 코끝에 매달려 있다"는 말은 결코 과장의 수사학에서 오지 않는다. 우리는 모두 "막 ㅇ 자 한 개를 잃어버린 자의사,/ㄱ 자를 잃어버린 철학나./깨지기 쉬운 것들은 만세 자세로 서 있"는 그런 불구의 몸을 간직한 채로 사회의 지배 구조에 격렬하게 "투항" 중인지도 모르기 때문이다.

죽자고 벌인 사투의 끝은 죽음 같았다.
있는 힘을 다 뽑아낸 몸은 죽은 거나 다름없었다.
뼈마디까지 낱낱이 헤쳐진 몸으로 까맣게 가라앉았다.

(중략)

먼바다는 아이들이 가라앉아 아직 시퍼렇고
사람 죽는 소리에 질린 하늘 아래
백 일 동안 멍든 얼굴로 누운 그늘을 보면서
생각한다. 용서가 먼저인지 망각이 먼저인지.
견디는 것 외에 할 수 있는 것이 없는
견딤에 대해

사람들이 곡기를 끊고 시나브로 제 생을 말리는
이곳은 어디인가.
죽은 사람이 떠나지 못하는 세상은 구천 같다.
세월은 더 흘릴 눈물도 없는 사람들을 울려서 눈물을 짜낸다.
사람이, 역기를 들어 올리는 사람의 얼굴로 간신히.

—「고통의 역사」 부분

인용 시편 「고통의 역사」는 『생활이라는 생각』을 도드라진 형세와 윤곽선으로 추켜세우는 몸의 정치경제학을 명징하게 대리-표상한다. 달리 말해, 이 작품은 "뼈마디까지 낱낱이 헤쳐진 몸"의 무늬들과 더불어 그 해부학적 사유의 리듬으로 빼곡하게 에둘러져 있다. 시인은 최근 출산한 자신의 아내를 "있는 힘을 다 뽑아낸 몸은 죽은 거나 다름없었다"라는 이미지로 묘사한다. 또한 몇 해 전 우리를 비탄과 절망에 빠뜨렸던 세월호 참사에 대해 "먼바다는 아이들이 가라앉아 아직 시퍼렇고/사람 죽는 소리에 질린 하늘 아래"라고 쓴다. 그리고 이 둘을 다시 겹쳐 읽는다. 이 자리에서 우리는 "더 흘릴 눈물도 없는 사람들을 울려서 눈물을 짜"내는 "죽자고 벌인 사투의 끝"에 다다른 "몸"을 정면으로 마주 보게 된다. 그것은 "백 일 동안 멍든 얼굴로 누운 그늘을 보면서" "사람들이 곡기를 끊고 시나브로 제 생을 말리는" "죽음"과도 같은 우리네 삶의 황폐한 진실과 마주치도록 강요한다.

그러나 시인은 다시 힘겨운 절망을 토로한다. 그가, 아니 우리가 할 수 있는 일이란 고작 "견디는 것 외에 할 수 있는 것이 없는/견딤에 대해"라는 말밖에는 다른 무엇이 없기 때문이다. "고통의 역사"라는 이 시편의 제목처럼, 아이를 낳는 아내의 고통 앞에서, "아이들이 가라앉아 아직 시퍼렇고/사람 죽는 소리에 질린 하늘 아래"에서 우리는 고통을 "견디는 것 외에"는 아무것도 할 수 없었던 왜소한 무능력자들에 불과하기 때문이다. 따라서 "죽은 사람이 떠나지 못하는 세상은 구천 같다"는 말이 품은 참된 위력은 저 "고통의 역사"를 실제로 겪어 본 자의 "몸"에서 온다. 아니, "있는 힘을 다 뽑아낸 몸", 그 충실성의 극한을 치러 낸 자만이 얻을 수 있을 고통의 윤리학에서 온다. 고통스럽지 않은 것, 고통이 없는 것은 결코 윤리적일 수 없다는 레비나스의 윤리학적 명제를 이토록 선명하게 드러낸 사례는 한국시의 역사를 훑어보더라도 매우 드물 것이다.

"천국의 아이들", 절망의 끝에서 움트는 "어떤 암시"

도망갈 곳이 없다
우리는 변화를 갈망했지만

결국 갈망 자체에 안주해 버린 것이다.
같은 실수를 반복하지 않는 것도 진화라고 생각했다.
그러나 천년 전 사람에게서 같은 절망의 내용을 보았을 때의 비참. 천년째의 갈증을 입에 녹인다.
전생이 있다면 왜 나는 기도의 순간에만 태어나는 걸까.
맞아. 그때도 우리는 이민이나 망명이라는 말을 들었던 것 같다.
하지만 고통을 말할 때 빠뜨리지 말아야 할 것은
그것을 즐기는 마음이다.
그렇지 않은가 포조? 블라디미르?
우리에겐 낙관 자체가 곧 절망이다.
여기를 벗어날 수 없다고 느껴 왔지만
새삼스럽게도 언제나 출발점에 있는 것이다.

무소속

더 나은 시급과 연봉으로 건너가고자 했지만
결국 떠돌이였을 뿐.
우리는 소속이 없다는 뜻에서만
여전히 자유인이며
불안은 우리의 항상심이 되었다.
유연하게 갈아타기하고 싶었지만
믿음이 없는 신앙인처럼
우리는 여기에도 없고 그 어디에도 없으며
구원도 없고 심지어 절망도 없다.

러시앤캐시

우리는 대부 씨스템으로 살았다.
끌어 쓸 돈이 얼마간 있다는 건
아직 끝난 것이 아니며

미래란 거기 잠시 있었다. UFO처럼
대부분 믿지 않지만 마치 잠깐 놀라기 위해서만 있다 사라지는 것이었다.
그건 또 팔아치울 무언가가 남아 있다는 뜻이지만
순결을 경매하는 여대생처럼
낙관이란 대개 미학적 미숙함과 추상성에서 기인한다.
두려움도 그렇다. 신체 포기 각서라는 말처럼
그것은 물질적이다. 새삼스럽지도 않게.
극빈의 번데기를 열고 나온 것은 극악이었다.

—「고도를 기다리며」 전문

첫머리로 솟아오른 **"도망갈 곳이 없다"**를 보라. 그것은 시인이 치러 내고 있을 헐떡이는 삶의 무게와 짓무른 속살을 빠짐없이 휘감고 있는 하나의 주름이다. 우리 시대를 살아오면서 그가 마주친 잔혹한 진실은 "변화"라는 것의 "갈망 자체에 안주해 버린" 우리 모두의 패배감과 무기력이다. 그러나 시인은 제 마음 깊숙이 들어앉은 아이러니의 세계관을 통해 희미한 희망의 빛이라도 잡아 보려고 무던히 애를 쓴다. "같은 실수를 반복하지 않는 것도 진화라고 생각했다" "여기를 벗어날 수 없다고 느껴 왔지만/새삼스럽게도 언제나 출발점에 있는 것이다" 같은 문양들은 시인이 간신히 찾아낸 희망의 빛을 제 뒷면에서 침묵처럼 비춘다. 그러나 저 희망의 빛은 "하지만 고통을 말할 때 빠뜨리지 말아야 할 것은/그것을 즐기는 마음이다" "우리에겐 낙관 자체가 곧 절망이다" 같은 상반된 의미와 극단적 긴장이 팽팽하게 맞선 아이러니의 언어들을 낳는다. 이 아이러니는 "낙관"과 "절망"이라는 대립물들의 부정적 종합을 통한 질적 비약을 이룩하지 않는다. 오히려 저 대립물들이 지속적인 투쟁 관계를 이룬다고 보는 부정변증법의 적대적 전체성(the antagonistic entirety)의 시각에서 오는 것이 분명하다. 이현승의 시편들에서 발전과 진보와 성숙이라는 계몽주의의 교양의 이념이나, 허울만 그럴듯한 속류 진보주의 담론의 색채가 거의 드러나지 않는 까닭도 여기서 온다.

2연 첫머리의 **"무소속"**이라는 외마디 말은 개선될 수 없는 세상과 마주친 자가 뿜어낼 수밖에 없었던 한탄과 체념과 포기의 날 선 징표이다. 그렇다. 이토록 긴 장기 불황의 시대, 사회의 구조적 시스템 차원에서든 나날의 삶의 현장에서든, 우리는 "더 나은 시급과 연봉으로 건너가고자 했지만/결국 떠돌이였을 뿐"이라는 절망과 비탄과 궁핍을 체험하고 있을 뿐이다. 그러하기에 "유연하게 갈아타기하고 싶"은 것은 그야말로 "갈망"에 지나지 않는다. 나아가 우리 시대의 삶은 그저 "믿음이 없는 신앙인처럼" 떠돌아다닐 수밖에 없는 필연성의 궤적을 그린다. 따라서 "떠돌이"일 수밖에 없을 시인에게 **"러시앤캐시**/우리는 대부 씨스템으로 살았다"라는 말은 실존적 육성 그 자체일 수밖에 없다. 그것은 "우리"로 하여금 그렇게 말할 수밖에 없도록 강제하는 고통의 영매이자 주술적인 희망이라도 붙잡아야만 하는 신음 소리에 가깝다. 그럼에도 시인은 다시 이렇게 말한다. "끌어 쓸 돈이 얼마간 있다는 건/아직 끝난 것이 아니며/미래란 거기 잠시 있었다"라고. 더 나아가 "UFO처럼" 저 "미래"란 "대부분 믿지 않지만 마치 잠깐 놀라기 위해서만 있다 사라지는 것"에 지나지 않으며, "낙관"이란 "순결을 경매하는 여대생처럼" "대개 미학적 미숙함과 추상성에서 기인"하는 것이라고.

시인은 제 삶의 곤궁과 불안과 헐떡임에서 자신의 일그러진 얼굴과 처연한 마음결만을 바라보지 않는다. 오히려 알랭 바디우가 말했던 인간-동물, 곧 "극빈의 번데기를 열고 나온" "극악"으로 찌든 우리 모두의 얼굴을 바닥까지 들여다보고자 한다. 그는 우리 시대 만인들의 몸에서 독버섯처럼 자라나고 있는 동물적 생존 본능과 경쟁심과 호승심이라는 괴물들을 읽어 내고 있는 셈이다. 또한 실용의 이름으로 덧칠해진 우리 시대 감성의 패러다임을 근본적으로 뒤바꾸기 위해 다른 삶-정치의 실천을 명시적으로 강제했던 2000년대 '정치시'의 입론을 충실하게 이행하고 있는 것이 분명하다. 이는 우리 시대 청춘들의 서글픈 세태와 너절한 감성의 한복판을 꿰뚫는 "두려움도 그렇다. 신체 포기 각서라는 말처럼/그것은 물질적이다. 새삼스럽지도 않게./극빈의 번데기를 열고 나온 것은 극악이었다"는 끄트머리의 문양들에 깊숙하게 아로새겨져 있다.

이현승의 시집 『생활이라는 생각』의 표면에서 우리가 목도하게 되는 것은 "극빈의 번데기를 열고 나온 것은 극악"이라는 절망의 극점에 다다른 황폐한 "얼굴들"일 것이다. 그러나 그는 저 "얼굴들"을 마냥 풍자적이고 비관적인 시선에서만 바라보지 않는다. 오히려 "피차 빤하고 짠하기만 한 삶,/미친 여자가 꽃으로 자기를 꾸미는 것이/나에게는 어떤 암시처럼 보인다"(「코뿔소」)는 말처럼, 저 "극빈"과 "극악"에서, 아니 "순결을 경매하는 여대생"이나 "신체 포기 각서"라는 소름 끼치는 우리 시대의 참혹한 사실들에 끝없이 절망하면서도 더 나은 삶을 향한 우리들의 본원적인 충동을 "어떤 암시처럼" 간직하고자 한다. 그것이 비록 "선망이란 언제나 현실의 반대편을 가리키는 나침반이라서/욕망이란 가질 수 없는 것을 향해 자라나는 손가락이라서/밤마다 이가 자라는 쥐처럼/손끝이 가렵다./가려워서 부끄럽다"(「일생일대의 상상」)는 환멸과 수치심만을 조장한다 할지라도.

"십일년 전에 나는 결혼했고/그때는 네 아이 같은 것은 상상도 못했다./결혼이란 그러므로 상상도 할 수 없는 일들의 시작이다"(「기념일들」)라는 구절은 시인이 당면한 "이기지 못할 것"이자 "참으로 모자란 것"인 "생활", 바로 그 혼곤한 육체성을 증언해 준다. 그러나 저토록 지독하게 고단할 수밖에 없을 제 몸의 한계치를 매일같이 체험하면서도, 그는 엄청난 업무량과 작업량을 무리 없이 소화해 내는 거의 초인에 가까운 체력과 성실한 재능을 마음껏 발휘한다. "손안에 쥐고 있는 얼음처럼/차가움에서 시작해 뜨거움으로 가는 악수./내 손은 두 개뿐이지만/여러 개의 손을 잡고 있다"(「저글링」)는 말이나, "참새들은 내게 맡겨라./참새들이 허수아비를 보고 놀라기는커녕/공들인 옷에 똥칠이나 한다고 비웃지 마라./허수아비 어깨와 팔에서 쉬도록 하여/참새들을 편안함으로 가두는 것도 넓게 보면 큰 이문이다"(「허수아비 디자이너」) 같은 구절들에서 암시되는 고단한 긍정성과 그래서 더욱 처연한 유머 감각은 그의 태생적인 공감의 능력과 감동의 마음씨, 우정과 사랑의 기쁨을 충만하게 누릴 수 있는 축복된 기질에서 비롯하는 것이 틀림없다. 그러하기에 그는 타고난 시인일 수밖에 없다. 그리고 언제나, 여전히 "천국의 아이들"로 살아가게 될 것이 자명하다. "하긴 아픈 사람만 봐도 같이 아픈 곳이 천국일 테지"라는 저 엄청난 비관적 긍정성을 그 누가 흉내라도 낼 수 있겠는가?

요즘은 아무도 시를 읽으면서 울지 않고 격앙되지도 않는데
아무도 안 보는 시를 명을 줄여 가면서 쓰고,
조금 웃고, 조금 끄덕이고, 들렸다 가라앉았다 하면서

뚫어지게 보고 있는 사람은 역시 쓰는 사람이다.

여기 통증은 조금 안다는 사람들은 다 모였는데
봉인된 저 상자는 누가 무엇으로 열었는가.
하긴 아픈 사람만 봐도 같이 아픈 곳이 천국일 테지.

—「천국의 아이들 2」 부분

사랑의 몸들, 몸의 흔적들
―신미나의 시

1.

여기, 몸이 기억하는 풍경들이 있다. 그 풍경들이 흩뿌려 놓는 몸의 기억들에는 사랑의 흔적과 그 시간의 잔상들이 어른거린다. "이 여름 다 가고 붉은 두근거림마저 지면/당신 눈짓과 살내를 곁에 두고 오래 잊을 것이라"(「칸나꽃 분서」)는 작은 무늬처럼, 어쩌면 시라는 예술 작품은 사랑의 흔적과 잔상들이 깊고 오랜 진물처럼 흘러나는 자리에서 오는 것인지도 모른다. 아니, 저들을 지금 우리 곁에서 거친 숨결을 뱉어 내는 연인의 팽팽한 살갗처럼 되살려 내는 자리에서 온다. 시가 에로스의 리듬이자 한갓 미동조차 없는 사물들과 이미 지나가 버린 사건들에게 영적 호흡을 불어넣는 활물성의 존재인 까닭도 이와 같다.

신미나의 첫 시집 『싱고,라고 불렀다』에 나타난 "꿈 없는 낮잠처럼 잘못 든 꿈길처럼/마당에 질걱질걱 고무장화 소리/생시 같은 꿈길에서나 들린 듯했나/그림자 없는 기척으로만 너는 나를 부르나/

바닷바람 드잡이하며 뱃머리 돌리던 사내야/거머리 심줄 돋아 장딴지 딴딴했던 내 사내 어데 갔나"(「꼬막각시의 노래」), "사람아, 나는 입술이 까맣게 탄다 내 살로 태(胎)를 키워 네 피나 물려 둘 것을 이 세월 늙어 내 눈에 꽃물 다 바래면 네 몸내를 잊으면"(「상여꽃점」), "너 없이도 찢어진 살 위에 새살 돋고/밑이 젖는 내 몸 봐라/어쩌나/향불 한 올 피우지 못하고/너는 이제 강가에 던진 돌이나 되었는데"(「옛일」), "네 두 손을 꼭 끌어다 가슴에 대고 녹을 듯이 몸이 젖었던 생각만 되풀이하던 그때. 그날들의 눈먼 물보라"(「파랑파랑파랑파랑파랑」) 같은 문양들을 보라. 이들에서 심장이 뻐근해지도록 온몸이 질척댈 수밖에 없었을 "살내"와 사랑의 감촉을 살아 펄펄 뛰는 날것마냥 느낄 수 있다면, 당신은 신미나의 시가 거느린 감각의 여울과 몸의 흔적들, 그 절반쯤에 이미 들어선 셈이다.

그렇다. 그것은 사랑이라는 저 미친 벡터에 한 번쯤 휘감겨 본 자들이라면 그 누구라도 겪어 낼 수밖에 없었을, 그리하여 온몸이 덜렁거리고 심장이 무너져 내릴 수밖에 없었을 그 힘겨운 전율의 순간들을 제 거죽 위로 틔워 올린다. 그러나 그녀의 시에서 "세월"이라는 망각의 강을 건너 여전히 끈적거리면서 우리들 몸으로 진격해 오는 사랑의 사건들과 그 몸의 흔적들만을 느낀다면, 이는 그저 반쪽짜리 울림에 지나지 않을 것이다.

2.

물가를 찾는 것은 내 오랜 지병이라, 꿈속에서도 너를 탐하여 물 위에 공방(空房) 하나 부풀렸으니 알을 슬어 몸엣것 비우고 나면 귓불에 실바람 스쳐도 잔뿌리 솜털 뻗는 거라 가만 숨 고르면 몸물 오르는 소

리 한 시절 너의 몸에 신전을 들였으니

—「부레옥잠」 부분

묘는 한 번도 태어나지 않은 아이
헝겊 인형이 대신 말을 한다

오색 종이로 만든 가마에
고깔모자를 쓰고
묘는 검정으로부터 왔다
묘의 주머니는 작고
이따금 탄내가 난다
주머니 속에는 타다 만 볍씨가 있다

묘의 상자 속에는
문방구에서 훔친 종이 인형이 있고
엄마를 삽으로 때리던 아버지가 있고
정글짐 꼭대기의 해가 타고 있다

—「묘의 함(函)」 부분

어디 먼 데서 음악 소리가 들리고
수풀을 헤치며 음악 소리를 따라가면
깨진 기와로 잉어를 그린 황토벽에
잉어가 살아나 지느러미를 터네

저것은 벼루 색을 닮은 잉어의 비늘이다

성냥알 같은 거북의 눈을 닮은 잉어다
터키 양탄자의 무늬를 지닌 잉어다
뱀의 혀처럼 갈라진 잉어의 꼬리다

너무 많은 무늬를 몸에 새긴 자들은
꿈 밖에서도 유리 조각에 맨발을 찔리기도 하지

눈꺼풀에 붙은 물고기를 찾아
숲속을 헤매다
흠칫 놀라 잠에서 깰 때의 미묘

—「어디 먼 데서 음악 소리가 들리고」 부분

"물가를 찾는 것은 내 오랜 지병이라" "숨 고르면 몸물 오르는 소리 한 시절 너의 몸에 신전을 들였으니" 같은 이미지들을 보라. 이들은 마치 신병을 앓고 있는, 그리하여 신내림의 체험을 시인이 몸소 겪어 내고 있을 것만 같은 비밀스런 장면들로 우리를 인도한다. 설령 그것이 시인이 직접 체험한 것은 아닐지라도, 이 시편 전체를 타고 흐르는 이미지들의 윤곽선은 샤먼의 몸짓과 마음결에서 오는 것이 분명하다. 아니, 그것에 깊이 젖어 들지 않고서는 결코 빚어질 수 없는 문양들일 것이 틀림없다. 또한 「묘의 함」에 나타난 "묘는 한 번도 태어나지 않은 아이"라는 구절을 눈여겨보라. 그것은 "헝겊 인형이 대신 말을 한다" "오색 종이로 만든 가마에/고깔모자를 쓰고/묘는 검정으로부터 왔다" 같은 이미지들과 함께 울려 나면서, 샤먼들이 치러 내는 신비스런 빙의 현상 또는 접신술의 체득 순간을 점묘법의 필치로 그려 낸 것 같은 느낌을 불러온다.

어쩌면 저 샤먼의 체험이란 그 누구에게도 쉽게 발설하기 어려운, 어떤 치명적 사건처럼 감춰질 수밖에 없는 것인지도 모른다. 특히 실험과 관찰, 통계와 수식으로 요약되는 근대과학의 기계론적 합리성의 사슬이 일상적으로 유포되어 그야말로 완강한 정상성의 질서를 구축하고 있는 시대적 상황에서, 샤먼의 말과 감각과 행태란 애초부터 가족과 친지와 사회관계들로부터 추방될 수밖에 없을 무서운 운명의 굴레가 들씌워져 있는 것인지도 모른다. 따라서 『싱고,라고 불렀다』에서 무수히 암시되는 강신의 체험과 감각은 마치 "꿈속"에서 등장하는 현란한 이미지들의 향연처럼, 위장된 모양새로 드러날 수밖에 없었을 것이다.

「백일몽」에 도드라진 형세로 아로새겨진 "천년을 물속에 살아야 사람으로 환생한다는 물가" "짚으로 만든 꼭두각시 인형이 불탄다/비명도 없이 표정이 일그러진다" "제 생각 밖으로 벗어나고 싶어 몸을 할퀸 자국/골에서 검은 물이 밴다" 같은 "몸"의 흔적들이 집약하고 있는 것처럼. 나아가 "헝겊 인형이 대신 말을 한다"는 문양은 이 시집에 등장하는 거의 모든 이미지들에 스며든 영적 존재들의 숨결과 리듬을 표상하는 하나의 축도이다. 흔히 애니미즘이란 말로 일컬어지는 물활론의 감각과 사유가 이 시집 전체를 짜고 엮는 이미지 조각술의 으뜸 원리로 들어박혀 있기 때문이다.

그렇다. 「어디 먼 데서 음악 소리가 들리고」에서 울려 나는 "음악 소리"란 맨 끄트머리에 공표된 "흠칫 놀라 잠에서 깰 때의 미묘"라는 "꿈속"의 존재가 아닐 것이다. 그것은 오히려 어떤 영매들이 이끌어 오는 기척이자 소리의 표식일 것이며, 접신의 엑스터시로 에둘러진 신내림의 징후처럼 보인다. 또한 "깨진 기와로 잉어를 그린 황토벽에/잉어가 살아나 지느러미를 터네"에 깃든 애니미즘의 사유와 방법은, 이 시집에 등장하는 거의 모든 사물들이 과학적 시선에 포획되고 대상화된 정태적 무기체의 존재일 수 없다는 사실을 단적으로 예시한다. 오히려 시인은 이들을 이미 우리들 인간의 삶과 운명에 깊숙이 들어박힌, 천지 사방을 살아 움직이며 돌아다니는 영성의 존재들처럼 그려 내고자 한다. 바로 이 자리에서 진득하면서도 처연하고, 질척거리면서도 알싸한, 신음과 통곡으로 뒤범벅되어 있으면서도 침묵과 여백의 그림자로 촘촘하게 둘러싸인 신미나 시의 기묘한 곡조와 절창의 리듬감이 새어 나온다. 아니, 시인이 품은 저 곡조와 리듬감은 그녀의 몸 한가운데 켜켜이 들러붙은 곡진한 체험의 흔적들이 자연스레 흩뿌려 놓는 우리들 자신의 울렁거림에서 온다.

3.

애인은
송곳니가 한 개 없었는데

그를 생각할 때마다
잇몸에
혀를 갖다 대곤 했다

—「국화가 있던 자리에 국화가 사라지듯이」 전문

「국화가 있던 자리에 국화가 사라지듯이」는 아주 작은 편린들로 이루어진 소품이 틀림없지만, 시인 신미나의 타고난 체질과 예술적 감각과 방법론의 중핵을 대리-표상하는 제유법의 이미지들을 펼쳐 놓는다. 그렇다. 그 모든 사랑의 사건은 실상 서로의 몸을 나눠 갖는 일일 수밖에 없다. 또한 그 몸을 공유했던 느낌의 공분모를 함께 살아내는 일인지도 모른다. "애인"에게 "없었"던 "송곳니"를 마치 내 몸의 일부처럼 고스란히 느끼는 일, 이것이야말로 우리 모두를 위험천만한 운명선으로 이끌어 가는, 사랑이라는 미친 무대가 상연되는 장소이기 때문이다. 그리하여, "그를 생각할 때마다/잇몸에/혀를 갖다 대곤 했다"는 문양은 "애인"과 나누었을 몸의 잔상들과 흔적들을 바로 지금 이 순간에 돋아나는 살갗의 소름처럼 곤두세운다. 저 촉감이란 또한 무수한 사랑의 사건들과 그 시간의 내력들을 겹쳐 놓고 있는 감각들의 주름이자 터전일 수밖에 없다.

『싱고,라고 불렀다』에 등장하는 "한밤중 당신 홀로 잠 깰 적에/꿈결엔 듯 눈 비비면 기척도 없이/베갯머리에 살비듬 하얗게 묻어나면/내가 다녀간 줄로 알아요, 그리 알아요"(「눈 감으면 흰빛」), "어쩌다 이렇게 된 거죠/때로 기척할 수 없는 사랑이 있다/이불 밖으로 나온 발가락을 덮어 주고/잠이 깰까/조용히 뒷문을 닫고 나가야 하는/사랑이 예 누워 있다"(「따듯한 가슴기」), "헤어진 애인이 꿈에 나왔다//물기 좀 짜 줘요/오이지를 베로 싸서 줬더니/꼭 눈덩이를 뭉치듯/고들고들하게 물기를 짜서 돌려주었다//꿈속에서도 그런 게 미안했다"(「오이지」) 같은 문양들을 보라. 이들이 처연한 선명함으로 일러 주는 것처럼, 신미나의 시는 이미 어찌할 수 없는 과거의 사건들을 향할 때조차, 지금-여기 살아 꿈틀거리는 "애인"의 몸처럼 현재의 시간으로 휘날려 온다. 아니, 이미 지나가 버린 과거의 장면들이 우리 눈앞의 몸과 사물들을 타고 흐르면서 다시 되살아난 듯 생생하게 꿈틀거린다고 말하는 것이 옳겠다.

신미나의 시에서 빈번하게 나타나는 또 하나의 중요한 예술적 매듭은 "가난"과 결핍의 풍경화이자, 유년기의 곡진했던 체험들을 도드라진 윤곽들로 포착하는 밀착인화의 사실화에서 온다. 이는 누추하고 비루한 1970-80년대 시골 풍경들과 거기서 우리들과 함께 살았던 사물들이나 사건들을 도드라진 윤곽과 형세로 되살려 내는 자리에서 빚어진다. 그렇다. "머리를 감고 논길로 나가면/볏짚 탄내가 났다/흙 속에 검은 비닐 조각이 묻혀 있었다//(중략)//왜 엄마는 화장을 하지 않고/도시로 간 언니들은 오지 않을까/가끔 뺨을 맞기도 했지만 울지 않았다"(「연」), "아버지 마침표, 어머니 마침표, 내가 부르는 대로 엄마는 방바닥에 엎드려 글씨를 쓴다 연필을 쥔 검지가 작은 산 같다 나는 받침 없는 글자만 불렀다 공책 뒷장에 눌러쓴 자국이 점자처럼 새겨졌다"(「받아쓰기」), "신새벽 논산 오일장에 우시장이 열렸다/고삐를 당기자/송아지는 자꾸 어미 소 곁에서 뒷발로 버텼다/머리에 홍화 씨만 한 뿔이 돋아 있다"(「입동」) 같은 이미지들이 예시하는 것처럼, 신미나의 시에는 이른바 실존으로 일컬어지는 그녀의 삶의 체취가 절절하고 그득하게 배어 있다.

그러나 저 실존의 뒷면에는 저개발의 모더니티가 그 한복판을 가로지르고 있다. 또한 1970-80년대 우리 농촌의 정치경제학적 상황과 조건들이 에둘러져 있다. 그녀의 시가 한 개인의 고립된 실존의 역사가 아니라, 우리들 대부분의 삶의 터전이었던 농경 사회의 예전 풍경들과 사물들을 다시 소환해 오는 감각의 사회사를 구성하는 까닭이 바로 이 자리에 있다. 시인이 몸소 겪어 낸 실존적 사건들이 우리 사회의 1970-80년대 정치경제학적 조건이나 그 사회성의 압력과 동시에 울려 나면서, 그녀의 온몸으로 빚어진 언어들이 우리들 각자의 몸의 기억과 파문들로 되살아나는 감응 효과들을 촉발시키는 까닭 역시 이와 다르지 않다.

가난은 부끄러운 게 아니라고
목사님이 말했는데

손가락이 하나 없는
언니의 머리는
쓰다듬어 주지 않았다

헌금함이 돌아오면
우리는 헌금하는 시늉을 했다

무슨 잘못을 했는지
말해 보라고 했다

콧등을 내려다봤을 뿐인데
너희는 착하구나
부끄러움이 뭔지 아는구나

해바라기가 해를 원망하며
노랗게 타들어 가고 있을 때
고사리처럼 몸을 비틀며
지렁이가 죽어 갔다

—「破瓜」 전문

「破瓜」에 나타난 "목사님"은 거룩하고 근엄하고 권위적인 자태를 자랑하고 있었던 1970-80년대 우리네 어른들의 모양새와 당대의 상징적 질서로 군림했던 권위주의의 일상화를 표상한다. 따라서 이 시편은 여자의 나이 16세를 가리키는 "破瓜之年"의 준말인 "破瓜"라는 표제어에 내포된 것처럼, 저 근엄한 어른들과 권위주의적 일상 속에서 질풍노도의 성장기를 겪어 냈을 한 소녀의 비망록일 것이 틀림없다. 모든 권위주의가 그렇듯, 이를 신봉하고 집행하는 모든 수행원들이 그렇듯, "목사님" 역시 표리부동한 인물로 그려진다. "가난은 부끄러운 게 아니라고" 말하지만, 정작 가장 소외된 존재이자 관심이 필요한 "손가락이 하나 없는" 신체적 소수자인 "언니의 머리"를 "쓰다듬어 주지 않았"기 때문이다. "목사님"으로 표상되는 권위주의의 수행원들에게 중요한 것은 공적 제도의 차원에서 이루어지는 그저 그런 의례적 행동이거나 뻔하디뻔한 상투적 언사일 뿐이기 때문이다.

"헌금함이 돌아오면/우리는 헌금하는 시늉을 했다"는 문양은 어쩌면 속악한 어른들의 세계에서 고스란히 그들을 닮아 갈 수밖에 없었던 우리들의 성장기에 새겨진 심리적 왜곡과 진통들을 환기시킨다. 또한 권위주의의 일상화가 유포시키는 무시무시한 거울 효과들을 대면케 한다. 나아가 "무슨 잘못을 했는지/말해 보라고 했다//콧등을 내려다봤을 뿐인데/너희는 착하구나/부끄러움이 뭔지 아는구나"라는 4-5연의 이미지 전개는 권위주의적 의례 절차가 거느릴 수밖에 없을 가식과 과장과 허위의 드라마를 응축한다. 이와 같은 어른들의 세계를 무탈하게 건너가는 유일한 방법은 저 가식과 허위를 그대로 따라하는 것인지도 모른다. 그러나 "우리는 헌금하는 시늉을 했다" "콧등을 내려다봤을 뿐인데" 같은 아이들의 속악한 몸짓은, 1970-80년대 권위주의 시대의 황폐한 진실을 시간의 법정 앞에 다시 세우도록 강제한다. 저 가식과 허위의 무대에서 우리들 모두의 내면은 "노랗게 타들어" 갔을 것이며, "고사리처럼 몸을 비틀며/지렁이가 죽어" 가는 형상들처럼 참된 자아를 찾아가려는 정직한 삶의 꿈과 희망을 모두 저버렸을 것이 자명하기에.

4.

꿈에서도 할머니가
장사치로 떠도는 게 싫어서
다시는 찾아오지 말라고 화를 냈더니
이고 있던 보따리를 마루에 내려놓고 갔다

매듭을 풀어 보니 지푸라기 인형이었다
겨드랑이에 손가락을 끼우고
일으켜 세워도 자꾸만 목이 꺾였다

인형의 배를 갈라 보니
노란 것이 반짝, 했다

—「금니」 전문

너는 보이지 않는 걸 무서워하는구나

나는 새것이야
너의 작은 신이야
너는 내가 잠시 빌려 입은 몸

방바닥에 칼로
흉(凶) 자를 새겨 놓고

너 말고는 아무도
아무도
이 금을 밟으면 안 돼

신발에 발을 넣으면
네 인생을 훔친 기분이 들고

포개지는 건 한 몸이 되는 것
몸을 얻은 신들이 합창한다
기절할 것같이 행복해서

나는 파도치는 칼이야. 끓는 연꽃이야 귀귀, 귀귀귀귀 흐르는 불안이야. 거울의 뒷면이야. 너의 대칭이야. 너와 같은 냄새야. 찢지 않은 막이야. 쏟아 버리고 싶은 물이야. 새로 태어난 꿈이야. 울리지 않는 북이야. 죽은 머리카락이야. 구불구불 달아나는 이름이야. 목소리야. 뜻이야.

어서!
나를 숨겨 줘

영가등에 불이 들어오기 전에

엄마가 나를

꺼트리러 오기 전에

—「탱화 2」 전문

「금니」 앞머리에 새겨진 "꿈에서도 할머니가/장사치로 떠도는 게 싫어서/다시는 찾아오지 말라고 화를 냈더니"라는 구절은 아프다. 또한 가난하고 궁핍했던 우리들 모두의 오래된 사진첩을 먹먹한 느낌으로 다시 끄집어내도록 강제한다. 그러나 이 작품은 기억과 회감의 애잔한 나르시시즘을 흩뿌리지 않는다. 도리어 시인이 체험했을 무시무시한 실존적 사건들을 곧추세운다. 그것은 "매듭을 풀어 보니 지푸라기 인형이었다/겨드랑이에 손가락을 끼우고/일으켜 세워도 자꾸만 목이 꺾였다"라는 이미지가 쓸어안고 있는 침묵과 여백의 깊은 음영에서 온다. 여기서 "지푸라기 인형"은 "장사치"가 반드시 지녀야 할 어떤 물목이 아니라, 도리어 샤먼의 주술적 권능을 암시하는 징표처럼 보인다. 또한 "겨드랑이에 손가락을 끼우고/일으켜 세워도 자꾸만 목이 꺾였다"라는 이미지는 무용하고 보잘것없는 "지푸라기 인형"을 생명과 영성을 품은 것으로 다시 태어나게 만드는 일종의 주술적 의례 같은 뉘앙스를 풍겨 낸다. 또한 "인형의 배를 갈라 보니/노란 것이 반짝, 했다"는 구절은 시인에게 강림했을 무속적 엑스터시의 순간을 암시하는 신비스런 징표가 분명해 보인다. 어쩌면 "노란 것이 반짝"하는 순간이야말로, 시인의 내밀하고 신비스런 실존의 역사가 시작되었던 그 원초적 장면을 가리키는 것인지도 모른다.

시인의 몸 깊숙이 들러붙은 애니미즘의 감각들이나, 이를 침묵의 말과 여백의 목소리로 환기시키는 그녀의 고유한 미학과 방법론은

「탱화 2」에서 훨씬 더 섬세한 질감들과 풍만한 육체성으로 진화한다. 또한 시인의 내밀한 실존의 몸부림에 가닿으려는 우리의 어슴푸레한 추정을 어떤 확신처럼 내놓을 수 있도록 강제한다. 그렇다. 시인의 몸 한가운데 깃든 샤먼의 체질과 감각은 맨 앞머리부터 나타난다. "너는 보이지 않는 걸 무서워하는구나//나는 새것이야/너의 작은 신이야/너는 내가 잠시 빌려 입은 몸"이란 1-2연의 이미지들은, 시인에게 도래했을 "신"의 목소리를 다시 우리 눈앞으로 불러오는 마력을 품는다. 여기서 "너"는 어린 시절의 시인일 것이며, "나"는 시인의 "몸"으로 스며들어 온 다른 영성의 존재, 곧 "신"을 가리키는 것이 분명해 보인다. 이는 특히 "너는 내가 잠시 빌려 입은 몸"이라는 편린에서 가장 명징하게 직감할 수 있을 것이지만, 그 뒷자리에서 펼쳐지는 이미지들의 매듭과 윤곽선은 이를 확신의 차원으로 이끈다.

"방바닥에 칼로/흉(凶) 자를 새겨 놓고" "포개지는 건 한 몸이 되는 것/몸을 얻은 신들이 합창한다/기절할 것같이 행복해서"라는 3연과 6연의 형상들을 보라. 이들은 샤먼의 체질과 감각이 시인의 몸에 그대로 밀착해 있는 자연스런 호흡이자 발성일 수밖에 없다는 사실을 명징하게 예시한다. 특히 "방바닥"에 "흉(凶) 자를 새겨 놓"는 일이란 그것을 몸소 겪어 내지 않고서는 결코 발설될 수 없을 무시무시한 공포감을 거느린다. 또한 "포개지는 건 한 몸이 되는 것/몸을 얻은 신들이 합창한다/기절할 것같이 행복해서"라는 6연의 이미지들의 움직임은 앞서 나타난 "너는 내가 잠시 빌려 입은 몸"과 함께 울려 나면서, 제 자신의 "몸" 한가운데 다른 영성의 존재들인 "신"을 들어앉힐 수밖에 없는 샤먼의 존재론을 선명한 감각들로 아로새긴다. 특히 "기절할 것같이 행복해서"라는 목소리가 시인 제 자신의 것이 아니라, "신들"의 것이라는 점을 상기해 보면, 저 샤먼의 존재론은 어떤 독서 체험이나 지적 작업을 통해서는 결코 흉내조차 낼 수 없다는 사실을 알아챌 수 있을 것이다. 비평가의 이름을 걸고 말하건대, 저 목소리는 시인의 몸을 타고 흐르는 신기(神氣)의 리듬과 진통을 통하지 않고서는 결코 나타날 수 없었을 것이 틀림없다.

「탱화 2」의 클라이맥스 부분에 해당되는 7연에서 저 신기의 리듬이 끊임없는 박자와 연속적인 선의 율동을 가능케 하는 줄글의 산문시 형태로 뒤바뀌어 나타난 것은 지극히 자연스럽다. 여기서 나타난 "나는 파도치는 칼이야. 끓는 연꽃이야 귀귀, 귀귀귀귀 흐르는 불안이야. 거울의 뒷면이야. 너의 대칭이야. 너와 같은 냄새야. 찢지 않은 막이야. 쏟아 버리고 싶은 물이야. 새로 태어난 꿈이야. 울리지 않는 북이야. 죽은 머리카락이야. 구불구불 달아나는 이름이야. 목소리야. 뜻이야"를 소리 내어 낭독해 보라. 그것의 의미 내용과는 무관하게, 그 소리의 흐름과 마디들에서 어떤 주술적 리듬감이 촘촘하게 일렁이고 있다는 사실을 절감하게 될 것이 틀림없다. 또한 일종의 자유연상처럼 낱낱의 문양들이 나타나고 이어지고 움직이는, 이미지 전체의 흐름에서 보이지 않는 어떤 귀기가 느껴질 수밖에 없을 것이다.

저 이미지들은 의미론적 인접성을 품은 것이 아님에도 불구하고, 자연스런 리듬감을 타고 흐르면서 범상한 우리들에겐 결코 "보이지 않는", "신들"과 저 "귀귀"스런 세계를 우리 눈앞에다 현현시킨다, 이는 특히 "귀귀, 귀귀귀귀 흐르는 불안"이란 문양에서 가장 도드라지게 나타난다. 이 문양은 결국 시인 제 자신이 주체적으로 내뱉는 말이 아니라, 그녀의 몸에 깃든 어떤 "신들"의 "목소리"를 고스란히 옮겨 놓는 주술적 차원의 복화술이자 신탁(神託) 행위를 암시하기 때문이다. 또한 7연에서 급작스럽게 등장하는 줄글, 곧 산문시의 형태는 저 복화술과 신탁 행위를 고스란히 현시하기 위한 필수 장치일 수밖에 없었을 것이다. 7연 전체의 이미지들의 움직임은 끊임없는 연속적 리듬을 타고 흐를 때에만, 그 귀기와 마력의 진수를 발현할 수 있었을 것이 자명하기 때문이다.

"어서!/나를 숨겨 줘//영가등에 불이 들어오기 전에//엄마가 나를/꺼트리러 오기 전에"라는 끝자리의 문양들 역시, 이 시편이 샤먼의 직접적인 체험과 감각들에서 오는 것임을 무섭게 일러 준다. 또한 그것들이 "엄마"로 표상되는 피붙이들에게조차 결코 누설할 수 없는 그야말로 치명적인 비밀로 숨겨질 수밖에 없었다는 사실과 더불어, 접신의 순간 솟아오르는 신비스런 경이감을 암시한다. 어쩌면 「탱화 2」의 마지막 대목에서 스며 나는 신비스런 경이감이야말로, 시가 태어났던 그 원초적 순간부터 간직되어 온 존재론적 원리인지도 모른다. 시는 지금-여기를 지배하는 명명백백한 현사실성, 곧 자명하게 보이는 것이 아니라 "보이지 않는 걸 무서워하는" 자리에서 태어나는 것이기 때문이다. 아니, 보이지 않는 그 모든 것들을 처음으로 현시하는 자리에서, 보이는 그 모든 것들을 넘어서려고 분투하는 자리에서, 시와 예술은 제 자신의 존재론적 가치와 근거를 마련하기 때문이리라.

5.

신미나의 시는 아름답다. 그러나 그것은 미학적 쾌감만을 수반하지 않는다. 오히려 우리 몸으로 처연하게 휘날려 와 무시무시한 귀기와 섬뜩한 불쾌감을 뿜어낸다. 이는 그녀의 시에 깃든 신비스런 경이감과 격렬한 귀기의 발산에서 온다. 이런 맥락에서 파울 클레의

'비기시적인 힘의 가시화'로 축약되는 현대 미학의 임계점에서 그녀의 시는 그리 멀리 떨어져 있지 않은 것 같다. '비가시적인 힘의 가시화' 또는 '보이지 않는 것의 현시' 같은 표어들로 집약될 수 있을 현대 미학의 첨단과 경계들은 근대과학이 유포시킨 표상의 이데올로기와 그 인식론적 패러다임을 근본에서부터 지워 내는 위력을 품기 때문이다.

그리하여, 신미나가 지닌 샤먼의 체질과 감각, 애니미즘의 시선과 사유는 저 현대 미학의 첨단들로 자연스럽게 스며들어 갈 수 있는 잠재력을 응축하고 있을 뿐더러 서로를 탁월하게 촉발시키는 상생의 효과를 낳을 것으로 보인다. 샤머니즘의 직관과 통찰력 또는 애니미즘의 감각과 사유란 근대과학의 기계론적 인과성과 실증주의적 합리성이 추구하는 명명백백한 표상들 너머에 존재하는 불가해한 신비 현상을 전제할 수밖에 없는 것이며, 비가시적인 힘들의 천변만화하는 움직임들을 현시하려는 것이기에.

아니, 이렇게 말하는 것이 좋겠다. 현대 미학의 첨단의 방법론과 공명하는 신미나의 시는 훨씬 더 섬세한 주술적 리듬과 풍요로운 이미지들과 천변만화하는 감각들의 광휘로 번뜩이게 될 것이라고. "테이블 위에 물방울/흔들리는 물방울/ㄴ으로부터 시작해 ㄹ로 흐르는 활기/ㅇ으로 고이는/완벽하게 흡수되는 것"만 같은, 저 비가시적인 힘의 존재론과 감각의 동력학처럼.

당신이
목마르다고 했을 때

테이블 위에 물방울

흔들리는 물방울
ㄴ으로부터 시작해 ㄹ로 흐르는 활기
ㅇ으로 고이는
완벽하게 흡수되는 것
큰 원이 작은 원을 먹어 버리는 것
고요하게 포옹하는 것
합쳐지고
빼기만 남은 것
따돌리거나 밀어내고 싶은 것
망설이다가 동그랗게 맺히는 것

무슨 생각하냐는 말에
아무것도 아니라고
말하는 것

—「물의 감정」 전문

시/몸의 향연
—김혜순, 박해람, 최석균, 정영희의 시

바다처럼 물결치는 검푸른 치맛자락 그 여자
세수를 끝낸 노란 얼굴이 조용히 달세를 받으러 왔네

나는 살 속의 뼈를 긁고 싶을 만큼 부끄러웠네
달님에게 다달이 달세를 지불해야 하는 방!

차디찬 자몽에이드 연붉은 컵에 꽂힌 빨대처럼
파란 핏줄 돋은 방에서 내 몸의 연붉은 현기증이 뽑혀 올라가네

아파트 광장이 깊은 숨을 참느라 얼굴이 새파래지면
밤의 광장을 두근거리는 발걸음, 그녀의 들숨이 맨살에 끼치네

아직 젖몽우리도 생기지 않았는데
검은 브래지어를 한 쥐들이 계단으로 후루룩 들이마셔지고

쥐는 고양이에게 고양이는 사냥꾼에게
처녀는 아줌마에게 아줌마는 할머니에게 살랑살랑 먹히네

나는 노란 연기로 만든 포승줄에 묶인 사람처럼 주먹을 쥐고
날아가는 원반 위에서 다달이 낡아 가는 느낌!

올 테면 오너라 세상에서 제일 가벼운 신발을 신은 집주인이여!
오늘 밤 내 몸이 달뜨네! 내 입속에 노란 달 뜨네!

늙은 아기 베고 누운 것처럼 등허리 배기는 달품! 다달이 방세가 밀리는 방!
달 쥬스 마신 다음 날 내 얼굴엔 꼬박꼬박 달세가 밀린 흔적!

치맛자락에 방 한 칸 올리고 파도에 해일에 태풍에
깊은 밤 나를 공중에 팽개치는 달 셋집 주인이여!

이게 벌써 몇 번째 달세인지, 사글세 비싼 방
꺼끌꺼끌한 월석 위에 방을 올리고 한 달씩 참는 방

—김혜순, 「달뜨다」 전문

김혜순의 「달뜨다」는 우리들이 바깥의 세계와 가장 생생하게 만나는 구체적인 장소로서의 "몸" 이미지를 제 거죽 위로 끌어올린다. 그것은 기묘한 자리바꿈 현상들로 에둘러져 있다. "달님에게 다달이 달세를 지불해야 하는 방" "깊은 밤 나를 공중에 팽개치는 달 셋집

주인이여!" "이게 벌써 몇 번째 달세인지, 사글세 비싼 방" 같은 무늬들에 도드라진 형세로 드러난 것처럼, 그것은 "달"이라는 자연물을 "달 셋집 주인"이라는 하나의 인격체처럼 전제하고 있을 뿐만 아니라, "나"라는 한 인간을 "다달이 달세를 지불해야 하는" 세입자처럼 설정하기 때문이다.

이와 같은 자리바꿈 현상은 세계를 보고 듣고 어루만지는 시인의 독특한 감각의 깊이에서 태어났을 뿐만 아니라 지성의 정교한 논리적 건축술을 훌쩍 넘어선 자리에서 비롯되었을 것이 틀림없다. 그것은 "달"이라는 자연물이 우리에게 베푸는 풍경의 향연을 그냥 그 자체로 그득하게 감수할 때에서야, 나아가 우리들의 시선 안쪽에 담길 수밖에 없는 인간 중심적인 소실점(vanishing point)을 전도시킬 때에서야 비로소 탄생할 수 있는 것이기 때문이다. 또한 "달"이 우리들이 살고 있는 "아파트" 단지를 둘러싸고 들어오는 현상을 "아파트 광장이 깊은 숨을 참느라 얼굴이 새파래지면/밤의 광장을 두근거리는 발걸음, 그녀의 들숨이 맨살에 끼치네"라는 숨결의 두근거림과 생명의 일렁임으로 소묘하는 김혜순의 이미지 조각술은 인간의 시선 안쪽으로부터 발생하는 소실점을 "달" 그 자체에게 되돌려 주려는 필사적인 "몸"의 노력을 동반하지 않고서는 결코 생겨날 수 없었을 것이다.

그러나 시인은 "달"이라는 자연물에게 주인의 자리를 쉽사리 허락하지 않는다. "달"과 "나" 사이에서 여전히 지속되고 있는 긴장과 싸움을 "올 테면 오너라 세상에서 제일 가벼운 신발을 신은 집주인이여!" "깊은 밤 나를 공중에 팽개치는 달 셋집 주인이여!" "꺼끌꺼끌한 월석 위에 방을 올리고 한 달씩 참는 방"이란 이미지들로 그려내고 있기 때문이다. 그러므로 「달뜨다」 내부에서 의미화의 지배권을 행사하고 있는 것은 결코 의식 주체로서의 "나"도 아니며, 의식 대상 또는 의인화된 자연물로서의 "달" 또한 아니다.

오히려 "달"은 주관/객관, 인식 주체/인식 대상의 이분법으로 표상되는 현대 세계의 인식론적 배치와 이분법적 통념의 구조를 모두 넘어선 자리에서 태어난다. 나아가 그것을 부연하는 수많은 형상들 역시, 더불어 곁에 있으면서 한데 뒤엉겨 스며들어 있는 몸의 세계이자 세계의 몸일 뿐이다. "차디찬 자몽에이드 연붉은 컵에 꽂힌 빨대처럼/파란 핏줄 돋은 방에서 내 몸의 연붉은 현기증이 뽑혀 올라가네"라는 빼어난 이미지처럼, 인간의 "몸"은 세계 안쪽에 이미 스며들어 와 있는 하나의 작은 주름이기 때문이다. 곧 세계라는 무한한 몸들의 아주 작은 흔적에 불과하기 때문이리라. 「달뜨다」가 우리 눈앞에서 현현시키고 있는 저 새로운 감각의 깊이는 시인이 헌신적인 노력을 기울여 감득한 몸의 세계, 세계의 몸으로부터 비롯하는 것이 분명하다.

> 습관이 있던 곳은 분주했던 부위라는 뜻
> 비스듬히 앉아 옆자리를 누이던 무릎의 달이 있는 곳
> 하지만 왼쪽은 손을 놓치기 쉬운 곳
> 밤이면 왼쪽의 풍치들은 다 날아가고 울음이 썩어 참을성이 되는 곳
> 왼쪽부터 천천히 굳어 가는 파악들
>
> 헛구역질을 흘리는 흰 나무들의 들썩임.
> 한쪽의 습관을 천천히 풀어 버리듯 봄은, 흘리는 것들의 제철이다
> 불편에 기대었던 갸우뚱,
> 꽃송이들을 흘리는 나무들에게 물었다

고작 이 점파(點播)의 편애를 위해 기울어졌냐고

오른쪽 손가락을 떠난 셈이
왼쪽 손으로 돌아오는 철
가성으로 부르는 모든 노래에는 왼쪽의 후렴이 없다

한쪽의 고민으로 둥둥 떠오르는 그늘들
바뀌는 계절에는 바뀌는 의미가 적당하고
고개를 돌려 한쪽으로 꽃을 흘리고 있는 왼쪽의 습관 밑에는 너무 먼 곳까지 다녀온 상상이 쌓여 있다
흔들린 불빛으로 수놓은 무늬의 달
밤새운 불안이 모여 있는 왼쪽의 습관.

—박해람, 「왼쪽의 습관」 전문

첫머리에 놓인 "습관이 있던 곳은 분주했던 부위라는 뜻"에 도드라지게 솟아난 것처럼, 박해람의 「왼쪽의 습관」에는 몸짓-언어의 화용론(pragmatics)이라 불러야 마땅할 의미 벡터가 주름져 있다. 화용론이란 기표와 기의의 고정된 일대일 대응 관계를 문제 삼지 않는다. 오히려 모든 개별적인 발화들을 둘러싸고 있는 상황과 조건과 맥락들에 따라 전혀 다른 의미들이 생성될 수 있다는 사실을 전제한다. 또한 저 발화들이 거느릴 수밖에 없을 발화 수반 행위(illocutionary act)에 최고도의 집중력을 쏟는 것이기도 하다.

발화 수반 행위라는 말에 주목해 보라. 그것은 바로 지금 당장 어떤 말을 내뱉는 순간에 이루어지게 되는 어떤 행위의 궤적만을 가리키거나, 그 행위로 환원될 수 있는 어떤 의미 맥락만을 휘감지 않는

다. 그 너머를 향해 뻗어 나간다. 그것은 매번의 발화 상황을 둘러싸고 있는 주체의 정념과 욕망, 나아가 사회적 규범과 제도가 강제하는 보이지 않는 잠재적 힘들을 암묵적으로 전제한다. 또한 이 힘들에 의해 초래될 수밖에 없을 의미의 변이선과 그 순간적 특이성을 포괄하고 있는 것이기도 하다.

적어도 우리들이 살고 있는 이 사회에서 "왼쪽"은 정상성의 "습관"을 이루지 않는다. 이는 단박에 느낄 수 있는 살아 있는 몸의 차원에서도 그러하고, 사회적이고 정치적인 의식의 차원에서도 그러하다. "왼쪽은 손을 놓치기 쉬운 곳"이란 말처럼, 아주 어렸을 적부터 우리들은 "왼쪽"의 반대말이 오른쪽이 아니라 바른쪽이라는 것을 집요한 몸의 흔적들로 간직하고 있기 때문이다. "밤이면 왼쪽의 풍치들은 다 날아가고 울음이 썩어 참을성이 되는 곳"이라는 탁월한 시어가 우리들 몸에 불러일으키는 어떤 전율처럼, 그것은 어쩌면 이미 오래전부터 우리들 몸 깊숙한 자리에 새겨져 있었던 훈육의 도덕으로부터 비롯되는 것인지도 모른다.

그러나 자연 그 자체에게 저 우스꽝스러운 이데올로기적 훈육 장치는 결코 존재하지 않는다. 박해람은 그것을 "한쪽의 습관을 천천히 풀어 버리듯 봄은, 흘리는 것들의 제철이다"라는 문양으로 묘사한다. 그렇다. "헛구역질을 흘리는 흰 나무들의 들썩임"과 "꽃송이들을 흘리는 나무들" 그 자체에게 우리들에게만 친숙한 바른쪽 또는 오른쪽이란 정상성의 "편애"는 결코 존재하지 않는다. "나무들"이 "꽃송이들을 흘리는" 데에 그 어떤 가치나 목적이나 이념이 존재하지 않는 것처럼, "오른쪽 손가락을 떠난 셈이/왼쪽 손으로 돌아오는 철"은 그냥 절로 그러한 것, 곧 자연이기 때문이다.

그러므로 "고작 이 점파(點播)의 편애를 위해 기울어졌냐고"라는 물음은 두 겹으로 둘러싸인 아이러니를 발산한다. 하나는 "고작"이라는 부사어에 은밀하게 깃든 인간 중심적 가치 체계의 허상에 대한 풍자적 어조에서 온다. 다른 하나는 "흰 나무들"이 "흘리는" 저 "점파의 편애"가 어떤 한 개체가 제 스스로를 보존하기 위하여 기울이는 일련의 경향성이자 힘, 곧 스피노자의 코나투스(conatus)라는 말에 응집된 모든 개체의 자기 보존의 에너지를 역설적으로 강조하는 자리에서 움튼다. 달리 말해 "점파의 편애"는 좌/우의 이분법으로 표상되는 인간적이고 정치적인 이데올로기의 편향성을 넘어서 있는 능산적 자연의 가장 원초적인 에너지를 뒤집어서 읊조리는 아이러니를 품고 있다는 것이다.

"가성으로 부르는 모든 노래에는 왼쪽의 후렴이 없다"는 탁월한 이미지처럼, 인간이 만들고 훈육하고 전승시키는 그 모든 "습관"과 그것의 바탕을 이루는 도덕과 규범과 제도와 지식의 체계야말로 매우 자의적인 가름("편애")과 거짓("가성")을 내장할 수밖에 없다. 그것은 "한쪽의 고민으로 둥둥 떠오르는 그늘들", 곧 어떤 편향으로 인해 초래되는 "그늘들"을 지닐 수밖에 없으며, '좌/우' 양쪽 모두, 또는 그야말로 전체의 차원을 관통할 수 있는 몸의 세계 또는 세계의 몸을 지우고서만 성립될 수 있는 것이기 때문이다.

따라서 기성의 모든 체계에는 지극히 당연하게도, 아직 도래하지 않은 다른 미래를 상상하고 열망하고 실현하려는 "왼쪽의 후렴이 없"다. "왼쪽의 후렴"은 필연적으로 지금-여기, 이미 주어져 있는 사회적 "습관"과 안정성의 질서를 넘어서려는 충동을 품을 수밖에 없기 때문이다. 나아가 그것에는 "밤새운 불안이 모여 있"을 뿐만 아니라 "너무 먼 곳까지 다녀온 상상이 쌓여 있"기 때문이리라.

이와 같은 맥락에서 "왼쪽의 습관"이란 표제어는 모든 발화 행위의 암묵적 조건으로 작동하는 사회적 규범 체계와 권력의 배치를 그 자체로 암시한다. 또한 그 배치를 지속하도록 만드는 상징적 질서와 사회적 정상성이 하나의 임의적인 편향이자 이데올로기에 불과하다는 사실을 발가벗겨 드러내려는 풍자적 알레고리를 은밀하게 축조한다. "불편에 기대었던 갸우뚱"이라는 이미지가 저토록 생생한 몸의 흔적으로 일러 주듯, "왼쪽의 습관"이 온몸으로 느낄 수밖에 없을 "불편"하고 편협한 사회적 정상성과 그 이데올로기의 가공할 효과들을 집요하게 상기시키면서.

그 후로는 손을 잡아 주지 않는 아버지와
선산 비탈에 서서 흐르는 강을 본다
고생대의 냄새가 난다
그 냄새를 꼭 쥐고 내미는
신생아의 손이 봄 햇살에 일렁인다
토실토실한 손목을 막 부러뜨리는
아버지, 그래도 무사할까요
고사리 지 끄티 세운다고
기다리바라 금세 또 내밀 테니

바람을 만지고 싶나 보다
하늘과 악수를 하고 싶나 보다
꺾어도 꺾어도 끝끝내 서서
손가락을 펴고 손바닥을 뻗쳐
몸 하나 열고야 마는 푸른 탯줄
근원 모를 샘물 같다

공룡의 알을 만져 봤을까
원시인류의 언어를 기억하고 있을까
연초록 여린 가슴 내주고 내주고도
또 쑥 내미는 길고 긴 질긴 손
그 끝에서 샘솟는 물이 강으로 흐른다
가고 오는 손짓을 이으면
땅끝 하늘 끝에 가닿을까요
대대손손 끊기지 말라고
연연이 눈물겨운 제상(祭床)에
아버지, 고사리 줄기를 꺾어 올린다
세월 한 묶음을 솥에 넣고 데쳐 내면
고사리 냄새가 날 것이다

—최석균, 「고사리」 전문

"꺾어도 꺾어도 끝끝내 서서/손가락을 펴고 손바닥을 뻗쳐/몸 하나 열고야 마는 푸른 탯줄/근원 모를 샘물 같다"는 구절은, 스피노자의 코나투스를 "고사리"가 자라나는 명징한 시각적 장면으로 소묘한다. 또한 「고사리」 전체로 뻗어 나가는 의미 벡터를 축약해서 보여준다. "근원 모를 샘물"이란 시어처럼, 그것은 어떤 의미나 목적이나 이념 없이 그저 자라나려는 힘, 모든 개체에게 내재된 자기 보존의 활동을 나타낸다. 시인은 지금 막 틔어 나려는 "고사리"의 구체적인 생명 현상을 통해 코나투스의 세계를 생생하게 그려 낸다. 고사리는 아무리 꺾어도 싹을 틔우고 만다는 뜻의 경상도 말인 "고사리 지 끄티 세운다"는 구절이 뿜어내는 생장의 느낌처럼, 이는 결국 세계 그 자체에 이미 깃들어 있는 코나투스, 그 역동적 에너지를 표현하는 말이기 때문이다.

시인은 또한 "고사리"라는 몸의 세계에 이미 깃들어 있었던 광대무변한 시간의 깊이를 발견한다. "공룡의 알을 만져 봤을까/원시인류의 언어를 기억하고 있을까"라는 표현은 "고사리"라는 몸의 세계가 주위의 다른 사물들과 세계들, 곧 "공룡의 알"이나 "원시인류의 언어" 등과 같은 세계의 몸과 이미 교접하고 있었을 그 오래된 몸의 사건들을 바로 지금 이 순간으로 도래시킨다. 그리하여 "연초록 여린 가슴 내주고 내주고도/또 쑥 내미는 길고 긴 질긴 손"이라는 자연의 시간은 "대대손손 끊기지 말라고/연연이 눈물겨운 제상(祭床)에/아버지, 고사리 줄기를 꺾어 올린다"로 표상되는 문화의 시간과 다시 만난다.

'나는 나의 주위에 도로, 농원, 마을, 거리, 교회, 도구들, 종, 숟가락, 파이프를 가진다. 이러한 개개의 대상들은 이 대상들이 돕는 인간적 행동의 자국을 그 바닥에 소지한다'(모리스 메를로-퐁티, 『지각의 현상학』, 문학과지성사, 2002)라는 말에서 알 수 있듯, 우리들의 몸의 지향성이 개입되어 있지 않은 순수한 자연이란 실재하지 않는 일종의 추상적 가정에 불과하다. 그것은 살아 펄떡거리는 세계의 몸이 아니라, 인간의 지성이 그렇게 설정하고 이념화한 논리적 추상에 지나지 않기 때문이다.

따라서 인용 시편의 "고사리"를 비롯한 그 모든 자연물은 우리들의 몸의 사건들과 전혀 무관한 객관 세계 또는 물리-화학적 대상 세계로 존재하지 않는다. 도리어 인간과 문화의 역사성의 일부를 이루면서 이미 그 내부에 우리의 몸과 뒤섞여 있는 세계의 몸으로 존재한다. 달리 말해, 자연-세계는 항상 문화-세계를 전제할 수밖에 없으며, 이 둘은 항상 결합된 상태로만 실재한다는 것이다. 시인은 이렇듯 "고사리"라는 자연물이 우리의 문화-세계와 함께 공속하고 있는 뫼비우스 띠로서의 몸의 세계와 세계의 몸을 "세월 한 묶음을 솥에 넣고 데쳐 내면/고사리 냄새가 날 것이다"라는 이미지로 아로새긴다. 여기서 세계의 몸이 품은 시간성의 깊이는 우리들의 몸의 세계에 잠겨 있는 후각적 직관으로 치환되어 나타난다.

무명실 사러 마트에 갔다
매끈하게 실패에 감긴 실도 이천 원
실패에 감아야 할 타래실도 이천 원이다
나는 전자계산기와 주판 같은
실패에 감긴 실과 타래실을 앞에 놓고
잠시 망설인다
무작정 차를 끌고 나와
국도와 고속도로 두 갈래 길에서 어찌 갈까
고민할 때처럼 흔들린다
조금 느슨하게 풍경 즐기며 달릴 것인가
아니면 자동차 바퀴에 바람을 매달고
미끄러지듯 직선으로 달릴 것인가
실패에 감긴 실이나 타래실의 길이는 같다
속도에 편리한 디지털과는 달리
아스라이 잊혀져 가는
아날로그적 로망의 시간적 거리는 멀다
망설일 이유가 없는
그러나, 망설일 수밖에 없는 것은
어머니와 마주 앉아 실패에 실 감던

먼 기억 속 타래실 때문이다

—정영희, 「실 감기」 전문

시와 예술이 우리들의 몸 앞에 현현시키려 하는 것은 명석판명한 논리의 세계이거나 매끈하게 분류되고 질서 정연하게 마름질된 지성의 세계가 아니다. 오히려 그것은 우리들이 먹고 마시거나, 일하고 쉬거나, 놀고 즐기는 생활 세계 그 자체일 뿐이며, 그 활동들이 실제로 펼쳐지는 몸의 세계이자 세계의 몸일 뿐이다. 또한 몸의 세계는 그 내부에 이미 얼룩져 있는 어떤 지향성을 포함할 뿐만 아니라, 체화된 실존의 벡터를 에두를 수밖에 없다.

저 체화된 실존의 벡터는 주위의 타인들과 사물들과 그 총체로서의 세계, 나아가 특정한 지향성의 벡터가 휘감겨 있는 시공간적 구체성으로서의 상황에 이미 연동되어 있다. 달리 말해, 1인칭 주체로서의 나는 이미 세계의 몸에 둘러싸여 있고 세계 역시 나의 몸을 규정하는 것이기에, 나의 몸에는 이미 세계의 몸이 주름져 있을 뿐더러 세계의 몸에는 나의 몸이 어떤 흔적처럼 깃들어 있다는 것이다. 그러므로 1인칭 주체인 나의 실존은 나만이 유일무이하게 소장하는 독특한 그 무엇일 수 없다. 오히려 그것은 나와 타자와 세계가 더불어 살아갈 수밖에 없는 공실존(co-existence)의 테두리에서 생성되는 것일 뿐이다. 그 모든 1인칭의 실존이란 결국 타자와 세계가 그 주체에게 불러일으킨 어떤 몸의 사건일 뿐만 아니라, 그 복잡다단한 작용들의 다면체이자 겹주름이기 때문이다.

정영희의 「실 감기」는 "어머니와 마주 앉아 실패에 실 감던/먼 기억 속 타래실"이라는 몸의 사건 내부에 깃들어 있었던 공실존의 감각적 파장들을 제 거죽 위로 이끌어 올린다. 따라서 시인이 "매끈하게 실패에 감긴 실"을 "전자계산기" "고속도로" "속도에 편리한 디지털"에 빗댄 것이나, "실패에 감아야 할 타래실"을 "주판" "국도" "아스라이 잊혀져 가는/아날로그적 로망"에 비유하면서도, "망설일 이유가 없는/그러나, 망설일 수밖에 없는 것", 곧 "두 갈래 길"에서 "흔들"릴 수밖에 없는 까닭을 제 실존의 역사에 얼룩져 있는 몸의 사건들에서 찾아오는 것은 지극히 자연스럽다. 그렇다. 시인이 우리 눈앞에다 펼쳐 주고 있는 것처럼, 몸의 차원에서 발생하는 사건은 결코 매끈하게 규격화된 선험적 지성의 도식(Schema)으로 환원되지 않는다. 오히려 그것은 운동하는 표정을 품는 것일 뿐더러 생동하는 의미로 감싸여 있다. 또한 그 실행의 주체인 몸의 세계에는 역사성을 띤 주름이 침전되어 있기도 하다. "먼 기억 속 타래실"이란 시어가 명징하게 표상하는 것처럼, 나의 몸에는 이미 습관처럼 쟁여져 있는 감각의 긴 역사가 주름져 있기 때문이다. 나아가 이 주름에는 "어머니와 마주 앉아 실패에 실 감던" 공실존의 감각이, 그것을 지금-여기로 다시 불러올 수 있는 "타래실"이라는 세계의 몸이 스며들어 와 있기 때문이다.

시와 예술이 제 촉수를 가장 예민하게 뻗어 내리는 자리는 저 실존의 역사성에 휘감긴 감각의 주름들이다. 그것은 "매끈하게 실패에 감긴 실" 같은, 또는 "자동차 바퀴에 바람을 매달고/미끄러지듯 직선으로 달릴" 수 있는 "속도에 편리한 디지털"이란 시간적 효율성과 사용가치에 관심을 두지 않는다. "조금 느슨하게 풍경 즐기며 달릴 것인가"라는 곧 도래할 미래의 어리둥절한 결단처럼, 그것은 "느슨하"지만 "풍경"에 이미 깃들어 있었던 자신의 몸의 "기억"과 그 내부에 침전된 세계와의 마주침, 그리고 그 감각적 울림의 순간을 향해 치달아 가는 것이기 때문이다. 또한 이 순간은 "먼 기억 속 타래실"이란 경계를 알 수 없는 과거와 "망설일 이유가 없는/그러나, 망설일 수밖에 없는"으로 표현된 경계를 알 수 없는 미래를 동시에 이끌어 오는 것이기 때문이다. 후설(E. Husserl)이 언명한 바 있었던 '살아 있는 현재(lebendige Gegenwart)'란 바로 이 순간을 가리키는 것이리라.

시와 예술이 제 몸의 기원이자 바탕으로 삼는 것 역시, 저렇듯 매 순간마다 천변만화를 거듭하면서 살아 펄떡거리는 '살아 있는 현재'일 것이다. 또한 다시 잡음(Retention)과 미리 잡음(Protention)을 매 순간마다 다시 수행하는 몸의 세계야말로, 시와 예술을 '살아 있는 현재'로 뻗어 가도록 강제하는 유일한 동력이자 무대일 것이다. 그것은 모든 시간의 매듭들을 바로 지금-여기에서 되살려 내는 체화된 실존의 지평 그 자체이기 때문이리라. 결국 '살아 있는 현재'란 시와 예술이 탄생하는 가장 원초적인 바탕 세계이자 유일한 의미 터전일 수밖에 없기에.

교향악적 리듬의 몸들
—황인숙, 이설야, 송민규의 시집

살의 존재론과 사랑의 리듬: 황인숙 시집『못다 한 사랑이 너무 많아서』

황인숙의 시집『못다 한 사랑이 너무 많아서』의 밑바닥을 애잔하면서도 질펀하게 물들이는 마음결의 메아리는 "차라리 얼른 저버릴까/영원히는 지키지 못할 그 약속/가슴 저미네/영원히는 뛰지 못할 내 가슴"(「영원히는 지키지 못할 그 약속」), "네게도 내게도 낯선/거리를 돌아보면서/내 모든 고인(故人)들을 돌아보면서"(「일몰」)로 표상될 수 있을 죽음의 선취에서 온다. 아니, 우리들 모두가 언젠가는 치러 낼 수밖에 없을 삶의 끝자락, 그 서늘한 유한성의 예감에서 휘날려 온다. 이는 "어제는 팔팔했는데/괜히 기진맥진한 오늘의 나/거품이, 거품이 일지 않는다"(「묽어지는 나」), "그때 나 아직 젊었을 적에/젊은 줄 모르고 젊었지/그때는 아무도 내게/젊다고 말해 주지 않았으면서/지금은 늙었다고/가르쳐 주지 않는 사람이 없네"(「아현동 가구거리에서」), "맹렬하게, 달아나지도 못하고/몸서리치는 몸뚱이/전신 살갗이 곤두서고/발가벗겨진 뼈들이/영원의 폐허에 던져진다"(「또, 가을」), "전날도 아니고 전전날도 아니고/오래전 화장 얼룩덜룩/빛바랜 꽃이여"(「꽃에 대한 예의」) 같은 문양들에서 스며 나는 쇠잔한 몸의 리듬과 잔영들, 그 "빛바랜" 감각들의 현존을 바탕으로 삼는다.

그렇다. 시인 황인숙이 오랫동안 벼려 온 독보적 미학이자 시작법의 비밀스런 원리일 수밖에 없을 저 몸의 리듬은 이번 시집 『못다 한 사랑이 너무 많아서』에선 늙고 병들고 쇠잔해진 것들의 육체성과 겹쳐 떨리면서, 그것들과 더불어 살 수밖에 없는 제 삶의 형상들을 섬세하게 소묘하는 방향으로 진화한다. 그러나 그것은 결코 노회한 사변이나 낡은 관념이나 고루한 이념의 덩어리를 단 한 조각에서도 이끌어 오지 않는다. 오히려 아프고 망가진 몸들로부터 뿜어져 나올 수밖에 없을, 그리하여 훨씬 더 강력한 충동으로 치솟을 수밖에 없을 새파란 젊음의 기쁨과 살아 있음의 황홀경들을 생생한 필치로 그려 낸다.

> 옥상에 벌렁 누웠다
> 구름 한 점 없다
> 아니, 하늘 전체가 구름이다
> 잿빛 뿌연 하늘이지만
> 잿빛 뿌연 하늘이지만
> 나 혼자 독차지
> 좋아라!
> 하늘과 나뿐이다
> 옥상 바닥에 쫘악 등짝을 펴고 누우니
> 아무 걱정 없다

오직 하늘뿐
살랑살랑 바람이 불어오고
머리카락에도 불어오고
발바닥에도 불어오고
옆구리에도 불어온다
내 몸은 둥실 떠오른다
아, 좋다!
둥실, 두둥실

—「걱정 많은 날」 전문

지금 이 글을 읽고 있는 당신은 "걱정 많은 날" 과연 무엇을 했던가? 마음속 응어리를 함께 풀어내 줄 친구를 찾았던가? 혹은 당신 자신을 위무하기 위하여 혼자서나마 술잔이라도 기울였던가? 아니면, 벤야민의 도시 산책자를 제 스스로 연출하는 미장센(mise-en-scène)의 감각에 젖어 들었던가? 시인이 건네는 비책은 "옥상에 벌렁" 눕는 것이다. 그리하여 작위적인 그 모든 규범과 관습과 시스템을 벗어나, "잿빛 뿌연 하늘이지만/나 혼자 독차지/좋아라!/하늘과 나뿐이다"라는 상태로 젖어 드는 것, 곧 우주적 생명력의 한 흐름일 수밖에 없을 "바람"의 율동에 몸을 내맡기는 것이다. 이 자리에서 모든 "걱정"은 휘발되어 사라지고, 도리어 "바람"이 흩뿌려 놓는 생명의 기운을 제 몸으로 고스란히 감수하는 자의 기쁨과 행복과 충일감의 리듬, 그 황홀경의 순간이 찾아들 수 있을지도 모른다.

그렇다. 「걱정 많은 날」에서 알아챌 수 있듯, 황인숙의 시는 나와 너, 자아와 세계, 주체와 객체 따위로 구분되는 분별지의 세계, 또는 근대 이후에 펼쳐진 과학적 인식론의 세계를 멀찌감치 넘어선 자리에서 태어난다. 아래서 인용되는 문양들을 천천히 음미해 보라.

행복한 마음 처벋으리
기포처럼 솟구쳐 오르리
공중에 너털웃음처럼 초록 양막(羊膜) 터뜨리는
나는 세계의 원기
왕성한 한 축

—「커다란 여름 아래서」 부분

우리 아직 눈꺼풀 생기기 전
온몸으로 받아들이던
온몸에 드나들던
붉음
태초의 붉음
꿈틀꿈틀
움트네
위로의 노래는 슬프다지만
이 붉음
엄마의 붉음
벌어진 상처 아물게 할,
미리 위로하는 붉음
고요히 두근거리며
새날을 꿈꾸게 하네

—「일출」 부분

산들,

바람이 부니

아랫도리를 벗은 숲의 방향(芳香)

훅 끼친다

치맛단을 추켜올리고

맨발로 걸어 들어가고 싶다

그러면 수풀은 나를 에워싸고

젖은 손가락들로 온통 나를 만지겠지

아, 징그러운!

아니, 싱그러운

—「비 온 날 숲속에서」 부분

속속들이 하양

반드르르 매끄러운 반죽 덩어리

튕겨 보고 눌러 보고

손바닥으로 문질러도 보고

찰진 반죽 덩어리

두근두근, 이것은 실제의 감촉

아, 살의 감촉!

—「반죽의 탄생」 부분

「커다란 여름 아래서」 마지막 대목에 새겨진 "나는 세계의 원기/ 왕성한 한 축"은 "여름"이란 계절 자체가 내뿜는 "원기"와 "왕성한" 생명력을 드리우는 동시에 그것을 품부한 사람의 활달한 기운과 생동감을 나타낸다. 「일출」에 나타난 "태초의 붉음"과 "엄마의 붉음"

또한 이와 같다. 이들 역시 우주 삼라만상을 가로지르는 생명력 전체와 낱낱의 생명체에게 부여된 마디마디의 꿈틀거림을 암시하는 메타포들이기 때문이다. 따라서 「비 온 날 숲속에서」나 「반죽의 탄생」 같은 시편들에서 소리 없이 음각되는 저 "살"의 존재론이란 우선적으로 대상과의 분석적 거리에 기초한 관조적 시선과 시각 중심주의 사유를 뭉개 버릴 수밖에 없다. 그것은 "수풀은 나를 에워싸고/젖은 손가락들로 온통 나를 만지겠지", "두근두근, 이것은 실제의 감촉/아, 살의 감촉!"이란 장면에서 가장 도드라지게 부각되는 촉각을 제 감각소의 중핵으로 삼기 때문이다. 또한 촉각이란 근본적으로 몸의 세계와 세계의 몸이 하나를 이루면서 겹쳐 떨리는 세계 그 자체의 파동이자 흐름이기 때문이리라.

시인이 펼치는 저 "살"의 존재론에 따르면, 1인칭 단독자인 "나"는 이미 세계의 몸에 둘러싸여 있을 뿐더러, "나"의 몸에는 세계의 몸이 이미 그림자처럼 스며들어 와 있다. "나"의 몸의 세계에는 세계의 몸이 이미 주름져 있으며, 세계의 몸에는 "나"의 몸이 어떤 흔적들로 새겨져 있기 때문이다. 그리하여, 몸의 세계는 어떤 시공간적 조건과 힘의 배치, 곧 구체적 사건의 상황과 분리되어 존재할 수 없다. 나아가 우리들 각자의 낱낱의 몸들 또한 세계와 타자의 몸들과 더불어 같이 살아갈 수밖에 없으리라. 이를 메를로-퐁티는 '공실존(co-existence)'이라 칭한 바 있지만, 시인 황인숙은 제 직관의 비범한 촉수를 지속적으로 벼려 내어 저 공실존의 세계, 곧 "살"의 존재론에 다다른 것으로 짐작된다. 따라서 「커다란 여름 아래서」에 나타난 1인칭 주어 "나"란 흔히 데카르트적 코기토로 언명되는 명석판명한 의식 주체일 수 없다. 오히려 몸의 세계와 세계의 몸이 하나를 이루는 공실존의 몸일 수밖에 없으리라.

이와 같은 공실존의 존재론이 우리 주변의 늙고 병들고 쇠잔해진 것들의 몸을 만날 때, 타자의 고통을 마치 제 몸이 앓는 것처럼 고스란히 느끼는 고통의 윤리학, 또는 소수자의 정치학이 거죽 위로 솟아오른다. 가령 "이방인들을 보면/왠지 슬프다/한 아낙이 오뎅 꼬치를 문 금발 어린애들을 앞세워 지나가고/키 작은 서양 할아버지가 지나가고/회색 양복 서남아 청년이 지나간다/먼먼 땅에 와서 산다는 것/노인과 어린애/어느 쪽이 더 슬플까"(「그림자에 깃들어」), "아, 잔인한, 돌이킬 수 없는 하양!/외로운 하양, 고통스런 하양,/불가항력의 하양을 들여다보며//미안하고, 미안하고,/그립고 또 그립고"(「못다 한 사랑이 너무 많아서」), "가장 따뜻한 데를/추위도 안 타는 시계가 차지하고 있다/그 옆에 기억을 빨아들이는 진공청소기/비쩍 마르고 오들오들 떠는 것들을/어두운 구석으로 몰아넣는다/열정이니 고양감이니 사랑이니 우정이니/시니 음악이니 존재니/행복감이니 다행감이니"(「고통」) 같은 문양들을 보라. 이들은 우리들 곁에 늘 함께 있지만 세계의 중심 권력이 결코 기억하지 않으려는 다양한 차원의 소수자들, 예컨대 "이방인들"과 "하양" 파도 속으로 흩어져 버린 망자들과 "비쩍 마르고 오들오들 떠는 것들"을 우리들 몸 앞에 다시 불러오려고 한다는 사실을 명징하게 일러 준다.

황인숙의 시집 『못다 한 사랑이 너무 많아서』는 세계의 몸과 더불어 살아갈 수밖에 없을 시인의 몸의 세계와 "살"의 존재론을 순도 높은 언어들로 곧추세운다. 또한 시라는 예술 작품이 몸의 세계와 세계의 몸을 터전으로 삼아 저 "살"의 존재론을 생생하게 펼쳐 낼 때에서야 비로소 제 자신에게 휘감겨 있었던 광휘와 위력을 고스란히 뿜어낼 수 있다는 사실을 탁월하게 예증한다. 이는 "못다 한 사랑이 너무 많아서"라는 표제어, 그 간곡한 윤리학적 실천 명제에 이미 깃들어 있었던 것이 틀림없다. 시인에게 "사랑"이란 결국 무수한 몸들의 세계가 서로 겹쳐 떨리는 순간, 저들 각각의 몸들이 서로에게 습합되어 마치 하나의 주름처럼 출렁이게 되는 순간의 밀도와 형세를 일컫는 말이기 때문이리라.

그리하여 "사랑"이란 너는 내가 되고 나는 그녀가 될 수 있었던 그 황홀경의 순간들을 영원토록 지속시키려는 미친 벡터일 수밖에 없으리라. 저렇듯 "배를 맞댄 두 그루 나무"라는 이미지처럼.

줄창 쏟아지던 비가 걷히고
햇빛 난다
습한 대기 속에서
배를 맞댄 두 그루 나무
한 몸으로 어우러져 가지를 뻗었다
(아니, 엑스 자로 벌어진 두 다리를
다소곳이 모은 한 그루 나무일까?)
그 옆을 사람이 지나간다
서로 조금 떨어진 두 사람
어디서 오는 걸까
어디로 가는 걸까
땅 위에 창창 사람의 걸음
공중엔 울울 나무의 걸음
벌판 가득 발걸음들

—「걸음의 패턴」 전문

동화적 모티프와 잔인성의 리얼리즘: 이설야 시집 『우리는 좀 더

어두워지기로 했네』

이설야의 시집 『우리는 좀 더 어두워지기로 했네』는 우리 시대가 앓고 있는 다양한 사회·정치적 문제들을 정면에서 형상화한다. 시인은 흔히 민중으로 일컬어져 온 경제적 소수자들의 비루하고 황폐한 삶의 편린들과 그 애환들로 아우성치는 마음결의 움직임을 돋을새김의 필치로 그려 내려 한다. 따라서 이 시집은 1970-80년대의 민중시, 또는 리얼리즘시의 계승자라고 언명해도 무방할 듯하지만, 반드시 덧붙여져야 할 수식어를 요청하고 있는 듯 보인다.

천장에 거꾸로 매달린 물풀 같은 얼굴들
부적과 함께 그을리던 벽지, 부서지던 살림들
더럽게 긴긴 날들이 늘어지고 있었다

삼화목욕탕 앞집 혼혈 아이 엄마는 어느 해
환한 겨울, 눈사람 속으로 사라졌다
눈사람의 배꼽에서 간신히 빠져나온 아이는
흰 붕대를 감은 미라가 되어 갔다

피를 흘리던 노을이 지붕 위에서 잠자면
점집 아이는 문을 열고 나왔다
빨간 내의에 핀 사루비아꽃을 짓이기며
점괘가 담긴 종이를 펼쳤다

하늘에는 붉은 달과 누런 달, 이렇게 두 개야
곧, 별들이 이동할거야

지붕들은 멀리멀리 날아갈 거야

이 빨간 부적만 있으면 아프지는 않을거야

—「점집 아이」 부분

우리 올 풀린 영혼들, 물풀처럼 개천으로 흘러가 마냥 더러워지기로 했네

개천이 만들어 준 평화는 오래된 흑백 일기예보처럼 맑음 대신 아직도 천둥 번개가 치지만

용서는 개천에나 버리기로 했네

부러진 빗자루를 탄 구름 마녀들의 하늘이 모두 개천이 될 때까지

우리는 좀 더 어두워기기로 했네

—「동일방직에 다니던 그 애는」 부분

성냥 한 개비를 켜면

눈먼 소녀가 덜덜 떨며 울고 있습니다

성냥 한 개비로 촛불 하나를 켜면

망루에 얼어붙은 다섯 그림자가 상여를 밀어 올리고

또 성냥 한 개비 그어 촛불들을 옮겨 붙이면

높은 사다리 위에 선 그녀가 멀리 타전하고 있습니다

금 간 벽에 부러진 성냥 한 개비 긋자

벽 속으로 뛰어들어 가는 사람들

붕대를 감은 그림자들이 재개발 상가 입구에 멈추고

성냥개비를 입에 문 늙은 소년들이 지하도로 숨다가 멈추고
꽃들이 피다가 멈추고 새들이 날다가 멈추고
돌아보니 아무도 없고, 저 혼자 피었습니다

―「성냥팔이 소녀가 마지막 성냥을 그었을 때」 부분

인용 시편들은 모두 "더럽"고 가난하고 남루한 우리네 서민들의 생활상의 속살을 향해 곧장 진격해 들어가려는 투지로 가득하다. 따라서 한국문학의 활화산을 이루었던 1970-80년대 리얼리즘의 풍모를 닮았다고 말할 수도 있겠다. 특히 "부적과 함께 그을리던 벽지, 부서지던 살림들" "물풀처럼 개천으로 흘러가 마냥 더러워지기로 했네" "붕대를 감은 그림자들이 재개발 상가 입구에 멈추고" 등으로 표상되는 서민들의 궁핍하고 비루한 살림살이의 사실적인 풍경들이 그렇다. 그러나 바로 그 곁에 달라붙는 "*하늘에는 붉은 달과 누런 달, 이렇게 두 개야/곧, 별들이 이동할거야/지붕들은 멀리멀리 날아갈 거야/이 빨간 부적만 있으면 아프지는 않을거야*" "부러진 빗자루를 탄 구름 마녀들의 하늘이 모두 개천이 될 때까지" "금 간 벽에 부러진 성냥 한 개비 긋자/벽 속으로 뛰어들어 가는 사람들" 같은 동화적 이미지들의 출현은 이 시집을 통상적 의미의 리얼리즘으로 규정할 수 없도록 강제한다.

그렇다. 『우리는 좀 더 어두워지기로 했네』는 1970-80년대 리얼리즘의 근본 정서일 수밖에 없을 민중적 삶의 애환과 수난의 에피소드들을 이미지 지력선의 중핵으로 삼는다. 그러하기에 민중시의 충실한 계승자일 수밖에 없을 것이다. 그러나 이 시집은 동화적 판타지로 에둘러진 모티프들을 과감하게 도입함으로써, 그것에서 멀찌감치 날아오르려는 탈주자의 면모를 동시에 품는다. 시인의 유년 시

절의 뒷골목, 그 얼룩덜룩한 현사실성의 풍경들로 생생하게 예시되는 1970-80년대 개발독재 시대의 감각들과 시대상들은 시인의 개인적 추억을 '살아 있는 현재(lebendige Gegenwart)'로 되살려 놓는 자리에서 멈추지 않는다. 오히려 우리들 모두의 가슴팍에 둔중하게 가라앉아 있었을 윤리적 불안감과 부채 의식을 뒤흔들어 깨운다. 아니, 그것은 시인의 불우한 가족사에서 움터 난 이미지들과 겹쳐 울리면서 우리들의 마음결 가장 깊은 곳에 깃든 윤리적 무의식을 찢는다. 나아가 인간적인 삶과 인간적인 것의 존엄이란 과연 무엇이며, 어떠해야 하는지를 거듭하여 되묻도록 강제한다. 이 시집은 지난 시대 리얼리즘의 상투적 도식과 통념적 기율에 갇히지 않을 뿐더러 제 실존의 역사와 경험의 살갗에서 비롯하는 생생하게 펄떡거리는 감각들, 곧 민중적 생활 세계의 실감들을 살뜰하게 그려 내고 있기에.

화평동 이모들은
일번지다방에 나가요
기차가 지나가면
창문 유리가 아슬아슬한 이모들처럼
깨질 듯하던 일번지다방
밤이 되면 아이들은 검정 구두를 신고 소꿉놀이를 하지요

이모들 창문에는
가슴이 찔리면서도 떼어 내지 못하는
고드름이 매달려 있지요
기차 소리가 고드름 속으로 사라지면
전봇대도 하나둘 불을 끄지요

—「일번지다방」 부분

수문통시장 언니들
단발머리 쥐가 파먹은 듯
잘리고 뒷골목에 모여
도루코 면도날을 씹다가 뱉었다
학교 가는 아이들 돈 빼앗다가
창고에 갇혀 울었다

입속에서 부서진 집들

언니들 머리채 잡고
시궁창 속으로 미끄러지던 손
찢어진 치마 속으로 들어가던 두꺼운 손

(중략)

언니들 조금 더 자라자
불룩한 배를 광목천으로 꽁꽁 감고
해바라기 검은 씨앗이 무럭무럭 자라던
톱밥 가루 날리던 목공소를 지나
굴다리 밑을 또각또각 지나
동인천 일번지다방에 나갔다
나가서 돌아오지 않았다

—「수문통 언니들」 부분

공장에서 돌아온 동생
퉁퉁 부은 손을 보여 주었다
쫓아오던 그림자를 옷걸이에 걸어 놓고
밤마다 축축한 벽지 속으로 사라지곤 했다

나는 동생의 그림자를 껴입고 잠 속을 들락거렸다
그림자 속에는 동생의 인형들이 살고 있었다
일곱 개의 밤을 하늘에 펼쳐 놓고 박음질하느라
밤에도 인형들은 눈을 감지 못했다

꿰매도 꿰매도 실밥이 터져 나오던
동생의 어린 노동으로
밑단이 뜯어진 가계를 조금은 꿰맬 수 있었다
얼굴이 퉁퉁 부은 월급날
동생의 축 늘어진 그림자를 인형들이 들고 집으로 돌아왔다
나는 동생의 그림자를 야금야금 먹기 시작했다

—「그림자극」 부분

아이들은 내 공책에다 남자와 여자의 잠지를 그렸다
엉킨 몸 사이로 검정 붓털이 보였다
여자와 남자는
짐승처럼 거꾸로 서로에게 매달려 있었다
사물함에서 공책은 자라기 시작했다
가지에서 뻗어 나온 잎사귀들이 목을 조르는 교실
아이들은 등 뒤에서 내 목을 졸랐다

발가벗은 뒤통수들
햇빛이 핥고 있었다
종례 시간, 사물함을 열었다
공책 위에서 여자들이 남자들
등에 올라타고 있었다
검정 붓털이 춤을 추며 하늘로 올라가기 시작했다
무럭무럭, 여자와 남자의 잡지가
사물함 속에서 자라고 있었다

—「사물함 속 춘화도」 부분

제1부에서 추려 낸 인용 구절들은 이설야의 리얼리즘이 어떤 자리에서 태어나며, 어디로 나아갈 것인지를 명시적으로 일러 준다. 특히 시인이 짜고 얽고 마름질하는 이미지들의 지력선이 시인의 유년기의 원체험을 이루었던 "동인천"과 "화평동"의 여러 장소들과 더불어 그녀의 실존의 내력을 구성했던 다양한 사물들에서 발원한다는 사실을 눈여겨보라. 이들은 이설야의 시가 사회·정치적 차원의 문제들인 노동 현실이나 매매춘, 청소년 폭력 등을 다룰 때에도, 제 실존의 고유성과 감각의 테두리에서 결코 벗어나지 않는다는 것을 암시한다. 인용 시편들의 주인공인 "화평동 이모들"과 "수문통시장 언니들", 그리고 "동생의 어린 노동"으로 표상되는 사회적 하위 주체들의 삶은 1970-80년대 개발독재 시대의 사회적 압력과 연동되어 있는 것이 분명하다. 그러나 시인은 이들을 흔히 민중주의로 일컬어지는 하나의 고정된 정치 이념이나 도식적 관념으로 덧칠하지 않는다. 도리어 이들이 미시적 차원에서 뿜어내는 성적 충동과 일탈과 유희의 욕망, 나아가 그 실존들의 운명선을 끈덕지게 추적하려는

근본주의자의 자세를 취한다.

시집 곳곳에 들어박힌 사회적 현실의 문제들을 형상화한 이미지들, 예컨대 「그림자극」에 소묘된 척박한 노동 현실이나, 「망루와 폭풍」에서 암시적 문법으로 제시된 용산 참사, 그리고 「사월(死月)」에서 처절하게 그려진 세월호 참사 등의 이미지들에서도 그 각각의 미시적 차원을 가로지르는 실존적 운명선의 무늬들은 마디마디에서 번뜩거린다. 이는 결국 시인이 제 실존의 역사를 고통스런 잔영들로 물들이고 있는 폭력과 부조리와 절규의 광경들을 단 한순간도 회피하지 않았을 뿐더러, 오히려 그 전율스런 밑바닥의 진창까지를 빠짐없이 들여다보려는 진리 주체라는 것을 반증한다. 따라서 "모두가 거짓말 같은/엄마 장례식,/지나서였다"(「크레파스」), "통조림 속에는 겨울이 가지 않는다/모가지 달아나 표정이 없다/부패하지 않아 지루한/나를 벗어나는 것만큼이나 어려운 것이 생활이다"(「꽁치통조림」), "쓰레기섬에 가면 찾을 수 있을까/나의 이름/둥둥 떠다니는 플라스틱 내 영혼/내 입속의 쓰레기들"(「플라스틱 아일랜드」) 등과 같은 마조히즘에 가까운 자기모멸의 이미지들은, 시인이 매우 혹독한 방식으로 제 스스로의 윤리적 준칙을 담금질해 온 진리의 투사임을 또렷한 윤곽으로 예시한다.

그렇다면 『우리는 좀 더 어두워지기로 했네』에서 종종 엿보이는 동화적 모티프들이나 환상성의 편린들, 그리고 주술적 음영이 짙게 드리워진 장면들에 대해선 과연 어떤 해석과 평가가 가능한 것일까? 그리하여, 이들은 이설야의 리얼리즘에 있어서 어떤 의미를 차지하는 것일까? 나아가 이들이 새롭게 창안하고 있는 저 리얼리즘의 정치적-미학적 변곡점은 과연 무엇일까? 이 의문들에 대한 충실한 답변을 마련하기 위해서는 1970-80년대의 민중시로부터 1990년대의 생태시를 지나 2000년대의 정치시에 이르는, 문학사적 차원의 방대하고 상세한 탐색이 필수 불가결할 것이다.

그럼에도 불구하고 탄핵 심판과 민주주의 재건을 목전에 둔 지금-여기, 2017년 벽두의 역사적 상황에서는 시와 예술의 존재론적 가치와 의의를 근본적인 차원에서 거듭 되묻게 만드는 『우리는 좀 더 어두워지기로 했네』의 의미심장한 충격파는 결코 부인할 수 없으리라. 이 시집은 그야말로 참된 리얼리즘이란 그 어떤 정치 이념이나 행동 강령을 그대로 재현하는 자리에서 나오지 않는다는 사실을 명명백백하게 예증한다. 달리 말해, 이설야의 리얼리즘은 우리들의 실존에 내재된 억압과 폭력과 부조리를 뚫고 솟구쳐 오르는, 더 나은 삶의 욕망과 다른 미래를 위한 원초적 충동을 생생한 감각으로 드러낸다는 것이다. 결국 리얼리즘의 무시무시한 위력과 감염력이란 저 실존의 자리에서 자연스레 움터 오르는 기쁨의 충동과 행복의 욕망에서 발원할 수밖에 없는 것이기에.

이 시집에서 빈번하게 도입되는 동화와 주술과 환상의 이야기들은 더 나은 삶과 다른 미래로 나아가려는 시인의 간절한 충동과 욕망이 불러낸 원초적 소망의 현현체일 것이 틀림없다. 따라서 시인이 도입한 동화와 주술과 환상의 이야기들 역시 진리의 윤리학으로 대변되는 잔인성의 리얼리즘에 반하지 않는다. 오히려 이를 더욱 도드라지게 만드는 무대화의 장치들로 기능한다. 아래 시편들에서 나타나는 "인형"과 "귀신"의 이미지들 역시 경험적 현실의 고통을 무화시키는 판타스마고리아(fantasmagorie), 곧 물신주의(fetishism)로 얼룩진 마술 환등의 효과를 흩뿌려 놓지 않는다. 오히려 정반대로, 자본주의의 환각 구조 전체를 산산조각으로 깨뜨리는 잔혹한 진실의 세계를 현시한다. 우리들 모두의 황폐한 실존과 더불어 세계가 휘두르는 잔인성의 리얼리즘, 그 진실의 사막을 거죽 위로 현현시키면서.

술 한잔만 먹게 해 줘
철창 속에서 꺼내 줘
바닥이 너무 차가워
두레박을 놓친 우물 속에는 인형의 눈알이 빠져 있었다.

빗물보다 진한 눈물 뚝뚝 흘리며
벽장 안에 갇혀 울던 화평동 집으로 돌아가고 싶다고
세탁기 통 속에서도 귀신들이 우글거리며 같이 가잔다고

눈물에는 사실 아무런 성분도 없다고 잠결에 말해 버렸다
꿈을 또 바꾸려고
잘못 꾼 꿈속으로 잘린 귀를 접고 들어간다

나에게는 아직도 자르다 만 귀가 남아 있다.

—「어제 자르다 만 귀가 있다」 부분

눈은 내려 쌓여, 집을 지우고
영하(零下)로 내려간 아버지
김장 김치를 얻으러 양키시장 골목 안으로 들어갔다
애들 먹을 것도 없다고 소리소리 질렀다
항아리 바닥에서 묵은 김치 몇 포기가 간신히 올라왔다
곰팡이가 버짐처럼 피어 있었다
아버진 비좁은 골목의 가로등. 희미하게 꺼져 가고

곰팡이꽃 같은 눈이 흩날리고 있었다
그 겨울, 김치 몇 조각으로 살았다

죽은 엄마가 가끔 항아리 속에서 울었다

—「눈 내리는, 양키시장」 부분

유폐적 실존과 자기 긍지로서의 시: 송민규 시집『다트와 주사위』

송민규의 시집『다트와 주사위』에는 그의 독특한 실존 감각에서 기인하는 고독과 소외감이 이미지 전체의 움직임을 짜고 얽고 마름질하는 라이트모티프로 펼쳐져 있다. 이는 몇몇 시편들의 앞면에 또렷한 형세로 나타난 "사슴 뒷다리에 채인 짐승을 흉내 내며 걷던 시절/발굽이 가슴에 찍히는 날이면 혼자서도 뒤로 넘어졌다/나는 위액과 한약을 구분하지 못했고 소화기관은 느리게 자랐다"(「발자국이 지워지는 순간」), "세균이나 바이러스가 나라고 시인하는 일, 일부러 병에 걸린 것이라고 말할 수 있을까"(「헤모글로빈이 흐르는 하늘」), "나는 항상 피가 모자라는 아이/가끔은 파란 헌혈증을 갖고 싶었다/하루의 삼분의 일은 눕는 데 타고났다고/또 다른 삼분의 일은 성질을 못 이겨 누웠다고 고백한다"(「가시고기」) 같은 문양들을 통해 그리 어렵지 않게 알아챌 수 있다.

「평면 거미집」「오선지의 문소리」「달마의 얼굴」「와이퍼의 하루」「호박벌의 집」 같은 시편들에서 빈번하게 등장하는 "바닥" 이미지들은 어쩌면 그의 예외적인 실존과 함께 살아온 "병"에서 비롯하는 것인지도 모른다. 따라서 "나는 방바닥의 와이퍼다 폭우가 내리는 방바닥을 분주히 문대다가 잠이 드는/잠이 드는 일은 방바닥에 누워 고장 나는 것이다"라는 편린에 휘감긴 시인의 육체적 고통의 흔적과 그 마음결의 흉터를 읽어 내지 못한다면, 당신은 이 시집의 속살을 결코 매만질 수 없을 것이다. 침묵의 말처럼 고요하게 배어나는 시인의 가쁜 숨결과 더불어 힘겨울 수밖에 없었을 "성장"(「너트와 볼트의 세계」)의 드라마, 그 "안간힘"(「기와공」)을 다음과 같은 장면들에서 직접 느껴 보라.

연못 깊은 곳
정중앙에 보름달이 있다
달이 갈린다
연못 가득 퍼져 나가는
달빛 가루
하늘의 달이 작아진다 사라진다
안개가 핀다 크림스프의 김처럼
연못은 달이 된다

절름발이 아이는 불구의 다리를 땅에 꽂고
전력으로 달린다
달 화산이 터진다 연잎이 증발한다
화산이 터진 듯
용암이 튀어 오르는 듯
잉어들이 몸부림친다

달빛 가루의 물을 긷는 아이
두 다리를 달에 담근다

—「월식을 만드는 아이」 부분

질량을 유지한 채, 지구를 압축하면 블랙홀이다

블랙홀은 질량보다 중력이 세다 계획표의 시간이 빨려 들어간다 메모지의 약속 공간이 휘어진다

책상 위의 블랙홀을 편다 만남의 중력보다 이별의 질량이 강해진다 문이 열리고 닫힐 때 생기는 공전 궤도 위

하루 동안 마주쳤던 눈동자들을 올려놓는다

—「책상 위의 은하문명시대」 부분

바람이 불면 쉼표가 날렸다

말더듬이는 쉼표를 가지려고 쉼 없이 뛰어다녔다 쉼표를 잡고 나면 숨을 몰아쉬는 데 모두 써 버렸다

나는 기와공에게 진흙을 던지고 기와공은 지붕 위에서 단어를 붙였다

말을 더듬거리던 시절은 갔다

더듬거림은 단어를 떠올리려는 안간힘이 아니라, 사람들의 표정을 만지작거리는 버릇이 되었다

—「기와공」 부분

그 이름을 부르면 드센 숨소리로 시작해 거센 바람 소리로 끝났다 어떤 작명가는 그 이름으로는 학교를 그만둔다 했고, 어떤 작명가는 집안을 나간다 했다 가문의 사람들은 나를 떠돌이로 부르기 싫어서 새 이름을 가져왔다 새 이름은 가문의 성씨 뒤에서 나직하게 호흡했다 새 이름의 들릴 듯 말 듯한 숨소리가 무섭다

형과 누나의 이름에는 나에게로 돌아오지 않는 돌림자가 있다 돌림

자에서 그 이름의 반을 본다 하굣길에 주변을 절뚝거리는 이름이 있다 돌아보는 버릇이 생긴 건 그 이름을 다시 듣기 위해서가 아니라, 그 이름을 따라가기 위해서다

—「개명」 부분

몸이 쇠약한 한 "아이"가 무엇에 골몰했고 어떤 것을 사랑했으며, 끝끝내 시인이 될 수밖에 없었던 그 실존의 내러티브가 인용 구절들 사이에서 일렁거린다. 나아가 그가 자기 운명의 모진 행로를 기꺼이 받아들이고 사랑할 수 있는 자, 곧 운명애(Amor Fati)의 주인공으로 자라날 수밖에 없었던 그 과정을 짐작케 한다. "월식"이 "달"이 지구의 그림자 속으로 들어가 가려지는 현상을 가리킨다는 점을 감안해 보면, "월식을 만드는 아이"라는 표제어는 마치 그림자 속에 숨은 "달"처럼 세상 앞에 당당하게 나설 수 없었을 시인의 유년 시절 자체를 암시하는 메타포일 것이다. 또한 이 시편의 뒷자락에 매달린 "절름발이 아이는 불구의 다리를 땅에 꽂고/전력으로 달린다/달 화산이 터진다 연잎이 증발한다/화산이 터진 듯/용암이 튀어 오르는 듯/잉어들이 몸부림친다"는 역동적 이미지의 흩날림은 제 운명에 드리워진 병마와 고독과 소외감을 떨쳐 내고, 자유의 광장 위로 훌쩍 날아오르고픈 시인의 원초적 충동과 무의식적 소망을 거죽 위로 끌어올린다.

그렇다. 제 스스로를 "절름발이 아이"로 호명하는 자가 세상으로 열린 "문고리"를 닫아걸고, "궁금하면 문틈으로 달을 보"는 행위만을 반복할 수 있었을 때, 그 실존이 감당할 수 있는 선택지란 그리 많지 않았을 것이다. 「책상 위의 은하문명시대」란 시편은 그 선택지 가운데 하나일 수밖에 없었을 유폐된 독서 체험과 더불어 몽상가의

극대화된 상상력을 표상하는 하나의 축도이다. 실제로 「평면 거미집」 「불가사리 수집가」 「박테리아 메시지」 「탄성계수」 「빛의 메아리」 같은 시편들은 시인이 탐닉했던 과학 서적들을 원천으로 삼고 있는 것처럼 보인다. 또한 이들에서 기원하는 정교하고 섬세한 지식의 깊이 없이는 태어날 수 없었을 것이 자명하다. 저렇듯 홀로 보낸 시간들이 다반사일 수밖에 없었을 시인에게 천문학과 동물학과 식물학을 종횡무진으로 넘나드는, "백과사전"(「사막의 뿌리」)을 밑천으로 삼은 애호가적 지식의 습득은 지극히 당연한 것이었으리라.

그러면 저토록 예민한 자의식과 골똘한 관찰력과 애호가적 지식을 갖춘 "아이"는 과연 어떤 성인으로 자라났을 것인가? 「기와공」은 이 의문에 대한 실마리를 던져 주고 있는 작품이다. 이 시편에서도 "말더듬이"라는 미숙과 결핍의 이미지는 고스란히 나타난다. 하지만 그것은 소년 화자를 내세워 제 실존의 벌거숭이로 용감무쌍하게 돌격해 들어가는 여느 시편들과는 다른 독법을 요구하는 것처럼 보인다. "기와공"이란 표제어가 이미 드리우고 있는 것처럼, 이 시편은 건축술의 알레고리를 활용하여 제 시 쓰기의 성장 과정을 예술적 오브제의 핵심으로 삼고 있는 시, 곧 메타시의 문법을 거느린다. 이 시편은 "지붕"을 "책"으로, "천장"을 "백지"로, "종유석"을 "똑같은 단어들"로, "떨어진 기와"를 "잉크가 뭉개진 단어"로 치환시킬 뿐더러, 그 유비 관계의 연쇄를 통해 시인 제 자신의 시 쓰기의 내력 전체를 집약시키기 때문이다. 하기야 "더듬거림은 단어를 떠올리려는 안간힘이 아니라, 사람들의 표정을 만지작거리는 버릇이 되었다"고 말하는, 저 진솔한 시인됨의 고백 앞에서 더 이상 무슨 사족이 필요하겠는가? 그저 "말을 더듬거리던 시절은 갔다"는 저 천진하고 호기로운 선언을 지지하고 응원할 수 있을 뿐.

어쩌면 저 선언이야말로 송민규가 당당하게 세상과 마주칠 수 있는 든든한 주체로 성장했다는 것을 암시하는 징표인지도 모른다. 아니, 시인됨의 천진함을 충실하게 이어 가겠다는 다짐을 역설적으로 표현한 자기 결의일 것이 틀림없다. 또한 「개명」의 "가문의 사람들은 나를 떠돌이로 부르기 싫어서 새 이름을 가져왔다 새 이름은 가문의 성씨 뒤에서 나직하게 호흡했다 새 이름의 들릴 듯 말 듯한 숨소리가 무섭다" 같은 구절에서 선명하게 솟아오르는 반항아의 뉘앙스와 적나라한 자기모멸감의 초점화 역시 시인이 제 실존의 흉터를 너끈하게 건사할 수 있을 만큼의 자신감에 도달했다는 것을 역설적으로 웅변한다. 더구나 "하굣길에 주변을 절뚝거리는 이름이 있다 돌아보는 버릇이 생긴 건 그 이름을 다시 듣기 위해서가 아니라, 그 이름을 따라가기 위해서다"라는 구절은, 청소년기에 이루어졌을 저 "개명" 사건을 거뜬히 수용할 수 있게 된 시인의 자기 확신을 암시한다. 특히 맨 끄트머리에 아로새겨진 "그 이름을 따라가기 위해서다"라는 이미지는 "가문"의 결정에 대한 복종과 저항의 이중주를 객관적 거리에서 제어할 수 있는 자긍심 없이는 결코 나타날 수 없었을 위트와 아이러니를 빼곡하게 에두른다.

이렇듯 시인됨으로서의 완강한 순결성과 천진스런 자의식을 발설하는 송민규의 고백록은 "처음에는 빠르게, 나중에는 완만히/눈을 달았습니다 중력이 점점 커집니다/코를 달았습니다 거대한 운석이 다가와/머리와 몸통이 충돌합니다/빙하기가 도래합니다/인류 최초로 탄생한 예술 작품은/눈사람이라고 생각합니다"(「설인」), "물방울이 바닥에 떨어지는 것은/하늘로 떠오르는 일일까/물방울들이 터지는 소리/영혼이 문을 두드리듯이"(「두드림」) 같은 문양들에서도 고스란히 이어지고 있는 듯 보인다. 더 나아가, "가면을 쓰면 숨소리가 커졌다/가면을 씌우듯 바다에 가면을 던졌다/인공호흡을 받아 보고 싶은 날/파도에 가면이 흔들리면 얼굴에 꼭 맞도록 조정하는 중이라고 생각했다"는 구절을 곰곰이 들여다보라. 이 구절은 송민규가 시인이란 어쩔 수 없이 타인들의 삶에 깃든 그 실존의 깊은 굴곡들을 대신 살아갈 수밖에 없는, 그리하여 '-되기'라는 일종의 "가면"을 마치 제 삶인 양 뒤집어쓸 수밖에 없는 존재라는 깨달음에 이르렀다는 사실을 넌지시 일러 준다. 또한 제 자신을 가두었던 "평면 거미집"의 유폐 생활을 뚫고 나와, 타인들과 보다 넓게 교호하는 광장의 삶에 이미 적응했다는 것을 반증한다. 더 나아가, 시인됨으로서의 보람과 긍지를 벼려 내기 시작했다는 것을 암시한다.

그리하여 아래의 시편은 송민규가 제 자신을 둘러싼 그 모든 장애물을 뛰어넘어, 시와 문학의 드넓은 창공을 향해 자유롭게 날아오르기를 간절히 소망하고 있음을 무의식의 어떤 징후처럼 드러낸다. "손뼉을 치며 철책선을 넘는" 저 "나비 떼"의 역동적인 날갯짓처럼.

비행기 창 가득
지붕들의 풍경

유리 상자의 나비 표본들을 생각한다
활짝 펴진 지붕들의 중심선에는 핀 같은 굴뚝들이 박혀 있다

나도 허리가 있고 좌우가 비슷하다
팔베개를 하고 누웠지만
좌우로 접히지 않는 등 때문에 몸이 구겨지기만 했다

비행기의 울림은 이륙하려고 애쓸 때 가장 크다
지구는 해변으로 자꾸 침을 삼킨다
나비의 멍멍함은 얼마나 크기에 달을 삼켰을까

가슴 가운데 가득 밀물이 차 있다
달그림자가 해변으로 몰려온다
지구는 해변의 모래에 둥글게 혀를 그린다 한가운데 반듯이 눕는다
나에게서 빠져나간 영혼이
지구 반대편에 모여 해일이 되도록

반으로 접힌 달이 비행기 유리 상자 안으로 들어온다

철새들의 비행은 귀향할 때 브이 손가락이었고
찾아갈 때 격렬하게 움직이는 혀였다

비행기가 바다 위로 달빛 가루를 뿌리는 밤
나비 떼가 손뼉을 치며 철책선을 넘는다

—「나비들을 위한 변명」 전문

몸들의 주술, 산책자의 몸들
—허수경과 김이강의 시

몸들의 세계와 주술적 리듬: 허수경의 시

그렸다
꿈꾸던 돌의 얼굴을 그렸다
하수구에 머리를 박고 거꾸로 서 있던 백양목
부서진 벽 앞에 서서 누군가를 기다리던 어깨
붉게 울면서 태양과 결별하던 자두를 그렸다
칼에 목을 내밀며 검은 중심을 숲에서 나오게 하고 싶었다
짧아진다는 거, 목숨의 한순간을 내미는 거
정치도 박애도 아니고 깨달음도 아니고
다만 당신을 향해 나를 건다는 거
멸종해 가던 거대 짐승의 목
먹다 남은 생선 머리뼈 꼬리 마침내 차가운 눈
열대림이 눈을 감으며 아무도 모르는 부족의 노래를 듣는 거

태양이 들판에 정주하던 안개를 밀어내던 거
천천히 몸을 낮추며 쓰러지는 너를 바라보던 오래된 노래
눈물 머금은 플라스틱 봉지도 그 봉지의 아들들이
화염병의 신음으로 만든 반지를 끼는 거
어둠에 매장당하는 나무를 보는 거
사랑을 배반하던 순간, 섬득섬득 위장으로 들어가던 찬물
늦여름의 만남, 그 상처의 얼굴을 닮아 가면서 익는 오렌지를
그렸다
마침내 필통도 그를 매장할 때쯤
이 세계 전체가 관이 되는 연필이었다, 우리는
점점 짧아지면서 떠나온 어머니를 생각했으나
영영 생각나지 않았다
우리는 단독자, 연필 한 자루였다
헤어질 사람들이 히말라야에서 발원한 물속에서
영원한 목욕을 하는 것을 지켜보며
그것이 음악이라고 생각하는 한 자루였다
당신이여, 그것뿐이었다

—허수경, 「연필 한 자루」(『문학과 사회』, 2011.겨울) 전문

「연필 한 자루」는 몸에 대한 감각과 사유로 기록된 몸의 헌정서이다. 이와 같은 면모는 허수경의 무수한 시편들을 가로지르면서 거죽 위로 팽팽하게 돋아난다. 이렇듯 시인이 몸의 감각과 사유에 제 집중력을 모조리 탕진하려는 까닭은, 그것이 바로 시적인 것이 태어나는 자리이자 지성의 도식(Schema)으로 명료하게 풀어낼 수 없는 살아 움직이는 세계이기 때문일 것이다. 한동안 그녀가 시도했던 고고

학적 방법론 역시 지나간 과거를 박물관의 유물들처럼 박제품으로 전시하는 것이 아니라, 바로 지금-여기에서 생생하게 펄떡대는 '살아 있는 현재(lebendige Gegenwart)'로 되살려 내려는 예술적 기투에서 비롯하는 것인지도 모른다.

이렇듯 살아 움직이는 세계에서 나의 몸은 1인칭 자아의 순결한 소유물이거나, 그가 유일무이하게 소장하는 공간의 체적일 수 없다. 또한 보고 듣고 만지는 세계의 몸을 늘 제 곁에다 거느릴 수밖에 없다. 따라서 나의 몸은 세계의 몸에 둘러싸인 것인 동시에 세계의 몸은 모든 1인칭의 몸의 세계에 이미 스며들어 있다고 하겠다. 달리 말해, 나의 몸에는 이미 세계의 몸이 주름져 있을 뿐만 아니라, 세계의 몸은 사물들과 타인들과 우리들 모두가 서로의 몸들을 잇대어 살아갈 수밖에 없는 공실존(co-existence)의 드넓은 바탕이라는 것이다.

시인 허수경이 실존하는 자리 역시 몸의 세계와 세계의 몸이 뫼비우스의 띠처럼 함께 뒤얽힌 공실존의 세계일 것이다. 그것은 시인의 마음의 질감들을 아련한 회감(Erinnerung)의 풍물들로 소묘한 것일 수도 없으며, 회고조의 풍경들이 상기시키는 처연한 기억들일 수도 없다. 그것은 오히려 저 회감의 내성적 메커니즘 바깥쪽에 실재했던 세계의 몸이기 때문이다.「연필 한 자루」에서 나타나는 "꿈꾸던 돌의 얼굴" "거꾸로 서 있던 백양목" "누군가를 기다리던 어깨" "태양과 결별하던 자두" 등과 같은 편린들이 바로 저 세계의 몸을 표현한다. 이 편린들은 시인의 마음이라는 "검은 중심"으로 빨려 들어가 제 존재의 가치와 무게를 잃어버리지 않는다. 아니, 이들의 보이지 않는 존재 가치를 잃지 않으려는 "연필"의 힘겨운 고투는 다음과 같은 아름다운 무늬들로 그려진다.

칼에 목을 내밀며 검은 중심을 숲에서 나오게 하고 싶었다
짧아진다는 거, 목숨의 한순간을 내미는 거
정치도 박애도 아니고 깨달음도 아니고
다만 당신을 향해 나를 건다는 거

그렇다. 인간이든 사물이든, 대문자 역사로 표기되는 저 무수한 상징계의 기록들에서 누락된 망각의 역사 또는 소수자의 흔적들은 얼마나 많을 것인가? 그것이 민중, 제3세계, 타자 등등의 그 어떤 다른 이름들로 호명되더라도, "연필 한 자루"는 "칼에 목을 내밀며" 그렇게 "목숨의 한순간을 내미는" 모습으로, 제 온몸을 다해 그 무엇인가를 소묘하려 한다. 시인은 그것을 인류의 역사와 기억들로부터 사라지고 버려진 것들에서 찾는다. 예컨대, "멸종해 가던 거대 짐승의 목" "먹다 남은 생선 머리뼈" "아무도 모르는 부족의 노래" "눈물 머금은 플라스틱 봉지" "화염병의 신음으로 만든 반지" "어둠에 매장당하는 나무" 등과 같은 것들 말이다. 저들은 우리 인간들 곁에서 한사코 살아 있는 세계였을 것이나, "아무도 모르는" 저들의 몸의 세계는 그것을 "그렸다"는 "연필 한 자루"에게조차 "영영 생각나지 않"는 것에 불과하다.

"연필 한 자루"는 "점점 짧아지면서" 제 존재의 집인 "필통도 그를 매장할 때쯤"에 이르게 되면, "이 세계 전체가 관이" 될 수밖에 없는 운명에 처한다. 제 온몸을 다 바쳐 저렇듯 사라지고 버려진 것들의 존재를 되살려 내는 "연필"의 생애를 시인은 따뜻하고 연민 어린 시선으로 보듬지 않는다. 오히려 저 황폐한 봉헌의 역사를 잔인한 리듬감으로 소묘한다. 그것의 말년은 "점점 짧아지면서 떠나온 어머니를 생각했으나/영영 생각나지 않았"을 뿐만 아니라, "이 세계 전체"

의 그 무엇도 그를 기록하거나 기념하지 않는, 단지 "관이 되는" 것이기 때문이다. 따라서 "연필 한 자루"의 독백이 다음과 같은 지독한 표현들로 마무리되는 것은 무척이나 자연스럽다. "우리는 단독자, 연필 한 자루였다/헤어질 사람들이 히말라야에서 발원한 물속에서/영원한 목욕을 하는 것을 지켜보며/그것이 음악이라고 생각하는 한 자루였다/당신이여, 그것뿐이었다".

"우리는 단독자, 연필 한 자루였다"는 구절은 "연필" 자신이 이 시편의 화자라는 사실을 넌지시 말해 주고 있을 뿐만 아니라, 모든 예술가가 마주칠 수밖에 없을 어떤 운명선을 암시한다. 시인은 대문자 역사와 상징적 질서의 바깥쪽에 거주하고 있는, 아니 그 심부에 이미 깃들어 있을 외상적 중핵으로서의 실재(the Real)에 가닿으려는 모든 예술가들의 고단한 운명선을 "연필 한 자루"의 역사에 빗대어 드러내고 있기 때문이다. 이는 한편으로 소름 끼치는 실재의 도래일 것이나, 바로 그러하기에, 이 시편이 그야말로 참된 예술 작품으로 자리할 수 있는 필요충분조건을 이루는 것인지도 모른다. 아니, 시인 허수경이 여전히 우리들 곁에서 실존의 고통과 비명 소리를 내지르고 있는 탁월한 예술가라는 사실을 역설적으로 웅변한다.

산책자들의 몸, 서울이라는 공통감각들: 김이강의 시

김이강의 시에는 흔히 '미래파'로 일컬어졌던 2000년대 젊은 시인들의 미칠 것 같은 정념의 폭주와 찢긴 실존의 비명과 신음 소리가, 그 참혹한 분열감이 표면 위로 솟구쳐 오르지 않는다. "그대로선 이해할 수 없는 온전한 나의 시간들을 이리저리 궁굴려 보며/세계와 나 사이의 긴장과 견고함에 대해서 생각하곤 하지/저물녘 사람들의 발걸음 속도를 찬찬히 바라보며"(「검은 구름은 모두가 검은 구름이다」, 『시와 세계』, 2008.봄), "거리에는 떨어진 안개들이/모든 제자리의 것들을 숨죽여 지켜보고 있었네"(「오월 소묘 Ⅱ」, 『시작』, 2008.가을) 같은 구절들에 깃든 것처럼, 이는 그녀의 시가 매우 느릿한 호흡률과 화면을 정지시킨 것 같은 적요(寂寥)의 아우라와 바탕을 번져 흐르는 성찰의 깊이 속에서 자신의 예술적 사유와 상상력의 중핵을 마련한다는 것을 암시한다. 그렇다고 해서, 김이강의 시가 '한정된 사물의 관조'를 통한 이미지들의 명징한 윤곽과 분위기를 겨냥하거나, 이들이 불러일으키는 감각의 파문을 섬세하게 그려 내는 이미지즘의 방법론으로 수렴되는 것은 아닌 듯하다.

시인의 집중력은 제 실존의 얼룩진 마음결을 향하지도 않으며, 그 바깥의 사물과 풍경이 풍겨 내는 어떤 감각적 촉수나 분위기들로 기울어지지도 않는다. 그것은 일순간의 흐릿한 응시와 어슴푸레한 시각적 질감들의 소묘를 통해 빚어진 사물-풍경들의 마디마디에서 나른하고 권태롭고 야릇한 마음결들이 배어 나오도록 강제하는 자기 성찰의 벡터에서 온다. 나아가 저 사물-풍경들에서 어떤 관념과 의미가 솟아오르려는 그 순간의 심리적 얼룩들을 되풀이로 읊조리면서 그것의 발생을 지연시키는 자리, 바깥 세계의 그 모든 풍경들을 신비스런 베일에 둘러싸인 것이거나 흐릿하고 불투명한 장면들로 부감해 놓는 자리에서 비롯된다.

채식주의자처럼
맨발일 때가 좋지

광화문에서 내렸고
서대문까지 걸었다

이렇게 문들 사이로 걸어도
성의 윤곽은 알 수 없는 일
한 언어를 터득하기 위해
사람들이 살다가 죽을까

당신을 위로하고 싶은 마음에
목구멍에 침묵을 걸었는데
그런 건 위로가 아니었을지도 몰라

*

모든 것이 순조롭게 끝나는
상한 맛이 나는 영화였다

인사동을 돌아서 천변으로 걸었다
오래전엔 여기 어디쯤에서
술에 취한 김수영이 밤거리를 건넜을까
조금 더 걸어가면
이상이 차렸다던 이상한 다방이 있을 것이다

극장에서부터 우연히 앞서 걷던 여학생 둘이서 열띤 토론을 한다
이 영화는 던져 놓은 미끼를 회수하지 않았어. 정말이라니까.
급하게 판을 접었지. 응. 급하게 접었다니까. 제작비가 부족했을까.
그게 스타일일 거야. 아. 그런가. 그렇다니까. 신경증일 수도 있어.
일종의,

아. 그런가.

안녕, 아가씨들
당신들의 치아 사이로 바람이 조율되고 있구나

*

퇴근 행렬이 길어진다
남산으로 가서 돈가스를 먹어도 좋겠다고 생각한다
언젠가는 이 세상에서
친구의 집을 향해 걸어가는 사람이 멸종해 버릴 것이다

내 신발이 엄청나게 자라고 있다
돈가스를 먹지 못했다
자전거도 없는데 내 친구의 집은 너무 멀기 때문에

*

걸었던 길들을 접어서

가방 속에 넣었다
가방을 어깨에 걸었다

걸었던 마음들이 한꺼번에 밀려오는 일
당신의 윤곽이란 이런 것일까

신발이 필요해

당신에겐 정말로 신발이

—김이강,「서울, 또는 잠시」(『문학동네』, 2012.가을) 전문

「서울, 또는 잠시」는 대도시 거리 곳곳을 별다른 목적 없이 거니는 산책자(flâneur) 모티프를 중핵으로 삼는다. 산책자란 대도시 군중의 일부가 되거나, 상품의 악마성을 직시하면서도 그것에 매혹된 물신주의적 소비자라는 양가적 성격을 동시에 품는다. 그러나 산책자는 현대 세계의 휘황찬란한 산물에 도취되고 매혹되어 그 개성이 몰각된 비인격적·익명적 존재로서의 군중과는 분명 다르다. 그는 어떤 성찰적 공간을 제 자신에게 요구할 뿐만 아니라, 사적 생활을 고스란히 보존하려는 개성적 영혼의 담지자이기 때문이다. "광화문에서 내렸고/서대문까지 걸었다" "인사동을 돌아서 천변으로 걸었다/오래전엔 여기 어디쯤에서/술에 취한 김수영이 밤거리를 건넜을까/조금 더 걸어가면/이상이 차렸다던 이상한 다방이 있을 것이다" 같은 문장들은 시인 김이강이 바로 저 산책자의 몸을 이끌고 "서울" 곳곳의 거리를 쏘다녔다는 사실을 명징하게 적시한다.

"보들레르가 비록 대도시 군중이 끌어당기는 힘에 굴복하여 그들과 함께 거리 산보자의 한 사람이 되었지만, 그러나 저 군중의 비인간적인 속성에 대한 느낌은 그를 떠나지 않았다. 그는 자신을 공범자로 만듦과 거의 동시에 또한 그들로부터 자신을 격리시키고 있다"(발터 벤야민,「보들레르에 관한 몇 가지 모티브」,『발터 벤야민의 문예이론』, 민음사, 1983)라는 철학적 논평은 이 시편 전체를 번져 흐르는 나른하고 권태로우면서도 야릇하고 모호한 감각, 그 살갗에 스민 멜랑콜리의

정체를 넌지시 일러 준다. 2연에 등장하는 "이렇게 문들 사이로 걸어도/성의 윤곽은 알 수 없는 일"은 "서울" 곳곳을 걸으면서 마주쳤던 그 숱한 풍경들을 흐릿한 화면처럼 소묘하려는 시인의 자각적인 방법론에서 오는 것이 틀림없다. 또한 "한 언어를 터득하기 위해/사람들이 살다가 죽을까"라는 이미지 역시 "서울"의 세련된 풍경들에 매혹되어 그 군중의 일부가 되었으면서도, 끝끝내 그들의 비인간적 속성으로부터 자신을 격리시키려는, 곧 산책자를 자처하는 시인의 민감한 자의식을 암시한다. 이 자의식은 "극장에서부터 우연히 앞서 걷던 여학생 둘"을 뒤따르면서 그들의 뻔하고 판에 박힌 "열띤 토론"의 장면들을 밀착인화하고 있는 6연에서 도드라지게 나타난다.

따라서 "광화문"에서 "서대문"으로 "인사동을 돌아서 천변으로" "이상이 차렸다던 이상한 다방"으로 "조금 더 걸어가"고 있는 저 걸음걸이는 대도시 서울의 기술공학적 풍경들을 예술적 신비로 에둘러진 미학적 형상들로 뒤바꾸려는 시인의 존재론적 운명선을 암시한다. 달리 말해, 이 시편 전체를 타고 흐르는 산책자의 시선은 시인의 예술적 원근법과 방외인의 감각에 비견될 수 있을 상징적 함의를 거느린다는 것이다. 8연에 나타난 "퇴근 행렬이 길어진다/남산으로 가서 돈가스를 먹어도 좋겠다고 생각한다"라는 이미지 역시 군중이 영위하는 생활의 패턴과 그 감각을 갖지 못한 자, 즉 산책자로 살아갈 수밖에 없을 시인의 정치경제학적 조건을 휘감는다. 저 이미지를 뒤따르는 "언젠가는 이 세상에서/친구의 집을 향해 걸어가는 사람이 멸종해 버릴 것이다"라는 구절 역시 대도시의 기술공학적 배치와 능률성과 계산 가능성이 빚어내는, 그리하여 자본의 무한정한 욕망과 자기 증식이 초래하게 될 인류사의 황폐한 미래를 예감하는 묵시록적 직관에서 나온다.

그러나 시인은 자본의 기술공학적 욕망이 촉발시키는 현대 세계의 만화경(kaleidoscope)과 이를 지탱하는 군중의 기계화된 삶에서 비관적인 이미지들만을 얻지 않는다. 그녀는 다시 "내 신발이 엄청나게 자라고 있다/돈가스를 먹지 못했다/자전거도 없는데 내 친구의 집은 너무 멀기 때문에"라고 말하고 있기 때문이다. 이는 자본주의적 일상성의 구조, 곧 임노동과 자본의 교환 체계로 이루어진 생활인들의 감각을 경멸하고 조소하는 것이 아니라, 도리어 "친구의 집"으로 표상되는 인간적 유대감으로 그것을 이겨 내려는 긍정성의 비전을 포함한다. 맨 마지막 대목에 기록된 "걸었던 길들을 접어서//가방 속에 넣었다/가방을 어깨에 걸었다//걸었던 마음들이 한꺼번에 밀려오는 일/당신의 윤곽이란 이런 것일까" 같은 이미지들 역시, 산책자라면 반드시 견지해야만 할 자기 성찰의 내면적 고투를 김이강이 단 한순간도 잊지 않고 있다는 것을 암시한다. 시인은 제가 "걸었던 길들"을 빠짐없이 되뇌면서, 그것이 일으킨 감각의 파문과 심리적 충격들을 "걸었던 마음들이 한꺼번에 밀려오는 일/당신의 윤곽이란 이런 것일까"라는 자기 성찰의 이미지로 읊조리고 있기 때문이다.

따라서 "당신의 윤곽"이란 시어는 3인칭의 어떤 인격체가 거느린 어렴풋한 풍모를 뜻하지 않는다. 오히려 그것은 모든 산책자가 살갗으로 느꼈을 방외인의 감각과 더불어 "서울"이라는 대도시를 산책자의 몸으로 주유할 수밖에 없었을 "김수영"과 "이상"과 박태원의 "구보", 그리고 지금-여기서 시를 쓰고 있는 김이강 제 자신의 마음결에 깃든 소외감과 환멸감을 현시한다. 작품 끄트머리에 매달린 "신발이 필요해/당신에겐 정말로 신발이"라는 이미지는 앞머리에 새겨진 "채식주의자처럼/맨발일 때가 좋지"와 절묘한 대칭을 이룬다. 그러나 그 의미의 벡터를 정반대로 뒤집는 비약의 리듬을 일구어 낸다. 이는 아마도 시인이 제 자신에게 거는 일종의 주문(呪文) 같은 것, 곧 간절한 염원과 기도의 문장일 것이 틀림없다. "맨발일 때가 좋지"라는 이미지가 경험의 침전물들에 의한 무수한 편견들과 선입견들을 넘어서 '사태 그 자체로' 나아가려는 현상학적 태도를 비유한다면, "신발이 필요해/당신에겐 정말로 신발이"라는 이미지는 "서울"이 시시각각으로 제 모습을 바꾸는 그 만화경들을 제 영혼의 눈으로 수용하고 판단하려는 예술가의 성찰적 시선과 태도를 암시하기 때문이다. 아니, 저 시선과 태도야말로 시인과 예술가들의 영혼의 불꽃이자 존재론적 바탕일 수밖에 없기 때문이리라.

이 시편이 "서울" 곳곳의 거리와 그 풍경들을 제시하고 있음에도 불구하고, 속도감 있는 보행의 탄력이 아니라 매우 느린 걸음걸이의 나른하고 권태로운 리듬감을 풍겨 내는 까닭 역시 짧은 한순간을 스쳐 지나가는 "서울"의 풍경들을 정지된 화면처럼 붙잡아 두려는 시인의 첨예한 방법론적 자각에서 온다. 또한 "서울"이라는 이름의 숱한 풍경들을 "잠시" 스쳐 갔을 "김수영"과 "이상"과 구보의 그 마음결들을 고스란히 따라잡으려는 실존적 기투에서 비롯하는 것처럼 보인다. 이들은 모두 "서울"에서 살면서 그 거리 곳곳을 다만 산책자의 몸으로 "잠시" 머물렀을 모더니티의 숭배자인 동시에 비판자였기 때문이다. 이 시편의 표제가 「서울, 또는 잠시」로 결정될 수밖에 없었던 까닭 역시 "김수영"과 "이상"과 구보가 똑같이 느꼈을 공감각의 탄생지, 아니 그들이 그 당시 "서울"에서 느꼈을 도시적 감수성과 그 실존의 울림을 고스란히 되짚어 보려는 김이강의 필사적인 상상력에서 기원할 것이다. "서울"이라는 모더니티의 용광로에 들러붙을 수밖에 없을 동경과 환멸감, 그리고 그들이 "서울"의 거리 곳곳을 거닐면서 똑같이 느꼈을 저 기묘한 양가감정이야말로 「서울, 또는 잡시」의 마디마디를 가로지르는 가장 원초적인 힘이기 때문이다.

제2부

카오스모스, 제유법과 콜라주의 교향악
—이근화의 시

"꼬리"의 시학

이근화의 시는 동시에 공존하거나 더불어 곁에 존재할 수 없는 여러 사건들과 에피소드들을 느닷없이 병치시키는 자리에서 태어난다. 이는 "사이사이 사라지는 무한정 아름다운 꼬리와 단 하나의 꼬리 사이"(「눈뜬 이야기」, 『칸트의 동물원』)라는 구절에 암시된 것처럼, 이어질듯 하면서도 좀처럼 이어지지 않고 끊어질 듯하면서도 쉽사리 끊어지지 않는 무수한 에피소드들의 다면체를 "단 하나의" 이미지로 집약할 수 있는 방법론적 지성에서 비롯한다. 또한 이근화 시의 밑바탕에는 저 에피소드들이 서로 교차하고 비산하면서 빚어지는 잠재적 사건들을 표면 위로 끌어올려, 우리 삶의 세목들과 그 이면에 들어박힌 실재의 세계를 입체적인 차원에서 통찰해 보려는 윤리학적 의지가 소리 없이 주름져 있다.

그러나 시인은 저 무수한 에피소드들 전체를 단적으로 압축시켜 표상할 수 있는 제유법(synecdoche)의 언어들을 적극 활용하면서도,

그것을 코스모스로서의 시의 우주를 미리 전제하는 유기체적 전체성의 구성 원리나 세계관으로 확장시키지는 않는 것 같다. 오히려 이질적인 이미지나 에피소드들을 불현듯 출현시키거나 폭력적인 방식으로 병치시키는 콜라주(collage)의 미학을 제유법의 언어들과 다시 팽팽하게 맞서도록 전진 배치시키는 기이한 구성법을 축조해 낸다. 이는 결국 이근화 시가 낱낱의 미시적인 이미지 조각술의 차원에선 제유법의 수사학으로 빚어지지만, 그 전체의 짜임 관계는 아방가르드 예술가들이 창안했던 콜라주의 미학으로 축조된다는 것을 뜻한다.

저 독특한 조각술과 짜임 관계는 통상적인 감각으론 결코 인지할 수 없는 낯선 시공간들을 이근화 시의 표면 위에 도래케 한다. 첫 시집 『칸트의 동물원』(2006)부터 최근 시집 『우리가 무엇을 쓴다 해도』(2016)에 이르기까지 상호 이질적인 시공간들이 마치 같은 시간대에 공존하는 것만 같은 착시 효과와 환영들로 감싸인 시편들이 빈번하게 나타날 수밖에 없는 까닭 역시 이와 다르지 않다. 이근화의 거의 모든 시편들은 현실적인 것과 잠재적인 것, 순간적인 것과 운명적인 것, 우연적인 것과 필연적인 것 등등으로 열거되는 상반된 벡터의 현상들을 마디마디에서 겹쳐 울려 나게 만듦으로써, 하나의 사건이나 에피소드를 둘러싸고 있는 무수한 힘들의 맞섬과 뒤얽힘, 나아가 그 복잡다단한 운명선의 파노라마를 투시하려는 의지로 에둘러져 있기 때문이다. 이 또한 시인의 첫 시집부터 최근 시집까지 지속적으로 나타나는 예술적 구도의 중핵을 이룬다.

저 두 갈래의 지력선 이외에도, 또 다른 갈래의 지력선 하나가 이근화 시의 한복판을 가로지르고 있는 듯하다. 그것은 바로 현대 세계의 사회시스템과 관계망을 추동하는 중추 원리로 기능하는 페티시즘(fetishism)과 더불어 현대인들의 파편화된 실존을 극적으로 표상하는 페르소나(persona) 현상들, 그리고 여기서 파생된 미장센(mise-en-scène)의 심리적 효과들을 섬세하게 소묘한 시편들을 일컫는다. 시인은 이들을 무심하고 냉정한 듯, 그렇지만 비판적이고 풍자적인 뉘앙스가 슬며시 배어나는 정교한 필법으로 축조한다. 이들이 덧붙여져야만, 이근화 시의 밑그림은 비로소 온전한 모양새를 갖출 수 있을 것이다. 이들은 이근화 시의 저변을 가로지르는 가장 유력한 벡터들 가운데 하나일 뿐만 아니라, 그것의 전체 윤곽선과 입체적 해부도 역시 이들에 대한 충실한 분석을 통해서만 마련될 수 있기 때문이다.

비(非)인칭의 세계, 미장센과 페르소나

당신의 모델은 누구인가
당신은 함께 살고 있는 사람이 있다
그 사람은 때때로 깨어 있다
침대를 나누고 식탁을 나누는 그 사람은 당신을 충분히 미워할 것이다
당신은 당신의 모델과 다르므로
당신은 우유를 마실 때 자주 흘리고
휴지를 구겨서 아무 데나 버린다
당신은 모델로서 제격이 아니다

당신이 당신의 모델을 엿보는 순간
당신의 모델은 당신의 자리를 내버릴 것이다
당신은 한없이 깊어졌으나

당신은 새롭게 선택된다
그러므로 다시 당신의 모델은 누구인가
당신은 함께 살고 있는 사람이 있다
당신의 모델인 사람
그 사람은 오늘 머리가 아프고
내일은 새로운 과일이 먹고 싶어질 것이다

—「잃어버린 고양이와 바다를 찾아 떠나는 여행」
(『칸트의 동물원』) 부분

시인은 인용 시편에서 "당신이 당신의 모델을 엿보는 순간/당신의 모델은 당신의 자리를 내버릴 것이다/당신은 한없이 깊어졌으나/당신은 새롭게 선택된다/그러므로 다시 당신의 모델은 누구인가"라고 쓴 바 있다. 이 구절에서 의미의 배꼽을 이루는 것은 응당 "당신"과 "당신의 모델"의 관계일 것이다. 그러나 "당신의 모델은 당신의 자리를 내버릴 것이다" "당신은 새롭게 선택된다" 같은 구절들이 슬며시 풍겨 내듯, 이 관계는 고정되어 있지 않을 뿐더러 끊임없이 전환된다는 사실에 주목해야만 한다. 그래야만 "당신"과 "당신의 모델"이 무엇을 빗댄 것이며, 이 관계의 역동성이 제시하는 바가 무엇인지를 적확하게 풀어낼 수 있을 것이다. 나아가 시인이 저 역동적인 관계 전환의 이미지들을 통해 전달하려는 메시지 역시 분명하게 드러나게 될 것이다.

첫 연에 등장하는 "침대를 나누고 식탁을 나누는 그 사람은 당신을 충분히 미워할 것이다"라는 이미지는 "당신"과 "당신의 모델"이 결국 가족 구성원들의 관계를 형상화한 것이라는 유추를 가능케 한다. 곧바로 이어지는 "당신은 당신의 모델과 다르므로/당신은 우유를 마실 때 자주 흘리고/휴지를 구겨서 아무 데나 버린다" 같은 구절 역시 가족이라는 테두리에서만 가능할 수 있을 벌거벗은 실존의 맨몸뚱이를 비유한 것이 분명해 보인다. 따라서 가족 구성원들 사이에서 "당신은 모델로서 제격이 아니다"라는 말이 오가게 되는 것은 지극히 당연한 것이리라. 대부분의 사람들에게 자신의 가족 구성원이 "모델"로 표상되는 '자아 이상(Ego ideal)'으로 자리 잡을 가능성은 매우 희박하기에.

그러나 2연에서는 이와 같은 가족 관계의 유비를 멀찌감치 벗어난 비약적인 상상력과 이미지들이 나타난다. 특히 "당신의 모델은 당신의 자리를 내버릴 것이다" "당신은 새롭게 선택된다" "당신의 모델인 사람" 등으로 연쇄되는 이미지 지력선은 결국 이 시편이 주체의 욕망과 환상을 주도 모티프로 활용하고 있다는 사실을 암시한다. 따라서 "당신"과 "당신의 모델"이란 이미지 역시 어떤 인물이나 인격체를 비유하지 않는다. 오히려 하나의 주체 내부에서 끊임없이 움직이는 욕망의 위상학(topology)이자, 그 무대화 장치로서의 환상을 일컫는다. 환상이란 결국 욕망의 대상이 아니라 욕망이 상연되는 무대 자체이기 때문이다.

따라서 이 시편에서 지속적으로 나타나는 "당신"과 "당신의 모델"은 각각의 주체 내부에서 꿈틀거리는 환상, 곧 욕망의 무대화이자 무수한 미장센 효과들을 뜻한다. 이와 같은 해석을 통해서만, "당신의 모델은 당신의 자리를 내버릴 것이다"라는 구절로 비유되는 욕망의 전치(displacement) 현상과 더불어, "당신은 한없이 깊어졌으나/당신은 새롭게 선택된다/그러므로 다시 당신의 모델은 누구인가"라는 이미지로 표현되는 욕망의 무한한 미끄러짐 현상, 그 환유 연쇄의 과정이 표면 위로 가시화될 수 있을 것이다. 또한 "당신"과 "당신의 모델"이 끊임없이 얼굴을 바꾸는 페르소나 이미지는 결국 인간 존재의 근원적 결여를 메우려는 부단한 과정, 곧 욕망의 환유 연쇄에서 기원한다는 숨겨진 의미 맥락을 잡아챌 수 있을 것이 틀림없다. 나아가 이 시편의 제목 가운데서 "잃어버린 고양이와 바다"는 끝내 채워질 수 없는 근원적 결여를 비유하는 것이며, "찾아 떠나는 여행"이란 우리들 스스로가 만족할 수 없는 욕망에 이끌리는 것, 곧 욕망의 환유 연쇄를 암시하는 메타포라는 것 역시 또렷하게 드러나게 될 것이다.

지금까지 우리가 개진해 온 분석 작업이 명시하는 것처럼, 이근화의 시는 명료한 의식이나 투명한 내면성으로 환원되는 어떤 인물 형상이나 인격체를 전제하지 않는다. 이는 화자이거나 등장인물들이거나 매한가지다. 어쩌면 시인은 애초부터 제 삶에서 일어나는 특정한 사건이나 체험이나 감각이 아니라, 도리어 만인이 겪어 낼 수 있거나 느낄 수 있거나 생각할 수 있는 것, 곧 잠재적 사건들의 세계를 시 쓰기의 원천이자 오브제의 중핵으로 삼고자 했던 것인지도 모른다. 보다 넓은 차원에서 가늠해 보면, 이러한 현상은 2000년대 한국시에 도래했던 문학사적 사건, 그것의 보다 근본적인 형질 변환에서 비롯하는 것처럼 보인다.

이근화 시를 수미일관하게 관통하는 비인격적 주체와 잠재적 사건들의 형상화 역시 2000년대 한국시의 사건, 그 예술적 짜임(an artistic configuration)의 압력에서 온다. 이는 감각, 화법, 리듬, 어조, 이미지 서술법, 미적 구조 등등으로 열거되는 시작법의 거의 모든 차원들에서 근본적인 단절을 거듭하고 있었던 2000년대 한국시의 새로운 배치이자 그 패러다임 전체의 변환을 뜻하는 것이기 때문이다. 따라서 이 무렵 등장했던 대부분의 시인들이 그러했던 것처럼,

이근화의 시 역시 그 배치와 테두리를 벗어나지 않는다. 그러나 이근화의 시는 저 예술적 짜임 내부에서 자신만의 고유한 독창성과 변곡점을 일구어 냈을 뿐만 아니라, 그 요소들 가운데 일부를 보다 예리하고 세련되게 "진화"시킨 것이 분명해 보인다. 이 또한 "나" "너" "당신" "우리들"과 같은 인칭대명사들을 폭넓게 활용하여, 현대인들이 제 실존의 상황에서 겪어 낼 수밖에 없을 익명성과 무수한 가면으로서의 페르소나 현상들을 섬세하게 소묘하는 자리에서 움튼다고 하겠다.

가령 "나의 창과 당신의 방패는/서로 다른 전쟁을 하고 있지/이 죽음은 마땅히 그러하므로"(「사소하고 개인적인 슬픔」, 『칸트의 동물원』), "곧게 발을 뻗으며/어깨를 앞뒤로 흔들어 본다/나는 운동하러 가는 저녁이 좋다/정해진 순서에 따라 호흡을 고르기 때문이다"(「식물들의 시간」, 『우리들의 진화』), "너는 멋진 주말이니까//먹는 것/입는 것/자는 것을 생각하다가/팔다리를 떨어뜨렸다//주말에는/풀장/유리잔/쌍둥이 같은 것이 보기에 좋다"(「입술의 세계」, 『차가운 잠』), "우리는 우리가 좋을 세계에서/흠뻑 젖을 수 있는 것이/다행이라고 생각하면서/골목에 서서 비의 냄새를 훔친다"(「소울 메이트」, 『우리들의 진화』) 같은 구절들을 보라. 여기서 나타난 "나" "너" "우리"는 결코 특정한 개인이나 집단을 가리키지 않는다. 앞서 살핀 것처럼, 이들은 우리들 모두가 순간적으로 취할 수 있는 어떤 자세와 포즈이며, 만인이 품을 수 있는 어떤 감정 상태인 동시에 그 언젠가 촉발될 수 있을 어떤 감각의 내용물이기 때문이다. 따라서 그것은 어떤 한 사람이나 집단이 소유하는 고유한 독창성과 정체성으로 자리 잡을 수 없다. 오히려 우리들 모두가 한 번쯤 마주치게 될 잠재적 사건들의 세계를 표상한다.

그러나 시인은 이 자리에서 멈추지 않는다. 저렇듯 한 편의 시 작품이 시인 제 자신을 비롯한 특정한 그 누군가의 체험이나 감정이나 사유를 다루지 않고, 만인이 겪어 낼 수 있을 잠재적 사건들의 세계를 소묘하게 될 때, 그것은 필연코 비인칭의 세계 또는 익명성의 주체로 나아갈 수밖에 없다는 사실을 깊숙이 감득하고 있는 것처럼 보인다. 그리하여, 시인은 "나" "너" "우리"라는 인칭대명사들은 언제라도 서로의 위치를 뒤바꿀 수 있는 순간적인 호칭이자 전환사(shifter)에 지나지 않는다는 것을 공표하고 있는 셈이다. 또한 이들을 통해 가시화되는 우리 현대인들의 실존 역시 그것이 처한 상황과 조건에 따라 끊임없이 전환될 수밖에 없는 무수한 가면으로서의 얼굴들, 곧 페르소나에 지나지 않는다는 사실을 섬세한 필법으로 그려낸다. 이렇듯 비인칭과 익명성과 페르소나의 무수한 현상들이 현대적 실존의 중핵으로 들어박힐 수밖에 없는 것이기에, 서정이라는 하나의 시적 양식 또한 현대시의 세계에서 주류가 되거나 지배권을 행사할 수 없다는 관점을 암묵적으로 내비치고 있는 셈이다. 이근화의 거의 모든 시편들은 한 개인의 고유한 심혼을 전제로 삼아 그 인격체의 기억과 회감을 압축적이고 정서적인 언어로 형상화한다는 서정의 일반론적 테두리로 수렴되지 않을 뿐만 아니라, 그것을 일그러뜨리는 이미지와 방법론을 곳곳에다 흩뿌려 놓기 때문이다.

제유법의 수사학과 잠재적 사건들의 콜라주

> 기차가 지나가는 것이 아니었을까
> 한밤중 의문의 소리에 대한 낭만적인 대답은
> 눈에 덮이지만
> 반쯤 가려진 세계는 위협적이다

유령이 발을 걸었던 것이 아니었을까
보도 위의 미끄러짐에 대한 그럴싸한 대답은
부러진 왼쪽 팔에 가닿았지만
나는 어디에나 갈 수가 있다

갑작스러운 부음에 모인 사람들
지난밤의 피로를 떨치지 못한 채
흰쌀밥을 조금씩 떠먹는다
숟가락과 젓가락에 자꾸 밥이 들러붙었다

굴뚝에 피어오르는 연기는
영하의 날씨를 실감나게 한다
안팎이 매우 달라 부옇게 흐려지는 눈동자들
그래야 한다면 그럴 것이다

찻잎이 서서히 부풀어 오른다
부르튼 입술과 무거운 어깨는 나의 것이나
겨울은 알 수 없는 속도로 네게 가서 멈추었다
한밤중 떨어진 액자 속에서 추억이 조각나고 있었다

—「8초 간 겨울」(『서정시학』, 2017.봄) 전문

인용 시편에서 "8초 간"이라는 찰나적 시간의 마디와 "겨울"이라는 계절을 가리키는 말이 부딪치면서 어떤 낯선 느낌과 분위기, 그리고 이를 넘어서는 무수한 장면들이 슬며시 떠오른다면, 당신은 이미 이 시편의 속살을 매만질 준비를 마친 자일 테다. “8초 간 겨울”이라는 표제어에 주름져 있는 것처럼, 이 시편은 “겨울”이라는 기후적 조건과 상황에서 그 누군가에게 일어날 수 있을 사건들을 소묘하고자 한다. 또한 특정한 개인적 주체의 감정과 사유와 가치로 환원될 수 없는, 만인이 체험할 수 있는 잠재적 사건들을 수용하는 무대화 장치로서의 “겨울”을 형상화하고자 한다. 따라서 “8초 간의 겨울”이라는 저 이상야릇한 언어 조합은 어떤 특정한 개인의 독특한 체험을 담지 않지 않겠다는 것을 선언하고 있는 셈이다. 아니, “겨울”이라는 계절에 만인이 마주칠 수 있는 그 모든 잠재적 사건들을 동시에 펼쳐 보려는 의지가 휘감겨 있다고 보는 것이 적확할 듯하다.

이근화의 시에서 코스모스로서의 유비 관계의 제유법이 아니라, 카오스모스(chaosmos)로서의 사건들의 콜라주가 나타날 수밖에 없는 까닭 역시, 둔중하게 가라앉은 그녀의 윤리학적 의지와 비전에 깃들어 있는지도 모른다. 그것은 “한밤중 떨어진 액자”로 표상되는 우발성의 세계와 더불어, 그 “속에서” 무수하게 “조각나”는 우리 모두의 “추억”으로 표현된 잠재성의 세계를 빠짐없이 투시하려 하기 때문이다. 또한 저 잠재성의 세계에서 “나”와 “너”라는 인칭들은 실상 그 어떤 고유성도 지닐 수 없는, 그저 순간적으로 주어지는 상황과 조건에 따라 언제든 뒤바뀔 수 있는 것에 불과하기 때문이다. 더 나아가, 「내가 부를 수 없는 이름」에 나타난 “네 콧속에서 뿜어져 나온 숨 속에서/내가 태어나 조금 더 살아갈 것”이라는 이미지처럼, “나”는 “네”가 되고 “너”는 “내”가 될 수 있는 그 가변성과 역동성을 극대화한 것이 바로 잠재적 사건들의 세계이기 때문이리라.

따라서 이근화 시의 고유한 특질로 이제까지 우리가 거론해 온 상호 이질적인 시공간들의 맞섬과 뒤얽힘은 최근 발표된 「8초 간 겨울」 같은 시편에서도 고스란히 이어진다고 하겠다. 이렇듯 비동시적인 것들이 동시적으로 공존하는 장면들이 이근화의 시편들에서 지속적으로 나타날 수밖에 없는 까닭은 행과 행 사이 또는 연과 연 사이에서 급작스럽게 이루어지는 상상력의 전면적인 비약에서 온다. 달리 말해, 이미지들의 마디마디를 갑자기 전환시켜 그 구도 전체를 이질적인 것으로 비산시키려는 시인의 정교한 구성법과 방법론적 지성에서 비롯한다는 것이다. 이는 지난 네 권의 시집에서 지속적으로 나타났던 것이긴 하지만, 「8초 간 겨울」 같은 작품에서도 또렷한 형세로 각인된다.

다시 작품의 세부로 돌아가 보자. "8초 간 겨울"이라는 표제어를 오랫동안 들여다보라. 그것은 "겨울"이라는 계절, 그 통상적인 시간의 체적을 통해서는 상상조차 불가능한 "8초 간"이라는 수식어를 앞머리에 내세운다. 이를 통해 우리가 인지하는 시공간의 감각들은 이상야릇하게 일그러져, 매우 낯설고 어리둥절한 것들로 뒤바뀐다. 또한 지상의 현실에서 두둥실 떠올라 무중력의 지대를 부유하는 것만 같은 환상을 불러일으킨다. 더욱 흥미로운 것은 저 "8초 간"이라는 지극히 짧은 시간의 마디로 인해, "겨울"이란 계절에 일어날 수 있는 모든 사건들이 그 내부로 휘감겨 들어올 수 있는 역설적 가능성이 생겨난다는 것이다.

다섯 연으로 이루어진 이 시편은 그 낱낱의 마디에서는 통상적인 차원에서도 충분히 납득할 수 있는 이야기의 매듭으로 이루어져 있다. 첫 연의 1-2행인 "기차가 지나가는 것이 아니었을까"와 "한밤중 의문의 소리"는 모두 청각이라는 감각소를 통해 연결되며, 3-4행에 등장하는 "눈에 덮이지만"과 "반쯤 가려진 세계는 위협적이다"는 보이는 것과 보이지 않는 것, 곧 은폐와 탈은폐를 형상화한 시각적 이미지의 자연스런 변주로 읽힌다. 2연의 이미지 전개 역시 그럴듯한 시간적 순차성을 품고 있는 것처럼 보인다. 가령 "유령이 발을 걸었던 것"과 "보도 위의 미끄러짐에 대한 그럴싸한 대답"과 "부러진 왼쪽 팔"과 "나는 어디에나 갈 수가 있다"는 이미지의 흐름은 비약과 단절이 거의 없는 순차적 시간성의 질서를 따르기 때문이다.

3-4연에서도 마찬가지로 이미지 단위들의 순차적 전개는 무리 없이 이어진다. 5연의 이미지들은 다소 가파르게 전개되기에, 쉽사리 잡아채기 어려운 깊은 함축성의 맥락들을 거느린다. 하지만 그렇다고 해서 이미지와 이미지 사이의 유비 관계가 지극히 희미한 래디컬 이미지(radical image)를 겨냥하고 있는 것은 더더욱 아니다. 오히려 "찻잎"을 "부풀"려 가면서 "부르튼 입술과 무거운 어깨"로 표상되는 삶의 신산함을 토로하고 있는 사람들의 대화 장면이 그 바탕에 들어박혀 있음을 암시해 준다. 또한 이 장면을 단절시키는 어떤 우발사가 일어났다는 것을 맨 끄트머리의 편린들인 "겨울은 알 수 없는 속도로 네게 가서 멈추었다/한밤중 떨어진 액자 속에서 추억이 조각나고 있었다"에서 알아챌 수 있다.

그렇다면 1연에서 5연까지 연쇄되는 이미지들의 지력선은 어떤 유기적 전체성과 의미 구조의 지휘 아래 마련된 것일까? 이 의문은 이근화 시의 이미지 조각술과 예술적 짜임 관계의 비밀을 묻는 것과 같다. 또한 이를 섬세하고 적확하게 풀어내기 위해서는 이근화 시의 부분과 전체가 상호 유기적인 코스모스의 세계를 이루지 않는다는 사실을 먼저 염두에 두어야만 한다.

그러나 성급한 오해는 하지 마시길! 이와 같은 사실은 이근화의 시가 미칠 것만 같은 정념으로 용솟음치거나 과격한 형식 실험이 넘쳐흐르는, 나아가 이미지들이 제멋대로 비산하는 낭만적 파토스와 아방가르드의 카오스로 얼룩져 있다는 것을 뜻하지 않기 때문이다. 오히려 그녀의 시는 차분하게 가라앉아 있을 뿐만 아니라, 얄미울 정도로 무심하고 냉정한 어조를 시종일관 유지한다. 나아가 그 뒷면에서 이 어조를 천연덕스럽게 연기하고 있는 시인의 견고한 마음결과 신중한 표정이 느껴진다. 이는 결국 방법적 고전주의자로서의 시인 이근화의 체질을 표상할 뿐만 아니라, 그녀의 거의 모든 시편들이 방법론적 지성의 강력한 구심력과 통어 아래 정념의 발산을 최대치로 억제하고 있다는 것을 암시하는 어떤 징후이다. 이근화가 품은 저 고전주의자의 체질은 상호 이질적인 장면들과 이미지들을 병치시키는 콜라주 미학을 직조하는 순간에도 여지없이 발휘되는 것 같다.

明

너는 팔이 길고 검구나
스무 살쯤 어린 너를 가만히 보고 있어도
뚜렷하게 기억나는 것이 없었다
함께 아이스크림을 먹는 동안에
너의 이름이 환했다

밍

가까운 사원에 갔다
네가 기도하는 동안 나는 천천히 걸었다
그건 아마도 네 기도가 어딘가에 가닿는 시간
너의 이름을 숨겨 두고 싶었다
더러운 발로 잡풀을 밟으며 하염없이 걸었다

민

종일 비가 내렸다

억울했고 슬펐고 미웠다

그것이 나를 쓰러뜨리고 쓰러뜨리고 쓰러뜨렸다

쓰러진 나를 물끄러미 보는 너를 나는 부르지 않겠다

내게도 지워진 이름이 하나 있다

밍

네가 환히 웃는구나 나도 웃어 주었다

무슨 말을 해도 서로 알아듣지 못하는 너와 내가

깊은 동굴 속으로 더듬더듬 들어갔다

죽은 나를 이끌고 네가 이 세계에 나온다

네가 더 크고 강하다 그런 너를 감히……

멍

내가 부를 수 없는 이름으로 너는 살아갈 것이다

내가 늙고 병들고 외롭게 죽어 가는 동안

종종 너를 떠올리겠지

나는 모른 척할 것이다

네 콧속에서 뿜어져 나온 숨 속에서

내가 태어나 조금 더 살아갈 것이나

—「내가 부를 수 없는 이름」(『서정시학』, 2017.봄) 전문

먼저 "明" "민" "밍" "명" "멍"이라는 글자가 각 연의 앞머리를 장식하고 있는 것에 주목해 보라. 이들은 동일한 말은 아닐지라도, 유

사한 음성의 반복을 통해 각각의 에피소드들이 서로 연동될 수 있는 가능성의 공간을 열어 놓는다. 그러나 저 에피소드들의 부분적 배치나 전체의 흐름은 상호 유기적인 조화 관계나 서로를 비추는 아날로지(analogy)의 거울을 겹쳐 세우지 않는다. 설혹 존재한다 하더라도, 각각의 행과 연들 사이에 깃든 침묵의 공간에 깊숙이 숨겨져 있다. 이에 따라, 이 시편을 구성하는 각각의 행들과 연들은 매우 가느다란 연결 고리로 이어지고 있는 듯 보인다. 그럼에도 불구하고, 이렇듯 희미한 유비 관계의 설정 역시 시인의 매우 자각적이고도 첨예한 의식, 곧 정교한 조각술과 방법론적 지성에서 비롯하는 것이 틀림없다. 또한 저 이미지들은 의미 내용과 주제론이 아니라 표현 형식과 방법론의 차원에서 먼저 읽어 내는 것이 합당할 듯하다. 이근화의 시는 의미 내용의 독특함과 진기함이 아니라 표현 형식의 새로움과 첨예함에서 제 진가를 유감없이 발휘하기 때문이다.

"내가 부를 수 없는 이름"이란 표제어를 다시 눈여겨보라. 이를 통해 각 연의 앞머리에 적힌 "明" "민" "밍" "명" "멍"이 각각 어떤 사람들을 지칭하는 이름은 아닐까 하는 추론이 가능할 것이다. 그러나 "밍"과 "멍"은 한국인의 이름을 일컫는 말로는 거의 활용되지 않는다는 점을 다시 고려해 보면, 그것은 어떤 특정한 인물이나 인격체로 환원될 수 없을 듯하다. 또한 "나"를 시인의 분신으로, "너"를 특정한 하나의 인격체로 읽어 내는 것은 작품의 전체 구조와 예술적 짜임 관계를 조망할 수 없는 해석의 난경 상태로 이끌어 갈 것이 자명하다. 앞서 우리는 이근화가 인칭대명사를 폭넓게 활용하면서도, 그것을 특정 인물을 지칭하기 위한 것이 아니라, 오히려 비인칭의 세계를 형상화하기 위한 메타포이자 도구로 사용한다는 점을 살펴본 바 있다. 이는 결국 이근화의 인칭대명사가 만인들이 어떤 순간에 취할 수 있는 감정의 공동체, 또는 무한히 변양될 수 있는 가면으로서의 얼굴들인 페르소나를 소묘하기 위한 메타포이자 도구들이라는 것을 뜻한다.

「내가 부를 수 없는 이름」에서 어렴풋이 드러나는 것처럼, 시인의 독특한 인칭대명사 활용법은 보이지 않는 실재의 세계 또는 잠재적 사건들의 세계를 보다 첨예하게 현시하기 위한 방법론으로 진화한 것처럼 보인다. 또한 이근화 시의 정수에 해당되는 제유법의 수사학과 콜라주 미학, 그리고 이를 바탕으로 삼은 예술적 구도의 방향성이 보다 근본적인 윤리학적 차원을 겨냥하기 시작했다는 것을 암시하는 징표처럼 느껴진다. 이 시편의 1연 앞머리에 나타난 "明"이라는 글자와 맨 끄트머리에 등장하는 "너의 이름이 환했다"는 구절은 마치 수미상관의 대구를 이루는 것처럼 적확하게 대응한다. 2연의 "밍"과 "너의 이름을 숨겨 두고 싶었다" 역시 다소 복잡한 연상 과정을 거치면 서로 연결될 수 있는 유비 관계를 찾아낼 수 있다. "밍"이 우리 주변의 한국인들 사이에서 목도할 수 있는 어떤 인격체를 가리키는 것이 아니라, 도리어 "사원"과 "잡풀"로 표상되는 이국적 종교와 그 의례 절차를 표현하는 것으로 해석한다면, "밍"과 "너의 이름을 숨겨 두고 싶었다"는 문장은 서로 자연스럽게 연결될 수 있기 때문이다.

3연과 4연에 등장하는 "민"과 "명" 역시 매우 희미하지만 유비 관계를 찾아낼 수 있는 구절들을 제 뒷줄에 거느린다. 3연의 "민"은 "억울했고 슬펐고 미웠다/그것이 나를 쓰러뜨리고 쓰러뜨리고 쓰러뜨렸다" 같은 말들을 자신을 표현하는 술어들로 껴안을 수 있으며, 4연의 "명"은 "네가 환히 웃는구나 나도 웃어 주었다"와 표면적인 차원에서도 상호 조응 관계가 명확하게 확인된다. 특히 3연의 "민"을

'民'의 음차 표기로 이해한다면, "억울했고 슬펐고 미웠다"는 이미지들은 '民'으로 표기된 백성들의 일상적인 감정을 표현하는 술어들로 매우 적합한 것이라 하겠다. '民'으로 살아간다는 것은 결국 "억울했고 슬펐고 미웠다"는 감정 상태를 나날의 삶에서 겪어 낼 수밖에 없다는 것을 뜻하기 때문이다.

그렇다면 5연에 나타난 "멍"은 그 뒤를 잇는 구절들과 어떻게 연결될 수 있는 것일까? 이 질문은 조용하고 무심한 듯 진행되는 이 근화 시의 "진화"를 유추해 낼 수 있는 근거를 찾아내는 것과 밀접하게 연관된다. "멍"을 나날의 실생활에서 습관처럼 사용되는 구어체의 뉘앙스에 비춘다면, '멍청하다' '멍때리다' '멍하다' 같은 말처럼 어떤 상황이나 사태를 제대로 파악하지 못하는 무능의 상태 또는 그 무엇에도 빠져들지 못하는 방심 상태를 표현한 것으로 이해할 수 있다. 이에 따르면, "멍"과 "내가 부를 수 없는 이름으로 너는 살아갈 것이다"는 무리 없이 연결될 수 있는 가능성을 얻는다. "내가 부를 수 없는 이름"이란 결국 "내"가 지닌 감각의 무능과 그 한계치를 표상하는 것이기 때문이다. 따라서 "네 콧속에서 뿜어져 나온 숨 속에서/내가 태어나 조금 더 살아갈 것이나" 같은 끄트머리의 문양들은 이 시편이 우리의 경험 세계 너머에 실재할지도 모르는 망자와 영성의 세계에 제 시선을 집중시키고 있다는 것을 조용히 암시하는 듯 보인다. 결국 망자와 영성의 세계란 우리들처럼 평범한 사람은 볼 수 없고 매만질 수 없는 세계, 곧 "내가 부를 수 없는 이름"의 세계일 것이 자명하기 때문이다.

이렇듯 맨 끄트머리의 5연에 이르러서야 이 시편의 제목이 "내가 부를 수 없는 이름"으로 결정될 수밖에 없었던 이유와 근거를 겨우 겨우 알아챌 수 있을 듯하다. 그렇다. 표제어가 암시하는 것처럼, 이 시편은 "나"로 호명되는 무수한 의식 주체가 제대로 파악할 수 없는 타자들의 세계, 또는 잠재적 사건들의 세계를 제 오브제로 삼고 있는 것이 분명하다. 특히 1연에서 5연까지 지속적으로 나타나는 망각과 미지와 상실의 이미지들, 가령 "뚜렷하게 기억나는 것이 없었다"(1연) "너의 이름을 숨겨 두고 싶었다"(2연) "내게도 지워진 이름이 하나 있다"(3연) "무슨 말을 해도 서로 알아듣지 못하는 너와 내가"(4연) "내가 부를 수 없는 이름으로 너는 살아갈 것이다"(5연) 같은 구절들은, 이 작품이 주체의 명료한 의식 너머에 존재하는 타자들의 세계 또는 잠재적 사건들의 세계를 소묘하고 있다는 것을 비교적 명료하게 예시한다. 결국 "내가 부를 수 없는 이름으로 너는 살아갈 것이다"라는 문장은 이 작품의 보이지 않는 뒷면에서 부분과 전체가 함께 울려 날 수 있도록 강제하는 이미지들의 눈(眼), 곧 시안(詩眼)이자 롤랑 바르트의 풍크툼(punctum)으로 기능하기 때문이다.

「8초 간 겨울」이나 「내가 부를 수 없는 이름」은 이근화의 시작 방법론이 제유법의 수사학과 콜라주의 구성 원리가 은은하게 겹쳐 울리는 교향악적 짜임 관계로 이루어져 있다는 사실을 명징하게 표상한다. 이 시편들을 이루는 각각의 이미지의 매듭이나 에피소드들의 마디마디는 잠재적으로 일어날 수 있는 사건들 전체를 표상하는 제유법의 언어들로 빚어지지만, 이 행들과 연들의 관계론적 배치 또는 이들 전체의 지력선과 구도는 상호 이질적인 사건들과 시공간들이 하나의 화면 내부에 동시에 병존하는 것처럼 구성되기 때문이다. 달리 말해, 이근화의 대부분의 시편들은 미시적인 이미지 조각술의 차원에선 하나의 단편적인 에피소드로 잠재적 차원에서 일어날 수 있는 사건들 전체를 표상하는 제유법의 수사학을 적극 활용하지만, 저 단편적인 에피소드들이 상호 작용하면서 이루어 내는 전체 구성과 거시적 짜임 관계의 차원에선 이질적인 소재들과 장면들이 병존하면서 난마처럼 뒤얽혀 있는 콜라주 미학을 정교하게 축조하고 있다는 것이다.

이렇듯 이근화 시의 방법론의 중핵은 제유법과 콜라주의 조합이란 말로 간명하게 요약될 수 있겠다. 그것은 부분적 차원에선 소우주와 대우주가 상응 관계의 그물망을 형성하는 코스모스의 질서를 따르지만, 그 전체의 차원에선 각각의 이미지 매듭과 에피소드들의 마디마디가 서로 대립하고 충돌하는 카오스의 무질서를 겨냥하기 때문이다. 또한 부분적이고 단편적인 이미지가 전체의 형세와 의미 벡터를 표상할 수 있는 수사법이 제유법이라면, 콜라주는 근본적으로 부분과 부분, 부분과 전체가 어긋나고 파열하는 불협화음을 짜임 관계의 중심축으로 삼기 때문이다. 따라서 이근화의 시가 제유법의 수사학을 활용한다는 것은 코스모스의 질서를 염두에 두었다는 것이며, 콜라주의 미학을 전체 짜임 관계의 중추 원리로 삼았다는 것은 카오스의 무질서를 겨냥했다는 것을 암시한다.

그러나 언뜻 보아 부분의 코스모스와 전체의 카오스가 팽팽하게 길항하는 것처럼 느껴지는 이근화의 시는 여기서 한 걸음 더 "진화"한 것처럼 보인다. 그것이 거느리는 부분의 코스모스와 전체의 카오스는 통사론적 인접성의 차원에선 파열음과 불협화음을 발산하는 것이 틀림없지만, 그 의미론적 유사성의 차원에선 서로 순환될 수 있는 공명(resonance)과 이접(disjunction)의 유비 관계를 은은한 뉘앙스로 풍겨 내기 때문이다. 결국 시인은 서로 연결되거나 조합될 수 없는 제유법의 코스모스와 콜라주의 카오스를 융합하여 자신만의 고유하고 독창적인 시작 방법론을 창안해 낸 것이라 하겠다. 또한 저 코스모스와 카오스가 보이지 않는 행간에서 겹쳐 울려 나는 카오스모스의 시학을 한국시의 새로운 예술적 구도로 제시한 것이 틀림없다.

타인의 고통과 윤리적 불면의 밤

식장을 나와 걷는데 광화문 거리에 노란 리본이 물결쳤어요. 아이들이 멈춰 서서 종이 위에 배를 그렸지요. 영문도 모른 채 삐뚤빼뚤 글자를 따라 썼습니다. 잊지 않겠습니다. 추모 엽서를 매단 줄이 바람에 가볍게 흔들렸어요. 리본도 바람도 너무 멀게 느껴졌습니다. 이제 봄꽃이 흐드러지게 필 것이고 짧은 순간 후드득 지고 말 것입니다. 물속의 어둠은 상상할 수 없고 아이들은 계속 태어나고 축하는 이어지고 또 언젠가는 예고 없는 죽음이 우리를 추격하겠지요.

주먹이 있고 빗자루가 있고 혁대가 있고 한 바가지 물이 있지요. 그게 몸을 향해 날아왔어요. 심각한 것은 아니었어요. 가방을 메고 뛰쳐나왔다가 도로 들어갔어요. 흔한 해프닝이고 눈물범벅이고 말없이 화해되는 유년 시절의 일들입니다. 이제 더 이상 맞는 일은 없는데 여기저기에 참 많습니다. 빈주먹이 나를 향해 날아옵니다. 내가 모른 척 방치한 것들입니다.

내가 지워지는 날들이 있어요. 내 죄가 나를 먹는 그런 날들. 다 먹힌 것 같은데 내일의 침묵 속에서 내가 다시 튀어나오겠지요. 길거리에 마구 내뱉어진 내가 돌아갈 집은 헛된 망상처럼 높고 반듯하고 분명합니다.

—「내 죄가 나를 먹네」(『내가 무엇을 쓴다 해도』) 부분

2016년 말경 출간된 『내가 무엇을 쓴다 해도』의 몇몇 시편들은 시

인 이근화가 새롭게 창안한 시작 방법론이 무엇을 겨냥하며, 어떤 것을 현시하려 하는지를 비교적 명료하게 예시한다. 이는 「내 죄가 나를 먹네」를 비롯한 "죄"의 이미지들을 형상화한 시편들에서 가장 선명하게 나타난다. 먼저 "내 죄가 나를 먹네"라는 표제어에 착안해 보자. 이는 결국 이근화가 시인으로서의 자기 정체성과 시의 존재론적 가치와 기능을 윤리학적 근본주의에서 찾고 있다는 것을 소리 없이 일러 준다. 또한 "광화문 거리"와 "노란 리본"이란 단 두 개의 낱말이 우리 모두의 가슴팍에 즉각적으로 불러일으키는 분노의 감정과 곤혹스런 전율처럼, 이 시편은 '세월호 참사'로 대변되는 작금의 사회 현실에 대한 비판적 정치의식과 더불어 이에 충실하게 참여할 수 없었던 자의 한탄스런 자괴감과 참담한 반성이 동시에 얼룩져 있다.

그렇다. "물속의 어둠은 상상할 수 없고 아이들은 계속 태어나고 축하는 이어지고 또 언젠가는 예고 없는 죽음이 우리를 추격하겠지요"라는 구절에 선명하게 아로새겨진 것처럼, 우리들 대부분은 주변에서 매일매일 일어나는 타인들의 슬픔과 고통과 죽음 앞에서 고작 망연자실한 눈빛을 보내는 것 이외엔 아무것도 할 수 없었던 한심한 무능력자들에 불과한지도 모른다. 그리하여, 이 무능력자들이 할 수 있는 일이라곤 겨우 "광화문 거리"에서 "영문도 모른 채 삐뚤빼뚤 글자를 따라" 쓰거나, "잊지 않겠습니다"라는 문장을 적은 "추모 엽서를 매"다는 것이 전부였을지도 모른다. 물론 이는 현실 정치와 그것에서 파생되는 부조리한 사회현상들에 대한 소극적 태도와 무관심, 또는 정치적 회의주의에서 비롯하는 것일 수 있다. 특히 실용과 선진화, 창조 경제와 문화 융성이란 그럴싸한 표어들로 위장한 개발 독재 세력의 부활과 창궐, 민주주의의 기초적인 공공성의 해체와 파괴, 국정교과서와 소녀상 철거로 요약되는 목불인견(目不忍見)의 사회 부조리들 앞에서 「내 죄가 나를 먹네」가 드러내는 소극적 태도와 회의주의는 결코 바람직한 것일 수 없다.

그러나 2연에서 별것 아닌 듯 무심코 발설되는 "유년 시절"의 폭력 장면들의 실감 어린 형상화를 다시 눈여겨보라. 특히 이 장면들의 밀착인화는 그저 그런 형식적 차원의 기교나 세련된 방법론의 탐색을 위한 것이 아니다. 오히려 시인의 윤리학적 시선이 근본주의적 차원으로 나아갈 수밖에 없는 그 필연성의 맥락을 고지한다. 어쩌면 우리들 대부분은 "주먹이 있고 빗자루가 있고 혁대가 있고 한 바가지 물"이 있는 끔찍한 교실 폭력의 장면들 앞에서 "흔한 해프닝이고 눈물범벅이고 말없이 화해되는" 일처럼 쉽고 무심하게 눈을 감거나 등을 돌렸을지도 모른다. 아니, 이를 단지 '아이들은 싸우면서 크는 것이다'라는 헐렁한 상투 어구로 그냥 넘겨 버리거나, 그저 그런 "유년 시절의 일들"처럼 치부해 버린 것이 다반사였을 것이다.

시인 이근화는 이와 같은 일상적 폭력과 고통의 문제로 다시 되돌아가고자 한다. 그리고 이 문제로부터 제 스스로의 윤리학적 사유와 비전을 다시 예리하게 벼려 내려 한다. 2연의 뒷자리에서 등장하는 "이제 더 이상 맞는 일은 없는데 여기저기에 참 많습니다. 빈주먹이 나를 향해 날아옵니다. 내가 모른 척 방치한 것들입니다" 같은 형상들은 근래에 이르러 시인의 윤리학적 사유와 비전이 나날의 삶에서 체험하게 되는 실제적 사건과 감각들에서 도출되고 있다는 사실을 명시적으로 보여 준다. 특히 "내가 모른 척 방치한 것들입니다"라는 마지막 문장은 시인의 윤리학적 비전이 레비나스가 제시했던 '고통의 윤리학'과 매우 근접한 자리에서 마련되고 있다는 것을 또렷하게 입증한다.

따라서 3연에 나타난 "내가 지워지는 날들이 있어요. 내 죄가 나를 먹는 그런 날들. 다 먹힌 것 같은데 내일의 침묵 속에서 내가 다시 튀어나오겠지요"라는 이미지는 시인이 다시 새롭게 담금질하는 '고통의 윤리학', 그 윤리학적 사유와 비전을 명징한 직설 화법으로 선포하고 있는 셈이다. 특히 "내 죄가 나를 먹는 그런 날들"로 압축되는 저 처참한 "죄"의 고백보다 이를 선명하게 표현할 수 있는 것이 또 있겠는가? 아니, "다 먹힌 것 같은데 내일의 침묵 속에서 내가 다시 튀어나오겠지요"가 적시하는 것처럼, 일상생활의 관성이나 자동화 현상만큼 우리 모두를 소극적이고 무력하게 만드는 것이 또 있겠는가? 결국 시인은 그 어떤 내면적 곤혹이나 고통조차 느끼지 않는 윤리적 제스처나 정치적 행동이란 일종의 허위의식으로 빠져들 수밖에 없다는 사실을 끊임없이 제 자신에게 계고하고자 했던 셈이다.

그리하여, "길거리에 마구 내뱉어진 내가 돌아갈 집은 헛된 망상처럼 높고 반듯하고 분명합니다"는 일상적 생활 감각과 정치적 실천행동 사이에서 끊임없이 뒤척거리면서, 윤리적 불면의 밤을 견뎌 낼 수밖에 없었던 자의 실존적 곤경과 내면의 고통을 역설적으로 부각시킨다. 고통스럽지 않은 것, 고통이 없는 것은 결코 윤리적일 수 없다는 '고통의 윤리학'의 가공할 위력은 일상생활에서 벌어지는 가장 구체적이고 감각적인 사건들을 통해서만 나타나기 때문이다. 아니, 나날의 삶에서 감각의 살갗으로 휘날려 오는 타인의 고통을 마치 제 것처럼 앓아 내는 실천적 이행의 순간에만 번뜩이며 현현하는 것이기 때문이리라. 어쩌면 시인이 창안하고 줄곧 진화시켜 온 제유법과 콜라주의 교향악, 카오스모스의 시학 역시 나날의 세계에서 마주하게 되는 타인들의 고통, 그 진실의 속살들을 어루만지려는 그녀의 윤리학적 비전에서 오는 것인지도 모른다.

비평가의 이름으로 감히 말하건대, 나는 이근화의 시가 저 윤리학적 비전을 좀 더 생생하게 그려 낼 수 있는 실제적 사건들의 세계로 진격하기를 소망한다. 아니, 『내가 무엇을 쓴다 해도』의 몇몇 모퉁이에 감춰진 "죄"의 이미지들을 좀 더 강렬하고 무시무시한 이미지들로 벼려 낼 수 있기를 바란다. 그리하여, 그것들이 훨씬 더 실감 어린 풍경들로 휘날려 오는 가공할 감염력(the intensive affects)을 분출할 수 있기를 고대한다. 이근화의 윤리학적 비전은 나날의 삶에서 벌어지는 실제 삶의 감각과 사건들을 제 이미지의 터전으로 삼을 때에서야, 비로소 제 스스로가 품은 참된 광휘와 위력을 충실하게 뿜어낼 것이 자명하기에. 아래 새겨진 저 "모란장"의 살아 꿈틀거리는 실제 삶의 풍경들처럼.

뙤약볕이 쏟아지고 있었다
개털과 닭털이 섞여 뿌옇게 몰려가고 있었다
기름이 지글거리고 있었다
마른침을 삼켰다

과일이 산처럼 쌓이다 허물어지기를 반복하였다
곡식이 시름시름 슬픔을 쪼개고 있었다
시장에 가는 게 내 잘못은 아니다

미친놈은 중얼중얼 취한 놈은 고래고래
욕설과 은어가 사람들을 튕겨 내고 있었다
낮달은 민민한 낯으로 하늘을 갉아먹고 있었다

헌 돈도 새 돈도 새파랗게 같았다

시든 야채에 물을 주면 살아날까 싶었다
살아남은 것이 너인가도 싶었다

약장수는 약 아닌 것도 끼워 팔고 있었다
너무 많이 배운 잉꼬가 형형색색 갇혀 있었다
덜 배운 비둘기가 회색빛 하늘을 날아가지 못했다
자유 평등 평화에 대해 묻지 않았다

좌판의 물건들이 나의 죄를 비추고 있었다
재래시장이 재래의 나를 비웃었다
숨바꼭질하듯 발걸음이 빙빙 돌았다
검은 봉다리를 주렁주렁 달고 걸었다

—「모란장」(『내가 무엇을 쓴다 해도』) 전문

주술적 엑스터시, 애니미즘의 처연한 리듬감
—신해욱 시집 『생물성』

신해욱의 시집 『생물성』(문학과지성사, 2009)은 2000년대 이래 한국 시가 새롭게 마련해 온 예술적 짜임의 한 벡터를 표상한다. 비대상적인 것들의 가시화 또는 보이지 않는 것들의 현시 같은 명제들로 축약될 수 있을 2000년대 예술적 짜임은 이른바 서정으로 일컬어져 온 현대시의 한 갈래를 흐릿한 배경과 희미한 윤곽선처럼 물러서게 했다. 이는 우리 시대 젊은 시인들이 공명하면서 함께 이루어 낸, 감각 너머의 감각들과 그 미시적 파동들을 가시화하려는 섬세한 촉수와 방법론에서 비롯한다. '사물이나 예술 작품에 보존되는 것은 감각의 테두리, 달리 말해 지각과 감응의 복합체이다' 또는 '회화의 영원한 대상과 목적은 힘들을 그리는 것이다'(질 들뢰즈, 『철학이란 무엇인가』, 현대미학사, 1995)라는 말처럼, 신해욱을 비롯한 우리 시대 젊은 시인들이 시의 거죽 위로 틔워 올리려는 것은 바로 힘들이기 때문이다. 또는 저 힘들이 서로를 가로지르면서 남기는 자취와 흔적과 동선이기 때문이다. 따라서 그것은 시인 제 자신의 감정과 사유와 가치도 아닐 뿐더러 세계를 촘촘하게 점유하고 있는 사물들이거나 대상들도 아니다. 오히려 시시각각으로 달라지는 힘들의 분포와 배치이며, 이에 따른 감응 현상들과 공명의 과정일 뿐이다.

이러한 감각들로 무장한 젊은 시인들에게 이른바 기억과 회감의 연금술로 요약되는 서정의 존재론과 미학이란 그저 그런 나르시시즘의 공연장이거나, 그저 지루한 상투적 방법론이 반복되는 재현의 무대에 지나지 않는다. 세계 삼라만상을 지배하고 통어할 수 있는 서정적 자아의 고유한 심혼이란 존재한 적도 없고, 존재할 수도 없다는 것이 이들의 지론인 듯하다. 이들 가운데서도 첨예한 방법론적 실험과 전위적 사유를 성취하고 있는 신해욱은 조용하고 무심한 듯 서정의 존재론과 나르시시즘을 지워 내면서 새로운 예술적 영토를 구축한다. 형상들의 고독. 이 말은 들뢰즈가 영국인 화가 프랜시스 베이컨의 회화를 통해 기관들 없는 신체(corps sans organes)라는 제 철학의 핵심어를 공론화하기 위한 일종의 추상 기계였을 것이 틀림없지만, 『생물성』이라는 시집이 겨냥하는 전위적인 실험과 창조적인 리듬감을 단적으로 축약하는 용어이기도 할 것이다. 시집 맨 앞머리로 솟아오른 저 형상들의 고독을 보라.

이목구비는 대부분의 시간을 제멋대로 존재하다가
오늘은 나를 위해 제자리로 돌아온다.

그렇지만 나는 정돈하는 법을 배운 적이 없다.
나는 내가 되어 가고
나는 나를
좋아하고 싶어지지만

이런 어색한 시간은 도대체 어디서 오는 것일까.

나는 점점 갓 지은 밥 냄새에 미쳐 간다.

내 삶은 나보다 오래 지속될 것만 같다.

—「축, 생일」 전문

맨 앞머리에 나타난 "이목구비는 대부분의 시간을 제멋대로 존재하다가"는 몸이 의식의 타자일 수밖에 없는 그 필연성의 맥락을 고지한다. 아니, 무수한 페르소나들을 뒤집어쓰고 살아갈 수밖에 없을 현대인들의 파편화된 실존을 조각난 몸의 이미지들에 빗대어 드러낸다. "제멋대로"는 우리 몸의 부분 대상들인 "이목구비"가 유기체적 통일성을 이루지 못하고, 제각각 따로따로 움직이게 되는 현상을 나타내는 어사이기 때문이다. 또한 형상들의 고독이란 "제멋대로" 움직이는 "이목구비"에서 태어나는 것이기 때문이리라.

그러면 어찌하여 "생일"인 "오늘"에서야 저 "이목구비"가 "나를 위해 제자리로 돌아온다"고 말할 수 있는 것일까? 그것은 아마도 "생일"이란 말에 담긴 한 사람의 기원과 탄생에 대한 성찰, 나아가 하이데거가 명제화한 '본래적 실존(eigentliche Existenz)'을 반추하도록 강제하는 내성의 추동력 때문일 것이다. 아니, 우리는 적어도 한 해에 한 번쯤은 제가 존재해야 할 이유와 근거를 찾아내려는 강력한 '존재 물음(Seinsfrage)'의 충동과 마주치기 때문이다. 따라서 여기서 나타난 "생일"이란 구체적인 연월일시로 표기되는 어떤 물리적 시간의 좌표가 아닐 것이다. 도리어 "날짜와 요일을 배당받지 못한 날에/생일을 조금 빌려/일기를 쓰게 된 기분입니다"(「시인의 말」)라는 날것 그대로의 목소리처럼, 그녀와 우리들이 지금-여기 왜 실존해야만 하는지를 되묻도록 강제하는 저 존재 물음이 솟구쳐 오르는 순간을 일컫는 것처럼 보인다.

2연에서 나타난 "그렇지만 나는 정돈하는 법을 배운 적이 없다./나는 내가 되어 가고/나는 나를/좋아하고 싶어지지만/이런 어색한 시간은 도대체 어디서 오는 것일까"는 우리가 평소에 이런저런 관계들의 압력에 따라 뒤집어쓰게 되는 무수한 가면들의 심층에 단 하나의 참된 자아가 존재할 것이라는 믿음이 한낱 오인과 착각에 지나지 않는다는 것을 암시한다. 또한 저 오인과 착각의 세계로 빠져들게 만드는 나르시시즘의 끈질긴 덫과 자기 위안의 심리적 파노라마를 거부하려는 시인의 단호한 몸짓이 스며 있다. 시인은 그 어떤 아이덴티티로도 규정되길 원치 않는 것처럼 보인다. 또한 그 어떤 자리와 위치와 지위로도 귀속되지 않는 절대 자유의 시공에서 살고 싶은 것으로 짐작된다. 어쩌면 저 절대 자유의 시공을 향한 본원적 욕망이야말로 그녀의 시에서 빚어진 낱낱의 무늬들을 형상들의 고독으로 이끄는 예술적 비의인지도 모른다.

그러나 이것이 한낱 미학적 가상에 지나지 않음을 시인은 명민하게 자각하고 있는 것이 틀림없다. "나는 점점 갓 지은 밥 냄새에 미쳐 간다.//내 삶은 나보다 오래 지속될 것만 같다"는 후반부 두 행의 가녀린 편린은, 결국 그녀와 우리들의 "삶"이 그저 그런 관계의 그물에서 허우적댈 수밖에 없다는 것을 나직한 체념조의 어투로 발설하고 있기 때문이다. 특히 "나는 점점 갓 지은 밥 냄새에 미쳐 간다"라는 이미지로 표현된 나날의 생활 세계에서 마주치는 생동하는 실물의 세계마저도, 시인 제 자신을 억압하고 구속하는 이데올로기적 장치들로 작동할 수 있다는 소름 끼치는 진실을 일러 주기 때문이다.

그렇다면, 시인은 도대체 어떤 세계를 보고 듣고 만지고 살고 싶은 것일까? 아니, 자신이 소망하는 세계가 이미 불가능하다는 것을 통절하게 자각해 버린 그녀가 취할 수 있는 선택지엔 과연 무엇이 있을까? 이 의문들을 풀어내는 과정은 신해욱의 고유하고 독특한 예술적 사유와 방법론이 지닌 비의와 진면목을 드러내는 일이겠지만, 우선 아래와 같은 이미지들이 울려 내는 시간의 겹주름들을 느린 걸음새로 뒤따라 보자.

금자의 손에 머리를 맡긴다.

금자의 가위는 나를 위해 움직이고
머리칼은 금자를 위해
타일 위에 쏟아진다.

나의 등은 꼿꼿하고
타일은 하얗다.

머리칼은 제각각의 각도로
오늘을 잊지 못할 것이고

나는 금자의
시간이 되어 갈 것이다.

금자는 내 어깨에 두 손을 얹는다.
나의 목

나의 머리칼을
만진다.

미래의 우리는 이런 게 아니었을지도 모르지만

—「금자의 미용실」 전문

창밖을 보았다.

도로에서 죽은 사람의 하얀 자세가
오랫동안 차에 밟히고
또 오랫동안 비를 맞는다.

나는 아무도 모르게 정지했다가
타이밍을 놓치고
숨을 쉬고 만다.

*

어제의 물을 마셨다.

비에 젖는 방법이
기억나지 않았다.

—「점심시간」 부분

월요일이 오고 있을 것이다.

월요일과 화요일이 지나면
내 방에서는 사람냄새가 나지 않고
나는 수요일이 아닌 채로
수요일을 대신하며
옷을 벗게 된다.

키가 없는 몸으로서
문틈으로 내 방을 훔쳐보면
모서리. 면. 각.
수요일과 내가 함께 없는 방은
사각의 본질로 충만하다.

지금 이대로 내 방을 꼭 끌어안고
벽에다가 얼굴을 비빌 수만 있다면 얼마나 좋을까.

나는 그런 욕망에 사로잡혀
수요일이라 할 수 없는 나를 대신 끌어안고
수치를 견디는데
언제 끝날지 알 수 없는 수를 세며
월요일 같은 것을 기다리는데

그런데 누군가 나보다 먼저
내 방을 사랑하고 있다.
키가 크고 있다.

사소한 훼손도 없이

수요일과 중력에 대한 두려움도 없이

—「손님」 전문

인용 시편들에는 "오늘" "미래"(「금자의 미용실」), "오랫동안" "어제"(「점심시간」), "내일" "오늘" "미래"(「부활절 전야」), "월요일" "화요일" "수요일"(「손님」)처럼 특정한 시간을 표시하는 말들이 등장한다. 이들은 지금 일어나고 있는 현재 진행형의 어떤 사태들과 무관한, 고정화된 테두리로서의 시간적 외연을 나타내지 않는다. 도리어 이미 지나간 과거와 아직 오지 않은 미래가 현재의 시점으로 휘말려 들어오는, 비동시적인 것들의 동시적 공존을 표현하기 위한 어사들이다. 따라서 이들은 과거→현재→미래로 연쇄되는 물리적이고 직선적인 시간, 또는 주체의 연대기적 연속성과 의식적 동일성에 의해서만 명료하게 확정되고 구획될 수 있는 크로노스(Chronos)의 시간으로 수렴되거나 해명될 수 없다. 오히려 이들은 현재적 시점 내부에서 작동하는 과거와 미래의 흔적들이자 아직 현실화된 것은 아니지만, 언제 어디서든 현실이 되어 나타날 수 있는 잠재성의 시간일 것이 틀림없다. 잠재성(virtualité)의 시간에서 시제는 존재할 수도 없고 존재할 필요도 없다. 그것은 이미 드러난 것들로 구성되는 현실성(actualité)의 한복판에 깃든 다른 가능성들의 주름들이자 현실성 내부에서 늘 공존해 온 것이기 때문이다.

그렇다. 「금자의 미용실」의 "머리칼은 제각각의 각도로/오늘을 잊지 못할 것이고//나는 금자의/시간이 되어 갈 것이다"라는 편린들처럼, 잠재성의 시간에서 주인공은 결코 "나"의 주체적인 의식이 아니다. 오히려 의식과는 무관하게 작동하는 몸의 시간, 곧 "제각각의 각도로/오늘을 잊지 못"하는 "머리칼" 그 자체의 시간이며, "나"가 아닌 "금자의 시간"이자 "금자"로 표현된 타자들의 몸으로 귀속되는 시간이기도 하다. 따라서 이와 같은 잠재성의 시간에서 "미래"는 그 어떤 하나의 인칭으로 수렴될 수도 없으며, 한 사람의 의식으로 귀속되는 독점적 소유권 또한 용납지 않는다. "미래의 우리는 이런 게 아니었을지도 모르지만"이라는 이미지에 나타난 시제의 혼동과 1인칭 복수형에 따른 의식들의 중첩 현상이 암시하는 것처럼.

이와 같은 시제 혼동과 중첩 현상은 전(前)-미래 시제라는 모순형용의 시제 표현을 통해서만 해명될 수 있을 듯하다. 또한 현실성 내부에 이미 휘감겨 있었던 잠재성의 세계를 현시하려는 문장들에서는 필수 불가결한 전제 조건을 이룬다. 전-미래 시제는 이미 일어났던(혹은 일어나지 않았던) 과거의 사건들과 더불어 그 언젠가 일어날(혹은 일어나지 않을) 미래의 시간들을 빠짐없이 싸안고 있는 것일 뿐더러, 과거와 미래라는 다른 시간적 테두리에서 그 모든 사건들이 항상 현재 진행형의 시제처럼 공속하고 있는 것이기 때문이다. 또한 「점심시간」에 돋을새김의 필치로 그려진 것처럼, "도로에서 죽은 사람의 하얀 자세"란 우리들 모두에게 생겨날 수 있는 잠재적 사건이기에, 언제 어디서든 다른 현실적 사건들로 나타날 수 있는 것이기 때문이다. 따라서 "어제의 물을 마셨다.//비에 젖는 방법이/기억나지 않았다"는 끝자리의 무늬는 저 "도로"에서 사망 사건이 일어나지 않았을 또 다른 잠재성의 세계를 현시하는 동시에 그것과는 다른 사건들이 펼쳐질 수 있었을 가능성의 터전 전체를 암시한다.

「손님」 1연에 나타난 "월요일이 오고 있을 것이다.//월요일과 화요일이 지나면/내 방에서는 사람냄새가 나지 않고/나는 수요일이 아닌 채로/수요일을 대신하며/옷을 벗게 된다"라는 이미지 역시 현대인의 통상적인 시간 의식으로는 알아챌 수 없는 낯선 시간들의 주기표와 순환 체계를 불러들인다. 현대인의 시간 의식이란 실상 우리들의 몸의 리듬을 관장하고 지배하는 현대 세계의 일원화된 시간 주기표, 그 표준적 질서의 리듬과 선분의 규칙성에서 온다. 만일 저 주기와 규칙성이 비틀어져 "월요일"과 "화요일"만 존재하는 세상이 있다면 과연 어떤 일이 일어날 것인가? 이에 따라 "수요일" 이후의 "요일"들이 사라져 버린 세계가 존재한다면, 우리들 역시 "월요일"과 "화요일"에만 존재할 수 있는 것은 아닐까? 더 나아가 만일 "키가 없는 몸"으로 표현된, 그리하여 특정 신체를 점유하지 못한 영성의 존재들이 실재한다면, 그들은 과연 우리들과 같은 "요일"을 살 수 있는 것일까? 이런 의문들에서 이 작품은 태어난다.

"*지금 이대로 내 방을 꼭 끌어안고/벽에다가 얼굴을 비빌 수만 있다면 얼마나 좋을까*"라는 구절만이 유일하게 기울임체로 표기되어 있다는 사실에 주목해 보라. 그리고 시적 주체가 "*내 방을 꼭 끌어안*"거나 "*벽에다가 얼굴을 비빌 수*" 없는 존재, 곧 특정한 몸을 갖지 못한 육체성이 결여된 존재임을 염두에 둔다면, 이 시편의 발화자가 살아 있는 인간이 아니라 유령 또는 혼백으로 설정되어 있다는 사실을 알아챌 수 있을 것이다. 만일 저 유령과 혼백의 세계가 실재하는 것이라면, 그곳에서도 시간은 살아 있는 우리들과 똑같은 주기로 흐르고 분할되는 것일까? 그들 역시, 우리들처럼 성장과 노화의 과정을 겪어 내는 것일까? 적어도 이 작품에 따르면 그것은 아닌 듯하다. 맨 끄트머리에 나타난 "그런데 누군가 나보다 먼저/내 방을 사랑하고 있다./키가 크고 있다./사소한 훼손도 없이/수요일과 중력에 대한 두려움도 없이"라는 구절은, 이미 망자가 되어 버린 발화자의 "방"에서 현재 기거하고 있는 살아 있는 자의 몸짓과 그 "생물성"을 드러내고 있기에. 더구나 그는 여전히 "키가 크고 있다"는 말로 표상되는 "몸"을 가진 자이지만, "나"는 "키가 없는 몸"을 지닌 영성의 존재에 불과하기에.

오늘은 해가 떴다.
그러니까 오늘은
환한 사람이 될 수 있을 거야.

야구 모자를 깊숙이 눌러쓰고
나는 180도로
다른 얼굴이 되어 가지.

모자 속에 눈이 묻히고
총에 맞아도 웃음이 살아남는
인형의 입술이 되고

그리고 진짜 아침을 먹으면
목 밑에 목이 이어지는 것처럼
오래도록 이야기를 할 수 있을 거야.

마술사의 손을 가진 것처럼
피아노를 칠 수도 있을 거야.

그다음엔 하얀 장갑을 끼고
열 개의 손가락을 가져야지.

사실을 사랑하는 사람이 되는 거야.

—「굿모닝」 전문

등을 맞고
고개를 돌렸다.

그게 아니라
다른 일이 일어날 거야. 틀림없이.

주머니에 손을 넣고
나는 인간과 같은 감정을 몇 개씩
달그락거려 본다.

이럴 때 인간이라면 보통
어떻게 해야 하는 건가.

이상하다.

이렇게 시간이 많은데.
죽지 않은 지
참 오래된 것 같은데.

나는 더 이상
키가 크지 않는데.

—「과거의 느낌」 전문

그의 손으로 머리를 감았다.

그는 병아리 감별사처럼 부드러운 손을 가지고 있었고
나의 뇌에서 일어나는 일은
고스란히 그의 손에 만져지고 있었다.

헬멧을 쓰고 도망가고 싶었으나

나의 뇌는
나를 가로막았고
그의 손은
젖은 채 나의 두 귀를 꼭 틀어막았다.

점액질의 머리로서
어떤 자세가 나에게 허용될 수 있는지
나는 몸 둘 바를 알 수가 없었다.

—「젖은 머리의 시간」 전문

시집 『생물성』을 이끌어 가는 가장 유력한 사유의 모티프는 육체성을 갖지 않은 영성의 존재들을 발화자의 몸속에 슬며시 들어앉히거나, 반대로 저 보이지 않는 존재들이 타자의 몸을 빌려 현현하는 자리에서 온다. 이는 "천사"를 시적 오브제로 활용한 "천사의 몸은 언제나/돈보다 비싸고/시간보다도 긴 것이므로/값을 길이 없다고 했다”(「빛」), “말을 하고 싶다./피와 살을 가진 생물처럼./실감나게”(「천사」) 같은 이미지들에서 또렷한 형세로 나타난다. 또한 시집의 마디마디에 들어박힌 “생물성”의 형상들을 짜고 엮고 벼려 내는 시인의 이미지 조각술은 영성의 존재들을 한 몸에 깃들게 하는 주술적 엑스터시의 차원에서 예리하게 빛난다.

「굿모닝」에서 “나는 180도로/다른 얼굴이 되어 가지”라는 되기와 생성의 이미지, 나아가 기관들 없는 신체의 이미지가 표면 위로 곧추서게 되는 것은 지극히 자연스럽다. 저 영성의 존재들이란 그 누구의 몸으로 들어가느냐에 따라 무한한 변신이 가능한 무형의 흐름이기 때문이다. 그것은 적어도 이 시집에서만큼은 “해”가 뜨는 날이면 “환한 사람이 될 수 있”으며, “모자 속에 눈이 묻히고/총에 맞아도 웃음이 살아남는/인형의 입술이” 될 수 있는, 그리하여 마치 “마술사의 손을 가진 것처럼” 그 무엇이라도 될 수 있는 기관들 없는 신체의 메타포로 기능하기 때문이다.

「과거의 느낌」에 등장하는 “죽지 않은 지/참 오래된 것 같은데” 또는 “나는 더 이상/키가 크지 않는데” 등의 편린들을 보라. 이들은 몸이 없는 영성의 존재들을 발화자로 설정함으로써, 이 시편 전체의 느낌과 분위기를 주술적 엑스터시와 샤머니즘의 신비주의로 에둘러진 것처럼 펼쳐 놓는다. 이들은 “주머니에 손을 넣고/나는 인간과 같은 감정을 몇 개씩/달그락거려 본다.//이럴 때 인간이라면 보통/어떻게 해야 하는 건가”라는 3-4연의 이미지 매듭들과 함께 울려 나면서, 망자의 시선에서 우리들 자신의 몸을 보도록 강제한다.

「젖은 머리의 시간」에 새겨진 “나의 뇌에서 일어나는 일은/고스란히 그의 손에 만져지고 있었다”는 구절 또한, 이 시편이 샤먼들의 주요 직능일 수밖에 없을 일종의 빙의 현상을 이미지 서술법과 예술적 방법론으로 차용하고 있다는 사실을 넌지시 일러 준다. "나의 뇌는/나를 가로막았고/그의 손은/젖은 채 나의 두 귀를 꼭 틀어막았다" "나는 몸 둘 바를 알 수가 없었다" 같은 이미지들이 암시하는 것처럼, 결국 발화자인 "나의 뇌" 속엔 "그"가 함께 들어와 있으면서, "나"의 신체 기관들을 지배하고 조종하는 것만 같은 뉘앙스를 풍겨 내기 때문이다. 이 가운데서도 특히 "나는 몸 둘 바를 알 수가 없었다"라는 끝자리의 이미지는 다른 영성의 존재인 "그"에게 "나"의 "몸" 전체를 내어 준 것만 같은 느낌을 뿜어낸다.

이처럼 빙의 현상 또는 주술적 엑스터시를 예술적 방법론으로 차용한 구절들은 시집 한복판에 빼곡하게 들어박힌다. 이는 "몇 번씩 얼굴을 바꾸며/내가 속한 시간과/나를 벗어난 시간을 생각한다//누군가의 꿈을 꾸는 대신 꾸며/누군가의 웃음을/대신 웃으며//나는 낯선 공기이거나/때로는 실물에 대한 기억//나는 피를 흘리고//나는 인간이 되어 가는 슬픔"(「끝나지 않는 것에 대한 생각」), "손금은 제멋대로 흐르다가/제멋대로 사라지고//꿈속에 사는 사람은/꿈 밖으로 팔을 뻗어 전화를 받고//나는 뺄셈에 약하다./남는 것들/사라지는 것들이 이해되지 않는다.//이름을 나눈다면/뒤를 밟히는 일도/두 개의 소리를 듣는 일도 없을 거야.//그렇게 생각하자"(「따로 또 같이」), "열두 살에 죽은 친구의 글씨체로 편지를 쓴다.//안녕. 친구. 나는 아직도/사람의 모습으로 밥을 먹고/사람의 머리로 생각을 한다.//하지만 오늘은 너에게/나를 빌려주고 싶구나.//냉동실에 삼 년쯤 얼어붙어 있던 웃음으로/웃는 얼굴을 잘 만드는 사람이 되고 싶구나.//너만 좋다면/내 목소리로/녹음을 해도 된단다.//내 손이 어색하게 움직여도/너라면 충분히/너의 이야기를 쓸 수 있으리라 믿는다"(「보고 싶은 친구에게」), "옷이 젖었다./나는 내가 두 개인 것처럼/무겁다./하지만 체육복이 없으니까/가장 가벼운 친구의 등 뒤에/잘 숨기로 하자./아무것도 아닌 것처럼/준비운동을 하자.//친구의 머리는 어지럽다./친구의 신체는 내가 흘린 땀으로 엉망이 되고/나는 손과 발이 쓸모없어진다./코피가 나지 않는다.//체육 시간이 계속해서 끝나 가고 있다.//이제는 정말로 숨을 잘 멈추어야 한다./체육복이 돌아오고/혼자 남겨지는 건 싫다./숨 고르기 같은 일을/혼자서 할 수는 없는 것이다"(「체육 시간」), "옆집의 주소로/하얀 가발과/제2의 얼굴이 왔다.//나와 똑같은 인간으로 가득 찬 세계에서 온 초대였다.//그렇다면/세수를 해야 한다.//*//세수를 한 얼굴로서/나는 옆집을 찾는다.//다음엔 문지방을 밟은 채로/제2의 얼굴에/하얀 가발을 쓰고/난색을 표한다.//"사실 나는 다른 사람이야."//*//바로 뒤에서 얼굴이 나를 뚫어지게 쳐다보았다.//우리 집에 가자/우리 집에는/이름이 아주 많아"(「방명록」) 같은 문양들에서 가장 또렷한 형세와 윤곽선을 얻는다.

어쩌면 『생물성』은 『간결한 배치』(민음사, 2005)의 중핵을 이루었던 인간주의적 시선과 의식을 소멸시키는 자리, 곧 "소실점"으로 표상되는 이성 중심주의 그 너머의 세계와 감각들을 현시하려는 미학적 기획을 그대로 이어 가고 있는지도 모른다. 그러나 이 시집을 그것에서 멀찌감치 진화할 수 있도록 이끄는 원동력은 몸이 없는 영성의 존재들에게 살아 꿈틀거리는 "생물성"을 덧입히는 과감하고도 놀라운 발상과 방법론의 혁신에서 온다. 곧 망자들에게 육체의 질감과 숨결을 불어넣는 주술적 사유의 전면적인 도입과 "생물성"으로 표상되는 애니미즘의 세계관을 거죽 위로 틔워 올리는 자리에서 비롯한다는 것이다.

주술적 사유와 애니미즘의 세계관이 하나의 몸체 내부에 다수의 영혼이 실재한다는 것을 원초적 차원에서 전제한다는 것을 염두에 두면, 이른바 현대 미학의 임계점을 이루는 분열적 주체와 기관들 없는 신체라는 사유의 첨단점이 시인 신해욱에게서 주술적 엑스터시와 애니미즘의 전경화라는 새로운 외피를 입고 나타난 것은 무척 놀라운 일일 것이다. 그러나 그것은 이미 예정되어 있었던 어떤 필연성의 행로일 것이 틀림없다. 들뢰즈의 노마디즘으로 표상되는 탈중심주의 사유의 첨단점은 어떤 체계의 질서와 안정과 규범을 구축하고 보장하려는 영토화의 권력(pouvoir)을 거부할 뿐더러, 그 모든 영토와 경계와 범주를 가로지르고 넘쳐나려는 순수 생성으로서의 힘의 세계, 곧 탈영토화의 역능(puissance)을 향해 열리기 때문이다. 나아가 이제까지 우리가 말해 왔던 잠재성의 세계란 바로 저 탈영토화의 역능이 최대치로 발현될 수 있는 무대이며, 이미 드러나 있는 사실들로 구성되는 현실성의 세계 한복판에서 언제나 늘 공속해 온 것이기 때문이다.

신해욱은 하나의 인격체 내부에 수많은 자아들이 공존하면서 투쟁하고 있다는 분열분석(schizo-analyse)의 사유와 담론을 주술적 형상들과 애니미즘의 세계관과 접합시켜 새로운 "생물성"의 세계를 창안해 내고, 이를 전혀 다른 미학적 차원으로 도약시킨 것인지도 모른다. 이 시집에서 매우 이질적이고 상반된 것처럼 보이는 기관들 없는 신체와 주술적 엑스터시가 함께 교직되어 겹쳐 떨리는 장면들은 놀랍다. 그리하여, 그녀가 온힘을 다해 겨냥하는 탈중심주의의 전위적 사유가 이미 버려지고 찢겨진 작고 여린 존재들에게 영성의 호흡과 생명의 숨결을 불어넣는 처연한 리듬감과 안쓰러운 장면들을 낳을 때, 그것은 "공들여 숨을 쉬기나 한 건지 모를"(「시인의 말」) 만큼 아름답다.

아름답다니! 저 처연한 애니미즘의 리듬감은 그 모든 아름다움을 넘어서는 서글픈 정서적 감염의 순간들을 오랫동안 촉발시킬 것이 틀림없기에. 또한 우리들 모두의 가녀린 마음결을 거듭해서 찢어놓을 것이 자명하기에. “쓸쓸하지 않게”, 그 누구도 “쓸쓸하지 않게” 살 수 있는 세상을 기원하는 시인의 소망이 결코 이뤄질 수 있는 꿈에 지나지 않을지라도.

나는 중심이 되었다.
숨을 쉬면
뼈에 살이 붙는 느낌이 난다.
생각을 하면
침착하게 피가 돈다.

밤이 온다.

나는 내 바깥으로 튀어 나가 버릴 것처럼
많은 것들이 이해된다.

*

그러니까 명왕성처럼 타원을 그리며
오래오래 달리는 일도 가능할지 모르지.
명왕성이 사라진다고 해도
명왕성의 궤도가 혼자 남지 않게.
명왕성의 이름이 없어져도

명왕성이 쓸쓸하지 않게

*

쓸쓸하지 않게.

손톱이 자란다.

어쩌면 나의 시간도
돌아오고 싶지 않은 것일지 몰랐다

—「정각」 전문

감각 너머의 감각들, 운명론적 예지의 문양들
—노춘기의 시

노춘기의 시는 보이지 않고 들리지 않고 만질 수 없는 것들의 세계를 온몸으로 느끼고 감수하려는 자의 실존적 기투로 번뜩인다. 노춘기의 두 권의 시집 『오늘부터의 숲』(서정시학, 2007), 『너는 레몬 나무처럼』(실천문학사, 2014)은 예술적 세공술의 첨예한 깊이와 섬세한 넓이를 또렷하게 보여 주었다. 어쩌면 범상한 시인들조차 감각할 수 없는 세계를 보고 듣고 만지려는 자의 실존적 기투란 필연적으로 어떤 사유의 모험과 미학적 실험을 수반할 수밖에 없는 것인지도 모른다. 그렇다. 노춘기의 시는 우리들 몸에 들러붙는 무수한 감각들의 세계, 나아가 이들의 밑바닥을 가로지르는 무감각의 세계 또는 초감각의 영역으로 예리하게 열린다.

첫 시집 『오늘부터의 숲』에 새겨진 "그의 바깥엔 으르렁대는 침묵/침묵과 침묵 사이에 빈틈,/틈이 너무 많다/눈빛을 가린 잎들이 뒤척인다"(「잘 기억나지 않는 나무」), "어두운 사물들이 눈을 감고 있다/이 가면들, 사물들, 모르는 것들"(「형광등의 시선」), "아무도 그곳에 들어서지 않는,/길모퉁이 안쪽에서 대숲처럼 서걱거리는,/죽은 여자들이 사선으로 솟구치고/함부로 버려진 담배꽁초 끝에서/입을 가린 이름들이 타오르는"(「그늘이 있다」) 같은 이미지들을 눈여겨보라. 그것은 우리들의 시선과 감각을 벗어난, 그리하여 저 인간주의적 원근법으론 도무지 알 수 없는 세계의 몸의 무궁무진한 흐름들과 파동들과 변이들을 현시한다.

두 번째 시집 『너는 레몬 나무처럼』에 등장하는 "누군가 나를 발견할 수 있을까/나는 이 거대한 세계를 향하여/몸을 툭 내밀었다/손끝에서 빛이 먼지처럼 흩어졌다/입을 크게 열어젖힌 어둠이/건물 벽의 바람을 삼키고 있다/나를 발견하는 누군가를 볼 수 있을까"(「움푹 파인 구멍」), "그냥 묵묵한 벽처럼 나는/아무런 이유 없는 창문 너머처럼 여기에 있기만 하면 되는 거잖아/너는 유령이잖아/네가 혼자 타고 온 버스에 나를 앉히고/내 주소를 찾아가는 너를/한참 동안 바라보아야 하잖아"(「버스를 타고 나에게로」), "귓속에 들려오는 여러 개의 숨소리에 맞추어/감은 눈꺼풀 안쪽에서 어머니가, 아내가, 아버지가, 다시 어머니가/얘야, 그의 이름을 부른다/그는 다시 한 번 눈을 감는다"(「깊은 우물」) 같은 편린들에서 스며 나는 귀기를 함께 느껴 보라.

이들은 노춘기의 최근 예술적 작업의 중핵과 시 세계의 변화를 동시에 표상한다. 또한 그의 시가 우리들 몸의 감각으로부터 출발하지만 그것을 넘어선 매우 흐릿하고 희미한 감각들의 세계에 집중하고 있다는 사실을 넌지시 일러 준다. 달리 말해, "유령"으로 표상되는 어떤 공포와 불안과 전율과 반수면 상태 같은 순간적이면서도 흐릿하고 모호한 감각들에서 시인이 예술적 영감을 얻는다는 사실을 암시한다. 노춘기의 시는 시작 초기부터 지금에 이르기까지, 보이지 않는 것의 현시라는 말로 명명될 수 있을 자신만의 고유한 시작 방법론을 지속적으로 탐구해 온 것이 분명하다. 그것은 인간주의적 소실점을 벗어나거나, 그 원근법적 지각의 한계와 맹점이 발가벗겨지면서 그것이 무력해지는 무수한 현상들이나 사건들로 제 예민한 촉수를 드리운다. 그렇다. 그의 시편들에서 "틈" "사이" 등과 같은 어떤 대상이나 실체가 아니라 그것들의 관계와 과정을 표현하는 시어들이 빈번하게 나타나는 까닭 역시 동일한 맥락을 이룬다. 이 시어들은 결국 있는 것(有)도 아니고 없는 것(無)도 아니며, 이쪽에 있는 것도 아니고 저쪽에 있는 것도 아닌, 양쪽의 변두리들의 "사이"가 만들어 내는 중도(中道)이자 양쪽 "틈"의 빈자리(空)이며, 그 관계의 밀도를 나타내기 위한 말이기 때문이다.

따라서 노춘기의 시에서 "틈"과 "사이"란 보이는 것인 동시에 보이지 않는 것이며, 감각할 수 있는 것인 동시에 감각할 수 없는 것, 아니, 그 중간의 마디마디들을 가로지르는 어떤 흐릿하고 모호한 감각 현상들을 대리-표상하는 제유법의 이미지로 기능한다. 이는 또한 그가 실체론적 사유가 아닌 관계론적 사유를, 대상과 실체의 분석론보다는 힘과 흐름의 과정학에 관심을 기울이고 있다는 사실을 암시한다. 이러한 사유와 관심의 초점은 비단 감각할 수 있는 것들 너머의 모호한 감각들이나, 감지해 낼 수 없는 미시적 세계를 가시적 이미지로 현시하는 데 그치지 않는다. 오히려 시인은 세계의 삼라만상에 이미 새겨진 저 엄청난 운명의 폭력성 역시, 우리가 감지할 수 없는 어떤 감각 현상들이 한데 어우러지거나 흩어져서 일어나는 것은 아닌가라고 우리에게 되묻고 있는 셈이다. 저 물음의 한복판에 시인 노춘기의 내밀하면서도 비장한 예술적 사유와 방법론이 격렬한 침묵처럼 보이지 않는 힘으로 꿈틀거린다.

시계 바늘이 한 칸 한 칸
전진하는 사이
지구가 자전하는 톱니바퀴
소리를 듣는다.

눈앞의 지구에서 구름이
걷히면 길쭉한 여객선에서
손을 흔드는 사람이 보인다.

어떤 이가 산 위에서
나를 올려다본다.
고래가 뛰어오른다.

지구가 돈다.
도는 지구는
네 엉덩이처럼 매끄럽고
부드럽다.

보이지 않는 뒤편으로 사라지는
저녁들에게
양떼와 낙타와 전갈들에게
서둘러 산을 내려가는 소몰이꾼에게
서쪽으로 기울어지는
눈빛을 보낸다.

얼굴이 뜨거워졌다.

—「붉은 얼굴」 전문

먼저 위의 문장들을 말하고 있는 화자의 시각적 범위를 눈여겨보라. "지구가 자전하는 톱니바퀴/소리를 듣는다" "어떤 이가 산 위에서/나를 올려다본다" "보이지 않는 뒤편으로 사라지는/저녁들에게/(중략)/서쪽으로 기울어지는/눈빛을 보낸다" 같은 이미지들을 발설할 수 있는 자리는, 적어도 시공간적 유한성에 얽매일 수밖에 없을 인간의 제한된 시선은 아닐 것이다. 결국 "지구가 자전하는 톱니바퀴/소리를" 들을 수 있으며, "산 위"의 "어떤 이가" "올려다"볼 수 있는 "나"란 결국 신이거나 그것에 필적할 전지적 시점의 주체일 수밖에 없다. 그럼에도 불구하고, 시인은 「붉은 얼굴」의 거죽을 마치 '한정된 사물의 관조'라는 이미지즘 시작법을 바탕 삼아 그려진 것처럼 위장하고자 한다. 특히 "눈앞의 지구에서 구름이/걷히면 길쭉한 여객선에서/손을 흔드는 사람이 보인다"라는 2연의 이미지들을 좀 더 깊게 음미해 보라. 전지적 작가 시점을 취할 수밖에 없을 화자의 감각적 위상과 지각 능력을 마치 관찰자 시점인 양 극히 제한된 것으로 축소시킨 자리에서 이 시편의 예술적 구도와 방법론적 특이성이 마련된다는 사실을 직감할 수 있을 것이다.

전지적 시점이란 "눈앞"에서 일어나는 현상들만을 보고 듣고 기록할 수 있는 제한된 시선의 주체가 아니라, "눈" 없이도 그 전후좌우의 시공간 전체가 이루어 내는 삼라만상을 빠짐없이 알고 있는 주체를 임의로 가정하는 것이다. 따라서 이 시점의 주체는 "구름"이 있든 없든 "지구"에서 일어나는 모든 일을 감지할 수 있어야 하지만, "구름이" 걷힌 이후에야 어떤 현상을 볼 수 있는 것처럼 축소되어 소묘된다. 바로 이 자리에서 전지적 작가 시점과 제한적 관찰자 시점의 혼융을 통해 새로운 시작법을 마련하려는 시인의 예술적 사유와 방법론의 비밀이 제 윤곽을 드러내기 시작한다. 그렇다. 전지적 시점에서 "보이지 않는 뒤편"이란 있을 수 없는 것이지만, 시인은 이 시점의 주체에게도 마치 볼 수 없는 것들이 있는 듯 의뭉스럽게 위장하고 그 시선의 범위를 여타의 시선들과 혼재시킴으로써, 우리들의 자동화된 인식 범주와 지각 구조를 일그러뜨린다.

따라서 「붉은 얼굴」에는 실상 전지전능한 신의 시선과 "나" "너" "그녀" 등과 같이 각각의 인칭으로 제한된 관찰자의 시선이 상호 교차하면서 습합되어 있다고 보아야 한다. 아니, 저 두 시선은 서로 투쟁하고 길항하면서 보이는 것과 보이지 않는 것의 팽팽한 일렁임, 개진과 은폐의 변증법적 리듬을 생성시키는 원천으로 작용한다. 하이데거와 김수영을 동시에 차용하여 말하자면, 세계의 개진과 대지의 은폐가 팽팽하게 일렁이는 힘과 긴장의 시학이 저 두 시선이 대결하는 자리에서 태어나는 것이다. 또한 개진과 은폐가 길항하는 변증법적 사유의 리듬은 시인 노춘기의 방법론적 탐구가 이루어 낸 예술적 독창성의 정수일 뿐만 아니라, '다른 서정' '미래파' 같은 말들로 표상되어 온 2000년대 한국시의 혁신적 흐름이 도래시킨 방법론적 실험의 한 첨단점을 예시한다.

불을 피운다
젖은 장작을 도끼로 쪼개고
주머니칼로 다듬고
부싯깃을 올린다
끈질기게 엉겨 붙은 옹이를

비틀고 구부리고
끝내 뜯어내면
송진처럼 우울했던
사내아이의 독백처럼
차곡차곡
황혼이 차오른다
턱밑에서
출렁거리는 어둠을 더듬어
불을 당긴다

—「원더랜드에서」 전문

나는 어느 날 양철 로봇이었다
탱자나무로 만든 노를 젓고 있었다
핫팬츠를 입은 도로시와
웨딩드레스를 입은 도로시는
내 앞에서
내가 바라보는 곳에
나와 같은 눈빛을 던진다
(중략)
틀림없이 나는 양철 로봇이었는데
삐걱거리며 쉬지 않고 노를 젓고 있었는데
도로시는 다 어디로 사라지고
회색 바다
수평선에 걸린 집채만 한 괘종시계 앞에서
나는 삐걱거리는 텅 빈 몸을

일으키고 있었는데, 체온보다도 따뜻한 깊은
바닷물이 허벅지를, 온몸을 잡아당기고 있었는데
이 차가운 옷은 어떻게 벗어야 하는지
열두 시에 바늘이 멈추면
누가 떠나야만 하는 것인지
도로시를 두고
도대체 어디까지 온 것인지
내가 도로시가 아니어서 그랬는지
그렇다고 내가 도로시였던 것인지
아무것도 알 수 없었다

—「도로시에게」 부분

너는 매번 북쪽에서 온다
너는 이상한 선물을 준비하지만
이해할 수 없는 선물을
쉽게 받아 줄 수는 없다

네 눈에서 불어오는 사막의 바람
네가 입으로 토해 내는 바람의 떨림
너는 그림자를 등지고
이 방의 가장 깊은 곳에서 나를 바라본다

너는 나를 기다리고 있는 것이다
너와 나 사이, 침묵이 빙글빙글 돌아가는
이곳에서 모든 이야기가 잊혀진다

바람 속에서 하강하는 시간이 보인다

달빛은 조각조각 흩어지고
새벽 별빛 아래 벗어 둔 가죽신 위로
찬바람이 분다
이슬이 빛난다
나도 선물을 준비해야 한다

—「바람이 불어오는 곳 1」 전문

인용 시편들은 언뜻 보아 하나의 주제나 소재, 동일한 방법론이나 기법으로 수렴될 수 없는 다채로운 모양새를 뿜어내고 있는 듯 보인다. 「원더랜드」는 "송진처럼 우울했던/사내아이의 독백처럼"이라는 구절을 제외하면, 사생적 소박성으로 축약될 수 있을 이미지즘의 객관적 묘사법을 충실하게 이행하고 있는 것처럼 보인다. 또한 「도로시에게」는 "도로시를 두고/도대체 어디까지 온 것인지/내가 도로시가 아니어서 그랬는지/그렇다고 내가 도로시였던 것인지/아무것도 알 수 없었다"라는 끄트머리 장면이 압축해서 보여 주는 것처럼, 의식적 주체 바깥에 거주하는 무의식적 주체의 무수한 편재 현상들과 우리들 내부에 도사린 분열증적 주체의 다양한 모습들을 알레고리 이미지들의 연쇄, 곧 우화적 이야기 구조를 통해 그려 내고 있는 것으로 짐작된다.

「바람이 불어오는 곳 1」은 표면적으로 "나" "너" 등의 인칭대명사를 전경에 노출하면서 그 둘의 "사이", 곧 양자의 관계론적 밀도와 배치를 사유하도록 강제한다. 이는 이 시편의 의미 중핵이 "나"와 "너"의 관계에서 생성될 뿐만 아니라, 이를 어떠한 메타포로 읽는가에 따라 전혀 다른 해석이 마련될 수 있다는 사실을 뜻하는 것이기도 하다. "너는 매번 북쪽에서 온다"라는 첫머리 문양에 주목해 보라. "매번"이라는 시어는 "너"가 어떤 개별적인 인물이나 사물을 지시하는 것이 아니라, 오히려 그 모든 인물들과 사물들을 에두를 수 있는 어떤 힘의 형세를 암시하는 것으로 읽게 만든다. 특히 "네 눈에서 불어오는 사막의 바람" "네가 입으로 토해 내는 바람의 떨림" 같은 구절들을 살피면, 그것은 천지의 자연과 우주의 삼라만상이 스스로 만들어 내는 문자, 곧 세계 자체가 이루는 원초적 에크리튀르를 뜻하는 것으로 추론된다. 자끄 데리다는 모든 종류의 언어 안에 이미 기입되어 있는 어떤 문자적 표기, 곧 모든 언어의 가능 조건으로 그 언어 안에 작동하는 표기의 궤적을 원초적 에크리튀르라고 명명한 바 있다. 이는 또한 모든 나타남의 최초 조건인 동시에 세계 삼라만상에서 일어나는 그 모든 시공간적 분기의 운동을 가리키는 것이기도 하다.

그렇다. "너"는 이 시편의 표제의 일부로 선택된 "바람" 그 자체일 수도 있고, 아니면 그것이 몰아오는 어떤 기상 현상들일 수도 있다. 그러나 "너"에 대한 단 하나의 정확한 의미를 찾으려는 단선적인 해석의 시도는 오히려 그것이 거느리고 있는 풍요로운 의미론적 이행과 산포 작용을 미리 봉쇄하는 결과만을 초래할 것이 틀림없다. 정작 중요한 문제는 "너"와 "나", 그러니까 "너"로 명명된 세계 자체가 이루어 내는 시공간적 분기의 운동인 저 원초적 에크리튀르와 "나"로 발설된 시인 제 자신의 개별적 에크리튀르 "사이"에 깃들어 있는 것으로 보인다.

가령 "너는 나를 기다리고 있는 것이다/나와 나 사이, 침묵이 빙글빙글 돌아가는/이곳에서 모든 이야기가 잊혀진다/바람 속에서 하강하는 시간이 보인다"라는 3연의 이미지들의 의미 매듭과 미학적 짜임새를 거듭하여 되짚어 보라. 세계의 시공간적 분기의 운동들 가운데 하나일 수 있을 바람, 추위, 황사, 눈 등과 같은 기상 현상들이 "나"의 개별적 에크리튀르, 곧 시인 제 자신의 문자 행위인 시 쓰기를 강제하는 원초적 터전으로 가로지르고 있다는 것을 암시받을 수 있을 것이다. 또한 "나와 나 사이, 침묵이 빙글빙글 돌아가는/이곳에서 모든 이야기가 잊혀진다"라는 구절이 이 시편의 의미론적 배꼽을 이룰 뿐만 아니라, "너"라는 세계의 시공간적 분기의 운동인 원초적 에크리튀르와 "나"라는 시인의 개별적 에크리튀르인 시 쓰기, 그 "사이"에 가로놓인 "침묵"의 공간에서 이 시편이 태어난다는 사실을 알아챌 수 있다. 결국 「바람이 불어오는 곳 1」은 세계의 천변만화하는 현상들과 그 운동의 궤적들이 시인에게 강제해 온 예술적 영감과 시혼의 탄생 과정을 주제로 삼은 메타시의 풍모를 드러낸다. 따라서 끝자락에 아로새겨진 "이슬이 빛난다/나도 선물을 준비해야 한다"라는 편린은, 시인 제 자신의 시 쓰기가 막 태어나려는 그 찰나의 번뜩이는 광휘를 청신한 시각적 이미지로 벼려 낸 것이 분명해 보인다.

교회의 첨탑에서 너는 날아오른다
상승 레버를 천천히 밀어 올린 글라이더처럼

좁은 수로를 따라 수초들이 흔들리는
청록색의 벌판이 바람을 따라
네 몸속으로 밀려든다

몸을 꺾으면 좀 더 넓은 물과

모래톳과 물가의 사람들이
손을 흔든다 높은 전선 위로
부드럽게 방향을 돌리는 창공

너의 바람이
구름과 돌밭을 맨발로 디디며
지상의 구름을 일으킨다
손에 쥔 세계가 회전한다

너는 세차게 펄럭이는 모자를 꽉 붙들고

높은 나무 위에서 손 흔드는
잊혀진 사람들의 얼굴을 본다

—「바람이 불어오는 곳 2」 전문

「바람이 불어오는 곳 2」의 예술적 구도 역시, 전지적 작가 시점과 1인칭 관찰자 시점을 중첩시키는 자리에서 온다. 이 시편은 1인칭 시점의 화자를 고용하고 있을 뿐더러 화자가 제 자신의 감정과 사유와 가치를 말하는 것이 아니라, "너"로 명명된 타자의 그것들을 진술하고 있다는 점에서 관찰자 시점을 설정하고 있는 것이 분명하다. 관찰자 시점은 통상적으로 세계와 타자들의 외양 묘사의 차원에서는 구체적인 감각과 디테일들을 구비할 순 있어도, 그 내면성의 질감들을 빠짐없이 꿰뚫어 볼 수 있는 전지적 시선을 포함할 순 없다. 달리 말해, 이는 관찰자 시점의 탄생 배경에 현대적 원근법과 과학적 표상 작용의 일상적 저변화라는 전제가 깔려 있을 뿐만 아니라,

현대 세계에 이르러 비로소 도입되기 시작한 각각의 인칭으로 분화된 시점의 제한성이 세계를 바라보는 일반적 규준이자 통념적 체계로 자리매김했다는 사실을 암시하는 것이기도 하다. 결국 우리 현대인들은 저 제한된 원근법적 시선을 지극히 당연한 상식과 합리성을 품은 것으로 받아들이게 된다는 것이다.

15세기 이탈리아에서 창안된 원근법은 이후 현대적 시각 체제의 중핵으로 기능해 왔을 뿐만 아니라, 기하학적 비례의 원리에 입각하여 시각적 공간을 합리화했다. 따라서 저 원근법은 보는 방식의 합리화를 의미하는 것이기도 하지만, 가시적 세계의 중심이 되는 어떤 초월적 주체를 가정할 수밖에 없다는 것을 뜻하는 것이기도 하다. 현대성을 합리성과 주체성의 원리로 축약할 수 있다면, 시각장의 영역에서도 이 원리는 수미일관하게 관철되었다고 하겠다. 또한 저 합리성과 주체성은 원근법이라는 시각 양식에 의해 더더욱 공고해졌으며, 현대 세계의 시각 체제는 원근법이라는 합리화된 시선이 지배하는 시각장으로 구조화되었다. 따라서 현대적 원근법에 의해 구성되는 시선의 주체는 시각장에서 자기 의지에 따라 대상 세계를 조망하면서 그것에 통제력을 행사할 수 있는 세계의 중심이자 초월적 주체의 자리를 차지할 수밖에 없는 필연성을 지닌다.

「바람이 불어오는 곳 2」는 현대적 원근법이 일상적 차원에 유포시킨 시각 체제의 통념과 안정성을 일그러뜨리는 전복의 힘을 행사한다. 또한 원근법이 전제로 삼는 시각적 합리주의와 과학적 표상 작용의 범주에서 시인 노춘기의 예술적 작업이 멀찌감치 물러나 있다는 사실을 암시한다. 실제로 그의 두 번째 시집 『너는 레몬 나무처럼』에 등장하는 "담배 연기 속에서 뛰쳐나와 목에 매달리는/이 참을 수 없는 짐승은 무엇인가/죽은 그녀의 머리카락은/아직도 너의 몸을 가리키고 있는가/꿈틀거리며 네 몸에 엉겨 붙는 문자들"(「거짓말」), "골목 바깥은, 그리고 지금 여기는 이미 떠나 버린 것들의 귀환으로 증명되었다/어머니 자꾸 돌아오지 마세요/(중략)/떠난 것들이 네 앞으로 돌아오는 것이지/바깥에서 온 것이라는/어떤 확신도 없이"(「가능한 죽음」), "금지된 문양을 들어 올리는/그 소리, 얼굴이 없다//(중략)//물길을 막고 엎드린 너는 얼굴이 없다/너는 지상에 엎드린 채 물길을 연다 살풋 엉덩이를 들어 올린다"(「떠다니는 집」) 같은 대목들은 원근법적 시각 체제가 관장하는 시각적 합리성과 과학적 표상 작용으로 수렴되지 않을 뿐더러, 그 "바깥"에서 꿈틀거리는 무수한 신비 현상들을 생생하게 현시한다. 이는 또한 시인이 유령과 귀기와 운명이라고 일컬어지는 보이지 않는 감각들이나 신비 현상들로 제 관심을 집중시키고 있다는 사실을 암시한다. 여기서 나타난 "문자들" "떠나 버린 것들" "금지된 문양들"이란 원근법적 지각 구조와 합리적 감각 범주를 벗어나 있지만, 언뜻언뜻 출현하는 보이지 않는 감각들을 현시하는 낯선 징후들이다.

따라서 「바람이 불어오는 곳 2」에 등장하는 "너"는 원근법적 시선의 합리성으로 설명될 수 없을 뿐더러, 그것이 공고하게 구축해 놓은 과학적 표상 작용의 안정화된 일람표를 뒤흔들어 놓는다. 특히 "너는 세차게 펄럭이는 모자를 꽉 붙들고//높은 나무 위에서 손 흔드는/잊혀진 사람들의 얼굴을 본다"라는 마지막 장면은 "너"가 통상적인 일반인들이 아니라, 우리들이 볼 수 없고 감각할 수 없는 것들을 알아챌 수 있는 전혀 다른 영성의 존재임을 주지시킨다. 나아가 "교회의 첨탑에서 너는 날아오른다" "청록색의 벌판이 바람을 따라/네 몸속으로 밀려든다" "너의 바람이/구름과 돌밭을 맨발로 디디며/지상의 구름을 일으킨다" 같은 구절들은, 이 작품이 1인칭 관찰자 시점을 짐짓 가장하고 있지만, 실상 “너”의 내면적 질감들을 모조리 투시할 수 있는 신의 시선, 곧 전지적 시점에서 기술되고 있다는 사실을 넌지시 일러 준다. 어쩌면 「바람이 불어오는 곳 2」는 노춘기의 예술적 작업의 행보가 현대적 시각 체제를 지배하는 원근법적 지각 구조를 통해서는 보거나 들을 수 없는 매우 낯선 감각들의 세계로 치달아 갈 수밖에 없는 이유와 근거를 계시해 주고 있는지도 모른다.

따라서 노춘기의 시는 우리들의 경험 세계에서 일어나는 무수한 감각들 너머에서 암시되는 보이지 않는 운명선의 징후들이나 신비스런 영적 현상들을 새로운 예술적 이미지로 개현시키는 방향으로 나아갈 것이 틀림없어 보인다. 시(詩)란 보이지 않는 운명선에서 휘날려 오는, 또는 세계가 이루어 내는 원초적 에크리튀르를 받아 적는 또 다른 영매(靈媒)의 통로이자 신탁(神託)의 글쓰기처럼 아로새긴 아래의 문양들과 같이.

등 뒤의 세계인 당신
이 육신의 뼈와 살 속에서 당신이 파 놓은
깊은 우물 밑에서
영원히 길을 잃었다

이곳이 아닌 곳에서 불어온 바람과
나와 당신 사이에 둥글게 부푼
세계는 지워졌다, 모조리

당신은 명령한다

지시하고 암시한다
당신은 말하고 나는 쓴다

당신은 이 육신에 속하지 않아서
우두커니 엎드린 짐승의 어깨를 사뿐히 짚는
목련 꽃잎처럼 서늘하고

손끝에 맺히는 붉은 음성은
화강암 계단석을 밟으며 내려오는
햇살처럼 뭉클한 몇 개의 곡선에 속한 것이어서

이곳에서 당신이 나를 잃어버리기를
겨울 햇빛 아래에 쓴다
희고 매끄럽고 부드러운 미소에 대하여
사소한 경배에 복속된 오늘의 바람에 대하여

—「그의 등 뒤에 나비」(『너는 레몬 나무처럼』) 부분

타자의 얼굴, 저 지워지지 않는 고통의 비린내들
—장옥관의 시집

몸들의 얼크러짐, 에로스의 미감들

장옥관의 시는 아주 오래된 풍경에서 스며 나는 비린내와 그 너덜너덜해진 질감의 흔적들에 배어든 아우성 소리로 그득하다. 이 비린내와 아우성은 그저 고요하게 머물러 있을 뿐인 흐릿한 풍경의 윤곽이거나 그 미감의 만족과 쾌락이 떨어뜨린 한 조각의 아름다운 비늘일 수 없다. 그것은 저 멀리 우두커니 서 있는 관조적 편린들을 꿰뚫고 넘쳐나 우리들의 살갗으로 휘감겨 온다. 이는 지난 네 권의 시집을 빠짐없이 가로지르는 예술적 사유의 지력선이자 이미지 조각술의 중핵을 이룬다.

그렇다. "누군가 살다 간 흔적 그 비린내, 밟으면 끈적하니 발바닥에 달라붙는"(「계마리에서 1」, 『황금 연못』, 1992), "아랫도리 둥치를 찢고 새어 나오는 저 질푸른 비명처럼"(「비명」, 『하늘 우물』, 2003), "실어증 6개월 만에 처음 시 쓰던 날/쓰러지기 전 쓰던 시 단 한 문장을 다 짜지 못해/지우고 지우고 다시 지우던/그날,/회백색 뇌수에 들끓던

구더기 떼/검은 날개 달고 날아오르는 걸 눈부시게 바라보았지"(「살아 있는 전봇대」, 『달과 뱀과 짧은 이야기』, 2006) 같은 구절에 새겨진 무늬들은, 오랜 시간의 풍화를 온몸으로 겪어 내면서도 도리어 팽팽한 탄력으로 덮쳐 오는 그 날 선 감각의 저릿한 장면들을 제 거죽 위에 흩뿌려 놓는다.

장옥관의 시집 『그 겨울 나는 북벽에서 살았다』는 그가 송재학의 시 「늪의 내간체를 얻다」를 평하면서 요약한 바 있었던 "풍경과 몸의 연대", 곧 "풍경이 내 속에서 자신을 생각한다"라는 메를로-퐁티의 말로 소묘되었던 제 자신의 예술적 구도를 그대로 이어 나간다. 그것은 이번 시집에서 빚어진 "어머니 둥근 얼굴 만지고 또 어루만졌다/주저앉은 젖가슴처럼 늙은 봉분은/비릿한 풀 냄새 풍기고……//저물도록 홀로 빈 젖을 만지는 까닭은/(중략)/가만히 귀 기울여 보니/봉분 안에도 죽음이 죽음으로 살아내는지/뼛조각 하나 없이 잘 삭은 시간이 고요히 숨 쉬고 있는 것이었다"(「벌초」), "지금 뜯고 있는 이 빵은 누구의 살점인가 지나가는 구름 낚아채 뜯어먹는 미루나무의 허기인가 수천 년 제 몸 뜯어 나눠 먹이는 포도나무의 살점인가 굵고 긴 바게트 빵을 씹다 보면 내가 내 팔뚝을 뜯어먹는 것 같아"(「빵을 뜯다」) 같은 이미지들에서 도드라지게 피어오른다. 나아가 저 무수한 몸들의 세계가 세계의 몸들과 얼크러지는 에로스 미학의 가공할 위력은, "사랑"이라는 "불안"을 "헛것의 춤"으로 무섭도록 생생하게 그려 낸 아래 시편에서 나타난다.

흰 비닐봉지 하나
담벼락에 달라붙어 춤추고 있다
죽었는가 하면 살아나고

떠올랐는가 싶으면 가라앉는다
사람에게서 떨어져 나온 그림자가 따로
춤추는 것 같다
제 그림자도 제대로 챙기지 못하는 그것이
지금 춤추고 있다 죽도록 얻어맞고
엎어져 있다가 히히 고개 드는 바보
허공에 힘껏 내지르는 발길질 같다
저 혼자서는 저를 드러낼 수 없는
공기가 춤을 추는 것이다
소리가 있어야 드러나는 한숨처럼
돌이 있어야 물살 만드는 시냇물처럼
몸 없는 것들이 서로 기대어
춤추는 것이다
시도 때도 없이 찾아와 나를 할퀴는
사랑이여 불안이여
오, 내 머릿속
헛것의 춤

—「춤」 전문

시인은 "사랑"을 "시도 때도 없이 찾아와 나를 할퀴는"이라는 말로 그려 내면서 "불안"을 나란히 병치함으로써, 그것이 품은 불가항력적 운명의 폭력성을 밀도 높은 단 하나의 장면으로 응축시킨다. "사랑"이라는 미친 벡터, 그 전율 어린 삶의 불가사의는 어쩌면 '명석판명한 온대 지방이 아니라 숨겨진 어두운 지대'(질 들뢰즈, 『프루스트와 기호들』, 민음사, 1997)에 이미 주름져 있던 것인지도 모른다. 그것은 예측이 불가능할 뿐더러 미리 운산(運算)할 수조차 없는 어떤 국면에서 휘날려 오는 것이기에, “죽었는가 하면 살아나고/떠올랐는가 싶으면 가라앉는다”라는 편린으로 새겨지는 것은 무척이나 자연스럽다. 또한 “사랑”이 태어나고 자라나는, 또는 숨거나 사그라지는 그 저릿저릿한 운명선의 굴곡은 몸에 돋아나는 소름처럼 진득하게 배어날 수밖에 없었을 것이다.

어느 날 문득 마주친 “담벼락에 달라붙어 춤추고 있”는 “흰 비닐봉지”는 시인의 밑바닥에 웅크리고 있었을 “사랑”이라는 “불안”, 그 “헛것의 춤”을 일깨우는 우발성의 화살로 날아와 박혔던 것이 분명하다. 그렇지 않다면, “죽도록 얻어맞고/엎어져 있다가 히히 고개 드는 바보” “소리가 있어야 드러나는 한숨” “몸 없는 것들이 서로 기대어/춤추는 것이다”라는 무서운 리듬감의 언어들은 솟아오를 수 없었을 것이다. 이 시편의 표제가 “춤”일 수밖에 없는 까닭 역시 이 자리에서 온다. “춤”이야말로 몸의 자연스런 숨결과 움직임, 그 윤곽선 전체를 통째로 거머쥘 수 있는 탁월한 이미지이기 때문이다.

무수한 몸들의 얼크러짐, 에로스의 미감과 성애학적 상상력은 시집의 모서리 마디마디로 스며들어, 아름답고 황홀하면서도 위태롭게 질척이는 몸의 편린들을 낳는다. 가령 “저를 쑤셔 박고 몸속에 고인 물/한 방울도 남기지 않고/빨아 당기려는 듯”(「나사못 박듯 송두리째」), “네 몸에 딱 맞는 열쇠 들고/환(幻)으로 환을 쑤셔 환하게 밝혀 보리라 쑥부쟁이 엉클어진 덤불에/속곳 벗은 어둠이 덮쳐 올 때까지”(「대추나무 가지에 돌멩이 끼우듯」), “맨몸의 보름달을 어루만지며 여자가 말했다 당신이 원한다면 난 다 벗을 수 있어 하지만 벗는다는 말은 머리가 하는 말 몸은 그냥 벗는다 적나라하게 벗는다”(「벗을 수 있다는 말」) 같은 편린들은 시인 장옥관의 붓끝이 몸과 몸의 뒤섞임, 즉 육감적 사랑의 감촉에서 잉태된다는 사실을 선명하게 일러 준다. 나아가 그의 이미지 조각술이 즉물적이거나 정태적인 시각적 표상들을 넘쳐흐르는, 서로 다른 몸들의 세계가 한 몸으로 얼크러져 교성을 내지르는 듯한 살갗의 현상학에 잇닿아 있다는 것을 암시한다. 그의 시 전편을 타고 흐르는 활물적인 주술성의 감각, 그 교태 어린 숨결 역시 이 자리에서 나온다.

고통의 살갗에서 휘날려 온 무의식의 생채기들

장옥관의 시 전편을 가로지르는 살갗의 현상학은 이번 시집에서 전혀 다른 차원을 향해 뻗어 나감으로써 새로운 이미지의 터전을 마련한다. 그것은 또한 좀처럼 보이지 않는 구석진 세상의 곳곳에서 신음 소리를 뱉어 내는, 고통스런 비명으로 얼룩진 타자들에게로 다가가 그들의 곪은 상처와 아픈 흉터를 어루만지려는 응답과 책임으로서의 윤리로 맺혀진다. 그리하여, 『그 겨울 나는 북벽에서 살았다』는 예전 시집들보다 훨씬 더 강렬한 감염력의 파장과 충실성의 위력을 뿜어낸다.

레비나스(E. Levinas)가 사유했던 '고통의 윤리학'은 죽음이라는 절대 타자 또는 나의 먹거리와 잠자리, 일과 휴식과 놀이와 섹스라는 삶의 향유와 존재 경제의 테두리를 짓부수고 다가오는 타자의 얼굴, 우리의 예상과 기획과 의도를 빗겨나 느닷없이 밀려닥치는 고아와 과부와 가난한 자의 헐벗은 몸뚱이로부터 휘날려 온다. 아니, 그들의 곤궁하고 궁핍하고 무기력한 얼굴에 대한 부채감, 우리가 소유하는 집과 재화와 안락의 권리, 그 정당성에 대한 불안 어린 자문의 뒤통수에서 솟구쳐 오른다.

『그 겨울 나는 북벽에서 살았다』의 마디마디에서 움터 난 고통의 살갗들, 이에 대한 응답과 책임으로서의 윤리는 어쩌면 시인 장옥관이 가야만 했고, 갈 수밖에 없었던 어떤 필연성의 행로였는지도 모른다. 그가 시인으로서 제 실존의 알몸을 숨김없이 드러냈던 "저의 요즘 생각은 언어의 질서가 빚어내는 아름다움보다는 서툴지만 저릿한 감동을 던져 주는 시, 음식 찌꺼기가 뒤범벅된 구정물 같은 언어에 머물러 있습니다"(「제15회 김달진문학상 수상 소감」, 『서정시학』, 2004.여름)라는 말은, 저 고통의 윤리학이 이미 오랜 시간에 걸쳐 발효되고 있었음을 가늠케 해 준다.

병아리 울음 돌아다닌다
발 달린 울음소리 온 집을 헤집고 돌아다닌다 어미 잃은 세 살 아이처럼 이 방 저 방 돌아다닌다

간절하고 다급하게 깜빡이는 소리
배고파 우는 소리

견디다 못해 두꺼운 방석으로 덮어 보고 베란다 헌옷 더미에 숨겨 봐도 그치질 않는다

누가 날 부르는 것일까
스무 살 조카 숨 떨어지기 전까지 깜빡이던 모니터 불빛 같기도 하고
혼자 사는 단골 밥집 여자 방바닥에 흘린 제 몸의 피 쓰윽 닦아 내던 손길 같기도 하고

누가 사 준 것인지 이제는 생각조차 나지 않는 낡은 무선전화기 들

을 수는 있어도 말할 수 없는 전화기

차마 목 조를 수 없어서 저 혼자 숨 거둘 때까지 기다리다 보니 부끄러운 일들 잘못한 일들
온갖 일들 다 떠올라
드라이브 들고 나사 풀다 보니 문득,

오빠, 오백만 원만 구해 보내 줘 제발 이 섬에서 날 구해 줘 다급히 끊은 전화기
울부짖는 파도 소리 바람 소리

웅, 웅 아직도 숨통 끊어지지 않는
나직한 울음소리

—「차마 목 조를 수가 없어서」 전문

"누가 날 부르는 것일까"라는 목소리는 어디서 오는 것일까? 그것은 "간절하고 다급하게 깜빡이는 소리" "스무 살 조카 숨 떨어지기 전까지 깜빡이던" 신음 소리로부터, 아니, "저 혼자 숨 거둘 때까지" 울려 퍼지던 아우성 소리, "오빠, 오백만 원만 구해 보내 줘 제발 이 섬에서 날 구해 줘"라는 절규로 가득 찬 고통의 호소로부터 온다. 따라서 "울부짖는 파도 소리 바람 소리//웅, 웅 아직도 숨통 끊어지지 않는/나직한 울음소리"는 시인의 몸 한가운데 오래도록 지워지지 않을 겸연쩍은 부채감과 비릿한 죄의식을 남긴다.

"저 혼자 숨 거둘 때까지 기다리다 보니 부끄러운 일들 잘못한 일들/온갖 일들 다 떠올라"는 저렇게 고통을 호소해 온 타자들에게 충

실하게 응답하거나 책무를 다하지 못했다는, 시인의 마음결 깊은 곳에 숨겨진 무의식의 상흔이 쥐어짜 내는 탄식의 편린들일 것이다. 그것은 일상적 삶의 향락과 존재 경제를 보존하기 위한 필사적인 몸짓일 수밖에 없을 "두꺼운 방석으로 덮어 보고 베란다 헌옷 더미에 숨겨 봐도" 끝내 사라지질 않는다. 오히려 "그치질 않는" 탄력으로 무의식의 뒷면에 그림자처럼 스며든다. 따라서 "아직도 숨통 끊어지지 않는" 고통의 비린내, 그 질긴 감각의 끈적임은 시인의 고른 숨결을 찢는 무의식의 생채기로 남겨질 수밖에 없었을 것이다. "차마 목 조를 수 없어서 저 혼자 숨 거둘 때까지 기다리다 보니"는 탁월한 이미지이다. 그것은 무의식의 상흔이 남긴 반향(反響)의 흔적이자, 고통으로 깨어져 나간 타자의 숱한 몸뚱이들 앞에서 우리들 모두가 취하게 되는 우물쭈물한 당혹스러움과 그 뒷면에 깃들일 수밖에 없을 어떤 죄의식을 한꺼번에 암시하는 매우 밀도 높은 것이기 때문이다.

소리의 무덤이다 콩죽 끓듯 빠져드는 빗방울 깨물며 소리를 쟁인다 소리가 동심원을 그리며 번져 나가는 걸 본다 잎새들 입술 비비는 소리가 나이테를 그리듯,

모로 누워 베개에 귀 붙이면 부스럭부스럭 뒤척이는 소리 쉰 해 동안 내 몸으로 빠져든 온갖 소리들 속삭이는 소리 숨 몰아쉬는 소리 울부짖는 소리 숨죽여 우는 소리……

들여다보면 소리들 삭아 부글거리는 검은 뻘

호수가 얼음 문 닫아걸듯 나 적막에 들면, 빠져든 소리들은 다 어디

로 새어 나갈까 받아먹은 소리 다 내뱉으면 그게 죽음일까 들이마신 첫 숨 마지막으로 길게 내뱉듯이

—「호수」 부분

고등어가 바다를 데리고 온 것이다
이 공기 속에는
얼마나 많은 죽음이 숨겨져 있는가
화장장 굴뚝에서 뿜어져 나오는
이름과 이름들
황사 바람에 섞여 있는 모래와 뼛가루처럼
어딘가에 스며 있는 땀내와 정액,
비명과 신음,
내 코는 고등어를 따라
모든 부재를 만난다
부재가 죽음 속에 머물고픈 모양이다

—「고등어가 돌아다닌다」 부분

인용 시편들에는 고통으로 일그러진 타자의 얼굴이 선명하게 그려져 있다. 그것은 "어딘가에 스며 있는 땀내와 정액,/비명과 신음"을 마치 살아 꿈틀거리는 생명체처럼 빚어내어, 바로 지금 이 자리에서 일렁이는 맨살의 감촉처럼 달라붙도록 만든다. 또한 「고등어가 돌아다닌다」의 끝자리에 돋아난 "내 코는 고등어를 따라/모든 부재를 만난다/부재가 죽음 속에 머물고픈 모양이다"라는 이미지는 "죽음"을 뚫고 삐쳐 나올 수밖에 없는 고통과 비명 소리의 흔적을 다시 생생하게 되살려 놓는다. 「호수」에서 울려 나는 "모로 누워 베개에

귀 붙이면 부스럭부스럭 뒤척이는 소리 쉰 해 동안 내 몸으로 빠져든 온갖 소리들 속삭이는 소리 숨 몰아쉬는 소리 울부짖는 소리 숨죽여 우는 소리"는 시인 제 자신의 "소리"일 수 없다.

이들은 비록 "내 몸으로 빠져든 온갖 소리들"이기는 하나, "나"의 의식적 자기동일성으로 환원되지 않는, 오히려 우리들 모두의 일상적 안정성과 정체성을 일그러뜨리는 내 안의 타자이자 동일자 안의 타자일 것이 자명하다. 또한 시인에게 야릇한 불쾌감과 좌불안석의 들썩임과 윤리적 불면의 기나긴 밤을 안겨 주었던 두려운 진실들이자 그의 기억의 모퉁이에서 사라지고 빠져나가고 지워져 버린 것들, 고통과 신음과 비명 소리로 얼룩진 타자의 얼굴일 것이다. 아니, 그들에게 제대로 응답하지 못한 데서 생겨난 부채감과 죄의식의 그을음 자국일 것이다.

그러나 이러한 부채감과 죄의식은 비단 시인 혼자서 내밀하게 걸머진 실존적 뒤틀림의 흔적만은 아닐 것이다. 그것은 오히려 지금 여기서 시집을 읽고 있는 우리들 모두의 몸을 헤집고 날아온 고통의 윤리학이라는 신종 바이러스일 것이 틀림없다. "소리의 무덤이다"라는 말은 세상의 그 모든 언저리에서 일어나는 무수한 고통들에 대해 눈감고 귀 막고 제 몸의 감각들을 모조리 걸어 잠가, 존재 경제의 안녕만을 영원무궁토록 유지하려는 일상성의 완강한 성채를 비유한다. 그렇다. "호수가 얼음 문 닫아걸듯 나 적막에 들면, 빠져든 소리들은 다 어디로 새어 나갈까"라는 자책 어린 힐문처럼, 우리들 모두는 제 실존의 테두리가 이루어 온 생활의 관성을 지켜 내기 위하여 "받아먹은 소리"를 "다 내뱉"지 못한다. 그것을 있는 그대로 "들여다보면 소리들 삭아 부글거리는 검은 뻘", 바로 "그게 죽음"에 이르는 위태로운 것이자 불길한 낌새라는 것을 원초적 본능처럼 알아채고 있기 때문이다.

그럼에도 불구하고, 고통의 "소리들"이 "콩죽 끓듯 빠져드는 빗방울 깨물며 소리를 쟁이"듯 "소리가 동심원을 그리며 번져 나가"는 것처럼, "잎새들 입술 비비는 소리가 나이테를 그리듯" 살아나고 살아나 우리들 몸을 찢고 들어온다. 이 무서운 "소리들"이 어떤 말투와 몸짓을 타고 치밀어 오르는 자리, 그것이 바로 "소리의 무덤"으로 빗대어진 무의식의 텃밭일 것이다. 아니, '억압된 것의 회귀'라는 프로이트의 말처럼, 언젠가 우리들 몸으로 진격해 오고야 말 무의식의 가장 원초적인 에너지이다. 나아가 시간이라는 망각의 강을 흘러넘쳐 마침내 제 속살을 드러낼 수밖에 없을 진실의 무지막지한 폭력일 것이다. "화장장 굴뚝에서 뿜어져 나오는/이름과 이름들"의 무수한 "죽음"들처럼, 우리들 삶의 터전인 "이 공기 속에는" 무의식의 생채기들이, 어슴푸레하지만 진저리쳐지는 어떤 죄의식이 "숨겨져 있"을 것이 자명하다. 그것은 또한 "황사 바람에 섞여 있는 모래와 뼛가루처럼", "어딘가에 스며 있는 땀내와 정액,/비명과 신음"처럼 되살아나 언젠가는 우리들의 몸을 뚫고 치솟아날 것이 틀림없다.

시집 곳곳에 아로새겨진 "일찍 과부가 된 삶은/눈꺼풀이 없는 눈/눈꺼풀 없는 눈이라고 눈물조차 없진 않았을 터/눈물이 눈꺼풀을 달아 주었다"(「눈꺼풀」), "수천 년 바래고 바랜 거울에 비워 내고 비워 내도 고이는 것이 죄여서 낡은 거울은 마르지 않는 샘이다"(「마르지 않는 샘」), "저를 짓누르는 무게/대물림한 가난, 벗어날 수 없는 계급의 무게/다 짊어졌기에 무거웠던 것//하지만 흔들리지 않겠다/날려가지 않겠다 오, 저 바닥의 삶"(「가난론」), "내 시집에 해설 써 준 양헌이는 토끼 간을 못 구해 죽었다 좀 더 살아도 되는데 살아야 했는데……/그는 복숭아밭에 가서 누웠다//그가 묻힌 곳 타오르는 천리 불꽃/토끼 간을 구해 가지마다 걸어 두리라"(「올해는 신묘년(辛卯年)」) 같은 문양들은, 오랜 시간의 깊이 속에서 시인의 붓끝을 감싸고 있었던 "풍경과 몸의 연대", 곧 에로스 미학의 질감들이 고통의 윤리학이라는 다른 차원의 예술적 짜임새로 발효되었다는 사실을 명징하게 일러 준다.

타자의 얼굴, 메시아의 현현과 모성성의 윤리

이 시집의 큰 테두리들을 가로지르는 사유의 중핵이자 여러 갈래로 번져 나가는 예술적 매듭들을 짜고 닦고 마름질하는 것은 고통의 윤리학이다. 그것은 두 갈래로 번져 나가는 이미지들의 지력선을 낳는다. 하나는 고통으로 얼룩진 타자의 얼굴을 밀착인화하면서, 그것이 시인에게 남겼던 무의식의 생채기들, 부채감과 죄의식이라는 그 두려운 진실의 흔적들이 다른 시간들로 번뜩이며 되살아나 그를 후려갈겼던 어떤 에피파니(epiphany)의 순간을 매우 육감적인 장면들로 포착한 이미지들이다. 우리가 지금까지 이야기해 온 바가 이와 같다. 다른 하나는 세계와 타자들의 그 무수한 고통의 장면들과 마주칠 때 절로 고개가 숙여지는 부끄러움과 괴로움과 겸연쩍음의 느낌들, 아니, 살아 있다는 것과 늘 함께하는 고통의 바다 앞에서 만인들이 품게 되는, 낮지만 넓은 수용 태도와 마음가짐을 촘촘한 필법으로 그려 낸 문양들이다.

호떡집에 불이 났다
그런데 이게 웬일, 움직임은 부산한데 말소리는 한마디도 들리지 않는다 아이스크림 튀김처럼 겉은 뜨겁고 속은 고요하여,
알고 보니 그 집 주인은 농아 부부

주인이 농아이니 손님도 덩달아 농아가 되어

천 원짜리 두 장을 들고 눈짓으로, 손가락으로, 벙긋 웃음으로, 돈이 건너가고 호떡이 건너온다 계피 가루가 싸늘한 겨울 공기를 문지른다

호떡이 부풀어 오르는 동안

천막 바깥의 딱딱한 시간이 물렁물렁하게 부풀고 마침내 알맞게 구운 노릇한 호떡을 한입 베어 먹을 때,

앗, 뜨거!

숨죽였던 말들이 튀어나오며 뭉클, 굳은 혀가 구름처럼 마구 피어오르는 것인데,

—「호떡집에 불이 나서」 부분

시인은 어느 날엔가 "대백 플라자 모퉁이 포장 친 옛날식 호떡집"에서 "불이 난" 광경을 본다. "호떡집에 불이 나서"라는 표제는 물론 우리들에게 이미 친숙해져 버린 어떤 종류의 클리셰에 지나지 않는다. 그러나 그것은 단지 "휙휙, 소매가 펄럭거리고/반죽이 척척, 이겨지고/빵들이 철컥철컥 돌아간다"라는 말이 풍겨 내는 것처럼, "움직임은 부산한데"라는 말로도 모자랄 만큼 사업이 번창 중에 있다는 사실을 옮겨 놓지 않는다. 오히려 "그 집 주인은 농아 부부"이며, "주인이 농아이니 손님도 덩달아 농아가 되"는 이상한 풍경 속에 이 작품의 미학적 질감과 윤리적 벡터가 함께 녹아 흐른다.

이 풍경을 타고 흐르는 것은 "농아 부부"가 겪어 냈을 숱한 고통의 시간에 대한, 아니 지금도 치러 내고 있을 그들의 어려움과 힘겨움에 대한 "손님"들의 마음가짐이다. 나아가 타인의 고통을 수용하는 과정에서 우리들 모두가 취하게 되는 어떤 겸허의 상태이다. "주인이 농아이니 손님도 덩달아 농아가 되어"라는 말은 이 모든 행위

와 심리의 궤적 전체를 쓸어안고 있는 하나의 주름이다. "천 원짜리 두 장을 들고 눈짓으로, 손가락으로, 벙긋 웃음으로, 돈이 건너가고 호떡이 건너온다" "앗, 뜨거!/숨죽였던 말들이 튀어나오며 뭉클, 굳은 혀가 구름처럼 마구 피어오르는 것인데"라는 끝자리의 이미지들 또한, 말할 수 없는 고통을 살아온 "농아 부부"에게 우리들 모두가 보내게 되는 소극적 수용력(negative capability), 그 낮은 태도와 자세를 확대 인화해서 드러낸다.

설을 쇠러 온 모양이다
물수제비뜨듯 뛰어가는 파문, 검은 개흙의 오후를 흔들어 놓는다

일렁이는 호수를 이고 앉아 단풍잎 발바닥에 묻은 웃음의 탄력을 만진다
늙은 아내 혼자 전을 부치고
피아노처럼 시커멓게 웅크려 앉아 나는 발톱을 깎는다

몰려다닐 웃음은 여기에 없고
월부로 들여놓았던 영창 피아노는 뚜껑 열리지 않은 지 이미 오래,
레이스 덮개 위에 얹힌 보조개가 희미하다

다시 한바탕 소나기, 천장에 웃음이 파인다

—「웃음이 파인다」 부분

백담계곡에서 안고 온 둥근 돌 하나 욕조에 담가 놓고 들여다보니 큰아이 태어난 지 사흘 만에 데려와 눕혀 놓았을 때가 생각난다 딸아,

딸아 너는 어디에서 왔니 둥근 그곳에 보름달이 들어 있나 불덩이가 들어 있나 손바닥으로 쓰다듬는 아랫배의 비밀이 궁금하기만 한데 돌 하나 업어 온 날 밤에는 나 모르게 태어난 아이와 태어나지 못한 아이가 손잡고 걸어와 내 집 대문을 두드릴 것만 같다 먼 은하의 별에서 발 부르트도록 걸어와 내 얼굴 들여다보며 검은 눈물 닦아 줄 것만 같다

—「둥근 돌」 전문

인용 시편들에는 레비나스가 모성성이라고 불렀던 윤리적 주체가 탄생할 수 있는 가능성의 터전을 소소한 삶의 편린들에서 찾아내려 애쓰는 시인의 마음결이 숨어 있다. 어느 "설"엔가 위층에서 아이들이 소란스럽게 뛰어다녔던 그 현장의 광경을 시인은 "물수제비뜨듯 뛰어가는 파문, 검은 개흙의 오후를 흔들어 놓는다//일렁이는 호수를 이고 앉아 단풍잎 발바닥에 묻은 웃음의 탄력을 만진다"는 말로 소묘한다. 그것은 "다시 한바탕 소나기, 천장에 웃음이 파인다"라는 문양들로 매듭지어지면서 타인의 잘못을 오히려 나의 잘못으로 수용하려는 대리-책임의 존재, 곧 대속(代贖)의 주체가 태어날 수 있는 자리를 넘본다.

물론 「웃음이 파인다」의 거죽에 드러나 있는 것은, "웃음의 탄력"과 "보조개"라는 말이 상기시키는 정겹고 흐뭇한 마음 상태이다. 다시 말해, 조롱과 풍자와 비속이라는 비판과 부정의 칼날이 제거된 해학이라고 정의될 수 있는 우아에 가까운 어떤 미감의 편린들을 펼쳐 놓는다. 그러나 "늙은 아내 혼자 전을 부치고/피아노처럼 시커멓게 웅크려 앉아 나는 발톱을 깎는다//몰려다닐 웃음은 여기에 없고/월부로 들여놓았던 영창 피아노는 뚜껑 열리지 않은 지 이미 오래,/레이스 덮개 위에 얹힌 보조개가 희미하다"라는 문양에는, 제 가족

을 포함한 타인의 잘못과 고통에 등을 돌려 버렸던 시인 자신의 태도를 힐문하고 자책하는 마음의 파문이 침묵의 공간처럼 버텅기고 서 있다.

「둥근 돌」에 나타난 "나 모르게 태어난 아이와 태어나지 못한 아이가 손잡고 걸어와 내 집 대문을 두드릴 것만 같다 먼 은하의 별에서 발 부르트도록 걸어와 내 얼굴 들여다보며 검은 눈물 닦아 줄 것만 같다"는 문양은, 타자의 윤리학을 적극적으로 실천하려는 비장한 결의와 묵직한 호소력을 품지 않는다. 그러나 그것은 적어도 "나 모르게 태어난 아이와 태어나지 못한 아이"로 새겨진 고통받는 타자의 얼굴을 맞대고서, 그의 목소리에 귀 기울이고 그의 눈을 맞추고 흉터를 어루만지려는 응답과 책임으로서의 윤리로부터 뻗어 나온 것이 분명하다. 그러지 않고서야, "내 집 대문을 두드릴 것만 같다" "내 얼굴 들여다보며 검은 눈물 닦아 줄 것만 같다"는 고통받는 타자의 얼굴에서 도리어 메시아가 도래하는 에피파니의 순간을 찾아낼 수 있는 엄청난 윤리학적 비전은 솟아날 수 없기 때문이다. 아니, 저 생면부지의 타자들이 침묵으로 호소하는 고통의 얼굴들이 내 "검은 눈물"로 표상된 무의식의 생채기, 그 부채감과 죄의식을 "닦아 줄 것만 같다"고는 결코 말할 수 없을 것이기에.

이는 시인이 낮고 비천하고 고통으로 얼룩진 타자의 얼굴이 나타나는 순간이야말로 메시아가 도래하는 참된 에피파니의 시간이며, 그들을 환대하고 영접하는 행위야말로 내가 참되고 거룩하고 신성한 존재가 되는 길이라고 설파한 레비나스의 윤리학을 온몸으로 받아들여 제 실존으로 살아내고 있다는 사실을 암시한다. 위 시편들에 나타난 "웃음의 탄력" "얼굴에 박힌 송곳 상처" "나 모르게 태어난 아이와 태어나지 못한 아이"는 그 말의 외면적 의미가 행사하는 관습적 압력에도 불구하고, 그 뒷면에서 다른 의미의 주름을 펼쳐 낸다. 그것은 바로 타인의 잘못과 고통에 대한 우리들의 수용력이며, 그것을 제 것으로 받아들이지 못할 때 생겨나는 무의식의 생채기들, 그 침묵의 공간에서 소리 없이 울려 나는 윤리적 부채감과 죄의식이다. 이번 시집에서 간간이 드러나는 소극적 수용력의 감성적 울림이나 우아미의 감각들은 실상 시인의 몸에 배어 있는 윤리학적 사유로부터 움튼 것이 분명하다.

원초적 에크리튀르, 시적인 것의 기원과 흔적의 사유

거짓말할 때 코를 문지르는 사람이 있다 난생처음 키스를 하고 난 뒤 딸꾹질하는 여학생도 있다

비언어적 누설이다

겹겹 밀봉해도 새어 나오는 김치 냄새처럼 숨기려야 숨길 수 없는 것, 몸이 흘리는 말이다

누이가 쑤셔 박은 농짝 뒤 어둠, 이사할 때 끌려 나온 무명천에 핀 검붉은 꽃

몽정한 아들 팬티를 쪼그리고 앉아 손빨래하는 어머니의 차가운 손등

개꼬리는 맹렬히 흔들리고 있다

핏물 노을 밭에서 흔들리는
수크령,

대지가 흘리는 비언어적 누설이다

—「붉은 꽃」 전문

자끄 데리다는 모든 종류의 언어 안에 이미 기입되어 있는 어떤 문자적 표기, 곧 '모든 언어의 가능 조건으로 그 언어 안에 작동하는 표기의 궤적'을 '원초적 글쓰기(archi-écriture)'라고 불렀다(『그라마톨로지』, 민음사, 2010). 따라서 그것은 모든 나타남의 최초 조건인 동시에 세계의 그 모든 시공간적 분기의 운동을 담지하고 표현하려는 벡터를 품은 말이기도 하다. 두 번이나 반복된 "비언어적 누설이다"라는 말은 원초적 글쓰기에 육박하는 힘과 주름과 울림을 한꺼번에 쓸어안는다. 그것은 "거짓말할 때 코를 문지르는 사람"과 "난생처음 키스를 하고 난 뒤 딸꾹질하는 여학생"의 몸짓 그 자체가 드러내는 표기의 궤적이자, "겹겹 밀봉해도 새어 나오는 김치 냄새처럼 숨기려야 숨길 수 없는 것", 곧 "몸이 흘리는 말"이기 때문이다. 나아가 "누이가 쑤셔 박은 농짝 뒤 어둠, 이사할 때 끌려 나온 무명천에 핀 검붉은 꽃"이나 "몽정한 아들 팬티를 쪼그리고 앉아 손빨래하는 어머니의 차가운 손등"이라는 이미지 역시 어떤 사건적 표지의 뒷면, 그 기원의 자리에서 살아 꿈틀거리는 원초적 글쓰기를 현시한다.

시인은 이러한 원초적 글쓰기를 비단 제 주변의 가족이나 사람들의 몸짓 언어와 그 흔적들에서만 찾지 않는다. 오히려 "맹렬히 흔들리고 있"는 "개꼬리"나 "핏물 노을 밭에서 흔들리는" 마치 강아지풀처럼 생긴 "수크령"이라는 자연 사물에서도 그것에 아로새겨진 시공간적 분기의 운동, 그 움직임의 궤적 전체를 발견해 낸다. 끝자리에 움터 오른 "대지가 흘리는 비언어적 누설이다"는 편린은 이 운동의 리듬 전체를 집약한다. 그것은 결국, 몸들의 세계 그 마디마디에서 일렁이는 시공간적 분기의 운동으로서의 원초적 글쓰기를 압축한 가장 순도 높은 감각의 비늘이기 때문이다. 따라서 시집 곳곳에서 이와 유사한 이미지들이 돋아나는 것은 매우 자연스런 발생 경로를 품는다. 아래 펼쳐진 원초적 글쓰기의 편린들을 보라.

혀가 놀라며 혀를 씹으며
솟구치는 말들 애써 틀어막으며
그래도 기어코 나오려는
말들 비틀어 쏟아 낸다
혀가 가둬 놓았던 말들, 저수지에 갇혀 있던
말들이 치밀어 올라
방류된다 평생 되새김질만 하던 혀는
갇혀 있던 말들을 들개들이 쏘다니는
초원에 풀어놓는다

—「혀」 부분

공중은 어디서부터 공중인가
경계는 목을 최대치로 젖히는 순간 그어진다 실은 어둠이다 캄캄한 곳이다

나 없었고 나 없을 가없는 시간
빛이여, 기쁨이여

태양이 공중을 채우는 순간만이 생이 아니다
짧음이여, 빛의 빛이여

그러므로 이 빛은 幻, 환이 늘 공중을 채우고 있는 것이다

그러나 몸 아파 자리에 누워 보니
누운 자리가 바로 공중이었다 죽음이 평등하듯 어둠이 평등이었다

—「공중」 부분

맨몸의 보름달을 어루만지며 여자가 말했다 당신이 원한다면 난 다 벗을 수 있어 하지만 벗는다는 말은 머리가 하는 말 몸은 그냥 벗는다 적나라하게 벗는다

아기 낳을 때 속옷 벗듯이 사랑 나눌 때 반지 빼고 목걸이 풀듯이 교복 입은 아이들 뛰어내릴 때 구두를 벗어 두듯 생이 생을 마주할 땐 몸이 말을 벗는다

—「벗을 수 있다는 말」 부분

그러나 제아무리 비슷하게 꾸며도 그것은
쓸모에서 벗어난 것
있기는 있지만 쓸모가 없다는 점에서 내가 지금 쓰고 있는 시를 닮았다

뾰로통하게 토라진 사춘기 소녀 입술같이 튀어나온 꼭지 건드렸더

니 물살이 인다
못물을 미끄러지는 물뱀처럼 간지러움이 온몸에 번진다

내 몸에 꽃 핀다

이 물살은 꽃의 간지러움, 몸의 마려움이 피워 낸 꽃

딱딱한 돌이 표정 짓는 걸 보지 못했으니
손길 닿으면 웃음을 짓는다, 모든 살아 있는 것들은
말이 닿으면 눈뜨는 사물처럼
지금 시가 피어오른다, 내 젖꼭지 위에서

—「꽃눈처럼」 부분

「혀」에 나타난 "말"은 특정한 방식으로 구획된 음성적 분절 체계와 통사적 결속 구조로 이루어진 인간의 언어를 뜻하지 않는다. 그것은 "저수지에 갇혀 있던" 것이자 "평생 되새김질만 하던" 소의 "혀"에 "갇혀 있던" 것이기에, 인간의 언어와 문화적 상징체계를 멀찌감치 뛰어넘는다. 그것은 음성과 음성언어, 그리고 모든 종류의 언어 안에 이미 들어와 있는 어떤 문자적 표기를 의미한다. 이는「공중」에서도 그대로 나타난다. 물론 이 시편은 "그러나 몸 아파 자리에 누워 보니/누운 자리가 바로 공중이었다 죽음이 평등하듯 어둠이 평등이었다"라는 구절로 표상되는 "죽음"과 "공"의 사유, 허무주의와 존재론적 사유를 휘감고 있다.

그러나 "경계는 목을 최대치로 젖히는 순간 그어진다"라는 문양은 "죽음을 향한 존재를 앞질러 달려가 보는 결단성이 본래적인 실존에로 데려온다"(마르틴 하이데거, 『존재와 시간』, 까치, 1998)라는 말로 축약되는 존재론적 사유를 뛰어넘어, "죽음"을 모든 사건이 나타나는 시공간적 분기의 운동인 것처럼 담담하게 받아들이려는 시인의 내면적 싸움을 소리 없이 드러낸다. 어쩌면 모든 사물과 생명이 태어나고 죽는, 그 사건적 표기와 흔적이야말로 원초적 글쓰기라는 말에 담긴 육체적 질감의 핵심인지도 모른다. 이 맥락 전체를 시인은 "공중으로 바람이 불어오고 구름이 지나간다//빛이 환이듯 구름도 환,/부딪칠 것 없이는 저를 드러낼 수 없는/바람만 채우는 곳/환의 공중이다"라는 아름다운 풍경의 비늘들로 새겨 넣는다.

「벗을 수 있다는 말」과 「꽃눈처럼」에 나타난 "말"과 "시" 역시 이와 동일한 이미지 생성 원리에서 빚어진 것이 분명해 보인다. "생이 생을 마주할 땐 몸이 말을 벗는다"라는 구절은 겉에 드러난 것처럼, "말을 벗는" 어떤 침묵의 상황, 곧 침묵을 강요하는 결정적 생의 순간들과의 부딪침을 가리키지 않는다. 오히려 인간의 "말"로는 따라잡을 수 없는 그 사건들 한가운데 이미 깃들어 있었던 어떤 문자적 표기, 곧 원초적 글쓰기를 보이지 않는 뒷면에서 현현시킨다. "말이 닿으면 눈뜨는 사물처럼/지금 시가 피어오른다"라는 문양 역시 하나의 예술 작품으로서의 "시"가 태어나는 과정을 비유하지 않는다. 차라리 시적인 것이 태어나는 자리마다 "내 몸"에서 피어나는 "꽃" 같은, 그리하여 "몸의 마려움이 피워 낸 꽃"일 수밖에 없을 시공간적 분기의 운동으로서의 원초적 글쓰기가 그 바탕을 가로지르고 있다는 것을 현시한다. 여기서 빚어진 "시"는 "움트다 뒤통수 맞은 지난봄의 꽃눈" 같은 것이자, "뾰로통하게 토라진 사춘기 소녀 입술" 같은 것이며, "못물을 미끄러지는 물뱀처럼 간지러"운 것이자, "몸의 마려움이 피워 낸 꽃" 같은 것이기 때문이다.

「꽃눈처럼」에 나타난 "있기는 있지만 쓸모가 없다는 점에서 내가 지금 쓰고 있는 시를 닮았다"라는 문장은 시 쓰기에 대한 시인의 자의식을 드러낸다. 이 자의식은 시집에 듬성듬성 들어박힌 "한 자 한 자 철필로 베끼며 책 속에 생애를 빠트린 검은 옷의 수사(修士)들, 배고프면 먹을 일이지 *[포도주, 고기, 빵]이라고 써 넣고는 그 종이를* 먹는 *한심한* 영혼이 보도블록 문장에 찍힌 검은 방점을 헤아려 보고 있다"(「파리 떼」), "쓸모만 쓸모 있는 이 땅에 시인은/쓸모없는 무명지" "무용(無用)의 무명지로 꾹꾹 눌러쓰는 시/죽은 몸에 지금 돋는다/눈엽(嫩葉)으로 눈뜨는 초록의 시"(「단지(斷指)」) 같은 이미지들로 나타난다. 이들은 또한 시인의 예술적 사유의 충실한 깊이에서 우러나는 육체적 질감을 머금고 있다.

시인의 예술적 사유는 "배고프면 먹을 일이지 *[포도주, 고기, 빵]이라고 써 넣고는 그 종이를* 먹는 *한심한* 영혼이 보도블록 문장에 찍힌 검은 방점을 헤아려 보고 있다" "무용(無用)의 무명지로 꾹꾹 눌러쓰는 시/죽은 몸에 지금 돋는다/눈엽(嫩葉)으로 눈뜨는 초록의 시" 같은 형상들에 이미 주름져 있는지도 모른다. 그것은 이제까지 우리가 말해 온 몸들의 얼크러짐이나 고통의 살갗, 그리고 타자의 얼굴과 원초적 글쓰기를 빠짐없이 껴안고 있을 뿐만 아니라, "시"의 존재 가치를 거듭 되묻게 만든다. 또한 시인이 제 삶의 처지와 운명을 "어물전 좌판 거둬진 자리"에 "새까맣게 달라붙어 있"는 "왕파리 떼"에 비유하는 것이나, "시인"을 "쓸모없는 무명지"라고 명명하는 것은 고통의 살갗과 타자의 얼굴이라는 윤리학적 사유로 가닿는다. 나아가 "한 자 한 자 철필로 베끼며 책 속에 생애를 빠트린 검은 옷의 수사(修士)들" "보도블록 문장에 찍힌 검은 방점" "무용(無用)의 무명지로 꾹꾹 눌러쓰는 시" "눈엽(嫩葉)으로 눈뜨는 초록의 시" 같은 구절들은 몸들의 세계가 세계의 몸들과 함께 얼크러져 이루어 내는 시공간적 분기의 운동, 원초적 글쓰기에 대한 시인의 직관적 통찰로부터 비롯된 것으로 보인다.

장옥관의 시집 『그 겨울 나는 북벽에서 살았다』는 서정주로부터 기원하는 몸들의 얼크러짐, 그 에로스의 미감들을 고통의 윤리학이라는 새로운 문제틀과 접목시킴으로써, 흔히 몸의 시학으로 일컬어져 온 한국시의 가장 유력한 예술적 매듭을 다른 차원으로 도약시킨다. 그것은 또한 시인이 제 실존으로 받아 낸 목숨을 건 도약이었을 것이 틀림없다. 그가 새롭게 도입한 타자의 얼굴과 고통의 윤리학은 2000년대 한국시의 주류를 이루었던 아방가르드적 형식 실험과 분열적 주체와 익명적 타자가, 또한 그 예술적 짜임(an artistic configuration) 전체가 어디로 나아가야 하는지를 넌지시 일러 주고 있는지도 모른다. 그리하여, 우리는 이 시집이 한국시의 새로운 미학과 윤리학을 함께 낳는 드넓은 터전이 되기를 소망한다. 아래 새겨진 "기적"이라는 저 기묘한 타자의 은총처럼.

> 대지에서 피어오르는 흰 나리처럼
> 내가 네게서 피어날 적에, 네게서 내가 피는 것이 아니라 네가 내게서 피어오르는
> 기적을 만나느니
> 가지 꺾고 뿌리까지 파 봐도
> 꽃잎 한 장 없는 나무에 봄마다 환장하게 매달리는
> 저 꽃들, 꽃들
>
> —「네가 내게서 피어날 적에」 부분

침묵으로 울려 나는 몸의 사건들
—김유자의 시집

힘과 긴장

김유자의 시집 『고백하는 몸들』의 거죽에 솟아난 이미지들은 차분하게 절제된 감정과 둔중하게 가라앉은 적막의 분위기를 풍겨 낸다. 그러나 그 뒷면에는 무서운 폭발력들을 감춰 두고 있다. 바로 이 자리에서 소리 없이 주름진 김유자의 날 선 실존의 메아리들이 은은한 색감으로 번져 나온다. 이는 "파도치는 밤과 낮 속 동굴처럼/입 벌린 와타즈미 신사/천 년 된 소나무는 땅 위로/뿌리를 내밀고 기어간다//남편을 칼로 찔러 죽인/아이를 묻어 버린/나를 걸어 나가고 잠근/돌의 시간"(「다섯 개의 도리이 天門」)이라는 문양에서 도드라진 제 형세를 드러내지만, 이 시집의 거의 모든 편린들은 동일한 필법으로 빚어진다고 보아도 좋다.

저토록 단아한 표면에도 불구하고 무시무시한 비장감을 감춰 둔 시편들은, 시인의 이미지 조각술이 상반된 궤적의 사건들을 동시에 끌어안으려는 힘과 긴장의 미학으로 벼려진다는 사실을 암시한다.

가령 "나사못처럼 하늘에 매달려 있을 때/나는 중력에 저항하는 사과이다/붉은 근육이다"(「호버링」), "내가 바람을 온몸으로 표현할 뿐/매어 놓지 않으면 읽으려 하지 않아요/늘어진 공기가 팽팽해지고/줄 쳐진 미간에 머리를 갸웃거리는 당신, 밑줄 쳐진 문장처럼/모두가 긴장하는 것은 아니죠"(「내 얼굴, 현수막」), "심장을 나와 온몸을 돌고 오는 헐떡임들/닫혀 가는 동굴의 축축한 호흡들/장미꽃이 온종일 향기를 내뱉어도 종양의 냄새는 번져 간다//저 홀로 왔다가는 감정처럼/마음 없이 왔다 가는 계절처럼/대답 없는 생시처럼"(「위독」) 같은 구절들을 보라. 이들이 강렬하게 뿜어내는 것처럼, 이 시집의 예술적 구도와 섬세한 미감들의 일렁임은 "대답 없는 생시처럼" 매일매일을 똑같이 지나가는 생활의 "중력에 저항하"면서, "늘어진 공기가 팽팽해지"도록 강제하는 다이내믹한 힘들의 긴장감에서 솟구쳐 오른다.

발바닥은 구름일 것
한 발 다음 한 발이 어디로 갈지 궁금해할 것, 궁금해지게 할 것
구름에 닿은 것은 부드러운가 뜨거운가 날카로운가, 찢겨 피 흐르면
눈 더 크게 뜨고 핥을 것
어제 같은 어둠이여도 눈빛을 달리하여 파고들 것
어떻게 잡아챌 것인가, 피어오르는 의심을
냄새가 이끄는 대로 발을 뻗을 것
골목 끝은 열어 둘 것
언제나 다른 곳에 닿을 것
왜 가야 하는지 자신에게 물을 것 그러나
온몸으로 가면 의심하지 말 것

엉뚱한 맛도 조금씩 핥다 보면 고개를 끄덕이도록 만들 것
성공도 실패의 문제도 아닐 것
모든 울음소리를 잘 들을 것, 울음의
진원지를 파악할 것
내 속에 울음의 떨림을 채울 것
끝내 넘쳐 내가 뱉은 떨림이
떨림으로 돌아오지 않아도 혼자라도 떨 것
떨다가 길을 잃을 것
떨다가 나를 잃을 것
털 하나로 남아 떨리고 있을 것

—「도둑고양이」 전문

「도둑고양이」는 시인의 예술적 방법론, 곧 힘과 긴장의 시학을 알레고리의 문법으로 그려 낸다. 따라서 이 시편은 시 쓰기를 사유하는 시, 곧 메타시의 음영을 거느린다. "도둑고양이"라는 표제어는 시인 자신을 비유하는 것일 뿐만 아니라 제 시 쓰기 전반에서 출몰했던 숱한 고뇌와 갈등과 심적 파문을 응축한다. 시인의 이러한 마음결은 "온몸으로 가면 의심하지 말 것/엉뚱한 맛도 조금씩 핥다 보면 고개를 끄덕이도록 만들 것/성공도 실패의 문제도 아닐 것"이란 구절에서 가장 순도 높게 집약된다. 이는 김수영에게서 기원하는 온몸의 시학, 곧 '힘으로서의 시의 존재'라는 사유에 시인이 흠씬 젖어 들어 있다는 사실을 명료하게 일러 준다. 김수영이 그토록 강조했던 힘과 긴장의 시적 사유는 실제로 이 시집의 마디마디에서 "온몸"을 수반한 충실한 결기로 뿜어져 나온다.

시적 성취란 세상의 통념에서 바라본 "성공도 실패의 문제도 아

닐 것"이 지극히 당연하다. "엉뚱한 맛도 조금씩 핥다 보면 고개를 끄덕이도록 만들 것"이라는 구절처럼, 그것은 세속적 삶의 이러저러한 표준과 계산과 탐욕을 부수고 깨뜨리고 넘어서는 자리에서만 태어난다. 나아가 제 실존 전체를 건 "온몸"의 모험, 곧 자기 진정성에 대한 끊임없는 물음과 실험, 이 과정에서 육화되는 자기 확신을 통해서만 얻어질 수 있다. 따라서 "온몸으로 가면 의심하지 말 것"이란 문양은 저 물음과 실험과 확신 사이에서 팽팽하게 움터 나는 내면적 드라마, 그 변증법적 리듬 전체를 쓸어안는다.

'어제의 시나 오늘의 시는 그에게는 문제가 안 된다. 그의 모든 관심은 내일의 시에 있다. 그런데 이 내일의 시는 미지다. 그런 의미에서 시인의 정신은 언제나 미지다'(김수영, 「시인의 정신은 미지」, 『김수영 전집 2—산문』, 민음사, 2003)라는 말처럼, 시를 쓴다는 것은 늘 미지(未知)의 세계를 창안하는 것일 수밖에 없다. 따라서 그것은 아직 오지 않은 미래를 겨냥하는 것인 동시에 바로 그 자리에서 새롭게 태어날 다른 미래를 꿈꾼다. 이 맥락은 "한 발 다음 한 발이 어디로 갈지 궁금해할 것, 궁금해지게 할 것" "어제 같은 어둠이여도 눈빛을 달리하여 파고들 것" "언제나 다른 곳에 닿을 것" 같은 이미지들로 나타나지만, 김유자의 예술적 사유는 "떨다가 길을 잃을 것/떨다가 나를 잃을 것/털 하나로 남아 떨리고 있을 것"이라는 마지막 문양에서 가장 또렷하게 제 속살을 비춘다.

분열적 주체의 탄생

시인의 예민한 촉수가 자신의 시 쓰기와 예술적 창안의 과정에 가닿으면서 현현하는 것은 결국 메타시의 자취이다. 이는 그만큼 시인이 제 시 쓰기에 대해 강렬한 자의식을 품고 있다는 것을 암묵적으로 증언한다. 이 시집의 예술적 방법론의 중핵을 차지하는 것 역시 분열적 주체의 돋을새김, 곧 일상적 자아와 시적 자아의 분열과 대결을 다른 사물이나 사건의 무늬들로 치환해 놓은 비유적 이미지이다. 이는 시인의 붓끝이 '잘 빚어진 항아리(the well wrought urn)'라는 비유어로 표상되는 일종의 연금술로서의 시 쓰기를 지향하고 있을 뿐만 아니라, 시적 전통의 가장 강력한 지력선일 수밖에 없을 서정의 문법에 충실하다는 것을 말없이 일러 준다.

매일 너는
영혼도 다 돌아오지 않은 몸을 새벽길로 내보내고
한밤중 알코올에 담긴 의식을 깜빡이며 온다
쓰러진 너에게서 푸 푸 쏟아져 나온 숨으로 나는 휘청이고
잘려 나간 뿌리가 가렵고 웃음이 실실 새고
밀밭에 간 여인처럼 붉은 속내를 네 귓속에 털어 넣는다
(그거 알아? 너는 솜사탕이 휘감겨 있는 막대기야 뜯어먹고 핥아먹고 나면 버려지지
버려진 것은 죽은 걸까 산 걸까)
너의 몸은 후끈거리며 곰삭아 가고

옆집 치자꽃 향기를 들이마시고 있는 내 앞에
속옷 차림의 네가 앉는다
오래전에 읽던 책을 펼친다
일요일 오후,
눈동자의 실핏줄이 봉숭아 씨앗처럼 터지며 흩어진다

—「책상 유령」 부분

「책상 유령」에 표기된 인칭대명사 “나”와 “너”는 서로 다른 어떤 인격체들을 호명하지 않는다. 벤베니스트(É. Benveniste)가 『일반언어학의 제 문제』에서 개진했던 대명사의 본질에 관한 그 탁월한 통찰을 차용하여, 인칭대명사란 일종의 전환사(shifter)에 지나지 않는다고 아감벤(G. Agamben)이 말했던 것처럼, 그것은 세상 단 하나뿐인 그 누군가를 지칭하지 않는다. 그것은 매번의 대화적 맥락과 그 무수한 상황들에 따라 늘 뒤바뀔 수밖에 없는 매우 임의적이고 가변적인 것일 뿐이다. 이 시편은 인칭대명사에 담긴 전환사로서의 가변성을 극단까지 몰아붙인다. 그러고는 보이지 않는 침묵의 공간에 일종의 거울 이미지를 슬며시 들어앉힌다. 여기서 나타난 “영혼도 다 돌아오지 않은 몸을 새벽길로 내보내고/한밤중 알코올에 담긴 의식을 깜빡이며” 오는 “너”는 실상 “나”의 또 다른 분신이자, 밥과 돈과 생활의 압력에 찌든 일상 세계의 만인들, 곧 소시민의 얼굴로 살아갈 수밖에 없을 우리들 모두의 상징계적 자아를 뜻한다.

그렇다면, “쓰러진 너에게서 푸 푸 쏟아져 나온 숨으로” “휘청이”는 “나”는 과연 누구란 말인가? 그것은 아마도 “책상 유령”이란 표제어에 이미 나타나 있는 것처럼, 비루한 나날의 삶을 반성적으로 통찰하여 하나의 예술 작품으로 승화시키려는 또 다른 자아, 곧 시인의 예술적 자아일 것이 틀림없다. “옆집 치자꽃 향기를 들이마시고 있는 내 앞에/속옷 차림의 네가 앉는” 상황임에도 불구하고 “나”는 “오래전에 읽던 책을 펼친다”고 말하고 있기에. 따라서 “너는 솜사탕이 휘감겨 있는 막대기야 뜯어먹고 핥아먹고 나면 버려지지/버려진 것은 죽은 걸까 산 걸까” 역시 우리들 마음 깊은 곳에 웅크린 참된 영혼이 아니기에, 매일매일 바꿔 쓰고 또 버려질 수밖에 없는 일상의 페르소나(persona)를 비유한 이미지처럼 느껴진다. 어쩌면 우리들은 날마다 "책상 유령"이 되지 않는 한, 일상 세계가 요구하는 거짓 얼굴들을 성찰할 수 있는 찰나의 시간마저도 가질 수 없을지 모른다. 그야말로 아무것도 하질 않는, 너무나도 한가로운 "일요일 오후"라는 비잠재성(impotentiality)의 시간에서마저도.

그렇다. 이 시집의 거의 모든 시편들에는 일상적 자아와 시적 자아의 분열과 대립, 우리 내부에 도사린 분열적 주체의 다양한 윤곽들을 스케치한 이미지들이 소리 없이 스며 있다. 가령 "언제나 포근해/(냉정한 얼굴을 감춘다)/언제나 감싸 주지/(무뚝뚝한 표정을 감춘다)/너의 웃음이 울음이 한숨이 흘러든/푹신한 내 품속에는/딱딱한 뼈만 있다"(「따뜻한 침대」), "식구들이 잠 깨도 외출에서 돌아와도 나는 언제나 누워 있다 잡은 물고기를 놓친 나는 잠든다 웃다가 찡그리다가 물고기를 만난 듯 손을 뻗기도 하는 나는 고요한 침대, 내가 사라졌을 때, 어린 아들은 어항에 손을 넣고 물 위로 떠오르는 무언가를 자꾸 누르고, 문이 열리고, 밤새 누군가를 잠으로 귀가시킨 내가, 아침 햇살 위로 하얗게 떠오른다"(「물고기 침대」), "문양에서 빛깔과 향기가 손끝에 묻어난다/어디를 향해 가던 것일까/왜 이곳에 가라앉아 있을까/두 귀가 달린 긴 다리 향로에 나를 넣고/불을 붙인다/내 속에 딱딱한 것들이/향로를 빠져나간다/향로가 따뜻해진다"(「밤의 침몰선」) 같은 구절들을 보라. 이 구절들에선 일상 세계가 요구하는 여러 겹의 페르소나와 더불어, 이를 다시 성찰적 시선으로 투시하려는 예술적 자아의 영혼이 겹쳐 떨린다.

여기서 나타난 "냉정한 얼굴"과 "무뚝뚝한 표정"과 "웃다가 찡그리다가 물고기를 만난 듯 손을 뻗기도 하는 나"의 자세와 "두 귀가 달린 긴 다리 향로"에 "넣"은 "나"의 모양새가, 생활인으로서의 일상적 자아가 꾸며 낼 수밖에 없을 무수한 가면들과 변신술을 비유한다면, 이 흐름 전체를 진술하고 있는 주체는 결국 이들을 냉정하게 관찰하고 소묘하여 예술적 이미지로 마름질하려는 자, 곧 연금술로서의 시를 빚어내고 있는 시인 제 자신이기 때문이다. 아니, 시인이라는 자의식으로 첨예하게 무장된 예술적 자아일 수밖에 없다.

> 늙은 어머니 날 사랑하사 넌 누굴 닮아 이러니 매질 한번 안 했는데 형들은 벌도 많이 받았는데 회초리 앞에 손을 내밀어도 등 돌리던 늙은 어머니 죽어 나는 울기도 많이 울었는데 친척들 나를 힐끔거렸는데 얼음 아버지 나를 앉혀 놓고 네 어미 만날래? 죽은 어머니 다시 젊어져 살아났는데 누가 나를 버렸나 늙은 어머니 젊은 어머니 아니, 전능하신 내 아버지 이 세상으로 날 버리사
>
> —「코끼리 쇼」 부분

「코끼리 쇼」에는 시인의 유년 시절, 그 가냘픈 마음을 후려갈겼던 어떤 심각한 장면이 돋아나 있다. 그 가운데서도 특히, "회초리 앞에 손을 내밀어도 등 돌리던 늙은 어머니 죽어 나는 울기도 많이 울었는데 친척들 나를 힐끔거렸는데 얼음 아버지 나를 앉혀 놓고 네 어미 만날래? 죽은 어머니 다시 젊어져 살아났는데 누가 나를 버렸나"라는 대목은, 시인의 가족사에 은밀하게 깃들어 있었을 어떤 치명적인 얼룩이, 그 누구에게도 쉽사리 드러낼 수 없었던 무의식의 상처가 온갖 방어기제를 뚫고 치솟아난 것처럼 보인다. 그러지 않고서야, 숨이 멎을 것만 같은 저토록 빠른 템포의 산문체의 발성과 그 가쁜 숨결로 헐떡거리는 주술적 리듬감은 배어날 수 없었을 것이 자명하기에.

이 시편 끝자리에 나타난 "육중한 마음이 귀처럼 펄럭일 때마다/

백 명의 나를, 단추 두 개로 꾹, 잠근다"는 이미지는 앞서 살핀 분열적 주체라는 의미 매듭으로 수렴될 수 있을 것이다. 그러나 이와는 조금 다른 차원의 별자리들이 생겨나고 있다는 새로운 정보를 제시하는 것이기도 하다. "머리채 잡힌 것은 내가 아니야 인형이야 너는 두 남자에게 양팔을 잡히고 인형을 놓치고 병실로 끌려간다 그건 네가 아니야 그건 인형이 아니야 그곳은 하루 세 번 천사가 약을 주지 천사는 꼭 네 손과 혀 밑을 검사하지"(「자매들—샤」), "소용돌이치던 메아리가 떠나며 나는 가라앉는다 과녁처럼 환하게 나는 있는데 달라붙는 검은 손, 엄마는 왜 배 속에 은백색 구름을 넣고 다닐까 장롱의 구름이 흔들리고 있다"(「민어부레풀」), "방바닥 크기만 한 이불 한 채, 일곱 개의 베개로 그득한 벽장 속에 유배 가던 시절 문을 열면 알 수 없는 바람이 밀려왔다 먼지처럼 빨려 들어 문 닫으면 활짝 열리던 어둠 어느 곳으로도 떠날 수 있는 길들의 입구"(「날으는 벽장」) 같은 문양들에서 알아챌 수 있듯, 저 의미 매듭은 유년의 화자를 앞면에 내세운 시편들을 잉태시키는 원초적 바탕으로 작동한다.

그렇다. 김유자를 시인으로 다시 태어나도록 이끈 것이 유년을 사로잡았던 어떤 치명적인 사건이었는지, 아니면 순도 높은 시 쓰기가 늘 그렇듯 치명적인 상태로 치달아 가는 시 쓰기의 벡터가 유년의 풍경들로 시인을 데려간 것인지는 엄밀한 논증의 수사학으론 해명될 수 없다. 그러나 이 시집에선 아이들의 힘겨운 신음 소리가 분열적 주체의 문양들에 실려 윙윙거리며 휘날려 와 살갗으로 파고든다. 이는 시인의 의식이 그 어떤 잡스러운 흠결조차 표면에 남기지 않으려는 연금술로서의 시 쓰기를 추구하고 있음에도 불구하고, 그 뒷면에 버팅기고 선 무의식은 제 실존의 찢김, 아니 카오스의 바다로 제 자신을 내몰아 가는 기묘한 상황에서 비롯되는 것처럼 보인다.

그러나 저 기묘한 상황은 미학적인 것과 윤리적인 것, 예술적인 것과 일상적인 것, 시적인 것과 산문적인 것을 동시에 끌어안는 그 힘겨운 싸움을 충실하게 이행하려는 모든 시인들이 마주칠 수밖에 없을 곤혹스런 과정일 터이다. 이 과정을 충실하게 겪어 낼 때에만, 지극히 순결하면서도 가공할 만한 시어들이 태어날 수 있다는 어리석지만 진중한 믿음, 이것이 바로 김유자 시의 순도 높은 잠재력을 응집시키는 원천일 것이 틀림없다. 저 믿음을 제 "온몸"으로 끝까지 밀고 나가려는 정직하고 둔중한 마음의 벡터가 『고백하는 몸들』의 마디마디에선 일관되게 감지되기 때문이다. 김유자의 시 쓰기가 장중하고 긴 호흡의 예술적 궤적을 그려 나갈 것이라는 우리들의 벅찬 예감 또한 이와 같다.

인식론적 알레고리로서의 실재

너의 이름이 호명된다
돌아보니 유리창 저편, 네가 누웠던 자리에
흩어져 있는 뼈들
불 속에서도 끝내 풀지 않는 결속
화부가 마지막 남은 결속을 부수어 건네준다
따뜻하다
흙 속에 누웠다면 네 뼈가
스스로 흩어지는 데 수백 년,
손에 수백 년 후의 너를 잡고
몇 년 전의 너를 생각하며 운다
움켜쥔 손을 천천히 펴자

수천의 바람이 눕는다

바람 속을 걷고 또 걸으면
얼굴이 버석거린다
그 바람을 따라 나는
너의 얼굴을 조금씩 깎아 낸다

—「화장(火葬)」 전문

"화장"이라는 표제어가 말해 주는 것처럼, 이 시편은 시인과 매우 가까웠던 어떤 사람의 죽음의 현장에서 빚어진 것처럼 보인다. 죽음이야말로 현존재로서의 인간을 제 본래적 실존(eigentliche Existenz)으로 인도한다는 하이데거의 말을 굳이 떠올리지 않더라도, 그것은 이미 그 자체로 삶에 주름진 가장 큰 구멍이자 카오스의 어둠일 것이다. 즉 그 무엇으로도 메울 수 없는 결핍 그 자체이자 무의미의 구멍이리라. 이렇듯 죽음이라는 가장 결정적인 생의 국면 앞에서도 "너의 이름이 호명"되는 이상한 풍경은, 삶이라는 것이 그 세부 항목을 이루는 가족과 직업과 돈과 명예와 부귀영화가 그야말로 헛되고 헛된 것, 무의미에 지나지 않는다는 황폐한 진실을 밀착인화하여 우리 눈앞으로 데려온다. 그러나 시인은 죽음이라는 압도적인 사태 앞에서도 삶의 무의미와 근원을 성찰해 내는 존재론적 사유로 회귀하지 않는다. 아니, 여전히 지속될 수밖에 없는 이 지상의 삶, 곧 살아 있는 자의 시선으로 되돌려 놓는다.

그렇다. 망자에 대한 참된 마음은 형식적 의례 절차로서의 애도를 간곡하고 성대하게 치러 내는 자리에서 발현되는 것이 아니다. 오히려 "흙 속에 누웠다면 네 뼈가/스스로 흩어지는 데 수백 년,/손에 수

백 년 후의 너를 잡고/몇 년 전의 너를 생각하며 운다"는 문양에 나타난 것처럼, 그것은 망자를 "수백 년 후"라는 상상의 시간을 통해서라도 결코 잊지 않을 뿐더러 "몇 년 전의 너를 생각하" 듯 그렇게 지금-여기 내 곁에 있는 사람처럼 끝끝내 살려 둘 수 있는 자리에서만 제 진면목을 드러낸다. 망자와 생전에 나누었던 끈끈한 몸의 기억들, 그 밀착된 감정들을 하나씩 떼어 내어 다른 세상으로 보내 버리려는 시간의 봉합술이자 그 무의미의 아가리를 덮는 상징계의 스크린이 바로 애도(mourning)라고 일컬어지는 제의 절차이기 때문이다. 또한 이 맥락을 깊이 통찰하고 있지 않다면, 이 구절은 태어날 수 없었을 것이 자명하기 때문이다.

그러나 시인은 제아무리 애를 써도, 결국 지워져 갈 수밖에 없을 망자의 체취를 마지막 대목에서 "바람 속을 걷고 또 걸으면/얼굴이 버석거린다/그 바람을 따라 나는/너의 얼굴을 조금씩 깎아 낸다"라는 이미지로 기록한다. 이는 애도라는 행위 속에 도사린 인간적 냉정함을 너무나 잘 알고 있음에도 불구하고, 망자를 저승으로 떠나보내지 않고서는 정상적인 삶을 살아갈 수 없는, 인간의 어찌할 수 없는 나약함과 더불어 그 역설적인 비애감을 동시에 쓸어안는다. 이렇듯 상징적 질서 내부에 이미 깃든 외상적 중핵이자 의미들 속의 구멍인 실재(the Real)의 가공할 위력을 예민한 촉수로 벼려 낸 시편들 역시 이 시집의 주요한 매듭 하나를 이룬다. 이는 다음과 같은 편린들에서 도드라진 모양새를 비춘다.

가령 "켜켜이 쌓인 그 속을 헤맬 때/눈앞에서 사라진 너의 손이 얼굴이 웃음이/아무 연대기에서 불쑥 나타나고"(「티끌 속의 눈」), "나 모르는 내 어딘가에 지어진 집, 그가 들어가 문 닫으면 사라지는 집, 그 속에서 심심하면 내 기억들을 읽으며 킬킬대거나 찔끔거리기도

하는"(「회전문」), "떠나지 못한 물감들이 얼굴을 붙들고 있다/그를 보러 오는 발소리를/나는 끝없이 들어야 한다/내 왼쪽 귀는 알코올 속에서 자꾸 자라고/그는 오른쪽 귀가 없고"(「마르지 않은 물감」), "깊은 숨을 쉴 때마다 빼근한 비명이/나뭇잎들을 헤치며 빠져나오고/뼈는 사라지는 데 너무 오래 걸린다/아버지 돌아가시자/삼십 년 만에 묘에서 나란히 누운"(「뼈들의 사생활」) 같은 편린들을 보라. 이들을 곰곰이 되짚어 보면, 시인 제 스스로가 통제할 수 없었던, 따라서 그 어떤 의미화도 불가능했던 정신적 외상들로 얼룩져 있다는 것을 곧바로 직감할 수 있을 것이다.

라깡에 따르면, 정신적 외상은 그 어떤 언어로 표현하더라도 결코 만족스럽게 드러나지 않을 잔여와 초과분을 언제나 항상 남긴다. 이 잔여와 초과분이 바로 실재(계)이다(자끄 라깡, 『정신분석의 네 가지 근본 개념』, 새물결, 2008). 앞서 살핀 이미지들 역시 시인 제 자신에게 가해졌던 불가해한 폭력과 그것이 남긴 내면의 상흔들을 비추고 있는 것이 틀림없다. 이들은 시인의 심부에 남겨진 정신적 외상이자 그 어떤 말로도 말쑥하게 연결되거나 해명되지 않을 불가능한 것의 영역인 실재를 현시한다.

발소리가 흘러간다
웃음소리가 맴돌다 흩어진다
가로등은 눈뜨면 자신의 발등만 들여다보고
아무도 보지 않아도 여기,
있다

내 속에 언제 출렁이는 것이 있었나

나무가 남은 잎을 떨군다
구름이 얼음 알갱이를 끌어모아 떨어질 무게를 만든다
오리가 물에서 나와 몸을 털 듯
내리는 눈을 구름의 의지라고 해도 되나

바람은 내게서 흔들릴 것을 찾지 못한다
딱딱하게 고집스럽게
있다 확신에 차 보일 수
있다 솟구치는 건 내가 결정할 일이 아니다
의심하면서 기다린다, 때를
순간을 분수라는 것을 의심하는
나를 의심하면서

머리끝까지 덮어 오는 흰 시트가 있다

—「없다—겨울 분수」 전문

"아무도 보지 않아도 여기" "있"는 것, "내 속에 언제 출렁이는 것이 있었나"라는 말처럼, "있다"는 것을 느낄 수 있을 뿐 그것이 무엇인지는 좀처럼 알 수 없는 것, 따라서 "의심하는/나를 의심하"도록 강제하는 것, 그것이 바로 실재이다. 그것은 "있다"라고, "확신에 차 보일 수/있다"고 말할 수 있는 것이면서도, 명징한 의미화의 표면으로 솟아오를 수 없는 것이기도 하다. 그리하여 그것은 "없다"는 말에 훨씬 더 가까운 것인지도 모른다. 우리들의 표상 작용 바깥에 거주하는 것이므로, 분명히 "있"는 것인 동시에 또한 "없"는 것이기도 하기 때문이다. 이 시편의 표제 "없다—겨울 분수"와 그 내부에서 지속적으로 반복되는 "있다"는 시어는 실재가 품은 인식론적 아이러니를 극단으로 밀어붙여 그 사이 공간에서 팽팽한 긴장을 불러일으킨다.

"발소리가 흘러"가는 것, "웃음소리가 맴돌다 흩어"지는 것, 그리고 "가로등은 눈뜨면 자신의 발등만 들여다보"는 것은 우리들의 의식 내부에서 표상되지 않는 것이지만, 분명히 "있다"고 말할 수밖에 없는 것들이다. 또한 "나무"가 "남은 잎을 떨"구며 "구름"이 "얼음 알갱이를 끌어모아 떨어질 무게를 만든다"는 것, 나아가 "오리가 물에서 나와 몸을 털 듯/내리는 눈을 구름의 의지라고 해도 되나" 같은 편린들은 모순 형용의 말로 나타낼 수밖에 없는 실재를 서로 다른 모양새로 빚어낸 감각의 비늘들일 것이 틀림없다. 이들은 모두 우리들의 시선 바깥, 그 표상 작용의 테두리를 벗어난 것들이지만, 분명히 "있었"던 것들이기 때문이다.

따라서 "솟구치는 건 내가 결정할 일이 아니다/의심하면서 기다린다, 때를/순간을 분수라는 것을 의심하는/나를 의심하면서"라는 말들로 비유된 "겨울 분수"는 결국 우리들 심부에 내장된 실재의 영역을 알레고리의 문법으로 그려 낸 것으로 추정된다. "머리끝까지 덮어 오는 흰 시트가 있다"는 마지막 문장 역시 우리들의 의식 내부에 선명하게 떠오르지 않는 공백 그 자체로서의 실재를 표현하는 이미지가 분명하다. 실재란 빼곡하게 채워진 기억과 의식의 영역이 아니라, 그것이 지워지고 뒤틀리고 훼손된 자리, 곧 망각과 무의식의 영역에 거주하는 것이기 때문이다.

가령 "눈꺼풀을 건드리자/둥근 집이 떨어져 깨진다/파편들이 튀어 오르고 처음으로/바닥이란 세계를 꼬리쳐 본다"(「어항」), "문질러도 지워지지 않고/태워도 부수어도 남아 따끔거리는 것들"(「초인종」),

"더 이상 물러설 수 없는 내 몸속으로/그것이 밀려들어 온다/들어낸 자궁에서 피비린내가 돌고/결절된 목울대가 떨리기 시작한다/단단해져 가던 발톱이 막 휘기 시작했을 때"(「개」), "밤에는 두 눈이 환하게 켜지는/대낮엔 뒤꼍처럼 숨어 있는 내 안의 수천의 고양이들"(「광」), "그러나 우리의 입술이 어긋날 때/감정을 잃고/유령 같은 얼굴로 거리를 활보한다"(「더빙」), "나는 얇디얇은 플라스크/검은 물로 출렁이는 잉크병/한 짝의 낡은 흰 구두/다른 한 짝이 밤하늘에서 뒹굴고 있는"(「드라이 본즈」) 같은 구절들을 보라. 이들은 시인의 마음 그 밑"바닥"에 은밀하게 "숨어 있"을 "내 안의 수천의 고양이들", 곧 실재를 현시하려는 시적 언어의 모험인 동시에 그것이 품을 수밖에 없는 어긋남과 비틀림과 불협화음을 빠짐없이 쓸어안는다.

결국 실재가 솟아오르는 자리는 "둥근 집이 떨어져 깨"지는 자리, 곧 인과론적 질서와 논리적 연속성에 구멍이 뚫려 어떤 "파편들이 튀어 오르"는 곳이자, "문질러도 지워지지 않고/태워도 부수어도 남아 따끔거리는 것들"의 세계이기 때문이다. 아니, "대낮엔 뒤꼍처럼 숨어 있는"이라는 표현처럼, 우리 스스로가 인지하거나 의식하지도 못한 채 "내 몸속으로" "밀려들어 온" 우리들 모두의 "유령 같은 얼굴"들이자 "다른 한 짝이 밤하늘에서 뒹굴고 있는" "한 짝의 낡은 흰 구두" 같은 것이 바로 실재이다.

김유자는 실재라는 말로 표상되는 저 두렵고 잔인한 진실들을 회피하거나 외면하지 않는다. 오히려 그것을 제 실존의 일부처럼 살아내고자 한다. 시집 도처에서 번져 나는 밀도 높은 긴장감과 진득한 충실성과 곡진한 마음결 역시 그가 이러한 진실들을 쉽게 폐기 처분하지 않을 뿐만 아니라, 진저리를 치면서도 그것을 다시 마주 보려는 그의 생래적인 체질에서 비롯되는 것인지도 모른다. 이는 결국 김유자의 시를 어떤 결정적인 장면들에 깃들어 있었을 그 무서운 진실들에 가닿도록 강제한다. 시인은 이들이 불러일으키는 진리 체험의 사건들, 그 에피파니의 순간이야말로 시가 태어나는 자리라고 굳게 믿고 있을 것이 틀림없기에.

사건적 개별성, 그 진리-체험의 무늬들

12월　기침을 할 때마다 오빠가 튀어나온다
　　　폐렴을 앓다 죽었다는 한 살의 오빠는 이름이 있었을까
　　　몇 번이나 불렸을까

9월　"애야 이젠 정말 죽고 싶구나" 아흔여섯 할아버지 말에 내 입술
　　　이 잠긴다
　　　할아버지 입이 더는 밥 앞에서 열리지 않는다
　　　5월 연등을 만들어 주고 낙도에 간 그가
　　　연탄가스에 굳은 눈동자로 내 꺼진 촛불에 자꾸 불을 붙인다

11월　함께 자란 매리가 쥐약 먹고 마루 밑으로 들어갔다
　　　으르렁거리는 어둠을 할퀴는 두 눈에서 스파크가 일 때마다
　　　저릿저릿 내 몸을 감아 오르는 새파란 불꽃

8월　어머니가 내 심장 속으로 쿵쾅쿵쾅 들어왔다 나간다
　　　심장이 뛰는 첫소리와 마지막 소리는 누가 들을까

10월　거구이던 외삼촌이 석 달 만에 검은 나뭇가지 몸의 올빼미 눈

으로

일곱 살 나를 바라보던 눈동자가 밤마다 푸드득거린다

12월 "숨 쉬세요, 아버지……" 울며 잡고 있는

움직임 없는 손에서 바람 스치듯 뿌리치는 의지가 느껴져 그만,

손을 놓아 버린

지금은 몇 월인가 기침이 멎고

열린 입과 심장이 닫히지 않고

고장 난 블라인드처럼 눈동자는 움직이지 않고

발가락에서 가슴까지 뜨거운 숨이 빠져나가며 내 몸은

길고 긴 고백을 시작한다

—「고백하는 몸들」 전문

표제작 「고백하는 몸들」은 들뢰즈·가타리가 제시했던 '사건적 개별성(heccéité)'을 감각적 이미지로 형상화한 시편처럼 보인다. "어떤 계절, 어떤 겨울, 어떤 여름, 어떤 날짜 등은 비록 그것이 사물이나 주체의 개별성과 혼동되지 않는다 하더라도, 아무것도 결여하지 않는 완전한 개별성을 지닌다"(G. Deleuze·F. Guattari, *A thousand plateaus*, translation by Brian Massumi, University of Minnesota Press, 1987)라는 말처럼, 그것은 '사람이나 주체, 사물이나 실체의 개별화 양식과는 매우 다른 개별화 양식'으로 요약될 수 있을 것이다. 시인은 그 어느 해 "12월" "폐렴을 앓다 죽었다는 한 살의 오빠"를 거죽 위로 끌어올린다. "9월"의 그 어느 날에는 "애야 이젠 정말 죽고 싶구나"라고 말씀하셨던 "아흔여섯 할아버지"가 있었으며, "11월"로 표기된 바로 그

날엔 "함께 자란 매리가 쥐약 먹고 마루 밑으로 들어"가서 "으르렁거리는 어둠을 할퀴는 두 눈에서" 제 죽음의 "스파크"를 일으켰던 것으로 추정된다.

그렇다. 이 시편에서 숫자로 표기된 각각의 달들은 시인의 삶에 커다란 파문을 불러일으켰던 사건적 개별성의 테두리를 가리키는 것이 틀림없어 보인다. 아니, "고백하는 몸들"이라는 표제어에서 이미 알아챌 수 있듯, 이들은 모두 그의 "온몸"을 찢고 들어왔던, 그리하여 지금도 여전히 생생한 현재처럼 살아 꿈틀거리는 몸의 기억을 말한다. 이 기억은 시인의 유년 시절, 그 구석진 마음결의 한 모퉁이에 은밀하게 숨겨져 있었던 것이 아니다. 오히려 "발가락에서 가슴까지 뜨거운 숨이 빠져나가며 내 몸은/길고 긴 고백을 시작한다"는 끄트머리 무늬처럼, 그것은 시인의 몸 한가운데 이미 들어박힌 결코 지워지지 않을 흉터와 같은 것이리라.

이렇듯 "고백하는 몸들"이란 육체성의 이미지로 치환된 시인의 숱한 기억들은 이 시집을 서정시의 전통 미학의 테두리에서 크게 벗어나지 않도록 이끌면서도, 이를 뛰어넘을 수 있는 새로운 가능성의 터전을 마련하고 있는 듯 보인다. 이는 또한 김유자의 시가 그만큼 다른 풍모로 뒤바뀔 수 있는 가변성과 잠재력을 드넓게 포회하고 있다는 사실을 암시한다. 실제로 그의 시는 "손을 잡는 손이 있다/입을 덮는 입이 있다/몸을 여는 몸이 있다"는 정공법을 구사하면서도, "한낮을 뒤집는 한밤중의 시간"(「초인종」)을 열망하고 있는 것처럼 느껴진다. 여기서 정공법이 김유자의 시가 지닌 형태론적 안정감과 단아한 표면과 적확한 이미지를 일컫는다면, "한낮을 뒤집는 한밤중의 시간"은 그 뒷면에 감춰진 전복적 상상력과 그로테스크 이미지에 대한 은근한 선망을 암시한다.

그러나 이 시집은 거죽과 속살이 어긋나는 깊은 아이러니에도 불구하고, 근원적인 문제틀(problematique)의 차원에선 일관성의 구도를 형성하고 있는 것이 틀림없다. 이는 참혹하고 두렵고 고통스런 그 어떤 사건들과 마주치더라도 뒷걸음치지 않으려는 시인의 근원적인 태도, 곧 진리 주체를 자임하는 자리에서 온다. 곧 저 사건들을 진리가 현현하는 에피파니의 순간들로 충실하게 응시하는 자리에서 비롯한다. 아래서 번뜩이는 저 에피파니의 순간들을 보라.

모서리를 잡고 버티던 내가 바닥으로 떨어진다
차르르 밀려 나오는 소리가
빈방을 쥐고 흔들 때

—「탬버린」 부분

더 이상 물러설 수 없는 내 몸속으로
그것은 밀려들어 온다
들어낸 자궁에서 피비린내가 돌고
결절된 목울대가 떨리기 시작한다
단단해져 가던 발톱이 막 휘기 시작했을 때

—「개」 부분

갈라진다 내가
숯가마 속 초벌구이처럼
자꾸 페달을 밟아
곤두박질치는 불꽃들
내 안에 갇힌 빛의 봉두난발

녹아내린 얼굴과
주먹 쥔 손등 위로 기어가는 푸른 뱀들이 뒤섞여
소용돌이치는

—「변성기」 부분

달이 눈을 천천히 감았다 뜨는 동안
밤은 어떻게 기억되는지
켜켜이 쌓인 그 속을 헤맬 때
눈앞에서 사라진 너의 손이 얼굴이 웃음이
아무 연대기에서 불쑥 나타나고

—「티끌 속의 눈」 부분

거울 속의 나를 그렸지
내가 아니야
직접 나를 봐야겠어
한 발의 총성,
밀밭을 노을처럼 칠하며
나는 가까스로 나를 빠져나온다

—「마르지 않은 물감」 부분

시집 곳곳에서 추려 낸 이미지들은 시인이 제 삶에서 마주쳤던 끔찍했던 사건들을 어떤 자세와 마음결로 들여다보고 있는지를 명징하게 일러 준다. 특히 "모서리를 잡고 버티던 내가 바닥으로 떨어진다" "들어낸 자궁에서 피비린내가 돌고/결절된 목울대가 떨리기 시작한다" "내 안에 갇힌 빛의 봉두난발/녹아내린 얼굴과/주먹 쥔 손등 위로 기어가는 푸른 뱀들이 뒤섞여/소용돌이치는" "눈앞에서 사라진 너의 손이 얼굴이 웃음이/아무 연대기에서 불쑥 나타나고" "한 발의 총성,/밀밭을 노을처럼 칠하며/나는 가까스로 나를 빠져나온다" 같은 말들은 제 몸의 "바닥", 아니 감각의 극한까지 가 보지 않은 자는 결코 읊조릴 수조차 없는 것일 테다. 이들은 한결같이 "온몸"이란 말로 표상되는 치열한 정념과 감각의 충실성을 내장하고 있기 때문이다. 또한 자기 분열의 참상과 더불어 공백으로서의 진리를 정면으로 응시하려는 진리의 윤리학의 무대로 이끌어 가기 때문이다.

김유자의 시집 『고백하는 몸들』은 시인에게 자연인으로서의 연령이란 임의적인 기호 놀이이자 그야말로 헛된 숫자 놀음에 불과하다는 사실을 명명백백하게 예시한다. 우리는 이 시집이 시와 문학과 예술을 꿈꾸는 모든 이들에게 제 자신의 황폐한 진실들을 마주 보도록 강제하는 촉매가 되기를 소망한다. 아래 돋아난 저 진리 체험의 순간들처럼.

> 많은 것을 이해해 왔어 나는 매끄러워졌지 뜨거운 숨결에 흐려져도 차가운 가슴으로 식혔지 붉은 손자국도 지우면 다시 투명해졌지 모든 것이 보이고 나는 안 보여
> *머리뼈는 목뼈에 목뼈는 등뼈에 등뼈는 다리뼈에 다리뼈는 발가락뼈에 붙어 있다네*

> 내 얼굴을 갈라놓은 나뭇가지
> 코를 흔드는 나뭇잎
> 입을 지웠다 그리는 나뭇잎
> 눈알 하나가 흔들리다 후드득, 날아가고 다시 돋고

뼈들이 일어나 돌아다니는

—「드라이 본즈」 부분

에로스의 선율, 여성성의 에크리튀르
—이은규와 서안나의 시집

에로스의 선율과 미감들: 이은규 시집 『다정한 호칭』

"모든 이동은 늘 매혹적인 걸 나로부터 멀어져 극점에 다다르는 것으로 나를 발명해야 할까 흐르는 구름을 초대하고 싶은 열망으로"(「나를 발명해야 할까」)는 이은규의 시집 『다정한 호칭』의 바탕에 펼쳐진 이미지 조각술과 미학적 윤곽선을 응축한다. "바람으로 머물던 흔적이 곧 몸이다/너무 멀리 날아가서 다스릴 수 없는 기억처럼/새, 바람이 되지 못한 것들의 배후는 허공이 알맞다"(「허공에 스민 적 없는 날개는 다스릴 바람이 없다」), "어제의 구름과/절기와 헤어진 꽃과 꽃잎들/혹은 부르는 순간 시간이 되어 버리는 어느 호칭/흐르는 정물이 보이다, 안 보이다"(「구름의 프레임」) 같은 이미지들의 앞면에 솟아난 것처럼, 이 시집이 제 표면 위로 끌어올리려는 것은 매 순간마다 흩어지고 모이면서 천변만화하는 표지들이다. 좀처럼 눈에 띄지 않고 들리지 않고 쉽사리 붙잡히지 않는 "흔적" "허공" "어제의 구름" "흐르는 정물" 같은 것들 말이다. 이는 시인이 겉으로 드러난 사물의 또렷한 모양새나 평면들 또는 정지된 장면이나 형상들이 아니라, 이들의 "사이"를 가로지르는 힘들의 흐름과 비틀림과 가로지름에 제 촉수를 민감하게 드리우고 있다는 것을 뜻한다.

이은규의 감각과 상상력은 우주적 차원의 사건들이 움트고 흘러가고 사라지는 현상을 겨냥하고 있는 듯 보인다. 따라서 그의 시편들이 이른바 자연강호시가의 오래된 풍경들을 그대로 옮겨 놓을 것 같은 인상을 풍기는 것은 지극히 당연한 것이리라. 그러나 『다정한 호칭』은 매우 특이하게도 이와 전혀 다른 차원의 미감들과 의미 터전을 마련하고 있는 것 같다. 가령 『다정한 호칭』의 곳곳에 등장하는 "바람" "구름" "나비" "꽃" "별" 같은 자연물들은 그 바깥에 선재하는 형이상학적 이념을 표현하기 위한 비유적 이미지(metaphorical image)로 기능하지 않는다. 이들은 오히려 모든 나타남의 최초 조건이자 시공간적 분기의 운동으로 서술될 수 있을 데리다의 원초적 글쓰기(archi-écriture)에 육박하는 자질들을 품는다. 또한 원초적 글쓰기를 부연하는 다른 용어들인 차연(differance)이자 흔적(trace)에 가깝다. 나아가 이 시집 곳곳에 새겨진 "문자" "점괘" "글" "책" "문장" "목소리" "소음" "화음" "음악" 같은 문자-음성, 글-말의 이미지들 또한 음성과 음성언어, 나아가 모든 종류의 언어 내부에 이미 들어와 있는 어떤 문자적 표기, 곧 모든 언어의 가능 조건으로 그 언어 안에 작동하는 표기의 궤적인 원초적 글쓰기를 나타내는 상이한 표현들로 보인다.

몽글몽글 벚꽃의 아치 아래서
당신의 봄의 호작질에 놀아나는 중이다
시시로 연인의 입술에 달라붙은 꽃잎을

흡— 하고 숨결로 떼어 내거나
꽃을 먼저 보낸 성급한 푸른 잎이
연인의 분홍 잇몸에 돋아나는 걸 보겠다
혹은 흩날리는 벚꽃이 허투루 흘리는 점괘 따위를
받아 모시거나, 애면글면하거나

—「벚꽃의 점괘를 받아 적다」 부분

"봄의 호작질" "연인의 입술에 달라붙은 꽃잎" "연인의 분홍 잇몸"이라는 시어들이 우리 몸 깊은 곳에 감춰진 에로스의 감각을 북돋으면서 아스라한 마음결의 파문을 새겨 놓는 것처럼, 「벚꽃의 점괘를 받아 적다」는 전통적인 미감의 테두리에 갇혀 있었던 "벚꽃" "수작" "꽃술" "바람의 운율" "꽃비" 등과 같은 이미지들을 세계의 속살과 직접 교접하는 물질적 상상력 또는 성애학적 상상력의 차원으로 도약시킨다. 저 고전적인 이미지들이 서로를 마주 보고 함께 울려 나면서 빚어내는 것은 어떤 형이상학적 이념의 높이가 아니라, 오히려 세계의 몸과 속살을 파고들어 그것들이 품은 생성과 변형과 창조의 질감을 즐기고, 그것들과 야릇하게 은밀하게 요염하게 사귈 수 있는 에로스의 미감이자 그것이 불러일으키는 드라마틱한 선율이기 때문이다.

『다정한 호칭』은 '비극적 생의 초월'(문태준, 『먼 곳』)이나 '자연과 더불어 곁에 있는 인간의 동화'(송찬호, 『고양이가 돌아오는 저녁』) 같은 새로운 자연 풍경들과 그 의미의 창안으로 요약될 수 있을, 2000년대 이후 자연-서정시의 지력선에서 뿜어져 나온 듯 보인다. 그럼에도 불구하고, 이들과는 다른 미학적 구도를 새롭게 빚어내고 있다고 말하는 것이 보다 적확하겠다. 이 미학적 구도는 시집 곳곳의 살결을 지탱하는 이미지들의 마디마디에서, 아니 "문장보다 즐겨 읽는 행간 사이"(「묵독(默讀)」)에서 은은한 빛깔과 탄력으로 번져 나온다. 그것은 "꽃잎을 살 삼아 바람에게 말 거는 나무와/물의 진동을 비늘에 새기는 물고기/저만치 물의 허공에 어리는 꽃무리"(「어접린(魚接隣)」), "흰 날개에/왜 기생나비라는 이름이 주어졌을까/색기(色氣) 없는 나비는 살아서 죽은 나비"(「놓치다, 봄날」), "그날의 풍류는 가는 발목에 혀의 문장을 새겨 넣은 일/꽃의 씨방처럼 부풀어 오른 건 그녀였을까"(「모란을 헛딛다」) 같은 살아 꿈틀거리는 교접의 문양들, 그 "사이" 공간들에서 살포시 스며 난다.

저 이미지들 "사이"에서 태어나는 것은 "만화방창"이라는 말로 표상되는 에로스의 선율이며, 『다정한 호칭』에서 그것은 이전의 한국시에선 쉽사리 볼 수 없었던 화려하고도 섬세한 이미지의 향연을 꽃피운다. 또한 "날자 날자 한 번만 더 날자구나"(「아름다운 약관」), "아직 내 것인 열망들을 말해야 할 때"(「애도의 습관」), "나는 장님이 되어 가는 사람의 마지막 남은 눈동자처럼 고독하다"(「별무소용」), "한 시인은 밤비가 속살거리는 육첩방에서 쉽게 씌어진 시를 썼다"(「육첩방에 든 알약」), "꽃을 주세요 뜻밖의 일을 위해서 꽃을 주세요 아까와는 다른 시간을 위해서"(「꽃을 주세요」), "안부는 없고 오늘도 조금밖에 죽지 못했다"(「오래된 근황」), "아침 꽃을 저녁에 주울 수 있을까"(「아침 꽃을 저녁에 줍다」) 등과 같은 구절들을 보라. 이들이 명료하게 보여 주는 것처럼, 이 시집은 이상과 기형도를 거쳐 마야코프스키와 윤동주를 지나고 김수영과 세사르 바예호와 루쉰에 이르는 고전 저작들의 문양들을 의도적으로 차용하여 돋을새김의 필치로 그려 낸다.

저 고전 저작들의 의도적 차용은 이은규가 품고 있을 시 쓰기에 대한 첨예한 자의식에서 기원하는 것이 분명해 보인다. 시인의 제 스스로가 빚어내는 글-말, 곧 하나의 에크리튀르로서의 시 쓰기가 우리들 삶 그 자체인 몸-살갗을 일렁이게 하는 실제 사건으로 잇닿을 수 있는지를 곳곳에서 자문하고 있기 때문이다. 바로 이 자리에서 오랜 시간의 풍화를 견디면서도 몸의 세계, 세계의 몸으로 파고들어 갈 수 있을, 아니 그 속에서 다시 팽팽하게 되살아날 "허공의 무늬"로서의 "문자", 곧 에로스의 선율과 에크리튀르의 존재론이 "애면글면"한 흔적을 남기면서 영글어 가고 있는 것처럼 보인다. 이는 또한 시인 이은규가 새롭게 만들어 내고 있는 새로운 미학적 구도의 발원지일 것이다.

죽은 시인은 문장이 있고
죽어서도 살아 있는 몹쓸 시인이고
죽어서도 살고 있는 애인이고

시인 등골 빼먹으면 지옥 간다는 말을 아나요
죽은 시인에게 빚이 많아 죽지도 못할 나지요

살아 있는 나는 문장이 없고
살아서도 죽어 있는 몹쓸 시인이고
살아서도 죽어 있는 애인이고

—「죽은 시인과의 연애」 부분

사랑 또는 여성성의 에크리튀르: 서안나 시집『립스틱 발달사』

서안나의 시집『립스틱 발달사』는 표제어에 적확하게 부합하는 이미지 조각술과 감각의 비늘들을 거느린다. 이는 "여인의 입술을 위해 쉽게 목숨을 버렸다/그러므로 죽음 속에서 립스틱은 빛난다,/는 문장도 용서될 수 있다"(「립스틱 발달사」), "아버지가 뺨을 후려칠 때 핏발 선 눈동자에 금이 갔다 나는 상냥한 아버지를 낳을 거야, 은밀한 낙서를 하며 자신을 부정하는 법을 배웠다"(「즐거운 소녀들」), "백 가지 꽃 중 으뜸인/매화 백분 곱게 발라/분합마냥 환해질 거라/발목 없는 다리로 번져 가는 꽃무늬들"(「매화 분합 여는 마음」) 같은 여성성의 몸의 질감들이 고스란히 묻어난 구절들에서 가장 또렷한 윤곽을 드러낸다. 또한 이 시집의 거의 모든 시편들은 여성성의 감각으로 끌어올린 "사랑"의 무늬들로 제 거죽과 속살을 빚는다.

나를 던질 때 나는 꽃이다
눈길 닿는 곳은 다 아프다
6시 30분쯤의 식은 선홍으로 핀다, 목백일홍

허랑방탕 백 일 붉은 꽃 어떤 눈길이 가지 끝으로 꽃잎을 불러내었나 여름은 물약처럼 그늘에서 그늘로 간다 붉은빛은 석 달 열흘의 약속 당신과 나 사이에는 어떤 밀약이 숨겨져 있는 것일까

꽃그늘 아래 오래 서 있는 사람의 이마가 반듯해서 아프다 유폐(幽閉)란 보고 싶다는 말보다 조금 안쪽의 말 꽃잎은 꽃잎 밖으로 얼굴을 내밀지 않는다 당신은 서역의 사람

고요의 한쪽을 흔드는 붉음은 제가 저를 찌르고 지나간 상처 꽃은 허공을 들어 올리는 두 손의 존대법 나는 길에서 만나는 모든 것을 지웠다 삶은 단 한 줄이 모자란 늦은 편지 늘 한곳이 춥다 당신에게서 침

향 냄새가 난다

—「목백일홍 별사(別辭)」 전문

도입부에 나타난 “나를 던질 때 나는 꽃이다/눈길 닿는 곳은 다 아프다/6시 30분쯤의 식은 선홍으로 핀다”에서는 오랜 기다림으로 목마른 한 여성의 간곡한 숨결이 느껴진다. 이는 특히 2연의 “붉은 빛은 석 달 열흘의 약속 당신과 나 사이에는 어떤 밀약이 숨겨져 있는 것일까” 3연의 “꽃그늘 아래 오래 서 있는 사람의 이마가 반듯해서 아프다 유폐(幽閉)란 보고 싶다는 말보다 조금 안쪽의 말”과 함께 울려 나면서 여성 화자의 마음 깊은 곳에 감춰진 열망과 절망의 변주곡을 펼친다. 또한 “석 달 열흘” 동안 거듭 되풀이될 수밖에 없었을 기대감과 실망감, 그 감정의 등락(登落) 상태가 반복적으로 불러일으켰을 내면의 드라마를 응축한다. 이 드라마는 “허랑방탕 백일 붉은 꽃”의 시절을 지나면서 결국 불안과 초조를 안겨 주었을 것이며, 마침내 “나는 길에서 만나는 모든 것을 지웠다 삶은 단 한 줄이 모자란 늦은 편지”라는 말로 표상되는 어떤 체념의 상태로 휘몰아 갔을 것이 틀림없다. 또한 이 시편의 표제어가 “목백일홍 별사(別辭)”로 결정될 수밖에 없었던 까닭 역시 이와 같다.

그렇다. 『립스틱 발달사』는 사랑, 기다림, 고독 등과 같은 원초적 감정을 다룬다는 점에서, 오래전 김현이 비판적으로 논평했던 ‘동양적 서정파’, 더 나아가 ‘한국시의 큰 암종’이라고 폄하했던 ‘여성주의적 편향’을 답습하고 있는 듯하다. 그러나 이 시집은 ‘원초적 감정의 유동물이 진부한 상투어로 전환되어 버리는’ 한국문학사의 한 편향을 그대로 옮겨 놓지 않는다. 도리어 ‘자신의 감정을 어떻게 극복하느냐에 따라 시의 품격이 높아지고 낮아진다’는 그 가치론적 평가

규준에 부합하는 정서적 긴장과 뚜렷한 윤곽과 질서 있는 배열을 끌어안고 있는 것처럼 보인다.(김현, 「감상과 극기」, 『상상력과 인간/시인을 찾아서』, 문학과지성사, 1991.) 이 시집의 모서리들마다 번져 나는 것은 상투어들로 덧칠해진 원초적 감정들의 배설물이 아니라, 고전적 분위기의 문양들 뒷면에 감춰진 침묵의 공간, 그 여백의 미감들에서 뿜어져 나오는 몸들의 얼크러짐, 곧 에로스의 감각들이기 때문이다.

하나와 둘 혹은 다시 하나가 되는 하회의 이치에 닿으면 나는 돌 틈을 맴돌고 당신은 당신으로 흐른다

삼천 권 고서를 쌓아 두고 만대루에서 강학(講學)하는 밤 내 몸은 차고 슬픈 뇌옥 나는 나를 달려 나갈 수 없다

늙은 정인의 이마가 물빛으로 차고 넘칠 즈음 흰 뼈 몇 개로 나는 절연의 문장 속에서 서늘해질 것이다 목백일홍 꽃잎 강물에 풀어 쓰는 새벽의 늦은 전언 당신을 내려놓는 하심(下心)의 문장이 다 젖었다

—「병산서원에서 보내는 늦은 전언」 부분

침묵은 비천한 사랑에도 향기를 돌게 하여 정인(情人)의 눈빛은 흐릿하고 향기롭다 비서(秘書)를 펼쳐 낡은 주술을 외운다 어둠으로 어둠을 뚫을 것이다

당신은 나의 왼뺨에서 오른뺨으로 건너간다 나는 진흙 손가락으로 당신의 등을 어루만진다 천 개의 발로도 떠날 수 없는 첫 마음은 뿌리에 왜 웅크려 있는지 당신을 생각하면 물결 속에서 아스피린 냄새가

난다

나는 긴 머리카락 풀어 비탄의 곡조로 흔들릴 것이다 꽃잎을 여는 건 연꽃의 바깥을 캄캄하게 읽는 일

죽은 발톱처럼 그대를 떠도는 일

—「연꽃의 바깥」 부분

수사 일지에는 그녀의 몸에서, 신원 미상의 울음이, 먼지벌레처럼, 기어 나왔다고, 쓰였다, 형사와, 의료진과, 앰뷸런스와, 동사무소 직원이, 그녀를 죽음, 안쪽으로 밀어 넣었다, 그녀가 쉼표처럼, 멈, 칫, 거리다, 레고 블록처럼 떨어져 나갔다, 빈 쌀독처럼 컴컴한 골목으로 앰뷸런스가, 사라지고, 형사와, 동사무소, 직원이, 가정식, 백반을, 들며, 소주를 마신다, 골목의 소음을 한 모금에 꿀, 꺽, 삼킨다, 식당 주인이 파, 닥, 파, 닥 늙은 닭처럼 부채를, 부치고, 있다

—「어떤 울음」 부분

나는 뒤쪽에서 더 선명하다
당신의 뒤편인, 나는
당신 뒤꿈치에 밟혀
꽃처럼 사납게 피어나는, 나는
없어서 있는, 나는
당신에게 훌쩍 뛰어들기도 하는, 나는
당신보다 늦거나 빠른, 나는
당신을 쫓거나

도망자인, 나는
태양의 비명이 들리는, 나는
기침처럼 당신을 찢고 나온, 나는
빛의 단검으로
당신을 내려치기도 하는,
뒤쪽으로도 잘 자라는, 나는

—「등 2」 전문

「병산서원에서 보내는 늦은 전언」에 나타난 "삼천 권 고서를 쌓아두고 만대루에서 강학(講學)하는 밤" "늙은 정인의 이마가 물빛으로 차고 넘칠 즈음 흰 뼈 몇 개로 나는 절연의 문장 속에서 서늘해질 것이다"라는 편린들이나, 「연꽃의 바깥」에 나타난 "비서(秘書)를 펼쳐 낡은 주술을 외운다" "나는 긴 머리카락 풀어 비탄의 곡조로 흔들릴 것이다 꽃잎을 여는 건 연꽃의 바깥을 캄캄하게 읽는 일" 같은 문양들은 이 시편들을 동아시아 고전 미학의 세계로 인도한다. 그러나 시인은 "내 몸은 차고 슬픈 뇌옥 나는 나를 달려 나갈 수 없다" "흰 뼈 몇 개로 나는 절연의 문장 속에서 서늘해질 것이다" 같은 그로테스크 이미지들이나, "당신을 생각하면 물결 속에서 아스피린 냄새가 난다" "죽은 발톱처럼 그대를 떠도는 일" 같은 현대적이고 섬세한 감각들을 나란히 병치함으로써, 새로운 미학적 구도를 창안하고 있는 듯 보인다. 따라서 이 시편들은 한편으로 동양적 고전 미학의 정수를 계승하는 동시에 그것과는 전혀 다른 예술적 터전을 새롭게 마련한다.

「어떤 울음」에서 눈에 띄는 현상은 쉼표의 거침없는 반복이다. 이렇듯 쉼표의 집요한 반복은 각 이미지의 단위들을 미세하게 절단하는 힘을 행사하면서, 그 낱낱을 시각적으로 도드라지게 만드는 낯선 효과를 발생시킨다. 이 시편의 첫 문장은 '수사 일지에는 그녀의 몸에서 신원 미상의 울음이 먼지벌레처럼 기어 나왔다고 쓰였다'라고 쉼표 없이 발화되는 것이 훨씬 더 자연스러울 것이다. 그러나 쉼표가 무려 다섯 차례나 반복됨으로써, "수사 일지"와 "그녀의 몸"과 "신원 미상의 울음"과 "먼지벌레"라는 체언들의 개별성과 독립성을 부각시킨다. 또한 "기어 나왔다" "쓰였다" 같은 용언들 역시 체언들을 서술하거나 형용하는 부수적인 기능을 담당하는 것이 아니라, 제각각 다른 방향으로 뻗어 나가는 외톨이의 품사들처럼 만들어 놓는다. 결국 쉼표의 집요한 반복은 이 문장 전체를 이질적인 파편 조각들을 얼기설기 엇붙인 것 같은 형태로 이끌어 간다고 하겠다.

이 시편의 주인공일 수밖에 없을 "그녀"는 어쩌면 "쉼표처럼, 멈, 칫, 거리다, 레고 블록처럼 떨어져 나"간 생을 살았는지도 모른다. 아니, "그녀"의 죽음은 그 누구에게도 전달되지 못한 채로 "형사"와 "의료진"과 "동사무소, 직원"에 의해 한낱 사무적으로 처리될 수밖에 없었을 것이다. 따라서 그녀는 그야말로 지독한 은둔형 외톨이(ひきこもり)로 살았을 것이 틀림없다. 작품 한가운데 들어박힌 "신원 미상의 울음"이나 "빈 쌀독처럼 컴컴한 골목으로" 같은 편린들이 뒷면에서 풍겨 내는 것은 가족과 친지와 세상 모두로부터 버려진 한 인간의 처참한 실존이기 때문이다. 또한 저 무수한 쉼표들은 우리들 모두의 타인에 대한 냉정과 무관심, 그것이 수반하게 될 현대인들의 고독과 소외감을 밀착인화하려는 의지로 에둘러져 있기 때문이다. 마지막 대목에 나타난 "형사와, 동사무소, 직원이, 가정식, 백반을, 들며, 소주를 마신다, 골목의 소음을 한 모금에 꿀, 꺽, 삼킨다, 식당 주인이 파, 닥, 파, 닥 늙은 닭처럼 부채를, 부치고, 있다" 같은 무

심한 풍경은, 결국 한 인간의 죽음에도 아랑곳하지 않는 현대인들의 파편화된 실존, 그 황폐한 일상-기계들이 만들어 내는 자동화된 삶의 편린들을 끔찍하리만치 사실적인 풍경들로 그려 낸다.

「등 2」는 시집 『립스틱 발달사』가 시적 전통의 중핵을 차지해 왔던 서정의 바깥을 겨냥하고 있다는 것을 표상하는 듯 보인다. 이 작품은 "당신"으로 집약되는 서정적 원근법, 곧 인간주의적 시선과 그 표상 작용으로 포착되지 않는 세계를 드러냄으로써, 그것을 근본에서부터 비틀어 버릴 수 있는 가능성을 염두에 두고 창작된 것으로 추정된다. 여기서 "당신"이 우리들의 시선에 의해 구축된 인간주의적 소실점(vanishing point)의 세계를 비유한다면, "등"인 "나"는 그것이 결코 감지할 수 없는 그 바깥의 세계를 비유한다. 따라서 이 둘의 관계는 "당신의 뒤편인, 나는"이라는 이미지로 나타날 수밖에 없다. 그것은 또한 우리 인간들이 볼 수 없는 것이라는 점에서, "없어서 있는, 나는"이라는 모순 형용의 언어를 동반한다.

라깡의 정신분석 담론을 따르면, "등"인 "나"는 결국 실재(the Real)를 몸 이미지로 치환해 놓은 메타포로 해석된다. 실재는 상징적 질서의 심부에 이미 깃든 외상적 중핵이자 의미들 속의 구멍을 가리킨다. 따라서 그것은 명징한 언어들로 상징화되지 않는 정신적 외상이 발생한 장소인 동시에 그 어떤 언어로도 만족스럽게 드러나지 않을 잔여와 초과분을 뜻한다. 「등 2」는 인간주의적 시선의 메타포인 "당신"과 그 외부에 거주하는 실재의 세계인 "나"를 엇나간 사랑의 드라마에 빗댐으로써, 서안나의 특유한 필법으로 명명할 수 있을 에로스의 감각과 드라마틱한 선율을 완성한다. "한밤의 시소"나 "감자꽃" 같은 일상의 편린들에서 "지상에는 빛나서/슬픈 다리가 넷/같은 노래를 듣고/같은 모자를 써도/우리는 사랑의 중심에서 멀다”(「한밤의 시소」), “당신이 싹이 나서/솔라닌처럼 독기만 남은/내가 되고/운명이란 처연하고/운명이란 처연하여/감자처럼/감자처럼/웅크린 눈만 남아”(「감자꽃」)로 표상되는 “사랑”의 엇갈린 “감정”과 “독기”와 “운명”의 “처연함”을 찾아내는 시인 서안나에게 세계 삼라만상은 제 스스로가 에로스-글쓰기를 수행하는 원초적 에크리튀르(archi-écriture)의 주체이자 무대로 간주될 수밖에 없었을 것이다.

새가 새를 끌고 날아오르는 것은 몸 안의 팔만 사천 자를 구름에 적는 순간이다 서둘러 날아올라도 새는 뒤틀리거나 부러지지 않는다 경판과 경판 틈새 바람이 잘 통하였다 새의 모퉁이가 상하지 않는다

팔만대장경을 읽는 데 30년이 걸린다고 했다 물속의 젖은 부처가 손을 내밀어 내 몸의 비린 경판을 읽는 것이 한 생이라면 사랑은 여기까지다 내 몸 가득 쓰인 육필 경전 부드러우나 단단했다

—「새의 팔만대장경」 부분

첫날에는 안개를 부르고
둘째 날
동편 뜰에 꽃을 풀어
축축한 홍매화 가지를
이승 밖으로 내밀기도 했다
셋째 날 세 번 절하고 세 번 운다
울어도 눈물이 흐르지 않을 때
살아 있어도 귀신이다
당신은 안아 줄 몸이 없는 정인(情人)

아픈 계절은 어떻게
꽃잎으로 깃드는지
사람이 사람에게
첫정으로 스며드는지
곰팡이 핀 눈동자

매화는 분홍빛 곡조로 핀다

—「동편 뜰에 꽃을 풀어」 부분

애월에선 취한 밤도 문장이다 팽나무 아래서 당신과 백 년 동안 술잔을 기울이고 싶었다 서쪽을 보는 당신의 먼 눈 울음이라는 것 느리게 걸어 보는 것 나는 썩은 귀 당신의 목소리가 들리지 않는다 애월에서 사랑은 비루해진다

애월이라 처음 소리 내어 부른 사람, 물가에 달을 끌어와 젖은 달빛 건져 올리고 소매가 젖었을 것이다 그가 빛나는 이마를 대던 계절은 높고 환했으리라 달빛과 달빛이 겹쳐지는 어금니같이 아려 오는 검은 문장, 애월

나는 물가에 앉아 짐승처럼 달의 문장을 빠져나가는 중이다

—「애월 혹은」 전문

「새의 팔만대장경」에 나타난 "새가 새를 끌고 날아오르는 것은 몸 안의 팔만 사천 자를 구름에 적는 순간이다", 「동편 뜰에 꽃을 풀어」의 "아픈 계절은 어떻게/꽃잎으로 깃드는지/사람이 사람에게/첫정

으로 스며드는지/곰팡이 핀 눈동자//매화는 분홍빛 곡조로 핀다", 「애월 혹은」의 "달빛과 달빛이 겹쳐지는 어금니같이 아려 오는 검은 문장, 애월//나는 물가에 앉아 짐승처럼 달의 문장을 빠져나가는 중이다" 같은 구절들을 보라. 이들은 모두 음성과 음성언어, 그리고 모든 종류의 언어 안에 이미 들어와 있는 어떤 문자적 표기, 곧 원초적 에크리튀르를 현시하는 이미지들처럼 보인다. 또한 모든 종류의 언어 안에 이미 기입되어 있는 어떤 문자적 표기, 곧 모든 언어의 가능 조건으로 그 언어 안에 작동하는 표기의 궤적으로 요약될 수 있을 것이다.

시인이 세계 삼라만상의 움직임, 그 시공간적 분기의 운동을 일종의 글쓰기처럼 받아들이고 있다는 사실은 위의 시편들의 "육필 경전" "분홍빛 곡조" "달의 문장" 같은 시어들로 명징하게 예증된다. 기실 『립스틱 발달사』의 마디마디에서 빈번하게 나타나는 "점자" "문장" "고서" "곡조" "음계" "소리" "고백" "이국어" "서책" "수사" 같은 체언들이나, "소리 내어 부른" "옮겨 적었다" "풀어 쓰는" "지웠다" "읽는다" "적으면" "그려 넣는" "말하지 않기로" "새겨져 있다" 등의 용언들은 어떤 글말이나 입말을 전제하고 있는 것일 뿐더러, 모든 종류의 언어 안에 이미 작동하고 있는 문자적 표기, 곧 원초적 에크리튀르의 의미 매듭에서 풀어져 나온 것으로 추론된다. 결국 이 시집이 창출한 문학사적 차원의 새로움은 세계의 모든 사건들과 우주 삼라만상의 움직임 전체를 "사랑"이라는 원초적 에크리튀르, 곧 에로스의 우주적 분출과 확산으로 읽어 내는 자리에서 발생하기 때문이다.

어쩌면 서안나의 시집 『립스틱 발달사』는 한국의 여성주의 시, 나아가 한국시의 여성주의적 편향을 전혀 다른 관점에서 파악할 수 있는 새로운 사유와 독창적 방법론을 제시하고 있는지도 모른다. 그것은 전통적으로 수동적 위치를 강요당해 온 여성의 몸과 마음가짐을 고스란히 간직하고 있는 듯 보이지만, 다른 한편으로 한국시의 가장 핵심적인 지력선을 이루어 왔던 서정의 문법을 뒤틀어 놓음으로써, 사랑, 기다림, 고독이라는 원초적 감정의 부산물들을 진부한 상투어들로 반복하거나 재생산하지 않는다. 오히려 저 원초적 감정의 뒷면에 버팅기고 선 인간주의적 표상을 깨뜨리고 넘어서는 자리를 새롭게 창출함으로써, 불가해한 미지의 세계인 실재를 시의 거죽으로 끌어올릴 뿐더러 "사랑"을 우주적 사건의 에로스로 치환시킨다. 바로 이 자리에서 시인 서안나는 한국시의 고질적 병폐로 일컬어져 온 여성주의의 진부함과 상투성을 넘어 새로운 미학적 구도를 창안하고 있는 것이 분명하다.

"누군가 쓰다 버린 청동 빛 칼날" "달아나려는 다리와 잡는 팔로 얽혀진/흉괘(凶卦)"라는 "두 마리 비단뱀 형상"으로 소묘된 아래의 그로테스크 이미지가 증언하는 것처럼.

당신에게서 내게 건너오는 말은
젖은 물고기 두 마리의 떨림
당신의 흐린 팔목이
내 얼굴을 끌어당길 때
입술은 누군가 쓰다 버린 청동 빛 칼날
당신은 몇 겹으로 주름지던 물결이었나
심장과 이마를 내려놓고
어떤 음계로
당신은

이 저녁을 빠져나갔는가

온몸의 피를 빼
당신에게 더운 피를 먹였다

—「저녁의 음계」 부분

상극(相剋)이라 했다
병든 몸이 병든 몸에 스며 있었다
여자가 놓아주면 사내가 붙잡고
동안 백발 되도록
달아나려는 다리와 잡는 팔로 얽혀진
흉괘(凶卦)라 했다
두 마리 비단뱀 형상이라 했다

몸을 천만 번 탕진하여
남자는 여자에게 흘러들었다
흐린 눈썹 그 아래
금이 간 사내의 눈
앵두처럼 피 묻은 별이 흘러내렸다
12간지를 되돌아온
사내가
만세력 속에서 썩고 있다

—「탕진의 내력」 부분

제3부

시/헤르메스의 문장들
—이경임과 안희연의 시

구름은 아이스크림 혹은 새 떼
구름은 눈에서 흘러나오는 물 혹은
입속에서 튀어나오는 꽃이거나 뱀

구름은 가슴속에서 출렁거리다
머릿속에서 스멀스멀 기어 다닌다

구름은 갓난아이의 웅얼거림 혹은
영안실에 누워 있는 노인

구름은 기억하면서 부풀어 오르고
망각하면서 정물이 된다

구름 때문에 사랑을 하고 전쟁을 하고

흥정을 하고 구경꾼이 몰려들기도 한다

구름을 책들처럼 쌓아 놓고
노예처럼 부리거나 훈장처럼 가슴에 달려고
말처럼 달리거나 벌레처럼 기어 다닐 수도 있다
구름은 트라우마 혹은 경전
구름을 파헤치거나 진열하거나 은폐시키며
늙어 갈 수도 있다

구름은 음악 구름은 그림
구름은 유혹하는 너의 육체 혹은
달콤함이거나 씁쓸함

구름은 불처럼 타오르다 얼음처럼 차가워지고
쇠처럼 단단해졌다가 물처럼 흘러간다

구름은 나무처럼 땅에 뿌리를 내리며 뻗어 나가고
홀로 벌판처럼 사막처럼 펼쳐진다

구름을 구름이 아닌 그 무엇으로 부르기 위해
나는 원숭이처럼 구름을 흉내 낸다
구름처럼 뭉게뭉게 피어오르려고 한다

—이경임, 「나의 구름」(『현대문학』, 2015.5) 전문

「나의 구름」은 매 순간들마다 천변만화를 거듭하는 세계의 유동

성과 가변성을 "구름" 이미지로 빚어낸다. 이는 첫 소절부터 도드라진 윤곽과 형세를 거느리고 나타난다. "구름은 아이스크림 혹은 새 떼"라는 도입부의 구절은 "구름"이 시인의 마음결을 대리-표상하는 메타포로 기능하지 않는다는 것을 암시하기 때문이다. 따라서 "구름"을 다른 사물들의 양태로 드러낸 "눈에서 흘러나오는 물" "입속에서 튀어나오는 꽃이거나 뱀" "갓난아이의 옹얼거림" "영안실에 누워 있는 노인" 같은 이미지들은, 그 뒷면에 제 자신을 관장하고 통어하는 시인의 내면적 질감을 포함하지 않는다. 또한 그 의미화의 소실점(vanishing point)으로 휘말려 들어가는 구심적 축소의 운동을 행하지 않는다. 달리 말해, 저 이미지들은 시인의 기억 모서리에 웅크리고 있을 첨예한 체험들이나 그 장면들에 여지없이 들러붙는 희로애락의 내면적 드라마를 표상하기 위한 대리물로 기능하지 않는다.

그러나 "구름은 기억하면서 부풀어 오르고/망각하면서 정물이 된다"는 탁월한 메타포처럼, 시시각각 제 몸을 바꾸면서 살아 꿈틀대는 세계 그 자체의 흐름과 추이를 생생한 질감으로 그려 내기 위해서는 저 메타포의 무늬들이란 필수 불가결한 것이었는지도 모른다. 메타포란 근본적으로 여타의 사물 표상들로 뻗어 나가려는 원심적 확산의 벡터로 둘러싸인 일종의 변신술이기 때문이다. 따라서 "구름"은 "기억하면서 부풀어 오"를 수밖에 없다. 세계의 무한한 사물들이 거느린 저 풍요로운 다양성을 우리들 인간이 고스란히 담아낼 수 있는 유일한 방법은 바로 "기억"에 잠겨 있기 때문이다.

마찬가지로 "망각하면서 정물이 된다"는 문장은 지극히 자연스런 발생 경로를 품는다. "망각"이 복잡다단한 여러 겹의 주름들로 뒤엉긴 세계의 풍요성과 다양성을 잃어버리게 되는 바로 그 순간의 심적 상태를 집약한 말이라면, "정물"은 "망각"의 사후적인 효과이자 그 부산물이기 때문이다. "구름 때문에 사랑을 하고 전쟁을 하고/흥정을 하고 구경꾼이 몰려들기도 한다"라는 이미지는 그 자체로 자연스런 의미론적 확산의 궤적을 그린다. 여기서도 "구름"은 세계와 사물의 어떤 고정적인 실체가 아니라, 우주 삼라만상이 스스로 일구어 내는 힘의 수렴과 발산과 그 변이체들이며 그것의 흐름과 과정 자체를 나타낸다. 사람들을 모여들게 만들고 떼를 짓도록 하며, 또는 파당을 이루게 하는 것 역시 힘의 유전에 따른 만물의 유동성이자 세계의 끊임없는 변화이다. 이른바 유행과 인기, 물리적 전파력과 정서적 감염 현상들 역시 인간과 세계 사이의 여러 관계망들을 짜고 얽는 힘의 가변성과 역동성으로부터 비롯한다.

그렇다. "구름"은 세계와 사물의 고정적인 실체를 벗어나려는, 아니 그 어떤 개념으로도 실체화될 수 없는 힘의 흐름과 사물의 변이 과정 그 자체를 표상한다. 따라서 "구름을 책들처럼 쌓아 놓고/노예처럼 부리거나 훈장처럼 가슴에 달려고/말처럼 달리거나 벌레처럼 기어 다닐 수도 있다"는 구절은 순수 사태로서의 힘의 흐름과 세계 자체가 이루어 내는 변이 과정을 절취하여, 특정한 체계와 논리 또는 위계적인 영토와 범주로 수렴시키려는 지식과 권력의 포획 작용을 암시한다.

이렇듯 "구름"을 정지와 종합, 항상성을 벗어나려는 어떤 힘의 흐름이자 이행의 과정으로 이해할 때, 지극히 당연하게도 그것은 사유의 보편적 체계를 겨냥하는 개념들에서 벗어나는 필연성의 궤적을 그린다. 모든 개념들에 깃든 포괄성과 추상성은 무수한 개체성들, 합리적 인과성을 벗어나는 우연들, 이미 사라져 버린 경계들을 감추어 두거나 새로 구획함으로써 성립되는 것이기에. "구름"은 "트라우마 혹은 경전"이자 "음악"인 동시에 "그림"일 수밖에 없다. 또한 “달콤함이거나 씁쓸함” 또는 “불처럼 타오르다 얼음처럼 차가워지고”라는 상반된 속성들과 양가적 상황들을 동시에 품을 수밖에 없다. 그것은 안정된 질서의 밑바닥에서 요동치는 힘의 흐름과 미묘한 차이로부터 발생하는 것이기 때문이다. 따라서 “구름”은 다른 인간과 사물들로 무한대의 변양과 확산을 일으키는 변신 이야기(metamorphosis)를 포함한다. 나아가 ‘먼 곳에서부터 먼 곳으로 다시 몸이 아프다’는 김수영의 말처럼, 엄청난 시공간적 거리로 떨어져 있는 무수한 존재자들이 서로를 마주 보면서 함께 울려 나는 공명과 감응의 상상력, 곧 아날로지의 사유를 동반할 수밖에 없다.

메타포와 변신 이야기와 아날로지는 정지와 종합, 항상성으로 표상되는 정역학적 사유 체계, 고정된 질서를 추구하거나 안정된 구조 내에서의 변화를 선호하는 고체적인 사유 방식을 거부할 수밖에 없다. 이들이 시 쓰기의 근원을 이룰 수밖에 없는 필연적 근거뿐만 아니라, “나의 구름”이라는 표제어가 솟아날 수밖에 없었던 까닭 역시 동일한 맥락을 이룬다. 결국 시인은 제 자신의 시 쓰기를 문제 삼는 시, 시적 사유와 상상력, 그리고 그것의 리얼리즘이 어떻게 마련될 수 있는지를 탐구하는 시, 곧 메타시의 문법을 “나의 구름”이란 이미지로 표현했던 셈이다.

이는 무척이나 자연스런 발생 궤적을 그린다. 시야말로 개념적 사유의 포괄성과 고정성과 추상성으론 결코 감지해 낼 수조차 없는 섬세한 변이의 과정과 미묘한 차이의 운동을 잡아챌 수 있는 탁월한 문자 행위이기 때문이다. 또한 시라고 일컬어지는 저 이상한 문자들의 배치와 분포는 “구름” 속에서 사유하고 실천하는 헤르메스를 닮았을 뿐만 아니라, ‘문자들의 구름’인 동시에 ‘아직 문자가 아닌 것들로 이루어진 구름’일 수밖에 없다(미셸 세르, 『헤르메스』, 민음사, 1999). 결국 시는 매 순간마다 현란하게 엇갈리면서 변신술을 거듭하는 헤르메스의 문장들이기 때문이다.

방 안으로 새가 날아들었다
문이 열려 있지 않은데
여긴 어떻게 들어왔을까
창문을 열고 새를 날려 보낸다

방 안에 새가 들어와 있다
주위를 둘러보아도
문은 열려 있지 않은데

새의 눈을 들여다본다
사람 손을 많이 탄 것 같다

이것은 아주 오래된 이야기
태양이 태양을 삼켜 자멸하고
멈추지 않는 비가 내리고
매일 조금씩 떠내려가는 방 안으로

새 한 마리가 날아들고
날려 보내도 기어이 되돌아오고
더듬더듬 그 새를 살피고
이름이 필요해졌다는 이야기

이름이라니,

우리는 정말 멀리 와 버린 것이다

닫힌 문 안으로 쉴 새 없이 비가 들이치고

목은 자꾸 휘어지려고만 하고

언젠가

이 새가 나를 포기하는 순간이 올까 봐

가망이라는 말을 뒤돌아본다

비가 와도 울지 않는다

—안희연, 「호우」(『현대시』, 2015.5) 전문

안희연의 「호우」는 "새"가 기거하는 공간의 알레고리 이미지들로 세계의 원초적인 가변성과 역동성을 고정화된 체계와 논리 또는 위계적인 영토와 그 범주화에 대비시킨다. "방 안"과 그 바깥을 나누는 것은 "문"이며, 이를 경계로 세계의 원초적인 역동성과 인간의 인위적인 고정성이라는 대위법적 구도와 그 의미의 그물이 펼쳐진다. 그러나 이 대위법은 확고부동한 이분법적 체계로 정립되지 않는다. 오히려 "문이 열려 있지 않은" 데도 불구하고 "방 안으로 새가 날아"드는 평면적 차원의 합리성으론 도저히 이해할 수 없는 현상들로 에둘러져 있다. 이 현상들은 "창문을 열고 새를 날려 보"내는 행위에도 불구하고, "방 안에 새가 들어와 있다"라는 현재 시제의 사건을 되풀이하여 반복한다.

이렇듯 합리적 인과관계를 멀찌감치 벗어난 이미지들이 작품의 맨 앞자리에 돋을새김의 필치로 나타난 것은 어떤 까닭에서일까?

이 의문의 적확한 해명은 시편 전체의 "이야기" 구조를 풀어내는 과정을 통해서만 가능할 것이지만, "새 한 마리가 날아들고/날려 보내도 기어이 되돌아오고/더듬더듬 그 새를 살피고/이름이 필요해졌다는 이야기"라는 5연의 "이야기"는 시편 전체의 의미소를 휘감고 있는 하나의 주름(monad)으로 기능한다. 5연이 앞서 제시된 상황들의 반복이자 따라서 특정 내러티브의 연쇄를 포함할 수밖에 없는 것은 "날려 보내도 기어이 되돌아오고"라는 구절에서 기인한다. 이 구절은 결국 정지와 종합, 항상성을 제 기반으로 삼을 수밖에 없는 고정화된 체계와 패턴과 논리, 곧 정역학적 사유에 대한 알레고리로 읽히기 때문이다.

그 뒤를 잇는 "더듬더듬 그 새를 살피고/이름이 필요해졌다는 이야기"는 세계의 무한정한 흐름들과 그 변이 양상들을 단 하나의 개념으로 명명-정의하거나, 단일한 규칙과 안정된 질서의 회로 속에 가두어 끝내는 단순 명석판명한 지식으로 헌납해 버리는 정역학적 사유의 한계와 취약성을 암시하는 것처럼 보인다. 따라서 "이름이 필요해졌다는 이야기"란 결국 매 순간들마다 제 강도와 밀도와 열도를 전변시키는 세계의 변화무쌍한 흐름과 과정 자체를 도려내어 순간적 도형 배치로 환원시키는 것, 곧 정태성의 테두리로 수렴하여 단순화한다는 것을 뜻한다. 그것의 중핵을 이루는 것은 바로 언어의 일반적이고 자의적인 지시 작용과 개념적 명명에 따른 추상적 보편화이기 때문이다.

"새의 눈을 들여다본다/사람 손을 많이 탄 것 같다" 또는 "이름이라니,/우리는 정말 멀리 와 버린 것이다" 같은 이미지들은 5연에서 나타난 개념의 추상화 작용과 논리적 분석에 따른 단순 정위와 고정화된 명명이 품는 한계와 취약성을 부연하고 재확인시킨다. 그렇다.

결국 「호우」는 “방 안”과 “이름”이라는 시어로 표상되는 인위적 지식의 정태성과 논리적 분석이 세계 그 자체가 품은 생성의 과정, 곧 매 순간들마다 살아 꿈틀대며 변이를 거듭하는 세계의 원초적인 바탕으로부터 얼마나 멀찌감치 떨어진 것인가를 항변조로 “이야기”하고 있는 셈이다. 따라서 “이것은 아주 오래된 이야기”일 수밖에 없다. 저 “이야기”는 17세기 이후 서구 근대과학의 탄생과 그 공리적 체계로부터 비롯되는 것이기에.

서구 근대과학의 오류는 살아 움직이는 세계를 순간적 도형 배치에 따라 단순 정위로 고정시켜 정태적으로 파악하는 것과 실체와 속성이라는 상관적인 범주로 인식하는 데서 기원한다(A. N. 화이트헤드, 『과학과 근대 세계』, 서광사, 1989). 이는 곧 서구 합리주의의 첨단을 표상하는 근대과학의 근간에 고정성과 항상성을 일차적 전제로 삼는 개념적 추상화와 논리적 분석이 가로놓여 있다는 것을 뜻한다. 달리 말해, 서구적 합리주의는 논리적 분석과 짝을 이루며, 근대과학의 방법론의 근간을 이루는 논리적 분석은 자연적 생성을 하나의 흐름으로 부단히 유동하는 하나의 사건으로 파악하지 않고 이미 지나갔거나 이미 완료된 사건으로 전제한다는 것이다(김상환, 『예술가를 위한 형이상학』, 민음사, 1999).

시인 안희연은 세계의 부단한 유동과 생성의 과정을 “문” 바깥에서 일어나는 “호우” 현상으로 아로새기면서, 그것이 인위적인 논리적 분석과 고정화된 개념 체계로 끊임없이 침투해 들어갈 뿐만 아니라, 또 다른 카오스를 불러올 수밖에 없는 필연적 현상을 “닫힌 문 안으로 쉴 새 없이 비가 들이치”는 장면으로 소묘한다. “문”으로 표상되는 질서와 무질서, 코스모스와 카오스, 인위적인 것과 자연적인 것, 고정성과 가변성 사이의 무수한 경계들은 실상 우리들 인간이 자의적이고 임시적으로 구획한 것에 불과할 뿐이다. 세계의 원초적인 흐름과 생성의 과정에는 "문"으로 표상되는 경계들이 존재하지 않기 때문이다. 오히려 세계의 바탕에는 그 모든 존재자들이 서로를 넘나들고 가로지르는 침투와 횡단의 벡터가 존재할 뿐이다.

따라서 끄트머리에 새겨진 "언젠가/이 새가 나를 포기하는 순간이 올까 봐" "가망이라는 말을 뒤돌아본다/비가 와도 울지 않는다" 같은 구절은 인위적인 합리성과 고정화된 체계에 의해 "새"가 지녔던 원초적인 생동성과 야생의 실물감이 사라져 버리고 형식적 규칙들이나 패턴들 또는 기성의 공리들과 모델들만이 남게 되는 추상적 일반화와 단순화의 과정을 우화적 모티프로 표현한다. 이른바 과학적 합리성과 이에 근거한 고정화된 규칙과 질서라는 것은 세계의 살아 움직이는 원초적인 카오스를 순치시켜, 우리 인간들의 안녕과 편리를 도모하기 위한 목적에서 탄생한 것인지도 모른다. 아니, 그 목적으로부터 진화의 세련성과 형식적 정교성을 거듭해 온 일종의 매트릭스 같은 것에 불과한지도 모른다.

'태초에 말씀이 있었다'는 창세기의 첫 구절을 서구 지성사의 주류를 이루어 온 이성 중심주의의 흔적으로 간주하는 데 동의할 수 있다면, '태초에 혼돈이 있었다'는 미셸 세르의 선언은 그 사유를 정반대로 뒤집는 혁명적 사유를 표상한다. 또한 세계의 살아 움직이는 원초적 터전 그 자체를 온전하게 되살려 내려는 인식론적 투쟁을 담지하고 있는 것이 틀림없다. 어쩌면 세계의 꿈틀대고 뻗어 나가는 생동감을 고스란히 소묘할 수 있는 것은 '먼 곳에서부터 먼 곳으로 다시 몸이 아플' 수 있는 메타포의 변신술일지도 모른다. 메타포의 변신술이야말로 천변만화하는 몸의 감각과 복잡다단한 마음결의 움직임을 생생하고 섬세하게 그려 낼 수 있는 헤르메스의 문장들이기 때문이다. 또한 헤르메스의 문장들의 가장 첨예한 벡터를 이루는 것, 그것이 바로 시이기 때문이다. 시의 탁월성이란 결국 저 헤르메스의 문장들을 가장 순도 높은 정념과 정제된 언어로 벼려 내는 자리에서 생성되는 것이기에.

그로테스크의 몸과 말
—김하늘과 권민경의 시

기괴, 엽기, 추 같은 용어들로 번역될 수 있을 그로테스크(grotesque)는 '기교적인 것, 희극적인 것, 무서움을 일깨우는 것, 부조리한 것, 초현실주의적인 것, 이상한 것, 흉측한 것' 같은 말들을 제 서술어로 삼는다. 또한 그것은 '자연의 법칙과 비례로부터 어긋나고 우스꽝스러우며, 양립할 수 없는 이질적 요소들이 뒤섞인 비정상의 상태, 고통과 두려움을 포함하는 악마적인 것'이 깃든 것으로 해명되어 왔다.(필립 톰슨, 『그로테스크』, 서울대 출판부, 1986.) 그로테스크의 어원은 로마 황제 티투스의 목욕탕의 지하 통로와 네로의 황금 궁전의 폐허에서 발견된 기괴한 벽화 이미지들에서 비롯한다. 1480년 발견된 이 궁전의 벽과 천장에는 엽상 형태의 식물과 가면 형태의 인간 머리와 더불어 온갖 신화적 형상들이 한데 혼재되어 있었다고 전해진다. 저 기괴한 형상들은 놀라움, 불편함, 공포의 감정을 불러일으키는 것이었을 뿐만 아니라 이질적인 것들의 폭력적 병치이자 부조리한 것들의 조합이라는 짜임 관계로 에둘러져 있었다. 또한 그로토(grotto)라는 단어는 동굴 또는 발굴을 뜻하는 이탈리아어로서, 유물들의 발견 후 그것에서 나타나는 그림들을 지칭하는 말로 사용되었다. 이후 이와 같은 이색적인 형식이나 스타일을 '라 그로테스카(la grottesca)'라는 명사형으로 일컫게 되었으며, 이것이 바로 그로테스크라는 말의 시초를 이룬다.

그로테스크가 단지 기괴한 장식물을 가리키는 것이 아니라, 미학적인 대상으로 본격적인 차원에서 논의되기 시작한 것은 18세기 낭만주의에 이르러서다. 곧 낭만주의 예술에서 등장한 '초자연적인 것과 인간 외부에 있는 것'이라는 개념을 통해서야, 그로테스크는 비로소 '인간 외부에 있는 것의 묘사'라는 의미론적 위상을 획득하게 되었다는 것이다. 여기서 '인간 외부에 있는 것'에 대비된 인간의 존재론적 지위는 한 사람의 개성에 포함된 '내적 무한성의 자각'과 결부된 것이었다. 달리 말해, 그로테스크는 '내적 무한성의 자각'에 도달하도록 강제하는 일종의 촉매제로 인식되었던 것이다. 이러한 인식은 그로테스크가 가져다주는 괴상하고 끔찍한 느낌이란 것이 결국 인간 외부에 있는 '악마적인 것'으로 인해 발생한다는 심층적 의미를 포함한다. 다른 한편으로 18세기 당시 그로테스크는 '유머러스한 것'으로 경멸받았는데, 이는 매우 역설적으로 그것이 휘두를 수 있는 파괴적인 힘을 반증하는 것처럼 보인다. 당대 현실의 안정화된 인식 체계를 뒤흔드는 그로테스크의 가공할 위력을 상쇄하기 위해서는 그것을 경멸하고 조롱하는 방법 이외에는 별다른 도리가 없었을 것이기 자명하기 때문이다.

이와 같은 맥락에서 그로테스크는 괴상한 취미 정도로 폄하될 수 없다. 또한 호사가의 독특한 취향이나 예외적으로 돌출된 어떤 일시적 현상으로 간주할 수도 없다. 이러한 시각과 관점은 그로테스크가 품은 무한한 가능성을 애초부터 봉쇄하는 결과를 초래할 뿐이다. 더구나 그로테스크 미학을 현실의 상징적 질서로 수용할 수 없는 일종의 도덕적 탈선과 같은 것으로 간주한다면, 그것을 단지 '괴물적인 것'으로만 치부하는 편협한 시선과 태도에 갇히게 될 것이 틀림없다. 결국 그로테스크의 문제는 우리가 '인간 외부에 있는 것'을 어떻게 받아들이고 수용하는가라는 인식 체계의 정상성의 문제와 결부되어 있다. 달리 말해, 기존의 개념이나 상식을 통해 식별될 수 없는 것이 출현했을 때, 그것을 기이하고 괴물적인 것 또는 악마적인 것으로 호명함으로써 인간적인 것의 범주나 테두리 바깥으로 몰아내려는 인식론의 문제와 직결되어 있다는 것이다. 결국 그로테스크는 인간의 시각장(the visual field)과 인식 체계의 배면에서 작동하는 사회적 정상성의 질서와 밀접하게 연동되어 있을 뿐만 아니라, 그 표면에서 나타나는 시각적 기이함은 그 질서와 지배 체제를 겨냥한 항거와 전복의 의미를 암묵적으로 내장한다. 따라서 그로테스크를 '지각의 한 양식'이자 '세계를 상상적으로 재구성하는 방식'이라고 규정한 독일 문예학의 관점 역시, 인식 체계의 정상적 질서라는 보다 큰 인식론의 패러다임에서 그것을 정의했던 셈이다(볼프강 카이저, 『언어예술 작품론』, 예림기획, 1999).

우리들이 지각하고 인식하는 방식, 나아가 인간의 인식 체계의 배경에서 작동하는 사회적 정상성의 질서와 그로테스크를 연관시킬 때, 그것은 기성의 관습과 제도와 현사실성의 범주들에 대한 도전과 전복이라는 의미로 뻗어 나간다. 경험적인 차원에서 그로테스크는 끔찍스럽고 흉물스런 시각적 장면을 직접 대면하는 것으로 요약될 수 있지만, 그 너머에는 괴물적인 것이나 기형적인 것이 불러일으키는 잔혹한 비현실성이 명명될 수 없다는 당혹감이 은밀하게 내장되어 있다. 이 당혹감은 그것의 언표 불가능성과 이해 불가능성, 또는 인간의 사고 자체에 주름진 무능함을 뜻한다. 이는 그로테스크와 마주친 자에게 솟아오르는 현실 세계 내부의 비가시적인 빈틈들이 편재한다는 돌발적인 깨달음, 그 인식론적 충격을 가리킨다. 따라서 그로테스크의 어원에 새겨진 그로토(grotto) 역시, 동굴이나 무덤으로 표상되는 역사적 흔적이나 고고학적 유적이라는 의미에 그치지 않는다. 오히려 그것은 삶과 죽음, 빛과 어둠, 그리고 지식과 무지의 공존이 우리 존재를 후려갈기듯 급작스럽게 출현할 때 발생하는 불가해성의 표지를 나타낸다.

이렇듯 그로테스크를 불가해성의 표지, 곧 우리 의식 내부로 수렴되지 않는 비가시적인 빈틈들이나 기존의 인식 체계로 수렴되지 않는 낯선 것들의 출현으로 규정할 때 제기되는 가장 중요한 문제는 현대적 시각 체제와 원근법적 시각 양식이다. 이는 결국 우리의 시각 양식 자체가 이미 주어져 있는 사회적 틀과 모델에서 공인되고 학습되는 방식, 곧 사회적 정상성의 체계나 그 문화적 규범 내용들에 의해 규정된다는 것을 뜻한다. 달리 말해, 상식적으로 당연시되는 '보는 방식'은 그 시대와 사회의 정상성의 체계, 즉 지배 이데올로기와 도덕규범과 통념적 구조에 의해 규정된다는 것이다. 또한 어떤 이데올로기가 특정한 방식으로 개인을 주체로 호명하듯, '보는 방식' 역시 특정한 주체를 형성시키는 주요인으로 기능한다는 것이다. 따라서 어떤 사회에서 자연스러운 것으로 제시되는 '보는 방식' 역시, 그 저변을 가로지르는 지배 관계 또는 한 시대를 지배하는 무의식적 인식 체계, 곧 에피스테메(épeistémè)와 결부될 수밖에 없다는 것이다.

현대성을 합리성과 주체성의 원리로 요약할 수 있다면, 그것은 시각장의 영역에서도 일관되게 관철되었을 뿐만 아니라, 이 원리가 원근법이라는 시각 양식에 의해 공고하게 구축되어 왔다는 사실을 알아챌 수 있다(주은우, 『시각과 현대성』, 한나래, 2003). 곧 현대성의 시각 체제는 원근법이라는 합리화된 시각 양식이 지배하는 시각장인 것이며, 이 체제에 의해 구성되는 주체는 데카르트적 코기토와 마찬가지로 중심적 위치를 차지하게 된다는 것이다. 이는 원근법을 작동시키는 시각 주체가 현대적 시각장에서 자기 의지에 따라 대상 세계에 대해 거리를 두고 조망하면서 그것에 통제력과 지배력을 행사할 수 있는 세계의 중심이자 사유 주체로서의 지위를 구축하게 된다는 것을 뜻한다. 이는 주체의 존재론적 확실성에 기초하여 세계에 대한 명석판명한 인식을 확보하고자 하는 데카르트의 인식론적 모델과 시각 주체의 눈을 중심으로 세계에 대한 명료한 시각장을 축조하려는 현대성의 시각 체제가 서로 긴밀하게 접맥되어 있다는 사실을 뜻하는 것이기도 하다. 원근법이라는 하나의 발명 도구가 현대 세계의 정상적인 '보는 방식'으로 인준되고 일상화되는 과정에는 그것에 입각하여 세계를 파악하는 방식이 가장 과학적이고 정확하다는 믿음이 전제되어 있기 때문이다. 또한 이를 가능케 하는 문화적 규범 체계와 지배 이데올로기 역시 그 배면에서 동시에 작동하기 때문이다.

달빛이 부비는 거리엔
꼬리가 잘린 고양이들이 미유미유 울어 대고
내 피의 방향은 늘 너를 향하지

도처마다 고독사한 인간들
죽은피를 마시는 거미들

하늘타리가 흐드러진 이 시간,
나는 흰 베일에 푸른 수녀복을 입어
촛농으로 네 이름을 쓰고,
우울한 이 시대를 비웃어 주며
세상의 끝을 기다리는 나의 미로에.
널 초대해

내 혀를 거부하지 마, 짐작한 것이 있다면 몰라 줬으면 해
나는 내 세계를 완성하기 위해 네가 아닌 나를 할퀴어 왔어
그런 내가 달콤하지 않니? 마치 성모의 젖처럼,

위태로운 건 나뿐만이 아니야
우리는 이미 여러 번 실패한 연애가 있고
축복과 저주를 교환함으로써,
서로를 확인할 신호를 주었지
얼마나 낭만적이야,
꼬리가 잘려 나가는 기분이야

그러니까 어서 와,
내 수녀복을 이만 벗겨 줘
너의 유륜을 정성껏 그루밍해 줄게
야한 말로만 끝말잇기를 하자
근데 넌 어디서 왔니?
똥구멍까지 예쁜 남자는 처음이거든

아, 섹시한 밤이야

—김하늘, 「블루 넌」 전문

김하늘의 「블루 넌」은 그로테스크 이미지를 도드라진 모양새로 틔워 올린다. 이는 특히 "내 수녀복을 이만 벗겨 줘" "너의 유륜을 정성껏 그루밍해 줄게" "똥구멍까지 예쁜 남자는 처음이거든" "아, 섹시한 밤이야" 같은 마지막 장면들에서 나타난다. 이들은 그 자체로 적나라한 성애의 장면들을 연상시키는 동시에 외설적인 성애의 코드를 환기시킴으로써 낯설음과 기이함을 강렬하게 증폭시킨다. 이런 맥락에서 그의 시 세계는 황병승의 『여장 남자 시코쿠』나 주하림의 『비버리힐즈의 포르노 배우들』을 닮아 있고, 이 자리에서 크게 벗어나지 않는다고 보는 것이 합당한 평가일 듯하다.

그러나 성애의 장면들을 적극 활용하고 있다는 이들의 공통된 자질은 소재의 차원에서 나타나는 유사성일 뿐이다. 따라서 이는 매우 상투적인 방식으로 이루어지는 통념의 재인, 그저 그렇고 그런 스투디움(studium)에 따른 평범하고 피상적인 말에 지나지 않는다. 정작 중요한 문제는 이러한 성애의 코드를 똑같이 도입한다 할지라도, 김하늘이 어떻게 자신만의 고유한 이미지 조각술과 미학적 건축술을 성취해 내는가를 섬세하게 갈피 짓는 데 있을 것이다. 아니, 그야말로 어떤 생산적 차이를 만들어 내고 있는가를 파헤치는 데 있을 것이다. 엘리엇(T. S. Eliot)이 「전통과 개인적 재능」에서 설파했던 것처럼, 한 시인의 가능성과 독창성이란 이미 있는 전통의 이상적 질서(ideal order)를 완전히 벗어나는 데서 오는 것이 아니라, 오히려 그 질서의 끝자락을 새롭게 덧붙이는 자리에서 비롯하는 것인지도 모른다. 김하늘이 새롭게 이루어 낸 저 덧붙임의 자리로 직접 들어가 보자.

작품 앞머리에 새겨진 "달빛이 부비는 거리엔/꼬리가 잘린 고양이들이 미유미유 울어 대고/내 피의 방향은 늘 너를 향하지"를 찬찬히 뜯어보라. 첫 행에 나타난 "달빛이 부비는 거리엔"은 마치 달큼한 동화 나라로 인도된 것 같은 느낌을 선사한다. 그 뒤를 잇는 "꼬리가 잘린 고양이들이 미유미유 울어 대고" 역시 다르지 않다. 물론 "꼬리가 잘린"이라는 수식어구가 다소간의 불안과 비약의 징후를 침묵처럼 거느리긴 하지만, "미유미유"라는 부드러운 느낌의 의성어와 결합시킴으로써 그것을 다시 온화한 분위기로 싸안아 오는 것처럼 보인다. 그러나 "내 피의 방향은 늘 너를 향하지"라는 다음 행의 이미지는 앞서 제시된 "꼬리가 잘린"이라는 불길한 징후의 무늬와 함께 울려 나면서, 이 시편이 결국 그로테스크의 미학으로 나아갈 수밖에 없음을 명시적으로 예고한다.

이 예고는 곧장 실현된다. 2연 서두에 나타난 "도처마다 고독사한 인간들/죽은피를 마시는 거미들"이라는 구절에 깃든 죽음의 이미지들을 보라. 이들은 불행과 불운과 저주의 느낌을 그 자체로 뿜어내면서, 1연에서 흐릿하게 제시된 불길한 징후를 또렷한 실물의 형상으로 아로새기기 때문이다. 또한 이 징후는 급작스럽게 "나는 흰 베일에 푸른 수녀복을 입어/촛농으로 네 이름을 쓰고"라는 종교적 차원의 신비감과 금욕주의, 주술적 기도라는 전혀 다른 계열의 이미지들로 전환됨으로써, 우리들의 시선과 상상력을 인간적인 테두리를 넘어선 신적인 차원의 무대로 이끈다. 그렇다. 적어도 유한한 시공간의 평면을 잠시 잠깐 머물다 가는 우리 인간들에게 저 신적인 것의 폭력만큼이나 두려운 것은 없다. 이는 "우울한 이 시대를 비웃어 주며/세상의 끝을 기다리는 나의 미로에./널 초대해"라는 2연의 뒷부분에서 암시적으로 드러난다. 그것은 최후의 심판과 구원의 메시지, 그리고 그 묵시록적 비전을 동시에 거느리고 있기 때문이다.

그러나 저 묵시록적 비전 역시, 잔혹과 공포를 자아내는 어떤 파국적 결말을 향해 치달아 가지 않는다. "내 혀" "성모의 젖" "너의 유륜" "똥구멍" 같은 은밀하고 수치스런 몸의 부위들, 또는 성애와 접속되는 신체 기관들의 이미지들의 연쇄와 결부됨으로써, 그것은 둔중하고 극단적인 분위기를 멀찌감치 벗어난다. 오히려 경망스럽고 희극적이면서도 음란한 뉘앙스를 풍겨 낸다. 특히 "내 수녀복을 이만 벗겨 줘"는 경건한 신성성의 표상과 불온한 성애의 느낌을 자아내는 수행사가 한 문장 단위에서 결합됨으로써, 그 자체로 기이하면서도 불경스런 분위기를 발산한다. 이는 또한 "너의 유륜을 정성껏 그루밍해 줄게"라는 발칙하고 직접적인 성애의 장면으로 곧바로 이어짐으로써, 제가 품은 카니발적 그로테스크의 면모를 성적 몽환성의 영역으로 전환시킨다.

따라서 이 시편의 마디마디의 편린들에서 피어오르는 그로테스크는 끔찍하고 참혹한 것이 아니라, 도리어 가볍고 부드럽고 경쾌한 것들을 훨씬 더 많이 품고 있는 독특한 형세와 구도를 이루어 낸다. 김하늘이 직조하는 저 독특한 형세와 구도로 이루어진 그로테스크는 그의 직계 선배들인 황병승과 주하림과는 다른, 그 자신만의 고유한 방법론과 미학을 빚어내는 창조력의 원천으로 작동하고 있는 것이 틀림없다. 이는 또한 김하늘의 시편들 대부분이 경건한 것과 음란한 것, 신성한 것과 성애적인 것, 진지한 것과 가벼운 것, 둔중한 것과 경쾌한 것이 동시에 함께 뿜어져 나오는 그 양가성과 혼종성을 이미지 조각술과 미학적 구도의 중핵으로 삼고 있는 데서 온다. "야한 말로만 끝말잇기를 하자"라는 편린에 깃든 음란하면서도 유희적인 연극성은, 이 작품이 결국 흉측하고 섬뜩하고 잔혹한 느낌으로 덧칠해진 그로테스크가 아니라 가볍고 경쾌한 역할 놀이의 무대, 곧 카니발의 유희성을 동반한 그로테스크로 나아갈 수밖에 없다는 사실을 명징하게 예시한다.

'그로테스크 리얼리즘의 주도적인 특성은 격하시키는 것, 즉 고상하고 정신적이며 이상적이고 추상적인 모든 것을 물질·육체적 차원으로, 불가분의 통일체인 대지와 육체의 차원으로 이행시키는 것에 있다', 또는 '공식적인 축제와는 대조적으로 카니발은, 마치 지배적인 진리들과 현존하는 제도로부터 일시적으로 해방된 것처럼, 모든 계층 질서적 관계, 특권, 규범, 금지의 일시적 파기를 축하하는 것이다'(미하일 바흐친, 『프랑수아 라블레의 작품과 중세 및 르네상스의 민중 문화』, 아카넷, 2001)라는 말에 주목해 보라. 여기서 신성하고 경건한 종교적 이미지와 세속적이고 경망스런 성애의 이미지가 김하늘의 시에서 겹쳐 울려 날 수밖에 없는 그 필연성의 맥락을 잡아챌 수 있는 혜안을 얻을 수 있을지도 모른다. 또한 카니발의 전통에서 이어져 온 그로테스크 리얼리즘을 매우 과감하고 자각적인 방식으로 형상화하고 있다는 것을 공론화할 수 있을 것이 틀림없다. 일본 만화와 미국 포르노라는 하위문화의 코드들을 시적 오브제로 끌어들이는 과감한 미학적 탈주를 통해 황병승과 주하림이 2000년대 한국시의 그 주류 담론의 심장부로 진격해 들어왔다면, 김하늘은 중세 신학의 밀교적 분위기와 카니발적 전통의 그로테스크 리얼리즘을 한데 얽혀 들게 만듦으로써 자신만의 고유한 이미지 조각술과 예술적 구도를 창안하고 있는 중이기에.

나는 나로써

어제
어제의 사람

어릴 적 골목에서 만난 개
질이 튀어나온 채 복판에 앉아 있었어요 무서워서 지나가지 못했죠
개는 아팠던 것뿐인데 난 뭐가 무서웠던 걸까요 지는 만날 튀어나오는 주제에—

네모는 다음에 세모
다음은 평행 우주

애써 꾸민 형식보다는 볼 수 없는 것들이 좋아요
읽을 수 있는 말이란 결국 내 수준의 것
유치 무모 비겁한 것들
예수 정도는 서른 번 모른다 할 수 있어요

폼을 재고 있는 사람의 폼
약통이 열리고 크기가 다른 알약이 쏟아져 나오면

너머를 보여 주세요
이를 테면
내장이라든가
말 못 하는 동물이 보내던 눈빛
아픔을 호소하거나 두려워하는 감정
감정 너머에 생

살아 있다는 감각

우리의 내용은 같을지 모르지만
목 뒤에 새겨진 글자가 다르고

이번 형식을 뭐라고 부를까요
질탈
절단
무식함과 유식함
동물인 내가
누군가에게 보내는 눈빛
사랑도 도움도 요청하지 않고

작렬하는 한복판에 앉아 있겠어요
무서워 말고 지나가세요

방금 전의 나는
시간을 후회할 줄 알며

한 낮의 일이니까요

—권민경, 「나의 형식」 전문

권민경의 「나의 형식」은 그로테스크 이미지를 표면 위로 끌어올리면서도, 그것과 우리들 각자의 개인적인 "나의 형식"이 어떻게 밀착되어 있는지를 탐구해서 보여 주려는 윤리학적 의지를 제 뒷면에 품는다. 저 그로테스크가 시각적 직접성의 차원에서 가장 명징하게 돋을새김의 필치로 솟아오른 장면은 2연 2행의 "질이 튀어나온 채 복판에 앉아 있었어요 무서워서 지나가지 못했죠"일 것이다. 그러나 이 시편의 이미지 지력선 전체와 그 마디마디의 매듭들에서는 은은한 그로테스크의 음영과 분위기가 스며 난다. "나의 형식"이라는 표제어가 역설적 화법으로 암시하듯, 그것은 「나의 형식」이 데카르트적 코기토와 현대적 원근법의 시각장을 깨뜨리는 데서 비롯한다. 곧 "나"로 호명된 사유 주체가 보고 느끼고 인지할 수 없는 그 "너머"의 차원을 사유하려는 자리에서 그로테스크 이미지가 움튼다. 현대 세계의 과학적 시선으로 포착되지 않는 몸의 감각들을 현시하려는 충동과 정념이 이 시편의 바탕을 가로지르고 있다는 것이다.

우선 "애써 꾸민 형식보다는 볼 수 없는 것들이 좋아요"라는 6연의 앞머리를 눈여겨보라. 여기서 나타난 "애써 꾸민 형식"과 "볼 수 없는 것들"은 대위법적 이미지로 기능하면서, 나날의 삶에서 우리들이 뒤집어쓰는 각양각색의 페르소나와 더불어 우리 안에 이미 존재하지만 자명하게 의식되지 않는 실재의 세계를 암시한다. 이는 다른 한편으로 우리 마음결에서 움터 날 수밖에 없을 자기기만의 드라마와 심리적 방어기제를 응축한다. 또한 "너머를 보여 주세요"라는 염원의 문양과 서로를 비추는 두 겹의 거울을 이루면서, 이 시편에 깃든 사유의 중핵을 표상하는 단자론적 이미지로 들어박힌다. 이는 결국 시인이 되짚어 내려는 "나의 형식"이 "나" 자신의 명증한 의식으로부터 기원하는 것이 아니라, 오히려 무어라고 명명할 수 없는 그저 "살아 있다는 감각" 그 자체의 자극들과 파장들로 구성된다는 것을 제유법의 이미지로 형상화하고 있다는 것을 뜻한다.

이렇듯 작품 한복판에 들어박힌 "너머를 보여 주세요/이를 테면/

내장이라든가/말 못 하는 동물이 보내던 눈빛/아픔을 호소하거나 두려워하는 감정/감정 너머에 생/살아 있다는 감각" 같은 이미지들의 연쇄는, 이 시편의 사유의 벡터가 '감각의 유물론'으로 나아갈 수밖에 없다는 것을 명시적으로 공표한다. 그러나 "이번 형식을 뭐라고 부를까요/질탈/절단/무식함과 유식함/동물인 내가/누군가에게 보내는 눈빛/사랑도 도움도 요청하지 않고"라는 8연의 이미지들은 이 시편의 라이트모티프가 단 하나가 아니라, 겹주름을 잇대어 놓은 복합 구조로 이루어져 있다는 사실을 암시한다. 특히 8연에 등장하는 "동물인 내가/누군가에게 보내는 눈빛/사랑도 도움도 요청하지 않고"라는 구절은, "나"를 "사람"이 아닌 "동물"로 해석할 수 있는 가능성과 "나"라는 "사람"에게 내재된 "동물"적인 감각과 속성을 비유한 것으로 볼 수 있는 가능성을 모두 열어 놓는다.

더 나아가, 이 구절에 주름진 양가적 의미는 맨 첫머리의 "나는 나로써/어제/어제의 사람"이나 맨 끄트머리의 "방금 전의 나는/시간을 후회할 줄 알며//한 낮의 일이니까요"와 함께 울려 나면서, 이 시편을 윤회론적 모티프가 깃든 것으로 읽게 만든다. 물론 이 구절을 "나의 형식"으로 비유된 시적 주체의 정체성이 시시각각으로 달라지는 감각의 내용들이나 매 순간마다 새롭게 만나는 세계의 무수한 몸들에 의해 전혀 상이한 것들로 구성될 수 있다는 사실을 비유한 것으로 읽어 낼 수도 있다. 이 두 갈래의 해석들 가운데서 어떤 것을 선택하는가는 물론 당신들 각자의 몫이다.

그러나 정작 중요한 문제는 어떤 해석을 따라간다 할지라도, 당신들이 결국 마주하게 되는 것은 "나의 형식"이 "나"에 의해 규정되지 않는다는 둔중한 깨달음일 것이다. 곧 "나의 형식"은 "나"의 의식에 의해 능동적으로 구성되는 것이 아니라, 도처에서 출몰하는 표상 불가능한 타자의 몸들, 곧 실재의 세계에 의해 수동적으로 구성된다는 깨달음 말이다. 아니, 오히려 이렇게 말하는 것이 옳겠다. 당신들 각각의 "나의 형식"을 규정하는 것은 당신들의 자명하고 투명한 의식이 아니라, 애매모호한 무의미의 덩어리인 당신들 각자의 몸이며, 거기서 일어나는 감각의 유물론이자 그 움직임과 궤적이라고. 더불어 몸에 대한 분석적이고 과학적인 시선이 아니라, 그 테두리를 멀찌감치 벗어난 신비주의적 환생의 모티프이거나 기괴하고 혼돈스런 그로테스크의 몸일 뿐이라고.

어쩌면 이 작품 곳곳에서 배어나는 그로테스크의 음영은 저 애매한 무의미의 덩어리로서의 몸, 그 집요한 감각의 유물론에서 비롯하는지도 모른다. 그러나 여기서 말하는 몸이 우리가 실제로 감지할 수 있는 육체적 실물만을 뜻하지 않는다는 것을 다시 염두에 둘 필요가 있겠다. 오히려 가시적인 차원의 부피와 무게를 지닌 것이라기보다는 보이지 않는 힘들의 얽힘과 비틀림, 그것의 교차 현상들 전체를 일컫는다. 또한 물리적 사건들과 효과들을 구성하는 힘의 대립과 긴장, 그것이 이루어 내는 천변만화의 흐름들 자체를 뜻한다. 이렇듯 몸을 그 모든 것의 육체성을 이루는 힘의 가변적인 흐름들로 이해할 때에만, 이 시편이 현시하려는 저 감각의 유물론이 생생한 장면들로 감지될 수 있을 것이다.

이 시편에 등장하는 여러 몸들을 다시 떠올려보라. 가령 "어제의 나", "질이 튀어나온 채 복판에 앉아 있었"던 "개", "네모"와 "세모"와 "평행 우주", "유치 무모 비겁한 것들"과 "약통"과 "크기가 다른 알약", "내장"과 "말 못 하는 동물이 보내던 눈빛", "목 뒤에 새겨진 글자", "질탈"과 "절단", "동물인 내가/누군가에게 보내는 눈빛", "작렬하는 한복판", "방금 전의 나", "한 낮의 일" 같은 것들 말이다. 이들은 특정한 육체의 실물을 가진 것이기도 하지만, 동시에 어떤 힘의 순간적 배치이자 그 시간적 궤적이며 움직임이기에 여기서 말하는 몸의 의미를 표상하는 다양한 양태들처럼 보인다. 또한 저 몸의 의미가 결국 보이지 않는 어떤 힘들을 가리킨다는 점을 고려해 보면, 그것은 어떤 사태의 형세이자 몸에서 일어나는 사건, 이른바 감각적 사건에 가깝다는 것을 눈치챌 수 있을 것이다.

그렇다. 이 시편은 보이지 않은 감각적 사건들로서의 몸을 현시하려 한다. 거죽에 아로새겨진 이미지들이 일관된 맥락을 형성하는 듯 보이면서도 쉽사리 연결되지 않는 것도 같은 이유에서다. 작품 곳곳의 이미지들에 주름진 감각적 사건들, 이 사건들에 투입된 힘의 배치와 움직임이 서로 다른 몸들로 이루어져 있기 때문이다. 또한 저 몸들은 정밀하게 밀폐되고 제한된 과학 실험실에 거주하는 것이 아니라, 시시각각으로 천변만화를 거듭하면서 살아 꿈틀거리는 세계의 몸들이자 힘의 유전에 따른 감각적 사건들을 표상한다. 이들이 그로테스크의 분위기를 풍겨 낼 수밖에 없는 필연성의 궤적 또한 여기서 온다. 그것은 실험과 관찰, 통계적 수치와 객관적 확증이라는 좁디좁은 산술적 기호의 세계, 곧 수학적 도식과 인과율에 근거한 근대과학의 인식 체계나 원근법적 시각 양식으로는 결코 포착할 수 없는 감각적 사건으로서의 몸들이기 때문이다. 또한 그것을 가로지르는 여러 힘들의 맞겨눔과 일렁임을 현시하기 때문이다.

시인은 "나"의 몸과 세계의 무수한 몸들이 서로를 넘나들면서 일구어 내는 그 흔적들을 "나의 형식"이라 명명한 것이 틀림없다. 그리하여, "나의 형식"은 곧 그로테스크의 몸과 말일 수밖에 없다. "작렬하는 한복판에 앉아 있겠어요/무서워 말고 지나가세요"라는 마지막 구절들이 선명하게 현시하는 것처럼, 시인은 과학과 원근법으로 포장되고 밀폐된 실험실의 철문을 뚫고 나와 그야말로 살아 움직이는 세계의 그 '무섭고' '두려운' 사건들을 그대로 드러내려 한다. 아니, 저 감각의 유물론을 고스란히 겪어 내려 한다. 이 시편에 나타난 무수한 그로테스크의 이미지들 역시 감각의 유물론에서 온다. 그것은 결국 인간주의적 정상성이라는 우리 현대인들의 의식과 표상 체계 너머에서 무수히 실재하고 있을 두렵고 섬뜩하고 흉측한 것들 자체에서 발원하는 것이기 때문이다. 따라서 이 시편의 끄트머리에 나타난 "방금 전의 나는/시간을 후회할 줄 알며//한 낮의 일이니까요"라는 문양은 권민경이 그로테스크의 사실성을 단지 미학적 차원에서뿐만 아니라, 제 자신의 운명과 세계관의 차원에서도 적극 수용하려 한다는 것을 넌지시 일러 준다. 그리하여, 이 시인이 그로테스크의 어두운 이면들과 용맹하게 맞서 싸울 수 있는 진리의 투사로 성장할 것만 같은 우리들의 벅찬 예감은 결코 빗나가지 않을 것이다.

과거의 타나토스, 에로스의 미래
—장석원의 시

1.

장석원의 시는 2000년대 중·후반 미래파 담론의 한복판을 차지했다. 그것이 불러일으킨 새로운 예술적 구도의 중핵은 '다성성의 발화'(권혁웅)라는 말로 일컬어졌다. 이는 실상 "담론 안에서 자유로운 것으로 나타나는 배치로써, 하나의 목소리 안에 있는 모든 목소리를, 카를루스의 독백에서 젊은 여자들의 광채를, 언어 안에서 언어를, 말 안에서 명령어를 설명해 주는 것"(『천개의 고원』)이라는 들뢰즈·가타리의 말을 통해 보다 명징하게 부연될 수 있을 자유간접화법(free indirect discourse)의 한 양태를 가리키는 것이기도 했다. 또한 미학적 완결성과 유기적 총체성이란 명제들로 압축되는 부르주아 미학의 완강한 테두리를 근본적 차원에서 전복시킬 수 있는 위력을 품은 것이기도 했다.

시인 장석원이 새롭게 창출해 낸 자유간접화법은 인류 문화의 찬란한 별자리를 이루고 있는 여러 고전 저작들의 문양들과 비루한 지상의 소음들, 그리고 대중가요의 노랫말이나 단편적인 철학적 잠언들과 종교적 경구들이 한 작품에서, 또는 작품과 작품 사이에서 울려 나는 모양새로 나타났다. 이 모양새는 자유간접화법이 거느릴 수밖에 없을 공명 현상이나 감응 효과의 최대치를 겨냥했을 뿐만 아니라, 산문시의 새로운 형식과 리듬과 방법론을 현시하려 했던 그의 과감한 예술적 기획과 창조력에서 비롯한다. 특히 그의 첫 시집『아나키스트』(문학과지성사, 2005)의 예술적 구도는 자유간접화법으로 이루어진 새로운 음악적 콜라주와 이미지의 파격적인 흩날림, 그리고 그 비약적인 리듬감에서 빚어진 것이 틀림없다.

두 번째 시집『태양의 연대기』(문학과지성사, 2008)는 이와 정반대로, 시라는 예술 양식이 전통적으로 존중해 왔던 여백과 침묵과 절제의 공간을 극대화하려는 이른바 서정의 존재론과 압축미를 돋을새김의 필법으로 섬세하게 소묘했다. 이는 또한 정직한 실존을 가진 자라면 반드시 치러 낼 수밖에 없을 어떤 치명적 사건들과 비밀스런 장면들로 온몸의 집중력이 치달아 가면서도, 그와 동시에 침묵할 수밖에 없었던 지극히 난처한 상황에서 온다. 달리 말해,『태양의 연대기』의 라이트모티프는 실존의 처참한 찢김과 "검은 나무"로 사방이 막혀 있었던 그 참혹한 장면들을 침묵의 말과 서정의 압축미로 드러낼 수밖에 없었던 비밀스런 자리에서 온다는 것이다.

저 참혹한 장면들은 시인이 제 생명 전체를 걸고 견뎌 낼 수밖에 없었을 "검은" 실존의 역사이기에, 앞으로도 거듭 튕겨져 나올 수밖에 없을 것이다. 프로이트가 명제화한 이른바 '억압된 것의 회귀'란 바로 이 장면들을 일컫는 말이었을 것이다. 그의 세 번째 시집『역진화의 시작』(문학과지성사, 2012)은 저 '억압된 것의 회귀'에서 태어난다. 어쩌면 "역진화"가 매 순간마다 다시 "시작"될 수밖에 없는 근본적인 까닭 역시, 계속해서 다시 회귀할 수밖에 없는 억압된 것에서 비롯하는지도 모른다. 그것은 시인의 마음결 그 어두운 한구석에 감춰진 분노와 증오에서, 또한 연민과 사랑의 감정이 이들과 한데 뒤범벅된 무의식적 차원의 어떤 비참한 마음결에서 온다. 달리 말해, "슬픔에 대한 오랜 환대"(진은영, 「거기」)일 수밖에 없을 뿌리 깊은 원한의 감정과 시인이 제 가슴속 깊이 벼려둔 "사랑"의 사이 공간에서 "역진화"가 "시작"된다는 것이다. 이는 "사랑"의 "은빛 날개"로 지긋지긋한 원한의 감정을 지워 내려는 자리에서 비롯할 뿐만 아니라, 그 내면적 싸움의 궤적을 되돌려 보려 한다는 것을 뜻하는 것이기도 하다. 결국 "역진화의 시작"이라는 표제어는 시인이 제 실존의 역사를 되돌려 보려는 욕망과 의지를 자기 책무처럼 부여하는 명령어였던 셈이다.

2.

『역진화의 시작』의 의미론적 중핵은 해설자가 이미 표명한 바 있었던 '영구 시작론'(강동호)으로 요약될 수 있을 듯하다. 이를 "뜯겨나간 바람의 비늘과 파쇄된 햇빛의 박편을 몸에 두르고 날기 위해 새는 신체를 고독에 봉헌하고 태양의 프로펠러를 장착하고 지상에서 영원으로 추락할 것 아름다움을 위해 바람과 빛의 힘살을 선택할 것"(「역진화의 시작」)이란 말보다 명징하게 표상하는 것이 또 있겠는가? 만일 있다면 그것은 아마도, "시도 시인도 시작하는 것이다. 나도 여러분도 시작하는 것이다. 자유의 과잉을, 혼돈을 시작하는 것이다. 모기 소리보다도 더 작은 목소리로 시작하는 것이다. 모기 소리보다도 더 작은 목소리로 아무도 하지 못한 말을 시작하는 것이다. 아무도 하지 못한 말을. 그것을……"(김수영, 「시여, 침을 뱉어라」)일 것이다. 장석원의 시적 사유와 담론은 오래전 김수영이 체득했던 '생산적 카오스'를 충실하게 계승하는 자리에서 "시작"되는 것이 분명하기 때문이다.

> 우리에겐 기원이 없어요 잃어버린 진화의 고리 우리는 돌연변이예요 눈에서 레이저광선을 발사하거나 전자기파를 증폭하거나 금속을 통제할 수도 있어요 불과 얼음도 우리가 제어합니다 우리는 신인류입니다 우리는 차별받았고 노예에 불과했지만 지도자의 출현 이후 단결하여 조직을 이루고 실천과 이론을 동전의 앞뒤 면처럼 결합하여 선조들과 갈라설 수 있었어요 (중략) 저 오로라도 우리가 만든 것 변화 그것은 우리의 시스템 새 인류의 에덴을 창조하기 위해 오늘은 파괴하고 지금은 전투하자 관용과 용서는 인간들의 것 우리는 무성생식으로 번창한 내일의 존재 우리에겐 단절과 도약뿐 우리에겐 이별과 망각뿐 고통과 상처는 그들에게 투척하자
>
> **—「N·o·n·f·i·r·e 아파트 주민의 7월의 회의 녹취록 중에서**

> 그때 우리들을 간섭했던 것들: 뉴스데스크의 오프닝 멘트 시청자 여러분 안녕하십니까 전국에 폭우가 내리고 있습니다 에프킬라 오렌지 향의 분사 음. 썬키스트 파인애플 주스와 델몬트 당근 주스의 당도와 염도를 감별할 수 있는 501호 남자의 능력에 대한 찬탄과 빙신 새끼 지랄하고 자빠졌네라고 소리 없이 내뱉은 904호 남자의 미소. (중략) 동시에 열린 창문을 넘어 침입한 다른 불빛과 다른 습도의 바람과 죽도록 사랑하면서 두 번 다시 만나지 못해 심수봉의 목소리 벨소리, 아름다운 여인들은 대개 목소리도 섹시하지 않나며 썩소를 날리던 이혼남 402호와 신세기교회에서 그를 만나 뜨거워진 윤아 엄마의 갤럭

시에 도착한 문자 메시지 몇 대지 헐~ 모히칸모텔 306호 앞 복도에서
그들을 목격하곤 생긋 웃던 소망약국 약사의 퍼지는 발 냄새

—「밤의 반상회」(『역진화의 시작』) 부분

「밤의 반상회」는『역진화의 시작』이 도달한 시적 사유의 종착지에 해당되지만, 이 시집의 맨 앞머리에 놓여 있다. 이 시집의 표제작, 「역진화의 시작」이 맨 끄트머리에 수록되어 있다는 점을 염두에 둔다면, 서두를 장식하는「밤의 반상회」가 왜 그것의 종착지를 이루는지에 대해선 긴 설명이 필요치 않을 것 같다. 인용 구절들 가운데서도 특히, "우리에겐 기원이 없어요 잃어버린 진화의 고리 우리는 돌연변이예요 눈에서 레이저광선을 발사하거나 전자기파를 증폭하거나 금속을 통제할 수도 있어요 불과 얼음도 우리가 제어합니다 우리는 신인류입니다" 같은 기괴한 이미지들을 눈여겨보라.

작품 곳곳에서 출몰하는 저 "돌연변이"의 형상들은, 장석원 시의 도드라진 형세이자 예술적 사유의 배꼽을 이루는 '카오스모스'의 리듬을 타고 흐른다. 또한 저 리듬으로 이루어진 공명과 감응의 효과들을 우리들에게 전파시키려 한다. 이 시편은 상이한 두 계열의 이미지들로 구성되어 있다. 아니, 정확히 두 덩어리로 나누어진 이미지들의 매듭과 윤곽선이 서로 평행선을 이루면서 팽팽하게 맞선다. 그리하여, 마치 공상 과학 만화에서나 튀어나올 법한 환상적인 정치성의 장면들과 함께, 그야말로 비루하고 산문적인 비속어들이 두 덩어리로 나뉘어져서 뿜어내는 야릇한 미감들의 충격을 선사한다. 저 형상들이 폭주하고 비산하면서 곧추세우는 경쾌하고 비약적인 리듬감을 매우 낯선 장면들로 현시하면서.

3.

장석원의 네 번째 시집 『리듬』(파란, 2016)은 지난 세 권의 시집들을 가로질렀던 두 갈래의 예술적 지력선의 중핵이 팽팽한 평행선으로 들어박히면서 대립과 긴장의 예리한 윤곽선들을 틔워 올린다. 이 가운데 하나는 "생활에 마비되어 사는 마음아 너를 향한 사랑의 행로들아 나를 조금 더 불편하게 해다우 희미한 정맥과 게으른 혈소판이여 검은 골편이여 지겨운 위로로는 사랑이 이뤄지지 않는단다 피정이 필요하다 슬퍼해도 좋다"(「찔레와 사령」), "남아의 끓는 피 조국에 바쳐 충성을 다하리라 다짐했노라 눈보라 몰아치는 참호 속에서 참혹하게 사랑을 나누다가 전사한 사병의 얼굴을 누가 기억하겠어요"(「재소환한 적개심」), "아이들은 줄지어 하교하고. 케케묵은 병아리떼들 (踵-從-終) 봄나들이 가는 이 세상에 나는 왜 도착했나요 구멍 뚫는 벌레가 되어 왜 가슴 아래로 내려가고 있나요 밤의 패배자들에게 꽃받침이 떨어집니다 다면의 한 면이 깨지고 두 발 동물이 쿵 짝 쿵 짝 꿍짜라 꿍짝 네 박자 속에 떨어져 내리고 등받이 없는 의자에 앉아 허리를 곧추세우고 무기수처럼 두부의 얼굴로 갈아요 칼 갈아요"(「프롤레타리아의 밤」), "영원히선생님「한분」만을사랑하지오어서어서저를全的으로先生님만의것을만들어주십시오先生님의「專用」이되게하십시오"(「black」) 같은 구절들로 예시될 수 있다.

이들은 자유간접화법과 초현실주의의 콜라주 기법을 전면적으로 틔워 올린 이미지들의 짜임과 매듭을 보여 준다는 점에서, 첫 시집 『아나키스트』의 방법론을 고스란히 닮는다. 또한 김수영의 「死靈」에서 시작되어 군가 「멸공의 횃불」과 동요 「봄나들이」와 대중가요 「네 박자」를 지나 이상의 「終生記」에 등장하는 "정희"의 편지에 이른다. 시인 제 스스로가 호명한 "DJ 울트라"라는 닉네임처럼, 이들은 일종의 “리믹스”의 음악 효과와 기법이 새롭게 만들어 내는 경쾌한 해방의 선율과 무의식적 자유연상에서 움터 오르는 언어들의 우발적인 이접(disjunction)과 카니발의 리듬감으로 이루어진 상이한 세계들의 접속과 병치를 겨냥한다. 장석원의 시에서 줄글 형태의 산문시가 대다수를 차지할 수밖에 없는 까닭 역시 이와 같다.

산문시의 형태는 장석원이 시인이 될 수밖에 없었던, 아니 시인으로 다시 태어날 수밖에 없었던 그 운명선의 행로를 빠짐없이 쓸어안고 있는 하나의 축도이다. 마치 폭포수처럼 쏟아져 내리는 유장한 마음결의 흐름을 고스란히 현시하기 위해서는 행과 연의 구분이나 단절이 없는, 그야말로 제멋대로 아우성치는 낱말들이 지속적으로 이어지고 흘러가고 뻗어 가 하염없이 휘발될 수 있는 줄글 형태의 표기법이 필수 불가결하기 때문이다. 그것은 또한 시인 장석원의 가장 원초적인 실존과 예술적 자의식의 무대가 바로 저 카니발의 쾌감, 또는 헤비락이란 굉음의 강력한 해방감이 선사하는 자유와 저항과 탈주의 에너지에 있다는 사실을 말없이 일러 준다. 또한 이 에너지를 거리낌 없이 분출하려는 몸부림과 그 솟구침의 충동에서 온다는 사실을 암시한다. 이런 쾌감과 리듬감은 줄글의 형태의 산문시를 통해서만 실현 가능하기 때문이다. 아니, 이들의 폭발적 분출을 유일하게 권장하는 해방과 자유의 시적 형태가 바로 산문시이기 때문이다. 그가 몇몇 평론들에서 공표한 산문시에 대한 깊은 애정이나 헤비락에 대한 병적인 열광 역시 이와 같다. 그는 오직 산문시라는 형태를 통해서만, 시는 음악이 품은 가공할 위력과 탁월성에 다가갈 수 있다고 확신하고 있을 것이 자명하기에.

『리듬』의 미학적 지력선의 중핵을 구성하는 다른 하나의 매듭은 “아버지”라는 낱말로 응축된다. 그것은 때때로 제 몸의 기원인 피붙이로서의 "아버지"를 가리키지만, 그 대부분은 실상 "선생" "국가" "민족" "사회" "조직" "집단" 등등으로 표현된 상징적 질서의 표상으로서의 "아버지"를 일컫는다.

그렇다. "허벅지에 앉힌 아이가/새우깡을 먹는다//입술의 경련/뼛가루처럼//여객이 빨려 들고/미간으로 기차가 들어온다//낮은 어둠의 담장 아래/웅크리고 울던//선생(先生)의 당신/분쇄되어 나의 입속으로"(「영천(永川)」), "저 위의 아버지께 나는 발가벗고 조아리고/절망의 기원을 품신하신 아버지는 나를 배고/아버지를 닮아 나도 원하지 않은 아이를 분식(粉飾)/아버지의 방정식, 나와 그의 근의 공식"(「세계의 물질적 정치」), "우리를 충류가 되게 하는 것 우리를 균류로 만드는 것 민중이여 집결하라 서정시 민병대여 반격하라 너희는 무기 반납 제기랄 제기역에서 내려 경동시장에 간다는 할아버지 할 아버지 무엇을 할까요 할 까요 무엇을 깔까요 헐렁한 아버지 선적으로 연쇄되는 음성을 지워 버리고 싶을 뿐이외다 이 땅의 기계들이여 단결하라 어이 함부로 명령하지 맙시다"(「spin my black circle」), "국가의 분열을 원하지 않지만 오늘의 논제는 더 이상의 혼란을 용납할 수 없다는 것이지만 내일 내가 너의 아버지야 고백을 해야겠지요 월말이 되면 이런 기사가 실릴까요 이 나라의 멸망이 임박했다 (중략) 가정은 사회의 중심입니다 가장은 가족의 핵심입니다"(「그 마을의 저쪽 편」), "내가 만든 것이 나를 지배한다/(내가 만든 아이가 나를 기다린다)/그곳에서 이곳으로 다른 것이 쳐들어왔다/(나의 아이가 나에게 오지 않으면 나는 존재하지 않는다)/나는 부(父)와 자(子)로 이분되었다"(「사랑과 절망의 둔주곡」) 같은 이미지들을 보라. 이들이 표상하는 것처럼, 여기서 나타난 "아버지"는 친부인 동시에 "선생"이기도 하며, 종교적 신앙의 엠블럼이자 "국가" "나라" "가족" "가장" 등과 같은 말들로 예시되는 상징적 질서의 표상들이기도 하다. 또한 시간의 흐름에 따른 관계망의 변화에 따라 "부(父)"와 "자(子)"로 "이분될" 수 있는 "나", 곧 시인 제 자신을 뜻하는 것이기도 하다.

이렇듯 시집 『리듬』에서 "아버지"가 빈번하게 나타날 수밖에 없는 것은 이 낱말로 표상되는 권위와 억압과 제도와 규범과 조직의 질서에 대한 시인의 뿌리 깊은 반감과 분노의 마음결에서 온다. 그럼에도 불구하고, "아버지"와 더불어 "아버지"로 살아갈 수밖에 없을 시인 제 자신의 아픈 자화상이기도 하다. 아니, 세상의 모든 "아버지"들은 우리 모두의 서글픈 얼굴일 수밖에 없다. 피붙이로든, 사제 관계로서든, 사회적 제도의 차원에서든, 아니면 종교와 국가라는 보다 거시적이고 총체적인 차원에서든, 우리가 제 스스로 죽음을 선택하지 않는 한, 우리 모두는 적어도 한번쯤은 "아버지"로 살아갈 수밖에 없는 운명을 맞이할 것이기 때문이다. 그렇다. 『리듬』은 "아버지"로 살기 위하여, "아버지"의 과거를 지우면서 "아버지"의 미래를 사랑하려는 자의 미친 노래다. "아버지"를 위한, "아버지"의 "사랑과 절망의 둔주곡"이기에.

4.

바람이 불어난다
바람이 바람을 밀어낸다
바람 사이 바람 사이 공간이 있다
내 몸으로 바람을 찌른다 바람의 폐포가 터진다
비명이 피부를 찢고 터져 나온다 깨진 손톱이 보인다
바람의 입구가 더 벌어진다 한꺼번에 눈을 뜬다

다른 바람이 솟아난다
바람 뒤에서
아이들이 노랗게 웃는다
나의 꽃들
다알리아 엉겅퀴 씀바귀 찔레 개망초 모란
피어난다…… 피는 사라진다 피는 사루비아 사그라든다
바람이 제 몸을 닫아건다
나는 돌아온 바람 나는 재
바람과 바람 사이 눈부신 꽃들 사이 부서진 꽃들
그 속에 재의 꽃

먼저 출발한 바람과 늦게 도착한 바람
함께 궤멸한다

—「회화」 전문

인용 시편에서 볼 수 있듯, "사랑과 절망의 둔주곡"은 에로스와 타나토스의 평행선을 타고 흐르면서 곳곳에서 번뜩인다. 바로 이 자리에서 대립과 긴장의 리듬감이 증폭되어 나온다. 「회화」에서는 지극한 타나토스의 충동을 통해 과거의 숱한 실존의 얼룩들을 "궤멸"시키고 "그 속에 재의 꽃", 곧 에로스의 미래를 "피어"나게 하려는 간절한 욕망이 고스란히 스며 난다. 그렇다. 이 시편은 "바람"의 현상학이라 불러야 마땅할, "바람"의 다채로운 현상들을 오랫동안 들여다본 관찰자의 시선에서 태어난다. 앞머리로 솟아오른 "바람이 불어난다/바람이 바람을 밀어낸다/바람 사이 바람 사이 공간이 있다" 같은 "바람"의 형상들을 보라. "바람"이 부는 자연현상을 "바람이 불어난다" 또는 "바람이 바람을 밀어낸다"고 표현한 것 역시 참신한 메타포를 이루지만, "바람" "사이"에 "바람"이 있고 또한 그 "바람"의 "사이 공간"이 있다는 착상은 놀랍고 비범하다. 그야말로 오랜 시간을 견뎌 내면서, 진득하게 "바람"을 타고 눌러앉아 "바람"을 골똘히 들여다보면서 "바람"을 함께 살아내지 않고서는 결코 솟아날 수 없는 것이기 때문이다.

그러나 곧바로 그 뒤를 잇는 "내 몸으로 바람을 찌른다 바람의 폐포가 터진다/비명이 피부를 찢고 터져 나온다 깨진 손톱이 보인다/바람의 입구가 더 벌어진다 한꺼번에 눈을 뜬다"는 이미지들은 저 "바람"이 비단 자연의 물리적인 현상만을 가리키지 않는다는 것을 슬며시 일러 준다. 오히려 오랜 세월 동안 시인을 붙들어 두었던 내면적 욕망과 지향성을 암시한다. 여기서 이 작품은 의미의 겹주름을 에두르게 된다. 저 찢김의 이미지들을 타고 흐르는 것은 시인의 가슴 한복판에 오랫동안 잠겨 있었을 내면의 "바람"이자 사랑의 욕망일 것이 틀림없다. 그러지 않고서는, "비명이 피부를 찢고 터져 나온다 깨진 손톱이 보인다"는 절박한 몸의 리듬감은 결코 생겨날 수 없기 때문이다. 그렇다. 이 시편은 "바람"이란 말에 휘감긴 동음이의어의 "사이 공간"을 현상학적 시선에서 소묘함으로써, 그 의미론적 진폭의 최대치를 보이지 않는 뒷면에서 펼쳐 내고 있는 셈이다.

따라서 "다른 바람이 솟아난다/바람 뒤에서/아이들이 노랗게 웃는다/나의 꽃들"로 표현된 밝은 이미지의 매듭이 곧바로 다시 나타나는 것은 무척이나 자연스럽다. 시인이 과거에 꿈꾸고 사랑했던 그 "바람"은 모두 "사라"지고 "사그라"들었지만, 이제부턴 "다른 바람이 솟아"나고 있기 때문이다. "다른 바람"이란 결국 그 뒷자리에서 다시 부연된 "나의 꽃들", "바람 뒤에서" "노랗게 웃"고 있는 "아이들"

을 가리킨다. 따라서 그것은 사랑의 메타포로 기능한다. 여기서 "나의 꽃들"인 "아이들"이 "다알리아 엉겅퀴 씀바귀 찔레 개망초 모란"으로 비유되고 있는 것을 다시 눈여겨보라.

저 "아이들"은 시인의 피붙이만을 가리키는 것이 아니라, 우리가 한평생을 살면서 만나게 될 무수한 "아이들", 곧 학생들과 제자들을 암시한다. 어쩌면 시인은 제 스스로를 "아버지"의 자리에서 호명함으로써, "피"와 "부서진 꽃들"로 표상되는 분노와 원한의 시간들, 그리하여 제 스스로를 타나토스의 "검은 나무"로 휘몰아 갔던 그 "바람"을 "궤멸"시키려 하는 것인지도 모른다. 작품 후반부에 아로새겨진 "바람이 제 몸을 닫아건다/나는 돌아온 바람 나는 재/바람과 바람 사이 눈부신 꽃들 사이 부서진 꽃들/그 속에 재의 꽃"은 그래서 아름답다. 아름답다니! 그것은 "아이"의 자리를 "아버지"의 자리로 뒤바꿀 수 있는 자에게만 도래하는 성장의 드라마를 감동스럽게 싸안고 있는 것이기 때문이다. 아니, 시인은 이제 "바람이 제 몸을 닫아건다"고 말함으로써, 과거의 제 실존을 둘러싼 그 모든 음해와 저주의 얼룩들과의 결별을 선언하고 있기에.

"나는 돌아온 바람 나는 재"라고 말할 수밖에 없는 것도 이와 같다. 사랑받으려는 욕망의 좌절과 절망감에서 "피"로 응집된 타나토스의 충동이 솟아나는 것이라면, 이제 시인은 제 스스로를 "돌아온 바람", 곧 사랑하려는 욕망과 기쁨과 행복감으로 충만한 자로 호명하고자 한다. 아니, 그 충만한 상태로 나아가기 위한 통과의례의 고통을 "재"에 비유하면서, 끝내는 "재의 꽃"이 되고자 한다. 곧 타나토스의 "재"에서 다시 자라나는 에로스의 "꽃"으로 "피어"나려 한다는 것이다. 이렇듯 "재"가 "꽃"으로 부활할 수 있는 자리에서는, 어떤 "바람"이건 시간적 선후 관계는 그리 중요치 않다. 그것이 "꽃"으로 비유된 사랑으로 되살아나기 위해선 모두 "궤멸"되어야만 하는 것이 지극히 당연하기 때문이다. 아니, 맨 끄트머리에 나타난 "먼저 출발한 바람과 늦게 도착한 바람/함께 궤멸한다"는 바로 저 에로스의 부활을 위하여 반드시 치러야 할 필요충분조건으로서의 타나토스를 암시하고 있기에.

5.

아가씨야
스러지는 순수
내가 타락할 때 꽃이 부서진다
나의 입에 암흑이 들어와서 말한다
용서하라

그대들 나의 살과 피
노략질했던 노인과 찢어지면서 울지 못한 제자들
나보다 먼저 돌아와서 나보다 늦게 잊혀질 나의
옛사랑 이제는 지워지고 있지만 마지막 키스에 슬픈 마음 정말 떠나면서 우네부네

무릎부터 가루가 되었던
하얀 불꽃에 화형되었던
나의 아가씨
피 마른 후에야 향기 남았네

—「아카시아」 전문

지친 눈으로 절름거리는 다리로
새 사랑에 다가가지만
우리가 걸어가는 길
언젠가 걸어갔던 길에 다시 조종이 울린다

우리가 눈여겨보지 못했던 미시 미시 미시 존재들

우리가 살던 그곳
지평선 너머
환멸과 패배의 나라에서
멀고 먼 필연의 길에서
이별할 때마다 이 세계는 끝나고
무서운 반복

버려진 자들 우리의 발자국을 따라온다
시간이 우리의 몸을 앗아 가기 전에
그들을 안고 그들의 가슴에 들어앉아
절망 없는 사랑을 이루리라

우리 닳아 가고 갉아먹히고 부패하자
대지의 풀은 바다보다 푸르러지고
하늘의 별은 먹빛보다 짙어지고
사랑하는 사람들이 빚어낸 그 밤의 광휘 때문에
우리의 발간 몸 구멍 나 밝아졌는데

우리는 우리를 불태우자
돌아갈 수 없게 그곳을 파괴하자
안에서 으르렁대는 파도에 난파되자
펄럭이는 민트빛 치마처럼
날아오르자 선두에서 부서지는
빛살처럼 뛰어내리자

—「Run like hell」 전문

「아카시아」「Run like hell」 같은 시편들에서도 지금까지 우리가 말해 온 에로스와 타나토스의 내면적 드라마가 동일한 지평으로 펼쳐진다. 「아카시아」에 나타난 "아가씨"나 「Run like hell」에 등장하는 "사랑하는 사람들이 빚어낸 그 밤의 광휘"는 시인이 시 쓰기에 처음 입문했을 때 품었을 "순수", 곧 시를 향한 설렘과 열정, 긍지와 자존감을 뜻한다. 나아가 제 실존의 "암흑"을 기꺼이 대면하려는 자들만이 누렸을, 아니 그들 사이에서 밤새도록 오갔을 예술적 탐구와 토의의 시간들, 그리고 그 우정과 연대감이 뿜어내는 창조적 에너지를 암시한다. 시인은 저 "광휘"의 시간들로 충만했던 과거의 어느 한 시절을 아프게 회고한다. "내가 타락할 때 꽃이 부서진다/나의 입에 암흑이 들어와서 말한다/용서하라"는 시를 통해 우정의 기쁨과 연대의 행복감을 누렸던 자에게서 배어나는 애수의 노래이자 노스탤지어의 비애감을 쓸어안고 있기 때문이다. 나아가 "타락"과 "암흑"과 "용서" 같은 시어들과 함께 울려 나면서 과거의 빛나던 한 시절을 동경하고 현재의 어두운 상태를 벗어나려는 간절한 벡터로 휩싸여 있기에.

따라서 「아카시아」 한복판에 들어박힌 "그대들 나의 살과 피/노략

질했던 노인과 찢어지면서 울지 못한 제자들/나보다 먼저 돌아와서 나보다 늦게 잊혀질 나의/옛사랑 이제는 지워지고 있지만 마지막 키스에 슬픈 마음 정말 떠나면서 우네부네" 같은 이미지들은 시인의 현재를 장악하고 있는 "타락"과 "암흑"이 어디서 유래하는지를 아프게 그려 낸다. 특히 "옛사랑 이제는 지워지고 있지만 마지막 키스에 슬픈 마음 정말 떠나면서 우네부네"는 과거의 "순수"의 시절로부터 현재 진행형으로 이어져 내려온 "옛사랑"과의 관계가 복잡다단한 심리 기제들로 여울져 있음을 암시한다. "옛사랑"은 시인과 함께 "타락"과 "암흑"을 공유해 온 것이 분명하지만, 그를 "정말 떠나면서" 할 수 있는 것이라곤 고작 "우네부네"라는 한탄과 주저의 몸짓에 불과하기 때문이다. 이는 실상 시인이 저 "옛사랑"을 떠날 수 없을 뿐더러 가슴 한켠엔 여전히 그를 향한 사랑이 남아 있다는 것을 반증한다. "우네부네"는 여전히 사랑의 미련이 남은 자가 취할 수밖에 없을 마지막 몸부림이기에.

이 시편의 마지막 연을 장식하고 있는 "무릎부터 가루가 되었던/하얀 불꽃에 화형되었던/나의 아가씨/피 마른 후에야 향기 남았네" 역시, 시인의 과거 어느 한 시절에 대한 애도인 동시에 사랑으로 나아갈 수밖에 없는 그의 미래를 예기한다. 시인에게 여전히 "순수"를 보장할 수 있는 유일한 촉매란 결국 "아가씨"로 상징되는 시의 열정과 그것을 함께하는 자들에게서 솟아나는 우정과 연대감이기 때문이다. 또한 끝자리에 나타난 "피 마른 후에야 향기 남았네"는 시인 장석원의 앞으로의 행보를 빠짐없이 쓸어안고 있는 운명론적 예지의 문양일 것이다.

「Run like hell」 역시 「아카시아」와 동일한 별자리를 이루지만, 훨씬 강력한 이미지들의 비산을 통해 감각과 메시지의 볼륨을 증폭시킨다. 이는 작품 후반부에서 도드라진 형세로 나타난 '-자'라는 명령어들을 통해 구현된다. 가령 "버려진 자들 우리의 발자국을 따라온다/시간이 우리의 몸을 앗아 가기 전에/그들을 안고 그들의 가슴에 들어앉아/절망 없는 사랑을 이루리라" 같은 이미지들의 전개를 골똘히 응시해 보라. 저 이미지들의 배치와 동선을 추동시키는 것 역시 과거의 상처들과 흉터들을 싸안으려는 사랑의 미래에 대한 자기 확신이자 명령이기 때문이다. 이는 "절망 없는 사랑을 이루리라"는 명령 어법이 곧추세우는 일종의 자기 최면, 그 주술적 예감에서 가장 선명하게 나타난다.

따라서 이 시편의 표제어, "Run like hell"은 깊은 아이러니의 그림자를 드리운다. 물론 "우리 닳아 가고 갉아먹히고 부패하자"는 5연 첫머리의 구절들은 "hell"에 가까운 여러 가지 연상들을 불러일으킨다. 그러나 그 뒤를 잇는 "대지의 풀은 바다보다 푸르러지고/하늘의 별은 먹빛보다 짙어지고/사랑하는 사람들이 빚어낸 그 밤의 광휘 때문에/우리의 발간 몸 구멍 나 밝아졌는데"라는 이미지들의 흐름은 비록 지나간 과거의 시간에 존재하는 것이긴 하지만, 시를 통해 우리들 모두가 성장하고 고양될 수 있었던 그 "광휘"의 순간들을 기록한다. 또한 여기서 활용된 '-보다'라는 비교급 어사는, 결국 시인과 그와 "사랑하는 사람"들이 더불어 체험했을 예술적 수준의 성장과 실존의 고양 상태를 드러내기 위한 수사학적 장치이다.

저 역설적인 표제어 "Run like hell"은 참된 예술 작품을 창안하려는 시인과 예술가들이 마주칠 수밖에 없을 존재론적 심연을 표현하기 위한 것처럼 보인다. 이 심연은 '쾌락과 고통의 결합'이자 '고통 속의 쾌락'으로 축약되는 라깡의 '주이상스(joissance)'를 통해 명징하게 해부될 수 있을 것으로 보인다. 또한 "날아오르자 선두에서 부서지는/빛살처럼 뛰어내리자"라는 「Run like hell」의 마지막 문양처럼, 참된 시와 예술이란 쾌락과 고통, 사랑과 죽음, 에로스와 타나토스라는 두 극단 사이에서 끊임없이 진동하면서 새로운 세계를 열어젖히는 그 "선두"의 자리로 나아갈 수밖에 없을 것이다. 그것은 미지의 세계를 가장 "선두"에서 개척해 나아가려는 '뉴프런티어'(김수영)일 수밖에 없기 때문이다. 아니, 저 두 극단을 동시에 체험하면서 융합할 수 있는 가장 유력한 실행의 주체가 바로 시인과 예술가이기 때문이리라.

마지막 연에 나타난 "우리는 우리를 불태우자/돌아갈 수 없게 그곳을 파괴하자/안에서 으르렁대는 파도에 난파되자"라는 이미지는 "파괴" 그 자체를 선언하고 강조하기 위한 것이 아니다. "파괴"는 새로운 생성으로 "날아오르"기 위한 전제 조건이며, "선두에서 부서지는/빛살"에 비유된 예술가의 진취성과 창조력과 자긍심으로 나아갈 수 있는 일종의 통과의례다. 장석원은 "파괴"라는 통과의례를 매 순간마다 다시 치러 내려는 예술적 모험을 마다하지 않는다. 이는 결국 그가 '뉴프런티어'의 위치에서 시인으로서의 삶의 매 순간들을 살아가려 한다는 사실을 비교적 선명하게 예시한다. 또한 과거의 타나토스와 에로스의 미래라는 장석원 시의 라이트모티프는 이후로도 그가 '뉴프런티어', 곧 전위 시인으로 살아가려는 분투를 한시도 게을리 하지 않을 것이라는 확신을 "선두에서 부서지는/빛살처럼" 선사한다.

몸, 풍경과 마음의 스밈
—윤영숙의 시

참다운 예술 작품으로서의 현대시가 제 자신의 모습을 드러내는 자리는 결코 매끈하게 분별되거나 명료하게 파악된 의식 세계가 아니다. 도리어 우리들이 살아가고 있는 '생활 세계(Lebenswelt)'에서 몸으로 듣고 보고 만지고 맛보는 세계의 몸에 제 자신의 몸을 밀착시킨다. 따라서 시적인 것의 몸 또한 시공간적 구체성으로서의 상황과 분리될 수 없다. 1인칭 주체로서의 나의 몸은 이미 세계의 몸에 둘러싸여 있으며, 세계의 몸 역시 나의 몸의 안팎을 규정하기 때문이다. 나의 몸에는 이미 세계의 몸이 주름져 있으며, 세계의 몸에는 나의 몸이 어떤 흔적들처럼 새겨져 있다. 그러므로 나의 몸은 지극히 구체적일 수밖에 없는 어떤 시공간적 배치, 즉 상황과 분리되어 존재할 수 없다. 또한 나라는 1인칭이 고유하게 소유하는 독특한 그 무엇일 수도 없다. 오히려 그것은 타인들과 세계가 나에게 스며들어 와 더불어 같이 살아가는 '공실존(co-existence)'을 전제한다.

윤영숙의 시가 태어나는 자리 또한 몸의 세계와 세계의 몸이라는 저 공실존의 무대인 것으로 보인다. 그것은 나로 표기되는 1인칭의 내면적 질감들이나 그 외부에 존재하는 사물들의 이미지에 관심을 두는 것이 아니라, 양자가 서로 스며들어 함께 살아가고 있는 몸의 세계와 세계의 몸에 가장 예민한 촉수를 드리운다. 나아가 시인 윤영숙의 고유한 체질과 목소리 또한 이 자리에서 발원하는 것으로 보인다.

'고흐'를 만나고 온 날부터 아이리스와 나 사이의 거리가 지워졌다 무화되었다 내 한 시절 피멍 같은 아이리스는 꽃이라기보다 불이었다 그가 활활 타오르는 불덩어리를 내 가슴에 심어 놓았다 나는 오늘도 아이리스 붓을 들고 하루를 덧칠한다

소나기가 기습 시위를 하는 날 학의천 다리 밑에서 야생 아이리스를 본다 알뿌리가 부풀어 올라 뜨거운 땅심을 끌어올린 탓일까 꽃잎을 통과한 트레이싱 페이퍼 같은 햇빛이 물관 빨아 당기는 투명 입술을 본 듯하고 칼날 같은 잎사귀 쓱쓱 가는 바람의 숫돌을 본 듯도 하다 꼭 잠긴 꽃부리 열어젖힌 남보랏빛 한 호흡의 깜깜한 찰나 속에 피라미 지느러미 같은 물결도 본 듯하다 아이리스는 깨진 빗방울과 후려지는 바람의 말을 아귀아귀 삼키고 있다 진초록 물든 이파리 뻗어 휘청, 허공을 들어 올린다

귀 한쪽 떨어져 나간 아이리스를 본다 환각과 환청을 넘어선 꽃대궁 속에서 누군가 붓질을 하고 있다

—「아이리스」 전문

빈센트 반 고흐(V. Gogh)가 그린 여러 편의 그림들인 "아이리스"에서 착상을 얻은 것으로 보이는 「아이리스」는 그림의 풍경과 "나"의 마음 "사이"에 놓인 "거리"를 "무화"시키는 자리에서 출발한다. 시인은 그 "무화"의 현상을 "그가 활활 타오르는 불덩어리를 내 가슴에 심어 놓았다"는 이미지로 표현한다. '화가는 홀림(fascination) 속에서 살고 있는 사람이다. 그에게 가장 고유한 행위들은 성좌의 패턴들과도 같이 사물들 자체로부터 나오는 것이다'(모리스 메를로-퐁티, 「눈과 마음」, 『현상학과 예술』, 서광사, 1983)라는 말처럼, 화가와 시인과 모든 예술가는 '어느 날 어떤 사물이 나를 바라다보며 문득 나에게 말을 걸어오는 것을 느낀다'라고 말할 수밖에 없는 자인지도 모른다.

마찬가지로 "소나기가 기습 시위를 하는 날 학의천 다리 밑에서 야생 아이리스를 본다"는 구절에서 저 "본다"라는 감각의 주체 역시 내가 책임져야 하고 결정해야만 하는 시인 자신만의 순수 자아가 아니다. 그것은 차라리 이미 세계의 편이 되어 있는 다른 자아, 곧 세계의 어떤 측면들에 대해 이미 열려 있으면서 그것들과 화합할 수 있는 다른 자아에 가깝다. 다른 자아라는 말에 주목해 보라. 그것은 보는 주체와 보이는 세계가 저들 스스로의 삶의 굴곡들과 리듬을 전개하면서 이미 "나"가 책임질 수 없는 방식으로 주어져 있다는 사실을 뜻하기 때문이다.

그렇다. "아이리스"라는 세계의 몸은 "고흐"라는 위대한 화가만이 유일하게 소유할 수 있는 예술적 질료도 아니며, 시인 윤영숙의 고유한 내면 풍경과 그 질감으로 번역될 수 있는 비유적 이미지도 아니다. "귀 한쪽 떨어져 나간 아이리스를 본다 환각과 환청을 넘어선 꽃대궁 속에서 누군가 붓질을 하고 있다"는 공감각적 이미지로 예리하게 소묘된 것처럼, 그것은 오히려 그 모든 개인적 의식과 발화를 넘어서 있는 선인칭적(prépersonnel) 감각의 익명성에 가깝다. 익명성이라고 부를 수밖에 없는 까닭은, 그 감각을 실행하는 주체인 몸의 세계가 제 자신을 휘감고 있는 살아 있는 세계, 곧 매번 다르게 주어지는 세계의 상황과 조건에 따라서 전혀 다르게 만들어지고 파괴될 수 있는 구덩이(un creux)이자 주름(un pli)이기 때문이리라.

저 주름은 주체/대상이라는 이분법적 세계 인식의 틀로 파악될 수 있는 것도 아니며, 그 어떤 주체의 소유물이거나 인식 대상이라는 과학적 객관 세계로 환원될 수 있는 것도 아니다. 그것은 "본다"라는 행위 속에 이미 스며들어 있었던 선인칭적 지평, 곧 그 봄의 주변에는 항상 보이지 않는, 심지어 가시적이지 않은 사물들의 지평이 있다는 것을 뜻한다. 그러므로 "본다"라는 특정 감각의 실행에는 이미 어떤 "환각과 환청을 넘어선", 아니 그런 심리적 내용물들 모두를 "넘어선", 바로 저렇게 생생하게 살아서 꿈틀거리고 있는 감각과 몸의 세계가 이미 주름져 있는 것이다. 그리고 이 주름은 딱히 그 어떤 누군가의 것이라고 말할 수 없는 익명적인 것이기에 애매한 의미를 띨 수밖에 없는 것이다.

사마귀 한 마리 길을 막는다

붉은 사선 친 표지판 뒤 끊긴 길이 내 몸속으로 흘러들어 온다

바람 부는 날일수록 길은 늘 미혹(迷惑)이고 매혹(魅惑)이다

가위눌린 밤마다 길은 무서운 속도로 꼬리를 물고 자라난다

다음 날 아침 자동차 핸들 꽉 움켜쥔 채 서해고속도로 안개를 뚫는다

시속 160㎞, 길을 빨아 당기는 가속페달이 쉭쉭 까치살모사 독 뿜는 소리를 낸다

무인 카메라가 깜박일 새도 없이 바람을 가르면 유령처럼 따라붙던 잡념이 휘발된다

수많은 이정표와 표지판이 거칠게 뽑혀 나가고 텅 빈 도로가 내 머리채를 낚아챈다

바람에 멱살 잡힌 바퀴가 허겁지겁 아스팔트를 뜯어먹는다

사마귀는 집요하게 길을 막는다

'이곳은 도로의 끝입니다' 푸석푸석 갈라진 도로 표지판 나무토막 위에서 내 손등으로 옮겨 앉은 물사마귀,

뿌리는 끝내 뽑히지 않았다.

—「당랑거철(螳螂拒轍)」 전문

『장자(莊子)』「천지편(天地篇)」에 기록된 '猶螳螂之怒臂而當車轍'이란 구절에서 기원하는 '당랑거철(螳螂拒轍)'은 문자 그대로 풀이하자면 '사마귀가 길을 막아선다'는 뜻으로 해석된다. 또한 통상적인 용법으로는 '자기 분수를 모르고 상대가 되지 않는 사람이나 사물과

대적한다'는 어이없고 무모한 태도를 표현하기 위해 주로 활용되는 말이라 하겠다. 시인은 이후 여타의 중국 문헌들에서 다양하게 차용된 저 말을 다른 빛깔과 음영을 지닌 이미지의 공간으로 이동시킨다. "바람 부는 날일수록 길은 늘 미혹(迷惑)이고 매혹(魅惑)이다"라는 표현에서 볼 수 있는 것처럼, 시인은 "서해고속도로 안개"를 "시속 160㎞"의 "가속페달"로 "뚫는" 제 스스로의 몸과 그 세계 가운데 놓여 있는 "길"을 투명하고 명징한 감각으로 묘사하지 않는다. 오히려 보일 듯 말 듯 희미한 풍경들로 시의 화면에 옮겨 놓고 있을 뿐이다.

"붉은 사선 친 표지판 뒤 끊긴 길이 내 몸속으로 흘러들어 온다"는 구절에 나타난 저 "표지판"이란 기호는 어쩌면 우리들이 나날의 경험 속에서 만나게 되는 살아 있는 세계가 아닌지도 모른다. 아니, 그것은 오히려 사회적 규범의 준칙들이 우리들에게 행사하는 힘의 세계이자 이미 그 자체로 세계의 몸의 작은 일부분을 이룬다는 것을 생생하게 보여 주는 또 다른 몸의 세계가 틀림없을 것이다. 따라서 "길"과 "표지판"과 나의 몸은 저만치 혼자서 따로 존재하는 객관화된 대상물일 수 없다. "내 몸속"에는 "길"과 "표지판"이란 세계의 몸이 이미 "흘러들어" 와 있는 것처럼, 세계의 몸에는 마찬가지로 나의 몸이 미세한 주름과 흔적들로 "흘러들어" 가 이미 함께 살아가고 있기 때문이리라.

따라서 "무인 카메라가 깜박일 새도 없이 바람을 가르면 유령처럼 따라붙던 잡념이 휘발된다//수많은 이정표와 표지판이 거칠게 뽑혀 나가고 텅 빈 도로가 내 머리채를 낚아챘다"는 문양이 표현하는 것은 "이정표와 표지판이 거칠게 뽑혀 나가"는 시각적인 거리감에서 포착된 속도감과 그것에 의해 "휘발"되어 버리는 풍경들이 아니다.

"휘발"되어 사라지는 것은 오히려 "유령처럼 따라붙던 잡념"이라는 자아라는 좁은 공간 속에 갇혀 있었던 심리적 표상물들이며, "내 머리채를 낚아"채는 것은 "텅 빈 도로"로 표현된 세계의 몸이다. 그것은 "나"의 마음대로 어찌할 수 없는 인간과 사물들이 함께 뒤섞여 스며들어 있는 완강한 지평의 세계이자, 나의 몸 너머에 존재하면서도 그 몸이 하나의 작은 주름처럼 얼룩져 있는 살아 있는 세계이다.

저렇듯 살아 펄떡거리면서 우리들을 덮쳐 오는 세계의 몸은 인간의 지성을 통해 포획할 수 있는 객관화된 대상일 수 없다. 세계의 몸에는 지성의 도식을 통해서는 여전히 움켜쥘 수 없는, "바람에 멱살 잡힌 바퀴"와 "도로 표지판" 너머의 "끊긴 길"과 "내 손등으로 옮겨 앉은 물사마귀"가 생생하게 살아 움직이고 있기 때문이다. 또한 그것들은 "나"의 "길"을 여전히 "막는", 나아가 나의 몸으로 "흘러들어" 오는 힘을 행사하면서 공실존하고 있기 때문이다. 따라서 세계의 몸은 무한한 것이며, 그 근원을 모조리 다 캐낼 수 없는 애매하고 불가해한 것일 수밖에 없다. 시인은 이와 같은 맥락을 마지막 대목에서 "뿌리는 끝내 뽑히지 않았다"라는 음각의 문양으로 새긴다. 이 시편의 표제인 "당랑거철"은 그러므로 무모한 도전이나 모험적 태도를 삼가고 늘 신중하게 처신하라는 잠언과 교훈의 메시지를 흩뿌려 놓지 않는다. 도리어 저 무한한 몸들의 얽힘을 향해 열려 있는 애매성의 세계, 나아가 그것의 불가사의와 풀리지 않는 신비 앞에서 우리들이 취할 수밖에 없을 무능과 겸허의 이미지를 역설적으로 표현한다. 그것은 인간의 지성의 한계를 넘어서 있는, 그리하여 우리들 모두에게 언제 닥쳐올지 모르는 우연성의 신비와 파국의 긴장을 거느리고 있는 것이기에.

누보가 취했다
혀끝에 달라붙던 보졸레를 버리고
크리스털 와인 잔을 버리고
벌컥벌컥 막사발을 비운다
봄 바다 뛰는 숭어가 햇살 튕겨 내듯
누보의 목젖이 벌떡거린다
오크 통 속 달콤한 향 버리고
햅쌀과 누룩꽃 품은 항아리 속에서
발효된 웃음이다
술도가 양철 지붕 위 빗방울 소리다
막걸리 누보,
햇맛 켜켜이 쟁인 사과 향이 터진다
여자 콧소리 낫낫하게 달아오른 맛
사내 엉덩이 숭굴숭굴하게 궁굴리는 맛
휘모리, 자진모리
올해의 햇살을 들이킨다
올해의 바람을 들이킨다
한 번도 마주한 적 없는 나를 불러 놓고
짓이 난 젓가락이 닐리리야를 뽑아낸다
나무물고기도 춤춘다
누보로망의 밤이여!

—「막걸리 누보」 전문

버들치 어름치는 잉어과, 나는 길치과에 속한다 내비게이션 없이는 꼼짝도 못 하는 물고기다 길 위에서 길을 까먹는 길치다 머뭇거리는 내 곁을 쌩, 날아가는 저 차는 눈치다 쏘가리가 오른쪽 백미러를 스치고 가물치가 파문을 일으키며 나를 따돌린다 날치들이 속도전을 펼치는 도로에 길들여지지 않는 길치,

나는 골목에 자주 갇힌다 너무 일찍 꺾었거나 너무 늦게 접어들어 낯선 골목에 빠진 발목은 제자리를 맴돌곤 한다 그 많은 미로를 빠져나오기까지 만나는 뜻밖의 풍경들, 눈에 설은 사물들이 하나하나 제 이름을 찾는다 내 몸속 길치의 유전자가 늘 새로운 길을 가만가만 잡아채는 줄도 모르고 또 길을 잃었다고 약속을 지키지 못했다고 나를 타박했던 것은 아닐까

천천히 커브 꺾는 저녁, 금강모치 한 마리가 길을 물어 온다 눈이 너무 맑아 속이 훤히 들여다보였다

—「길치」 전문

"버들치 어름치는 잉어과, 나는 길치과에 속한다"는 「길치」의 첫 구절은 시인이 거느리고 있는 언어유희의 태도를 명징하게 보여 준다. 이는 도로 위에 놓인 자기 자신을 "길치"에 비유하고, "머뭇거리는 내 곁을 쌩, 날아가는 저 차"를 "눈치"에, "나를 따돌"리는 자동차들을 "쏘가리" "가물치" "날치" 등과 같은 "물고기"들에 비유하는 단순한 이미지들을 불러들인다. 그것은 앞에 인용된 「막걸리 누보」에서도 똑같이 나타나는 현상이라 하겠다. '새로운'이란 뜻을 지닌 프랑스어 '누보(nouveau)'는 이 작품에서 프랑스 남부 지방인 부르고뉴 보졸레에서 8-9월에 수확한 포도로 단기간에 숙성시켜 만드는 와인인 "보졸레"로 나타나기도 하며, 최근 한국 사회에서 고급화되어 가

고 있는 "막걸리"의 한 종류와 결합하기도 한다. 또한 마지막 대목에서는 2차 세계대전 후 프랑스에서 성행했던 소설 양식을 차용한 "누보로망의 밤"이란 이미지로 마름질된다.

「막걸리 누보」나 「길치」에서도 시인 윤영숙의 고유한 특질인 살아 있는 몸의 이미지들이 조형되지 않는 것은 아니나, 이들이 태어나는 자리는 앞서 살펴본 시편들에 비해 다소 얇은 기교의 차원에 놓여 있는 듯하다. 또한 풍경과 마음의 거리를 무화시킬 수 있는 세계의 몸에 대한 집요하고 충실한 투시력이나, 지성의 도식으로 환원되지 않은 사물들의 몸의 세계에 대한 실존적 기투가 취약해지고 있는 것처럼 보인다. 차라리 "눈에 설은 사물들이 하나하나 제 이름을 찾"게 만드는 "미로"와 "뜻밖의 풍경"에 대한 집요한 시선의 천착이, 그리하여 저 모호하고 불투명한 세계의 몸을 그득하게 감수할 수 있는 예리한 감각이 시인의 타고난 체질에 훨씬 더 잘 맞는 것 같다. 그것이 비록 자명한 의미의 체계들로는 파악될 수 없는 그저 "제자리를 맴"도는 것에 불과한 "낯선 골목에 빠진 발목"이라는 어슴푸레한 몸의 세계일지라도.

세계의 몸이 우리들에게 가해 오는 저 우연성에 대한 겸허한 수용의 자세는 윤영숙의 타고난 체질이자 그의 시가 태어나는 고유한 몸의 세계인 것처럼 보인다. 시인 자신의 몸이 참여하고 있지 않은, 그리하여 시각적인 거리감으로 채색된 세계의 몸은 아무리 빼어난 풍경 소묘일지라도, 생기를 잃은 관조자의 이미지를 생산할 뿐이다. 그것은 또한 우리들의 몸을 함께 울리고 세계의 몸과 더불어 떨리는 정동(affectus)의 위력을 행사할 수 없다. 나는 윤영숙의 시편들이 지금-여기서 살아 꿈틀거리는 제 자신의 몸의 세계, 이보다 훨씬 더 광활하고 섬세한 세계의 몸에 천착하기를 소망한다. 그것이 비록

"바닥이 삶의 전부라는 듯", 그리하여 "구불구불한 허리 통점을 끌고 빠져나오"(「도요새」)는 곤욕만을 선사한다 할지라도.

생명의 주술, 허무의 현시
—허수경과 이경임의 시집

죽은 것들을 위한 주술: 허수경 시집『빌어먹을, 차가운 심장』

허수경의 시집『빌어먹을, 차가운 심장』은 우리들 곁에서 사라지고 버려지고 죽어 없어져 버린 것들을 지금 이 시간 속으로 되살려 내려는 주술적인 리듬감을 내뿜는다. 이들은 가령 "죄 없이 병에 걸린 아이들"(「나의 도시」), "폐지를 팔던 노인이 리어카를 끌고 지하도를 건너가고 있는 세월"(「수수께끼」), "저 멀리 용산 참사의 시체가 떠내려가던 어떤 밤에 아무런 대항할 말을 찾지 못해서 울던 소경"(「열린 전철 문으로 들어간 너는 누구인가」), "그 수많은 야만보다 오래전에 화석이 된 야만"(「그러나 아직 당신이 오지 않았는데 고생의 한 남자가」), "아주 오래전에 잊혀진 시간 한 조각"(「추억의 공동묘지 아래」) 같은 것들이다. 이 구절들에 나타난 이미지들은 현대인의 안온한 일상의 테두리와 시선으로는 좀처럼 보이지 않지만, 그 어떤 시간의 지층들 속에서 팽팽한 살갗으로 꿈틀대며 살아 있었던 것들을 지금-여기의 시간으로 현현시킨다. 이렇듯 일상적 감각으로는 결코 거머쥘 수 없는, 이미 화석화된 죽음의 시간들을 거슬러 가려는 시인의 혼신의 싸움은, 이 시집의 모서리들마다 고고학적 시간의 깊이로 주름진 낯선 문양들을 새겨 넣는다.

저 고고학의 문양들은 결코 현대인들의 안락과 편리를 위해 봉사하거나 그들의 미감과 지적 호기심을 충족시키려는 목적에서 나오지 않는다. 오히려 우리들이 향유하고 있는 "문명"의 휘황찬란한 풍요가 얼마나 끔찍하고 무자비한 폭력성을 감추고 있는지를 발가벗겨 드러내려는 자리에서 태어난다. 이와 같은 "문명"의 폭력성은 비단 "용산 참사의 시체"(「열린 전철 문으로 들어간 너는 누구인가」), "청년 실업자와 창녀"(「기차가 들어오던 걸 물끄러미 지켜보던 11월」), "아프리카를 떠나서 막 유럽의 해변으로 들어오던 작은 배의 난간을 붙들고" 있었던 "어떤 남자"(「슬픔의 난민」) 등으로 표상되는 벌거벗은 생명으로서의 인간 군상에게만 해당되는 것은 아니다. 도리어 "연어 양식장에서 흘러나온 항생제 바닷물에 피부가 썩어 가는 고래들"(「사막에 그린 얼굴 2008」), "이방의 종교처럼 접시에 올려진 양의 눈동자"(「눈동자」), "아직 양수가 묻어 축축한 그 가죽. 그 가죽을 위하여 어미와 아기는 도살되는" "오비스 아리에스"라는 "가축화된 학명"을 지닌 "카라쿨양"(「카라쿨양의 에세이」) 등과 같은 모든 생명체들에게 덧씌워질 수밖에 없는 보편성의 위력을 품는다.

시인은 이렇듯 "문명"이라는 외피를 휘감고 합법적으로 자행되는 살육과 폭력과 착취의 현장들을 우리들 앞에 생생하게 펼쳐 놓는다. 나아가 그 잔인한 진실을 회피하려는 "문명"의 기만과 공교로운 치장과 은닉의 화장술을 "빌어먹을, 차가운 심장"이라는 탁월한 이미지로 새긴다. 이 시집은 "말을 못 알아들으니 죽여도 좋다고 말하던 어느 백인 장교의 명령"(「빌어먹을, 차가운 심장」)이야말로 어쩌면 "문명"의 가장 깊은 속살이자 우리들 모두의 참된 얼굴이라고 폭로하고 있는지도 모른다. 그것은 번지르르한 현대 "문명"의 외관 너머에 깃든, 아니 그 한복판을 가로지르는 진실의 사막을 끌어올린다. 그리하여, 그것은 사라지고 버려지고 도살된 뭇 생명들을 되살리려는 초혼의 노래이자 그 넋을 달래려는 주술적 리듬을 불러일으킬 수밖에 없었을 것이다. 아래 새겨진 "추억의 공동묘지"가 "마치 살아 있는 살갗처럼 소름"으로 "돋아"나는 장면을 보라. 그것이 화석화된 우리들의 몸과 마음결, 곧 "빌어먹을, 차가운 심장을" 후려갈기면서 어떤 전율들을 안겨 줄 수 있다면, 우리들은 이미 이 시집이 뿜어내는 주술적 마력에 빠져들고 있는 중일 것이기에.

아이가 버린 배드민턴공의 깃털이 파르르 바람에 떨리면
덜 익은 사과들이 쿵, 떨어졌다
아주 오래전에 잊혀진 시간 한 조각이 떨어진 것처럼
얼떨떨했다

우스운 일 아닐까, 이렇게 살아서 죽음을 추억하는 것은,
순간순간들은 죽어서 추억의 공동묘지에서 살아가는데
묘지 안에 든 추억들은 마치 살아 있는 살갗처럼 소름이 돋아 있다

까치발을 하고 아이가 돌아와서 공을 주워 갈 때
다시 사과 하나가 떨어지고
지붕에는 집까치가 후두둑한다
모든 추억들은 다시 공동묘지 안으로 들어가 잠들 준비를 한다

—「추억의 공동묘지 아래」 부분

허무의 매혹과 현시: 이경임 시집 『겨울 숲으로 몇 발자국 더』

이경임의 시집 『겨울 숲으로 몇 발자국 더』는 1인칭 화자의 내면 풍경이나 그 질감들을 조형하고 있는 시편들을 제 몸의 일부로 거느리지 않는다. 곧 서정이란 말로 일컬어져 온 시의 관습적 문법이나 의미 체계, 또는 그 기대 지평을 무너뜨리는 자리에서 이 시집이 태어난다는 것이다. 여기서 편재하는 무수한 화자들은 제 사유와 감정과 가치의 주인이기보다는, 어떤 세계의 "나쁜 꿈이 없는 광활한 물질 속으로 스며들"(「하늘」)거나, 그 세계의 곁에서 "너의 얼굴은 모든 곳에서 기다리다 사라진다"(「사라지는 얼굴」)라는 현상 그 자체를 무력하게 발설하는 자일 뿐이다. 따라서 대부분의 시편들이 3인칭 관찰자 시점에서 사태 그 자체를 소묘하려 하는 것은 필연적인 현상이라 하겠다.

이 시집에는 이른바 '객관 중립 서술'(김인환)이라 불러야 마땅할 이미지 조각술이 별무리들처럼 반짝거리고 있지만, 이들은 서로를 마주 보고 함께 울리면서 새로운 감각의 주름을 펼친다. "비 오는 날 보도블록 위에는/아무런 몸부림도 남아 있지 않았다/아무런 아우성도 들리지 않았다"(「비 오는 날」), "희뿌연 새벽에 누군가 커다란 삽을 들고/눈을 치운다/삽이 지나갈 때마다 길이 천천히 가벼워진다"(「길 위에 서서」), "매미의 울음이 강박관념처럼/나무 위에 들러붙어 있다/어느 날 문득 나무들은 적막함 속에서 물든다"(「잠깐씩」), "목적지 없이 달리는 쾌감 속에서/경쾌한 초침 소리를 듣는다"(「잃어버린 시간을 찾아서」), "바다는 묘지 속의 거품들을, 우울들을 잘게 부수며/투명한 빛 속으로 사라지는 물결의 율동"(「바다」), "빛을 잃어 가는 순간은 빛을 찾아가는 순간/비극적인 것도 희극적인 것도 아닌/빛의 순환, 어둠의 순환"(「그 정원에서」) 같은 이미지들은, 사물의 한정된 관조를 끈질기게 실천함으로써 얻어 낸 "조금씩 투명해지며 허물어지"(「無의 매혹」)는 풍경 그 자체일 것이 틀림없다.

이렇듯 사태 그 자체를 드러내려는 풍경의 언어들이 인간주의적 시선을 멀찌감치 비켜나게 되는 것은 지극히 당연한 일이라 하겠다. 그러나 그것은 현대 한국시의 역사에서 그 길을 추구했던 선구적 사례들에 해당되는 김춘수의 무의미시나 오규원의 날이미지시와는 다른 방향으로 뻗어 나간다.

가령 "밤이 되면 세상을 떠돌며 바람이 묻혀 온/울음소리들이/나무의 귓속에 소용돌이를 일으키곤 했다//제 몸속의 것이 아닌 울음소리들이/제 울음소리처럼 들릴 때까지/나무는 겨울 들판에 서 있었다"(「반 고흐의 귀」), "몽상에 잠겨 있는 책들처럼 침묵하다/난장판이 되고 신음하는 노파를 낳기도 한다//환한 난롯가에서 졸고 있는 고양이 옆엔/신성한 광맥을 찾지 못한 광부가 서성이고//크리스마스트리 앞에 선 아이의 눈빛은 늙어 간다/오랫동안 벽 속에서 방황한 자들은/얼어 죽은 새를 끌어안고 잠들고 싶어 한다"(「無의 매혹」), "내가 동경하는 종교는/그런 천진스러운 현기증//그러나 달리는 건 나와 목마들이 아니다//멈추지 않는 무심한 의지에 의해/보이지 않는 무자비한 신성에 의해//나의 발밑 거대한 광장이 돌아간다//광장의 붙박이가 되어 나는/기계적으로 솟아오르고 가라앉으며/말발굽들과 함께 일생 동안 삐거덕거린다//달릴 수 없는 목마가 부르는 노랫가락에 맞춰/들썩이며 손을 흔들어 댄다//내가 동경할 수 있는 아름다움은 이런 흥겨운 비애"(「회전목마」) 같은 이미지들을 보라.

이들은 한정된 사물의 관조에 입각하여 사태 그 자체를 투명하게 드러내고 있는 것이라고 규정하기 어렵다. 오히려 신(神)에 가까운, 곧 전지적 작가 시점에서 투사된 어떤 통찰과 지혜의 문양들을 제 거죽에다 새기고 있는 것처럼 보인다. 마찬가지로 「반 고흐의 귀」에서 묘사된 "나무" 이미지는 사물 그 자체의 것이기보다는 "나무"의 물질적 내밀성을 제 몸처럼 들여다볼 수 있는 자가 상상해 낸 것에 가깝다. 「無의 매혹」에서는 "책들"과 "노파"와 "고양이", 그리고 "광부"와 "아이"와 "방황한 자들"의 운명선을 모조리 알아채 버린 자의 목소리가 울려 퍼진다.

그러나 신의 자리에 가까운 저 목소리는 그 어떤 섭리의 항목들이나 진리 내용의 실체들을 거느리지 않는다. 그것은 오히려 "조금씩 투명해지며 허물어지"는 세계의 운동 그 자체, 곧 "無"로 회귀할 수밖에 없는 그 모든 운명의 형식과 지력선만을 발설하고 있기 때문이다. 그러니 다시 이렇게 수정해서 말해야만 한다. 이경임의 시집 『겨울 숲으로 몇 발자국 더』는 1인칭 화법으로 말할 때나, 3인칭 전지적 시점으로 타자들을 묘사할 때나, 더 나아가 다른 그 어떤 시점에서 발설할 때에도, 세계의 만상들을 한손에 거머쥐고 있는 권위적 진리의 주인이 아니라, 다만 그것들이 "無"로 되돌아갈 뿐이란 사실을 미리 깨달아 버린 현자의 목소리를 낸다고.

저 현자의 목소리를 비평가 정과리는 이미 '비움의 비움', 곧 '비움 욕망의 비움'이란 말로 탁월하게 명명했다. 또한 그것은 '동양적 깨달음'이 아니라 오히려 그 깨달음이 지닌 '불완전성'과 '결락'을 보여준다는 사실을 예리하게 되짚는다. 그렇다. 이 시집의 모든 이미지들을 곳곳에 흩뿌리면서 그것들이 동시에 함께 울려 나오도록 강제하는 기묘한 힘은, 저토록 지극한 반복의 형식과 리듬감에서 온다. 아니, "無의 매혹"이란 현자의 지혜마저 지워낼 수 있는 "無"의 "無"를 빚어내는 자리에서 스며 난다. 이 시집 도처에 은밀하게 깃들어 있는 "無"에 대한 사유의 모티프는, 많은 시편들의 표면에 이미 새겨져 있는 "사이"라는 낱말에 농밀하게 응축되어 있는지도 모른다. 이는 『겨울 숲으로 한 걸음 더』라는 시집 전체가 "사이"에 관한 사유의 모티프로 이루어져 있거나, 그것을 환기시키는 통사 구조와 그것들을 반복적으로 배열시키는 구성 원리에서 기원한다는 것을 뜻한다.

이 시집에는 ① '-이다/-이지만/-이다', ② '-이다/-아니다', ③ '-이거나/-이다', ④ '나는 -인지 모른다/너는 -일 것이다' 등의 어사들을 변주하고 있는 시편들이 모두 34편, 정확히 절반 분량을 차지하고 있다. 또한 이 어사들을 활용한 것은 아닐지라도, 거의 모든 시편들이 동일한 구절들을 반복하여 제시한다. 이렇듯 반복된 구절들은 표면적으로 어떤 동일성의 우주를 축조하는 데 기여하는 것처럼 보일 수도 있겠지만, 실상 화자의 진술이나 묘사에 스며들어 있는 인간적 판단들이나 가치들이 매우 자의적인 것일 뿐더러 신빙성이 없다는 사실을 예시하는 표지들로 기능한다. 가령 "시계추는 오간다/의식과 무의식 사이를/이 시계추는 모자 속에서 춤춘다//이 시계추는 바흐의 음악이다/이 시계추는 감옥이다/이 시계추는 감옥이 아니다//(중략)//시계추는 미로이거나 마른 나뭇가지이거나/젖은 스펀지이다/시계추는 지루한 통증을 달래 준다//나는 시계추처럼 불안할지도 모른다/너는 시계추처럼 일관성 있게 여행을 할 것이다"(「춤추는 시계추」)라는 시편이 표상하듯, 이 시집은 '-이다'와 '-아니다', "나"와 "너", '-인지 모른다'와 '-일 것이다'를 지독하게 반복함으로써, 그것들 "사이" 공간에서 결락되거나 인지되지 못한 것들이 있다는 자명한 사실을 드러내고자 한다.

따라서 이 시집 전체를 가로지르는 저 지독한 반복의 모티프는 사실상 반복 그 자체, 곧 동일성의 우주를 전제로 삼지 않는다. 오히려 모든 반복의 "사이"에 어떤 차이들이 깃들인다는 것을, 아니 우주 삼라만상들의 "사이"에 "텅 빈 구멍"(「꽃씨에 대한 명상」)과 "무한한 곳"(「잠깐씩」)이 실재한다는 것을 현시하려는 방법론적 모험에 가깝다. 이 방법론이 여러 가지 반복의 모티프들을 통해 구현되고 있는 것도 놀랍지만, 그 모티프들을 1인칭과 3인칭의 여러 시점들 "사이"에서, 시 작품 내부의 행과 행, 연과 연 "사이"에서, 시집의 모든 "사이" 공간들에서 일관되게 빚어내고 있다는 것은 시인의 "사색"과 "명상"이 "13년 만"(「시인의 말」)이라는 오랜 시간의 풍화를 겪으면서 무르익은 것임을 반증한다. 어쩌면 이 시집이 벼려 내고 있는 무수한 "사이"의 편린들과 그 자리에 감춰진 보이지 않는 침묵들은 "사람들의 말 밖으로 몸을 숨기고" 있는 "살아 있는 것들"(「네가 없는 곳」)을 "다시 점화시킬"(「꽃씨에 대한 명상」) 수 있는 잠재력을 품고 있는지도 모른다. "너무 무력해서/연애밖에 할 것이 없다"는, 저 "살아 있는 것들"이 함께 이루어 내는 "뫼비우스의 띠" 같은 몸의 이미지처럼.

약한 자들과 교활한 자들, 부자와 가난한 사람
심부름꾼들과 정치가, 성직자와 사기꾼
색정광과 전쟁광과 강박적인 시민들
과학자들과 장사꾼들과 시한부 환자들
감상주의자들과 염세주의자들
어릿광대들과 유령들과 철학자들
예술가들과 어린아이들과 죽은 사람들이
한 식탁에 둘러앉아 빵을 먹는다

빵은 늘 모자라고
식사는 불평 속에서 끝난다

세계는 한여름 광장의 낡은 벤치
나는 그곳에서 아이스크림처럼 흘러내린다

너무 무력해서
연애밖에 할 것이 없다

내가 너에게 입 맞추는 순간
하얀 비둘기, 뫼비우스의 띠,
혹은 서로를 핥아 주는 고래들이 살고 있는 바다

—「아름다운 연애」 부분

메시아적인 것의 도래, 사랑하는 싸움으로서의 시
—최금진과 안현미의 시집

기적처럼 도래할 메시아의 시간: 최금진의 『황금을 찾아서』

"그것은 진실로 삶을 비웃는 자의 통쾌한 풍자는 아닐지라도/스스로 웃으면서 물로 걸어 들어간 자의/힘센 표정이 아니겠는가"(「나는 만화책이다」)라는 구절은 최금진의 실존의 내력과 더불어 예술적 방법론을 응축한다. 시인은 제 실존의 헐벗고 누추한 "밑바닥"을 은유의 외피로 감싸지 않는다. 오히려 "통쾌한 풍자"와 "힘센 표정"으로 표상되는 미학적 렌즈로 그것을 밀착인화하려 한다. 바로 이 자리에서 "사랑스럽고 눈물 나게 열등한 바로 그 얼굴이/인생의 전편과 후편에 매번 등장할 수밖에 없는/아비의 얼굴이고, 어미의 얼굴이고 또한/바로 그 자신의 모습이라는 것을"(「나는 만화책이다」) 당당하고 집요하게 누설하려는 자의 예술적 파노라마가 솟아오른다.

그렇다. "사랑스럽고 눈물 나게 열등한 바로 그 얼굴"을 제 혈족들로부터 찾아내는 자에게 망가지고 찢겨진 그 모든 존재들의 "몸"은 "내 몸으로 흘러들어 오는"(「산꿩이 우는 저녁」) 것일 수밖에 없다.

또한 "저기, 모퉁이를 돌아 어둠을 휘날리며 걸어오는" 어찌할 도리 없는 완강한 사실들의 운명선은 "사랑한다, 사랑하지 않는다"(「나는 날아올랐다」)를 거듭 읊조리게 만드는 실존의 "늪"으로 깃든다. 저 "늪"은 헐벗고 고단한 몸뚱이만을 안겨 주는 것이겠으나, 시인은 그것을 "환영한다, 그토록 떠나고 싶었던 늪으로 당신은 돌아온 것이다"(「늪 가이드」)라고 기꺼이 수긍하고자 한다.

> 해고, 실업, 복수 따위의 낱말들을 타고 다니며
> 우리 가족은 그렇게 벌레가 되어 갔다
> 아버지의 망가진 자전거 같은 걸 타고 오실 구세주는 없었다
> 어머니 더러운 자궁에라도 다시 들어갈 수 있다면
> 하수구와 한강이 윤회하는 서울을 벗어날 수 있을까
> (중략)
> 초등학교 학력이 전부인 아버지는 다행히도 무책임하다
> 원룸의 막힌 수챗구멍에서 올라오는 썩은 냄새를
> 긍정하자, 새로 만든 우리 집 가훈이다
> 아버지, 우리를 이런 볕도 안 드는 곳에 버려 줘서 고맙습니다
> 당신에게서 물려받은 벌레 형상을 껴입고 노동을 하고 오는 저녁
> 바퀴의 정체성은 끝없이 달아나는 데 있으니까
> 콘크리트처럼 굳은 발을 씻으면
> 이상하게도 달려가야 할 내일의 골목길이 식욕처럼 떠오른다
>
> —「바퀴라는 이름의 벌레」 부분

"우리 가족은 그렇게 벌레가 되어 갔다"고 외치는 저 울부짖음의 뒷면에는 소수자를 자임함으로써만 얻어지는 마조히즘, 곧 역설적

인 나르시시즘의 문법이 감춰져 있지 않다. 오히려 제 생의 "밑바닥"을 "밑바닥"까지 긍정해야만 생존할 수 있었던 자의 곤욕스런 싸움이 휘감겨 있다. 그것은 "원룸의 막힌 수챗구멍에서 올라오는 썩은 냄새를/긍정하자, 새로 만든 우리 집 가훈이다"라는 문양에 가장 도드라지게 튀어나와 있지만, 실상 이 시집의 큰 윤곽들과 작은 무늬들을 짜고 엮고 다듬는 조각술의 중핵이라고 보아도 좋다. 그러나 이 조각술은 시인이 제 실존의 비루한 얼룩들을 시간의 담금질 속에서 아름다운 무늬들로 벼려 내는 통상적인 예술적 공정들을 따르지 않는 것 같다. 시인에게 '잘 빚어진 항아리'라는 미학적 규범보다도 훨씬 더 절박하게 다가오는 것은, 오히려 나날의 삶에서 "식욕처럼 떠오"르는 "이상하게도 달려가야 할 내일의 골목길"이기 때문이다.

시인이 "내일의 골목길"이라 부른 나날의 삶의 테두리를 자동화된 일상이라고 부르지 말자. 일상이란 윤택한 자들의 권태가 불러낸 값비싼 말이기 때문이다. 아니, "내일의 골목길"은 끝끝내 비루한 생을 살아갈 수밖에 없었던 자가 뱉어 낸 신음 소리에 가깝기 때문이다. 저 신음 소리는 시인의 실존에 새겨진 처참한 몰골들로부터 뻗어 나온 것이겠지만, 시집 마디마디의 모서리로 스며들어 세 갈래의 별무리들로 흩뿌려진다.

가령 "누런 벽지, 문짝이 떨어져 삐걱거리는 장롱, 땀 냄새 나는 베개"(「오래된 그릇」)처럼 누추하고 닳아빠진 사물들의 음영을 거죽으로 튀어나오게 만듦으로써, 그 곁에서 함께 살고 있을 소수자들의 고단한 숨결을 음각하고 있는 시편들이 저 별무리들 가운데 하나이다. 다른 하나는 "인간은 어떤 식으로든 희망을 읽어야 한다고/내 나이 무렵을 견디지 못하고 죽은 아버지를/나는 책망하듯 그리워했다, 그리고/근처 어딘가에 화순 최씨 집성촌이 있다는/불 꺼진 밤하늘을 펼쳐 놓고 나는 몇 번이고/어둠이 만든 행간의 의미를 되풀이해서 읽었다"(「소설의 발생」)에 드러난 것처럼, 시인이 제 가족사의 숱한 얼룩들을 참담하게 되새기고 있는 시편들이다. 마지막 하나는 "정부의 면죄부가 가끔은 공짜 쿠폰처럼 발행되어도 좋을 텐데/투명한 유리컵에 양파를 심으면/이렇게 독거노인으로 살다 죽을 것 같은 노후가/가느다란 실뿌리처럼 아래로 자라는 걸 본다"(「원룸 생활자」)는 구절로 표상되는 사회·정치적 힘으로 구성된 "몸"의 시편들이다.

이 세 갈래의 시편들은 시인이 제 운명을 "최장 노동시간에 적응한 소 떼"(「서울을 떠나며」), "모두 망가진 하모니카처럼 빽빽거리며 함부로 과거를 연주하"는 "그들"(「오늘의 일과」), "기차를 타고 멀리 떠돌다가 아무도 몰래 혼자 들어와/누구는 건달이 되고, 누구는 홀아비가 되어/예의도 없고 법도 없는, 잔뜩 날이 선 자"(「분지」), "바닥에 몸이 붙어 살았으니 밑바닥 인생이라고/고개를 흔드는 자들"(「광어」), "세상에서 길을 잃었거나, 스스로 길을 유폐시켰던 자들"(「길에서 길까지」)처럼 지워지고 버려진 타자들의 "몸"과 동일시하는 자리에서 태어난다. 아니, 저들과 똑같은 별자리의 운명을 나누면서 살아갈 수밖에 없는 시인의 "몸"의 역사로부터 온다.

그러나 이 별자리는 '별이 빛나는 하늘을 보고 가야만 하는 길의 지도를 읽을 수 있던 시대는 얼마나 행복했던가?'(게오르그 루카치, 『소설의 이론』, 심설당, 1985)라는 낭만주의적 배음으로 울려 퍼지지 않는다. 그것의 뒷면에 깔려 있는 아날로지의 마법진이야말로 낭만적인 파토스에 지나지 않는다는 것을 시인은 너무 일찍 "몸"으로 알아챘기 때문이리라. 가령 "별들이 무질서하게 떠 있는 하늘에서 별자리를 읽을 수 있었던 때가/과연 행복한 시대였을까"(「그림자 개」), "나는 알게 되었다, 더는 가고 싶은 길도, 펼쳐 보고 싶은 지도도/남아 있지 않다는 것을"(「길에서 길까지」) 같은 문양들이 넌지시 일러 주는 것처럼, 시인은 아날로지가 펼쳐 내는 화합과 조화의 문양들을 찢어낼 수밖에 없었던, 곧 "뼈까지 닳은"(「소설의 발생」) "몸"과 그 실존의 내력을 간직한 자이기 때문이다.

이와 같은 시인의 "몸"은 그의 시편들을 아름다운 무늬로 윤색된 이미지들의 화장술이 아니라, 사회·정치적인 힘들이 가로지르는 살아 있는 몸들의 세계로 이끈다. 그것은 비단 우리들이 겪어 낸 맨살의 절박함만을 뜻하지 않는다. 오히려 "황금을 찾아서" 오늘 당장이라도 탐욕으로 얼룩진 눈초리를 번뜩이며 살아가야 하는 우리 시대 만인들에게 걸려 있는 물신주의(fetishism)의 저주와 그 운명의 보편성을 끔찍스러우리만치 사실적으로 소묘한다.

그러나 그 누가 알겠는가? 그로테스크의 저주와 절망의 바닥을 치고, 은총의 불꽃처럼, 기적처럼 저 메시아의 시간이 어떤 풍모를 띠고 도래할 것인지를? 참고 참았던 희미한 설렘과 기쁨이 "미농지처럼 얇은 잠 사이로" 스며 났던 아래의 문양들처럼.

> 오래된 그릇은 저절로 금이 가고
> 인간은 거기 담긴 한 국자의 검은 물처럼 쏟아져 대지에 스민다
> 물줄기가 산 아래로 흘러가 마을의 잠을 이루는 저녁
> 미농지처럼 얇은 잠 사이로
> 산수유 꽃이 피어 있는 게 보인다
> 나는 눈을 감고도 환한 구례 어디쯤을 지나고 있는가
> 내 귀에서 어린 은어 떼가 조각조각 꿈을 물어뜯고 있는가
> 누가 내 잠을 석회처럼 하얗게 강물에 풀어내고 있는가

발끝까지 환하다, 화한하다

—「구례 어딘가를 지나가는 나의 잠」 부분

운명애, 사랑하는 싸움으로서의 시: 안현미 시집 『사랑은 어느 날 수리된다』

안현미의 시집 『사랑은 어느 날 수리된다』에는 『곰곰』(2006)과 『이별의 재구성』(2009)의 미학적 지력선의 중핵을 이루었던 실존적 체험의 눅진한 숨결과 더불어, 이를 깨뜨리고 넘어서려는 초월의 방법론인 언어의 해체-탈구축이 곳곳에서 번뜩거린다. 이는 "지금은 이별의 화면 조정 시간 *치지지직치지지직* 시간을 과복용한 것도 아닌데 벌써 마흔 불혹과 유혹은 구식이지만 공백을 입은 것처럼 가볍고 편해 결국 산다는 건 사라지는 거 아닐까?"(「화면 조정 시간—마흔」), "아픈 이마에선 눈물의 비린내가 납니다/생각해 보면 천국이 직장이라면 그곳이 천국이겠습니까?/또 다른 국면에서는 사랑도 직장처럼 변해 갑니다//사, 라, 합, 니, 다/이응이 빠진 건 눈물을 빠뜨렸기 때문입니다"(「눈물의 입구」) 같은 구절들에서 도드라진 윤곽과 형세를 드러낸다. 나아가 이 시집의 거의 모든 시편들은 저 두 갈래의 지력선에서 움터 오른다고 하겠다.

저 두 지력선은 시인이 제 굴곡진 생 전체를 기꺼이 받아들일 수밖에 없었던 원초적 체험의 자리에서 비롯되는 것이기에 자연스런 몸의 리듬감으로 작품들의 마디마디에 들러붙는다. 그리하여, 제 고향인 "태백"을 "진폐증을 앓는 검은 뼈들이/화광(火光) 아파트 베란다에서/검은 해바라기 꽃으로 피는 나라"(「흑국 보고기」)라고 읊조리고, 가족사의 짓무른 얼룩들을 "국립의료원 중환자실/신원 미상 행려병자 '불상님'들과/나란히 누워 있는 우리 엄마/태백처럼 큰 슬픔/지금, 여기, 이곳이 네 집이지/늘 그러던 우리 엄마”(「엄마 2호」)라고 토설하면서, 최근에 맡은 직업적 책무를 “손님들은 계절마다 얼굴을 바꾸고/나는 계절마다 버려진 얼굴을 뒤집어쓰고//나는 유희하는 자/나는 연희하는 자/나는 환희하는 자”(「연희-하다」)라는 현사실성(Faktizität)의 편린을 거죽 위로 끌어올릴 수 있는 그녀의 정직하고 용맹한 발성법은 이미 그 자체로 시적인 것에 가깝다.

스스로를 용서할 수 없을 것만 같은 날 죽음이 다음이어야 하는지를 묻기 위해 배봉산 근린공원에 갔지 바퀴 달린 신발을 신은 아이는 바퀴를 굴리며 혼자 놀고 있었지 어차피 잠시 동안만 그렇게 함께 있는 거지 백 년 후에는 아이도 나도 없지 상수리나무만 홀로 남아 오래전 먼저 저를 안아 버렸던 여자의 젖가슴을 기억해 줄 테지 스스로를 용서할 수 없을 것만 같은 날 그곳에 갔지 직립의 고독을 만나러 갔지 죽음이 다음이어야 하는지를 묻기 위해 상수리나무를 만나러 갔지

—「상수리나무」 부분

시인의 운명이란 제 생의 작고 가느다란 사건들에마저도 엄청난 애착을 품을 수밖에 없던 자들이 제 몸에서 키워 낸 어떤 필연성의 궤적 같은 것인지도 모른다. “스스로를 용서할 수 없을 것만 같은 날”은 안현미가 시인으로 다시 태어날 수밖에 없었던 그 마음결의 움직임을 거머쥐고 있는 하나의 주름이다. 그녀는 이와 같은 자기성찰의 이미지 바로 곁에다 “죽음이 다음이어야 하는지를 묻기 위해”라는 비장하고 둔중한 말들을 흩뿌려 놓는다. 그렇다. 삶의 내력이 파란만장하고, 그 체험에 깃든 황폐한 기억과 절망의 리듬이 깊다 해서, 모든 이가 시인으로 태어나는 것은 아니다. 오히려 더더욱

왜소한 '인간-동물'로 살도록 강제할 가능성이 크다.

그러나 안현미는 제 삶의 매 순간들이 과연 정당했는가를 끊임없이 묻는다. 그리하여, "죽음을 향한 존재를 앞질러 달려가 보는 결단성이 본래적인 실존에로 데려온다"(마르틴 하이데거, 『존재와 시간』, 까치, 1998)는 말처럼, 이 물음의 끝에서 "죽음"과 직면해본 자만이 얻을 수 있을 윤리학적 계기와 다시 만난다. 시인이 간직한 "죽음"이라는 궁극적 타자성의 윤리학은, 그렇게 살아갈 수밖에 없는 그의 생래적 체질에서 기원하는 것이 틀림없다. 그러지 않고서야, "어차피 잠시 동안만 그렇게 함께 있는 거지 백 년 후에는 아이도 나도 없지"라는 헛되고 헛된 시간의 풍화작용과 우리들 삶의 한가운데 깃든 무의미와 공허를 잡아챌 리 없기 때문이다.

지난 두 권의 시집에서 『사랑은 어느 날 수리된다』에 이르기까지, 안현미의 무수한 시편들이 연대기적 시간의 순차성을 박차고 날아올라, 과거와 현재와 미래가 한데 뒤섞인 낯선 시간 속으로 진입하게 되는 까닭 역시 "죽음"의 자리에서 온다. 시인은 매번 제 자신을 "죽음"을 앞에 둔 자리에 세워 놓기 때문이다. 달리 말해, "언젠가 나는 오로라 공주처럼 낯선 곳에 도착해 운 적이 있다 불상님이 되어 본 적이 있다 국립의료원 뒷골목 오래된 식당에서 공기해장국을 주문한다 그녀가 없는 여름이다"(「공기해장국」), "나는 감히 요절을 생각했으니 죄업은 무거웠으나 경기장 밖 미루나무는 무심으로 푸르렀고 그 무심함을 향해 새 떼가 로켓처럼 솟아올랐다 다른 차원의 시간이 열리고 있었다 업은 무거웠으나 그런 날이 있었다"(「어떤 삶의 가능성」), "다시 자명종이 울리는 밤입니다 다른 세상으로 가는 거울 속입니다"(「다뉴세문경」) 같은 이미지들에 주름진 저 이상야릇한 시간성의 이종교배는, 그의 비장한 "죽음"의 윤리학에서 시작된다는 것이다.

따라서 안현미가 일구어 낸 아나크로니즘(anachronism)의 존재론이 제 몸 한복판에 환상이라는 잔영을 거느리게 되는 것은 자연스런 귀결이라 하겠으나, 이는 만인이 체험할 수 있는 현실성의 차원을 크게 벗어나지 않는다. 이런 까닭에, 안현미의 시편들 곳곳에 아로새겨진 환상의 모티프들은, 오히려 제 생의 숱한 오욕과 비루함을 기꺼이 살아내려 할 뿐더러 그것을 재차 욕망하려는 자에게서 솟아나는 운명애(Amor Fati)로 귀결될 수밖에 없다. 시인은 "끝내기 위해서는 시작해야만 한다. 끝난 줄 알면서도 시작해야만 한다. 그리하여 사랑은 어느 날 수리된다"(「이별 수리 센터」), "**그리하여**/사랑이여, 차라리 죽는다면 당신 손에 죽겠다"(「사랑의 사계」)고 온몸으로 발설하고 있기 때문이다.

시인의 운명애는『사랑은 어느 날 수리된다』에서 빈번하게 출현하는 "사랑"의 숱한 이미지들을 짜고 닦고 씻는 예술적 사유의 원천일 뿐만 아니라, 그가 타자를 만나는 궁극적 방식이기도 할 것이다. 이는 시인의 시 쓰기가 세계와 타인의 난폭한 맨 얼굴을 그야말로 "사랑"하고 "수리"할 있는 제 자신과의 필사적인 싸움에서 태어난다는 사실을 암시한다. "그리하여 사랑은 어느 날 수리"될 것이며, "분단과 분쟁의 이 미친 비바람 앞에서도 싸우라, 싸우라, 싸우라, 목련이여 설움이여! 나 자신의 절망이라는 검은 짐승과 싸우라, 싸우라, 싸우라"(「영원히 나 자신을 고쳐 가야 할 운명과 사명에 놓여 있는 이 밤에」)는 절규어린 선언이 당당하게 발성될 수 있는 것이다. 따라서 저 지독하고 곤욕스런 "사랑"의 원초적 바탕에 깃들인 운명애란 안현미에겐 결국 '사랑하는 싸움'(김인환)의 다른 이름일 뿐이다. 오직 '사랑하는 싸움'만이 이미 일어난 일을 다시 욕망할 수 있도록 강제하는 영원회귀의 무대, 그 무섭고 처절한 "사랑"의 길을 가능케 할 것이기 때문이다.

시인은 우리들 모두의 생이 한갓 "불행과 고독 무의미와 어둠 중력과 천민자본주의 불가항력과 부조리 삶은 학살의 일부"(「시마할」)에 불과하다는 것을 나날의 삶의 현장에서 매번 체험하고 있음에도 불구하고, "지금은 사랑이 확장되는 시간"(「사랑」)으로 표상되는 메시아적인 것이 도래하는 순간을 간절히 욕망하고 있기에. "사랑의 부재 또한 사랑 아니겠는가"(「그도 그렇겠다」)라는 무모한, 너무나 무모한 저 "사랑"의 발성처럼.

> 사랑에 관한 한 우리는 모두 조금씩 이방인이 될 수 있다
>
> 그해 봄밤 미친 여자가 뛰어와 내 그림자를 자신의 것이라 주장했던 것처럼
>
> —「봄밤」 부분

제4부

알레고리, 2010년대 한국시의 화두
—황성희와 진은영의 시

알레고리의 전복적 기획과 역사철학적 의미

'무한성, 형식, 이념의 이름으로 낭만주의가 그 완성된 형상을 비판적으로 능가하고자 할 때, 알레고리적 깊은 응시는 사물과 작품을 일순간 마음을 요동치게 하는 문자로 변모시킨다' 또는 '알레고리의 침투는 예술적 법칙성의 안정과 질서에 대한 조야한 폭행이라고 불릴 수 있을 것이다'(발터 벤야민, 『독일 비애극의 원천』, 새물결, 2008) 같은 문장들은 유기적 총체성과 내재적 완결성이라는 용어로 표상되어 온 상징(symbol)의 총체적 의미 작용에 대한 알레고리(allegory)의 비판적 기획을 명료하게 예시한다. 또한 알레고리에 그 이상의 벡터가 잠재되어 있다는 것을 암시한다. 그것은 역사가 '끊임없이 이어지는 쇠락의 사건'이자 '그 폐허의 잔해물들'이며, '파편화된 단편 조각들'에 불과하다고 보는 묵시록적 세계관의 탄생과 결부되어 있기 때문이다.

이 세계관은 자본주의 사회체제의 부산물인 물신주의(fetishism)와 상품 미학에 의해 인간과 인간 사이, 그리고 인간과 사물 사이의 자연스런 조응(correspondence) 상태가 훼손되고 추방되면서 발생하는 파편화된 인간 실존으로부터 기원한다. 더불어 현대인들의 저 실존적 상황과 평행을 이루려는 미학적 태도 역시 그 체제 안쪽에서 탄생하게 된다. 그것이 바로 알레고리다. 알레고리는 상징이 떠받들고 있는 유기적 총체성의 세계를 해체하려는 기획을 가진 것이자 상징을 아름답게 장식된 허구적 가상의 자리로 끌어내리면서, 제 자신이 '아름다움 너머에 있다는 것을 고백'하는 것이기 때문이다. 따라서 그것은 자본-기계의 부속품들이자 교환가치의 파편들에 불과한 현대적 삶의 황폐한 실상들을 적나라하게 드러내려는 정치적 기획을 가진 것이자, 그 잔인한 리얼리티를 현시하려는 새로운 미학적 방법론을 겨냥한다. 물론 벤야민은 저 폐허의 파편들에서도 흐릿하게나마 암시되는 어떤 구원의 빛이 존재할 것이라는 믿음을 저버리지 않았지만.

벤야민이 심혈을 기울여 현대 도시의 풍경과 생태를 분석하는 가운데 가장 첨예하게 문제 삼으려 했던 바는 현대인이라면 누구나 참담하게 체험할 수밖에 없는 무능의 문제이다. 이는 실상 타인들이나 사물들과의 자연스런 교감을 폭력적인 방식으로 해체시키는 현대 자본주의 사회체제의 탄생 순간부터 이미 내장되어 있었던 것이라 하겠다. 현대인들은 자기 외부에 존재하는 그 모든 타자들과의 자연스런 교감 상태로부터 분리되고 추방됨으로써, 제 자신의 내면적 성찰의 공간으로 침잠할 수밖에 없기 때문이다.

현대인이라면 그 누구라도 제 실존의 차원에서 마주치게 되는 무능은 내면적 성찰과 동전의 앞뒷면 같은 관계를 이룬다. 황성희와 진은영의 시적 사유 또한 이 관계를 형상화하는 자리에서 빛을 발한다. 이들은 현대시가 시인의 고유한 어떤 내면을 표상하는 것, 나아가 그렇게 매끄럽고 말쑥하게 세공된 이미지들의 결정체이거나, 그 이미지들이 유기적 총체성의 구조로 귀결되어야 한다는 저 오래된 미학적 통념을 그다지 신뢰하지 않는 것 같다. 그것의 배면에 가로놓인 것은 자기 완결적인 자아라는 말로 표상되는 현대적 개인성의 신화이기 때문이다. 또한 신화가 되어 버린 완성된 자아라는 전제를 가지고선, 우리들 곁에 편재하는 위(僞)와 악(惡)과 추(醜)라는 잔혹한 진실의 사막과 그것에 깃든 고통의 살갗과 그 맨 얼굴은 만져지지 않고 들리지 않고 보이지 않기 때문이다.

따라서 두 시인의 집중력이 함께 가닿는 자리는 날것 그대로인 현대인들의 첨예한 고통들이며, 부스러기들처럼 조각나 버린 황폐한 실존의 감각들이다. 또한 이 감각들이 새로운 이미지의 성운들로 뿜어져 나오기 위해서는 완성된 자아라는 현대적 통념이나 작품 내적 완결성이라는 미학적 전제를 넘어설 수 있는 다른 사유의 이미지가 필수 불가결하다. 그것은 바로 사유되지 않은 것을 사유하는 것이자 타자들이 촉발시키는 우발적인 정동들에 제 스스로를 온전하게 개방할 수 있는 용기와 결단일 것이다. 또한 저 우발성이 촉발시키는 끝이 보이지 않는 질문과 사유의 과정일 것이 자명하다. 달리 말해, '우리 시대의 독특한 실존 양식이 되어 버린 사소한 삶과 사물들 속에서도 새로운 진실을 발명해 내는 시적 기호들을 찾아낼 수 있을 것'(진은영, 「프루스트를 읽는 시간」, 『시로 여는 세상』, 2007.가을)이라는 믿음과 탐색이 반드시 요청될 수밖에 없다는 것이다.

이 믿음과 탐색은 종래의 "뜨거운 빵의 흠집 없는 표면들"이란 이미지로 새겨진 작품 내적 완결성이란 통념적인 미학 규범에 "안녕"이란 작별 인사를 건넬 수 있는 미학적 용기를 강제할 것이 틀림없다. 그리하여, 그것은 “흠집 없는 표면”의 “갈라지는 틈에서 태어나는 감각들”을 간절하게 소망하는 것인 동시에 “딱딱한 책을 태워”서 “모닥불 위에 놓인 거북의 껍질처럼”, “무언가를 점칠” 수 있어서 마침내 그 “우연을 사랑할”(진은영, 「나에게」, 『우리는 매일매일』) 수 있는 자, 더 나아가 제 자신의 능력의 한계와 우연성을 기꺼이 수용할 수 있는 자에게만 도래하는 어떤 미학적 은총 같은 것일 수밖에 없으리라.

이처럼 현대적 실존이 처한 무능과 자기 성찰의 이미지는 자본주의의 심장이자 신(神), 곧 교환가치라는 자본주의 사회체제의 질서 아래서는 시와 예술의 참된 실천 양식이 맞닥뜨릴 수밖에 없을 어떤 숙명의 회로 같은 것인지도 모른다. 참된 예술의 최소한의 실천 준칙이란 자기 위안이나 연민 또는 어떤 쾌락들이나 교훈들을 생산함으로써 화폐와 교환될 수 있는 힘과 가치를 증대시키려는 것이 아니라, 그 메커니즘과 상품 미학을 교란하거나 정지시키려는 충동을 품은 것이기 때문이다. 적어도 교환가치라는 자본주의의 신에 대해선 무관심하거나 냉정한 것이기 때문이다.

따라서 제 스스로의 실천 준칙에 충실하고자 하는 시와 예술이란 자본주의 상징적 질서 안에 존재하는 외부일 뿐만 아니라, 그야말로 소수자-되기를 감행할 수밖에 없을 것이다. 어쩌면 원환적 총체성의 휘황찬란한 종교적 광휘에 둘러싸여 있던 인류의 유년기(게오르그 루카치, 『소설의 이론』)에서 시와 예술은 제 스스로 소수자를 자처하게 되는, 값비싼 자기희생의 대가를 치러 낼 필요가 없었는지도 모른다. 그 반면에, 선험적 고향 상실성(transzendentale Obdachlosigkeit)이라는 그리움의 질병과 모든 사물을 상품으로 둔갑시키는 저 물신주의의 괴물을 끌어안고 살아갈 수밖에 없을 우리 현대인들의 실존적 조건에서 시와 예술은 결국 소수자와 무능이라는 제 운명의 사슬을 벗어던질 수 없을 것이 자명하다. 아니, 우리 시대의 시와 예술은 제 스스로 소수성을 극단으로 밀어붙이는 마조히즘적 충동과 그 역설적 실천을 통해서만 제 존재론적 광휘를 뿜어낼 것이 틀림없다.

콜라주 기법과 풍자적 알레고리: 황성희의 시

전체적으로 보면 그것은 나무의 기억
열매 대신 가지마다 주렁주렁 매달린 얼굴들.

이 순간을 포함해 분명한 것은 없나요?
내 손을 포함해 확실한 것은 없나요?

장군께서는 한산섬 달 밝은 밤 지키던 칼로
내 질문의 유명무실함을 단번에 베어 주셨다.
가슴에 숨어 있던 붉은 사과들이 와르르 쏟아졌다.
의사께서는 내 약지의 한 마디 가볍게 잘라 내시곤
힘차게 짜낸 피로 이름 석 자 써 보도록 독려하신다.
시간의 감옥에서는 그만한 하느님도 없다시며.
리비도를 들락거리던 심리학자께서는 즐거운 나의 집을 열창하는
어머니의 입에 오줌을 싸는 악몽으로 괴로워하는 나에게
의자를 이용해 하루 3번의 자위로 스트레스를 날려 버리라 하신다.
물렁물렁한 시계의 현실적 대중화에 집착하셨던 화가께서는
내게 친구의 아내를 연모해 보라 충고하시며
현실의 갈라가 없다면 초현실의 갈라도 없었겠지 콧수염을 만지신다.
이상향을 꿈꾸셨던 의적께서는 호부호형 속에 모든 실마리가 있다며

율도국은 다만 허상에 지나지 않는다고 고백하신다.
한때 다방을 운영하셨던 시인께서는 권태를 이기고자 한다면
난해함을 기분이라며 불쑥 멜론을 내미시는데.

지금 내가 나무의 기억 말고
획기적 수미상관의 창조에 골몰해야만 하는 이유

—「스승의 은혜」(『시와 반시』, 2009.여름) 부분

「스승의 은혜」는 표제어가 암시하는 것처럼, 제 자신이 여러 "스승"들의 영향 관계들로 이루어진 "나무의 기억"에 불과하다는 것을 자임한다. "열매 대신 가지마다 주렁주렁 매달린 얼굴들"로 표상되는, 제 내부에 이미 스며들어 와 있는 무수한 저작들과 작가들, 그리고 그 영향 관계들을 돋을새김의 이미지로 소묘하기 때문이다. 이들은 "한산섬 달 밝은 밤에……"라는 이순신의 시조로부터 시작하여 프로이트 정신분석의 언술들을 거치고, 초현실주의자 살바도르 달리의 "물렁물렁한 시계"를 지나 허균의 「홍길동전」에 나타난 "율도국"에 이르며, 마침내 시인 이상이 운영하던 다방 제비에서 "권태"를 맛보고, 그의 삶의 마지막 순간을 장식했던 "멜론"의 향기에 가닿는다. 이렇듯 「스승의 은혜」에 나타난 여러 예술 작품들의 나열 또는 예술가들의 생애를 표상하는 여러 에피소드들의 병치는 황성희의 수많은 시편들이 작가의 고유한 개성과 천재성 또는 작품 내적 완결성 같은 말들로 표상되어 온 미학적 규범들을 신뢰하지 않을 뿐만 아니라, 이를 비판적으로 희화화하고 있다는 것을 암시한다.

"스승의 은혜"라는 표제어는 두 겹으로 둘러싸인 풍자적 아이러니를 발산한다. 하나는 낭만주의로부터 내려온 작가의 개성과 천재

성, 또는 영감과 독창성이라는 개인성의 신화에 대한 조롱이고, 다른 하나는 고전주의로부터 내려온 작품 내적 완결성, 또는 조화와 균제라는 미학적 규범과 통념에 대한 비판이다. 「스승의 은혜」가 명징하게 표상하는 것처럼, 시인은 우리들에게 선험적인 것으로 미리 주어져 왔던 낭만주의와 고전주의의 저 오래된 미학적 규범들을 따르지 않는다. 또한 양자의 규범들로 수렴될 수 없는, 전혀 다른 미학적 구도를 창안하려 하는 것으로 추정된다. 그것은 초현실주의 예술가들이 주로 활용했던 콜라주(collage) 기법으로 설명될 수 있을 듯 보인다. 콜라주는 우선 20세기 전반의 아방가르드와 모더니즘 경향을 구별하기 위해 제시되었던 용어일 뿐더러 이전에는 물감을 칠하기 위해 남겨지던 캔버스의 공간에 낯선 소재를 가져온다는 점에서, 엄밀한 의미의 모더니즘 작품과는 달리 예술 작품의 완전성에 대한 공격을 표현한다. 또한 서로 다른 단편적 소재들을 폭력적인 방식으로 병치시켜 낯설고 기이한 장면들을 현시하려는 미학적 기획을 내장한다.

따라서 「스승의 은혜」의 끄트머리에 나타난 "지금 내가 나무의 기억 말고/획기적 수미상관의 창조에 골몰해야만 하는 이유"는 두 가지 상반된 의미를 동시에 품는다. 하나는 저렇듯 무수한 예술 작품들의 단편 조각들을 새로운 일관성의 구도로 다시 마름질할 수 있는 "수미상관"을 사유하는 것이며, 다른 하나는 "수미상관"의 부분을 제외한 이 작품의 몸통 전체가 자유간접화법(free indirect discourse)으로 이루어진 단편 조각들의 집적인 동시에 매우 자의적인 병치들로 이루어져 있다는 것을 고백하는 것이다. 어쩌면 이 둘은 한 몸에서 태어난 쌍생아 같은 것인지도 모른다. 왜냐하면 한 편의 예술 작품으로서의 시는 그 이전의 수많은 고전 저작들이 이루는 성좌들의 틈새와 그 여백의 공간에서 생성되는 것일 뿐만 아니라, 그 이미지 조각들의 집적이자 병치인 동시에 "획기적 수미상관"을 "창조"해야 하기 때문이다. 곧 무수한 영향 관계들로부터 벗어나 제 스스로가 새로운 미학적 일관성의 구도를 만들어 내야만 한다는 것이다. 그것이 적어도 하나의 참된 예술 작품으로 자리매김할 뿐만 아니라, 불멸의 전염병처럼 매 순간마다 창궐할 수 있는 자신의 감각적 현존을 소망하는 것이라면.

어릴 때부터 넌 사람들이 쳐다보는 걸 즐겼지. 어머니는 언제나 죽은 형 자랑에 여념이 없었고요. 애쓰지 마라. 이분법이라면 네 형을 따라올 자가 없어. 그래 봤자 형의 상처는 90년대 것이에요. TV에서 본 게 아니라고 말 못 할걸요. 그 무렵 곤봉의 의미는 많이 퇴색되긴 했지만 아무나 세례 받을 수 있는 건 아니었다. 취향이 다양해진 시대라서 더욱 어려웠지. 상처라면 제게도 얼마든지 있어요. 이것 보세요. 오늘 아침 면도를 하다 생긴 거예요. 아직도 모르겠니? 구구절절 설명 없이는 너의 상처를 알아볼 수 없다는 것. 그게 다들 널 시시하게 여기는 이유란다. 그럼 이건 어때요? 내일이 오면 내가 아닐까, 내일이 와도 아직 나일까 봐, 저는 누구보다도 문제적으로 불안한 중이에요. 넌 항상 창밖을 흘낏거렸지. 하지만 관광버스는 아무 집에나 들르는 건 아니야. 순례의 코스가 되기 위해서는 정형화되는 아픔도 있어야 하는 거다. 아무리 80년대라 해도 누드 비치를 동경할 자유는 있어요. 시너에 비하면 그건 아무 용기도 아니야. 이곳의 하루하루가 날마다 진짜 같은 느낌, 어머니는 몰라요. 진짜를 보고 진짜 같다는 것은 비문이다. 무덤 앞에나 어울려. 어떻게 하루하루가 그렇게 쉬우세요? 시시각각 어려워서 넌 뭘 알아냈니? 옷이나 입거라. 고추는 그만 좀 내버려

두고. 싫어요, 만지지 않으면 한순간도 못 믿겠어요. 저런, 철학자가 될 걸 그랬구나. 밤낮으로 낮밤이나 섬기면서 성조기나 불태워야 했는데, 그렇죠? 알몸을 의심할 용기가 부디 있길 바란다. 너만 아는 그 얼굴에 어울리는 옷부터 먼저 있어야겠다만.

—「알몸 코디의 뒤늦은 선정성 논란」

(『문학과 사회』, 2009.여름) 부분

「알몸 코디의 뒤늦은 선정성 논란」은 제 거죽 위로 "어머니"와 아들의 대화로 이루어진 문양들을 새겨 넣는다. 그러나 이 대화는 필연적인 인과성의 연쇄, 또는 논리적인 인접성의 구조를 형성하지 않는다. 오히려 이러한 인과관계가 전혀 없거나 생략된 채 매우 비약적인 문답의 사슬을 연쇄시킨다. 따라서 이 둘의 대화는 표면적으로 하나의 동일한 주제 의식으로 수렴되는 유비적 원환(analogical circle)의 이미지들을 축조하지 않는다. 오히려 무의식의 심연에 얼룩져 있을 단편적인 이미지 조각들을 자신들 각자의 자유연상에 따라 그대로 현시하려 했던 초현실주의자들의 자동기술법(automatism)에 가까운 이미지들의 연쇄를 보여 준다. 하지만 이 작품은 자동기술법 가운데서도 그 일부만을 수용한 것으로 보이며, 의식의 합리성과 인위적 기교를 제거한 무의식적 발성만으로 이루어진 것은 아닌 듯하다. 물론 동문서답에 가까운 저 엉뚱한 문답들은 표면의 층위에서는 느슨하고 파편적인 것일 수밖에 없다. 그럼에도 불구하고 전체 구성의 차원에서 보면, 보이지 않는 어떤 연락 관계들의 배치를 통해 알레고리의 별자리들을 구성한다.

이 작품에 등장하는 "어머니"는 흔히 원본(origin)이란 말로 지칭되어 온 고전 저작들, 또는 정전(canon)에 대한 인격적 비유로 읽힌다. 마찬가지로 “형”은 그 원본으로부터 파생된 것이긴 하나, 현재 진행형의 예술 작업으로 해석되는 “나” 이전에 존재했을 어떤 선배격에 해당되는 작품을 빗댄 것으로 보인다. 시인은 이렇듯 “어머니”와 “형”과 “나”라는 인격적 비유를 통해 뿌리와 가지들, 곧 기원과 파생이라는 수목형의 사유를 하나의 우화처럼 빚어낸다. 그러나 이 우화는 ‘기성관념으로 이미 습득하고 있는 어떤 내용을 전달하기 위한 것’, 또는 ‘특정한 개념으로 환원될 수 있는 표현 대상’, 곧 ‘기성관념과 지식의 개념적 도해’로 축약되는 괴테(J. W Goethe)적 의미의 알레고리로 나아가지 않는다. 그것은 한국 사회의 “80년대”와 “90년대”라는 시대적 분위기를 가로지르면서도, 그 시대성만으로 환원될 수 없는 의미론적 잉여와 다의성을 거느리고 있기 때문이다.

“곤봉의 의미는 많이 퇴색되긴 했지만 아무나 세례 받을 수 있는 건 아니었다” “시너에 비하면 그건 아무 용기도 아니야” “밤낮으로 낮밤이나 섬기면서 성조기나 불태워야 했는데” 같은 문장들이 “80년대”가 지녔던 시대성의 중핵을 우의적으로 표현하는 것이라면, “취향이 다양해진 시대라서 더욱 어려웠지” “구구절절 설명 없이는 너의 상처를 알아볼 수 없다는 것” “이곳의 하루하루가 날마다 진짜 같은 느낌” 같은 이미지들은 개인의 실존과 내면성이 최고의 가치 덕목으로 숭앙되던 “90년대”의 시대적 분위기를 나타낸다. 나아가 본질과 현상, 원본과 복사본의 경계가 흐릿해져서 마침내 본질 없는 현상, 원본 없는 복사본이 미적 공통감각을 이루게 된 이른바 시뮬라크르(simulacre)의 시대, 곧 2000년대 한국문학의 새로운 예술적 짜임을 우화적 이미지로 아로새긴다.

그러나 황성희는 양자의 상반된 의미 계열을 “이분법”으로 쪼개어 서로 영원히 만날 수 없는 평행선처럼 만들지 않는다. 오히려 이들을 한자리로 불러들여 대질심문시킴으로써, 전혀 다른 의미의 지력선이 뽑어져 나오도록 만든다. 그것은 "알몸을 의심할 용기가 부디 있길 바란다"라는 문장과 "알몸 코디의 뒤늦은 선정성 논란"이란 표제어가 암시하듯, 어떤 원본("알몸")과 그것으로부터 파생된 복사본("뒤늦은 선정성")의 역사라는 것 또한 이내 사라져 갈 사물들의 무상성에 불과하다는 것을 인식하는 것이며, 이들을 영원으로 구원하기 위하여 현재를 과거와의 팽팽한 긴장 관계 속에서 바라보는 것을 가리킨다. "진짜를 보고 진짜 같다는 것은 비문이다"에서 알아챌 수 있듯, 「알몸 코디의 뒤늦은 선정성 논란」은 본질과 현상, 기원과 파생, 원본과 복사본의 경계를 확연하게 구분할 수 없는 것으로 소묘한다.

따라서 시인은 역사를 매 순간마다 상이하게 주어지는 현재적 시간의 테두리에서 대결을 거듭하게 만드는 것, 곧 화해할 수 없는 적대 세력들의 투쟁을 구성하는 것이자 극단이 극단으로 보존되는 총체성 속에 놓여 있다고 보는 벤야민의 역사철학적 관점을 적극 수용하고 있는 것이 분명해 보인다. 달리 말해, 일견 명백해 보이는 구체적 현상들에서 반립적 세력들을 읽어 내는 힘, 곧 벤야민이 제시했던 알레고리의 총체성 속에서 매 상황들마다 해체-구축을 거듭하는 저 안티테제들의 별자리로 제 시편들의 미학적 중핵을 구성했다는 것이다.

그렇다. 한국의 "80년대"와 "90년대", 그리고 2000년대는 등질적인 시간 개념으로 분할될 수 없다. 또한 진보라고 일컬어지는 직선적 연속 면의 기록으로 치장될 수 있는 것도 아니다. 오히려 서로 간의 비판적 대화와 극단을 구성할 수밖에 없는 안티테제들의 별자리를 통해 끊임없는 긴장 관계를 이룬다고 보는 것이 적확할 듯하다.

저 별자리가 이룩하는 긴장 관계야말로 알레고리가 불러일으키는 참된 미학적 전복의 효과이자 첨예한 정치적 효과일 것이 틀림없기에.

「알몸 코디의 뒤늦은 선정성 논란」은 현대 한국 사회가 통과해 온 시대적인 분위기들을 알레고리 이미지들로 기록한다. 또한 그것에 내장된 미학과 정치성을 충실하게 구현하고 있다는 점에서, 2000년대 한국문학에서 새롭게 제시된 정치시의 비전과 좌표들 가운데 하나로 예시될 수 있을 것이다. 또한 황성희의 최근 시편들은 알레고리가 2010년대 한국문학의 새로운 비전이자 정치시의 미학적 중핵으로 기능할 것만 같은 어떤 예감을 불러일으킨다. 아래 시편이 표상하는 저 안티테제들의 별자리처럼.

그는 바람을 만지는 척했을 뿐. 본 사람은 아직 아무도 없어. 김의 체제 전복적 말투 말이야. 표현주의라고 우기면 할 말 없지만. 역사소설이 롱런하는 이유가 뭐라고 생각해? 여기가 술자리라는 걸 잊어버린 것 같군. 환상을 좀 더 섞어야 제맛 아니야? 왜 이래, 나도 사실 속에서 살아 본 적 있어. 그때 그 자리에 너희들이 없었을 뿐이야. 솔직해 보시지. 혼자 간다고 하잖아. 집도 못 찾아갈까 봐 호들갑은. 박의 서정 말이야. 어딘가 낯이 익어. 그런 식으로 슬퍼하는 사람, 읽은 적 있어. 그 머리, 정말 예쁘다. 어디서 한 거야? 말조심해. 낙하산이라는 소문 쫙 퍼졌어. 거짓말 아냐. 어느 날 갑자기 거실 한복판으로 뚝 떨어졌다니까. 매일 울었지. 자고 일어나면 어제 그 자리에 오늘이 또 있는 거야. 아가, 지지! 지우개는 손에 쥐고만 있으랬지, 길을 이렇게 지워 버리면 숲은 또 어떻게 빠져 가려고.

—「대합실」(『현대시』, 2009.7) 부분

메타적 방법론과 멜랑콜리로서의 알레고리: 진은영의 시

우리는 단어 몇 개, 심장 몇 개
잡지 몇 개를 나누어 가지고 자줏빛으로 부드러워진
나무들의 푸른 사이를 거닌다
그제는 인간 권리에 대한 아렌트의 책을 동시에 읽고서
어제는 그녀의 스무 살 적 애인과 게르만 민족에 대한 논문을 쓰고서
오늘··· 철학자와 시인들의 인연에 관해 제멋대로 숙고하면서

모레쯤 죽은 새는 다 어디로 갈까
죽은 이야기는, 흩어진 조각들은
슬퍼도 웃는다는 너는
부드럽고 지친 너의 자줏빛 입술은

전부
푸른 깃털처럼 흔들리는
노래 속으로

지금은 우리가 나누어지기 직전
지나쳐 온 거리들이 다가온다
멍든 무릎 사이로, 끝까지

지나쳐 온 거리들이 빠르게 고요해진다
그곳에 영원토록 머물며
우리 함께, 붉은 비단처럼 거리들이

처음처럼 팍팍 찢어지는 진실한 소리를 들으리라
너는 너와,
나는 나와 함께

—「N개의 기억이 고요해진다」(『n분의 1』 창간호, 2009.12) 부분

진은영은 『일곱 개의 단어로 된 사전』과 『우리는 매일매일』에서 알레고리가 어떤 미학적 충격과 파장을 불러올 수 있으며, 그것이 "브리콜라주"라는 새로운 이미지의 창안과 어떻게 연동되는지를 선명하게 예시했다. 또한 "플라톤을 베낀다 마르크스를 베낀다/무엇을 할 것인가를 베낀다/오늘의 메마른 곳에 떨어진 어제라는 차가운 물방울//무수한 어제들의 브리콜라주로 오늘의 화판을 메워야 한다/태양이 너무 빛났다, 어제와 장미 향기가 다 증발하기 전에 너를 그려야 한다"(「어제」)가 표상하는 것처럼, 시인은 거대 이론의 체계를 완성하거나 이를 고스란히 재현할 수 있다고 믿지 않는 것 같다. "브리콜라주"라는 시어에 집약된 것처럼, 도리어 거대 이론의 조각들에서 촉발되는 우발적 사유의 계기들이나, 섬광처럼 우리를 훑고 지나가는 느닷없는 사건들, 그리고 이들이 촉발시키는 정동(affect)과 정서적 감염력(the intensive affects)에 온몸을 개방하고 있는 듯 보인다. 나아가 "어제와 장미 향기가 다 증발하기 전에 너를 그려야 한다"는 구절이 암시하듯, "브리콜라주" 이미지의 창안을 통해 한국시의 새로운 예술적 짜임을 선도해 가고 있는 것이 틀림없다.

「N개의 기억이 고요해진다」의 부기에서 진은영은 "이 시는 심보선의 시 「웃는다, 웃어야 하기에」에서 나온 단어 서른여섯 개를 넣어 만들어졌다. '아버지, 거창한, 민족, 단어, 농담, 장남, 비극적, 구원, 애절함, 모호한, 바람, 풍경, 남루, 진실, 죽은 새, 유언, 얼룩, 여생,

인연, 심장, 타인, 견뎌 낼, 물건들, 인간, 전부, 웃는다, 지금으로서는, 고요해진다, 숙고, 거닌다, 머물며, 슬퍼도, 직전, 다가온다, 만연한, 끝까지'라는 심보선의 단어들"이라고 명시적으로 밝히고 있다. 따라서 이 시편은 이미 완성된 작품의 이미지들을 비결속적 파편 조각들로 하나하나 뜯어내어 새롭게 재구성한 것이라 하겠다. 이는 또한 진은영이 현대적 브리콜뢰르(bricoleur)의 직능을 이미 수행하고 있다는 것을 뜻한다.

"우리는 단어 몇 개, 심장 몇 개/잡지 몇 개를 나누어 가지고 자줏빛으로 부드러워진/나무들의 푸른 사이를 거닌다"는 구절은 진은영과 심보선이 이미 선재하고 있는 무수한 이론 체계의 더미들 그 "사이" 공간에서 "몇 개"로 표현된 일부의 조각들을 떼어 내어 그들 자신의 작업을 시작했다는 것을 암시한다. 이 작업은 "인간 권리에 대한 아렌트의 책"과 "그녀의 스무 살 적 애인과 게르만 민족에 대한 논문"이라는 시어에 압축된 것처럼, 한나 아렌트의 『인간의 조건』에 포함된 사유의 일면일 수도 있고, 그녀의 스승이자 애인이었던 하이데거와의 사이에 존재했던 어떤 에피소드일 수도 있다. 또는 하이데거의 "게르만 민족"에 관한 특정한 사유의 편린들일 수도 있다. 이와 같은 맥락에서 낭만주의가 설파한 개성과 천재성이란 한 인간의 재능이 도달할 수 있는 최고치를 상상하면서 만들어진 일종의 허구적 관념에 불과한지도 모른다. "나무들의 푸른 사이를 거닌다"는 구절이 암시하는 것처럼, 적어도 진은영은 한 개인이 발휘할 수 있는 재능이란 이미 선재하고 있는 무수한 고전 저작들의 "사이" 공간에서 탄생하는 것이라고 확신하고 있을 것이 틀림없기에.

따라서 "호랑이를 왜 좋아하는지 몰라요/빨간 의자에 어떻게 앉게 되었는지 몰라요/언제부터 불행을 다정하게 바라보게 되었는지 몰라요/(중략)//이 시를 몰라요 너를 몰라요 좋아요"(「인식론」) 같은 무능과 수동성의 이미지들이 나타나는 것은 지극히 자연스럽다. 진은영은 한 개인이 지니는 천부적 재능과 능동성보다는 우리 모두의 무능과 수동성에 깊은 관심을 기울이고 있을 뿐만 아니라, 만인들로 퍼져 나가는 "시"의 감염력과 이를 통한 감각의 연대를 훨씬 더 깊게 신뢰하고 있는 것이 분명하기 때문이다. 적어도 그녀에게 새로운 예술적 사유와 이미지의 독창성은 특정한 개인에게 헌납되는 유일무이한 소장품일 수 없기 때문이다.

가령 "모호한 몸짓을 가진 여자와 애절함의 표정 짓는 여자 사이/비극적 여생과 농담 같은 구원 사이/바람과 풍경/타인과 물건들/사이/거창한 소설을 쓰는 남자와 거창한 시는 혐오하는 남자/사이"(「N개의 기억이 고요해진다」)라는 표현처럼, 그것은 차라리 세계에 존재하는 무한한 텍스트들의 "사이" 공간에서 탄생하는 자유간접화법에 가깝다. "모레쯤 죽은 새"와 "죽은 이야기"와 "흩어진 조각들"이란 시적 오브제들은 저 "사이" 공간에서 "전부/푸른 깃털처럼 흔들리는/노래 속으로" 들어가 새로운 이미지로 재탄생하는 것이기에.

여기서 나타난 "노래"는 두 가지 상반된 의미를 동시에 품는다. 하나는 문자 그대로의 "노래"가 표상하는 것, 곧 형식의 규정성과 새로운 미학적 일관성을 뜻한다. 다른 하나는 그것을 수식하는 말인 "푸른 깃털처럼 흔들리는"이 표상하는 형식 이전의 파편 조각들로서의 오브제가 가질 수밖에 없는 혼돈의 상황들을 가리킨다. 따라서 시를 쓰는 행위는 형식으로 표상되는 미학적 질서와 더불어, 형식 이전의 무질서한 것들의 혼돈이 팽팽히 맞서는 대결과 긴장의 무대인지도 모른다. 김수영 식으로 말하자면, '시의 본질은 개진과 은폐의, 세계와 대지의 양극의 긴장 위에 서 있는 것'(「시여, 침을 뱉어라」)이리라.

따라서 "지금은 우리가 나누어지기 직전/지금으로서는/우리가 얼룩지기 직전"은 개개인의 상상력과 미학적 구도로 분화되기 이전의 미분화 상태를 표현한 것이며, "지나쳐 온 거리들이 다가온다"는 시인이 섭렵했던 위대한 고전의 "나무들"이 그의 내면 곳곳에서 다시 솟아올랐던 장면을 소묘한 것으로 추정된다. 이 작품의 표제어 "N개의 기억이 고요해진다"에서 "N개의 기억"은 나의 내면에 이미 스며들어 와 있는 무수한 저작들과 사건들, 그리고 그것의 영향 관계를 뜻한다. 또한 "고요해진다"라는 용언은 그 무수한 "기억"의 조각들이 난마처럼 얽혀 있는 혼돈과 무질서를 잠재울 뿐만 아니라, 그 조각들 "사이"에서 새로운 예술적 구도를 창안하기 위해 전제될 수밖에 없을 침묵과 여백의 공간, 그 빈 바탕을 암시한다.

시인은 제 자신을 여러 차원에서 촉발시켰던 숱한 저작들과 사건들과 그 영향 관계들이 빈 바탕으로 사라지는 현상을 "지나쳐 온 거리들이 빠르게 고요해진다"라는 이미지로 그려 낸다. 나아가 시인의 실존 전체를 걸고 벌이는 예술적 창조의 고투와 그 생생한 느낌을 "그곳에 영원토록 머물며/우리 함께, 붉은 비단처럼 거리들이/처음처럼 팍팍 찢어지는 진실한 소리를 들으리라"라는 문양으로 표현한다. 여기서 "처음처럼 팍팍 찢어지는"이라는 시어는 두 갈래의 의미 벡터를 동시에 응축한다. 하나는 이미 선재하고 있는 고전 저작들의 의미가 시인들에 의해 다시 반복되고 차용되는 것을 표현하며, 다른 하나는 그 의미가 처음으로 생성되고 탄생했던 바로 그 원초적 순간의 생동감을 나타낸다. 그리하여, 저 탄생의 순간에 도래하는 날 선 감각들에 고스란히 가닿으려는 시인의 필사적인 싸움은 "진실한 소리를 들으리라"라는 순도 높은 정념을 표상하는 이미지로 나타날 수밖에 없었을 것이다.

시인이 제 자신과 벌이는 저 필사적인 싸움은 "너는 너와,/나는 나와 함께"로 표상되는 충실성의 과정을 강요했을 것이 자명하다. 그것은 주체를 구성하고 있는 무수한 과거의 사건들과 그 역사의 현장들에 머물렀던 수많은 "나" 혹은 "너"와의 힘겨운 싸움을 이미 전제하고 있는 것이기에. 나아가 시인은 제 자신과의 순정한 싸움이 끝끝내 거느릴 수밖에 없을 멜랑콜리의 영원회귀를 "청춘의 고통이 끝나지 않는다는 거/청춘이 끝난 뒤에도 고통이 끝나지 않는다는 거/어떤 싸움이 끝난 뒤에도 끝나지 않는다는 거/나무들, 나무들/회색 밑둥들,/저 아래로 슬픔의 기름이 흐른다는 거"(「지난해의 비밀」, 『시현실』, 2010.봄)로 묘사하고 있기에.

어쩌면 멜랑콜리야말로 자본주의 사회체제가 생산하는 상품-사물들의 마술적 환각이나 그 비유기체가 뿜어내는 성적 매력의 미몽으로부터 깨어날 때마다 매번 다시 우리들 앞에 회귀하는 황폐한 진실인지도 모른다. 또한 그것은 살아 움직이는 모든 생명체들의 활동들과 관계들을 살해하여 멋진 회랑 상가 안에다 전시하는 물신주의가 영원토록 회귀시킬 수밖에 없는 "죽음"의 그림자인지도 모른다. 시인은 자본주의 사회체제에서 영원토록 회귀할 수밖에 없을 멜랑콜리와 그것이 수반하는 "죽음"의 그림자를 지독히 무섭지만 그래서 더욱 아름다운 편린들로 소묘한다. 아래 새겨진 "죽음이 흰 유방 열두 개를 전부 드러낸 채/거리를 뛰어가고 뛰어갔으니"와 "아무것도 씹지 못하는 이빨을 가"진 아픈 "심장"과 "습지의 부드러운 침대에 영원히 너를 눕"히는 "슬픔의 품" 같은 이미지들이 선명하게 예시하는 것처럼.

태양이 동그랗고 노란 나뭇잎이라는 거
그래서 매일 떨어지고 또 떨어지고
새삼 5월을 노래할 필요가 없다는 거
1월에도, 12월에도
평등하게, 사이좋게

죽음이 흰 유방 열두 개를 전부 드러낸 채
거리를 뛰어가고 뛰어갔으니

―「지난해의 비밀」(『시현실』, 2010.봄) 부분

네 심장은 아무것도 씹지 못하는 이빨을 가졌다
우울한 시간을 빨아 대며 굴리는 붉은 혓바닥으로 너는 맛보았지
영원한 사탕들
이 밤에 말과 꿈의 사탕발림 너머로
공허여, 공회전하는 어둠이여
푸른 이마에 스무 개의 커다란 눈동자를 달고 다가오는 하루

(중략)

높고 하얀 건물에서 누군가 기쁨의 부재에 대해 번민하느라
수많은 시간을 부어 버린다 창밖으로
내버린 오물처럼 환희가 네 머리 위로 쏟아지는
날이 온다면?
아니, 슬픔이 너를 소유할거야
너의 몸이 너에게 속한 동안

너는 오로지 슬픔을 찾아다닌다
슬픔이 네 영혼을 감춘 채 떠나기라도 한 것처럼
아니, 슬픔은 너의 그림자, 너의 운명
네가 당도하는
까마득히 먼 곳까지 늘어나리라

(중략)

망설이는 몸짓으로 흰 달들의 분수가 솟아오를 때
이 추락의 말을 믿으렴
습지의 부드러운 침대에 영원히 너를 눕힐 것이다
어디에서 떨어지든
슬픔의 품

—「멜랑콜리 알고리즘」(『자음과 모음』, 2009.겨울) 부분

감각, 실재, 알레고리: 우리 시대 신진들의 예술적 짜임
—강윤미, 권지현, 박성현, 박희수, 김학중, 김성태, 김재훈, 기혁, 김현, 박지혜의 시

2000년대 이후 한국시의 미학적 지력선

2000년대 젊은 시인들의 작품들에서 다양한 광채를 띠고 나타났던 한국시의 새로운 예술적 짜임은 2010년대에 들어선 작금의 상황에서도 현재 진행형을 이어 가고 있는 듯 보인다. 곧 세계의 자아화로 정의되어 온 서정의 관행적 테두리를 벗어나려 했던 2000년대 한국시의 혁신적 사유나 시적 언어의 실험들은 2010년대에 들어선 지금-여기의 시점에서도 여전히 강력한 영향력을 행사하고 있다는 것이다. 2000년대 당시 한국시 전반을 가로질렀던 새로운 예술적 짜임은 '미래파' '다른 서정' '뉴웨이브' 같은 상이한 말들로 명명되었지만, 그것은 지금도 여전히 하나의 뚜렷한 미학적 지력선을 일구어 내면서 유사한 성운들을 뿜어내고 있는 듯 보인다. 이 지력선과 성운들은 2000년대 이후 한국시의 바탕을 가로지르는 원초적 감각과 감수성의 지도가 근본적인 변화의 소용돌이에 휘감겨 있다는 것을 암시한다. 또한 2010년 등장한 신진 시인들의 작품들 역시 저 소용돌이에서 크게 벗어나지 않는다는 것을 넌지시 일러 준다.

2000년대 한국시의 주류를 형성했던 예술적 짜임의 중핵은 '감각' '실재' '알레고리'라는 세 낱말로 요약될 수 있을 듯하다. '감각'은 현대 한국시의 역사를 가로질러 왔다고 말해도 무방한 이념과 사상의 불꽃으로 충만해 있었던 이전의 예술적 짜임과는 전혀 다른 것이 나타났다는 사실을 집약하는 말이다. 달리 말해, 감각과 이미지 그 자체만으로도 존립 가능한 시 작품의 존재론적 가치를 선언하기 위해 사용된 말이라 하겠다. 물론 2010년 작금의 한국시의 현장에서 활용되는 감각이라는 말에는 매우 복잡하고 다양한 이론적 갈래들이 뒤섞여 있다. 따라서 이들 모두를 투명하게 갈피 짓는 일이란 문학사적 차원의 철저한 고증 작업에서나 가능한 일일 터이다.

'실재'는 2000년대 한국문학 담론의 대세를 이루었던 정신분석의 영향력과 그 저변의 흐름을 명명하기 위해 사용된 말이라 하겠다. 특히 주체의 동일성으로 환원될 수 없는 무의식, 몸, 익명성, 소수자, 차이 같은 말들을 모두 포괄할 수 있는 '타자성'이라는 2000년대 이후 한국 지식사회의 주도적 담론 아래서 뻗어 나온 것이다. '알레고리'는 고전주의 미학의 언어의 명징성과 형식적 규제미, 낭만주의 미학의 개성과 천재성이라는 미학적 통념과 공통감각을 모두 이지러뜨리는 파괴력을 품는다. 이와 같은 미학적 통념의 배면에서 그것을 진두지휘하고 있는 것은 말쑥하게 세공되고 절제된 고전적 이미지들의 전범이거나 자아의 자기 완결성으로 집약되는 현대적 개인성의 신화이다. 알레고리는 저 두 갈래의 미학적 지력선을 '낭만적 화장술'(진은영)로 간주하면서, '제 자신이 아름다움 너머에 있다는 것을 고백하는 것'이다. 나아가 그것은 우리들 곁에 편재하는 위(僞)와 악(惡)과 추(醜)라는 실재의 사막과 더불어 그것에 깃든 고통의 맨 얼굴에 가닿으려는 정치적·미학적 기획을 내장하는 것이기도 하다.

2000년대 한국시에 새로운 활력을 불어넣었던 저 세 갈래의 좌표는 2010년 한국시의 무대에 처음으로 등장한 신진들의 시를 가늠할 수 있는 유력한 지표로써 기능할 것이 틀림없다. 물론 2010년의 신진들이 창조해 낸 시 작품의 세부들은 훨씬 더 복합적인 것일 수 있겠으나, 이들의 벡터와 윤곽선은 2000년대 시의 미학적 구도에서 크게 달라진 것으로 보이지 않기 때문이다.

감각의 시학: 섬세한 묘사로 배어나는 풍경의 울림들

여기서 제시하는 감각이란 어떤 거창한 사유나 이념의 횃불을 이면에 거느리지 않고서도, 시 작품 내부의 여러 풍경들과 사물들이 청신한 감각들로 솟아오르거나 그것들이 함께 어우러지는 것을 뜻한다. 따라서 감각은 화자의 소유물로 환원될 수 없다. 오히려 우리들 모두의 몸이 뿌리박고 있는 원초적인 생활 세계에서 보고 듣고 만지는 사물들과 타자들, 곧 세계의 몸과 마주칠 때에서야 비로소 솟아날 수 있는 공명통에 가깝다. 따라서 그것에는 우리들의 판명한 의식으로 환원될 수 없는 타자성의 세계, 곧 몸의 세계와 세계의 몸이 공실존하면서 이미 스며들어 와 있다. 저 공실존의 자리를 섬세하고 적확하게 묘사하는 것, 그것이 바로 우리가 말하려는 감각의 속살을 이룬다.

2010년 등장한 신진들 가운데서 이렇듯 감각을 시의 거죽으로 끌어올린 시인들은 강윤미, 권지현, 박성현, 박희수 등으로 파악된다. 물론 이들은 문단에 갓 얼굴을 내민 신인들이기에, 제 각자의 독특한 감각과 고유한 이미지 조각술에 도달했다고 말하긴 어려울 것이다. 실제로 이들에게선 2000년대 한국시의 예술적 짜임이 행사한 압력의 흔적이 곳곳에서 발견될 뿐더러 서로 다른 미학적 선분들이 한 시인 내부에 혼재하는 모양새가 나타난다.

스물아홉 a양의 취미는 '세상에 이런 일이'를 시청하는 것 정치와 사회적 합의가 전혀 반영되지 않은 자의적인 백수다 a양의 상상은 이른 새벽부터 늦은 밤 꿈속까지 이어지는데, 개가 되기를 거부한 강아지 해피만이 그녀의 중얼거림에 입맛을 다신다 a양의 얼굴은 먹다 만 간장게장처럼 저 혼자 묵어 있다 해피가 침을 꿀꺽꿀꺽 삼킬 때마다 머리가 커지고 출구가 점점 좁아지는 a양의 이야기

(중략)

전기가 끊긴 방, 창문엔 계란 같은 달이 떠 있다 스물아홉 a양의 취미는 물을 끓어오르게 한다 퉁퉁 불은 라면을 먹다 말고 해피의 얼굴을 핥는 그녀, 홀로 킥킥거린다

—강윤미, 「간장게장 통에 머리가 낀 해피」 부분

싸릿대 같은 사내가 오롯댁은 좋았다 어렵게 살아온 청춘을 머리맡에 두고도 세상물정 어두운 것은 드물어서 더욱 귀하게 쳤다 사내가 붉디붉은 꽃물을 흰 수건 번지게 물들이던 날, 오롯댁은 펴주며 살아도 짧은 생이 앞에 놓였다는 걸 알아차렸다 깊은 산에 내린 참나무처럼 뻗어 오르게 살려 놓아야 했다

앞마당에서 오래 기르던 누렁이를 동네 사람에게 맡겼다 개는 죽을

명을 알고 도망쳐 갔다가 저물녘에 퉁퉁 부은 주둥이를 치켜들고 돌아왔다 부엌문 앞에 앉아 주인을 향해 하염없이 꼬리치는 눈빛, 밤새 따라붙었다 흑염소 하얀 오리들이 매애애, 꽥꽥, 마당가에 매이는 날도 있었다 장날이면 오록댁은 뱀이며 지네 한약재들을 머리 한가득 이고 돌아오곤 하였다 무쇠솥에 고기 국물을 오래 고아 내느라 그 집 굴뚝에선 연기가 무시로 피어올랐다

오록댁의 머릿수건은 베개맡에 헐렁 늘어졌다가도 다음 날이면 어김없이 고쳐 매어졌다 사내의 앙가슴에 번진 짙붉은 꽃자리를 꿰매는 바느실이 늦은 밤까지 길다랗게 허공을 오르내렸다 어느 새벽, 자리끼를 마시던 사내는 제 속에서 토해 낸 꽃잎들이 고단한 잠에 빠진 오록댁의 손목에서 백팔 염주로 윤나게 꿰어진 것을 보았다

—권지현,「오록댁」부분

여자는 밤나무 밑에 앉아 노래를 불렀어 단층집들은 검은 도화지처럼 깊은 잠에 빠져 있었지 백열등이 모두 꺼져 버린 비탈에는 달빛이 새빨갛게 말랐고 해를 넘겨도 꽃을 맺지 못했던 밤나무가 긴 목을 뽑으며 울었어 나는 울음의 비린 냄새를 좇던 거미들을 손톱으로 눌러 죽였던 것인데

밤나무 아래에서 느리고 비린 목소리로 여자는

노래를 불렀다 문틈으로 내다보던 세상이 목각 인형처럼 어두웠던 유년의 밤 산비탈을 떠도는 바람 속에서 여자는 평생을 다해 엮었던 목선을 태우고 있었던 것일까 지붕 위로 솟는 간지럽고 뒤숭숭한 노래

노래를 들을 때마다 내 밀랍의 혀는 녹기 시작했다 반쯤 풀어헤친 옷고름 위로 단단하게 여문 만월이 우물처럼

폐경의 우물처럼
계곡의 서쪽으로 허물어지고 있었는데

—박성현, 「만월 2」 전문

한쪽 귀가 닳아 낡아 버린 풍경들은 어느새
바닥에 쏟아져 흩어진 사진들처럼
겹쳐져 있어.
다른 시간 사이를 날아다닌
날갯짓일지도 모르겠어
나뭇가지나 전봇대에 앉지도 못하고
떠 있는 것들은 얼마나 가벼운 걸까
죽은 자를 불태우는 굴뚝 끝에서 피어오르는
연기는 점점 단단한 기둥을 세우고
떠도는 것들은 뼛가루처럼 뿌옇게 기둥에 달라붙지
아직도 젖을 물리고 있는 태양
입술 안쪽은 갇혀 가는 천공이야
호흡하는 것들의 굶주림은
붉게 물들어 갈수록 쉽게 잊혀지지
여기에 버려지는 것은 먹고 버린 잔해뿐
잔해들에 남은 식욕의 이빨 자국뿐
가을이 오면 벗어 버릴 수 있을까
단풍잎처럼 떨어뜨릴 수 있을까

우리가 아름다움이라고 부르는 입들.

—김학중, 「공간」 부분

결을 다치고 강에 왔다
물 위 흐트러진 흔적
배를 갈라 점을 치던
옛 영상을 휘젓고 가고
소나기처럼 갈대가 돌고
황금빛 잠자리들 날아가면
물고기들 하강한 곳 표면이
눈자위처럼 꺼지곤 하였다

저기는
탯줄을 자르는 배꼽이야
물고기의 배꼽
새의 배꼽

사주 짚던 손의 갈대꽃은
물이 어둡게 사라지는 쪽을 가리켰다

바람
마개 없이 내리는

울고 일어서자
물풀들이 놀랍게도 밝아졌지만

—박희수, 「거느린」 전문

「간장게장 통에 머리가 낀 해피」는 "정치와 사회적 합의가 전혀 반영되지 않은 자의적인 백수다", "이른 새벽부터 늦은 밤까지 이어지는" "a양의 상상" 같은 이미지들로 시인의 내면성을 표현하고 있긴 하지만, 이 작품에서도 시적 발상법의 중핵은 주위 세계에 여울져 있는 사물들의 윤곽과 음영에서 비롯하는 것처럼 보인다. 이는 시인이 자신의 내면에 얼룩져 있는 정념의 불꽃이나 어두운 질감의 내면적 실재를 발산하는 데 능통한 것이 아니라, 그를 에워싸고 있는 여러 사물들의 세계를 집요하게 관찰하고 소묘하는 자리에서 자신의 재능과 집중력의 최고치를 발휘하고 있다는 것을 암시한다.

가령 이 시편의 표면을 빼곡하게 에두르고 있는 "개가 되기를 거부한 강아지", "간장게장처럼 저 혼자 묵어 있"는 "a양의 얼굴", "팬티를 버릴 때 빨고 버려야 할지 그냥 버려야 할지 고민하기", "가장 못생긴 남자와 키스하기", "헤어진 아저씨로부터 스팸메일 받기", "병문안 오는 사람들의 덜 아픈 표정만 보고도 덜컥 서 버린 그 광경 목격하기", "창문엔 계란 같은 달", "퉁퉁 불은 라면" 같은 이미지들을 보라. 이들은 내부에 어떤 대단한 사유나 이념을 거느리지 않는다. 이들은 그저 시인이 섬세하게 포착해 낸 사물들의 세계 그 자체일 뿐이다. 이 작품이 1인칭이 아니라 3인칭 시점에서 그려지고 있는 까닭 역시 동일한 맥락에서 온다. 3인칭이야말로 세계에서 일어나는 세태와 풍속을 그 자체로 소묘하기에 가장 적합한 미학적 장치이자 시각적 조건이며 담론의 포석이기 때문이다.

이렇듯 시인 강윤미의 섬세한 묘사법의 특장은 「탑이 날아오릅니다」라는 시편에서 훨씬 도드라지게 나타난다. 계절이 바뀌어 철새들이 들고 나는 자연의 물리적 현상들을 "무너지지 않는 탑이 되어 날아오릅니다"라는 시각적 표상으로 뒤바꾸고 있는 이 시편에서도 화자는 제 내면의 굴곡을 거의 노출하지 않는다. 다만 "철새"가 떠나 버린 "겨울" 풍경을 시골 "마을"의 주변에서 발견될 수 있는 사물 혹은 사건의 감각적 표징들을 활용하여 화면에 옮겨 놓고 있을 뿐이다. "시 베 리 아, 발음할 때/뚫린 이와 이 사이쯤에서 첫눈은 내렸을까요/생각도 잠시, 그들은 무너지지 않는 탑이 되어 날아오릅니다"라는 마지막 대목은 어떤 사유와 의미의 움직임이 슬며시 느껴지긴 하지만, 그렇다고 해서 그것이 시인이 가진 감각적 묘사력의 탁월성을 가려 버릴 만큼 위력적이라고 말할 수는 없기 때문이다.

권지현의 「오록댁」에는 "어느 새벽, 자리끼를 마시던 사내는 제 속에서 토해 낸 꽃잎들이 고단한 잠에 빠진 오록댁의 손목에서 백팔 염주로 윤나게 꿰어진 것을 보았다"라는 불교적 사유의 편린이 흐릿하게 나타난다. 그러나 이 작품의 거죽 위로 늘어선 것은 농경 사회의 풍물들과 사건들이다. 가령 "앞마당에서 오래 기르던 누렁이" "부엌문 앞에 앉아 주인을 향해 하염없이 꼬리치는 눈빛" "흑염소 하얀 오리들이 매애애, 꽥꽥" "장날이면 오록댁은 뱀이며 지네 한약재들을 머리 한가득" "무쇠솥에 고기 국물을 오래 고아 내느라 그 집 굴뚝에선 연기" 등의 선명한 감각적 이미지들이 흩뿌려 놓는 것은, 바로 농경 사회의 아스라한 기억과 회감이며 그 생활 세계를 가로질렀던 몸의 감각이자 정서적 분위기이다.

권지현의 다른 시편 「부용」은 "바투 머리 깍은" "여승"을 앞면에 내세우고 있기에, 불교적 사유와 모티프가 좀 더 분명한 윤곽들로 조감된다고 말할 수도 있겠다. 그러나 여기서도 시인의 시작법의 중핵은 결코 종교적 설법이나 철학적 잠언의 세계로 나아가지 않는다. 오히려 이 시편엔 “가파른 줄기 흘러내린 물길” “발그레한 선홍빛 얼굴” “누렁이 두 마리 어슬렁대다 엎드려 고개를 묻고” “불두화 자귀꽃 만발한 한여름 느린 고요를 끌고” “계단 아래 땀 배인 얼굴” “한 바가지 왁자한 물소리” 같은 선명한 감각들이 마치 풍성한 향연에 초청된 것처럼 빼곡하게 늘어서 있다. 이는 결국 시인 권지현의 집중력이 불교적 사유보다는 그것을 에워싸고 있는 고즈넉한 풍경과 그것이 자아내는 깊고 섬세한 감각적 울림을 향하고 있다는 것을 말없이 일러 준다.

박성현의 「만월 2」는 어느 “만월”의 밤이 선사했던 아스라한 풍경의 아우라와 적요(寂寥)의 운치를 섬세한 필치로 그려 낸다. 그것은 응당 명징한 시각적 묘사로 이루어진 이미지들을 거느린다. 가령 “검은 도화지처럼 깊은 잠에 빠져 있었”던 “단층집들”, “달빛이 새빨갛게 말랐”던 “백열등이 모두 꺼져 버린 비탈”, “해를 넘겨도 꽃을 맺지 못했던 밤나무”, “울음의 비린 냄새를 쫓던 거미들”, “반쯤 풀어헤친 옷고름 위로 단단하게 여문 만월” 등은 모두 휘영청 밝은 달빛만이 뿜어낼 수 있는 분위기의 풍요로움과 음영의 쾌감을 만끽게 하는 청신한 이미지들이라 하겠다.

물론 “만월”이 거느리는 여러 이미지들과 “느리고 비린 목소리”로 “노래를 불렀”던 “여자”의 이미지는 겹쳐질 뿐만 아니라, 이들은 “문틈으로 내다보던 세상이 목각 인형처럼 어두웠던 유년의 밤”이라는 문양으로 빗대어진 화자의 마음결 깊은 곳으로 스며들어 간다. 이에 따라, 저 이미지들에 휘감긴 사유의 폭과 울림이 깊어지고 있는 것은 분명한 사실일 터이다. 그럼에도 불구하고, 이 시편 역시 어떤 묵중한 사유 자체에 방점이 찍혀 있지 않은 것 같다. 오히려 “만월”의 밤이 우리들에게 베푸는 감각의 은은한 향연에 훨씬 더 깊고 강력한 에너지가 응집되어 있는 것이 틀림없다.

김학중의 「공간」은 시인 자신이 목도하고 있는 "가을"의 한 풍경을 "태양" "하늘" "구름" "산등성이" "바닥" "나뭇가지" "굴뚝 끝" "기둥" "입술 안쪽" "천공" 같은 형상들이 함께 이루어 내는 위상학적 이미지들로 소묘한다. 또한 "한쪽 귀가 닳아 낡아 버린 풍경들은 어느새/바닥에 쏟아져 흩어진 사진들처럼/겹쳐져 있어./다른 시간 사이를 날아다닌/날갯짓일지도 모르겠어" 같은 구절에서 볼 수 있는 것처럼, 저 형상들은 동일한 공간에서 흘러갔을 서로 다른 시간의 매듭들을 중첩시킴으로써 낯선 풍경을 만들어 낸다. 이렇듯 상이한 시간들의 동시적 중첩에 관심을 두는 김학중의 상상력은 모나드(monad)의 주름과 펼침, 곧 잠재성과 현실성의 함수관계로 집중되고 있는 것이 분명하다.

그러나 김학중의 내밀하면서도 특유한 스타일은 상이한 시간의 차원들에 따라 동일한 "공간"이 천변만화하는 것을 포착할 수 있는 그 섬세하고 예리한 감각의 촉수에서 비롯하는 것이 틀림없다. "가을"이라는 절기의 마디, 또는 그 기후의 지속적 흐름 내부에서 무한히 변양되는 풍경들을 선명한 시각적 이미지들로 포착할 수 있는 심미안이야말로 김학중의 고유한 특장으로 추정되기 때문이다. 시인은 저 풍경들 내부에서 생생하게 살아 꿈틀거리는 몸의 세계와 세계의 몸을 제 시편들의 밑바닥을 가로지르는 예술적 구도의 중핵으로 음각하고 있기에.

박희수의 「거느린」은 수면에서 일어나는 파문(波紋)의 "흔적"으로부터 비롯된 작품으로 파악된다. "탯줄을 자르는 배꼽이야/물고기의 배꼽/새의 배꼽"이나 "물이 어둡게 사라지는 쪽을 가리켰다" 같은 이미지들에서 나타나는 것처럼, 이 작품에서도 세계의 모든 만상들이 한줌의 "결"에 빠짐없이 깃들어 있다는 모나드의 상상력, 또는 소우주(小宇宙)와 대우주(大宇宙)가 서로를 비추면서 함께 울린다고 전제하는 유비적 세계상(analogical view)이 펼쳐져 있다. 그러나 그것은 뒷면에 숨겨져 있을 뿐이다. 거죽 위로 도드라지게 드러난 예술적 구도의 중핵은 오히려 매끄럽게 마름질되고 절제된 이미지들이 이루어 내는 유기적 조화의 감각에서 온다.

물론 이 조화의 감각은 서정이 지녀 왔던 고전적 세계관을 제 뒷면에 "거느린" 것이 분명하다. 그러나 시의 거죽을 짜고 엮는 구상력의 차원에서 시인의 청신한 감각은 한층 더 크게 돋보인다. 박희수가 품은 고전적 세계관이 최소치의 문양으로 약화되고 그가 감각의 차원에 한층 더 깊게 몰입할 때, 아래와 같은 "전체성을 얻을 수 없"다는 것을 "슬프"게 고백하는 탁월한 아이러니의 시편이 태어난다.

> 슬프네 나는 전체성을
> 전체성을 얻을 수 없네
> 바라본 꽃 다 가루되고
> 물결은 깨져 가라앉는
> 그 전체성을 내가
> 전체성을 얻을 수가 없네

—박희수, 「전체성」 부분

실재의 시학: 마음의 심연이 펼쳐 놓는 어둠의 질감들

> 문을 열어 줘요! 갈비뼈로 나를 닫지 말아요 우측으로 좌측으로 통행한 적 없어요 투쟁 없는 나날인데 패잔병처럼 나는 지쳤고 우울한

피 한 시럽, 악몽 두 근, 과대망상 세 움큼, 몽상 열 무더기, 나를 부풀렸다 떨어뜨려요　　　　　푸른 수염 혁명가 노래 우리 함께 불러요 스킨헤드처럼 뜨거운 노래 짐승의 뿔처럼 반짝이는 노래 화염병처럼 빵 터지는 노래 시절의 문란을 카니발해요　　　　　노변에 앉아 쉬는 노새들 노래 진열장에 쌓인 사무원들 노래 단단한 힘에 붙어사는 이끼들 노래 종점 역에서 한 소절로 할래요　　　　　치욕이었어!　　　　　흰 뼈로 에둘린 새장을 흔들어 봐요 왼쪽 가슴 속 지옥에서 불사조가 꿈틀거려요 자물쇠 풀린 명치를 총으로 쏘지 말아요 경찰차도 나를 진압할 수 없어요 총성이 울리자 새들이 공중으로 솟구치네요 전투적이지만 낭만적인 어투로 검은 태양의 나날과 전면전이에요

—김성태, 「새장 속 지옥」 전문

정지, 가끔 느껴진다

문득, 무언가가 스쳐 지나간다 문득, 무언가를 오래 바라본다 문득, 단어가, 자신의 몸이, 목소리가 낯설어진다 문득, 말도 안 되는 일을 저지르고 싶어진다 문득, 무언가에 상당히 가까워졌다는 생각이 든다, 그리고 다시 무언가가 문득, 스쳐 지나가고 낡은 건물들을 오래 바라본다, 이를테면 정지의 숨결, 긴 파장의 고요가 오랫동안 몸 안을, 세계를……

(중략)

유년, 조각난 거울 속에 서 있었다, 거울 속에 서서 멍청하게 입을 벌리고 가늠해 보는

정지의 깊이
정지의 속도

(중략)

……나는 천천히 당신을 열고 들어갈 것이다 당신의 소년을 열고 당신의 교회를 부수고 당신의 시선을 가로막으며 당신의 몸속으로 들어가서 당신의 정지에 다다를 것이다……

그녀는 매일 밤 아기들을 지울 것이다
그리고 그 아기들은
자신의 아기들을 지울 것이다

……되풀이, 되풀이되는 것, 아무도 없어요? 제발 있다면 나타나 봐요!

무서워
당신의 정지를 깨뜨리면 무엇이 나올까……

새 점(占) 치는 노인의 새가
자신의 괘(卦)를 물고 갸웃거리다
훌! 날아가는 날까지

—김재훈, 「오래된 검정」 부분

김성태의 「새장 속 지옥」은 시인 또는 화자의 내면에서 들끓고 있는 "우울한 피 한 시럽, 악몽 두 근, 과대망상 세 움큼, 몽상 열 무더기"의 "카니발"이 빼곡하게 들어차 있다. 따라서 그것은 "푸른 수염 혁명가 노래 우리 함께 불러요 스킨헤드처럼 뜨거운 노래 짐승의 뿔처럼 반짝이는 노래 화염병처럼 빵 터지는 노래 시절의 문란을 카니발해요"라는 다른 이미지를 화면 앞쪽으로 불러낼 수밖에 없는 것 같다. 시인은 "새장 속"이란 말로 표상된 상징적 질서를 이미 "지옥"으로 명명하고 있기에.

저 "카니발"이란 낱말에 응집된 이미지들의 주름(monad)은 시인의 내면에서 꿈틀거리고 있을 혼돈의 실재를 대리-표상하는 것일 뿐만 아니라, 형태의 차원에서도 지극히 강렬한 흔적을 남긴다. 「새장 속 지옥」의 네 국면에서 감행된 통상적 문법 규정을 벗어난 띄어쓰기가 바로 그것이다. 라깡이 제시했던 기표와 기의 사이의 안타까운 막대 모양의 저항선이라는 저 유명한 도식처럼, 「새장 속 지옥」의 기이한 띄어쓰기를 보라. 이는 시인 제 자신의 언어가 실재에 가닿지 못하고 미끄러지는 상황을 현시하기 위한 목적에서 감행된 것이 분명하다.

"치욕이었어!"라는 시어는 특히 그것을 에워싸고 있는 앞뒤의 구절로부터 큰 간격으로 떨어져 있어서, 여타의 것들과 연결될 수 없는 고립과 단절감을 시각적으로 표현한다. 이는 "치욕"이 시인 스스로도 잘 알지 못하는 실재이자 이 작품의 풍크툼(punctum)으로 기능한다는 사실을 나타내기 위해 의도적으로 마련된 것이 틀림없다. 또한 작품의 표면을 가득 채우고 있는 무질서한 이미지들의 나열과 그 편린들의 파편화된 조각들 역시 시인 내부에서 뒤엉켜 있는 "검은 태양의 나날", 곧 멜랑콜리와 "전면전"을 벌이기 위해 도입된 것으로 추정된다.

김재훈의 「오래된 검정」은 실재의 시학이라고 불러야 마땅할 미학적 구도와 방법론을 품고 있는 것처럼 보인다. 이 시편은 "유년"의 지울 수 없는 상흔이 발생했던 그 장소로 치달아 가려는 벡터로 에둘러져 있을 뿐만 아니라, 정신분석을 통해서만 해명될 수 있을 서사적 줄거리와 갖가지의 형상들을 라이트모티프(leitmotif)로 삼고 있기 때문이다. 이 작품에서 가장 빈번하게 등장하는 "정지"는 저 "유년"의 어떤 한순간으로 가닿을 때 한참 동안 지속되는 내면적 붙들림 현상을 나타낸다. 또한 이 순간이 자아내는 전율과 공포를 시인은 "문득, 단어가 자신의 몸이, 목소리가 낯설어진다"라는 이미지로 기록한다. 또한 "유년, 조각난 거울 속에 서 있었다"라는 구절은 '제 자신을 통합된 신체의 이미지로 구성하지 못하는 자아', 또는 '타자(an-other)가 우리의 거울상이 되는 대가'(숀 호머, 『라깡 읽기』, 은행나무, 2006)를 수용하지 못하는 자아의 분열증적 상황을 표현하고 있는 것으로 추정된다.

이 작품에 등장하는 "아기" "비누칠" "거울" "빈 그네" "러시아 인형" "젖은 일기장" 같은 사물들은 바로 저 "정지"의 화면, 곧 "유년"의 어떤 결정적 장면으로부터 환유 연쇄된 표상들로 보인다. 그리고 이 장면은 자아의 정념을 그곳으로 반복적으로 들러붙도록 강제하는 흡인력을 지니지만, 실상 그것에는 명백한 그 어떤 주체나 사물도 존재하지 않는다. 시인은 그것을 "……되풀이, 되풀이되는 것, 아무도 없어요? 제발 있다면 나타나 봐요!//무서워/당신의 정지를 깨뜨리면 무엇이 나올까……"라는 문양으로 아로새긴다.

따라서 시인 김재훈은 실재의 윤리, 또는 진리 주체 같은 말들로 집약될 수 있을 진실을 바닥까지 앓아 내려는 윤리학적 근본주의자의 체질과 태도를 품고 있는 것으로 짐작된다. 이는 또한 김수영이 '온몸'이라고 불렀던 시와 예술의 원초적 바탕 세계를 관통하는 것이기에, 그만큼 깊고 단단한 감각과 사유로 둘러싸여 있는 것으로 여겨진다.

알레고리의 시학: 부유하는 말의 조각들이 새기는 실존의 파편들

발 없는 말들이 몸속 천 리를 돌아
더는 갈 곳을 잃고 침묵으로 변해 갈 때,
뒤따라온 어감(語感)들은 어디로 흐르는 것일까
갓난아이의 울음으로 슬픔을 얘기하던 화가는
토막 난 달빛에 고막을 그린 후에야,
'아이'라는 자 가까이 귀를 댈 수 있었다는데
나이가 찰수록 귀가 순해지는 것도
'사람'이 아니라 그자 내부의 광기라는 생각
발화하는 별똥을 향해 태몽을 꾸는 날벌레들과
한 줄 비문(非文)을 가슴에 품어
비문(悲文)으로 남은 소설을 본 적이 있다
우주라는 저녁에 가면
핏빛 아침이 그리워진다는 사실을
진공(眞空)을 겪어 본 자들은 알 것이다
잉크가 말라 버린 만년필을 지니고서야
받아 적을 수 있는 울음이 있고
그 울음을 읽고서야 완성되는 예의가 있다
그러므로, 자신의 뇌를 보지 못한 문명인(文明人)들에게

지나친 묵음은 인생에 해롭다

—기혁, 「화이트 노이즈 1」 부분

사람들은 빛과 어둠을 헤치고 다니며 파티의 최후 속에서 흥청망청 허우적거렸다. 호모 데이브 커밍스는 잠든 듯 죽어 있었다. 론 우드는 슬겅슬겅 욕실 밖으로 나왔다. 긴 촛대를 든 치치가 론 우드의 미숙하게 펼쳐진 미소를 향해 한 줄기 빛을 흔들었다. 론 우드는 작고 붉은 등대 치치에게로 다가갔다. 치치는 론 우드의 충혈된 눈동자를 수십 년 동안 바라봤다. 그럼요, 카우보이. 치치는 틀니를 빼들고 론 우드의 앙상한 엉덩이를 뒤따랐다.

촛불이 하나둘 꺼졌다. 파티는 점점 고요해졌다

—김현, 「론 우드(Lone Wood)의 은퇴 파티」 부분

이곳에는 소리를 내는 물건이 있다, 물건은 움직이고 나는 이름을 모른다, 아직 그것에 대해 한 번도 말하지 않았다, 어제의 거짓처럼 진지해진 나는 토끼 굴로 사라진 토끼를 불러내고 싶었다, 하지만 어떻게 해야 할지 몰라 녹슨 문을 열어 놓고 비가 들이치는 방에서 모국어로 시를 썼다, 삐걱거리는 나선형 계단의 불꽃나무아이를 본 적이 있니, 불꽃나무 속으로 들어가는 아이는 혼자 자란다, 그건 박쥐의 소란한 비행처럼 어지럽고 마운틴 고릴라 집단의 표정처럼 초현실적이야, (중략) 어제의 거짓과 어제의 참과 무성한 침묵으로 너를 부를 수 있을까, 창가를 돌다 다시 날아가는 검은 새, 끝없이 떠다니는 몰락의 시간, 재떨이 위의 담배 연기를 바라보는 것은 가끔 결정적이다, 커피 잔에 떨어지는 눈물처럼, 시인의 목적 없는 손가락처럼, 이렇게 쓰고 나

면 더 빛나는 것들이 있다, 어둠은 오래된 계단을 덮고 새들의 자리를 덮고 눈물을 덮고 하늘구멍을 덮고 모든 것을 천천히 드러냈다, 시적 상태가 과잉의 지속음을 내고 있는 곳에서 나는 토끼 굴로 사라진 토끼를 부르기 시작했다.

—박지혜, 「에트랑제, 에트랑제」 부분

기혁의 「화이트 노이즈 1」에는 명징하게 절제된 언어나 감각적 이미지의 돋을새김보다는 다소 복잡한 사유의 궤적들이 곳곳에 파편들처럼 들어박혀 있다. 이는 시인이 고전주의 미학의 통념에 해당되는 명징하게 잘 마름질된 이미지와 언어들, 또한 이들이 이룩하는 형식적 균제미와 유기적 총체성의 원리를 해체하려는 정치적-미학적 기획을 품은 알레고리 문법을 추구하고 있다는 사실을 반증한다. "발 없는 말들이 몸속 천 리를 돌아/더는 갈 곳을 잃고 침묵으로 변해 갈 때,/뒤따라온 어감(語感)들은 어디로 흐르는 것일까"라는 이미지가 명징하게 예시하는 것처럼, 시인은 자신이 발설하는 "말들이" 유일무이한 독창성을 이룬다고 생각하지 않는 것 같다.

이와 같은 맥락은 「화이트 노이즈 1」이 메타문학의 사유와 감각을 중추적 모티프로 활용하고 있는 측면에서도 확인되며, "자신의 뇌를 보지 못한 문명인"이라는 "일본 애니메이션 영화 공각기동대의 대사"를 각주로 처리하는 형태론을 통해서도 예증된다. 또한 "내부로부터의 소음을 잊기 위해 나는 울었다 그리고 슬퍼졌다"라는 프롤로그에 해당되는 문장 역시, 기혁의 고유한 실존에 깃든 심리적 파문과 흔적들을 모티프의 중추로 삼지 않는다. 오히려 "한 줄 비문(非文)을 가슴에 품어/비문(悲文)으로 남은 소설을 본 적이 있다"라는 구절로 표상되는 자유간접화법, 또는 여러 타자들의 말과 사유가 한데 뒤섞이는 혼종성의 미학을 적극 이행하고 있다는 사실을 넌지시 일러 준다.

시인 김현은 이야기로서의 알레고리 또는 알레고리로서의 미학적 방법론을 엮어서 매우 낯선 문법 구조를 창출한다. 이는 「긴 꼬리 달린(Darlin)」과 「론 우드(Lone Wood)의 은퇴 파티」에서도 고스란히 드러나는바, 우선 이 시편들에서 자주 활용된 각주의 형식과 그 언술 내용이 그러하다. 일반적으로 각주는 글쓰기의 공신력과 논리적 설득력을 강조하기 위해 사용되는 것일 뿐더러 언어의 경제성을 모태로 삼는 시라는 언어예술 양식에 어울리지 않는 것임에도 불구하고, 이 작품들은 매우 긴 언술 내용들로 이루어진 각주를 활용하고 있기 때문이다. 이는 또한 시인이 '알레고리의 침투는 예술적 법칙성의 안정과 질서에 대한 조야한 폭행이라고 불릴 수 있을 것이다'(발터 벤야민, 『독일 비애극의 원천』, 새물결, 2008) 같은 문장으로 표상되는 알레고리의 정치적-미학적 전복의 기획을 매우 자각적인 방식으로 선도하고 있다는 것을 예시하는 하나의 징표일 것이다.

「긴 꼬리 달린(Darlin)」과 「론 우드(Lone Wood)의 은퇴 파티」는 하나의 특정한 이야기를 전제한다. 또한 양자는 공히 하나의 우화(寓話)처럼 읽혀진다는 점에서, 전통적 개념의 알레고리 수사학을 계승한다고 말할 수도 있겠다. 그러나 저 이야기와 우화들은 말쑥하게 세공된 부분의 이미지들을 구성하면서 유기적 총체성의 미학적 구조를 완성하지 않는다. 오히려 파편화된 단편 조각들의 이질적 조합으로 표상되는 벤야민의 새로운 알레고리 문법에 훨씬 더 가까운 모양새를 드러낸다. 물론 저 파편화된 이미지들 내부에 그야말로 시인의 황폐한 실존의 얼룩들이 깃들어 있는지는 좀 더 섬세한 분석을 필수적으로 요청하는 것이겠지만.

박지혜의 「에트랑제, 에트랑제」는 표제어가 이미 공표하는 것처럼, 외국인으로서의 삶을 살아야 하는, 또는 외국어를 사용해야만 하는 낯선 세계의 감각들을 화면 위로 빼곡하게 펼친다. 이 낯선 감각들은 어떤 실존의 이야기를 축조하고 있긴 하지만, 이 역시 유기적 총체성으로 요약되는 고전주의 미학의 중핵으로 귀결되진 않는 것 같다. 낯선 외부의 세계에서 이방인("에트랑제")의 삶을 살아간다는 것은 이미 그 자체로 부분과 전체가 조화롭게 맞물리는 유기적 총체성의 세계와는 너무나도 거리가 먼 것일 수밖에 없기에. 아니, "에트랑제"의 삶 자체가 이미 하나의 파편 조각일 수밖에 없기에.

이렇듯 낯선 외국 생활에서 "어떻게 해야 할지 몰라" "모국어로 시를" 쓰는 것은 "당신은 에트랑제, 에트랑제입니다"를 자처하는 것일 뿐만 아니라, 제 스스로 이방인-되기를 유발하는 행위인지도 모른다. 이 작품이 외국어로 이루어진 수많은 "멸종 동물"과 "멸종 위기 동물"들을 열거하고, 서로 연결될 수 없는 이미지의 파편 조각들을 늘어놓고 있음에도 불구하고, 저토록 절실한 실존의 고립감이 생생하게 뿜어져 나올 수 있는 원동력은 알레고리의 형식적 방법론에서 오지 않는다. 도리어 저 실존의 고립감을 온몸으로 앓고 있는 자가 뿜어낼 수밖에 없었을 참담한 몸부림에서 온다. 이와 같이 「에트랑제, 에트랑제」처럼 파편화된 실존의 체험과 고립감을 깊게 담고 있지 않은 알레고리의 시편들이란 일종의 형식적 제스처이자 언어유희에 지나지 않을 것이다. 아니, 한갓 담론의 유행을 뒤쫓는 또 다른 페티시즘(fetishism)에 지나지 않을 것이 틀림없다. 박지혜의 알레고리가 빛나는 것은 그녀가 실제로 체험했던 저 "에트랑제"라는 실존적 체험과 더불어 울려 나기 때문일 것이다.

천의 진실로 열리는 천의 페르소나들
—이운진, 김충규, 정용화, 김다호의 시

'시는 기술적 제작의 산물이다'라는 명제는 현대시를 그 이전의 시들과 구별케 해 주는 가장 유력한 기준들 가운데 하나이다. 그것은 이른바 '자연 발생적 감정의 유로'라는 술어로 표상되어 온 낭만주의 시관을 소박하고 단순한 것으로 치부하도록 만든다. 또한 우주의 모든 만물들이 서로를 마주 보면서 함께 울린다고 전제했던 유비적 세계상(analogical vision)이 이미 지나가 버린 과거의 환영에 불과하다는 확신을 표상한다.

그렇다. 우리들이 살아가는 현대 세계에서 시인과 시 작품과 세계는 더 이상 서로를 비추는 형이상학의 거울을 겹쳐 세우지 않는다. 아날로지는 이미 산산조각으로 깨어졌으며, 신성하고 충일한 의미로 감싸인 원환적 총체성의 세계는 그 어디에도 존재하지 않는다. 이제 시인과 시 작품과 세계는 각자 자신들의 권리장전을 들고나오면서, 제각각 자신의 존재론적 가치를 주장하기 시작한다. 현대적 삶의 조건에서 이렇듯 세계와 시인이 서로 다른 층위의 존재자들로 찢겨 나갈 수밖에 없는 것처럼, 시 작품 안쪽에 기거하는 화자와 그 바깥의 시인 역시 하나의 동일한 인격체로 환원될 수 없다. 양자는 이미 분열된 채로 존재하는 상이한 주체들일 뿐이다.

'페르소나는 해당자의 개성과의 관련에서는 부차적인 현실, 즉 단순한 타협물과 같은 것이며 이 타협에서는 흔히 당사자보다 다른 사람들이 더 많이 관여하고 있는 것이다. 페르소나는 가상이며, 2차원적인 현실이다'(칼 구스타프 융, 「자아와 무의식의 관계」, 『인격과 전이』, 솔, 2004)라는 분석심리학의 전언에 주목해 보라. 여기서 알아챌 수 있듯, 본래 연극배우가 쓰는 탈을 가리키는 용어였던 페르소나(persona)는 복잡다단한 현대 세계에선 인생이라는 연극 무대에서 마치 배우인 듯 여러 개의 가면을 쓰고 살아갈 수밖에 없는 개개인들을 뜻하는 용어로 변환되었다고 하겠다. 달리 말해, 페르소나는 현대적 개인이 외부 환경과 조화를 이루기 위한 적응의 원형으로 요약된다.

어쩌면 시 작품 내부에 놓여 있는 화자 역시 시라는 또 다른 예술무대에서 시인이 매번 바꿔 쓰게 되는 가면, 곧 페르소나인지도 모른다. 그러나 이 논법은 단순한 이분법의 함정을 피해 가기 어렵다. 시인을 기원의 자리를 틀어쥐고 있는 본질적 원형으로 이해하고, 화자를 한 편의 시 작품에서 설정하게 되는 부수적 현상에 불과하다고 보는 본질/현상의 형이상학적 이분법에서 벗어나기 어렵기 때문이다. 오히려 나날의 삶에서 마주치게 되는 일상인들의 얼굴이야말로 숱한 사회적 관계들에 의해 치장되고 윤색된 페르소나 그 자체인지도 모른다. 따라서 시 작품에 새겨진 화자의 일그러진 여러 얼굴들이야말로, 일상적 페르소나를 벗겨 낸 우리의 맨 얼굴에 가까운 것은 아닐까 하는 의문이 생겨나는 것은 지극히 자연스럽다. 아니, 다음과 같은 단도직입적 질문이 필수 불가결하다.

우리들 마음의 깊고 깊은 곳을 파고들어 가면, 과연 우리들 각자는 제 자신의 참된 얼굴들을 만날 수 있는 것일까?

처음에 나는 먼지였고
먼지였을 때
나를 부풀린 건
엄마의 사랑이었을까요
피가 덥고 뼈가 단단한 사내의 청춘이었을까요

어떤 운명도 결정되지 않았을 그때
결코 고요하지 않던 물의 방에서
여자가 되기를 기다리는 동안
나는 행복해했나요
태어나자마자 버려진 웃음소리는 맑았던가요
왜 나는 슬픔으로만 키가 크고 살이 찌나요
당신들의 긴 하룻밤의 혼돈이 멈춰지질 않아요

아마도 나는
그녀 속에 있던 남성이었고
그녀 속에 있던 여성이었나 봐요
모유를 흘릴 때조차 사향 냄새를 찾아내는
불온과 야생의 유전자
맹수의 척추를 세운 마음으로 사랑의 순례를 해요
두 겹 세 겹 가면을 쓰고

눈물의 배후를 찾아다녀요

그러나 이제라도 심장의 무게를 달아
비밀과 죄의 저울을 지울 수 있다면
나는 다시 불안 없는 영혼으로 돌아가
천 일 동안 마늘을 먹을까 봐요
그러면 나는 또 무엇이 될까요

—이운진, 「나의 탄생」 전문

「나의 탄생」을 이끌고 가는 화자는 어떤 지향성(Intention)으로 가득 차 있다. "두 겹 세 겹 가면을 쓰고/눈물의 배후를 찾아다녀요"라는 구절을 천천히 음미해 보면, "나"를 이루었던 태초의 순수한 시간을 되짚어 가려는 화자의 심리적 벡터를 읽어 낼 수 있다. 1연에 나타난 "처음에 나는 먼지였고/먼지였을 때"와 3연의 "불온과 야생의 유전자"는 서로를 비추면서 자연스레 서로를 견인하는 힘을 내뿜는다. 이들은 모두 기원에 대한 동경과 열망으로 가득 찬 낭만주의적 파토스로 에둘러진 것이기 때문이다. 이들 가운데서도 "유전자"라는 시어는 절정의 감각을 이룬다. 그것은 "피"를 타고 내려온 이른바 원형의 기억과 집단적 무의식과 분석심리학의 세계로 우리들의 상상력을 이끈다. "아마도 나는/그녀 속에 있던 남성이었고/그녀 속에 있던 여성이었나 봐요"라는 구절 역시 분석심리학에서 제시하는 아니마(anima)/아니무스(animus)의 도식을 변용한 것이 분명해 보인다.

그러나 이 도식을 시인의 원형적 자아라고 규정하면서, 작품 내부의 유일한 발화 주체인 화자를 시인의 페르소나로 해석하는 관점은 순환론적 해석의 단순 구조를 벗어나기 어렵다. 오히려 시 작품 바깥에 거주하는 경험 세계의 시인이야말로 사회적 관계의 집합적 배치들이 빚어낸 하나의 페르소나일 수 있다. 또한 시 쓰기의 매 순간마다 마주치게 되는 실존의 맨 얼굴인 화자야말로 시인 제 자신의 본래적 자아에 가까운 것인지도 모른다. 따라서 이렇게 말할 수 있을지도 모르겠다. "나"의 원형은 저 멀고 먼 기원의 시간에 있는 것이 아니라, 매 순간마다 변환되는 욕망과 힘의 배치 속에서 매번 다르게 탄생하는 것이라고. 이 맥락을 이운진은 "나는 다시 불안 없는 영혼으로 돌아가/천 일 동안 마늘을 먹을까 봐요/그러면 나는 또 무엇이 될까요"라는 이미지로 표현한다.

슬슬 몰려오는 어둠이
그을린 그것이
지옥을 품고 온 듯한 그것이 숲을 슬슬 차지할 때
물기 없는 노래를 부르는 새를 숲이 버리고
버림받은 새도 숲을 버리고

허공에 난 미세한 구멍들—,
빛이 빠져나가려고 안달하는 미궁,
세상을 버린 이가 저승에 드는지
지상의 어느 한 지점에서 잠시 흰빛이 한 뭉치 쑥 올라와
구멍을 통과해 나가는 소리

구름들—, 허공의 불편한 근육들이 긴장하고 있다
새들—, 허공의 문장이 되지 못한 어린 어미가
잠시 허리를 펴고 고개를 들어 구름에 눈망울을 씻는다

가느다란 빛으로 세상에 왔던 아기는 죽어
허공의 구멍 속으로 빠져나가고
아기가 한때 웅크렸던 어린 어미의 자궁엔
이제 그을음이 가득하다

물컹한 것, 젖이 불어서
수건으로 젖을 짜내는 어린 어미가
밤이면 홀로 나와 허공을 올려다본다
그녀가 기다리는 건 새 아기가 아니라
구멍 속으로 빠져나간 죽은 아기의 그 숨결
천국에서 잘 지냈다 다시 오렴

자궁 속의 그을음을 씻자고 밤이면 홀로 나와
허공을 보며 기도하는 어린 어미의 어깨 위로
미처 빠져나가지 못한 빛이 사부작 내려앉을 때
새들이 허공의 문장을 이루며 완벽한 모양으로 날아간다

—김충규, 「허공의 문장」 전문

「허공의 문장」에서 화자는 좀처럼 잘 보이지 않는 자리에서 발설하고 있다. 그는 제 내면에 깃든 감정의 얼룩에 관심을 두는 것이 아니라, 그 외부를 채우고 있는 "새"와 "숲"과 "구름"이 이루어 놓는 풍경들의 향연에 집중력을 쏟기 때문이다. 이 작품에서 1인칭 화자의 내면을 표상하는 도구로 활용되는 "나"는 단 한 번도 표면에 등장하지 않는다. 따라서 화자가 뒷면으로 물러나고, 사물들과 그 풍경들이 앞면을 가득 채우게 되는 것은 지극히 당연한 일이라 하겠다.

이 작품의 화자는 사물에 대한 어떤 느낌과 가치판단도 품지 않은 중립적인 시선으로 제 스스로가 감지한 어떤 감각적 사건들을 시의 표면에 고스란히 옮겨 놓고 있는 것일까? 그렇다면, 그는 관조자의 자리에 붙박인 객관적 카메라 같은 것일까? 이 시편이 '한정된 사물의 관조'(T. E. Hulm) 또는 '사생적 소박성'(김춘수) 같은 핵심어들로 서술되어 온 이미지즘의 시작 원리를 충실히 따르고 있는 것은 분명한 사실일 터이다. 그러나 그것의 마디마디에선 사물의 속내와 사물의 거죽이 어긋날 뿐더러 풍경과 풍경이 서로를 맞세우면서 신비스런 느낌과 낯선 분위기들이 꿈틀대며 일어서는 듯 보인다.

가령 "세상을 버린 이가 저승에 드는지" "가느다란 빛으로 세상에 왔던 아기는 죽어" "아기가 한때 웅크렸던 어린 어미의 자궁엔" "구멍 속으로 빠져나간 죽은 아기의 그 숨결/천국에서 잘 지냈다 다시 오렴" "허공을 보며 기도하는 어린 어미의 어깨 위로" 같은 이미지들은 이 작품이 객관적 풍경 묘사에만 주력하지 않는다는 것을 분명하게 예시한다. 이들은 풍경의 객관적 묘사로 환원되지 않는, 다른 차원의 의미소를 거느리고 있기 때문이다. 이 의미소는 자연의 무궁한 사물들을 바라보는 시선에 이미 내재된 죽음과 허무, 현세와 내세라는 인간적 전율과 공포를 가리킨다. 따라서 「허공의 문장」의 보이지 않는 뒷면에서 시인이 화자에게 들씌운 페르소나는 카메라의 객관적이고 중립적인 시선이 아니다. 다만 카메라의 눈인 것처럼 위장하고 있을 뿐이다. 이렇듯 카메라의 눈처럼 객관 중립 서술의 시점을 연기하면서, 작품의 앞뒷면의 미감들을 섬세하게 조율하는 보이지 않는 주체가 바로 이 시편의 참된 페르소나이다.

서둘러 오던 버스가 저녁으로 스며드는 시간 너라는 시공 속에서 나를 잊은 뒤 사소한 기별에도 속수무책 요약되는 일 처음은 아니었다 어쩌다 오지 않는 것들을 따라 여기까지 왔는지, 시작과 끝 사이에서 망설이는 나는 여전히 부재중이다

내가 늘 소망하는 것은 누군가 잊어버리고 잃어버린 줄조차 모르는 미래의 조각들 꽃이 피어도 오지 않는 봄의 비밀, 오래도록 미루어 온 해명을 하기 위해 어두워질 때마다 나는 모서리를 하나씩 잃어 간다

주머니에서 문득 잃어버렸던 너를 꺼낸다. 다정함을 잃은 구름이 흘러가다 삭제되는 아득함, 그러나 바람이 아니고서야 어찌 찢어진 날개를 이야기할 수 있을까 계절을 건너는 동안, 빗속에서도 젖지 않는 것은 웃음뿐,

밤이 낮을 덮어 감싼다 어둠의 형식은 길고 단조로워서 열정도 번민도 다만 온순해지고 너무 늦어 버린 것인지 떠나고 없는 너의 무관심이 오래 나를 응시하는 오늘, 이제 너는 종결어미 하나로 지워지는 문장이다

—정용화, 「사소한 기별」 전문

정용화의 시 「사소한 기별」에서 언표 행위의 주체는 "나"이며, 그 언표 대상이 되는 주체 역시 "나"이다. 그러나 이 두 갈래의 "나"는 하나의 단일한 인격체로 수렴되지 않는다. "시작과 끝 사이에서 망설이는 나는 여전히 부재중이다"라는 이미지처럼, "나"는 지금 이 순간 말하고 있는 "나"가 아닌 "주머니에서 문득 잃어버렸던 너" 곧 타자이다. 따라서 이 작품은 이상한 모순 형용의 관계들을 전제로

삼고 있는 셈이다. 이 전제는 "나" 안에는 "나"가 너무 많이 있을 뿐더러, "나" 바깥에 또한 너무 많은 "나"가 있다는 문장으로 표현될 수 있을 듯하다.

"오래도록 미루어 온 해명을 하기 위해 어두워질 때마다 나는 모서리를 하나씩 잃어 간다"는 우리들 모두의 삶을 얽매어 놓는 사회적 배치와 그 선분들에 따라 각자의 얼굴이 천변만화할 수 있다는 두려운 진실을 환기시킨다. 또한 "누군가 잊어버리고 잃어버린 줄조차 모르는" 다른 "미래의 조각들"을 "내가 늘 소망"함에도 불구하고, "열정도 번민도 다만 온순해"질 수밖에 없는, 그리하여 "내" 안에 존재하는 무수한 타자들이 "종결어미 하나로 지워지는 문장"처럼 처리될 수밖에 없는, 그 잔인한 진실을 현시하고자 한다. 따라서 저 구절은 어떤 페르소나의 탄생을 암시한다. "종결어미 하나로 지워지는 문장"인 "너"란 결국 "내"가 사유하지 못한 다른 "나"이거나 "나" 안에서 망각되고 폐기 처분된 "나"의 분신들이며, 이 작품의 페르소나는 그 모든 "나"의 분신들을 지우고 표면에 솟아오른 "나"의 유일한 정체성일 수밖에 없기에.

따라서 「사소한 기별」은 이른바 서정적 자아로 일컬어져 온 시인의 선험적 원형을 숨겨 놓지 않는다. 이 작품이 우리 눈앞에다 현시하려 하는 것은 자기동일성으로서의 시인의 영혼이 아니라, "너라는 시공 속에서 나를 잊은 뒤 사소한 기별에도 속수무책 요약되는 일"이 선명하게 말해 주는 것처럼, "내"가 "내"가 아닌 존재로 살아갈 수밖에 없는 서글픈 운명선이기 때문이다. 아니, 그것이 현현시키는 어떤 가공할 진실이기 때문이다. 어쩌면 저 진실의 "어둠"과 "빗속"에서도 "젖지 않는 것은 웃음뿐"인지도 모른다. 그것은 "떠나고 없는 너의 무관심이 오래 나를 응시하는 오늘"임에도 불구하고, 우리들이 살아가는 그 모든 순간들을 '살아 있는 현재(lebendige Gegenwart)'로 전환시킬 수 있는 거의 유일한 매개체이기 때문이다. 마지막 대목에 나타난 "이제 너는 종결어미 하나로 지워지는 문장이다"는 현대적 삶을 살아가는 우리들 모두에게 덧씌워진 의례적 페르소나를 벗겨 내면서, 타인에 대한 "무관심"과 냉정으로 요약되는 그 잔인한 진실과 황폐한 실존을 뒷면에서 암시한다. 그러하기에, 파편화된 현대적 실존을 견뎌 낼 수 있는 유일한 비책은 "웃음"뿐인지도 모른다. 모든 "무관심"에도 불구하고, "웃음"이야말로 열린 마음으로 타인과 세계를 향해 나아가는 첫 걸음이기 때문이다.

차단기 앞에 서면 텅 빈 가슴속에서 기적 소리 들린다
저무는 노래들 바람에 휩싸여 레일 위로 눕고
빛인 듯 바람인 듯 흘러가는 철길을 멍하니 바라볼 뿐

눈을 감으면 장자의 껍질을 깨고 나와 날갯짓하는
나비들 까마득 하늘을 뒤덮는데
거친 매듭을 닮은 나비 떼들 속에서 허둥대는 사이
가물가물 춘몽을 향해 흘러가는 기차

잠자고 싶을 때 잠들 수 없고
낮에도 밤에도 깊은 잠에 빠지지 못하는 것은
풀리지 않는 매듭으로 가득한 내 몸 때문일 테지만
철길 위로 나비되어 퍼붓는 함박눈 보고 있으면
더욱 간절한 잠, 잠, 잠

꼬여진 매듭을 더듬을수록 잠은 잠 속으로 숨어 버리고
차단기 너머 스멀대는 잠의 소리를 깨물고 있으면
밤은 이승도 저승도 아닌 채 깊어 간다

내 머릿속에는
벌겋게 녹슨 채 열릴 줄 모르는 차단기가 있다

—김다호, 「잠 속의 잠」 전문

김다호의 「잠 속의 잠」은 뫼비우스의 띠처럼 얽혀 있는 인간의 내면의 외부이자 의식의 타자라는 모티프의 중핵을 "잠" 이미지로 축조한다. 이는 『장자(莊子)』에 기록된 호접지몽(胡蝶之夢) 이미지와 결합되기도 하고, "철길" 안과 밖을 구획하는 "차단기"의 이미지로 확장되기도 한다. 또한 "잠자고 싶을 때 잠들 수 없"다는 불면증의 이미지를 동반한다. 따라서 "잠" 이미지는 우리가 일상생활에서 경험하는 실제 "잠"만을 가리키지 않는다.

그것은 오히려 우리 현대인들이 제 스스로의 내면을 합리적으로 통어해야만 한다는 자기 규율의 원리를 암시적으로 표현한다. 또한 현대 세계에 내장된 저 합리성의 공화국으로 환원되지 않는 불가해한 외부는 "풀리지 않는 매듭으로 가득한 내 몸"이라는 이미지로 형상화된다. 더 나아가 "내 몸"에서 꿈틀거리고 있는 다른 얼굴들, 곧 사유되지 않은 것이자 의식 외부에 존재하는 타자성은 "꼬여진 매듭을 더듬을수록 잠은 잠 속으로 숨어 버리고"라는 은폐와 매장의 이미지로 나타난다. 그리하여, 이 작품의 페르소나는 "내 머릿속에는/벌겋게 녹슨 채 열릴 줄 모르는 차단기가 있다"라는 편린으로 아로새겨진 분열증적 주체(schizophrenic subject)의 이미지를 얻는다.

어쩌면 저 분열증적 주체야말로 자본주의로 표상되는 현대 세계가 기계적 방식으로 양산하는 이성적 주체의 쌍생아이자 이미 그 내부에 똬리를 틀고 앉은 "풀리지 않는 매듭"이며, 그 분신인지도 모른다. 더불어 이 작품의 페르소나는 분열증적 주체와 마주칠 때서야 비로소 열리게 되는 진리 주체의 진상일 것이 틀림없다. 그리하여 우리는 이렇게 외칠 수 있을지도 모른다. 우리들이 살아가는 일상적 경험 세계 속에서 마주치는 무수한 사회적 페르소나는 우리들 각자의 실존적 주체성과 무관한 그야말로 가면들에 불과한 것이며, 차라리 예술가적 가면으로서의 시적 화자야말로 천의 진실로 열리는 천의 페르소나들이라고.

사건들의 현시로서의 문학사
—새로운 문학사를 위한 단상들

1.

날짜들, 그것은 우리가 새롭게 규정하려는 사건들의 중핵을 이룬다. 또한 날짜들과 사건들이 서로를 감싸면서 불러일으키는 새로운 사유의 벡터는 현대 한국시의 역사를 기왕의 것들과 전혀 다른 문제틀에 입각하여 탐사하려는 우리의 기획과 방법론을 암시한다. 우리는 현대 한국시의 역사에서 어떤 사건들이 발생한 날짜들을 찾아내려 할 뿐더러, 그 시공간적 구체성이 뿜어낸 고유한 감각적 울림들과 더불어 그 사후적 효과들을 함께 기록할 수 있는 방법론을 제시하고자 한다. 이는 사건들이 일어난 바로 그 순간, 그 날짜들에 담긴 신체적 공명 현상과 정서적 감염의 힘을 가리키는 것이기도 하지만, 어떤 사건이 이후 발생한 다른 사건들과 접속되고 결합되면서 연쇄적으로 발생하는 의미 계열들과 그 시간적 유효성의 궤적을 에두르는 것이기도 하다. 이에 대한 탁월한 통찰은 들뢰즈 철학에서 얻을 수 있다.

> 사람이나 주체, 사물이나 실체의 개체화 양식과는 매우 다른 개체화 양식이 있다. 우리는 이를 사건적 개별성이라고 부르고자 한다. 어떤 계절, 어떤 겨울, 어떤 시간, 어떤 날짜 등은 사물이나 주체의 개별성과는 분명히 다르지만, 나름대로 완전한, 아무것도 결여하지 않은 개별성을 지닌다. 이 모든 것은, 변용하고 변용되는 힘, 분자들 내지 입자들 사이의 운동과 정지의 관계라는 점에서 사건적 개별성들이다.[1]

우리들이 들뢰즈를 차용하여 제시하려는 '사건적 개별성(heccéité)'이란 주체나 사물 등과 같은 어느 하나의 개별적 요소로 환원되지 않는, 어떤 신체적·정서적 감응을 촉발시키는 도드라진 요인들에 의해 표현되고 포착되는 그 배치의 형세 전체로 요약될 수 있겠다. "샤를롯 브론테는 사물, 인물, 얼굴, 사랑, 단어 등 모든 것을 바람에 관한 말들로 표현한다. 로르카의 오후 5시는 사랑이 추락하고 파시즘이 일어나는 시간이다. 얼마나 끔찍한 오후 5시인가! 사람들은 매우 특수한 사건적 개별성을 가리키기 위해 말한다. 지독한 역사! 지독한 열! 지독한 삶!"[2]이라고 들뢰즈가 외쳤던 것처럼, 현대 한국문학사에서 저 지독한 차원들을 빠짐없이 담고 있는 가장 적확한 사례 가운데 하나로 소월의 삶 한복판을 관통했던 '관동대진재'를 제시할 수 있을 것이다. 이는 '1923년 9월 1일 오전 11시 58분'으로 표기된다. 곧 구체적인 연월일시를 제 표현의 도구로 삼는다는 말이다. 또한 소월의 삶 전체의 방향과 현대 한국시의 판도를 뒤바꿔 놓은 어

---

1 G. Deleuze·F. Guattari, *A thousand plateaus*, translation by Brian Massumi, University of Minnesota Press, 1987, p.261.

2 G. Deleuze·F. Guattari, 같은 책, p.261.

떤 사건이 발생한 바로 그 순간을 나타낸다. 바로 저 변곡점의 순간들, 아니 그 각각의 시간들을 가로질렀던 감각적 파장들을 고스란히 쓸어안을 수 있는 날짜들이 바로 우리들이 제시하려는 문학사의 방법론, 곧 '사건들의 현시로서의 문학사'에 가장 가깝다. 따라서 그것은 우리 문학사의 흐름과 방향과 지력선을 뒤바꿔 놓았던 어떤 특이점들(singularités)을 가리키는 것이기도 하다.

따라서 우리들이 제시하려는 사건적 개별성이란 어떤 특정한 순간, 그 역사적 시공간의 구체적 좌표들을 가로질렀던 신체적이고 정서적인 감응(affect)인 동시에 그것을 가능케 했던 배치(agencement) 전체를 일컫는다. 또한 이러한 감응 현상은 그 배치 내부에 깃든 여러 요소들의 강도와 속도, 그리고 그것을 특정한 그 무엇으로 만들어 내는 이웃 관계들을 통해 구성된다. 곧 어떤 사건들의 배치는 그것 내부에 참여하고 있었던 그 모든 사람과 사물의 신체들을 통과하는 힘과 욕망의 흐름, 그 속도와 강도에 의해 이루어진다는 것이다. 또한 이들이 만들어 내는 그 상황의 고유한 분위기와 감응 상태들이 동시에 어우러지는 가운데 생성되는 것이라 하겠다. 다시 들뢰즈를 따라가 보자.

2.

개체화된 집합으로서의 배치 전체가 사건적 개별성이다. 형식과 주체들과는 무관하게 위도와 경도, 속도와 감응에 의해 정의되는 것은 바로 배치이다. 형식과 주체는 다른 평면에 속한다. 배치는 늑대 자체, 혹은 말, 혹은 어린이로서, 이것들은 어느 시간, 어느 계절, 어느 분위기, 어느 공기, 어느 삶과 분리되지 않는 배치들 속에서 주체이기를 멈추고 사건이 된다. 죽어 가는 쥐가 공기와 합성되고, 짐승과 만월 양자가 합성되듯이 거리는 말과 합성된다.[3]

여기서 제시되는 개체화가 어떤 개인 혹은 개인적 주체와는 전혀 무관한 영역에서 발생하는 것임을 다시 염두에 둘 필요가 있겠다. 그것은 '관동대진재'가 일어났을 때, 사람들의 마음을 흘러 다니면서 신체적·정서적 영향력과 그 효과들을 불러일으켰던 어떤 힘의 배치이자 그 형세의 흐름으로 표현될 수 있다. 따라서 하나의 배치는 사건적 개별성을 만들어 내는 조건에 해당되며, 사건적 개별성은 어떤 배치 그 자체이다. 하나의 사물은 이웃한 다른 사물들과 접속되어 하나의 계열(série)을 형성한다. 또한 하나의 사물이 다른 사물과 연계되어 하나의 매듭과 단위를 형성하게 되는 것을 계열화(mis en série)라고 부른다. 곧 계열화는 하나의 사물이 다른 사물들과 특정한 관계를 맺는 것을 가리키며, 하나의 사물이나 사태는 여타의 것들과 어떻게 접속되고 결합되는가에 따라 전혀 다른 계열화가 이루어진다는 것이다. 또한 사건은 저 계열화의 방향과 갈래에 따라 서로 다른 의미들을 낳게 되는 것이다.

들뢰즈에 따르면, 사건은 사건을 만들어 내는 선, 상이한 여러 신체들과 사물들과 사태들을 서로 잇대어 놓는 계열화의 선을 통해 규정된다. 곧 사건은 그것을 사건으로 만들어 주는 사건화의 선을 통해 규정되는 것이며, 계열화는 사건화의 선이 그려지는 양상으로 정의될 수 있다.[4] 따라서 계열화란 여러 사물 또는 사태들이 접속, 결

3 G. Deleuze·F. Guattari, 같은 책, p.262.

4 이진경, 『노마디즘 2』, 휴머니스트, 2002, p.595.

합하는 것이고, 이를 통해 이들 사이에는 특정한 의미 또는 표면 효과를 만들어 내는 이웃 관계가 형성된다. "사건은 결코 사물의 상태가 아니다. 사건은 사물의 상태나 몸체 혹은 체험 안에서 현실화되기는 하지만, 그러한 사건 자신의 현실화 안에서 끊임없이 빠져나가거나 보태지는, 그늘에 가려진 은밀한 한 구석을 지닌다"[5]는 들뢰즈의 다른 말을 떠올려 보자. 여기서 사건은 구체적 사물에 접속하여 일어나는 것이지만, 사물 자체는 아닌 그 무엇으로 규정된다. 곧 사건은 구체적 사물의 표면에서 나타났다 사라지는 그 무엇이며, 의미는 그 사건의 과정 전체를 타고 흐르면서 발생하는 것이다.

들뢰즈의 사건의 사유는 어떤 확고한 전제 또는 조건에 기대어 세계 삼라만상을 구획하고 고정시키는 사유 방식을 기우뚱거리게 만들 뿐더러 그것에서 벗어나는 새로운 창조의 선을 그려 내게 한다. 이 사유에서 문제의 핵심을 차지하는 것은 우연에 의해 촉발되는 변화와 생성과 창조이다. 곧 시시각각으로 천변만화를 거듭하는 세계의 운동과 변이를 포착하는 데 있다. 따라서 사건은 생성 혹은 운동 같은 말들을 함께 아우르는 개념일 수밖에 없다. 그것은 생성과 변화와 창조를 통해서만 사유될 수 있으며, 그것의 본질적 중핵인 의미의 발생 또한 이들을 통해서만 이루어지기 때문이다. 이런 맥락에서 사건과 의미는 쌍생아처럼 한데 붙어 있는 것일 뿐더러 의미는 사건과 동시에 발생하는 것으로 정의될 수 있겠다.

들뢰즈에게 의미는 지시, 표명, 기호 작용과 같은 분절적 계기들 이전에 이미 존재하는 선험적 근거와 같은 것이다.[6] 이러한 의미를

---

5 G. Deleuze·F. Guattari, 이정임·윤정임 공역, 『철학이란 무엇인가』, 현대미학사, 1999, p.223.

들뢰즈는 순수 사건이라고 명명하거니와, 그것의 언표 가능성을 "명제 속에 내속하거나 존속하는 순수 사건"[7]이라고 진술한다. 여기서 그가 말하는 사건과 의미의 관계를 다시 살펴보자. 의미는 사건과 함께 생성되는 것이지만, 사건이 곧 의미인 것은 아니다. 실상 사건은 두 가지 상반된 얼굴을 동시에 품고 있다고 보아야 한다. 하나는 표면 효과라는 무의미의 얼굴이고 다른 하나는 의미라는 얼굴이다.[8]

가령 '죽다'라는 사건은 일정한 생물학적 과정이자 결과라는 점에서 하나의 표면 효과에 불과하다. 그러나 그것은 삶의 끝인 동시에 가족들의 고통과 슬픔, 나아가 공적 문서의 기록과 행정 절차의 등재 등과 같은 다양한 문화 규범이나 사회제도들로 뻗어 나가는 확장된 의미를 품는다. 곧 '죽다'라는 사건은 생물학적 신체의 활동 정지로 표현된 물질적 운동의 표면 효과인 동시에 다른 문화 규범이나 사회제도와 결합됨으로써 전혀 다른 차원의 의미를 갖게 된다는 것이다. 따라서 사건을 사유한다는 것은 의미를 사유한다는 것을 뜻한다. 달리 말해, 사건을 사유한다는 것은 물질적 차원과 정신적 차원, 자연과 문화의 차원이 서로 맞닿는 그 경계면을 해명하는 작업이라 할 수 있다.[9] 곧 자연과 문화를 함께 에두를 수 있는 인식의 터전을 마련하는 것이다.

따라서 우리들이 제시하는 '사건적 개별성'이란 현대 한국시에 포함하는 그 모든 국면들과 장면들에서 발견될 수 있을 것이 지극히

---

6 박성수, 『들뢰즈와 영화』, 문화과학사, 1998, pp.48-50.

7 G. Deleuze, 이정우 역, 『의미의 논리』, 한길사, 1999, p.74.

8 이정우, 『사건의 철학』, 그린비, 2011, p.141.

9 이정우, 같은 책, p.143.

당연하다. 그러나 그것이 그야말로 사건의 지위와 위상을 갖기 위해서는 다른 여러 상황들과 배치들을 뒤바꿔 놓았던 어떤 물리적 영향력과 정서적 감염력을 반드시 포함하고 있어야만 한다. 예컨대, 한국시의 최근 흐름에서 황병승의 시집 『여장 남자 시코쿠』는 사건이라 명명될 수 있을 물리적 효과들과 정서적 반응들을 함께 거느리고 있는 것이 분명하다. 결국 이 시집이 하나의 문학사적 사건을 표상하는 동시에 그 매듭의 중핵으로 기능할 수 있는 것은, 동시대의 시인들이나 후배 시인들에게 한국시의 사전적 지식 체계와 통념적 인식 구조에 구멍을 뚫어 버리도록 강제하는, 그야말로 사건을 불러일으켰기 때문일 것이다. 여기서 들뢰즈가 아닌 바디우가 창안한 사건 개념을 다시 참조해 볼 필요가 있겠다.

3.

이처럼 비정상적인 다수를, 즉 원소의 어떤 것도 상황 속에서 현시되지 않은 속성을 가진 다수를 사건적 자리라고 부르겠다. 이 자리 자체는 현시되지만 그것 '아래에서는' 그것을 구성하는 어떤 것도 현시되지 않는다. 그 자체로서 이 자리는 상황의 부분이 아니다. 나는 또한 그러한 다수에 대해 공백의 가장자리에 있다고 또는 정초적이라고 말할 것이다.[10]

나는 적어도 하나의 사건의 자리가 나타나는 상황을 역사적으로 부르기로 하겠다. 나는 자연적 상황의 내재적 안정성과의 대립을 부각하

---

10 알랭 바디우, 조형준 역, 『존재와 사건』, 새물결, 2013, p.292.

기 위해 '역사적'이라는 용어를 골랐다. 나는 역사성은 국소적 특징이라는 사실을 강조하고 싶다. 상황이 셈하고 현시하는 다수들의 (적어도) 하나는 자리, 즉 고유한 원소들(자리가 일자-다수를 형성하도록 해 주는 다수들) 중의 어느 것도 상황 속에서 현시되지 않는 속성을 가진 다수이다. 따라서 역사적 상황은 최소한 그것의 점 중의 하나에서는 공백의 가장자리에 있다.[11]

바디우에게 모든 사건은 진리의 과정, 곧 사건의 자리(le site événement)에서만 발생한다. 사건의 자리는 어떤 필연적인 규칙을 따르지 않는다. 오히려 그것은 우연적이며, 환원 불가능하고 식별 불가능한 어떤 개별성들이 출현하는 장소를 일컫는다. 그는 이런 개별성들을 다시 특이성(singularité)이라 명명하거니와, 이 특이성의 항목들은 자연에 대립하는 것, 곧 정상적인 것에 대립하는 것으로서 비정상적인 것으로 지칭된다.[12] 이 항목들이 바로 역사적인 것, 곧 사건을 불러일으키는 동인이자 그것을 사유할 수 있도록 강제하는 그 무엇들이다. 그것은 또한 자연적 다수가 아니라 역사적 다수에만 존재한다. 가령 주민등록부에 등재되지 않은 가족 구성원이 있다면 그는 특이한 다수, 곧 비정상적인 다수일 수밖에 없는 것이다. 국가의 시선에서 바라본다면, 그는 존재하지 않는 자이자 공백(vide)과 다름없는 존재이기 때문이다. 따라서 바디우에게 사건은 특이성의 항목들과 같은 부분의 질서 속에서 셈해지지 않는 비정상적인 다수를 통해서만 발생

---

11 알랭 바디우, 같은 책, p.295.

12 서용순, 「바디우 철학에서의 존재, 진리, 주체」, 『철학논집』 27집, 서강대학교 철학연구소, 2011, p.94.

한다. 또한 이렇듯 비정상적인 다수, 곧 특이성의 항목들로만 구성되는 다수가 바로 사건의 자리이다.[13]

바디우가 정의하는 사건은 이렇듯 환원 불가능성, 식별 불가능성, 명명 불가능성이라는 상황의 법칙성과 관련된다. 따라서 그것은 상황 내부에는 결코 존재하지 않았던 그 무엇이 새롭게 출현하는 것이기도 하다. 이 낯선 것의 출현이야말로 사건을 사건으로 만들어 주는 계기이며, 따라서 그것의 명명 역시 불법적일 수밖에 없다. 사건의 이름 또한 상황의 법칙성을 벗어나 있기 때문이다. 달리 말해, 사건의 자리는 상황의 법칙성으로는 결코 셈해지거나 말해질 수 없는 어떤 공백의 구조를 포함하기 때문이다.

따라서 그것은 상황의 법칙성 내부에서 식별이 불가능할 뿐더러 그 이름이 무엇인지조차 알 수 없는 것이라 하겠다. 예컨대, 1871년 발생한 '파리코뮌'을 상기해 보자. 당시 파리의 노동자들은 보불전쟁의 패전이라는 상황 속에서 봉기했다. 그들의 봉기는 노동자들이 중심에 선 대중 봉기였고, 그것은 그 당시까지도 존재하지 않는 정원 외적인(surnuméraire) 것에 불과했다. 당시의 노동자들은 단지 하나의 불투명한 집단적 흐름으로 존재했을 뿐 그 개개인들은 정치적으로 의미 없는 존재들에 불과했기 때문이다.[14] 그들은 자신들의 봉기를 '파리코뮌'이라고 명명했지만, 그 이름은 알려질 수 없는 것의 이름이었고, 당시의 지배 체제는 그들을 '폭도들' '불순분자들'이라고 이름 붙였다. 결국 '파리코뮌'이란 상황의 법칙성으로는 설명될 수 없는 이름, 즉 그 상황에 대하여 철저히 정원 외적인 이름이었던 것이다.[15]

---

13 서용순, 같은 글, pp.94-95.

14 서용순, 같은 글, p.97.

이렇듯 사건은 상황의 법칙에서 벗어난다. 사건은 그 상황 내부의 언어로는 말해질 수 없는 공백의 출현이기에, 상황 자체를 전혀 다른 것으로 뒤바꿔 놓을 수 있는 파괴력을 품는다. 그러나 사건은 그 자체가 거느린 결정 불가능성이라는 특질로 인하여 발생하는 즉시 휘발될 운명에 처한다. 기존의 상황 속에는 그것을 명명해 줄 수 있는 언어나 지식의 체계가 존재하지 않기 때문이다. 해석적 개입이 중요한 것은 바로 이 때문이다. "상황으로 하여금 자신의 공백을 고백하도록 강제하고, 비일관적인 존재 가운데, 중단된 셈 가운데, 어떤 실존의 비존재적 섬광을 솟아오르게 하는 것"[16]은 바로 개입이기 때문이다.

따라서 해석적 개입은 바디우 철학의 핵심 의제인 진리와 주체의 문제를 불러들인다. 바디우에게 사건은 응당 상황의 법칙성을 통해서는 명명할 수 없고 식별될 수 없는 것이 출현하는 것이다. 여기서 상황의 법칙성이란 곧 어떤 상황 내부에서 작동하는 지식의 안정적 분배와 유통을 가리키는 것이며, 지식(savoir)은 상황 속에서 다수들을 파악할 수 있는 능력으로 정의된다. 곧 저 법칙성의 체계로서의 지식은 어떤 식별과 분류의 체계이고, 이를 통해 상황의 모든 항목들은 지식의 일람표와 그 논리 체계 내부로 수렴된다. 사건은 저 식별과 분류의 체계, 곧 백과사전적 지식 체계의 안정성을 깨뜨리는 것이며, 일사분란하게 분류된 그 지식의 일람표를 이지러뜨리는 것으로 비유될 수 있다. 그것은 상황의 법칙성 내부에서 유통되는 기

---

15 서용순, 같은 글, p.97.

16 A. Badiou, *Being and Event*, translated by Oliver Feltham, contitinuum, p.183; 알랭 바디우, 『존재와 사건』, p.304; 서용순, 같은 글, p.98. 여기서는 서용순의 논문에 명기된 번역 문장을 수용했다.

존의 언어를 통해서는 명명 불가능하고 분류 불가능한 정원 외적인 것의 발생이자 어떤 낯선 것의 출현이기 때문이다.

바로 저 낯선 것이 출현하는 사건의 자리, 즉 기존의 언어와 지식 체계로는 설명될 수 없고 식별될 수 없는 것들이 새롭게 나타나는 자리를 우리는 진리 생산의 첫 번째 과정이라 부를 수 있을 것이다.[17] 개입이란 사건을 명명하는 이름을 통해 식별될 수 없었던 진리를 언어화하는 최초의 몸짓이다. 이는 또한 바디우가 말하는 주체가 서서히 제 윤곽을 드러내기 시작하는 순간이기도 하다. 개입은 분명 하나의 주체적 실천이다. 개입이 어떤 다수를 사건으로 만들어 내는 과정에 해당된다면, 그것은 바로 그 사건에 대한 어떤 실천적 결단을 통해서만 가능하기 때문이다. 곧 사건이 불러오는 최초의 주체성은 그 사건에 대한 결단에서만 나온다는 것이다. 따라서 사건의 실재를 선언하는 개입은 이전의 상황 내부에 존재하지 않았던 것들이 존재함을 선언하는 것이며, 이러한 해석적 개입, 곧 주체의 결단을 통해서만 사건은 비로소 사건으로 성립한다.[18] 결국 사건의 이름을 부여하는 개입은 그 자신의 이름으로 상황의 법칙들 내부에 있는 원소들을 탈취해 오는 것이며, 그 사건의 자리 내부에서 새로운 부분을 구성하는 실천으로 규정될 수 있을 것이다.[19]

정리해 보자. 사건은 해석적 개입으로 비로소 사건의 지위를 얻는다. 또한 개입을 통해서만 사건은 상황 내부로 귀속되며, 개입이 명명한 사건의 이름은 그 순간부터 상황 내부에서 회자되고 유통되기

---

17 서용순, 같은 글, p.99.

18 서용순, 같은 글, p.99.

19 서용순, 같은 글, p.101.

시작한다. 여기서 문제가 되는 것은 사건 그 자체가 아니라, 사건의 효과이자 사후적 영향력이다. 사건은 그 효과와 영향력을 통해서만 비로소 의미를 품기 때문이다. 가령 '8.15 해방'이 지닌 사건의 의미는 그것 자체가 만들어 내는 지속적인 사후적 효과와 영향력을 통해서만 발생하며, 최근 우리 사회에서 일어난 국정교과서 문제나 일본 대사관 앞 소녀상 철거의 문제 역시 저 사건의 직접적인 효과인 동시에 그것의 일부를 이루는 것이기 때문이다. 결국 사건은 그것이 연쇄시키는 효과와 사후적 영향력을 배제하고서는 결코 사유될 수 없다는 것이 바디우 철학의 요점이다.

바디우가 이렇듯 사건을 사건의 효과인 동시에 그 이후로 다른 사건들을 지속적으로 발생하게 만드는 동인으로 전제하면서 부각시키는 개념은 바로 충실성(fidélité)이다. 충실성은 최초의 사건을 전제한다. 그것은 하나의 사건에 대한 개입이지만, 그 사건에 선행하는 최초의 사건을 전제로 삼는다. 따라서 충실성은 하나의 상황 속에서 새롭게 발생한 사건에 의존하는 다수를 식별해 냄으로써 무엇이 사건에 의해 생성된 다수인지를 구별하는 것으로 나타난다.[20] 결국 사건과 그 사후적인 과정으로서의 다른 사건들에 대한 충실성은 최초 사건에 대한 충실성이자 그 자체로 휘발되어 사라져 버릴 수 있는 사건이 제 자신을 존속시키는 방식이라 규정할 수 있다.

충실성이 최초 사건과 더불어 그것에 이어지는 다른 여러 사건들과의 접속을 수미일관하게 문제 삼는 실천의 과정이라 할 때, 다시 수면 위로 솟아오르는 개념은 탐색(enquête)이다. 그것은 어떤 사건의 발생 이후에 상황의 다수들을 각각 다시 검토함으로써 그것들이

---

20 서용순, 같은 글, pp.99-100.

그 사건에 접속되어 있는 다수인지, 그렇지 않은지를 판단하는 과정이기도 하다. 예컨대, 2000년대 촛불 집회가 1980년 5월 광주라는 사건에 접속된 다수인지를 검토하는 것은 하나의 탐색이다.[21] 곧 탐색은 충실성이 실천되는 과정에서 나타나는 하나의 상태이며, 충실성은 '계속하시오!'[22]라는 바디우적 의미의 윤리 준칙, 그 탐색을 끊임없이 이어 나가는 무한한 과정인 것이다.[23]

따라서 탐색은 직접적인 실천의 이름이다. 또한 진리를 상황 속에 부과하는 가장 중요한 실천이자 상황의 원소들을 그 법칙성의 외부에서 분리해 내는 실천의 과정이기도 하다. 다수로서의 진리는 지속적인 실천의 과정을 통해서만 상황의 법칙성인 지식에 구멍을 뚫어 버리면서 그 분류 체계를 무력화하고, 진리 제 자신을 상황에 지속적으로 붙들어 둔다.[24] 곧 탐색의 실천은 충실성의 한 과정인 것이며, 이 실천은 중단 없는 충실성을 통해 탐색을 지속하는 것으로 요약될 수 있다. 이런 까닭에 탐색을 통해 매번 다시 성립되는 유적인 부분집합으로서의 진리는 무한할 수밖에 없다. 결국 진리는 새로운 다수를 끊임없이 제 옆으로 가져옴으로써만 무한히 지속될 수 있는 것이기 때문이다.[25]

> 근본적으로 하나의 진리란, 사건적 잉여 부가가 상황 속에서 긋는 물질적 궤적이다. 따라서 진리는 내재적 단절이다. 내재적이라는 것은,

---

21 서용순, 같은 글, p.100.
22 알랭 바디우, 이종영 역, 『윤리학』, 동문선, 2001, p.107.
23 서용순, 같은 글, p.101.
24 서용순, 같은 글, p.105.
25 서용순, 같은 글, p.106.

> 하나의 진리는 결코 다른 어떤 곳이 아니라 상황 속에서 전개되기 때문이다. 진리들의 하늘이란 없다. 단절이라고 하는 것은, 진리의 과정을 가능케 하는 것—사건—은 상황의 용법들 속에 있지 않고, 또 기존의 지식들로는 사고될 수 없는 것이기 때문이다.[26]

> 사건들이란 환원 불가능한 개별성들이며, 상황들의 법에 대한 외재성이다. 진리에 충실한 과정들은 매번 완전히 새롭게 발명되는 내재적 단절들이다. 진리의 과정의 국지적 경우들(진리의 자리들)인 주체들은 특수하고 비교 불가능한 도출물들이다.[27]

이제까지 바디우의 사건을 파악하기 위해 그와 연관된 다른 여러 개념들을 검토했다. 이들은 궁극적으로 주체와 동일성이라는 바디우 철학의 핵심 문제와 다시 만난다. 이를 되짚어 보자. "사실상 동일자란 존재하고 있는 것(또는 차이들의 무한한 다양성)이 아니라 도래하는 것이다"[28]라는 말에 주목해 보면, 바디우가 제시하는 동일성은 무한한 요소들이 참여하는 사건들 또는 상황들 속에서 도래하고 생성되는 그 어떤 것으로 파악된다. 이렇듯 하나의 고정된 모델이나 이미 주어져 있는 제도로서의 동일성이 아닌 어떤 유일한 상황 속에서만 도래하는 동일성은, 주체들 사이에 생겨나는 신체적 공명 현상이나 정서적 공감대 같은 것으로 이해될 수 있을 듯하다. 왜냐하면 그것에서 형성되는 동일성은 이미 존재하고 있는 관습과 제도, 지식

---

26 알랭 바디우, 같은 책, p.56.
27 알랭 바디우, 같은 책, p.57.
28 알랭 바디우, 같은 책, p.37.

과 이데올로기에 따라 고정적으로 분배되는 것이 아니라, 개별적인 어떤 특정한 상황이나 맥락 속에서만 도래하는 것이기 때문이다.

바디우에 따르면, 이런 동일성의 인정이야말로 대단히 어려운 진짜 문제가 된다.[29] 왜냐하면, 그것은 지금 여기의 세계를 지배하고 있는 고정화된 권력의 배치와 이미 현실화되어 있는 법과 제도와 관습, 그리고 일반적인 지식과 선험적인 윤리의 이데올로기에 의해 이미 주어져 있는 것이 아니라, 이 모든 것들을 가로지면서 발생하는 어떤 것이기 때문이다. 따라서 바디우가 말하는 동일성은 어떤 상황에 대한 감정적 개입과 실천적 태도를 통해서만 생성되는 동일성이다. 또한 영원불변의 항구성이 아니라 개별적 상황들 그 자체가 회집시키는 어떤 사건들 속에서만 존속되는 특성을 가진다고 할 수 있다. 그것은 어떤 개별적인 상황들 자체가 그것에 참여하고 있는 각각의 존재자들의 일반적인 지식과 관습적인 윤리의 이데올로기를 단숨에 허물어뜨리는 개별적인 사건들을 통해 구성된다. 결국 이 사건들은 환원 불가능한 개별성들이며, 우리로 하여금 새로운 인식과 실천의 방식을 결정하도록 강제한다. 또한 기존의 지식들에 구멍을 뚫는 내재적 단절로서의 진리의 과정을 포함한다. 이 단절이 내재적인 까닭은 “하나의 진리는 결코 다른 어떤 곳이 아니라 상황 속에서 전개되”며, 결국 “진리들의 하늘이란 없”는 것이기 때문이다.

따라서 이러한 진리의 과정에 참여할 수 있는 주체는 우리들의 고정된 감각과 사유를 뒤흔드는, 그리하여 우리로 하여금 어떤 새로운 인식과 실천의 방식을 결정하도록 강요하는 사건 그 자체에 충실해야 함은 물론이거니와 이미 제도화된 공간에서 유통되는 지식 체계

---

29 알랭 바디우, 같은 책, p.35.

에 구멍을 뚫는 단절의 힘을 행사해야만 한다. 또한 이 주체는 이 진리의 과정에서 발생하는 낯선 것들이 가해 오는 폭력과 그 잔인성에 대해서도 충실해야만 한다. 이 충실성이야말로 단수의 이데올로기로서의 윤리가 아니라 진리들의 윤리학을 가능케 하는 전제 조건이기 때문이다.[30]

바디우가 말하는 주체는 현실의 이러저러한 표준적 척도와 공리, 고정된 지식과 가치의 체계를 벗어난 존재라는 점에서, 앞서 말한 '사건'과 '진리의 과정'과 '충실성'이라는 진리들의 윤리학의 세 가지 중핵을 모두 가로지를 수 있는 진리 주체일 수밖에 없다. 따라서 이러한 진리 주체가 될 때에만, 기존의 지식 체계로는 설명될 수 없는 공백으로서의 진리, 곧 사건들에 충실할 수 있을 뿐더러 우리들 스스로를 진리들의 윤리학의 주체로 변환시킬 수 있을 것이다. 사건은 그 속에 참여하고 있는 주체의 결단과 지속적인 실천의 충실성을 통해서만 제 모습을 드러낼 것이기 때문이다. 아니, 세계에서 발생하는 수많은 사건들은 그 내부에서 탐색을 지속적으로 실천하는 충실성의 주체를 통해서만 비로소 사건이 될 수 있기 때문이다.

결국 우리들이 바디우의 사유를 활용하여 새롭게 제시하고자 하는 것은 현대 한국문학사에 편재하는 무수한 사건들을 현시할 수 있는 방법론이다. 또한 그 대상 범주가 시와 문학이라는 예술 작품의 역사로 한정되어 있다는 점을 염두에 둔다면, 현대 한국문학사를 뒤흔든 사건들과 그 의미소들을 찾아내려는 우리들의 의제의 중핵은 바디우의 다른 책 『비미학』에서 제시된 예술적 짜임(configuration artistique)에 대한 검토의 과정을 거쳐야만 할 것으로 추론된다.

---

30 알랭 바디우, 같은 책, p.56.

4.

> 예술을 내재적이고 특이한 진리로서 사유할 때의 유효한 단위는 결국 작품이나 작가가 아니라 사건에 의한 어떤 단절(이것은 일반적으로 그전의 어떤 짜임을 시효가 지난 것으로 만들어 버린다)로부터 시작되는 예술적 짜임인 것이다. 하나의 유적 다수인 이 예술적 짜임은 이름도 유한한 테두리도 없고, 심지어는 어떤 술어로 하나로 묶을 수도 없다. 예술적 짜임의 전모를 파악하는 것은 불가능하며, 단지 불완전하게 기술할 수 있을 뿐이다. 예술적 짜임이 곧 예술의 진리이며, 누구나 알고 있듯이 진리의 진리는 없다. 예술적 짜임을 지칭하는 것은 대개 추상적인 개념들(형상화, 조성, 비극……)이다.[31]

주목해야 할 대목은 "작품이나 작가가 아니라 사건에 의한 어떤 단절"이다. 바디우는 내재성(immanence)과 특이성(singularité)이라는 두 가지 규준의 설정을 통해 '예술은 내재적인 동시에 특이한 진리 생산 절차'라는 명제를 내놓는다. 이 명제는 예술(시)과 진리의 관계를 상세하게 해명하는 과정을 거치면서, "하나의 진리는 결국 하나의 예술적 짜임으로서, 이 짜임은 하나의 사건에 의해 시작되어 그 주체점인 작품들의 형태들로 우연한 방식으로 주어진다"[32]는 의제의 요점으로 수렴된다. 그에 따르면, 예술에서 진리를 생산하는 것은 결코 하나의 작품이거나 작가가 아니다. 오히려 어떤 사건이 불러일으키는 단절이자 그것으로부터 시작되는 새로운 예술적 짜임에

---

31 알랭 바디우, 장태순 역, 『비미학』, 이학사, 2010, p.30.
32 알랭 바디우, 같은 책, p.30.

의해 이루어진다. 결국 바디우는 어떤 특정 시기를 가로지르는 예술 작품들의 상호 침투와 공명 현상, 나아가 그것들이 함께 이루는 집합적 배치와 그 성좌에 주목했던 것이라 하겠다. 따라서 시와 예술이 산출하는 진리란 그 내재성의 차원에서 형성되는 명명 불가능한 어떤 사건, 곧 새롭게 나타난 특이성의 집합적 배치이자 그 관계의 그물을 가리키는 것으로 보인다.

그렇다면, 바디우가 네 가지 진리 생산 절차라고 부르는 시, 수학, 정치, 사랑과 철학의 관계를 어떻게 설정하고 있는가에 대한 검토 역시 필수 불가결할 것이다. 특히 시가 하나의 진리 생산 절차에 해당된다고 보는 바디우의 사유에서 시와 철학의 관계에 대한 논증이나, 이 관계에 대한 상이한 관점을 보여 주는 철학사적 맥락에 대한 분석은 반드시 참조되어야만 한다. 이를 통해서만 우리가 새롭게 현시하고자 하는 사건들, 곧 현대 한국문학사의 사건들을 전혀 다른 시각에서 찾아내려는 우리들의 방법론적 탐색은 좀 더 첨예한 문제화의 광휘를 뿜어낼 것이기 때문이다. 이를 다시 간명하게 살펴보자.

바디우는 시(예술)와 철학에 대한 사유에 있어 그 극점을 표시할 수 있는 세 인물을 찾아내고, 그들로부터 뿜어져 나온 지력선들에 대해 특이성의 좌표를 부여한다. 또한 이 세 좌표들 각각을 파르메니데스적 체제, 플라톤적 체제, 아리스토텔레스적 체제라고 명명한다.[33] 파르메니데스적 체제에서 시와 철학의 관계는 동일시하는 경쟁으로 언명될 수 있다. 이 체제에서 철학은 시를 질시한다. 여기서 시의 주체적 권위와 철학적 언술의 유효성은 매우 탁월한 방식과 배

33 A. Badiou, *Conditions*, translated by Steven Corcoran, Continuum, 2008, pp.35-40.

치로 융합된다. 파르메니데스의 사유에서 중핵을 이루는 것은 시적 형식이다. 이 형식 내부에서만, 시는 제 자신의 권위를 통해 담화를 신성과 밀착된 것으로 유지할 수 있기 때문이다.[34]

그러나 바디우는 철학이 시작될 수 있는 계기를 탈신성화에서 찾을 뿐만 아니라, 파르메니데스가 매우 역설적인 방식으로 철학의 예언적 시작을 이룬다고 말한다. 이는 곧 정합성의 자율적 규칙에 대한 잠재적 호소를 뜻하며, 그것의 효과는 시가 축조하는 이미지 또는 이야기의 신성한 권위와 진리의 결연을 시 내부에서 단절시키는 것으로 요약된다.[35] 결국 바디우는 파르메니데스의 문헌들에서 시와 철학이 공존하는 동시에 경쟁적으로 이루어 내는 자율화된 정합성의 규칙들을 읽어 냈던 셈이다.

플라톤적 체제의 중핵은 시를 배제하는 논변적 거리에 깃들어 있다. 곧 시와 철학의 거리를 축조하는 것이다. 시인 추방론으로 표상되는 이 체제의 가치론적 투쟁은 시적 은유의 위세에서 벗어나려는 투쟁을 동반하며, 언어의 측면에서 반대쪽에 위치한 수학의 문자적 일의성에 기초한다.[36] 곧 철학은 '시의 권위를 중단시킬 뿐만 아니라 수학소의 존엄을 진작'해야만 한다는 것이다. 따라서 시에 대한 플라톤적 체제의 관계는 조건에 대한 부정적 관계이고, 이 관계는 다른 조건들, '수학소' '정치' '사랑'을 내포한다는 것이 분석의 요점이다.[37] 결국 바디우는, 플라톤이 『공화국』 10권에서 "철학의 왕권이 실

---

34 A. Badiou, 같은 책, p.36.

35 A. Badiou, 같은 책, p.36.

36 A. Badiou, 같은 책, p.38.

37 A. Badiou, 같은 책, p.38.

행되는 공간에서, 시에 의한 모방적 포착, 개념 없는 유혹, 이념 없는 정당화를 멀리하고 내쫓아야 한다"[38]라고 말한 대목을 플라톤적 체제의 핵심을 표상하는 것으로 제시한다. 곧 진리의 탈신성화와 시의 위세에서 벗어나려는 수학의 지지를 명시적으로 주창했다는 것이다.

아리스토텔레스적 체제에서 시는 '철학과의 거리두기'나 '내밀한 인접성의 드라마' 속에서 사고되지 않는다.[39] 이 체제에서는 시에 대한 지식을 철학 속에 포함하고 조직하는 것이 주요 목적이 되며, 시학을 철학의 분과 학문으로 배치시키고, 미학적 지역성이라는 준거로부터 시를 분류하고자 한다. 여기서 시는 대상의 범주 속에서, 철학 속에서 하나의 지역적 분과 학문을 성립시키는 것으로 정의될 뿐더러 그렇게 성찰되는 것에서 포착된다.[40] 결국 바디우는 아리스토텔레스적 체제가 시학이라는 철학의 지역적 분과 학문의 테두리 속에서 시를 대상의 범주로 축소시키는 결과를 초래한 것이라고 평가한 셈이다.

이 세 체제에 대한 대조적 분석에서 한 걸음 더 나아가, 바디우는 횔덜린(F. Hölderlin)으로부터 파울 첼란(P. Cellan)에 이르는 시기를 '시인들의 시대'라고 명명한다.[41] 또한 이 시대의 시에 철학의 과제를 봉합시켰던 하이데거와는 다른 지점에서 시의 원천을 다시 사유하고자 한다. 그는 하이데거와 시인들의 시대 이후 '탈(脫)낭만주의적 시'는 과연 어떤 것일 수 있는가를 묻는 자리에서 출발한다. 이에

---

38 A. Badiou, 같은 책, p.37.

39 A. Badiou, 같은 책, p.38.

40 A. Badiou, 같은 책, p.38.

41 A. Badiou, *Manifesto for philosophy*, translated, edited, and with an introduction by Norman Madarasz, SUNY Press, 1999, pp.69-72.

따르면, 하이데거가 기획했던 시가 되려는 철학에서 해방된 시는 두 가지 사유를 관통한다. 하나는 "현실들을 뚫고 지나가면서 현존하는 것들을 현존케" 하는 사유이며, 다른 하나는 "계산될 수 있는 이해관계 바깥으로 도약하는 사건의 이름"을 명명하는 사유이다.[42]

바디우의 이러한 통찰은, 시가 상징적 의미 체계와 그것을 잘 마름질한 지식 체계의 안정성의 장, 그 바깥에 실재하고 있는 진리들을 현시할 수 있는 탁월한 능력을 지니고 있다는 것을 알려 줄 뿐더러, 이미 확립되어 있는 의미 체계에 구멍을 뚫어 버리면서 도래하는 진리 사건을 새롭게 명명하는 것, 그 자체가 이미 시적인 것이라는 사실을 깨닫게 해 준다. 이러한 명명은 시적인 것일 수밖에 없다. 왜냐하면, 의미의 공백과 확립된 의미 작용의 결여 속에서 어떤 우연들과 현실 초과적인 실재들을 현시하려는 언어의 모험과 "계산될 수 없는 것들을 명명"하려는 행위는, 이미 그 자체로 새롭게 창조하는 행위이자 "언어를 위태롭게 하면서 도래하는 것"일 수밖에 없기 때문이다.[43]

결국 바디우에 따르면, "시는 언어 속의 명령처럼 제 자신을 드러내"고, 그러면서 "진리를 생산한다." 그 반면에, "철학은 진리들을 전제하고, 의미와의 분리의 고유한 체제에 따라, 빠져나옴의 방식"으로 그들을 분배한다.[44] 다음과 같은 문장은 바디우의 시와 철학에 대한 사유를 응축한다. "시는 논변이 행해지고, 행해졌고, 행해질 빈 페이지의 시점을 표시하러 온다."[45] 그러나 저 공백과 빈 페이

42 A. Badiou, 같은 책, p.42.
43 A. Badiou, 같은 책, p.42.
44 A. Badiou, 같은 책, p.47.

지는 '모든 것이 사고될 수 있다'고 말하는 것이 결코 아니다. 오히려 '엄정하게 한정된 시적 표식'을 통해 '다른 곳에서 하나의 실재하는 진리가 존재한다는 것'을 철학을 통해 말하기 위한 수단일 뿐이라는 사실을 역설적 어법으로 강조한 것이라 하겠다.

5.

바디우의 이러한 문제틀을 원용하여 현대 한국시의 역사 내부에서 진리 사건들로 명명될 수 있을 다양한 현상들을 다시 되짚어 본다면, 시와 철학의 다양한 문제들을 새롭게 조감할 수 있는 혜안을 얻을 수 있을지도 모른다. 또한 철학은 진리를 생산할 수 없을 뿐더러 이들의 관계를 단지 연산하는 것일 뿐이라고 전제하는 그의 특유한 진리 사유에 비추어 본다면, 현대 한국시의 역사에서 사건들로 명명될 수 있을 그 다수의 것들을 보다 넓은 문학사의 안목에서 조망할 수 있는 새로운 길이 열릴 수 있을 것으로 예측된다.

그렇다. 우리들은 사건을 둘러싼 들뢰즈와 바디우의 사유의 점이지대들, 그 교집합의 장소들을 통해, 현대 한국시의 역사에 주름져 있는 여러 다양한 장면들을 새로운 방식으로 찾아내려 한다. 따라서 '문학사적 사건'으로 일컬어질 수 있을 영향력과 벡터를 품은 특정한 날짜들을 그야말로 다양한 차원과 다양한 지점에서 발굴해 내는 것이 가장 중요한 문제이자 성취의 관건을 이룰 것이다. 지극히 당연하게도, 저 날짜들은 매우 감각적이고 구체적인 실물감과 전율스런 변곡점을 포함할 수밖에 없다. 이들은 역사적 시공간의 좌표를 매우 구체적인 질감의 차원에서 표시해 줄 수 있는 날짜들을 통해서만 현

---

45 A. Badiou, 같은 책, p.48.

시될 수 있기 때문이다.

나아가 날짜들에 깃들인 신체적 공명과 정서적 감응 현상을 고스란히 알아챌 수 있는 섬세한 직관력은 우리들이 현시하려는 사건들의 가장 예민한 촉수이자 혁신의 무기로 기능할 것이다. 그러나 또한 저 생생한 직관의 촉수란 바디우가 말한 충실성의 과정을 통해서만 확보될 수 있을 것이 자명하다. 현대 한국시의 역사에 포함된 그 무수한 자료들과 문서고에 밀착해 있는 고고학적 실증성과 더불어, 이런 실증성을 통해서는 결코 명명될 수 없고 식별될 수 없는 사건들은 탐색의 충실성을 통해서만 비로소 드러날 수 있을 것이기에. 아니, 저 탐색의 충실성을 지속적으로 실천할 수 있는 진리 주체에게만 사건들은 자신의 미지의 얼굴들인 진리들을 현시할 것이 지극히 자명하기에.

이와 같은 충실성의 과정을 통해 현대 한국시의 100년, 나아가 현대 한국문학사에 잠겨 있는 무수한 지층들과 협곡들이, 그것에 주름져 있는 문학사적 사건들의 시간적 매듭과 동선들이 살아 꿈틀거리는 실물의 형상들로 우리 앞에 나타나기를 고대한다. "지식은 사건을 모른다"는 바디우의 저 근본주의적 선언처럼.

> 지식은 사건을 모른다는 것을 마지막으로 기억하라. 사건의 이름은 정원 외적인 것이자 상황의 언어에 속하지 않는 것이기 때문이다.[46]

---

46 A. Badiou, *Being and Event*, p.329.

1941년 2월 10일: 한국적 낭만주의의 탄생[1]
—서정주의 『화사집』

사건으로서의 『화사집』

서정주의 『화사집』은 하나의 사건이다. 1941년 2월 10일. 이 날짜는 『화사집』의 발간일이기도 하지만, 현대 한국문학사의 가장 중요한 날짜들 가운데 하나로 기록되어야만 한다. 이 필연성의 근거와 맥락은 『화사집』이 불러일으킨 근본적 혁신과 전복의 벡터, 곧 '사건의 자리(le site événement)'[2]에서 온다.

---

1 이 글은 이미 발표된 학술 논문인 「서정주 『화사집』에 나타난 생명의 이미지 계열들」(『한국근대문학연구』 34호, 한국근대문학회, 2016)을 『계간 파란』 2017년 겨울호의 '이슈' 주제인 '사건들 2'에 맞추어, 그에 적합한 체재와 형식으로 대폭 수정하여 개고한 것이다. 또한 학술 논문에서 필수 불가결하게 소용되는 개념의 적확한 정의와 규정된 용법이 아니라, 문학비평이 하나의 예술 작품으로 존재할 수 있는 그 잠재력의 최대치를 펼쳐 내려는 예술-비평가의 미학적 기투가 곳곳에 휘감겨 있다. 이 글의 문장 표현이나 구성법 및 스타일 역시 이와 동일한 테두리를 이룬다.

2 "나는 적어도 하나의 사건의 자리가 나타나는 상황을 역사적으로 부르기로 하겠다. 나는 자연적 상황의 내재적 안정성과의 대립을 부각하기 위해 '역사적'이라는

이 '사건의 자리'는 또한 성리학적 규범과 도덕적 기율에 따른 욕망의 억압과 순치를 자아 수련의 이상적 덕목으로 숭앙해 왔던 한국 사회의 전통적 삶의 조건이나 그 지식 체계의 역사적 맥락에서 온다. 좀 더 적확하게 말해, 저 이상적 덕목이 문장 표현과 수사학의 전범으로 자리하면서 장구한 시간 동안 담론의 지배권을 행사해 왔던 문학사의 차원에서 온다. 『화사집』은 한국 사회의 유구한 문화적 전통과 문학사의 통념에 구멍을 뚫어 버리는 강력하고 광범위한 단절[3]의 효과들을 불러일으켰기 때문이다. 이는 또한 인간의 동물적

용어를 골랐다. 나는 역사성은 국소적 특징이라는 사실을 강조하고 싶다. 상황이 셈하고 현시하는 다수들의 (적어도) 하나는 자리, 즉 고유한 원소들(자리가 일자-다수를 형성하도록 해 주는 다수들) 중의 어느 것도 상황 속에서 현시되지 않는 속성을 가진 다수이다. 따라서 역사적 상황은 최소한 그것의 점 중의 하나에서는 공백의 가장자리에 있다."(알랭 바디우, 조형준 역, 『존재와 사건』, 새물결, 2013, p.295.) "바디우에게 모든 사건은 진리의 과정, 곧 사건의 자리(le site événement)에서만 발생한다. 사건의 자리는 어떤 필연적인 규칙을 따르지 않는다. 오히려 그것은 우연적이며, 환원 불가능하고 식별 불가능한 어떤 개별성들이 출현하는 장소를 일컫는다. 그는 이런 개별성들을 다시 특이성(singularité)이라 명명하거니와, 이 특이성의 항목들은 자연에 대립하는 것, 곧 정상적인 것에 대립하는 것으로서 비정상적인 것으로 지칭된다. 이 항목들이 바로 역사적인 것, 곧 사건을 불러일으키는 동인이자 그것을 사유할 수 있도록 강제하는 그 무엇들이다. 그것은 또한 자연적 다수가 아니라 역사적 다수에만 존재한다. 가령 주민등록부에 등재되지 않은 가족 구성원이 있다면 그는 특이한 다수, 곧 비정상적인 다수일 수밖에 없는 것이다. 국가의 시선에서 바라본다면, 그는 존재하지 않는 자이자 공백(vide)과 다름없는 존재이기 때문이다. 따라서 바디우에게 사건은 특이성의 항목들과 같은 부분의 질서 속에서 셈해지지 않는 비정상적인 다수를 통해서만 발생한다. 또한 이렇듯 비정상적인 다수, 곧 특이성의 항목들로만 구성되는 다수가 바로 사건의 자리이다."(이 책의 「사건들의 현시로서의 문학사—새로운 문학사를 위한 단상들」.)

3 "근본적으로 하나의 진리란, 사건적 잉여 부가가 상황 속에서 긋는 물질적 궤적이다. 따라서 진리는 내재적 단절이다. 내재적이라는 것은, 하나의 진리는 결코 다른 어떤 곳이 아니라 상황 속에서 전개되기 때문이다. 진리들의 하늘이란 없다. 단절

나신(裸身)이나 성애 장면에 대한 적나라한 묘사와 사실적 표현을 금기시해 왔던 한국문학 전체의 상식적 통념을 전면적으로 뒤집어 버리는 자리에서 발생한다. 『화사집』이 불러온 에로스의 상상력이나 성애와 샤머니즘의 전면적 형상화라는 사건의 의미소는 서정주의 선천적인 감각과 일관된 담론의 벡터에서 비롯하는 것일 뿐더러, 그것의 가장 첨예하고 섬세한 부면을 이룬다.

『화사집』의 선행 논의들은 '원죄 의식'[4] '지성과 윤리와 미학이 결핍된 강력한 육체적 정열'[5] '뜨거운 피의 고뇌'[6] '저주받은 시인'[7] '동물적 상상력'[8] 등으로 표상되는 일종의 주제론이 대세를 이룬다. 물론 2000년대 이후 개진된 논의들 가운데는 한국 사회의 오랜 성리학적 전통과는 질적으로 구분되는 새로운 시적 세계를 개척한 것이며,[9] 서구적인 것으로부터 영향을 받았지만 근대적인 것을 추구하지는 않았다는 관점이 존재한다.[10] 나아가 『화사집』을 비롯한 서정주 시 전체가 생의 긍정과 의지를 통해 존재의 동일성과 삶의 지속을 의도하는 적극적인 생명 의식이라는 점에서는 같다고 해석하는 좀

이라고 하는 것은, 진리의 과정을 가능케 하는 것—사건—은 상황의 용법들 속에 있지 않고, 또 기존의 지식들로는 사고될 수 없는 것이기 때문이다." 알랭 바디우, 이종역 역, 『윤리학』, 동문선, 2001, p.56.

4 조연현, 「원죄의 형벌」, 『미당 연구』, 민음사, 1994.

5 송욱, 「서정주론」, 『미당 연구』.

6 천이두, 「지옥과 열반」, 『미당 연구』.

7 황동규, 「탈의 완성과 해체」, 『미당 연구』.

8 김화영, 『미당 서정주 시에 대하여』, 민음사, 1986.

9 서재길, 「『화사집』에 나타난 시인의 초상」, 『관악어문연구』 27집, 서울대학교 국어국문학과, 2002.

10 김수이, 「1930년대 시에 나타난 자연 인식 양상 고찰」, 『현대문학이론연구』 23집, 현대문학이론학회, 2004.

더 확장된 범주의 주제론이 제출된 바 있다.[11]

『화사집』 곳곳에 아로새겨진 각양각색의 이미지들은 탈주, 에로스, 샤머니즘이라는 세 가지 의미 매듭으로 수렴된다. 이들은 또한 상호 이질적인 차원에 머물러 있는 것이 아니라, 서로를 비추는 상응(correspondence)의 거울을 이루며 아날로지(analogy)의 마법진을 펼친다. 이는 서정주가 등단할 무렵, 제 가슴 깊이 감춰 두고 있었을 것으로 추정되는 샤먼의 감각과 체험, 혹은 샤머니즘·애니미즘의 세계관에서 비롯하는 것처럼 보인다. 이들을 빠짐없이 응축하고 있는 것으로 보이는 "佛教式 3世를 通한 現實觀" 또는 "衆生一家觀"[12]이라는 집약적 용어들 역시 샤머니즘·애니미즘의 세계관을 변주한 것이거나, 그것의 배경을 이루는 "영원성"의 시학 또는 초역사적 보편주의라는 담론의 테두리에서 기원하는 것이 틀림없다.

따라서 『화사집』이 불러일으킨 사건의 의미소를 묻는 일은 거죽 위로 도드라지게 솟아오른 에로스의 감각과 미학, 그리고 서정주가 수미일관하게 견지한 것으로 유추되는 샤머니즘·애니미즘의 세계관이 상호 접맥되는 그 연관성의 고리들을 탐색하는 것으로 귀결될 수밖에 없다. 이는 결국 저 고리들에 대한 충실한 탐색을 통해서만, 『화사집』이 도래시킨 사건의 의미소가 생생하게 현시될 수 있다는 것을 뜻하는 것이기도 하다.

원초적 생명력과 코나투스의 원리

서정주는 신춘문예 당선작인 「壁」에서 자신의 일상적 현실에서

11 최현식, 『서정주 시의 근대와 반근대』, 소명출판, 2003, p.21.

12 서정주, 「불교적 상상과 은유」, 『서정주 문학 전집』 2, 일지사, 1972, p.268.

느끼는 억압적 심리 기제를 "壁"이라는 사물에 빗대어 형상화한다. "애비는 종이었다"라는 「자화상」 첫 구절의 과감한 직설 어법이 표상하는 것처럼, "壁"은 식민지 시대의 억압적 상황과 더불어 서정주 자신의 열등한 사회적 지위와 실존적 조건 자체를 숙명적 업보처럼 받아들이는 자리에서 빚어진 이미지로 보인다. 이와 같은 상황과 조건으로 둘러싸인 사회적 현실과 일상의 표준적 질서를 시인은 온몸으로 거부할 뿐만 아니라, 여기서 벗어나려는 간절한 염원을 "이제 진달래꽃 벼랑 햇볕에 붉게 타오르는 봄날이 오면/壁 차고 나가 목매어 울리라! 벙어리처럼,/오 — 壁아"라는 절규조의 목소리로 읊조린다.

「斷片」이나 「門」 같은 작품들도 「壁」과 유사한 모티프를 지닌다. 이들 역시 시인의 몸에 깃든 생명의 원초적 충동과 그것을 옥죄는 현실의 "壁"을 깨뜨리고 나아가려는 격렬한 마음의 움직임을 암시적 뉘앙스로 펼쳐내기 때문이다. 가령 "오— 그 아름다운 날은 …… 내일인가. 모렌가. 내명년인가"라는 구절에 선명하게 압축된 것처럼, 「斷片」은 지금-여기의 현실적 조건에 대한 부정 의식과 소외감을 다른 미래를 향한 염원과 이상향의 추구를 통해 극복하려는 정조를 수미일관하게 뿜어낸다. 또한 「門」 4-5연에 나타난 "뉘우치지 않는 사람, 뉘우치지않는사람아!//가슴속에 匕首감춘 서릿길을 타며 타며/오느라, 여긔 智慧의 뒤안깊이/비장한 네 荊刺의 門이 운다" 같은 대목은 일상적 현실에 대한 부정 의식과 환멸감, 그리고 제 자신의 욕망을 마음껏 발산하고 싶지만 좌절할 수밖에 없는 "비장한" 심사를 비춘다.

『화사집』을 가로지르는 성적 욕망의 폭발적 분출이나, 절규, 통곡, 전율 등과 같은 시적 정조는 '타는 生命을 아무런 論理的 道德的인 制約을 받지 아니하고 吐하여 놓은' 것인 동시에 '上氣된 情熱

과 野性으로써 自然 狀態로 끌어올린' 자리에서 나오는 것이 분명하다.[13] 곧 『화사집』에서 수미일관하게 나타나는 저 '生命 狀態'의 이미지들은 인간의 어떤 문화나 규범, 제도나 율법 이전에 이미 그 자체로 존재하는, 천지자연이나 우주 삼라만상이 스스로 발산하는 원초적인 힘이자 자기 보존의 욕구 같은 것으로 이해된다. 따라서 『화사집』의 무수한 이미지들은 스피노자 철학의 핵심을 이루는 코나투스(conatus)[14] 원리와 상통하는 것처럼 보인다.

'모든 사물은 자신의 존재를 보존하고자 노력하도록 신적 본성의 필연성에 의해 결정되어 있으므로 코나투스는 우리의 의지에 의해 의식적으로 욕구된다거나 우리가 스스로 자유롭게 선택할 수 있는 그런 성질의 것이 아니'라고 보는, 따라서 저 '코나투스'를 '신적 본성의 법칙에서 흘러나오는 것으로서 모든 사물에 내재된 선천적인 경향'으로 규정할 수 있다면,[15] 『화사집』에서 도드라지게 육화된 샤머

---

13 김학동, 「서정주 시인론」, 『서정주 연구』, 동화출판사, 1975, p.116.

14 스피노자의 코나투스 이론을 예증하는 정리로 가장 많이 활용되는 것은 "각각의 사물은 자신 안에 존재하는 한에서 자신의 존재 안에 남아 있으려고 한다"는 『에티카』의 제3부 정리6이다.(베네딕트 데 스피노자, 강영계 역, 『에티카』, 2007, 서광사, p.139.) 이른바 코나투스라고 지칭되는 이 명제는 스피노자 철학의 핵심을 표상한다. 또한 모든 존재가 자기 존재를 보존하려는 충동이나 노력, 추구나 경향을 곧 코나투스라고 일컬을 수 있다. "스피노자는 코나투스의 원리를 모든 존재에, 즉 유기적이고 생명을 가진 사물뿐만 아니라 가장 단순하고 생명을 갖지 않은 물리적 사물에까지 광범위하게 적용한다. 다시 말해서 그는 코나투스를 모든 물체들, 인간이나 동물은 물론이거니와 심지어 광물들에까지 적용되는 원리로 고려한다."(홍영미, 「스피노자의 코나투스 이론」, 『신학과 철학』 6호, 서강대학교 신학연구소, 2004, p.2.) 이는 결국 스피노자가 코나투스의 원리를 일종의 존재 법칙이자 본능의 법칙, 곧 필연성으로 사유한다는 것을 뜻하는 것일 뿐만 아니라, 이러한 이론적 모델이 경험적 차원의 지식이 아니라 그의 형이상학적 전제에서 나온다는 것을 의미하는 것이다.

니즘·애니미즘의 형상들이나 그것에 깃든 생명감과 그 담론은 결국 스피노자의 코나투스 이론에 근접해 있다는 것을 유추해 낼 수 있다. 가령 '스피노자의 『에티카』 제1부 정리18에 나타난 신은 모든 것의 내재적 원인이지 초월적 원인은 아니다'[16]라는 해석이나, '신은 사물의 존재의 운동인일 뿐만 아니라 사물의 본질의 운동인이기도 하다'(제1부 정리25),[17] '어떤 작용을 하도록 결정된 사물은 신에 의해 필연적으로 그렇게 결정된 것이다. 그리고 신에 의하여 결정되지 않은 사물은 자기 자신을 작용하게끔 결정할 수 없다'(제1부 정리26)[18] 같은 대목들을 곰곰이 되새겨 보라. 결국 이들은 '스피노자 철학에 깃든 범신론적 측면과 더불어 숲이나 비구름과 같은 물리적 존재가 인간의 영혼과 유사한 그 무엇을 갖는다는 애니미즘의 한 형태'[19]를 도출해 내고 있을 뿐더러, 『화사집』을 수미일관하게 관통하는 샤머니즘·애니미즘의 이미지들과 스피노자 철학의 코나투스 원리가 동일한 담론의 테두리에서 해명되어야만 한다는 것을 적시하기 때문이다.

더 나아가, '우리는 우리 자신의 본질을 스스로 결정한다거나 창조해 나간다고 할 수 없다. 그리고 이것은 코나투스의 원리가 사물 본성의 법칙이며 이에 따라 필연적이라는 것을 의미한다'[20]라는 해석에 주목해 보면, 서정주가 자신의 산문에서 거듭 강조한 "필연성"[21]

15 홍영미, 같은 글, p.4.

16 베네딕트 데 스피노자, 같은 책, p.39.

17 베네딕트 데 스피노자, 같은 책, p.44.

18 베네딕트 데 스피노자, 같은 책, p.44.

19 한면희, 「스피노자와 생태철학의 함의」, 『환경철학』 8권, 한국환경철학회, 2009, pp.33-34.

20 홍영미, 같은 글, p.4.

21 "물질의 去來와 相逢·離別에도, 必然性의 길밖에는 없는 것이니, 이 물질을 부르

또한 코나투스의 원리에 근접해 있다는 것을 거듭 확신할 수 있다. 또한 서정주가 제시한 저 "필연성"은 근대과학의 좁은 울타리에 갇힌 기계론적 인과성이 아니라, 오히려 우주 만물과 인간의 모든 현상들이 그 시간과 공간의 제한과 구속을 뛰어넘는 상응의 관계를 이루면서 무수한 인연의 관계들로 얽혀 있다고 보는 불교의 연기론이 그 배경을 이룬다는 것을 알아챌 수 있다.[22] 즉 서정주가 강조한 "필연성"은 "佛教式 3世를 通한 現實觀" 또는 "衆生一家觀"으로 표상되는 그의 일관된 "영원성"의 담론 기획에서 비롯한다는 것이다.[23]

는 임자인 마음—즉 魂의 길에도 必然性 이외의 딴 길이 있을 걸 생각할 수 없는 것이라면, 이 金大城과 前生의 어머니와의 相逢도 必然일밖에… 내가 내 肉體를 가지고 高麗大學校 英文科 教授室로 찾아가서 金宗吉씨를 만나는 길이 한 因緣의 必然이듯이, 金大城이가 그의 前生 어머니를 만나는 것도 한 因緣의 필연이듯이, 김대성이가 그의 전생 어머니를 만나는 것도 한 인연의 필연일밖에…". 서정주, 「내 마음의 상황」, 『서정주 문학 전집』 5, p.286.

22 서정주의 상상력과 생명 담론을 떠받치고 있는 이론적 토대는 불교적 의미의 인과론, 곧 연기론으로 파악된다. 그가 거듭 말해 온 "필연성"의 진의를 이루는 것은 바로 연기론이기 때문이다. 연기론은 전체를 부분의 논리로 환원하는 근대의 기계적 인과론이 아니라, 우주를 유기적인 전체로 파악하는 신과학이나 새로운 생명 담론의 탈근대적 인과론에 가깝다고 할 수 있다. 신과학이나 새로운 생명 담론의 의제의 핵심부를 차지하고 있는 것은 바로 "상호 연관성" 또는 "상호 의존성"의 개념이라 할 수 있는데(F. Capra, 김용정·김동광 역, 『생명의 그물』, 범양사, 2004, pp.35-36), 이는 근본적으로 불교의 연기론에 부합하는 여러 특질들을 포함하고 있는 것으로 보인다. 연기론이란 결국 "모든 것은 무수한 조건들이 서로 의존 화합하여 성립하는 것이므로, 전혀 새로운 것이 생겨나거나 완전히 없어지거나 하는 것이 아니라 끝없이 반복 순환하는 것이며, 더 늘어나거나 더 줄어듦 없이 그 관계의 그물망 전체는 언제나 평형을 이룬다"는 것으로 요약될 수 있기 때문이다.(김옥성, 「서정주의 생태 사상과 그 시학적 양상」, 『한국문학이론과 비평』 34집, 한국문학이론과 비평학회, 2007, p.133.)

23 "삼국유사를 보면 金大城이라는 신라의 좋은 佛信徒는 그의 생부모를 위해서 佛國寺를 짓고, 그의 생전의 부모를 위해서 石窟庵을 짓고, 사냥 가서 죽인 한 마리의 곰이 꿈속에 나타나 애원하는 것을 들어 곰의 넋을 위해 長壽寺라는 절을 지었

일상과 탈주의 변증법, 탈주의 욕망으로서의 시

『화사집』에 수록된 여러 시편들 가운데서도 일상적 현실에 대한 탈주의 이미지들을 통해, 서정주 제 자신의 자기 보존 충동이나 생명력의 발산을 절박하게 표현한 작품은 「바다」이다. 「자화상」 「부흥이」 등에 나타난 일상적 자아와 시적 자아의 격렬한 대립과 갈등 상황을 형상화한 이미지들 역시 동일한 맥락에서 해석될 수 있다.[24] 이 작품들에서 형상화된 "詩" 또는 시 쓰기의 이미지들은 결국 시인 자신의 자연스런 생명의 충동과 욕구를 억누르는 일상적 현실의 상황과 조건으로부터 탈주하고 싶은 그의 원초적 욕망이 발현된 것으로 보인다. 곧 이 작품들에는 명시적인 차원에서 현실 탈주와 이상향 탐색의 모티프가 등장하진 않지만, 일상적 자아와 시적 자아 사이에서 일어나는 격렬한 마음의 움직임들을 돋을새김의 필치로 드러냄으로써, 시인 자신의 내면 공간에서 다채롭게 전개되었던 탈주와 탐색의 서사적 모티프를 창출한다는 것이다. 이와 같은 일상적 현실에 대한 탈주의 욕망과 이상향을 향한 탐색의 모티프들은 시인의 무의

다. 또, 東萊溫川으로 매 사냥 갔던 新羅의 어떤 이는 매한테 쫓긴 꿩이 새끼를 안고 우물 속으로 내려앉는 것을 보고, 매가 나무에 앉아 눈물을 흘리고 있는 걸 記念해, 靈鷲寺라는 절간을 그곳에 세웠다. 이런 일들은 佛敎式 3世를 통한 現實觀과 中生一家觀이 빚어낸 이야기지만, 내게는 그 論理야 어이하건 그 想像 그것만으로도 많이 아름다워 보인다." 서정주, 「불교적 상상과 은유」, 『서정주 문학 전집』 2, pp.267-268.

24 「자화상」과 「부흥이」에서 시적 자아와 일상적 자아가 서로 대립하고 갈등할 수밖에 없는 그 필연성의 구조가 선명하게 나타난 장면을 예시해 보면 다음과 같다. "찬란히 틔워오는 어느아침에도/이마우에 언친 시의 이슬에는/몇방울의 피가 서껴있어/볓이거나 그늘이거나 혓바닥 느러트린/병든 수캐만양 헐덕어리며 나는 왔다"(「자화상」 부분, 『미당 시 전집』 1, 민음사, 1994, pp.33-34), "무엇보단도 나의 시를, 그 다음에는 나의 표정을, 흐터진머리털 한가닥까지, …… 낮에도 저놈은 엿보고있었기에"(「부흥이」 부분, 『미당 시 전집』 1, p.51).

식에 잠재되어 있었던 자연스런 생명력의 발현체인 동시에 그의 자기 보존 충동에서 비롯하는 것으로 짐작된다. 또한 자아와 우주의 일체감이나 그러한 우주적 상상력을 "現代의 病弊"를 극복할 수 있는 대안으로 제시하려는 그의 일관된 담론 기획에서 발원하는 것처럼 보인다.[25]

시 쓰기라는 예술 행위는 제도적이고 관습적인 현실을 거부하고 그것으로부터 벗어나려는 초월성의 비전을 필연적으로 포함한다. 그러나 여기서 말하는 초월성은 현실로부터 완전히 동떨어진 환상적인 것의 추구를 의미하거나, 현실의 구체적 역사성이 배제된 유토피아적 영원성의 추구를 뜻하지 않는다. 오히려 나날의 삶에서 지루하게 반복되는 상투적 관행을 넘어 새로운 삶과 다른 미래의 가능성을 꿈꾸며, 경험적 현실의 추악한 이면들을 들추어내고 그것을 넘

---

25 서정주는 「新羅文化의 根本精神」이라는 산문에서 "신라정신"과 "풍류도"를 강조하면서, "신라인들"이 지녔던 자아와 우주의 순연한 일체감과 우주적 상상력을 제 자신과 우리 현대인들이 함께 추구해야 할 생명 사상의 비전으로 제시하고자 한다. "월명이란 스님이 썼다는 「兜率歌」라는 鄕歌가 아직 우리 앞에 남아 있는데, 그건 바로 그 내용이다. 月蝕이 생기면 꽃을 약간 따 空中에다 살살 흩날려 피우면서, 이것의 마음한테다 마음속 意志를 실어 심부름을 佛敎의 하늘들 속의 彌勒님한테 보내면 얼마 뒤엔 그 意志대로—꼭 그 의지대로 월식은 말끔히 씻어진다고 신념해서 하던 참견의 짓거리의 한 모양이 여기 보이는데, 이건 歷歷히 當時 그들 新羅人들이 넓은 宇宙舞臺를 생활 무대로 해서 살던 모양 바로 그것이다. (중략) 이렇게 그들은 永遠을 따로 徑庭 없는 것으로서 자져 處하고, 宇宙의 全氣運에 호흡하고 참여하는 者로서 處해, 現代의 病弊—그 허무 전혀 없이 생사에 임하기를 충족하고도 인색할 것 없이 해, 그 질긴 國業을 이루어 냈던 것이다. 하루살이의 일로서가 아니라 子孫萬代의 일로서 民族의 일을 經營해야 하고, (중략) 新羅의 風流徒는 아직도 크게 必要한 힘이다."(서정주, 「新羅文化의 根本精神」, 『서정주 문학 전집』 2, p.304.) 또한 서정주의 이러한 사상 체계를 김옥성은 "근대적 개인으로서의 작은 자아를 초월하여 거대한 자아인 우주와의 동일화를 추구하는 것"이라고 본다.(김옥성, 같은 글, p.126.)

어서려는 실존적 기투와 실천적 이행을 가리킨다. 달리 말해, 여기서 말하는 초월성은 경험적 일상을 조직하고 통어하는 사회역사적 조건과 한계들을 단번에 뛰어넘을 수 있는 유토피아적 영원성의 추구를 의미하지 않는다. 오히려 현실의 여러 관계들에 깃든 부조리와 불합리와 억압을 고발하고 그것과 정직하게 대결하면서 다양한 방식으로 그것을 뛰어넘으려는 현실적인 모색과 실천을 뜻한다. 이와 같은 초월성의 문제를 섬세하게 논의한 한 철학자의 견해를 따르면 전자는 '외재적 초월'이라는 말로, 후자는 '내재적 초월'로 명명될 수 있을 듯 보인다.[26]

---

26 여기서 제시된 초월성의 상이한 측면은 김상환이 말하는 '외재적 초월'과 '내재적 초월'에 대응할 수 있을 것으로 보인다. 김상환은 '외재적 초월'을 '지금-여기'의 역사적 현실성, 혹은 그 경험적 구체성이 지니는 모순과 갈등을 단일한 외부의 준거틀, 곧 "이상, 목적 이념, 모델, 원형"을 통해 통일화하거나 초월하려는 힘과 욕망을 지니고 있는 것으로 정의하는 반면, '내재적 초월'은 그러한 단일한 준거의 모델이나 개념적 동일성이 환원할 수 없는 '지금-여기'의 현실적 사건, 혹은 그것으로 환원되지 않는 역동적인 힘과 차이의 세계를 드러내려는 벡터를 품고 있는 것으로 규정한다. 이에 대한 김상환의 언급을 인용해 보면 다음과 같다. "예술적 행위처럼 그 동기를 자기 안에 가지고 있는 행위, 예술적 사유처럼 판단의 규칙을 스스로 창출하는 사유에서부터 외재적 사유를 비판하고 극복할 수 있는 새로운 초월론을 생각할 수 있다. (중략) 이 새로운 초월론은 사태를 설명하기 위해서 사태 밖에 입법적 장소를 마련하지 않는다. 그런 의미에서 그것은 내재적이다. 일원적 초월론의 길, 왜냐하면, 질서를 창출하는 규칙과 그 규칙의 선험적 규범성은 계승 가능한 역사적 범례 안에서, 그 범례에 의한 창조적 해석을 통하여 추구되기 때문이다. 외재적 사유는 입법적 피안을 설정하고, 따라서 이원적이다. 이 이원적 사유는 생성과 변화의 범위를 제한한다. 생성의 기피, 이것이 수동성, 혹은 타성과 더불어 외재적 사유의 부정적 측면을 이루는 또 하나의 특징이다. 입법적 외면을 끌어들이는 동기를 생각해 보라. 참과 거짓, 미와 추, 정당성과 부당성을 구분하기 위해서, 영원히 변치 않을 판정의 기준을 세우기 위해서 탈세간적 성격의 입법적 외면이 필요했다. 입법적 외면을 설정하지 않는 내재적 사유에 대하여 그런 구분과 판정은 그 동기부터 의심스럽다."(김상환, 「철학이 동쪽으로 간 까닭은」, 『예술가를 위한 형이상학』, 민음사, 1999, p.58.)

『화사집』에 수록된 여러 시편들 가운데서도 「바다」는 '내재적 초월'의 정념과 사유가 가장 또렷하게 응집된 시편으로 이해된다. 이는 이상향을 향한 모험과 탈주가 경험적 일상에 대한 처절한 자각과 애정이라는 상반된 마음의 움직임과 팽팽하게 맞서면서 순도 높은 긴장 관계를 만들어 내는 자리에서 예리하게 움터 난다.

귀기우려도 있는 것은 역시 바다와 나뿐.
밀려 왔다 밀려가는 무수한 물결우에 무수한 밤이 往來하나
길은 恒時 어데나 있고, 길은 결국 아무데도 없다.

아— 반딧불만한 등불 하나도 없이
우름에 젖은 얼굴을 온전한 어둠속에 숨기어 가지고 …… 너는,
無言의 海心에 홀로 타오르는
한낫 꽃같은 心臟으로 沈沒하라.

아— 스스로히 푸르른 情熱에 넘처
둥그란 하늘을 이고 웅얼거리는 바다,
바다의깊이우에
네구멍 뚤린 피리를 불고…… 청년아.
애비를 잊어버려
에미를 잊어버려
형제와 친척과 동모를 잊어버려,
마지막 네 계집을 잊어버려,

아라스카로 가라 아니 아라비아로 가라

아니 아메리카로 가라 아니 아프리카로
가라 아니 沈沒하라 沈沒하라 沈沒하라!
오 어지러운 心臟의 무게 우에 풀닢처럼 흣날리는 머리칼을 달고
이리도 괴로운 나는 어찌 끝끝내 바다에 그득해야 하는가.
눈뜨라. 사랑하는 눈을 뜨라…… 청년아,
산 바다의 어느 東西南北으로도
밤과 피에 젖은 國土가 있다.

아라스카로 가라!
아라비아로 가라!
아메리카로 가라!
아푸리카로 가라!

—「바다」 전문

「바다」에서 순도 높은 긴장 관계와 내적 분열 상태가 은유적 함축성과 시적 압축미로 나타난 장면은 1연 3행, "길은 恒時 어데나 있고, 길은 결국 아무데도 없다"라는 구절이다. 이는 루카치가 '길은 시작되었는데도 여행은 완결된 형식이 소설이다'[27]라고 전제하면서, 근대소설의 본질적 특성을 아이러니로 해명한 대목과 매우 흡사하다.[28] 루카치의 이 문장은 근대인의 삶과 근대문학에 숙명적으로 깃

---

27 게오르그 루카치, 반성완 역, 『소설의 이론』, 심설당, 1985, p.94.

28 "별이 빛나는 창공을 보고 갈 수가 있고 또 가야만 하는 길의 지도를 읽을 수 있던 시대는 얼마나 행복했던가?"(『소설의 이론』)라는 루카치의 비유적 문장은 실상 인식과 행위, 자아와 세계가 행복하게 합일될 수 있었던 희랍 시대에 대한 낭만적 동경과 더불어 이러한 존재의 원환(圓環)이 파괴되어 버린 현대 세계에 대한 참을 수

들일 수밖에 없을 근원적인 아이러니를 비유적 어법으로 표현한다. 근대인에게는 불완전한 일상적 현실로부터 벗어나 삶의 본질과 비의, 또는 존재의 완전성을 추구하려는 몸부림이 내재되어 있지만, 그것에 도달할 수 없다는 '비애의 감정'과 '불협화음'이 바로 낭만주의 예술 전반에서 나타나는 '낭만적 아이러니(romantic irony)'이기 때문이다.[29]

없는 환멸을 동시에 포함한다. 그에 따르면, '소설'은 '신이 사라져 버린 시대', 그 '원환적 총체성'이 파괴되어 그것이 하나의 이념으로만 존재하게 된 시대인 '현대(modern age)'에 발생한다. '하나의 이념으로만 존재한다'는 것은 이 총체성을 회복하려는 동경이 결코 실현될 수 없는 것이면서도 그러한 동경을 끝내 포기할 수 없는, 현대(근대) 세계의 근원적 '아이러니(irony)'를 표현한다. 이것은 보다 구체적으로 말해 '낭만적 아이러니'를 의미하며, 루카치가 말한 '문제적 주인공'은 이 '아이러니'를 온몸으로 체현하는 '소설 속의 인물'을 가리킨다. 루카치가 소설을 '성숙한 남성의 형식'이라고 비유했던 것 역시 동일한 맥락과 사태를 가리킨다. '성숙한 남성'이 된다는 것은 곧 아버지(神)의 보호와 울타리를 벗어나 자기 삶의 방향과 가치를 모색하고 탐험하기 위해 길을 떠난다는 것을 비유한다. 그러나 이 길 위에서 질문하고 탐구하고 싸우는 인물인 '문제적 주인공'에게 자아와 세계, 인식과 행위가 자연스럽게 조화를 이루는 존재 그 자체의 원환을 실현할 수 있는 길은 애초부터 막혀 있다. 그는 천상과 지상을 연결하는 무지개를 잡으려는 노력을 할 수 있을 뿐, 그것을 잡을 수는 없다. 이 노력은 동경과 환멸의 공존이라는 아이러니의 상황을 반복하면서 끝내 완결되지 않으며, 그것은 단지 '존재의 총체성'과 평행을 이룰 수 없는 '이지러진 총체성'인 소설의 '내적 형식'으로만 현상할 수 있을 뿐이다. 루카치가 소설을 '아이러니의 형식'이라고 말한 것은 바로 이러한 의미에서이다.

29 옥타비오 파스, 김은중 역, 『흙의 자식들』, 솔, 1999, pp.76-77. 옥타비오 파스에 따르면, 낭만주의 예술은 아날로지(analogy)와 아이러니(irony)로 표상되는 상반된 가치 지향 혹은 미학적 경향을 동시에 포괄한다. 낭만주의는 근대과학에 의해 붕괴된 유비적 세계상(analogical vision), 또는 인간과 자연과 신의 원초적 조화와 통일성을 동경하고 회복하려는 움직임으로 요약될 수 있다. 그러나 이러한 원초적 조화는 하나의 지향적인 가치일 뿐, 결코 현실적인 경험 혹은 실제적인 인식 그 자체로 기능할 수 없다. 따라서 낭만주의에는 상반되는 두 가지 충동과 경향이 공존한다. 이 상반된 충동과 경향은 아날로지/아이러니라는 개념으로 집약될 수 있을 것이다. 전자가 낭만주의가 지향하고 동경하는 인간과 자연과 신 또는 주체

「바다」 1연 3행에 나타난 "길은 恒時 어데나 있고, 길은 결국 아무데도 없다"는 불완전한 일상적 현실의 차원을 넘어선 완전하고 신성한 세계를 동경하지만, 그 세계는 영원히 찾아지지 않는다는 '낭만적 아이러니'를 표상하는 탁월한 시적 이미지이다. 그것은 모순적이고 양가적인 삶의 충동이 근대인의 내면에 공존한다는 것을 압축적으로 표현한다. 이상향의 탈주("길은 恒時 어데나 있고")라는 역동적인 상승의 이미지와 일상의 안주("길은 결국 아무데도 없다")라는 안정적인 하강의 이미지를 동시에 포괄할 뿐더러 삶의 희로애락(喜怒哀樂)의 모든 부면들에 깃들어 있는 희망과 절망의 변증법을 집약하기 때문이다.

「바다」의 마디마디에 깃든 저 모순과 긴장은 생명의 리듬감을 응축한 것이기에 강력한 실물감과 리얼리즘의 생동성을 획득한다. "이리도 괴로운 나는 어찌 끝끝내 바다에 그득해야 하는가"라는 4연의 한 구절이 이를 적시한다. 저 절규 어린 울부짖음은 우리들로 하여금 시인이 지금 당장 겪어 내고 있는 억압의 강도와 더불어, 자연스레 움터 나는 생명의 원초적 에너지와 이를 발산하고자 하는 시인의

와 객체와 언어의 원초적 조화를 표현하는 것이라면, 후자는 그러한 조화와 통일성을 동경하고 추구하지만, 결국 그것에 도달하지 못하는 데에서 발생하는 분열의 고통 혹은 비애의 감정을 표현한다. 따라서 아날로지가 현대 세계의 분열된 가치들과 그 경험 양상, 혹은 그 조건 등을 거부하고 과거로 회귀하고자 하는 반현(근)대성의 가치 지향을 함축한다면, '아이러니'는 그러한 현대 세계의 분열을 그대로 인정하면서, 분열된 개인의 실존과 그 실존의 개성과 진실을 예술로 표현하고자 하는 미적 근대성의 가치 지향을 내포한다. 즉 낭만주의에서 아날로지를 강조하게 되면, 전통, 원초적 조화, 선험적 진리 체계, 도덕규범, 종교 등이 우세해지고 아이러니를 강조하게 되면, 현대, 실존적 분열, 경험적 진실, 개인적 영감, 개성, 예술이 우세해진다는 것이다. 낭만주의의 상반된 두 충동인 아날로지/아이러니에 대해서는 『흙의 자식들』의 pp.75-77와 pp.83-99 참조.

욕망을 곁에서 직접 목도하고 있는 것만 같은 생동감을 선사하기 때문이다. 곧 시인이 과거에 이미 체험했던 과거의 어떤 한 장면에 대한 기억의 술회가 아니라, 마치 지금-여기서 살아 꿈틀거리는 현재적 장면처럼 제시한다는 것이다. 결국 「바다」의 진솔한 비장미는 시인이 보고 느끼는 그 감각의 직접성을 현재 진행형의 어법과 상황들로 흩뿌려 놓는 자리에서 나온다.

서정주의 『화사집』에는 식민지 시대의 사회적 상황을 형상화하려는 창작 의도가 애초부터 개입되어 있진 않았을지라도, 청년이라면 으레 마음결에 깃들게 마련인 기성 체제에 대한 반감과 저항, 그리고 현실에 대한 과감한 도전 의식과 새로운 삶의 열정이 고스란히 스며 있는 것처럼 보인다.[30] 『화사집』의 여러 시편들 가운데서도, 「바다」는 식민지 시대 한국인들이 지녔던 삶의 다양한 고통과 더불어 그들의 생명력 자체에 내재된 자연스런 충동과 욕구가 억눌리고 짓밟힐 수밖에 없었던 당대의 사회적 상황들에 대한 울분과 탈주의 욕망을 진솔하고 생동감 넘치는 이미지로 표현한다. 특히 "아— 반딧불만한 등불 하나도 없이/우름에 젖은 얼굴을 온전한 어둠속에 숨기어 가지고 …… 너는"이라는 「바다」 2연 1-2행의 구절은, "길"이라는 형상으로 표현된 새로운 삶의 추구가 결국 "반딧불만한 등불 하나도 없"는 절망의 상황으로 귀착될 수밖에 없다는 것을 예고한다. 따라서 그 뒤에 나타난 "온전한 어둠"이나 "沈沒하라"는 암흑과 퇴락, 절망과 안주의 심상이 자연스레 연쇄될 수 있는 심리적 진화 과정을 포함한다.

그러나 시인은 저 부정적인 퇴락과 안주의 분위기를 3연에서 훨

---

30 최두석, 「서정주론」, 『미당 연구』, pp.278-279.

씬 더 강렬한 탈주의 이미지를 통해 반전시킨다. "애비를 잊어버려/에미를 잊어버려/형제와 친척과 동모를 잊어버려,/마지막 네 게집을 잊어버려"가 바로 그것이다. 이 구절은 제 몸의 기원이자 피붙이인 "애비"와 "에미"마저도 벗어나려는 시인의 간절한 마음의 움직임을 표상한다. 그것은 "잊어버려"라는 명령어를 서술어의 자리에서 거듭 반복함으로써, 그 욕망의 깊이를 점층적으로 증폭시키는 수사학적 효과를 낳는다. 또한 "형제와 친척과 동모를 잊어버려" "마지막 네 게집을 잊어버려"는 저 탈주의 욕망이 순간적이거나 한시적인 낭만성의 발로가 아니라, 오히려 매우 근본적이고 선천적일 수밖에 없을 어떤 정신적 체질에서 오는 것임을 암시한다.

"애비"와 "에미"와 "형제"와 "친척"과 "동모"와 "게집"을 모조리 "잊어버려"라고 제 자신에게 명령조로 다짐한다는 것은 결국 식민지 사회의 일상적 질서를 결코 제 삶으로 받아들일 수 없다는 것을 상징한다. 실상 자신의 생을 보듬고 뒷받침해 줄 수 있는 세속적 인간관계를 끊어 버리고 싶다는 욕망은 종교적 사제를 꿈꾼다거나, 또는 죽음충동으로 둘러싸인 극단적 실존의 상황에서만 가능할 것이 틀림없기 때문이다. 이는 "無言의 海心에 홀로 타오르는/한낫 꽃같은 心臟으로 沈沒하라"는 무의식적 죽음충동을 우회적으로 표상하는 은유적 이미지가 보다 직접적인 진술 형태로 전환되어 나타난 것으로 보인다. 2연의 "홀로"라는 소외와 상실의 이미지나, "沈沒하라"는 하강과 퇴락과 안주와 죽음을 동시에 함축하는 이미지는 3연에서 가족과 연인과 친구 등으로 집약될 수 있을 일상적 삶의 모든 관계들을 무화시킬 수 있는 "잊어버려"라는 직접적인 명령어로 뒤바뀌어 나타나기 때문이다.

「바다」 4연은 1-3연에서 줄곧 변주되어 온 안주와 탈주, 죽음과 생명의 긴장과 대립을 부정 어법의 반복을 통해 극단적으로 고조시킨다. "아라스카로 가라 아니 아라비아로 가라/아니 아메리카로 가라 아니 아프리카로/가라 아니 沈沒하라 沈沒하라 沈沒하라!"는 4연의 전반부는 일상에 안주할 수도 없고 이상향으로 탈주할 수도 없는 모순적 상황을 "아니"라는 부정어의 집요한 반복을 통해 표현한다. 이는 또한 문면에 제시된 "아라스카" "아라비아" "아메리카" "아프리카"라는 그 모든 공간이 이상향의 표상일 수도 있지만, 실상 그 어느 곳도 이상향일 수 없다는 불안감과 더불어 그 절박한 마음결의 움직임을 현시한다. 또한 "가라"와 "沈沒하라"라는 상반된 이미지들의 사이 공간에서 양쪽을 함께 견인하면서 극단으로 요동치는 내면의 갈등 상태와 긴장감을 거죽 위로 끌어올린다. 따라서 저 미칠 듯한 내면의 리듬감이 "오 어지러운 心臟의 무게 우에 풀닢처럼 흣날리는 머리칼을 달고/이리도 괴로운 나는 어찌 끝끝내 바다에 그득해야 하는가"라는 절규조의 직설 화법으로 읊어지는 것은 무척이나 자연스럽다.

그러나 4연 후반부에서 5연으로 이어지는 이미지들의 매듭은 일상의 안주와 이상향의 탈주 사이에서 시인이 어떤 결정이나 선택도 내릴 수 없는 딜레마에 빠져 있음을 암시한다. 따라서 "눈뜨라. 사랑하는 눈을 뜨라…… 청년아,/산 바다의 어느 東西南北으로도/밤과 피에 젖은 國土가 있다"라는 4연의 후반부와 "아라스카로 가라!/아라비아로 가라!/아메리카로 가라!/아푸리카로 가라!"라는 5연의 이미지는 어떤 삶의 선택이나 결정도 내릴 수 없는 진퇴유곡의 난경 상태, 그 불확정 상태의 곤혹스런 마음결을 드러낸 것이 틀림없다. 또한 5연에 나타난 '-로 가라'는 탈주의 명령 어법과 느낌표의 반복적 활용은 이상향의 공간을 향한 시인의 간절한 욕망이 결코 실현될 수 없다는 절망감과 비애감을 역설적으로 강조한다.

성애의 형상화와 에로스의 영원성

『화사집』을 비롯한 서정주의 초창기 시편들에는 "문둥이" "안즌뱅이" "벙어리" 같은 장애와 결핍을 지닌 존재들이 등장한다. 또한 "뱀" "부흥이" "고양이" 등으로 표상되는 매혹적인 동시에 불길한 저주의 징후를 드러내는 동물들이 곳곳에서 나타난다. 이들은 비정상적 존재들이 품을 수밖에 없을 숙명적 비애감이나 수치심과 더불어, 매혹과 위반의 이중주에 휘감긴 죄의식을 표상하는 상징적 매개물로 기능한다. 또한 『화사집』에서 종종 엿보이는 "설움"과 "울음"의 이미지는 청년 서정주의 마음에 웅크린 저 수치심과 죄의식이 날것 그대로 발산된 정서적 분비물처럼 보인다.[31] 특히 매혹과 위반과 저주로 치닫는 이미지들의 연쇄는 생명의 충동적 움직임과 더불어 이를 위협하는 파멸과 죽음의 징후를 거느릴 뿐만 아니라, 노골적인 성애 장면들의 묘사와 에로스의 뉘앙스를 풍겨 내는 거의 모든 시편들을 역동적인 긴장의 구조로 이끄는 촉매로 작용한다. 곧 서정주의 에로티시즘에는 원초적 생명의 활달한 움직임과 성적 충동의 거리낌 없는 분출이 나타나 있지만, 그와 동시에 불안과 초조, 죄의식과 죽음의 공포가 함께 뒤섞여 있다는 것이다. 이와 같은 양가감정의 현란한 엇갈림은 또한 『화사집』 마디마디에 첨예한 예술적 순도와 긴장감을 부여한다.

麝香 薄荷의 뒤안길이다.

---

31 최현식, 같은 책, p.52.

아름다운 베암……
을마나 크다란 슬픔으로 태여났기에, 저리도 징그러운 몸둥아리냐

꽃다님 같다.
너의 할아버지가 이브를 꼬여내든 達辯의 혓바닥이
소리잃은채 낼룽거리는 붉은 아가리로
푸른 하늘이다. …… 물어뜯어라 원통히무러뜯어

다라나거라. 저놈의 대가리!

돌 팔매를 쏘면서, 쏘면서, 麝香 芳草ㅅ길
저놈의 뒤를 따르는 것은
우리 할아버지의안해가 이브라서 그러는게 아니라
石油 먹은듯…… 石油 먹은듯…… 가쁜 숨결이야

바눌에 꼬여 두를까부다. 꽃다님보단도 아름다운 빛……

크레오파투라의 피먹은양 붉게 타오르는 고흔 입설이다… 슴여라! 베암.

우리순네는 스물난 색시, 고양이같이 고흔 입설…… 슴여라! 베암.

—「花蛇」 전문

「花蛇」에는 인간의 자연스런 생명력의 발현인 성적 충동의 야릇한 움직임이 암시되어 있는 동시에 그것이 치러 낼 수밖에 없을 숙명적

인 위반과 저주의 모티프가 함께 깃들어 있다. 이는 성서의 맥락을 원용하는 자리에서 반드시 나타나는 것이겠지만, 또한 성애와 에로티시즘을 시대와 역사를 초월해 있는 인류학적 보편성으로 이끌어 올리려는 그의 일관된 담론 기획에서 비롯하는 것처럼 보인다. "너의 할아버지가 이브를 꼬여내든 達辯의 혓바닥" "우리 할아버지의안해가 이브라서 그러는게 아니라" 같은 이미지들에서 선명하게 나타나듯, 상호 대립적인 위상을 지닌 작중 화자와 "花蛇"는 작품 내부에서 발화되고 있는 현재적 시간성을 거슬러 올라, 그 기원에 해당되는 창세기의 에피소드로 소급된 원형적 이미지이기 때문이다. 이는 작중 화자와 "花蛇"의 갈등이 태초부터 인간에게 부여된 운명이자 멍에라는 인류학적 문제틀을 함축하고 있는 것이며. "永遠" "宇宙의 全 氣運" "子孫萬代"[32] 등의 핵심어들로 표상되는, 서정주의 "영원성"의 시학과 초역사적 보편주의라는 담론의 원대한 기획이 『화사집』에 잠재되어 있었다는 것을 입증하는 유력한 징표이다.

「花蛇」의 맨 앞머리에 나타난 "아름다운 베암……/을마나 크다란 슬픔으로 태여났기에, 저리도 징그러운 몸뚱아리냐"는 "花蛇"라는 자연물이 품은 매혹과 저주의 이중주를 암시할 뿐만 아니라, 그것과 화자 사이에 가로놓인 심리적 거리감을 영탄조의 어미 '-냐'를 통해 구체화하는 이미지이다. 이 작품은 표면적으로 "花蛇"와 작중 화자 사이에서 일어나는 심리적 거리감을 반복적으로 변주하는 양상을 보여 주지만, 이 둘이 서로 합치되어 가는 그 과정의 심리적 추이를 보이지 않는 뒷면에서 암시한다. 이는 작중 화자와 "花蛇"를 가로지르는 어떤 존재론적 공분모를 시인이 암묵적으로 전제하고 있다는

---

32 서정주, 같은 글, p.304.

것을 반증한다. 실상 이 시편의 이미지 전개를 꼼꼼하게 들여다보면 "花蛇"는 작중 화자와 전혀 다른 타자가 아니라, 오히려 그 내부에 깃든 또 다른 존재를 상징하고 있다는 것을 유추해 낼 수 있다. 곧 "花蛇"는 작중 화자의 현실적인 의식 뒷면에 존재하는 또 다른 분신, 곧 원초적 생명 또는 성적 충동을 표상하는 것처럼 보인다. "花蛇"는 필연으로 존재하는 우주적 생명력의 발현체인 동시에 시인이 저도 모르는 채 행하는 '코나투스'라는 본성의 법칙의 실현이자 성적 충동을 상징하는 매개물이기 때문이다.

조르주 바타이유(G. Bataille)가 죽음과 종교, 매혹과 광기, 금기와 위반 등 문명과 이성이 터부시해 온 성의 양면적 얼굴을 외면하고서는 삶의 총체성에 도달할 수 없다고 본 것처럼[33] 『화사집』에 깃든 생명의 감각과 담론 역시 성애 장면들의 노골적인 전경화 또는 에로스의 질감을 환기시키는 사물들의 얽힘과 꿈틀거림, 즉 애니미즘의 암시적 뉘앙스를 통해 구체화된다. 이는 또한 서정주가 성애와 에로티시즘의 문제를 기반으로 삼아 근대 세계의 좁디좁은 과학적 인과성을 벗어날 수 있는 영원성의 시간, 곧 초시간적 보편주의로서의 에로티시즘을 구상했다는 것을 암시하는 것이기도 하다. "花蛇"를 비롯한 『화사집』의 다양한 에로티시즘의 이미지들은 예술적 오브제이기도 하지만, 시적 자아의 뒷면에 숨겨진 무의식적 자아를 표상하거나, 사회적 규범 체계나 도덕적 율법으로 제어되거나 길들여질 수 없는 인간의 원초적 생명력과 성적 충동을 표상하기 때문이다.

따라서 "花蛇"는 아름답지만 위험한 매혹을 품은, "크다란 슬픔"

---

33 김경섭, 「바티이유의 에로티즘과 위반의 시학」, 『인문과학연구』 36권, 대구대 인문과학연구소, 2011, p.84.

으로 비유된 매혹과 위반과 저주의 운명선을 모두 간직하고 있는 "징그러운" 존재일 수밖에 없다. 또한 "이브"를 등장시키고 있는 이미지 전체의 벡터에 착안해 보면, "花蛇"에 깃든 존재론적 양가성은 구약성서에 기록된 두 가지 징벌의 에피소드, 곧 신이 인간에게 내린 에덴에서의 추방과 바벨탑 언어의 상실이라는 이중의 의미를 내포하고 있는 것처럼 보인다. 이렇듯 "花蛇"의 저주받은 운명은 곧 인간의 유한성과 불완전성을 대리-표상하는 것이며, 매혹과 위반, 원죄와 저주라는 창세기의 에피소드로 둘러싸인 인간의 시원적 운명과 존재론적 불완전성을 암시하는 것이 틀림없어 보인다.

시인이 설정한 인간과 뱀의 저주받은 운명의 공통성은 2연 첫머리에 나타난 "꽃다님 같다./너의 할아버지가 이브를 꼬여내든 達辯의 혓바닥이"라는 구절에서 선명하게 나타난다. 인간이 원죄 의식이라는 멍에를 짊어진 처지로 전락할 수밖에 없었던 데에는 "達辯의 혓바닥", 곧 신과의 약속을 위반케 했던 "베암"의 매혹적인 "達辯"과 더불어 그것과의 사악한 말의 교환이 가로놓여 있기 때문이다.[34] 따라서 "소리잃은채 낼룽거리는 붉은 아가리로/푸른 하늘이다. …… 물어뜯어라 원통히무러뜯어"라는 "花蛇"에 대한 명령 어법은 인간에게 원죄 의식과 유한성과 불완전성이라는 비극적 운명을 들씌운 신에 대한 저항과 반감을 대리-표상한다. 그러나 "花蛇"가 뿜어내는 침묵의 몸부림, 곧 "소리잃은채 낼룽거리는 붉은 아가리"는 저 용감무쌍한 저항과 반감의 뒷면에 실상 원죄 이전의 세계로 회귀하고 싶은 원초적 욕망이 소리 없이 주름져 있다는 것을 뜻한다.

따라서 후반부에 갑자기 등장하는 "크레오파투라의 피먹은양 붉

34 최현식, 같은 책, p.57.

게 타오르는 고흔 입설이다… 슴여라! 베암.//우리순네는 스물난 색시, 고양이같이 고흔 입설…… 슴여라! 베암"이라는 성적 충동의 직설적 표현은 그 의미가 보다 또렷해진다. "花蛇"로 상징되는 원초적 생명의 충동과 욕구를 고스란히 따라감으로써, 오히려 현실의 결핍과 억압을 뛰어넘어 새로운 생명과 참된 언어를 성취할 수 있다는 의욕과 자신감의 표명으로 읽히기 때문이다. 서정주는 이러한 의욕과 자신감을 여성적인 형상들로 빚어냈던 셈이며, "크레오파투라"로 표상되는 서구적 여성성과 "순네"로 대변되는 한국적 여성성, 아니 여성적 보편의 원시적이고 성적인 몸에 동화되고 싶다는 욕망을 피력했던 것으로 짐작된다.[35]

이렇듯 「花蛇」에 나타난 성애 이미지를 매개로 삼은 시인의 동일화의 욕망은 의미심장한 맥락을 거느린다. 그것은 시대와 사회의 역사적 변환에 따른 다양한 사회적 규범 체계와 도덕률과 이데올로기의 흥망성쇠로부터 멀찌감치 날아올라, 창세기에 기록된 태초의 순간이 지녔던 원초적 조화와 완전성을 되찾고 싶다는 시인의 원대한 담론 기획을 내장하고 있기 때문이다. 이는 또한 서정주가 에로티시즘의 영원성과 초역사적 보편주의라는 새로운 담론의 비전으로 인간의 삶과 역사에 대한 근대적 인식과 통념을 전복시키려는 시도를 감행했다는 것을 뜻하는 것이기도 하다.

그러나 서정주는 이러한 성애 장면들과 에로티시즘의 전경화를 통해 마음의 "불멸성"과 인간의 "영원성"이라는 새로운 생명 담론의 거점을 마련하긴 했으나, 그것이 역사적 구체성의 무대에서 어떻게 구현되고 변모되는지에 대해서는 큰 관심을 기울이지 않았던 것

35 최현식, 같은 책, p.58.

으로 보인다. 이는 역사성과 영원성, 보편성과 구체성이라는 대립적 차원들이 서로 교차하고 길항하면서 이루어 내는 그 모순의 구체성, 즉 특정한 사회역사적 조건과 상황으로부터 비롯될 수밖에 없을 인간의 구체적인 삶의 현장성을 외면하거나 그와 동떨어진 자리에서 "시의 이슬"로 표상되는 예술의 완전성과 영원성을 추구했다는 것을 뜻하는 것이기도 하다.[36]

따서 먹으면 자는듯이 죽는다는
붉은 꽃밭새이 길이 있어

핫슈 먹은듯 취해 나자빠진
능구렝이같은 등어릿길로,
님은 다라나며 나를 부르고……

强한 향기로 흐르는 코피
두손에 받으며 나는 쫓느니

밤처럼 고요한 끌른 대낮에

36 이는 『화사집』을 높게 평가하고 그 이후의 서정주 시를 비판적으로 평가한 거의 모든 논의들의 공통된 문제틀을 이룬다. 결국 이러한 논의들의 핵심에는 『화사집』 이후의 서정주 시는 자아와 세계, 현실과 이상, 비참과 영광, 역사와 보편, 현실성과 영원성 등으로 표상될 수 있을 상호 대립적인 것들을 동시에 거머쥐고 그 내부에서 새로운 창조의 싹을 틔우기보다는, 자아의 평정과 조화를 구하는 방향에서 저 대립과 모순들을 배제하고 무화했다는 비판적 해석이 개입해 있는 셈이다. 이에 대해서는 최현식, 같은 책, 〈제3장 탈향과 귀향 혹은 영원성의 발견술〉, pp.74-139 참조.

우리 둘이는 웬몸이 달어……

—「대낮」 전문

가시내두 가시내두 가시내두 가시내두
콩밭 속으로만 작구 다라나고
울타리는 막우 자빠트려 노코

사랑 사랑의 석류꽃 낭기 낭기
하누바람 이랑 별디 모다 웃습네요
풋풋한 산노루떼 언덕마다 한마랏식
개고리는 개고리와 머구리는 머구리와

구비 江물은 서천으로 흘러 나려……

땅에 긴 긴 입마춤은 오오 몸서리친
쑥니풀 지근지근 니빨이 히어여케
즘생스런 우슴은 달드라 달드라 우름가치
달드라.

—「입마춤」 전문

「대낮」에는 성애와 죽음이, 에로스와 타나토스가, 안과 바깥이 구분될 수 없는 뫼비우스의 띠처럼 서로의 뒷면을 이루고 있다. 또한 타나토스의 불안감과 위기감을 통해서 에로스의 감각을 훨씬 본원적이고 강렬한 것으로 증폭시키는 서정주 특유의 에로티시즘의 면모가 선명하게 나타나 있다. 저 에로티시즘은 이 작품에서 시적 오브제를 이루는 사물들과 자연현상들의 신비스런 활물성과 생명력, 곧 애니미즘의 형상과 분위기를 타고 흐른다. 여기서 나타난 "붉은 꽃밭새이 길" "능구렝이같은 등어릿길" "強한 향기로 흐르는 코피" "밤처럼 고요한 끌른 대낮"이라는 사물과 자연현상들은 우리들 인간이 제멋대로 절취하고 포획할 수 있는 고정화된 대상이거나 그 어떤 활동도 할 수 없는 무기물이 아니다. 오히려 그것은 시적 자아 곁에서 팽팽하게 살아 꿈틀거리면서 죽음의 문턱으로 인도하고 성적 충동을 자극하는 활물성의 힘을 내뿜는다. 달리 말해, 저 무기체적 사물들이나 현상들은 그저 수동적인 방식으로 존재하는 인식과 관조의 대상이 아니라, 오히려 스스로 살아 움직이면서 작중 화자와 인물들에게 죽음의 공포와 성욕을 불러일으키는 유기체적 존재로 기능한다는 것이다.

따라서 서정주의 생명에 대한 감각과 사유는 말 그대로 살아 숨쉬는 유기체적 생명들뿐만 아니라 무기체적 사물들까지도 그 범주 내부로 수렴하고 있는 셈이며, 이들에게 생명과 혼을 불어넣는 애니미즘의 사유를 애초부터 포함하고 있었던 것이 틀림없다. 「입마춤」의 표면에서 솟아오르는 것 역시, "콩밭" "울타리" "석류꽃" "하누바람" "산노루떼" "개고리" "머구리" "땅" "쑥니풀" "니빨" "즘생스런 우숨" 같은 사물 또는 현상들이 스스로 뿜어내는 에로스의 질탕한 분위기와 성적 매혹의 심리적 리듬감이다. 실상 이 시편에서 이런 분위기와 리듬감을 전경화하는 주체는 작중 화자와 "가시내"로 언명된 익명의 여성이 아니라, 바로 저 사물들과 자연현상들이기 때문이다. 따라서 『화사집』의 생명 이미지의 한 계열을 이루는 에로티시즘은 「입마춤」에선 우주 삼라만상에게 생명력과 영성을 불어넣는 애니미즘으로 구체화되었다고 하겠다.

샤머니즘, 생명의 불멸성과 영원성의 시학

저놈은 대체 무슨 심술로 한밤중만되면

차저와서는 꿍꿍앓고 있는것일까

우리 아버지와 어머니에게 또 나와 나의 안해될사람에게도

분명히 저놈은 무슨불평을 품고있는것이다.

무엇보단도 나의詩를, 그 다음에는 나의 表情을, 흐터진머리털 한가닥까지, …… 낮에도 저놈은 엿보고있었기에

멀리 멀리 幽暗의 그늘, 외임은 다만 수상한 呪符

핏빛 저승의 무거운물결이 그의 쭉지를 다적시어도

감지못하는 눈은 하늘로, 부흥…부흥……부흥아 너는

오래전부터 내 머릿속 暗夜에 둥그란 집을 짓고 사렀다.

—「부흥이」 전문

「부흥이」의 앞머리에 나타난 "저놈"은 "부흥이"를 가리키는 동시에 시인의 몸에 들어앉은 다른 영성의 존재를 상징하는 것처럼 보인다. 이는 "멀리 멀리 幽暗의 그늘, 외임은 다만 수상한 呪符"라는 구절에서 드러난 샤머니즘의 모티프나, "오래전부터 내 머릿속 暗夜에 둥그란 집을 짓고 사렀다"는 접신의 이미지에서 가장 또렷하게 나타난다. 특히 후반부에 놓인 7-8행은 "부흥이"에 내재된 본질적 속성을 암시하고 있을 뿐만 아니라, 이 작품이 시인 제 자신의 샤먼으로서의 실존적 체험, 혹은 샤머니즘의 상상력에서 빚어졌다는 것을 좀 더 분명하게 일러 준다. 특히 "핏빛 저승의 무거운물결이 그의 쭉지를 다적시어도/감지못하는 눈은 하늘로"라는 구절에서 "감지못하는 눈"이란 시어가 적시하는 것처럼, "부흥이"는 이미 죽었음에도 죽지

못하는 상태의 존재, 곧 "저승"으로 가지 못한 원혼의 표상임을 선명하게 고지한다.[37]

이 작품에 등장하는 "幽暗"이나 「무슨 꽃으로 문지르는 가슴이기에 나는 이리도 살고 싶은가」에 나타난 "幽明"은 모두 이승과 저승 사이의 중간 지대를 일컫는 '유계(幽界)'라는 말에서 파생된 시어들로 추정된다.[38] 샤먼의 직능과 역할이란 유계를 떠돌면서 인간에게 해를 끼치는 원혼들을 위무, 해원시켜 저승으로 천도하거나 구축하여 현세 사람들의 생존을 보호하는 데 있다[39]는 점을 염두에 두면, 「부흥이」는 서정주 제 자신의 샤먼으로서의 감각과 체험을 우회적으로 선언하고 있는 시편으로 이해된다. 특히 마지막 행에 아로새겨진 "오래전부터 내 머릿속 暗夜에 둥그란 집을 짓고 사렀다"라는 구절은 그의 몸 한가운데 다른 영성의 존재가 실재하는 것만 같은 느낌을 풍겨 낸다. 따라서 이 구절은 샤먼으로서의 감각과 체험을 토로하는 서정주의 과감한 자기 고백이자 필연적 운명선을 나타내는 암시적 표징처럼 보인다. 이 가운데서도 "오래전부터"라는 장시간의 경과를 나타내는 부사어는, 그에게 저 샤먼의 운명이 태생적이고 선천적인 것임을 넌지시 일러 준다.

『화사집』에서 이렇듯 샤먼의 실존적 감각과 체험을 암시적 뉘앙스로 드러내거나, 그 일부를 형성하는 애니미즘의 감각과 사유를 형상화한 시편들은 「봄」「正午의 언덕에서」「西風賦」「부활」 등으로 추론된다. 이를 다시 추려 내면 다음과 같은 구절들을 예시할 수 있다.

---

37 이영광, 『미당 시의 무속적 연구』, 서정시학, 2012, p.94.

38 이영광, 같은 책, p.94.

39 김동리, 『꽃과 소녀와 달과』, 제삼기획, 1994, p.311.

복사꽃 픠고, 복사꽃 지고, 뱀이 눈뜨고, 초록제비 무처오는 하늬바람우에 혼령있는 하눌이어, 피가 잘 도라…… 아무 病도 없으면 가시내야. 슬픈일좀, 있어야겠다

—「봄」 전문

아-어찌 참을것이냐!
슬픈이는 모다 파촉으로 갔어도,
윙윙그리는 불벌의 떼를
꿀과 함께 나는 가슴으로 먹었노라

(중략)

沒藥 麝香의 훈훈한 이꽃자리
내 숫사슴의 춤추며 뛰여 가자
우슴웃는 짐생, 짐생 속으로.

—「正午의 언덕에서」 부분

서녁에서 부러오는 바람속에는
오갈피 상나무와 개가죽 방구와 나의 여자의 열두발 상무상무

노루야 암노루야 홰냥노루야
늬발톱에 상채기와
퉁수ㅅ소리와
서서 우는 눈먼 사람
자는 관세음.

서녘에서 부러오는 바람속에는 한바다의 정신ㅅ병과 징역시간과

—「西風賦」 전문

「봄」에 등장하는 "가시내"에게 "아무 病도 없으면" "슬픈일좀, 있어야겠다"고 말하는 작중 화자는 샤먼의 감각과 사유를 깊게 터득한 자가 분명해 보인다. 이 구절은 어떤 저주스런 불행의 운명선을 "病"이라는 액운을 통해, 아니 "슬픈일"이라는 작은 액막이 현상을 통해 회피할 수 있다는 주술적 믿음과 뉘앙스로 에둘러져 있기 때문이다. 따라서 여기서 나타난 "복사꽃" "뱀" "초록제비" "하늬바람" 같은 자연물의 이미지들 역시 그저 먼 배경적 테두리에 머물러 있는 장식적 소재들이 아니다. 또한 시적 분위기와 기교를 창출하기 위한 미학적 소품들로 기능하지도 않는다. 오히려 범상한 사람들은 감지할 수조차 없는 초월적 시공간의 신비스런 배경에서 "가시내"의 "病"을 점지한 어떤 운명적 필연성을 암시하는 징후이자 표식들로 해석된다. 이 모든 자연물들과 표식들을 관장하고 통어하는 것은 결국 "혼령있는 하늘"이라는 신화적이고 주술적인 힘을 뿜어내는 상징물이기 때문이다.

「正午의 언덕에서」에 나타난 "불벌의 떼" "沒藥 麝香" "이꽃자리" "숫사슴" "우슴웃는 짐생"이라는 이미지 역시 원초적 동물성과 신성을 함께 에두르고 있는 것이자, 시인에게 내밀하게 교접해 온 어떤 영적 존재들을 상징하는 것처럼 보인다. 세계의 무수한 신화들에서 "짐생"은 신성과 동물성을 동시에 포괄하는 존재, 곧 귀령의 상징으로 표현되었다는 점을 감안해 보면, "우슴웃는 짐생, 짐생 속으로"라는 마지막 편린은 샤먼의 가장 중요한 직능인 접신의 체험과 운명에

기꺼이 투신하겠다는 의욕을 뿜어내고 있는 것처럼 보인다. 달리 말해, 무속적 심리 현상에서 나타나는 혼란과 고통을 수용하여 "神人的" 존재로 거듭나고자 하는 희망과 긍정성이 그 바탕에 감춰져 있다는 것이다.[40]

「西風賻」에서 나타나는 "바람" "오갈피 상나무" "개가죽 방구" "암노루" "홰냥노루" "퉁수ㅅ소리" "정신ㅅ병" "징역시간"이라는 시어의 연쇄와 이미지의 벡터 역시, 이 시편을 샤먼의 감각과 체험이 돋아난 작품으로 읽게 만든다. 여기서 등장하는 "서녘"은 사후 세계이며, 바다는 망자의 혼령이 깃든 저승 세계의 원형적 이미지를 상징하는 것으로 추론되기 때문이다. 따라서 "西風"이란 바로 저 사후 세계에 기거하는 망자들로부터 휘날려 오는 영적 메시지이자 그들과 어우러질 때 솟아나는 접신의 엑스터시를 뜻한다. 또한 "개가죽 방구"와 "퉁수ㅅ소리"가 무속 제의에서 활용되는 음악적 도구들이라는 사실을 참조해 보면[41] 「西風賦」는 무속 제의와 관련된 여러 현상들을 형상화한 작품이 틀림없어 보인다.

그러나 이 작품은 "神人 高乙羅"라는 탐라국 신화의 주역의 자리에 서정주 자신의 샤먼으로서의 정체성을 대입시킨 「正午의 언덕에서」의 자신감과 긍정성에 견준다면, 오히려 지극한 자기 분열과 고통의 상태를 참담하게 토로하는 상반된 면모를 드러낸다. 따라서 "서녘에서 부러오는 바람속에는 한바다의 정신ㅅ병과 징역시간과"라는 「西風賦」의 마지막 대목은, 그가 제 몸과 영혼 속에 운명처럼 파고든 저 샤먼으로서의 체질을 그대로 받아들였던 것이 아니라, 도

40 이영광, 같은 책, p.118.

41 이영광, 같은 책, p.109.

리어 그것으로부터 벗어나려는 필사적인 싸움을 끊임없이 감행했다는 것을 암시하는 것처럼 보인다.

> 내 너를 찾어왔다…… 臾娜, 너참 내앞에 많이있구나 내가 혼자서 鐘路를 거러가면 사방에서 네가 웃고 오는구나. 새벽닭이 울때마닥 보고싶었다……내 부르는 소리 귓가에 들리드냐. 臾娜, 이것이 몇萬時間만이냐, 그날 꽃喪阜 山넘어서 간다음 내눈동자속에는 빈하눌만 남드니, 매만저 볼 머릿카락 하나 머릿카락 하나 없드니, 비만 자꾸오고…… 燭불밖에 부흥이 우는 돌門을열고가면 江물은 또 몇천린지, 한번 가선 소식없든 그 어려운 住所에서 너무슨 무지개로 내려왔느냐. 鐘路 네거리에 뿌우여니 흐터져서, 뭐라고 조잘대며 햇볕에 오는애들. 그중에도 열아홉살쯤 스무살쯤 되는애들. 그들의눈망울속에, 핏대에, 가슴속에 드러앉어 臾娜! 臾娜! 臾娜! 너 인제 모두다 내앞에 오는구나.
>
> —「復活」 전문

『화사집』의 끝자락에 수록된 「復活」은 "몇萬時間" "꽃喪阜" "燭불밖에 부흥이 우는 돌門" 같은 죽음과 망령의 이미지들을 표면에 내세우고 있다는 점에서, 「부흥이」나 「西風賦」와 같이 샤먼으로서의 체험을 기록하고 있는 시편이 분명하다. 물론 여기서 등장하는 "臾娜"는 "叟娜"의 오기일 가능성도 있으며, 그가 청년 시절 짝사랑했던 임유라(任幽羅)일 수도 있다.[42] 그러나 이 작품을 좀 더 꼼꼼하게 뜯어보면 다른 해석이 제시될 수 있는 가능성은 충분하다. "내 너를 찾어왔다…… 臾娜, 너참 내앞에 많이있구나 내가 혼자서 鐘路를 거러가

---

42 최현식, 같은 책, p.107.

면 사방에서 네가 웃고 오는구나"라는 초반부 이미지와 "鐘路네거리에 뿌우여니 흐터져서, 뭐라고 조잘대며 햇볓에 오는애들. 그중에도 열아홉살쯤 스무살쯤 되는애들. 그들의눈망울속에, 핏대에, 가슴속에 드러앉어 臾娜! 臾娜! 臾娜! 너 인제 모두다 내앞에 오는구나"라는 후반부의 이미지는 정확하게 부합하는 상호 대칭성을 이룬다. 또한 저 이미지들은 "臾娜"로 호명되는 망자인 한 여성을 "鐘路네거리"에서 마주친 "열아홉살쯤 스무살쯤 되는애들" 속에서 다시 재발견한다는 서사적 모티프를 전제하고 있다는 점에서, 굳이 무속 제의의 신비 현상을 개입시키지 않더라도 상식적이고 합리적인 차원에서도 충실하게 해석될 수 있는 면모를 지닌다.

그러나 이와 같은 해석은 이 작품의 가운데 부분을 차지하고 있는 이미지들의 매듭을 외면하거나 그것을 해석의 무게중심에서 배제시킬 때에서야 비로소 가능할 것이 틀림없다. "새벽닭이 울때마닥 보고싶었다……내 부르는 소리 귓가에 들리드냐. 臾娜"라는 대목은 망자인 "臾娜"의 혼령을 불러오려는 일종의 초혼제가 동틀 무렵까지 지속되었다는 것을 암시하며, "燭불밖에 부흥이 우는 돌門을열고가면 江물은 또 몇천린지"는 죽은 "臾娜"를 만나기 위해 저승 세계와 접촉하는 샤먼의 힘겨운 작업을 상징하는 이미지로 해석된다. 특히 "한번가선 소식없든 그 어려운 住所에서 너무슨 무지개로 내려왔느냐"라는 편린은 이승 세계와 저승 세계가 접속하는 그 순간의 엑스터시, 곧 망자인 "臾娜"의 혼령과 교접한 자의 환희를 표현한다.

따라서 서정주의 실존의 역사에 깃들어 있었을 샤먼의 감각과 체험을 수긍할 수 있다면,이 작품에 등장하는 "臾娜"는 청년 시절 그가 연모했던 임유라(任幽羅), 또는 그 이름으로 표상되는 무수한 여성들로 해석되는 것이 합당할 듯하다.[43] 더구나 「復活」(『조선일보』, 1939.7.19)

과 비슷한 시기에 씌어진 「밤이 깊으면」(『인문평론』, 1940.5)의 일부를 이루는 "이 밤속에 밤의 바람壁의 또밤속에서/한마리의 산 귀뚤이와같이 가느다라ㄴ肉體으로 나를 부르는것./충청도에서, 전라도에서, 비나리는港口의어느內外酒店에서,/사실은 내脊髓神經의 한가운대에서,/씻허연 두줄의 잇발을내여노코 나를 부르는것./슯은人類의全身의소리로서 나를부르는것./한개의鍾소리와같이 電線과같이 끊임없이부르는것"이라는 대목을 보면, 『화사집』을 비롯한 그 이후의 시집들에서 지속적으로 나타나는 저 샤먼의 감각과 신비 체험은 서정주의 실존의 역사와 전기적 사실의 차원에서 전면적으로 다시 탐색되어야 할 문제인 듯 보인다.

한국적 낭만주의의 탄생, 낭만주의의 한국적 형상들

서정주가 자신만의 고유한 사유와 담론을 본격적으로 정립하고 체계화하기 시작한 것은 한국전쟁 시기였던 것으로 추정된다. 이 무렵 그는 "민족정신의 가장 큰 본향으로 생각되는 신라사의 책들"을 정독했을 뿐만 아니라, 거기서 나타난 "신라정신"에 도취되었던 것이 분명해 보인다.[44] 그는 여러 산문 문헌들에서 "신라정신"을 유별나게 강조한다. 서정주가 『삼국유사』나 『삼국사기』에서 터득한 "신라정신"은 단지 "신라인"이라는 시대적 평면으로 제한되지 않는다. 오히려 그가 줄곧 내세운 "영원인"의 정신이자 "우주인"의 정신을 가리킨다.[45] 여기서 "영원인"의 정신은 "영혼은 영원히 살아서 미래의

---

43 서정주, 「續 방랑기」, 『인문평론』, 1940.4, pp.67-68.

44 서정주, 「내가 아는 永遠性」, 『미당 수상록』, 민음사, 1976.

45 서정주, 「新羅文化의 根本精神」, p.303.

민족정신 위에 거듭 거듭 재림한다"[46]는 것을 확신하는 마음의 상태를 뜻하며, "우주인"의 정신은 "대우주의 일들을 한 有機體의 일로 사람이 참견"[47]하는 삶의 태도를 의미한다.

서정주는 "신라인"들에게 "宇宙"는 "魂神"이라는 비물질이 물질들 사이를 빈틈없이 메우고 있는 영역으로 이해되었다고 진술한다. 그에 따르면, "輪廻前生"이라는 "魂神"들은 결국 우주를 한 가족과 같은 혈연관계로 얽어 놓는다. 그는 이와 같은 사상을 품었던 "신라인"들을 "生命의 司祭者"라 칭하고, 이들의 정신을 "自然主義 精神"이라 언명한다.[48] 그는 "物質"이 순환의 메커니즘을 이루면서 사람을 태어나게 하고 물과 흙을 만들고 식물과 동물을 이루기도 한다고 본다. 곧 사물이나 동물이 죽는다고 할지라도, 그 물질성이 완전히 사라지는 것이 아니며, 우주를 순환하다가 다시 부활한다고 보는 것이다.

이와 같은 인식 체계에서 "物質"은 죽은 것이 아니다. 그것에서는 "다시 살 것"들이며, 우주에서 이합집산을 거듭 반복하면서 과거와 미래를 연속시키고 우주 삼라만상을 거미줄처럼 연결해 놓는 것으로 전제된다. 그는 또한 "물질"의 연속성뿐만 아니라, "마음"의 "불멸성"을 주장한다.[49] 이는 서정주가 지속적으로 견지했던 불교의 윤

46 서정주, 「新羅의 永遠人」, 『서정주 문학 전집』 2, p.316.

47 서정주, 「新羅文化의 根本精神」, p.304.

48 서정주, 「新羅의 永遠人」, p.315.

49 "魂뿐만이 아니라 그 物質不滅의 法則을 따라서 내 死後 내 육체의 깨지고 가루 된 조각들이 딴 것들과 합하고 또 헤어지며 巡廻하여 그치지 않을 걸 생각해 보는 것도 아울러 큰 재미가 있다. (중략) 물질만이 불멸인 것이 아니라, 물질을 부리는 이 마음 역시 불멸인 것을 아는 나이니, 이것이 영원을 갈 것과 궂은 날을 어느 뒷골목 어느 蓮꽃 사이 할 것 없이 방황해 다닐 일을 생각하면 매력이 그득이 느껴짐은 당연한 일이다." 서정주, 「내 마음의 상황」, pp.285-286.

회론적 세계관이나 샤머니즘·애니미즘에서 비롯하는 것으로 보인다. 서정주에게 "마음"이란 한 개인의 내면성으로 제한되는 것이 아니라, "합하고 또 헤어지며 순회"하는 "물질"과 마찬가지로 후대로 이어져 내려갈 수밖에 없는 "불멸"의 것으로 전제되었기 때문이다.

서정주의 "불멸성"과 "영원성"의 담론은 근대과학 발생 이전의 세계를 빠짐없이 관류했던 아날로지 세계관(analogical vision)을 통해 보다 명징하게 이해될 수 있을 듯 보인다. 아날로지는 인류 역사만큼이나 오래된 개념이며, 자연과 인간과 신의 조화와 연속성을 전제한다. 그것은 또한 만물 조응, 상형문자로 뒤덮인 우주적 비문(秘文) 같은 말들을 거느릴 뿐만 아니라, 점성술이나 풍수지리설, 점괘나 부적 등으로 표상되는 샤머니즘의 주술성과 신비주의 현상들을 빠짐없이 쓸어안는다. 결국 『화사집』을 비롯한 서정주의 시 전체를 관통하는 초역사적 보편주의 담론의 핵심은 아날로지 세계관을 복권시키려는 노력과 분투의 과정에서 기원했다는 것이다. 달리 말해, 아날로지에 담긴 인간과 자연과 신의 원초적 조화, 역사적 시공을 초월한 영원불멸의 세계에 대한 믿음을 지속적으로 견지하려는 분투의 과정에서 서정주의 보편주의 담론이 발생·진화했다는 것이다.

이렇듯 아날로지가 특정한 시공간과 사회적 테두리에 얽매인 인간의 유한성의 지평을 훌쩍 뛰어넘어 우주적 리듬의 전일성과 만물 조응의 비의를 발견하는 세계관이자 인식 체계라는 사실을 감안해 보면, 서정주가 "그리스적 육체성"에 대한 탐구를 비롯하여 "신라정신"에서 근대과학을 극복할 수 있는 대안 담론을 마련하려 했던 것 역시 아날로지의 테두리에서 비롯하는 것으로 보인다. 달리 말해, 아날로지의 부활을 통해, 실험과 관찰로 축약되는 근대과학의 수치와 통계와 실증이라는 좁다란 세계를 넘어서려는 대안을 모색했다는 것이다. 그가 "現代의 病弊"를 극복할 수 있는 대안을 "新羅人"과 "新羅精神"의 "永遠性"에서 찾으려고 했다는 것은 결국 근대과학 이전의 아날로지 세계관을 회귀·복권시키려는 노력과 기획을 뜻하기 때문이다.

그러나 이는 추상적이고 관념적인 대안인 동시에 미학적 차원의 모색에 그칠 수밖에 없을 것이 틀림없다. 지금-여기, 21세기에서도 아날로지를 바탕으로 삼은 담론은 존속하지만, 그것은 유기체 철학이나 심층생태론으로 일컬어지는 생명 사상의 한 조류로 축소되어 존재하기 때문이다. 또한 유추라는 논리학의 한 방법이나 예술 작품 내부의 수사학의 한 방법으로 파편화되면서, 특정 분과 학문들의 제한된 방법론이나 기능으로 제한되어 존속하기 때문이다. 더 나아가, 이와 같은 축소 현상의 근저에는 아날로지에 포함되어 있었던 주술적 권능이 근대과학에 의해 추방·해체되면서 그것이 특정 지식 분야의 방법론이나 기법, 그 영역의 원리나 기능으로 제한되거나 축소될 수밖에 없었던 역사적 과정과 맥락이 잠겨 있다.

따라서 근대 세계(modern world) 이후에 나타나는 아날로지는 자연과 인간과 신의 연속성과 동일성을 경험적 차원에서 유지하고 있었던 근대 이전의 그것과 같은 것으로 존재할 수 없다. 근대 세계에서 저 연속성과 동일성은 현실적 경험 그 자체가 아니라, 결코 실현될 수 없는 이상적 당위에 불과하기 때문이다. 낭만적 아이러니(romantic irony)는 자연과 인간과 신의 원초적 조화, 즉 우주 전체가 이룩하는 만물 조응(correspondence)과 영원성이 더 이상 근대인의 경험 세계에서 가능하지 않다는 것을 방증하는 개념이다. 또한 그것에 깊숙이 스민 절망감과 불협화음은, 이 불가능이 안겨다 주는 삶의 무의미와 허무에 대한 통절한 자각에서 온다. 이는 결국 낭만주의가 추구한 아날로지의 비전이 경험 세계의 실제 현실이 아니라, 개인적 상상력의 산물이거나 예술 작품 내부를 구성하는 미학적 메타포에 불과했다는 것을 적시한다. 결국 낭만적 아이러니는 신(神)이라는 이름의 형이상학적 실체와 영원불멸의 본질, 그 본체계(eidos)를 열망하고 동경하지만, 그것이 결코 실현될 수 없다는 절망의 자리에서 발생하는 비애의 감정이자 분열의 언어를 가리키는 것이기 때문이다.

서정주는 근대 세계에서 아날로지의 권능이 축소되었던 그 역사적 과정과 맥락을 주의 깊게 성찰하지 않았던 것이 틀림없다. 그가 야심차게 기획했던 "영원성"과 "필연성"의 담론이란 근대 세계가 불러일으키는 무수한 변화의 소용돌이를 그대로 수용하지 않았을 뿐더러, 그것이 강제하는 자율화와 분과화의 추동력에 대립하여 그 역사적 시공간의 구체성을 단번에 훌쩍 뛰어넘을 수 있는 초역사적 보편주의로 귀착되었기 때문이다. 이는 "新羅人"의 "물질"의 "불멸성"과 "마음"의 "영원성"이라는 관념을 이상화하는 대목에서 가장 명징하게 예증된다. 따라서 "新羅人"과 "新羅精神"으로 표상되는 서정주의 보편주의 담론의 기획은 결국 근대과학 발생 이전의 세계관인 아날로지를 복권시키려는 노력의 일환이었던 셈이다.

이와 같은 문제틀을 서정주의 『화사집』에 대입해 보면, 이 시집에는 낭만주의의 상반된 두 벡터가 매우 뚜렷하게 나타난다는 것을 알아챌 수 있다. 그의 샤먼으로서의 감각과 체험을 무대로 삼은 「부흥이」「봄」「正午의 언덕에서」「西風賦」 등은 아날로지의 계열을 형성하며, 시적 자아와 일상적 자아의 갈등 혹은 이상향의 탈주와 일상의 안주라는 대립적 의미소를 극적 역동성으로 형상화한 「壁」「自畵像」「門」「斷片」「바다」 같은 시편들은 아이러니의 매듭을 이루기 때문이다. 또한 성애와 에로티시즘의 시편들인 「花蛇」「대낮」「입마춤」「麥夏」에는 아날로지로 수렴되는 애니미즘의 활물성과 아이러니로 귀속될 수 있을 타나토스의 불안과 공포가 함께 교직되어 있기 때문이다. 따라서 『화사집』에는 낭만주의의 상반된 두 벡터인 아날로지와 아이러니가 공존하고 교차하면서 에로티시즘, 샤머니즘, 애니미즘 등으로 구현된 서정주 특유의 실존적 체험과 감각이 깃들어 있었던 셈이다.

서정주 『화사집』의 사건적 의미와 그 한계 역시 낭만적 아이러니라는 말에 이미 주름져 있는 것인지도 모른다. 또한 『화사집』과 서정주의 초역사적 보편주의 담론이 품고 있는 의의와 한계를 묻는 일 역시, 근대과학의 평면적이고 일회적인 인식 체계에 맞서 우주 만물의 원초적 조화와 영원성을 되찾으려는 낭만주의 예술 그 자체의 의의와 한계를 탐색하는 것으로 귀결될 수밖에 없을 것이다. 또한 이 물음은 그의 실존적 역사이자 전기적 사실로 거듭 추정되는 저 샤먼으로서의 운명과 체험을 어떻게 평가할 것인가의 문제와 긴밀하게 연계되어 있다. 이 평가의 문제 역시 성애와 에로티시즘, 샤머니즘과 애니미즘 등으로 구체화된 서정주의 포에지와 미학과 예술적 사유가 초시간적 영원성이나 초역사적 보편주의로 귀결될 수밖에 없었던 필연성의 맥락과 근거를 충실하게 탐색하는 자리를 통해서만 해결될 것이 틀림없다. 그것은 또한 한국적 낭만주의의 계보, 또는 낭만주의의 한국적 형상들이 내장한 가능성과 맹점을 동시에 갈피 짓는 일이기도 할 것이다.

힘과 정념의 인간학, 능동적 허무주의자의 탄생
—성석제론

누가 왜 진리를 원하는가?

아쿠타카와 류노스케의 단편소설 「덤불 속」은 '다케히로'라는 한 인물이 살해당한 사건에 대해 그의 혼령을 비롯한 세 사람의 서로 다른 진술들을 중심으로 전개된다. 이 진술들이 흥미로운 것은 '다케히로'는 자신의 죽음이 '자살'에 의한 것이었다고 말하고, 그의 아내를 겁탈한 '다조마루'란 도둑은 '23합'의 칼부림 끝에 자신이 살해했노라고 주장하며, 그의 아내인 '마사고'는 '치욕'과 '수치심'과 남편의 '업신여기는 차가움'을 견딜 수 없어서 자기가 죽였노라고 말하기 때문이다. 작가는 이 상이한 세 진술들 모두를 합리적 개연성과 논리적 설득력을 지니고 있는 것으로 묘사한다. 그렇다면, 과연 '다케히로'를 죽인 범인은 누구이며, 누가 진실을 말하고 있는 것일까? 또한 이 세 인물은 어떤 이유에서 그리고 어떤 부분에서 거짓말을 하고 있는 것일까?

이 소설을 영화화한 구로사와 아키라의 「라쇼몽」은 '나무꾼'이라는 제3의 관찰자를 통해 이 세 진술 속에 놓여 있는 거짓과 허위를 명징하게 해부하고, 이 살인 사건의 객관적 사실을 재구성하고 있다. 「라쇼몽」의 이러한 재구성(해석)이 타당하든, 그렇지 않든, 「덤불 속」이 제기하는 핵심적인 문제는 객관적 사실이란 무엇인가에 있는 것이 아니라, 오히려 동일한 사건의 체험 속에서도 그 사건의 당사자들은 저마다의 상황과 위치에 따라 그 사건을 서로 다르게 진술하고 재구성한다는 것에 있다. 「라쇼몽」의 경우처럼, 이러한 상이한 진술 속에 놓인 의도적인 거짓말들이 백일하에 드러날 수 있다면, 사건의 실체는 그 반증의 효과로 객관화될 수 있다.

그러나 그것의 사정은 이렇듯 간단하지만은 않다. 사건을 발생시키는 여러 계기적 효과들 속에는 이미 그것에 참여하고 있는 주체들의 서로 다른 욕망과 가치와 무의식이 포함되어 있다. 의도적인 거짓말은 사건의 흔적으로 보존된 외면적 행위의 유무나 그 행위의 물리적 인과관계, 또는 부재증명 등을 확인하는 과정을 통해 객관적으로 드러날 수 있다. 그러나 동일한 사건이라 하더라도, 그 사건에 이미 결부되어 있는 주체들의 은밀한 욕망과 무의식, 상이한 감정과 가치 체계는 이 과정을 통해서는 결코 드러나지 않는다. 모든 해석에는 그 해석 주체들이 고유하게 소유하는 각기 다른 처지와 상황이 그리고 욕망과 가치와 무의식이 개입될 수밖에 없으며, 이것들이 한데 얽혀 있는 해석은 사건을 발생시키는 주요 계기들 가운데 하나이다. 따라서 해석은 사건의 종결 그 이후에야 수행되는 후(後) 사건적인 것이라기보다는 차라리 사건의 발생 이전과 이후, 또한 그 과정 전체에 수반되는 전(全) 사건적인 것이라고 보아야 한다.

현대 세계(modern world)에서 각각의 모든 해석들의 진위를 명석판명하게 가려내 줄 수 있는 초월적인 기준이나 선험적인 좌표는 존재하지 않는다. '신은 죽었다'는 니체(F. W. Nietzsche)의 명제는 곧 절대적이고 초월적인 진리의 죽음을 상징하며, 결국 존재의 원환적 총체성을 이룩할 수 없는 현대 세계의 근원적 분열상을 암시한다. 세계 모든 만물의 섭리를 총체적으로 해명해 주었던 단일한 진리 혹은 가치의 중심으로서의 종교의 몰락과 그에 따른 결과로서 모든 존재자가 동등하게 진리와 가치의 해석에 참여할 수 있게 되었던 현대 세계의 특징적 현상을 니체는 해석학적 무한성(hermeneutic infinity)이라는 말로 표현했다. 니체가 『즐거운 지식』에서 "모든 존재자는 능동적으로 해석에 참여하고 또한 저마다 서로 다른 방식으로 해석의 관점을 지닌다"고 말했을 때, 그것은 현대 세계에서 해석이 인식의 행위를 넘어서는 존재론적 특성임을 강조했던 것이다. 따라서 모든 해석은 단일한 의미의 체계나 어떤 중심적 이데올로기로 환원될 수 없다. 오히려 현대 세계에 존재하는 모든 존재자들의 인정투쟁의 장이자 권력과 욕망의 재분배를 요구하는 어떤 실천 행위에 가깝다.

각각의 존재자들은 저마다의 경험적 실존에 의거해 저마다의 권리를 가지고 저마다의 입법적 진리를 통해 저마다의 해석을 표현한다. 그러하기에 해석은 각각의 존재자들이 가진 힘의 의지를 포함한다. 모든 사건의 발생 속에 해석자의 정념적 실존 혹은 해석학적 무한성이 개입될 수밖에 없음을 사실로서 받아들일 때, 우리는 '세계는 힘의 바다이다'라는 니체의 말을 비로소 이해할 수 있게 된다. 따라서 진리 혹은 진실에 관한 질문은 이렇게 선회해야만 한다. '무엇이 진리이고 진실인가?'가 아니라, '누가 진리와 진실을 어떤 관점과 어떤 위치에서 어떤 까닭으로 원하는가?'라고 말이다.

힘과 정념의 바다를 향해, 혹은 현실원칙을 넘어서

성석제 소설에 등장하는 거짓에 대한 여러 잠언들과 모티프들은 실상 진리(진실)가 해석자들의 처지와 욕망과 권력에 따라 상이하게 구축될 수 있음을 역설적 화법으로 표현한 것이라 하겠다. “세상은 위대한 거짓말쟁이들의 역사이고, 자연조차 둥근 지구를 평평한 것처럼 묘사하므로 거짓말쟁이 협회의 회원이기 때문에, 거짓된 진실로 악질적인 인간이 되기보다는 자신조차 그것을 진실로 믿을 수 있을 때까지 끈덕지게 거짓말을 할 수 있는 진정한 거짓말쟁이가 되자”라는 「재미나는 인생 1—거짓말에 관하여」의 한 구절은 누구에게나 인정될 수 있는 투명한 진실이란 존재하지 않는다는 것을 역설적으로 웅변한다. 그의 소설에 나타난 거짓과 사기, 게임과 유희의 모티프들은 세계가 모든 존재자들의 힘의 의지와 그 대결로 이루어져 있다는 통찰로부터 나온다.

성석제가 구현한 인물 군상은 대개 자본주의 세계의 공적인 노동의 체계나 그 정상성의 표준으로부터 벗어나 있는 일종의 현대적 방외인들이다. 그러나 이들은 그 세계의 횡포와 표준적 질서에 짓밟힌 무능력한 패배자들이 아니라, 저마다의 경험적 실존을 통해 특정한 “道”를 터득한 “고수”들이다. “도박”과 “웅변술”의 “고수”인 “피스톨송 선생”을 비롯한 성석제의 소설의 등장인물들은 “당구” “내기 바둑” “알콜” “춤” “책 수집”에 이르기까지, “어차피 인생은 거는 것(賭)이며, 도(賭)로써 도(蹈)하고 도(渡)하며 도(道)에 도(道)한다”(『꽃의 피, 피의 꽃』)는 삶의 어떤 한 경지를 통달한 “道人”들이다. 이들은 일터와 집, 노동과 유희가 철저하게 분리되어 있는 자본주의적 정상성이라는 삶의 궤도를 따라가지 않는다. 이들에게 “춤은 직업이자 취미이고 이상”(「소설 쓰는 인간」)이며, “술은 술이고 안주이자 마약이고 인생의 극치이며 일상생활인 동시에 아무것도 아닌 것”(「해방」)이다. 현대 세계에 선험적으로 주어져 있는 노동과 자본의 반복적 교환 체계를 거부하고, 자신들의 정념과 능력의 최대치를 발휘할 수 있는 특정한 유희의 공간에 인생 모두를 거는 이들에게 프로이트가 말한 현실원칙(reality principle)은 존재하지 않는다. 이들은 자신들의 쾌락과 정념이 움직이는 방향을 따라 산다.

따라서 이들에게 일터와 집, 노동과 유희는 따로 구분되지 않는다. 이들은 자본주의적 삶의 경계와 선분(segment)을 뛰어넘어 자신들의 능력과 가능성을 최대한 발휘할 수 있는 삶의 한 부분만을 무한히 반복하고자 하며, 이를 통해 자신의 존재 가치를 확인한다. 이들에게 "당구"와 "도박"과 "춤"과 "술"은 일상적 삶의 피로와 긴장을 해소하기 위한 일회적 유희이거나, 노동력을 재충전하기 위한 휴식과 놀이가 아니다. 이들은 오히려 자신들의 존재가 현존하고 있음을 증명하는 힘과 정념의 구체적 표현이다. 따라서 이들의 반복되는 유희와 게임은 자본주의적 일상성을 구성하는 반복적 노동의 체계 바깥에서 이루어진다. 이들이 반복하고자 하는 것은 자본주의적 교환 체계에 따른 임노동과 자본의 무한한 교환이 아니라, 자신들의 힘과 정념의 반복적 현존이기 때문이다.

마치 모든 철리(哲理)를 도통한 것처럼 언술되는 이들의 인간과 삶에 대한 해석은 외부에서 부과되는 이데올로기적 도덕에 의존하지 않는다. 오히려 사회의 공적 체계의 밑바닥을 가로지르는 인간들의 순수한 힘과 정념에 대한 이해로부터 온다. 또한 세계는 무수한 존재자들의 힘의 대결과 정념의 투쟁으로 이루어져 있다는 깨달음으로부터 온다. 따라서 중요한 것은 명제로서 주어지는 단일한 의미의 체계나 표준적 공리로서의 진리와 도덕이 아니다. 성석제 소설에서 거짓과 사기는 사악하고 기만적인 언술 행위가 아니라 오히려 주체의 다양한 변이 능력(puissance)과 결부되어 있는 유쾌하고 활달한 가면극으로 전환된다. 마찬가지로 유희와 게임은 사회 현실에 적응하지 못하고 그 세계로부터 떠밀려 난 패배자들의 위안거리나 서글픈 중독증이 아니라, 주체가 자기 정념과 자기 역능의 지배자로 거듭나기 위해 요구될 수밖에 없는 삶의 원리이자 실천의 규칙들로서 자리매김된다. 바로 이 지점에서 거짓과 사기라는 허구적 서사, 유희와 게임으로 표상되는 쾌락원칙(pleasure principle)은 전통적 형이상학과 윤리학의 범례로부터 이탈하여 새롭게 평가되어야 할 긍정적인 것으로 탈바꿈된다.

성석제 소설이 표면적으로 독자에게 전하는 유일한 전언은 '우리는 모두 통속적이고 비루하며, 인간의 삶이란 너무도 허무하며 보잘 것 없다'는 명제로 수렴될 수 있다, 실상 이 전언을 그대로 믿어야 하는지조차 의심스러운 것이겠지만, 어쨌든 이 전언에는 그 어떤 이념이나 의미의 신비화도 끼어들 수 없다. 그러나 생의 열광과 도취, 더 나은 삶을 향한 비전은 바로 이러한 낮은 자리에서 움틀 때에만 오히려 상투적인 교훈주의를 벗어날 수 있으며, 그 생생한 감각과 육체성의 차원을 관통할 수 있다. 나날의 삶에서 미리 정해진 삶의 궤도를 고스란히 따르는 정상인들보다 천박하고 남루하지만, 힘과 정념의 세계를 때로는 자유롭게 때로는 고통스럽게 가로지르는 성석제 소설의 등장인물들은, 일상적 삶의 표준적 가치를 의심하게 만들 뿐더러 그 억압적 체계의 실상을 되묻도록 강제한다. 이들은 사회의 공적 체계로부터 추방된 존재들이며, 그리하여 공화국에서 추방될 수밖에 없는 하찮은 쓰레기 인생들일 것이 자명하다. 그러나 공적 체계 바깥에 존재하는 역동적인 힘과 정념의 세계에서 제 자신들의 능력을 최고의 수준으로 끌어올리는 비루한 영웅들이자 고수들이기도 하다. 따라서 이들은 일상의 비루함과 천박함을 드러내는 이단아들이기도 하지만, 저 일상 세계의 이면이 생생한 힘의 바다로 이루어져 있음을 깨달은 현자들이자 자신이 가진 능력의 최대치를 발휘하는 자기 정념의 지배자들이라 하겠다.

성석제는 그의 소설들에서 일상의 진부한 반복을 주요 모티프의 하나로 삼으면서도, 그 표준적 일상성의 바닥을 가로지르는 도취와 열광의 세계 그리고 그것에 내재된 폭발적인 에너지와 파토스를 예외적 인물 형상들을 통해 서사화하려 했던 것으로 짐작된다. 또한 이 서사는 예술 작품이라는 현대(근대)적인 용기에만 담겨질 필요가 없었던 것으로 보인다. '소설 = 예술 작품'이라는 등식 자체가 우리의 관습화되고 평준화된 인식으로부터 오는 것일 수 있으며, 그 인식을 다시 뒤집고 깨뜨리는 것은 규범화되고 고정화되려는 형식을 끊임없이 새롭게 창조해야만 하는 소설(소설가) 자체의 운명일 수 있기 때문이다. 성석제가 그의 소설 작품들에서 매우 낯선 여러 형식들을 실험하고, 나아가 전(傳)과 야담(野談), 전설(傳說)과 민담(民譚) 등 여러 고전 서사 양식들을 폭넓게 활용하는 것 역시, 소설(소설가)의 이와 같은 운명의 테두리를 충실하게 받아들이고 있는 데서 오는 것이 틀림없다.

소설의 통속, 통속의 서사

"헤아릴 수 없이 많은 길, 세속의 다양함에 대한 숭상"이라고 소설 「홀림」의 작가가 말했던 것처럼, 성석제 소설의 서사적 특성을 단 한마디로 축약할 수 있는 말은 "통속"일 것이다. 그의 단편소설의 제목이기도 한 이 말의 사전적 의미는 '세상에 널리 통하는 일반적인 풍속'이다. 이는 성석제 소설이 그만큼 삶의 세부를 미시적으로 관찰하고 묘사하는 데 능통하며, 우리 생활 세계의 감각과 언어들에 밀착해 있다는 것을 뜻한다. 그러나 이는 또한 그의 소설이 자본주의 상품 시장의 원리에 충실하게 복무하는 통속소설 또는 대중 서사의 문법을 따르고 있다는 것을 뜻하지 않는다.

그의 소설의 등장인물들은 어떤 숭고한 이념이나 진정한 삶의 의미와 가치를 찾지 않는다. 또한 사소하고 하찮은 사건의 당사자들인 것이 분명하다. 그럼에도 불구하고 이들은 독자의 감각적 쾌락의 만족과 일상적 안락을 위해 봉사하지 않는다. 이들은 삶의 본질적인 의미를 탐구하고 그것을 향해 서사를 추동시키는 루카치적 의미의 소설의 주인공과는 부합하지는 않으나, 관습화된 일상적 규범과 도덕을 그대로 보존한 채 말초적 쾌감과 감각적 재미만을 선사하는 통속소설의 주인공들과는 분명하게 구분되는 특질들을 지닌다.

부잣집 딸과 결혼하고 카바레에서 바람나고 이혼하고 그리고는 결국 죽고 마는 너무도 허망한 형과 아우의 이야기를 담고 있는 「붐빔과 텅 빔」, 도무지 고유한 내면성이라고 찾아볼 수 없어 "기역"과 "리을"과 "미음"이라는 보통명사로 표기될 수밖에 없는 인물들의 위선과 가식을 들추어내는 「통속」, 너무도 다양한 인물 군상이 "쾌활냇가"에 한데 모여 요란스런 말잔치와 야단법석을 피우는 것을 형상화한 「쾌활냇가의 명랑한 곗날」, "돈 많은 과부와 결혼해서 평생 놀고먹는 것을 꿈꾸는" 한 남자의 인생 편력을 다루고 있는 「욕탕의 여인들」, 서로의 사랑을 확인했으면서도 성교의 문제를 둘러싸고 벌어지는 "원두"와 "향아"와의 해프닝을 형상화한 「칠십년대식 철갑」 등은 모두 우리 일상에 내재하는 통속성 자체를 세밀하게 재현하고 있는 작품들이라 할 수 있다.

이 작품들에 등장하는 모든 인물들은 일상의 진부함과 천박한 언어들과 비루하기 그지없는 사건들을 고스란히 체현하고 있는 것이 틀림없다. 그러나 이들의 말과 행위는 잔인하고 저주스러울 정도로 밀착 묘사됨으로써, 그것에 내재된 위선과 가식과 허위를 표면으로 끌어올리는 미적 효과를 낳는다. 그것은 우리에게 비단 웃음과 재미만을 선사하는 것이 아니라, 우리의 경험 세계 속에 존재하는 일상의 끔찍스러운 반복과 그 지루한 권태와 고정화된 삶의 패턴을 반추하도록 강제하는 힘을 지닌다. 물론 이는 텍스트 그 자체의 표면에 언술되어 있는 것이 아니라, 독서 이후에야 수반되는 어떤 미적 효과이자 반성적 울림에 가깝다. 그럼에도 불구하고, 이와 같은 강제력과 미적 효과는 작가가 애초에 의도하고 있었던 특이한 서사 전략으로부터 발생하는 것으로 보인다.

소설(小說)이라는 말은 『장자(莊子)』의 「외물편(外物編)」에서 기원한다. 여기서 그것은 '귀담아 들을 필요가 없는 말재간'을 뜻하였다. 또한 한자 문화의 전통에서 '소(小)'라는 단어는 '가치가 없는 것, 큰 소용이 못 되는 것'으로 생각되어 왔다. 곧 소설이라는 말은 그 기원에서부터 이미 '하찮은 이야기', 혹은 '도(道)'라고 언술되는 어떤 이상적 규범이나 형이상학적 원리와는 거리가 먼 '시정잡배의 소소한 이야기'라는 의미를 거느리고 있었다는 것이다. 이와 같은 맥락에서 성석제는 소설이라는 말의 기원에 가장 가까운 글쓰기를 하는 작가라고 규정할 수도 있겠다. 소설은 고귀하고 진정한 이념이나 진리를 담는 그릇이 아니라, 시정의 보잘것없는 인정세태를 드러내는 비천한 글쓰기 양식이라는 동아시아의 전통적인 문학관에서 바라본다면, 성석제의 소설 작품들은 그것에 부합하는 여러 특질들을 두루 갖추고 있는 것이 틀림없다.

비루하고 하찮은 인간들의 행위와 사건을 소재로 다룬다고 해서 모든 소설이 비천한 글쓰기 양식으로 규정되는 것은 아니다. 정작 중요한 문제는 그 소재들을 하나의 서사적 구조물로 조형하는 예술적 기법과 그것이 파생시키는 전복의 미적 효과에 놓여 있다. 일상의 진부하고 소소하고 비루한 사건들의 반복에 기초해 있지만, 일상생활에 새겨진 지배적인 통념과 관습화된 인식 체계를 깨뜨리는 어떤 충격과 놀라움의 미적 효과가 이야기의 연쇄 속에 깃들어 있다면, 그 서사는 상투적인 통속성을 뚫고 나와 새로운 예술적 가능성의 세계로 진입한다.

성석제의 소설은 하찮고 비루한 인간들의 생애를 조명하고 서민들의 천박하면서도 생기 넘치는 언어를 돋을새김의 필치로 드러냄으로써 우리 일상에 자리 잡은 지배적인 삶의 관습과 가치 체계를 전복시킨다. 바로 이것이 그의 소설 작품들의 바탕을 가로지르는 미학적 전략의 중핵을 이룬다. 또한 이 전복의 효과들은 진지한 이념과 도덕과 담론들을 무력화시키는 농담과 유머, 조롱과 해학을 오가는 서술자의 언어유희와 등장인물들의 우스꽝스러운 말과 행동의 세부적 묘사를 통한 희화화, 그리고 고전 서사 양식의 차용을 통해서 이루어진다. 언어유희와 인물들의 희화화가 우리의 육체와 내면에 새겨진 고정화된 인식 체계와 관습적인 행동 양식을 비틀고 전복시키는 효과를 유발한다면, 고전 서사 문법의 차용은 우리에게 익숙해진 근대 예술 작품으로서의 소설에 대한 인식을 전복시킨다.

이야기 혹은 설화는 다양한 구전의 방식으로, 또 여러 가지 문자 기록의 방식으로 존재할 수 있다. 그러나 '이야기=소설'이라는 등식을 우리는 쉽게 받아들이기 어렵다. 이는 우리가 소설을 '작가의 상상력으로 빚어낸 예술 작품'이라고 정의하는 현대적 지식 체계의 의미망으로부터 그만큼 자유로울 수 없다는 것을 뜻한다. '소설은 예술이고 예술이어야만 한다.' 이러한 인식이 언제부터 우리 현대인들의 지배적인 통념으로 작동하기 시작했는지는 쉽게 예단할 수 없는 것이겠지만, 동아시아의 문(文)의 전통에서 천시되었던 소설이라는 하나의 글쓰기 양식이 리터러처(literature)의 번역어인 문학(文學)의 중심을 차지하게 된 것은 이광수 이후로부터다(김현, 『한국문학의 위상』, 문학과지성사, 1991). 성석제 소설이 재도지기(載道之器)로 표상되는 한자 문화의 글쓰기 전통이나, 현대 한국문학의 주류를 형성해 온 리얼리즘의 기율, 더불어 1990년대 새롭게 등장한 내면소설의 나르시시즘적인 고백 화법마저도 멀찌감치 벗어나, 농담과 풍자, 해학과 유희의 언어들을 다채롭게 구현하고 있을 뿐더러 '세상에 널리 통하는 풍속'인 통속을 모티프의 중추로 삼고 있는 것은 틀림없는 사실일 것이다.

그러나 성석제 소설은 독자의 감각적 쾌락을 만족시킴으로써 관습적 삶의 안락이라는 틀을 오히려 공고하게 재생산하는 통속소설의 문법에 가까운 것이 아니라, 오히려 일상의 비루하고 천박한 세부들 낱낱을 통속적이고 유희적인 언어로 묘사함으로써 그것의 끔찍하고 추한 실상을 들추어내고 통속의 의미를 다시 한 번 더 뒤집는다. 따라서 그것은 전위예술의 문법과 미학을 충실하게 계승하고 있다고 보는 것이 훨씬 더 적확한 평가일 것이다. 심각하고 끔찍하며, 잔인하고 저주스러운 것만이 전위예술의 특권이자 이미지라고 간주하는 것 역시 우리의 관례화된 통념일 뿐이다. 조롱과 익살, 풍자와 해학, 거짓과 유희가 고정화된 우리의 미적 감각과 도식을 뛰어넘어 신선한 충격과 놀라움의 효과를 발생시킬 수 있다면, 그것은 이미 전위예술의 기능과 역할을 훌륭하게 수행하고 있는 것이기 때문이다.

문제적 주인공의 죽음과 능동적 허무주의자의 탄생

"별이 빛나는 창공을 보고 갈 수가 있고 또 가야만 하는 길의 지도를 읽을 수 있던 시대는 얼마나 행복했던가?"(게오르그 루카치, 『소설의 이론』, 심설당, 1985)라는 비유적 문장은 실상 인식과 행위, 자아와 세계가 행복하게 합일될 수 있었던 희랍 시대에 대한 낭만적 동경과 더불어 그러한 존재의 원환(圓環)이 파괴되어 버린 현대 세계에 대한 참을 수 없는 환멸을 동시에 포괄한다. 그에 따르면, 소설은 '신이 사라져 버린 시대', 그 원환적 총체성이 파괴되어 하나의 이념으로만 존재하게 된 시대인 현대(modern age)에 발생한다. '하나의 이념으로만 존재한다'는 것은 이 총체성을 회복하려는 동경이 결코 실현될 수 없는 것이면서도 그러한 동경을 끝내 포기할 수 없는, 현대 세계의 근원적 아이러니를 표현한다. 이것은 보다 구체적으로 말해 낭만적 아이러니를 의미하며, 루카치가 말한 문제적 주인공은 이 아이러니를 온몸으로 체현하는 소설 내부의 등장인물을 가리킨다.

현대 세계에서 참(眞)과 올바름(善)과 아름다움(美)의 선험적 좌표를 명징하게 밝혀 주었던 신은 소멸되어 버렸고 종교는 개인적 믿음의 영역으로 전락했다. 이는 현대인들에게 가치의 상실과 불안과 고독을 가져다주며, 우리에게는 다만 무의미하게 흐트러진 현상들 속에서 잃어버린 의미의 세계를 찾으려는 모색의 과정만이 가능할 뿐이다. 칸트는 「계몽이란 무엇인가」에서 현대 세계의 이러한 선험적 조건을 '미성년의 상태를 벗어난 성년의 상태'에 비유하였고, 니체는 '신의 죽음'과 '해석학적 무한성'이라는 용어로 표현했다. 루카치가 소설을 '성숙한 남성의 형식'에 비유했던 것 역시 동일한 맥락과 사태를 가리킨다. 성숙한 남성이 된다는 것은 곧 아버지(神)의 보호와 울타리를 벗어나 자기 삶의 방향과 가치를 모색하고 탐험하기 위해 길을 떠난다는 것을 비유하기 때문이다.

그러나 이 길 위에서 질문하고 탐구하고 싸우는 인물인 문제적 주인공에게 자아와 세계, 인식과 행위가 자연스럽게 조화를 이루는 존재 그 자체의 원환을 실현할 수 있는 길은 애초부터 막혀 있다. 그는 천상과 지상을 연결하는 무지개를 잡으려는 노력을 할 수 있을 뿐, 그것을 결코 품을 수 없다. 이 노력은 동경과 환멸의 공존이라는 아이러니의 상황을 반복하면서 끝내 완결되지 않으며, 그것은 단지 존재의 총체성과 평행을 이룰 수 없는 이지러진 총체성인 소설의 내적 형식으로만 현상할 수 있을 뿐이다. 루카치가 소설을 아이러니의 형식이라고 말한 것은 바로 이런 의미에서다.

과거의 이상적 전범들을 그저 뒤따르기만 하면 되었던 현대 이전의 예술 양식인 서사시(Epic)는 이제 제 스스로가 모든 것을 다시 창조해야만 하는 상황에 직면하게 된 것이다. 소설은 바로 이러한 상황에서 서사시를 대신하여 탄생한 현대 예술의 한 형식이다. 이와 같은 루카치의 개념 규정에 따르면, 소설에는 그 어떤 규범화된 형식도 존재할 수 없다. 도리어 그것은 그 어떤 것도 내부에 수용할 수 있고, 그 어떤 낯선 형식으로도 변환될 수 있는 무한한 가능성의 체계에 가깝다. 따라서 소설은 자체의 끊임없는 갱신의 역사를 통해서만 제 운명을 발견할 수 있을 뿐이다.

1980년대 리얼리즘 소설에서 주로 형상화되었던 혁명가적 지사(志士)는 불완전하고 분열된 현재를 유토피아적 미래의 비전을 통해 극복하려는 문제적 주인공이며, 1990년대 내면소설들의 인물 형상들은 존재의 신성한 빛을 외면적 현실이 아니라 제 내면에서 목마르게 갈구하는 문제적 주인공이다. 이 두 갈래의 인물 형상들은 서로 다른 지점과 방향에서 존재의 원환과 잃어버린 의미의 세계를 찾는다는 점에서 분명한 차이를 나타낸다. 그러나 저 충만한 의미의 세계가 지금-여기가 아닌 그 너머에 존재한다는 것을 미리 전제할 뿐더러 그 신성한 가치를 추구한다는 점에서는 공통된다. 따라서 양자는 공히 진정한 가치 추구의 예술 형식이 소설이라는 루카치의 명제를 새삼 재확인시켜 준다고 하겠다.

성석제의 거의 모든 소설에서 이른바 문제적 주인공은 등장하지 않는다. 그의 단편소설 가운데는 활달하고 유려한 입담이나 발랄하고 통쾌한 언어유희가 나타나 있지 않고, 일상적 삶의 고단함과 존재론적 비애를 비교적 사실적으로 소묘하고 있는 「새가 되었네」「황금의 나날」「경두」「천애윤락」「저녁이 눈이신」「어머님이 들려주시던 노래」 등과 같은 작품들이 있다. 그러나 여기에 등장하는 인물들 역시 문제적 주인공으로 이해하기 어렵다. 이들은 차라리 세계의 허무와 무의미를 철저하게 체험해 버린 수동적 허무주의자(passive nihilist)이거나 이 세상에 대해 어떤 기대나 희망도 갖지 않고 삶의 의욕과 가치를 포기해 버린 냉소주의자라고 보는 것이 옳을 듯하다. 주지하다시피, 어떤 특정한 삶의 한 부면의 고수들이자 비루한 영웅들로 묘사된 성석제 소설의 지배적 인물 형상들 역시 문제적 주인공과는 거리가 멀다.

소설집 『홀림』의 후기에서 성석제 자신이 "이 책에 들어 있는 소설들은 모두 '인간'을 염두에 두고 쓴 것이다. 인간만이 가진 고유한 특성을 드러낼 경우에는 제목에 표시했고, 기다리는 인간, 슬픔을 느끼는 인간, 죽는 인간, 즐거운 인간, 우주와 직통으로 대화하는 인간 등은 숨어 있는 편이 좋다고 생각했다. 인간을 정형화하려는 섣부른 시도로 보이지 않을지 걱정스럽다"고 말한 대목에서 명징하게 드러나듯, 그의 소설은 인간 탐구의 서사이며 동시에 일종의 인간학을 겨냥하고 있는 것이 틀림없다. 그렇다면 그의 인간학의 정체는 과연 무엇으로 정의될 수 있을까? 앞서 살펴본 것처럼, 그가 창조해 낸 인물 형상들은 모두 문제적 주인공의 범주를 벗어나거나, 그것을 의도적으로 비틀고 조롱하는 특질들을 지닌다고 할 수 있다. 따라서 그의 소설은 루카치의 소설 개념으로 정의될 수 없으며, 그것에 미치지 못하거나 그것을 초과하는 면모들을 거느린다고 하겠다.

허무주의는 두 가지 상이한 의미를 포함한다. 하나는 신의 죽음과 더불어 인간의 삶을 비춰 주던 전통적인 가치와 규범의 몰락에 따라 인간에게 도래하게 된 이 세계의 의미 없음과 공허와 무가치의 체험을 의미한다. 이것이 넓은 의미에서의 수동적 허무주의(passive nihilism)이다. 다른 하나는 절대적 진리란 없는 것이며, 사물의 절대적 성질이란 존재하지 않으며, 가치가 현실에 대응하지 않고 또 인간의 인식과 행위가 일치하지 않는다는 것을 철저하게 인정하는 가운데서도, 종교적 진리와 전통적 도덕규범에 의해 추방되었던 현실세계의 거짓과 오류와 모순과 갈등을 그 자체로 긍정하고 그것이 이루는 생성과 변화에 참여하면서, 자신이 새로운 가치 창조의 주인이 되는 것을 가리킨다. 이것이 바로 능동적 허무주의(active nihilism)이며, 니체의 말을 그대로 따르면 '디오니소스의 긍정'이다.

성석제 소설에서 부조된 고수와 비루한 영웅들은 루카치의 문제적 주인공이 아니라, 니체의 능동적 허무주의자이며, 디오니소스의 현대적 현현(顯現)이다. 성석제의 소설이 겨냥하는 바는 웃음과 재미만을 유발하는 희극적 언어유희에 있는 것도 아니며, 이 세계의 무의미와 허무를 재확인하려는 데 있는 것도 아니다. 오히려 그의 작품들은 전통적 가치와 규범이 완고하게 구축해 놓은 진/위, 선/악, 미/추의 경계를 허물어뜨리면서, '모든 가치들의 전환을 위한 해방으로서, 이제까지의 모든 가치들로부터의 해방'(마르틴 하이데거, 『니체와 니힐리즘』, 지성의 샘, 1996)을 기획하는 능동적 허무주의의 서사적 체현을 겨냥한다.

능동적 허무주의자에게 신성한 것과 세속적인 것의 선험적 대립이란 애초부터 존재하지 않는 허구에 불과하다. 그에게 이 세계의 불변의 진리나 영원한 실재와 같은 것이란 없는 것이므로, 모든 존재자에게 거짓과 사기, 모순과 오류는 이미 운명처럼 내재되어 있는 것이다. 이처럼 불완전하고 분열된 현실 세계를 그 자체로 긍정하는 것, 이것이 바로 성석제가 그의 소설에서 형상화하려 했던 삶의 이념이자 "인간의 길"이다. 그러나 이 이념은 고정된 실체나 내용을 가지지 않는 텅 빈 공백이자 경험 세계의 무한한 파괴와 생성, 고통과 기쁨을 그 자체로 긍정하는 운명애(Amor Fati)일 따름이다. 그의 소설의 희극성은 저 분열된 세계의 오류와 무의미와 허무를 고스란히 인정하면서도, 이를 철저하게 긍정하려는 능동적 허무주의자의 지혜와 여유에서 나온다. 따라서 성석제 소설이 선사하는 재미와 웃음은 이 지혜와 여유를 가진 자에게만 부여되는 언어의 축복이자, 모든 고통과 비극과 모순을 창조의 기쁨으로 전화시킬 수 있는 자에게만 도래하는 미학적 은총이라고 보는 것이 적확할 것이다.

소설의 운명 2007

"80년대 리얼리즘 소설의 사회역사적 상상력과 그 지사적(志士的) 책무의 무거움을 부려 놓는 자리에서 90년대 소설의 내성적 문체주의와 나르시시즘적인 미학이 탄생했으며, 이것이 구축해 놓은 고백적 화법의 비좁은 서사적 영토를 성석제는 새로운 차원으로 확장했다"(이광호, 「서사는 가끔 탈주를 꿈꾼다」, 『소설은 탈주를 꿈꾼다』, 민음사, 1998)

는 진단은 재차 반복되어 진부하고 상투적인 분석의 틀을 지니고 있음에도 불구하고, 한국소설의 끊임없는 갱신의 역사와 그것에 내장된 역동성과 활력을 다시금 환기시킨다. 더불어 자신의 형식을 스스로 창안해야만 하는 소설(소설가)의 고단한 운명을 재차 예고한다. 이러한 소설의 운명, 더 좁혀 말해 현대 한국소설의 최근 흐름에 비추어 본다면, '성석제가 돋보인다'는 이광호의 언급은 보다 넓은 소설사의 지평에서 이해될 수 있을 듯하다.

성석제 소설은 1980년대 소설의 지배적 인물 형상이었던 혁명가적 지사도 아니고 1990년대 소설의 자기 내면의 순결성과 신성성에 도취된 나르시시스트 또는 자기 외양과 정신의 예외적 특이성을 자존(自尊)의 근거로 삼는 댄디도 아닌, 모순된 세계의 오류와 거짓과 유희를 철저하게 긍정하면서, 한국소설에서는 지극히 낯선, 자기 삶의 가치를 스스로 정립하고 그 척도의 주인이 되고자 하는 능동적 허무주의자를 새로운 인물 형상으로 탄생시켰다. 이 능동적 허무주의자는 생활 세계의 그 혼탁하면서도 풍요로운 만화경들을 가로지르면서 끊임없이 자신의 형식을 파괴하고 또 생성해야 하는 소설의 운명 그 자체와 많은 부분에서 닮아 있다.

어쩌면 성석제라는 소설가, 또는 그가 창안한 능동적 허무주의자라는 새로운 인물 형상의 탄생과 더불어 한국소설은 이제야 비로소 소설의 운명 그 자체에 걸맞은 역사를 맞이하게 된 것은 아닐까? 또한 제 스스로 가치를 창조하고 그 척도의 주인이 되려는 능동적 허무주의자는 과거의 전범적인 서사 양식을 끊임없이 대체하고 갱신하면서, 스스로의 형식을 매번 다시 창안해야만 하는 소설의 운명에 대한 인격적 비유인 동시에 소설가의 운명 그 자체가 아닐까? 그러나 또한 그 누가 알겠는가? 무정형의 형식인 소설이 저 능동적 허무주의자를 역사의 뒤안길로 쓰러뜨리고 무엇을 향해 어디로 나아갈 것인지를? 그리고 그것이 어떤 풍문과 논쟁과 가치의 대결을 낳게 될 것인지를? 기원후 2007년을 목전에 두고 있는 바로 지금-여기에서.